KB168537

파리 리뷰_인터뷰

작가란 무엇인가

II

the PARIS 파리 리뷰 인터뷰
REVIEW_interviews

권승혁·김진아 옮김

소설가들의 소설가를 인터뷰하다

the PARIS

작가란 무엇인가 II

+ 올더스 헉슬리 + 호르헤 루이스 보르헤스 + 도리스 레싱 + 주제 사라마구 +
+ 블라디미르 나보코프 + 조이스 캐럴 오츠 + 마리오 바르가스 요사 +
+ 귄터 그라스 + 토니 모리슨 + 살만 루슈디 + 스티븐 킹 + 오에 겐자부로 +

REVIEW

다른

일러두기

1. 인명, 지명을 비롯한 외래어 표기 시 국립국어원 외래어 표기법을 따랐으나 인명의 경우 가장 일반적으로 사용되는 용례가 있으면 이를 참고하였습니다.
2. '역자 주'로 표기된 주석 외에는 모두 '편집자 주'입니다.

추천사

신들의 인간적 고투, 그 비참과 영광

이현우(문학평론가)

글을 쓰는 사람이 '작가'다. 그냥 그렇게만 말해두면 조금 안심이 된다. 세상에서 할 수 있는 하고많은 일들 가운데 하나이기 때문이다. 어떤 이는 노래를 하고, 어떤 이는 춤을 춘다. 어떤 이는 꿈을 꾸고, 어떤 이는 사랑을 팔며, 또 어떤 이는 남을 등쳐먹는다. 그리고 어떤 이는 글을 쓴다. 간혹 글을 쓴다는 이들을 만나면 의아해하거나 놀라기도 하지만 사실 '그러시군요!' 정도의 반응으로 충분하다. 희귀동물을 만났을 때처럼 '작가'라는 분류 항에 따로 집어넣고 잊어버리면 된다. 하지만 '작가'라는 단어에 생략된 말을 되살리면 사정이 달라진다. 바로 '창조적 작가'이다. 무언가를 새롭게 지어내는 사람을 작가라고 부르기에 '창조적 작가'라는 말은 중언부언이지만, '작가'와 '창조적 작가'의 차이는 얼핏 '작문'과 '창작'의 차이와 비슷하다. 과장하자면 망토 하나 있고 없느냐에 따라 슈퍼맨과 클라크 켄트를 구별하는 것과 마찬가지다. 알다시피 클라크는 어리바리

한 신문사 기자이지만 슈퍼맨은 지구를 구하는 영웅이다. 작가란 단지 글을 쓰는 사람일 뿐이지만, 창조적 작가는 하나의 세계를 만들어내는 신이다. 모름지기 작가란 그런 신들이고 그런 신들이어야 하며 그런 신들이기에 우리를 움찔하게 만든다. 어쩌면 작가 스스로도 종종 자신의 작품을 쓰다듬으며 경탄할지 모른다. "정녕 이 작품을 내가 썼단 말인가!"

『작가란 무엇인가』의 인터뷰를 대하는 우리의 자세에서도 그런 경탄이 이어진다. 이 인터뷰는 글깨나 끼적인다는 사람들의 고민을 엿듣는 자리가 아니다. '신들의 사생활'이 펼쳐지는 자리다. 무엇이 창작의 길로 이끌었으며, 어떤 방식으로 작업을 하는가. 자신이 생각하는 대표작은 무엇이며, 작품들은 어떻게 썼는가. 작가이지만 또한 독자로서 다른 작가들을 어떻게 읽고 평가하는가. 독자와 비평가, 편집자들에 대한 생각은 무엇인가. 덧붙여, 창작을 제외한 일상의 시간은 어떻게 채워지며 가족들과의 관계는 어떠한가 등등. 평소 자신이 좋아하는 작가에 대해 조금이라도 궁금해한 적이 있는 독자라면, 거장들의 육성을 직접 들을 수 있다는 사실만으로도 마음이 들뜰 것이다.

1권과 마찬가지로 2권에도 작가 열두 명의 『파리 리뷰』와의 인터뷰가 수록돼 있다. 올더스 헉슬리나 보르헤스, 나보코프처럼 19세기 말에 태어난 작가들이 있는 반면 살만 루슈디와 스티븐 킹처럼 거장들의 반열에 올랐지만 아직 '젊은' 작가들도 있다. 인터뷰가 이루어진 시점도 1960년(올더스 헉슬리)부터 2007년(오에 겐자부로)까지 거의 반세기에 걸쳐 있다. 작가 절반이 세상을 떠났지만 나머지는 생존해 있으며, 노벨 문학상 수상 작가도 정확히 절반(여섯 명)이다. 미국과 유럽 작가들의 비중이 높은 편이지만 두 명의 남미 작가와 일본 작가인 오에도 포함돼 있다.

개인적으로는 이들 중 열 명의 작가를 강의에서 다룬 적이 있어서 대부분의 인터뷰가 친숙하게 다가왔다. 『작가란 무엇인가 2』의 인터뷰를 강의에 미리 참고할 수 있었다면 작가는 물론 작품을 이해하는 데 큰 도움을 받았을 것이다. 매우 넓은 스펙트럼의 작가들에게서 우리가 배울 수 있는 것은 다양하다. 거의 장님인 상태에서도 맹렬하게 글을 쓴 헉슬리나 보르헤스에게서 창작의 열정을 느낄 수 있다면, 나보코프에게서는 거장다운 거만을, 바르가스 요사에게선 거장답지 않은 겸손을 발견하게 된다. 조이스 캐럴 오츠와 도리스 레싱, 토니 모리슨 같은 작가들에게서는 여성으로서 글을 쓰는 장단점을 엿들을 수 있고, 오에 겐자부로에게서는 장애아의 부모가 되는 일이 문학에 어떤 영향을 끼쳤는가 하는 고백을 접할 수 있다. 파트와(이슬람의 사형선고) 때문에 도피 생활을 해야 했던 살만 루슈디의 경험담도 흔히 공유할 수 있는 이야기는 아니다.

작품을 쓰기 위해 어떤 준비를 하고, 문학에 대해 어떤 생각을 갖고 있는지도 잘 나타난다. 헉슬리는 『멋진 신세계』에 나오는 뉴멕시코 쪽 이야기를 쓰기 위해 엄청난 분량의 자료를 읽어야 했다고 고백한다. 정작 그가 자료를 통해서 상상해본 장소에 처음 간 것은 작품을 쓰고 난 6년 뒤였다. 또한 구체적인 인물과 상황을 다루기 때문에 소설이 추상적인 개념을 떠들어대는 철학보다 몇 배 더 심오할 수 있다는 견해는 소설 독자들에게 자긍심을 불어넣어 준다.

언제나 복잡한 미로를 떠올리게 하는 보르헤스도 공부라면 만만치 않다. 그는 인터뷰 시점에서 7년간 고대영어와 고대 노르드어를 공부했다고 한다. 고대 노르드어란 북유럽에서 쓰이던 중세 게르만어를 가리킨다. 그는 항상 웅장한 서사시에 관심이 많았는데 이런 서사시적 요소를 서부극에서 찾아볼 수 있다고 생각한다. 그래서 서부극이라는 영화 장르를 가장 좋아한다는 고백은 얼핏 보르헤스 문학의 비밀을 엿본 느낌을 준다.

영어를 '잘하면서도 못하는 척하는' 나보코프의 비밀은 무엇인가. 색인 카드에 초고를 쓰는 걸로 유명한 그는 필기도구에 까다로운 취향을 갖고 있다. 줄이 그어진 두꺼운 종이 카드와 지우개가 달린 완전히 날카롭지만 너무 딱딱하지 않은 연필을 고집하는 게 그의 습관이다. 그런 까다로움은 작가들에 대한 평가에도 이어진다. 나보코프는 "브레히트, 포크너, 카뮈, 그 밖의 많은 작가들은 제게 완전히 무의미합니다."라고 서슴없이 고백한다. 제임스 조이스에게서도 아무것도 배운 게 없다고 말하는 나보코프가 어릴 때 좋아한 허버트 조지 웰스를 위대한 예술가로 치켜세우는 것도 그를 이해하는 데 유익한 암시가 된다.

한편 바르가스 요사는 사르트르의 열렬한 독자였고, 미국 작가들 가운데는 특히 포크너를 많이 읽었다. 같은 남미 작가로서 가르시아 마르케스 역시 포크너의 열혈 독자였다는 점을 상기시켜준다. 사실 두 사람은 친구 사이로 바르셀로나에서는 2년 동안 이웃으로 지내기까지 했지만 개인적인 이유로 멀어졌는데, 요사는 마르케스의 정치관에 대해서도 동의하기 어렵다고 단언한다. 작가로서는 숭배하지만 인간으로서의 마르케스는 존경하기 어려우며, 그의 정치관은 기회주의적이며 여론 지향적이라는 게 요사의 솔직한 평가다. 자신의 장단점을 말해달라는 주문에 가장 큰 장점을 인내심으로 꼽고, 단점은 자신감 부족이라고 말하는 대목에선 보통 사람들과 크게 다르지 않은 '인간미'마저 느껴진다. 행복하지 않기 때문에 글을 쓴다는 요사가 글쓰기에 대해 '불행과 싸우는 한 방법'이라고 언급한 부분은 가장 인상 깊은 대목 가운데 하나다.

일반적인 이미지와는 달리 대부분의 작가가 오전에 글을 쓰는 걸 선호한다. 오랜 기간 출판사 편집자로 일했던 토니 모리슨도 마찬가지다. 아침에 일찍 일어나는 건 아이들 때문에 생긴 습관이지만 그녀는 자신이 해가 지면 별로 똑똑하거나 창의적이지 못하다고 평가한다. 흑인 여성 문학의 대모로 평가되는 모리슨이지만 처음부터 작가를 꿈꾼 것은 아니었다. 그저 독자가 되고 싶었고 쓸 필요가 있는 것은 이미 다 쓰였을 거라는 게 그녀의 생각이었다. 하지만 존재하지 않는 책이 있다는 걸 알게 되고, 자신이 완성한 책을 읽고 싶어서 작품을 쓰기 시작했다고 말한다. 그녀의 고백은 창작의 기원이 어디에 있는가에 대한 한 가지 유력한 해명이다.

소설 『한밤의 아이들』로 영어권의 가장 권위 있는 문학상인 부커 상을 수상하고, 덧붙여 역대 부커 상 수상작 가운데 가장 뛰어난 작품에 주어진 '부커 오브 부커스'까지 수상한 살만 루슈디에게도 좌절의 순간이 있었을까? 첫 소설인 『그리머스』(1975)를 발표한 다음 『한밤의 아이들』(1981)을 시작하기 전까지가 그에겐 위기였다. 당시에 끼적이던 소설들이 '독창적인 쓰레기'에 불과하다는 생각에 루슈디는 절치부심한다. 작가로서 궁지에 몰려 있는 와중에 이언 매큐언, 줄리언 반스 같은 재능 있는 동료 작가들은 자신보다 앞질러나가는 것처럼 보였다. 루슈디는 말한다. "어떤 방향으로 뛰어야 할지 모른 채, 출발선에 남겨진 작가는 저 혼자뿐이었어요." 바로 그런 곤경에서 찾은 탈출구가 대표작 『한밤의 아이들』이니 그에게 비참과 영광은 먼 거리에 있지 않았다.

책에서 읽을 수 있는 내용을 몇 가지만 간추려보았다. 예상할 수 있지만 '신들의 사생활' 고백에서 우리가 읽을 수 있는 건 스스로를 거장으로 끌어올린 작가들의 '인간적 고투'이다. 매일 몇 시간씩 책상머리에 앉아 백지에 글을 쓰거나 타자해나가는 게 작가의 작업이고 일상이다. 그 시간은 자신을 소진하는 고투의 시간이면서 동시에 창작의 환희와 마주하는 시간이기도 하다. 그런 시간에 대한 회고 속에서 우리는 '창조적 작가'란 무엇인가를 가늠해보게 된다. 아직 읽고 싶은 작품을 발견하지 못했다면, 직접 써보고 싶다는 충동을 느끼게 될지도 모른다. 아니면 불행과 싸우는 한 가지 비결을 터득하게 될지도 모르겠다. 더 단순하게 말하자. 작가들의 육성을 들으며 우리는 그들의 문학을 좀 더 가슴 가까이에 놓고 싶어질 것이다. 우리의 심장박동을 더 크게 해주는 바로 그런 책이 당신 앞에 놓여 있다.

문학은 삶의 방편 그 이상입니다.

작품에 헌신하려는 결정,

문학에 모든 것을 바치려는 결정은

작가에게 절대적으로 중요하다고 믿습니다.

_마리오 바르가스 요사

차례

:: 01

추상을 넘어선 심오한 인간

올더스 헉슬리

ALDOUS HUXLEY

올더스 헉슬리 영국, 1894. 7. 26.~1963. 11. 22.

현대 문명 발달을 비판적으로 바라본 『멋진 신세계』를 썼다. 우아한 문체와 위트, 신랄한 풍자가 두드러진 작품으로 유명하다. 소설가이자 비평가로 20세기 영미 문학에서 문학과 철학, 과학, 심리학의 문제를 포괄적이고 깊이 있게 다루었다.

영국 잉글랜드의 서리 주에서 태어났다. 아버지는 교직에 있었고, 할아버지는 동물학자 T. H. 헉슬리이다. 외가로는 문예비평가인 매슈 아널드, 소설가 험프리 워드 부인이 있다. 지적인 분위기 속에서 태어난 그는 이튼 학교를 졸업하고 옥스퍼드 대학 영문학과를 수석 졸업한 후 언론계에서 오래도록 문예비평을 담당하면서 영국 상류층에 대한 날카로운 풍자를 담은 『크롬 옐로』를 발표하였다. T. S. 엘리엇이 이 작품을 읽고 그에게 소설가의 길을 권했다. 과학 문명의 과도한 발전으로 인한 인간성 상실의 미래 사회 모습을 그린 『멋진 신세계』의 저자이기도 하다. 말년에는 환각제의 영향을 받은 의식에 대해 탐구한 것으로도 유명하며, 다방면에 걸친 백과사전적 지식으로 당대의 천재로 인정받았다. 20세기 관념소설의 대표작인 『연애 대위법』으로 명성을 얻었고, 이후 『멋진 신세계』는 물론 『시간은 걸음을 멈추지 않으면 안 된다』, 『원숭이와 본질』, 『금지된 섬』 등의 소설과 『지각의 문』 등 다양한 에세이, 시, 평론을 통해 20세기 작가 중 가장 넓고 독창적인 지적 스펙트럼을 선보였다.

헉슬리와의 인터뷰

레이먼드 프레이저, 조지 위키스

헉슬리는 세월의 무게를 거의 짊어지지 않은 것 같았다.
사실 너무나 조용히 움직여서 무게가 느껴지지 않았고 거의 유령 같았다.
시력이 극도로 나빴지만 아무 데도 부딪히지 않고 본능적으로 움직여 다녔다.

올더스 헉슬리는 진지한 작가로 여겨지는 이들 중에서 가장 재기발랄하고 불손한 인물일 것이다. 1920년대 초반 이후 그의 이름은 특정 사회를 풍자하는 대명사가 되었다. 사실 그는 한 시대 전체와 삶의 방식을 풍자적으로 다룸으로써 그 시대에 불멸을 안겨다 주었다. 평생 엄청나게 많은 양의 글을 써낸 헉슬리는 열 편의 소설뿐 아니라 시, 드라마, 에세이, 여행기, 전기, 역사책을 펴냈다.

그는 빅토리아 시대 가장 유명한 두 가문의 후손으로, 할아버지 T. H. 헉슬리와 종조부 매슈 아널드에게서 각각 과학과 문학의 재능을 물려받았다. 헉슬리는 자신이 소질을 타고난 이 두 분야에서 믿을 수 없을 정도로 박학다식해서 때때로 문학적인 경쟁심을 발휘하는 것으로 여겨질 정도이다. (대화 중 그의 박식함은 미리 생각하는 법 없이 청산유수로 흘러나온다. 누군가 빅토리아조의 미식 분야에 대해서 화제를 꺼내면, 헉슬리는 에드워드 왕자가 매일 먹는 일반적인 식단을 한 끼 한 끼 모든 코스 빵 부스러기 하나 빼놓지 않고 읊어댄다.) 확실한 건 올더스 헉슬리가 20세기뿐 아니라 모든 시대에 걸쳐 가장 놀라울 정도의 학식을 갖춘 작가라는 사실이다.

헉슬리는 이튼 학교와 옥스퍼드의 베일리얼 대학을 졸업하고 나서 제1차세계대전 후 지식인 사회의 최상층에 속하게 되었고, 그가 속한 사회를 산 채로 해부하고 분석했다. 처음에 그는 『어릿광대의 춤』이나 『연애 대위법』 등의 뛰어난 풍자로 명성을 떨치면서 1920년대의 사회사를 썼다. 1930년대에는 가장 영향력 있는 작품 『멋진 신세계』를 발표했다. 이 소설은 풍자와 공상과학소설을 결합한 것으로 미래의 유토피아를 다룬 작품 중 가장 성공적이다. 1937년 이래로 캘리포니아 남부에 정착해서 소설보다는 철학, 역사, 신비주의 쪽으로 관심을 돌렸다. 초기 풍자소설로 가장 잘 알려져 있으나, 여전히 도발적인 많은 작품을 쓰고 있다.

올더스 헉슬리를 할리우드랜드라고 불리는 로스앤젤레스 교외에서 만나는 건 좀 이상한 경험이었다. 그는 미국 부동산 역사에서 튜더 양식으로 여겨지는 언덕 위의 소박한 집에 살고 있다. 날씨가 맑으면 태평양가에 자리 잡고 있는 어수선하게 쭉 펼쳐진 도시를 몇 킬로미터나 내려다볼 수 있다. 뒤쪽의 건조한 갈색 언덕 위에 위치한 괴물 같은 표지판에 할리우드라는 64미터짜리 알루미늄 글자가 시야를 압도했다.

헉슬리는 아주 키가 커서 190센티미터가 넘었다. 그리고 마르긴 했지만 어깨는 아주 넓었다. 그는 세월의 무게를 거의 짊어지지 않은 것 같았다. 사실 너무나 조용히 움직여서 무게가 느껴지지 않았고 거의 유령 같았다. 시력이 극도로 나빴지만 아무 데도 부딪히지 않고 본능적으로 움직여 다녔다.

헉슬리의 태도와 말씨는 상냥했다. 신랄한 풍자가나 모호한 분위기의 신비주의자를 만나리라는 기대도 있었다. 하지만 직접 만나본 그는 한편으로는 아주 조용하며 상냥한 사람이고, 다른 한편으로는 매우 분별 있고 현실적인 사람이라는 인상을 주었다. 군살이 없고 회색빛이 도는 깡마른 얼굴에는 대개 웃음기가 없었는데, 세심하고 생각이 깊은 그의 태도가 잘 나타나 있었다. 그는 다른 사람이 말할 때는 참을성 있게 들었고 답을 할 때는 신중하게 했다.

"Attention," a voice began to call, and it was as though an oboe had suddenly become articulate. "Attention," it repeated in the same high, nasal monotone. "Attention. Attention."

Lying there like a corpse in the dead leaves, his hair matted, his clothes in rags and muddy, Will Farnaby awoke with a start. Molly had called him. Time to get up. Time to get dressed. Mustn't be late at the office.

"Thank you, darling," he said and sat up. A sharp pain stabbed at his right knee and there were other kinds of pain in his back,

"Attention," the voice insisted without the slightest change of tone. Leaning on one elbow, Will looked about him and saw with bewilderment, not the familiar grey wallpaper and orange curtains of his London bedroom, but a glade among trees and the long shadows and slanting lights of early morning in a forest.

"Attention. Attention."

And the voice wasn't Molly's ... wasn't even Babs's ... for the grey ... he now remembered with a ... that the wallpaper and the orange curtains ... familiar ... of guilt at the pit of his stomach, were an anachronism. It was in ... on Babs's ... bedroom that ... he had been opening his eyes. And now. And now Babs had gone. The sickening ... an anguish about the heart, To the guilt in the stomach was added ... a constriction in the throat.

"Attention. Attention."

Was he still dreaming? Had he suddenly gone mad? The arm that supported him began to tremble. Overcome with an annihilating fatigue, he let himself fall back into the leaves. Through the pain and the weakness he wondered vaguely, confusedly where he was and how he had got here. Not that it really mattered. At the moment nothing really mattered except this miserable body of his. God, how it hurt! And he was hungry, he was parched with thirst. All the same, as a matter merely

올더스 헉슬리의 『멋진 신세계』 원고의 한 페이지.

올더스 헉슬리
×
레이먼드 프레이저, 조지 위키스

먼저 어떤 방식으로 작업하는지 말씀해주시겠습니까?

올더스 헉슬리 저는 규칙적으로 작업합니다. 매일 아침 글을 쓰고, 저녁 식사 전에도 다시 잠깐 쓰지요. 밤에 작업하는 유형은 아닙니다. 밤에는 책 읽는 쪽을 좋아합니다. 대개 하루에 네 시간에서 다섯 시간 정도 작업하지요. 할 수 있는 한 오랫동안 이런 상태를 유지합니다. 완전히 고갈되었다고 느낄 때까지요. 때로 완전히 지칠 때면 책을 읽기 시작합니다. 소설이나 심리학 혹은 역사책을 읽습니다. 어떤 책인가는 별로 중요하지 않습니다. 아이디어나 재료를 얻기 위해서가 아니라 단순히 다시 작업을 시작하기 위해서 읽거든요. 어떤 책이든 효과가 있습니다.

수정을 많이 하시나요?

헉슬리 대개는 그렇습니다. 모든 것을 여러 번 고쳐 씁니다. 언제나 다시 한 번 심사숙고합니다. 그리고 각각의 페이지를 많이 손대거나 고쳐가면서 여러 번 다시 봅니다.

소설의 어떤 등장인물이 하듯이 늘 노트에 메모하시나요?

헉슬리 아니요. 안 합니다. 때로는 짧은 기간 동안만 일기를 쓸 때가 있습니다. 하지만 저는 아주 게으르거든요. 그래서 대개는 노트에 필기하지 않습니다. 써놓아야 한다고 생각은 하지만 그러지 못해요.

소설을 시작할 때 각 장을 나눠서 계획을 세우시나요, 아니면 전체적 구조를 먼저 생각하시나요?

헉슬리 한 번에 한 장씩 작업해나갑니다. 하면서 방향을 잡아가지요. 처음 시작할 때는 어떤 식으로 나아갈지 아주 어렴풋하게밖에 알지 못합니다. 그저 대강의 아이디어밖에 없는 상태에서, 글을 써나가면서 발전시킵니다. 이런 경우가 몇 번 있었습니다. 많은 분량을 썼는데 도무지 마음에 들지 않아서 전부 다 지워버렸지요. 다음 장을 시작하기 전에 앞의 한 장을 완성해두는 것이 좋습니다. 작업에 들어가기 전에는 다음 장에서 무슨 일이 생길지 완전히 확신할 수 없지요. 아주 조금씩 생각나기 때문에 일관된 어떤 것으로 만들려면 아주 열심히 작업해야 합니다.

그 과정은 즐거운가요, 아니면 고통스러우신가요?

헉슬리 음, 어려운 일이기는 하지만 고통스럽지는 않습니다. 글쓰기는 깊이 몰두해야 하는 작업이지요. 때로는 무척 지치기도 합니다. 하지만 즐기는 걸 하면서 생계를 유지할 수 있어서 아주 운이 좋은 편이라고 항상 생각합니다. 그렇게 할 수 있는 사람은 별로 없기 때문이지요.

글 쓸 때 안내 자료의 일종으로 지도나 도표, 일람표 등을 사용한 적이 있으신지요?

헉슬리 없습니다. 다루는 주제에 대해서 상당히 많이 읽긴 하지만, 그런 자료는 사용해본 적이 없어요. 지리책은 상황을 정확히 이해하는 데 많은 도움이 됩니다. 『멋진 신세계』에서 다룬 영국 장면에서는 전혀 문제가 없었는데, 한 번도 가본 적이 없는 뉴멕시코 쪽에 대해서는 엄청난 양을 읽어야 했습니다. 그 장소에 대한 온갖 종류의 스미스소니언* 보고서를 읽고 나서 그곳을 상상해보려고 최선을 다했습니다. 그 후 6년이 지난 1937년에 프리다 로렌스를 방문할 때에야 그곳에 처음 가봤습니다.

소설을 시작할 때 그 이야기에 대해서 대략적인 계획을 갖고 시작하시나요? 예를 들어 『멋진 신세계』 때는 어떠셨는지요?

헉슬리 음, 그건 허버트 조지 웰스의 『신과 같은 인간』Men Like Gods에 대한 패러디로 시작되었습니다. 그러나 점점 통제를 벗어나더니 처음 의도했던 것과 완전히 달라져버렸습니다. 그 주제에 대해 관심이 생기면서 원래 목적에서 더욱 멀리 벗어났지요.

지금은 어떤 작품을 쓰고 계신가요?

• 워싱턴 D. C.에 있는 문화기관의 집합체이다. 다양한 연구를 진행하여 자료를 발표한다.

헉슬리 현재는 좀 특이한 소설*을 쓰고 있습니다. 일종의 판타지인데요. 거꾸로 된 『멋진 신세계』라고 볼 수 있습니다. 인간의 잠재력을 실현하려고 진정으로 노력하는 사회에 대한 이야기입니다. 인류가 어떻게 동양과 서양 세계를 가장 잘 활용할 수 있는지 보여주고 싶었습니다. 그래서 지리적 배경은 인도와 중국 문명의 영향권이 만나는 실론과 수마트라 사이에 존재하는 가상의 섬입니다. 주인공 중의 한 명은 다윈이나 저희 할아버지처럼, 1840년대 영국 해군이 보낸 과학 탐험대 소속의 젊은 과학자입니다. 스코틀랜드인 의사로 의학에 최면술을 도입한 제임스 에스데일을 좀 닮았지요. 그리고 『미지에서 온 소식』News from Nowhere **이나 다른 유토피아에서처럼 바깥 세상에서 온 침입자를 등장시켰습니다. 안내를 받으면서 여행하는 그 침입자의 눈을 통해 사회를 묘사하는 거지요. 불행히도 그는 정원에 들어온 뱀 같은 존재로 이 행복하고 풍요로운 국가를 질투의 눈으로 바라봅니다. 아직 결말을 어떻게 낼지 정하지 않았지만, 현실적인 결말이 되려면 잃어버린 낙원으로 끝맺어야겠지요.

『멋진 신세계』의 1946년판 서문에는 지금 말씀하신 유토피아를 암시하는 듯한 언급이 있던데요. 그때 이미 이 작품을 준비하고 계셨나요?

헉슬리 네, 그렇습니다. 대강의 생각은 당시에도 마음 한쪽에 만들어져 있었습니다. 그때 이후 그 생각에 꽤나 몰두했지요. 꼭 소설을 위한 주제로 생각하지는 않았지만요. 오랫동안 인간의 잠재력을 실현하는 다양한 방법에 대해서 많은 생각을 해왔습니다. 그러다가 3년 전에 이런 생각을 소설로 써보기로 했지요. 설명적인 부분을 담아낼 틀을 제공할 우화를 만들어내느라 씨름해야 했기 때문에 작업은 아주 천천히 진행되었습니다. 하고 싶은 말은 분명히 알고 있었어요. 문제는 그 생각을 구체화할 방법이었습니다. 물론 하고 싶은 말을 대화를 통해서 표현하는 일은 늘 가능합니다. 하지만 등장인물이 끝없이 이야기하면 결국 속이 뻔히 들여다보이게 되고, 지루해집니다. 시점의 문제도 있습니다. 누가 그 이야기를 할 것인지 혹은 그 경험을 누가 할 것인지 정해야 하지요. 플롯을 만들어내고 이미 쓴 부분을 재배열하느라고 애를 많이 썼습니다. 이제 결말까지 남은 과정은 분명하게 보입니다. 하지만 가망 없을 정도로 길어질까 봐 걱정입니다. 그 모든 내용을 어떻게 다루어야 할지 확신이 서질 않습니다.

어떤 작가들은 작품을 말로 전부 소진시켜버릴까 봐서 그것에 대한 이야기를 꺼리더군요. 그런 점은 걱정이 안 되시는지요?

헉슬리 걱정 안 합니다. 저는 제 글에 대해서 이야기하는 걸 꺼리지 않습니다. 사실 이야기하는 건 좋은 연습이 되거든요. 무엇을 쓸 것인가에 대한 생각을 보다 분명하게 만들어줍니다. 작품에 대해서 다른 사람과 많은 논의를 거친 적은 없지만, 이야기를 나누는 것이 해가 될 거라고는 믿지 않습니다. 생각이나 자료가 증발해버릴 위험이 있다고는 생각하지 않아요.

어떤 작가들은 비평에 대해서 고통스러울 정도로 민감하게 반응합니다. 버지니

• 여기서 헉슬리가 작업 중인 소설은 1962년 출간된 『섬』Island으로 한국에서는 1991년 『금지된 섬』으로 출간되었다.

• • 윌리엄 모리스가 쓴 소설로 사회주의 유토피아와 공상과학을 결합한 내용이다.(역자 주)

아 울프 같은 경우가 그랬지요. 비평가들에게 많은 영향을 받으시나요?

헉슬리　아니요. 전혀 받지 않습니다. 비평을 전혀 읽지 않거든요. 저는 어떤 특정 인물이나 청중을 대상으로 글을 쓰지 않습니다. 최선을 다해서 작업할 뿐 그 이상은 신경 쓰지 않아요. 비평가들에게는 관심이 없습니다. 저는 앞으로 할 일에 관심이 있는 반면, 비평가들은 이미 지나간 과거의 것에 관심을 보이기 때문이지요. 예를 들자면 저는 제 초기 소설들을 다시 읽지 않습니다. 어쩌면 가까운 장래에 읽어봐야 할 것 같긴 합니다만.

어떻게 글을 쓰게 되셨는지요? 기억하시나요?

헉슬리　열일곱 살 때 거의 장님이 되어서, 다른 걸 아무것도 할 수 없을 때 글을 쓰기 시작했습니다. 자판을 보지 않고 타자하는 방식으로 소설을 썼습니다. 쓴 걸 읽을 수도 없었지요. 그 소설이 어떻게 되었는지 모르겠네요. 궁금해서 지금이라도 읽어보고 싶은데 사라져버렸습니다. 이모인 험프리 워드 부인이 문학적 대모 역할을 해주셨습니다. 글쓰기에 관해서 많은 이야기를 나누었습니다. 저에게 끝없이 견실한 충고를 해주곤 하셨지요. 이모님 자신이 매우 탄탄한 기반을 가진 작가셨습니다. 자갈을 깐 도로처럼 구획을 지은 구조로 플롯을 펼치곤 하셨지요. 새로운 소설을 쓰기 시작할 때마다 드니 디드로*의 『라모의 조카』를 읽는 기이한 습관이 있으셨어요. 그 독서 행위가 마치 방아쇠나 시작 스위치처럼 작용했습니다. 제1차세계대전 기간 동안과 전쟁이 끝난 후에는 오톨라인 모렐 부인을 통해서 아주 많은 작가들을 만났습니다. 그녀는 자신의 시골집에 온갖 사람들을 초대했습니다. 거기서 캐서린 맨스필드도 만났고, 지그프리드 서순, 로버트 그레이브스, 블룸즈버리그룹 사람들을 모두 만났지요. 로저 프라이한테 배운 게 많습니다. 그의 예술에 대한 말만 듣고 있어도 교양 교육이 되었습니다. 저는 옥스퍼드 대학교 시절 시를 쓰기 시작했습니다. 소설을 쓰는 쪽으로 방향을 전환하기 전에 몇 권의 시집을 출간했지요. 아주 운이 좋았기 때문에 출판에는 아무 문제가 없었습니다.

전쟁이 끝난 후 옥스퍼드를 떠나자 일자리가 필요했습니다. 『아테나움』 잡지사에 취직했지만 급여가 너무 적어서 먹고살기에 충분하지 않았습니다. 그래서 여가 시간에 콩데 나스트 출판사의 일을 했고 『보그』, 『배너티 패어』 잡지사에서 일하기도 했습니다. 장식용 회반죽에서 페르시아 양탄자에 이르기까지 모든 것에 대한 기사를 만들어내야 했습니다. 그뿐만이 아닙니다. 『웨스트민스터 가제트』에 연극 평론도 썼고, 믿기 어렵겠지만 음악 평론도 했습니다. 이런 종류의 언론 작업을 글쓰기 수련 과정으로 기꺼이 추천하고 싶군요. 태양 아래 모든 것에 대해 억지로 써야 하기 때문에 글 쓰는 솜씨가 계발되고, 다루어야 할 자료를 재빨리 터득하게 되며, 사물을 꼼꼼히 바라보는 능력이 생깁니다. 『크롬 옐로』가 출간된 뒤에는 먹고사는 문제는 별로 걱정하지 않게 되었습니다. 1921년이었지요. 그때는 결혼한 상태였고 우리는 유럽 대륙에서 살 수 있었습니다. 파시스트가 정권을 잡아서 삶이 불편해지기 전까지는 이탈리아에서 살았고, 그다음엔 프랑스에서 살았습니다. 파리 근교에 작은 집이 있었습니다. 그곳에서 방해받지 않고 글을 쓸 수 있었지요. 일 년의 일

• 18세기 프랑스의 대표적인 계몽주의 사상가이다.

부는 런던에서 지냈는데, 언제나 행사나 일이 너무 많아서 거기서는 글을 많이 쓸 수가 없었습니다.

어떤 직업이 다른 직업보다 창작에 좀 더 유리하다고 보십니까? 다시 말하면 당신이 하는 일이나 만나는 사람들이 글쓰기에 영향을 미쳤나요?

헉슬리 작가에게 이상적인 직업이 있다고는 생각하지 않습니다. 거의 어떤 상황에서라도 글을 쓸 수 있거든요. 심지어는 완전히 고립된 상태에서도요. 발자크를 보세요. 채권자들을 피해서 파리의 비밀 방에 숨어서 '인간 희극'*을 써냈잖습니까? 아니면 코르크로 방음된 방에서 작업한 프루스트**를 생각해보세요. (물론 방문객은 많았지만요.) 가장 좋은 직업은 그저 이런저런 사람들을 많이 만나고 흥미 있는 일을 다양하게 경험하는 겁니다. 나이가 들어가니까 그 점에서 불리해집니다. 점점 더 소규모의 사람들과 친밀한 관계를 맺는 경향이 있어요.

작가를 다른 사람과 구별 짓는 특징에는 어떤 것이 있을까요?

헉슬리 작가는 우선 관찰하는 사실에 질서를 부여하고 삶에 의미를 불어넣고자 하는 갈망을 가진 사람입니다. 그뿐 아니라 말을 그 자체로 사랑하고 언어를 다루려는 욕구가 있어야 해요. 그건 지능의 문제가 아닙니다. 지능이 매우 높고 독창적인 사람들 중에도 언어를 사랑하지도 않고 그걸 효과적으로 사용할 재능도 없는 사람들이 있지요. 그런 사람들은 표현력이 형편없거든요.

창의력 일반에 대해서는 어떻게 생각하시나요?

헉슬리　창의력의 어떤 점 말입니까? 어째서 교육이 어린이 대부분의 창조적인 충동을 망가뜨리는가 하는 점이요? 아니면 어째서 그다지도 많은 남자아이와 여자아이들이 무뎌진 지각과 닫힌 마음으로 학교를 떠나는가 하는 점 말인가요? 대다수의 젊은이들이 신체의 동맥경화가 생기기 40년 전에 이미 정신의 동맥경화에 걸리는 것 같습니다. 또 다른 질문은 어째서 어떤 사람은 아주 늙은 나이까지 정신의 개방성과 탄력성을 유지하는 반면, 다른 사람들은 오십이 되기도 전에 머리가 굳어버리고 비생산적이 되는 걸까 하는 점입니다. 이건 생화학적인 문제이면서 성인 교육의 문제이기도 하지요.

어떤 심리학자들은 창조적 충동이 일종의 신경증이라고 주장합니다. 동의하시나요?

헉슬리　아주 단호하게 부정합니다. 단 한순간도 창조성을 신경증 증상으로 생각한 적은 없습니다. 반대로, 신경증 환자가 예술가로 성공하려면 엄청난 장애를 극복해야 합니다. 그는 신경증 때문이 아니라 신경증에도 불구하고 성공하는 것입니다.

프로이트를 한 번도 좋아한 적이 없으시지요, 그렇지 않습니까?

헉슬리　프로이트 심리학이 가진 문제는 아픈 사람들에 대한 연구에

• 오노레 드 발자크가 1842년 자신이 집필한 소설 전체에 붙인 총서명이다. 137편의 방대한 양의 소설과 에세이로 구성된 '인간 희극'은 총 91편이 완성되었고, 46편은 미완으로 남았다. 『고리오 영감』, 『외제니 그랑데』, 『나귀 가죽』 등이 여기 속한다.

•• 마르셀 프루스트는 천식으로 고생하면서도 십 년이 넘게 코르크로 방음한 방에 틀어박혀 글을 썼다. 대표적인 작품으로 『잃어버린 시간을 찾아서』가 있다.

만 기반을 둔다는 점입니다. 프로이트는 결코 건강한 사람들을 만난 적이 없어요. 환자나 동료 정신분석의들만 만났지요. 게다가 프로이트 심리학은 과거에만 관심이 있습니다. 주체의 현재 상태나 미래의 잠재력에 관심을 가진 다른 심리학 체계가 훨씬 현실성이 있어 보이는군요.

창조 과정과 리세르그산Lysergic Acid• 같은 약의 사용과 관계가 있다고 보십니까?

헉슬리 이 문제에 대해서는 일반화할 수 없다고 생각합니다. 경험에 따르면 사람들이 리세르그산에 보이는 반응은 어마어마하게 다양해요. 어떤 사람들에게서는 그 약물을 통해서 직접적으로 그림이나 시 같은 미적 반응을 끌어낼 수 있을 겁니다. 그 외 사람들에게서는 그럴 수 없다고 생각됩니다. 대부분의 사람에게 그 경험은 극도로 의미심장한 것이 됩니다. 간접적으로 창조적 과정을 도울 수는 있을 것입니다. 하지만 어떤 사람이 "멋진 시를 쓰고 싶으니 리세르그산을 복용해야지."라고 말하는 건 불가능합니다. 원하는 결과를 얻을 수 있을지 전혀 예측할 수 없거든요. 어떤 식의 결과도 나올 수 있습니다.

그러면 소설가들보다는 서정시 시인에게 도움이 될 수 있을까요?

헉슬리 글쎄요. 시인에게라면 확실히 다른 식으로는 얻기 힘든 삶에 대한 특이한 관점을 얻는 데는 도움이 될 수도 있겠지요. 하지만 아시다시피 (이것이 그 경험에 있어서 가장 의미 있는 점인데) 사람들은 그런 경험을 하는 동안에는 어떤 현실적인 일에도 관심을 갖지 않습니다. 심지어는 서정시를 쓰는 일에도요. 만일 어떤 여성과 사랑을 나누고 있다면 그것에 대해서 쓰고 싶겠어요? 당연히 그렇지 않을 겁니다. 경험하는 동안에는 말하는 일에는 별로 관심이 없어집니다. 경험은 말을 초월하고 말로는 거의 표현 불가능하기 때문입니다. 그러니까 일어나고 있는 일을 개념화한다는 생각 자체가 어리석어요. 사건이 발생한 다음에는 글 쓰는 일이 가능해지고 그 경험은 큰 도움이 될 겁니다. 사람들은 자신을 둘러싼 세상을 완전히 다른 식으로 보게 될 것이고, 그것에 대해서 쓸 영감을 받을 수도 있겠지요.

그 경험에서 남는 것이 많을까요?

헉슬리 글쎄요. 온전한 기억으로는 남겠지요. 뭔가 대단한 일이 일어났다는 걸 기억할 테고요. 어느 정도는 그 경험을 추체험追體驗해볼 수 있고, 특히 외부 세계가 완전히 변화하는 것을 재경험할 수도 있습니다. 때로는 거기서 받은 암시로 세상을 변화된 방식으로 보는 경우도 있고요. 직접 경험만큼 강렬하게는 아니지만 비슷하게 느낄 수 있지요. 그러면 세상을 새로운 방식으로 보는 데 도움이 됩니다. 특별히 재능 있는 사람들이 세상을 바라보는 방식을 매우 분명하게 이해할 수 있지요. 실제로 반 고흐가 살았던 세상, 블레이크가 살았던 세상 속으로 들어가 보는 겁니다. 약이 영향을 미치는 동안에는 그런 세상을 직접 경험하게 되고, 나중에 약의 영향에서 벗어나서는 블레이크가 분명 그랬듯이 특별한 사람들이 드나들었던 세계를 기억해내 약간은 되찾을 수 있습니다.

• 향정신성 화학물질인 LSD를 말한다. 헉슬리는 환각제의 영향을 받은 의식의 탐구에 열정을 쏟았다.(역자 주)

하지만 예술가의 재능은 약을 복용하기 전과 비교해서 하나도 달라지지 않았겠지요?

헉슬리 달라져야 할 이유가 없겠지요. 화가들이 약의 영향하에 어떤 일을 할 수 있는지 보기 위한 실험이 이루어진 적이 있지만 대부분의 예는 별로 흥미롭지 않았습니다. 약의 영향 아래서 경험하는 엄청나게 강렬한 색채를 완벽히 재생산해내길 기대할 수 없습니다. 제가 본 것들은 대개 지루한 표현주의에 가깝습니다. 실제로 경험한 것과는 전혀 상응되지 않았다고 생각합니다. 엄청나게 재능 있는 예술가라면 리세르그산의 경험에서 도움을 받을 수도 있고, 이 경험에 의한 비전을 예술작품의 모델로 삼을 수도 있으며, 캔버스 위에 약에 의해서 변화된 외부 세계를 있는 그대로 재생산해놓을 수도 있을 겁니다. 오딜롱 르동* 같은 사람 말이지요. (그는 아마도 약의 영향 없이도 언제나 세상을 그런 식으로 보았겠지만요.)

당신의 책 『지각의 문』에서처럼 오늘 오후 여기서 약의 영향으로 겪는 시각적 경험과 미술에 대해서 주로 이야기하시는군요. 심리적인 통찰에서도 이와 유사하게 얻는 부분이 있습니까?

헉슬리 네, 있을 겁니다. 약의 영향하에서는 주위 사람들과 자신의 삶에 대해서 예리한 통찰력을 얻게 됩니다. 많은 사람들이 기억 속에 깊이 묻혀 있던 자료들을 엄청나게 회상해냅니다. 6년간의 정신분석으로 해낼 만한 과정이 단 한 시간 안에 일어나지요. 게다가 비교할 수 없이 싼값으로요. 그리고 그 경험은 다른 식으로도 아주 해방적이고 지평을 넓히는 역할을 합니다. 우리가 습관적으로 살아가는 세계는, 단지 관습적으로 비좁게 갇혀 있는 우리라는 존재가 만들어냈을 뿐이고, 완전히 다른 종류의 세계가 그 바깥에 존재한다는 것을 보여줍니다. 우리가 대부분의 시간을 보내는 다소 지루한 이 세계가 유일하게 존재하는 세계가 아님을 깨닫는 일은 매우 유익하지요. 사람들이 이러한 경험을 하는 일은 아주 건강한 거라고 생각합니다.

그런 심리적인 통찰력이 소설가에게 도움이 될 수 있을까요?

헉슬리　글쎄요. 그렇지 않을 거라 생각합니다. 결국 소설은 지속적인 노력의 결과로 나오거든요. 리세르그산의 경험은 시간과 사회질서 바깥의 어떤 것을 드러냅니다. 소설을 쓰기 위해서는 실제 환경에서 살아가는 사람들에 관한 영감이 있어야 하고, 그다음엔 여기에 기반한 엄청난 양의 힘든 작업이 필요합니다.

리세르그산과 메스칼린, 『멋진 신세계』에 나오는 '소마'라는 약 사이에 어떤 유사성이 있나요?

헉슬리　유사성은 전혀 없습니다. 소마는 세 가지 다른 효과를 가진 가상의 약입니다. 행복감을 높여주고, 환각 상태에 빠뜨리고, 진정제 역할을 하지요. 이 셋은 거의 불가능한 결합이지요. 메스칼린은 남서부 인디언들이 오랫동안 종교 의식에서 사용했던 피요트 선인장의 주요 성분입니다. 이제 메스칼린은 화학적으로 만들어집니다. 리세르그산 디에틸아미드LSD-25는 메스칼린과 비슷한 효과를 갖는

• 상징주의 미술의 선구자이다. 독특하고 신비로운 색의 사용으로 환상적인 작품 세계를 창조하였다.

화학복합물입니다. 약 12년 전쯤에 개발되었고 현재는 실험용으로 사용될 뿐입니다. 메스칼린과 리세르그산은 외부 세계를 변화시키고 어떤 경우에는 비전을 만들어내지요. 대부분의 사람은 제가 기술한 것처럼 긍정적이고 깨달음을 얻는 경험을 합니다. 그러나 그 비전은 천상의 것일 수도 있지만 지옥의 것일 수도 있어요. 이런 약들은 간 손상을 입은 사람들을 제외하면 생리적으로는 무해합니다. 대부분의 사람에게는 후유증이 없고 습관성도 없습니다. 정신분석의들은 그런 약들을 솜씨 좋게 이용하면 어떤 종류의 신경증 치료에 도움이 될 수 있다는 걸 알아냈습니다.

어떻게 메스칼린과 리세르그산 실험에 관여하게 되셨나요?

헉슬리　그 분야에 오랫동안 관심이 있었고, 캐나다에서 작업하는 매우 재능 있는 영국의 정신분석의 험프리 오즈먼드와 줄곧 서신을 교환하고 있습니다. 그가 다른 여러 종류의 사람들에게 약효를 시험하기 시작했을 때 제가 그의 실험 대상이 되었지요. 이 모든 내용을 『지각의 문』에서 묘사했습니다.

글쓰기로 다시 화제를 돌려보지요. 『연애 대위법』에서 필립 퀄즈가 "나는 타고난 소설가가 아니다."라는 말을 하는데요. 자신에 대해서도 같은 말을 하실 수 있는지요?

헉슬리　저는 타고난 소설가라고 생각하지 않습니다. 아니에요. 일례로 플롯을 만들어내는 데 많은 어려움을 겪거든요. 어떤 사람들은 이야기하는 데 놀라운 재주를 타고납니다. 저로서는 결코 가져보지 못한 재능입니다. 로버트 루이스 스티븐슨의 경우에는 이야기의 플롯을 잠재의식적인 꿈에서 얻고 (요정 '브라우니'가 그를 위해 작업한다고 하지요.) 꿈에서 제공된 자료로 작업하는 것뿐이라고 쓴 내용을 읽은 적이 있습니다. 제가 늘 어려움을 겪는 일은 상황을 만들어내는 일이었습니다.

플롯을 짜는 것보다 인물을 만드는 일이 더 쉬우셨나요?

헉슬리　네, 그렇습니다. 하지만 사람들을 창조하는 데도 별로 재주가 없습니다. 등장인물에 대한 자료가 그다지 축적되어 있지 않습니다. 이런 일들이 어렵지요. 그건 주로 기질의 문제로 여겨집니다. 우연히도 알맞은 기질이 아닌 거지요.

'타고난 소설가'라는 말은 소설 쓰는 일에만 관심 있는 사람을 의미하는 것이라고 생각하게 됩니다.

헉슬리　그건 같은 의미를 다른 말로 표현한 걸 겁니다. 타고난 소설가에게는 다른 관심사가 없습니다. 그에게 있어 소설은 마음을 가득 채우고 시간과 에너지를 모두 쏟는 몰두할 만한 일입니다. 반면에 다른 종류의 정신세계를 가진 사람은 그밖의 활동에 흥미를 갖게 되지요.

당신의 소설들을 되돌아볼 때 어떤 작품이 가장 만족스러우신가요?

헉슬리　개인적으로는 『시간은 걸음을 멈추지 않으면 안 된다』가 가장 성공적인 작품이라고 생각합니다. 다른 작품보다 에세이적인 요소와 소설적인 요소가 훨씬 잘 결합되었습니다. 어쩌면 그런 이유 때문이 아닐 수도 있겠네요. 어쨌든 그 작품이 제일 좋아하는 작품입니다. 가장 성공적이었다고 느낍니다.

그렇다면 소설가의 당면 문제는 '에세이적 요소'를 소설과 결합시키는 일인가요?

헉슬리 글쎄요. 그야말로 이야기만 잘 만들어내는 훌륭한 이야기꾼들이 많이 있지요. 사실 멋진 재능입니다. 아마 그 극단적인 예는 뒤마일 겁니다. 몇 달 동안 자리에 앉아서 다른 건 아무것도 하지 않고, 『몽테크리스토 백작』 여섯 권을 써내는 것만 생각한 특이한 노신사 말입니다. 세상에! 『몽테크리스토 백작』은 정말 훌륭해요! 하지만 이야기만이 전부는 아닙니다. 일종의 우화적인 의미를 동시에 담아내는 이야기를 찾으면 (도스토옙스키의 작품이나, 가장 뛰어난 톨스토이의 소설에서 이런 것을 발견할 수 있지요.) 이건 아주 대단한 일로 느껴집니다. 톨스토이의 『이반 일리치의 죽음』 같은 몇 개의 단편은 다시 읽을 때마다 깜짝 놀라게 됩니다. 믿겨지지 않을 정도예요! 도스토옙스키의 『지하생활자의 수기』 같은 짧은 소설들도 마찬가지입니다.

다른 소설가 중에 특히 영향을 받은 사람이 있습니까?

헉슬리 그런 질문에 대답하는 건 아주 어렵군요. 좋아하는 책 한 권 한 권마다 무엇인가를 배우고 자극받는데…… 아주 젊었을 때, 학부생 시절에는 프랑스 소설을 많이 읽었습니다. 지금은 시대에 뒤떨어져버린 소설가 아나톨 프랑스를 아주 좋아했지요. 그렇지만 40년 동안 그의 책을 읽지 않아서, 지금은 그가 어떤 인물인지 잘 모르겠네요. 1915년 프루스트의 『잃어버린 시간을 찾아서』의 첫 번째 권을 읽고 엄청나게 강렬한 인상을 받았던 기억이 있습니다. (최근 그 책을 다시 읽었는데 이상하게도 실망감을 느꼈습니다.) 지드도 그 무렵에 읽었지요.

초기 작품 몇 편, 특히 『연애 대위법』은 프루스트와 지드의 영향을 받은 것처럼 보이더군요. 그렇습니까?

헉슬리 제 초기 소설의 일부에는 프루스트적인 분위기가 약간 느껴질 겁니다. 과거가 현재에 가하는 압력을 보여주려고, 『가자에서 눈이 멀어』에서처럼 앞뒤로 옮겨 다니면서 시간을 다루는 방식이나 과거의 것들을 회상하는 실험을 다시 하지는 않을 것 같습니다.

몇몇 초기 소설에서는 지드가 했던 것처럼 음악적 효과도 사용하셨지요.

헉슬리 음악이 경이로운 점은 언어로는 아주 힘들게 해야 하거나 전혀 할 수 없는 일들을 너무나 쉽고 빠르게 해낸다는 점입니다. 어차피 음악적으로 글을 쓰려는 시도는 소용없는 일입니다. 하지만 에세이에서 그걸 시도해봤지요. 일례는 『주제와 변주』입니다. 그리고 단편소설 몇 편에서도 음악적 변주에 해당하는 방법을 사용했습니다. 거기에서는 어떤 성격적 특징들을 잡아서 한 인물에서는 그것을 진지하게 다루고, 다른 인물에서는 희극적으로 일종의 패러디로 다루었습니다.

제임스 조이스에게 많은 영향을 받으셨나요?

헉슬리 전혀 없습니다. 없고 말고요. 『율리시스』에서 결코 많은 걸 얻어내지 못했습니다. 아주 비범하다고는 생각하지만, 그 책의 많은 부분은 소설을 어떤 식으로 쓰면 안 되는지에 대한 다소 긴 논증으로 이루어져 있습니다. 그렇지 않은가요? 그는 써서는 안 되는 가능한 모든 방식을 보여줍니다. 그러고 나서는 계속해서 소설을 어떻게 쓸 수 있는지를 보여주지요.

버지니아 울프의 소설에 대해서는 어떻게 생각하십니까?

헉슬리 울프의 작품은 아주 색다릅니다. 굉장히 아름답지요. 안 그렇습니까? 하지만 거기서는 너무나 기이한 느낌을 받습니다. 그녀는 믿을 수 없을 정도로 명확하게 보지만, 언제나 마치 유리판을 통해서 보는 듯합니다. 어떤 것도 직접 건드리지 않습니다. 그녀의 책은 직접적이지 않아요. 저를 아주 혼란스럽게 하지요.

헨리 제임스는 어떻습니까? 아니면 토마스 만은요?

헉슬리 제임스를 읽어보면 굉장히 냉정한 느낌입니다. 만은 좀 지루하고요. 만은 분명히 존경할 만한 소설가지요. 매년 여름이면 『마리오와 마법사』에 묘사된 장소에 가곤 했습니다. 만의 작품에서는 그곳의 느낌이 전혀 안 납니다. 저는 거길 아주 잘 알아요. 대리석 산지인 카라라 산 아래쪽의 셸리•가 익사한 바닷가이지요. 당시에는 믿을 수 없을 정도로 아름다운 곳이었습니다. 당연히 지금은 코니아일랜드••처럼 유흥지가 되어버렸고 수백만의 사람들이 다녀갑니다.

장소에 대한 이야기가 나와서 말씀인데, 영국에서 미국으로 이주한 것이 글에 영향을 미쳤다고 생각하시나요?

헉슬리 모르겠습니다. 그렇지 않을 겁니다. 사는 장소가 대단히 중요하다고 느낀 적이 없습니다.

그렇다면 사회 분위기가 소설에 어떤 차이를 가져온다고 생각하시나요?

헉슬리 글쎄요. '소설'이란 무엇일까요? 너무나 많은 사람들이 '소설'이니 '작가'니 하면서 마치 그들을 일반화할 수 있는 것처럼 말합니다. 그 집단에는 언제나 다양한 구성원이 존재합니다. 그리고 소설 역시 많은 다른 종Species이 속해 있는 범주이지요. 어떤 종류의 소설에는 분명히 특정한 장소가 필요하다고 생각합니다. 앤서니 트롤럽•••은 자신이 글을 쓰던 장소를 벗어나서는 그와 같은 작품을 쓸 수 없었을 것입니다. 바이런이나 셸리처럼 이탈리아로 갈 수 없었겠지요. 그에게는 영국 중산층의 삶이 필요했습니다. 하지만 D. H. 로렌스를 보세요. 처음에 사람들은 그가 영국 중부지방 탄광 근처에 머물러야 한다고 생각했을 겁니다. 하지만 그는 어디서든 글을 쓸 수 있었지요.

30년이 지난 지금 소설가로서 그리고 인간으로서 로렌스를 어떻게 생각하시는지 말씀해주실 수 있나요?

헉슬리 때때로 그의 책을 다시 읽습니다. 그는 정말 잘 씁니다! 특

• 영국의 낭만주의 시인이자 『프랑켄슈타인』의 작가 메리 셸리의 남편이다. 1822년 라스페치아 근해에서 항해 중 폭풍에 배가 침몰하여 익사하였다.

•• 미국 브루클린에 있는 놀이공원.(역자 주)

••• 영국의 소설가로 바셋이라는 상상 속의 공간을 배경으로 한 『바셋 주 이야기』를 썼다. 19세기 중엽 영국 사회를 정확히 전달하는 사실적인 작품이다.

히 단편들의 경우에요. 얼마 전 『사랑에 빠진 여인들』의 일부를 다시 읽었는데 그것도 아주 훌륭했습니다. 자연 묘사의 생생함, 믿을 수 없을 정도의 생생함이 로렌스의 놀라운 점이지요. 그러나 때때로 그가 하고 싶은 이야기가 무엇인지 모를 때가 있습니다. 『날개 달린 뱀』The Plumed Serpent의 경우, 한 쪽에서는 멕시코 인디언의 피에 절은 어두운 삶을 찬양했다가 다음 쪽에서는 게으른 원주민을 키플링 시기의 영국 대령처럼 저주합니다. 그 책은 모순 덩어리입니다. 인간으로서의 로렌스는 아주 좋아합니다. 그가 죽기 4년 전부터 그를 매우 잘 알고 지냈습니다. 제1차세계대전 중에 만났는데 그때는 잠시였을 뿐이고, 1926년이나 되어서야 진짜 잘 아는 사이가 되었습니다. 저는 그에 대해서 약간 불안함을 느꼈습니다. 아시다시피 그에게 사람을 좀 불안하게 만드는 점이 있잖아요? 관습적으로 자란 젊은 부르주아 청년에게는 이해하기 어려운 면이었지요. 하지만 나중에 그를 알아가면서 좋아하게 되었습니다. 제 첫 아내가 그와 매우 친해졌고, 그를 이해하면서 아주 잘 지냈습니다. 우리는 로렌스가 죽기 전 마지막 4년 동안 그 부부*를 자주 만났습니다. 파리에서도 함께 지냈고 스위스에서도 함께였고 플로렌스 근처의 빌라 미렌다에 사는 그들을 방문하기도 했어요. 아내가 『채털리 부인의 연인』 원고를 타자 쳐주었습니다. 비록 아내는 타자도 잘 못 쳤고 벨기에 사람이라서 영어 철자를 어려워했지만 말입니다. 타자로 치는 영어의 뉘앙스를 대부분 제대로 이해하지 못했습니다. 아내가 대화에서 욕설을 사용하기 시작하자 로렌스는 크게 충격을 받았지요.

어째서 로렌스는 그다지도 많이 옮겨 다녔을까요?

헉슬리 계속 옮겨 다닌 한 가지 이유는 사람들과의 관계가 너무 복잡해지면 벗어나야 했기 때문입니다. 그는 지나치게 강렬하게 사랑하거나 미워하는 사람이었어요. 같은 사람들을 사랑하면서 동시에 미워했습니다. 그리고 많은 결핵 환자들처럼 기후가 그에게 큰 영향을 미칠 거라 생각했지요. 단지 온도만이 아니라 바람의 방향이나 온갖 종류의 대기 조건들이요. 그는 기후의 신화학을 만들어냈습니다. 말년에는 뉴멕시코로 돌아가기를 원했습니다. 그곳 타오스 목장에서 아주 행복해했습니다. 하지만 여행할 만큼 힘이 남아 있지 않았습니다. 의학적인 관점에서 보면 그는 이미 죽었어야 맞는 상태였습니다. 하지만 계속 살아남았지요. 몸과는 독립된 어떤 에너지가 그를 지탱해주는 것 같았습니다. 로렌스는 마지막까지 글을 썼고……베니스에서 그가 죽었을 때 우리도 거기 있었습니다……그는 제 첫 번째 아내의 품에 안겨 죽었어요. 로렌스가 죽은 뒤에 그의 아내 프리다는 완전히 무력감을 느꼈고 도대체 어떻게 해야 할지를 몰랐습니다. 신체적으로는 아주 강한 사람이었지만 인생의 실제적인 면에 대해서는 로렌스에게 완전히 의존하고 있었지요. 그후 로렌스의 일들을 정리하기 위해 런던으로 돌아갔을 때 그녀는 끔찍하게 음침하고 낡은 호텔에 묵었습니다. 그곳에 로렌스와 함께 묵은 적이 있었고 다른 곳은 안전하다는 느낌이 들지 않았기 때문이라고 하더군요.

• 자유로운 성 표현으로 주목받은 『채털리 부인의 연인』을 쓴 D. H. 로렌스는 은사의 부인이던 여섯 살 연상의 프리다와 사랑에 빠져 세계를 떠돌며 작품 활동을 하였다. 1930년 결핵으로 사망했다.

당신 소설의 어떤 인물들은 직접적으로 아는 사람들에 기반을 두고 만들어진 것처럼 보입니다. 로렌스라든가 노먼 더글러스나 존 미들턴 머리 같은 사람들 말입니다. 실제로 그렇습니까? 그리고 이들을 어떻게 소설 속의 인물로 바꾸시는지요?

헉슬리 지인들이 특정 상황에서 어떻게 행동할지 상상해보려고 노력합니다. 당연히 어느 정도는 아는 사람들에 기반을 두고 등장인물을 창조합니다. 그걸 벗어나기는 힘들어요. 그렇지만 소설의 인물들은 지나치게 단순화됩니다. 그들은 우리가 아는 사람들보다 훨씬 덜 복잡합니다. 인물 중 몇몇은 미들턴 머리의 특징 일부를 갖고 있습니다. 그렇다고 해서 그를 직접 책에 등장시켰다고 할 수는 없습니다. 그리고 『크롬 옐로』의 늙은 스코건이라는 인물은 노먼 더글러스와 닮은 점이 있습니다. 1920년대에 플로렌스에서 더글러스를 꽤 잘 알고 지냈습니다. 그는 기막히게 지성적이고 아주 훌륭한 교육을 받은 사람입니다. 하지만 의도적으로 자신의 관심사를 제한해서 술과 섹스 말고는 어떤 것에 대해서도 이야기하지 않게 되었습니다. 결국 얼마 지나지 않아 아주 따분한 사람이 되었지요. 더글러스가 개인적으로 출간한 희극적 포르노그래피풍 5행시 모음집을 본 적이 있나요? 불쌍한 양반 같으니라고. 그게 그가 돈을 벌 수 있던 유일한 방법이었습니다. 끔찍하게 재미없는 책이었지요. 더글러스의 말년에는 그를 거의 만나지 않았습니다.

로렌스와 프리다는 『연애 대위법』에서 마크와 메리로 나오지 않나요? 많은 점에서 로렌스 부부의 이야기를 꽤 자세하게 집어넣으셨더군요.

헉슬리 그래요. 그렇다고 생각합니다. 하지만 마크에게는 로렌스의 극히 일부만 표현되어 있습니다. 로렌스를 아는 모든 사람이 그에 대해서 써야 한다고 느끼는 게 놀랍지 않나요? 작가들은 바이런 이후에 다른 어떤 누구보다도 로렌스에 대해서 많이 썼습니다!

등장인물 이름은 어떻게 지으시나요? 심농이 그랬던 것처럼 전화번호부 등에서 아무거나 고르시나요? 아니면 어떤 의미를 전달하려는 의도가 있으신가요? 『여러 여름이 지난 후 백조가 죽는다』[•]에 등장하는 몇몇 등장인물은 특이한 이름을 지니고 있습니다. 특별한 의미가 있나요?

헉슬리 네, 이름은 아주 중요합니다. 그렇지 않습니까? 존재하지 않을 것 같은 특이한 이름도 현실에서 만나게 되는 경우가 많지요. 그래서 이름을 지을 때는 아주 조심해야 합니다. 『여러 여름이 지난 후 백조가 죽는다』에 등장하는 이름에 대해서는 설명드릴 수 있습니다. 예를 들어 버지니아 먼시플Virginia Munciple을 봅시다. 그 성은 제프리 초서의 작품에 나오는 맨시플Manciple이라는 단어에서 나왔습니다. 맨시플이 도대체 무슨 뜻일까요? 집사라는 의미입니다. 독특하고, 자신에게 안성맞춤이라서 초짜 영화배우가 선택할 만한 이름이지요. 이름이 버지니아인 이유는 제레미에게 그녀가 너무나 순결하게 보였기 때문입니다. 그것이 물론 사실은 아니지만요. 또한 그녀가 성모에게 헌신하기 때문이기도 합니다. 지그문트 오비스포 박사의 경우는 분명하게 지그문트 프로이트의 이름과 연결됩니다. 오비스포라는 성은 지역색을 내기 위해서 지명인 샌 루이스 오비스포에

• 1939년 '긴 여름 후'After Many a Summer라는 제목으로 발표된 이 소설은, 같은 해 제목이 '여러 여름이 지난 후 백조가 죽는다'After Many a Summer Dies the Swan로 바뀌어 다시 출간되었다.

서 따왔고, 희극적인 느낌이 나서 정했습니다. 제레미 포다주의 경우에는 이름과 관련된 이야기가 있습니다. 옥스퍼드 대학에 다닐 때 월터 롤리 교수님께서 (정말 훌륭한 선생님이셨지요.) '가톨릭 음모'* 사건과 관련된 문학에 대해 연구하도록 하셨습니다. 당시 '절름발이 므비보셋'이라는 필명을 쓰던 드라이든이 작가 중 한 사람으로 포다주를 언급했습니다. 옥스퍼드 대학의 보들리안 도서관에서 포다주의 시를 구해 읽어봤는데, 믿기 어려울 정도로 형편없었습니다. 하지만 그 이름 자체는 보물 같았지요. 제레미라는 이름은 발음 때문에 선택했습니다. 포다주와 결합되면 어딘가 노처녀 같은 느낌이 들었거든요. 프롭테르라는 이름은 라틴어의 '때문에'라는 의미를 가진 단어에서 왔습니다. 그는 지혜로운 사람으로 궁극적인 대의명분에 관심이 있기 때문이지요. 그 이름을 선택한 또 다른 이유는 에드워드 리어**의 「알리 삼촌의 삶에서 일어난 일들」이라는 시에 등장하기 때문입니다. 어디 봅시다, 그 시가 어떻게 되더라?

> 고대 메디아와 페르시아 사람들처럼
> 그는 항상 자신의 힘으로
> 언덕 위에서 살아나갔다.
> 아이들에게 철자를 가르치면서,
> 때때로 그냥 고함이나 치면서
> 가끔씩 '프롭테르의 니고데모 환약'을 팔면서.

피터 분이라는 이름에는 특별한 의미가 없습니다. 그냥 그 인물에게 어울리는 직설적인 미국식 이름이지요. 조 스토이트도 마찬가지고요. 그 이름의 의미는 소리 나는 그대로입니다.

최근에는 풍자에서 멀어지신 것 같습니다. 지금은 풍자에 대해서 어떻게 생각하시나요?

헉슬리 맞아요, 멀어졌습니다. 그 점에서는 제가 변했습니다. 하지만 여전히 풍자를 좋아합니다. 우리에게는 그것이 필요합니다. 모든 곳에서 사람들은 너무 진지합니다. 지나칠 정도로 엄숙하게 모든 일을 받아들여요. 저는 주교의 엉덩이에 핀을 꽂는 일•••에 절대 찬성합니다. 가장 건강한 조치인 것 같거든요.

젊었을 때 조너선 스위프트*를 좋아하셨나요?

헉슬리 아, 그럼요. 아주 좋아했습니다. 그리고 놀라울 정도로 재미있는 또 다른 책이 있습니다. 오랫동안 재미를 주는 몇 안 되는 옛날 책 중 하나인데 『우매한 사람들의 편지』**라는 제목입니다. 스위프트도 분명 읽었을 거라고 확신합니다. 그의 방식과 아주 흡사하거든요. 저는 전반적으로 흄, 로Law, 크레비용, 디드로, 필딩, 포프 등 18세기 작가들에게서 많은 걸 배웠습니다. 비록 저는 구식이라서 낭만

• 1678년에서 1681년 사이에 영국에서 티투스 오츠라는 인물이 가톨릭교도들이 찰스 2세를 암살하려는 음모를 꾸민다는 거짓 정보를 흘렸다. 이는 대대적인 가톨릭 박해를 불러일으켰는데 결국 그의 이야기가 거짓이라는 것이 밝혀져 오츠는 위증죄로 체포되었다.(역자 주)

•• 희극적인 풍자시와 난센스시로 유명한 19세기 영국의 시인이자 삽화가.(역자 주)

••• 권위에 대한 풍자나 희화화를 의미한다.(역자 주)

* 『걸리버 여행기』를 쓴 영국의 정치 풍자 작가이다.(역자 주)

** 독일의 인문주의자 후텐이 쓴 책이다. 후텐은 루터의 종교개혁을 지지하였으며, 『우매한 사람들의 편지』는 인문주의를 둘러싼 신구파의 분쟁에서 구파를 통렬히 풍자한 내용이다.

주의자들이 교황보다 낫다고 생각하지만요.

오래전에 「비극과 전체 진실」이라는 에세이에서 필딩을 칭찬하셨지요. 아직도 비극보다 소설이 인생에 대해서 더 풍부한 관점을 제공한다고 생각하시나요?

헉슬리 그렇습니다. 여전히 비극이 반드시 가장 고양된 형식은 아니라고 생각합니다. 가장 고양된 형식은 어쩌면 아직 존재하지 않는지도 모르지요. 훨씬 포괄적이면서도 똑같이 숭고한 셰익스피어의 희곡에서 희미하게나마 예시된 어떤 것을 생각해볼 수 있습니다. 어떤 방식으로는 비극적인 요소와 희극적인 요소가 보다 완전하게 융합될 수 있다고도 생각합니다. 어떻게 그렇게 될 수 있는지는 모르겠지만요. 어떻게 가능한지는 저도 모릅니다. 그러니 물어보지는 마세요. 가까운 장래에 또 다른 셰익스피어를 만날 수 있다면 그때는 우리도 알게 되겠지요. 그렇게 되기를 희망합니다. 에세이에서 말했듯이 호머도 이런 요소들의 융합을 보여줍니다. 하지만 매우 단순하고 소박한 수준에서지요. 어쨌든 호머는 정말로 훌륭합니다! 이런 특질을 지닌 또 한 명의 진정으로 숭고한 작가가 있는데 바로 제프리 초서* 입니다. 초서는 절대적인 무Nothing에서 심리학 전부를 만들어냈는데 이는 믿을 수 없을 만큼 훌륭한 업적입니다. 그가 현대인이 이해하지 못하는 중세 영어로 글을 썼다는 것은 영문학 전체의 커다란 불운입니다. 그가 200~300년 뒤에 태어났다면 영문학 전체의 흐름이 바뀌었을 겁니다. 그랬다면 우리는 정신을 몸과 분리시키고 영혼을 물질에서 분리시키는, 이런 광적인 플라토닉 상태로 나아가지 않았을 겁니다.

그렇다면 최근 쓴 소설의 양은 적지만 전보다 소설에 대한 평가가 낮아진 건 아니시군요?

헉슬리 오, 아닙니다. 아니고말고요. 소설, 전기, 역사 모두가 중요한 형식이라고 생각합니다. 우리는 허구이든 실제이든 구체적인 인물과 상황의 관점에서 볼 때 보편적인 추상 개념에 대해서 훨씬 더 많은 것을 말할 수 있다고 생각합니다. 쓴 책 중 제일 좋아하는 몇 권은 역사와 전기물입니다. 『숨은 실세』, 『루당의 악마들』, 멘느 드 비랑••의 전기인 『철학자에 대한 변주』Variations on a Philosopher 등이지요. 이 모든 책들에서는 제가 중요하게 생각하는 일반적인 개념을 구체적인 삶과 사건의 관점에서 논의했습니다. 어쩌면 모든 철학에 대해서 이런 형태로 써야 할 겁니다. 이렇게 쓰는 쪽이 훨씬 더 심오하고 유익할 겁니다. 어려운 단어에 많은 의미를 부여하지 않으면서 추상적으로 쓰는 건 아주 쉬워요. 하지만 개념을 특정한 맥락의 관점과 특정한 일련의 상황들 속에서 표현해야 하는 순간, 한계는 있더라도 훨씬 더 멀리 아주 깊게 나아갈 수 있는 문이 열립니다. 이미 말씀드린 대로 소설뿐 아니라 역사와 전기는, 현재와 과거 삶의 초상을 제공하기 때문에 그 자체로 엄청나게 중요합니다. 뿐만 아니라 일반적인 철학적 개념, 종교적 개념, 사회적 개념을 표현하는 수단으로도 매우 중요하지요. 세상에! 도스토옙스키는 소설을 쓰기 때문에 키르케고르보다 여섯 배는 더 심오하지요. 키르케고르를 보면 이 추상적 인간Abstract Man이 계속해서 떠드는 걸 알 수 있습니다. 콜리지도 마

• 『캔터베리 이야기』를 쓴 14세기 영국 작가.(역자 주)

•• 프랑스의 칸트라 불리는 철학자이자 정치가이다.

찬가지고요. 그건 대단한 개념들을 구체적인 형식 속에서 항상 살아 있게 만드는 심오한 소설적 인간Profound Fictional Man과 비교하면 아무것도 아닙니다. 소설에서는 절대적인 것과 상대적인 것이 서로 화해합니다. 말하자면 특수함에서 일반적인 것이 표현되지요. 그리고 이 점이 저에게는 흥미롭습니다. 삶과 예술 양쪽 모두에서 말입니다.

레이먼드 프레이저 Raymond Fraser 캐나다의 소설가이자 시인이다. 현재까지 『검은 말 선술집』, 『심술궂은 남자』, 『또 다른 인생』 등 열한 권의 소설과 세 권의 논픽션, 여섯 권의 시집을 냈다. 『바논 다리의 음악가』는 캐나다 최고의 책에 선정되었다.

조지 위키스 George Wickes 『아마존 편지들』, 『파리의 미국인』 등을 쓴 작가이자 번역가이다. 번역한 책으로 『프레더릭 미스트랄의 회고록』이 있다.

주요 작품 연보

『크롬 옐로』Crome Yellow, 1921
『어릿광대의 춤』Antic Hay, 1923
『하찮은 이야기』Those Barren Leaves, 1925
『연애 대위법』Point Counter Point, 1928
『멋진 신세계』Brave New World, 1932
『가자에서 눈이 멀어』Eyeless in Gaza, 1936
『여러 여름이 지난 후 백조가 죽는다』After Many a Summer Dies the Swan, 1939
『숨은 실세』Grey Eminence: A Study in Religion and Politics, 1941
『시간은 걸음을 멈추지 않으면 안 된다』Time Must Have a Stop, 1944
『영원의 철학』The Perennial Philosophy, 1945
『원숭이와 본질』Ape and Essence, 1948
『주제와 변주』Themes and Variations, 1950
『지각의 문』The Doors of Perception, 1954
『루당의 악마들』The Devils of Loudun, 1959
『금지된 섬』Island, 1962

:: 02

언어로 만든 미로의 도서관

호르헤 루이스 보르헤스
JORGE LUIS BORGES

호르헤 루이스 보르헤스

아르헨티나, 1899. 8. 24.~1986. 6.14.

라틴아메리카의 '마술적 리얼리즘'과 포스트모더니즘 문학의 거장으로 평가받는다. 독특한 '책에 대한 책 쓰기' 방식으로 철학적이며 형이상학적인 주제들이 녹아 있는 단편소설들을 많이 썼다. 언어적인 예민함과 섬세함으로 정평이 나 있다.

아르헨티나의 부에노스아이레스에서 태어났다. 어린 시절부터 강한 문학적 언어적 재능을 드러냈다. 정규 교육을 받는 대신 가정교사에게 배웠으며, 영국 출신인 할머니로 인해 영국 문화의 영향을 강하게 받으며 영어와 에스파냐어를 함께 익혔다.
1914년 부친의 눈 치료를 위해 스위스 제네바로 이주한 보르헤스는 프랑스 문학과 독일 문학을 섭렵하며 라틴어까지 깨치게 된다. 1921년 아르헨티나로 돌아온 이후 1924년 전위주의 잡지를 창간했고, 아르헨티나 문단에 에스파냐에서 일어난 시 개혁 운동인 울트라이스모를 소개한다. 그리고 울트라이스모와 향토적 정서가 결합된 『부에노스아이레스의 열기』 등 시집과 여러 편의 에세이집을 펴냈다. 1938년 부친이 사망하고 가세가 기울면서 사서로 일하던 보르헤스는 사고로 머리에 부상을 입었는데 이후 거의 실명에 가까운 상태로 평생을 살게 되었다. 보르헤스는 이때부터 평생 한 번도 장편소설을 쓰지 않은 채 「픽션들」, 「알레프」 등 새로운 형식의 단편소설들을 써냈다.
그 밖의 저서로는 『불한당들의 세계사』, 『셰익스피어의 기억』 등의 소설집과 『정면의 달』, 『영원한 장미』 등의 시집, 『심문』, 『영원의 역사』 등의 에세이집이 있다.

보르헤스와의 인터뷰

로널드 크라이스트

보르헤스는 주저주저 머뭇거리며 걷고, 마치 수맥을 찾는 것처럼 더듬더듬 지팡이를 사용했다. … 보르헤스는 때때로 상쾌하고 극적인 어조도 사용했는데, 그럴 때는 대개 농담할 때였다. 오스카 와일드의 구절을 인용할 때는 영국 에드워드 시대의 연극배우를 방불케 했다.

이 인터뷰는 1966년 7월, 보르헤스가 관장으로 재직하던 국립도서관의 관장실에서 나눈 대화이다. 새롭게 단장한 도서관 안의 관장실은 널찍하고 천장이 높고 장식이 많았다. 사무실이라기보다는 접견실 같은 느낌으로 옛 부에노스아이레스의 분위기를 풍겼다. 벽에는 다양한 학위증과 문학상이 걸려 있었는데, 읽기 어려울 정도로 높은 곳에 있어 마치 수줍어하는 듯했다. 벽에 걸린 피라네시•의 그림들을 보니 보르헤스의 단편 「죽지 않는 사람」••에 나오는 악몽 같은 피라네시의 폐허가 떠올랐다. 벽난로 위에는 거대한 초상화가 있었다. 보르헤스의 비서인 수사나 킨테로스 양에게 그 초상화에 대해서 묻자

• 18세기 이탈리아의 판화가이자 건축가이다. 로마의 풍경과 가상의 감옥을 그린 동판화로 유명하다.(역자 주)

•• 『알레프』, 민음사, 2012

그녀는 "그 초상화는 별로 중요하지 않아요. 원본이 아니라 복제화일 뿐인걸요."라고 답했다. 그녀가 의도한 것은 아니겠지만, 이 말은 보르헤스의 기본 주제를 상기시켰다.

관장실의 대각선 반대쪽 코너에는 커다란 두 개의 회전 책장이 있다. 보르헤스는 그 책장에 있는 책들을 자주 꺼내보는데, 거의 장님이나 다름없는 그가 위치와 크기에 의지해서 쉽게 찾을 수 있도록 책이 특정한 순서대로 꽂혀 있다. 그 순서를 절대로 바꾸지 않는다고 킨테로스 양이 말해주었다. 사전들은 나란히 모여 있는데 그중에는 낡아서 다시 튼튼하게 제본한 닳아빠진 웹스터 영어 백과사전, 마찬가지로 손때 묻은 앵글로-색슨어古英語* 사전도 있었다. 독일어와 영어로 된, 신학과 철학에서부터 문학과 역사를 아우르는 책들 중에는 펠리컨 영문학사 전집, 모던 라이브러리의 『프랜시스 베이컨 선집』, 홀랜더의 『에다 시선집』**과 『카툴루스*** 시집』, 포사이스의 『4차원 기하학』, 하랍의 영문학 고전 시리즈 몇 권, 파크맨의 『폰티악의 음모』, 체임버스 판 『베어울프』* 등이 있다. 킨테로스 양에 의하면 보르헤스는 최근에는 『미국의 유산-그림으로 보는 남북전쟁사』를 읽고 있고, 전날 밤에는 워싱턴 어빙의 『마호메트의 일생』을 집으로 가져갔다고 한다. 집에서는 구십 대 노모가 소리 내서 그에게 책을 읽어준다.

매일 늦은 오후, 보르헤스는 도서관에 도착해서 킨테로스 양에게 편지와 시들을 받아 적게 한다. 킨테로스 양은 타자기로 친 내용을 읽어준다. 보르헤스가 수정하면, 그녀는 그가 괜찮다고 할 때까지 두 세 번 혹은 네 번까지 고쳐서 타이핑해준다. 어떤 날 오후에는 그녀가 책을 읽고 보르헤스는 들으면서 영어 발음을 주의 깊게 바로잡아준다. 때때로 생각하고 싶을 때면 보르헤스는 관장실을 벗어나 서가가 내려다보이는 원형 회랑을 천천히 걸으며 돌아다니곤 한다. 그러나 킨테로스 양은 그가 언제나 진지한 것은 아니라고 강조하면서, 독자들이 그의 작품에서 기대할 만한 사실을 확인해준다. "언제나 농담하시거나 사소한 장난을 치시지요."

보르헤스가 베레모를 쓰고 어깨가 헐렁하고 신발까지 덮는 축 늘어진 진회색 플란넬 양복을 입고 도서관에 들어오면 모든 사람이 잠시 말을 멈춘다. 보르헤스에 대한 존경심과 거의 장님이 된 사람을 위한 배려일 것이다. 그는 주저주저 머뭇거리며 걷고, 마치 수맥을 찾는 것처럼 더듬더듬 지팡이를 사용했다. 키가 작고 머리카락이 거의 비현실적으로 보일 정도로 삐죽 솟아올라 있었다. 이목구비도 또렷하지 않았으며 노화와 창백한 피부로 인해 윤곽이 흐릿했다. 목소리에 강세가 없어 거의 웅웅거리는 듯했다. 초점 없는 눈 때문이겠지만 그 목소리는 보르헤스의 뒤에 있는, 누군가 다른 사람으로부터 나오는 듯했다. 몸짓과 표정은 나른해 보였는데 특징적인 점은 한쪽 눈꺼풀만 축 늘어져 있다는 것이다. 하지만 그는 자주 웃었는데 웃으면 얼굴에 뒤틀린 물음표 모양의 주름이 졌다. 보르헤스는 자주 팔로 뭔가 쓸어내거나 치워버리는 듯한 몸짓을 했으며 손으로 탁자를 치기도 했다.

• 게르만족이 영국에 침입한 후인 5세기에서 7세기쯤부터 11세기경까지 사용된 영어이다. 네 방언으로 나뉘며 북유럽에서 사용된 고대 노르드어에서도 많은 영향을 받았다.

•• 고대 노르드어로 된 아이슬란드 신화와 시가 모음.(역자 주)

••• 일상이나 개인적 감정에 대한 짧은 시를 쓴 로마공화정 말기의 시인.(역자 주)

* 스칸디나비아를 배경으로 한 고대영어로 된 서사시로서 앵글로-색슨 문학에서 가장 중요한 작품으로 여겨진다.(역자 주)

보르헤스가 하는 말은 대개 답변을 요구하지 않는 의문문의 형태를 취했다. 진짜로 질문할 때면 강한 호기심을 보이기도 했고, 때로는 소심하고 거의 비장하기까지 한 불신을 드러냈다. 보르헤스는 때때로 상쾌하고 극적인 어조도 사용했는데, 그럴 때는 대개 농담할 때였다. 오스카 와일드의 구절을 인용할 때는 영국 에드워드 시대의 연극배우를 방불케 했다.

보르헤스의 영어 발음은 꼭 집어서 정의하기가 어려웠다. 모국어인 에스파냐어에서 유래한 일종의 국제적인 말투가 바탕이고, 교육받은 정확한 영어와 미국 영화의 영향도 있었다. 분명 어떤 영국인도 '피아노'를 '피에아노'로 발음하지 않을 것이고, 어떤 미국인도 '전멸시키다'라는 뜻의 '어나이얼레이트'Annihilate를 '어니이힐레이트'라고 발음하지 않을 것이다. 그의 발음에서 특징적인 점은 단어의 발음이 뭉개지면서 서로 겹쳐버리는 것이다. 예를 들어 접미사가 사라지면서 'couldn't'와 'could'가 거의 똑같이 들리게 된다. 가끔은 은어를 쓰거나 격식을 차리지 않은 용어를 사용하지만, 대개는 매우 격식을 갖춘 문어적인 표현을 사용한다. 아주 자연스럽게 '다시 말씀드리자면'이라거나, '바로 그 점에서' 등의 표현을 쓴다. 그의 문장은 언제나 서술적인 '그러고 나서'라든가, 논리적인 '결과적으로'라는 구절로 연결된다.

무엇보다도 보르헤스는 수줍어한다. 내성적이고 겸손한 모습을 보이면서 개인적인 이야기는 가급적 삼갔다. 자신에 대한 질문에는 다른 작가들에 대한 이야기로 답했다. 그들의 말과 책까지 자신의 생각에 대한 징표로서 사용하며 간접적으로 답변을 이어갔다.

인터뷰에서는 보르헤스가 일상적인 대화에서 쓰는 말투를 그대로 담아내려고 했다. 그가 대화에서 사용하는 영어는 그의 글과는 분명한 대조를 이룬다. 이는 그의 글이 발전하는 데 매우 중요한 역할을 한 영어를 그가 얼마나 친숙하게 쓰는지 보여준다.*

---

* 인터뷰 원문에서는 보르헤스의 구어체를 살려 생략되거나, 도중에 끊어진 말들을 그대로 실었다. '결과적으로', '그러고 나서', '아닙니까?' 등 반복되는 언어 습관도 있는 그대로 나타난다. 번역 과정에서도 생략과 반복을 포함하여 보르헤스가 말하는 방식을 가급적 충실히 따랐다.(역자 주)

Hackmann III 1, Rhys — En la China, profesar una de las tres religiones no es excluir las restantes;
Davids 10. — determinada fe no es excluir las otras; cada una es concebida como una magia o como un
Chinese Studies II 162. — sistema de magias, y la busca del elixir de inmortalidad no es incompatible con la del inasequible Nirvana. Consecuencia:
E Br. VI, 176. — hará que predique en estas provincias la religión de Jesús
y más, hará que predique el evangelio de Jesús; lograr prosélitos
Orientalische Religionen 165, 166, Glasenapp I 164. Taoísmo 128. — ganar prosélitos es fácil; lo difícil es inculcarles que no deben seguir adorando
el Cielo esférico y la Tierra cuadrangular, o al Rey del Tao que puede transformarse en nueve hombres.
impedir que sigan adorando el Cielo he-
misférico y la Tierra cuadrangular, o al Rey del Tao, que puede convertirse en nueve hombres. ¡Cuántos perdones estrictamente [illegible]
[illegible] de la Iglesia
Glasenapp I 220. — Metodistas en Shanghai son miembros de la secta del Loto Blanco o
[illegible] de la Flor de Dragón o del Loto Blanco!
frecuentan asimismo los conciliábulos de la Flor de Dragón! Aplicar la estadística a ese mundo es no
me aplicarla a los sueños;
una vana que aplicarla a los sueños; nadie podrá saber el preciso número de budistas que hay en el Imperio Central. Tampoco
el preciso número de individuos de la secta del Fénix.
hay activo
oriundo de Baton Rouge; a principios de 1899, la Iglesia Episcopal
E Br. XXII, 473, XIII, 658. — Protestante Episcopal me destinó a Hong-Kong. Todos la
Willoughby-Meade 159, Burgueses, en aquel tiempo, eran hombres del Fénix (Fung Hwang);
Anesaki 47, 48, 144. Graspröcke 89. — Fénix (del Fung); algo me refirieron de su doctrina, al catequizarlos;
aprendí de su doctrina, al instruirlos, y en octubre de
Poesía China 593. — 1904 publiqué en la China Review un verboso [illegible] titulado The lore of the Phoenix. Entre otras cosas, afirmé que
Taoísmo 36. — para los sectarios del Fénix, el cuerpo humano es una superposición de palacios, de oficinas y de registros
oficinas, en los que está una interminada jerarquía
de dioses — palacios, de tribunales y de oficinas, en las que está
una interminada jerarquía de dioses; poco tiempo le costó al P. Zorbi, de la Compañía de Jesús, probar que tales imaginaciones
proceden de la fisiología taoísta. Su demostración, titulada desdeñosamente Expurgando, fue incomparable con el [illegible]
despiadada — aprendiz de
sinólogo y sin duda me avergonzó. (Digo "sin duda", pero² no puedo recordar una línea;
abochornó. — que no recuerdo una línea; al cabo de los años, nos puede
avergonzar lo que hicimos, no lo que nos hicieron los otros). — abochornar
lo que hicimos o lo que dejamos de hacer, no lo que nos hicieron.)

호르헤 루이스 보르헤스의 자필 원고.

호르헤 루이스 보르헤스
×
로널드 크라이스트

대화를 녹음해도 되겠습니까?

호르헤 루이스 보르헤스　물론이지요. 도구를 쓰세요. 방해가 되긴 하지만 여기 없는 것처럼 이야기하려고 애써보지요. 지금 어디서 오는 길입니까?

뉴욕에서요.

보르헤스　아하, 뉴욕이라. 저도 가봤지요. 뉴욕을 아주 좋아했어요. "그래, 내가 이걸 만들었지. 이건 내 작품이군." 하고 혼잣말하곤 했지요.

높은 건물의 벽으로 만들어진 미로 같은 거리 말씀이신가요?

보르헤스　네, 맞아요. 저는 어슬렁거리며 거리를 걸어 다녔습니다. 5번가를 걸었지요. 그러다가 길을 잃었지만 사람들은 아주 친절했어요. 키 크고 수줍음 많은 청년이 내 작품에 대해서 한 많은 질문에 대답해준 기억이 나요. 텍사스에서는 뉴욕에 가면 조심해야 한다고 말해줬지만 그곳이 아주 마음에 들었습니다. 자, 준비되셨나요?

네, 녹음기는 이미 작동되고 있습니다.

보르헤스　자, 시작하기 전에 여쭤보지요. 어떤 질문들을 하실 건가요?

대개 당신 작품에 대해서, 그리고 관심을 표하신 영국 작가들에 대해서 질문드릴 겁니다.

보르헤스　아하, 그렇군요. 죄송하지만 만약 젊은 동시대 작가들에 대해서 물어보신다면 아는 게 거의 없습니다. 지난 7년간은 고대영어와 고대 노르드어*를 공부하려고 최선을 다했거든요. 결과적으로 그 언어들은 아르헨티나와 아르헨티나 작가들과는 시간적으로나 공간적으로나 매우 동떨어져 있지요. 안 그런가요? 하지만 『핀스버그 단편』**이나 엘레지라든가 『브루난버그의 전투』***에 대해서 이야기해야 한다면야.

그런 주제에 대해서 말씀하고 싶으신가요?

보르헤스　아니요. 꼭 그렇지는 않습니다.

앵글로-색슨어와 고대 노르드어를 공부하기로 결심하신 이유는 무엇인가요?

보르헤스　은유에 대한 지대한 흥미에서 비롯되었지요. 어떤 책에선가 '케닝'Kenning 완곡 대칭법* 그러니까 고대영어와 고대 노르드어 시에서 사용된 훨씬 더 복잡한 형태로 된 은유에 대해서 읽었습니다. 아마도 그때 읽은 책이 앤드루 랭의 『영문학사』인 것 같네요. 그다음에 고대영어 공부를 시작했지요. 몇 년간 하고 나서 요즘에는, 그러니까 아주 최근에는 은유에 대해서는 더 이상 흥미가 없습니다. 그 은유는 시인들 자신 적어도 고대 영국 시인들에게는 다소 식상한 것이리라고 생각했기 때문이지요.

은유를 반복하는 것 말씀이시지요?

보르헤스 은유를 반복하고 계속해서 사용하고 다시 또다시 이야기하지요. '흐란라드'Hranrād라든가 '웰라드'Waelrād 아니면 '바다'를 '고래의 길'이라고 한다든가 '배'라는 말 대신에 '바다의 나무'나 '바다의 종마'라고 부르는 것들이요. 저도 결국에는 그것들, 그러니까 은유를 사용하는 걸 그만두었습니다. 하지만 어쨌든 그간 그 언어를 공부했고 사랑에 빠졌습니다. 요즘에는 예닐곱 명 정도가 모여서 거의 매일 함께 공부합니다. 우리는 『베어울프』의 중요 장면들과 『핀스버그 단편』, 『십자가의 꿈』을 읽었습니다. 그리고 앨프리드 대왕의 산문까지 갔습니다. 이제는 고대 노르드어를 배우기 시작했지요. 고대 노르드어는 고대영어와 친족관계가 있는 언어라서 어휘가 크게 다르지 않답니다. 고대영어는 저지대 독일어와 스칸디나비아어

• 북유럽에서 바이킹 시대를 포함한 중세에 사용된 게르만어이다.

• • 고대영어로 된 영웅시의 일부.(역자 주)

• • • 937년 영국이 연합국 왕들과 싸워서 승리한 전투로 앵글로-색슨 역사에서 헤이스팅스 전투 이전의 가장 위대한 전투로 알려져 있다.

* 고대 노르드어에서 자주 사용되는 청자들에게 익숙한 은유를 의미한다. 예를 들어 태양을 '세상의 촛불'로 몸을 '뼈의 집'으로 표현하는 식이다.(역자 주)

의 중간쯤에 속하지요.

서사문학Epic Literature에 늘 관심이 많으셨지요? 그렇지 않습니까?

보르헤스 언제나요. 맞습니다. 예를 들어 많은 사람들이 극장에서 울지요. 계속 그래왔습니다. 저도 그랬습니다. 하지만 저는 슬픈 이야기나 가슴 아픈 이야기 때문에 울어본 적은 없어요. 그런데 요제프 폰 스턴버그의 갱영화를 처음 보고, 시카고 갱이 용감하게 죽어간다거나 뭔가 서사시적인 장면이 나오면 눈에 눈물이 그렁그렁했던 기억이 납니다. 서정시나 엘레지보다는 서사시 쪽에 훨씬 마음이 움직여요. 언제나 그렇게 느꼈습니다. 어쩌면 글쎄요. 제가 군대와 관련 깊은 집안 출신이라서 그럴지도 모르지요. 할아버지인 프랜시스코 보르헤스 라피너 대령은 인디언과의 국경 전쟁에 참여했고 혁명기에 돌아가셨지요. 증조할아버지인 수아레즈 대령은 에스파냐군에 대항한 마지막 대전투에서 페루 기병대를 이끄셨습니다. 다른 종조부 한 명은 산마르틴의 군대 전위대를 지휘하셨고요. 그리고 제 증조모는 후안 마누엘 데 로사스(아르헨티나의 군사 독재자)의 누이였습니다. 로사스를 당대의 페론 같은 사람이라고 생각하기 때문에 이 인척 관계를 그다지 자랑스럽게 여기지는 않습니다. 하지만 이 모든 사실이 저를 아르헨티나의 역사와 연결해주고, 남자는 용감해야 한다는 생각과도 연결해주지요. 안 그렇습니까?

하지만 당신이 서사시적 주인공이라고 부르는 인물들, 예를 들어 갱의 경우는 대개 서사시적 주인공으로 여겨지지 않아요. 그렇지 않나요? 그런데도 거기서 서사시적인 요소를 찾으시는 것 같군요.

보르헤스 저는 그 속에 낮은 수준의 서사시적 요소가 있다고 생각합니다. 아닌가요?

과거의 서사시가 더 이상은 불가능하기 때문에 이런 종류의 인물을 우리의 영웅으로 봐야만 할까요?

보르헤스 서사시나 서사문학에 대해서 말씀드리지요. 『지혜의 일곱 기둥』을 쓴 T. E. 로렌스나 키플링 같은 시인, 「덴마크 여성의 하프 노래」 등의 시나 몇몇 단편소설을 제외하면 요즘 작가들은 서사의 의무를 소홀히 하는 것 같습니다. 그래서 우리에게 남겨진 서사시적 요소는 아주 이상하긴 하지만 서부극에서 찾아볼 수 있다고 생각합니다.

영화 〈웨스트 사이드 스토리〉를 여러 번 보셨다고 들었습니다.

보르헤스 여러 번 봤지요. 물론 〈웨스트 사이드 스토리〉는 서부극이 아니고요.

하지만 마찬가지로 그 영화에서도 서사시적인 특질을 찾아내지 않으십니까?

보르헤스 그렇습니다. 말씀드린 것처럼 20세기의 서사 전통은 할리우드에서 보존되고 있습니다. 파리에 갔을 때 사람들을 약간 놀라게 하고 싶었습니다. 그래서 "어떤 종류의 영화를 좋아하십니까?"라고 묻기에 이렇게 대답했지요. "솔직히 가장 좋아하는 건 서부극입니다." 그분들은 제가 영화에 관심이 있다는 걸, 아니 지금은 거의 눈이 안 보이니까 예전에 관심이 있었다는 걸 알았거든요. 그들은 프랑스인들이었습니다. 모두 저에게 동의했고요. 그들도 〈히로시마 내 사랑〉이라든가 〈지난해 마리앙바드에서〉 같은 영화는 의무감에서 보지만 오락이나 즐거움이나 자극을 원할 때는 미국 영화를 봅니다.

영화의 기술적인 측면이 아니라 '문학적' 내용에 관심이 있으시군요?

보르헤스 저는 영화의 기술적 측면에 대해서는 아무것도 모릅니다.

당신 작품으로 화제를 돌리지요. 단편소설을 쓰기 시작할 때 많이 주저하셨다는 말씀에 대해 질문드리고 싶습니다.

보르헤스 네, 젊었을 때 스스로가 시인이라고 생각했기 때문에 단편소설 쓰는 데 많이 주저했습니다. 그래서 이렇게 생각했습니다. "단편소설을 쓰면 모든 사람들이 내가 주변인이라는 것과, 금지된 영역을 침범하고 있단 걸 알겠지." 그때 사고를 당했습니다. 아직도 흉터가 남아 있습니다. 머리 이 부분을 만져보면 알 수 있을 겁니다. 튀어나온 산과 언덕들을 만져보세요. 사고 후에 병원에서 2주를 보냈지요. 악몽과 불면증에 시달렸습니다. 나중에 사람들이 제게 죽을 뻔했다며 수술이 성공적이어서 정말 다행이라고 했지요. 저는 정신이 온전한지 걱정되었습니다. "어쩌면 다시는 글을 쓸 수 없을지 몰라."라고 중얼거렸습니다. 그렇게 된다면 제 인생은 끝난 거나 다름없었을 겁니다. 문학은 저에게 아주 중요하니까요. 제 작품이 특히 훌륭하다거나 그런 이유가 아니라 글을 쓰지 않고는 살 수가 없다는 걸 알기 때문이었지요. 만약 글을 쓸 수 없다면 회한 같은 게 있을 겁니다. 안 그렇습니까? 그때 논문이나 시를 써볼까 생각했습니다. 하지만 또 생각했지요. '지금껏 수백 편의 논문과 시를 써왔지. 그런데 그걸 쓸 수 없다면 끝장이라는 걸 바로 알게 되겠지. 모든 게 끝이라는 걸.' 그래서 전에는 해본 적이 없던 걸 시도해봐야겠다고 생각했습니다. '새로운 걸 못 한다고 해도 이상한 건 아니겠지. 꼭 단편소설을 써야 할 이유는 없는 거니까.'라고요. 단편소설을 써보는 일은 내 능력이 끝났다는 최후의 압도적인 타격을 대비하는 전 단계였습니다. 그래서 그걸 썼지요. 그렇게 해서 쓴 단편이 「장밋빛 모퉁이의 남자」였던 것 같습니다.• 모든 사람들이 이 소설을 아주 좋아했습니다. 무척 안도했지요. 그때 머리에 충격을 받지 않았더라면 아마 절대로 단편소설을 쓰지 않았을 겁니다.

단편소설을 안 썼다면, 당신 작품이 번역되는 일도 없었겠군요.

보르헤스 아마 누구도 제 작품을 번역할 생각을 안 했을 겁니다. 그 사고는 위장된 축복이었습니다. 단편소설들은 어찌어찌 잘 나갔지요. 프랑스어로 번역되어 포멘터 상을 받았고요. 그러고 나서 여러 언어로 번역된 것 같아요. 첫 번역가는 이바라였습니다. 제 가까운 친구였고, 단편소설들을 프랑스어로 번역했습니다. 그가 제 소설을 훨씬 낫게 만들어준 것 같습니다. 그렇지 않습니까?

카유와가 아니라 이바라가 첫 번역가였나요?

보르헤스 이바라와 로제 카유와였지요.(카유와는 출판인이다.) 늙고 원

• 보르헤스가 착각한 것 같다. 보르헤스가 사고를 당하고 나서 쓴 단편은 「장밋빛 모퉁이의 남자」가 아니라 1939년 5월 『수르』지 56호에 실린 「피에르 메나르, 『돈키호테』의 저자」이다. 사실 보르헤스는 이 단편 전에도 두 개의 단편소설을 썼다. 「알모타심으로의 접근」과, 그의 첫 단편소설이며 1935년 『불한당들의 세계사』에 실린 「장밋빛 모퉁이의 남자」이다. 보르헤스가 나중에 언급하게 될 포멘터 상은 「장밋빛 모퉁이의 남자」가 실려 있지 않은 『픽션들』로 받은 것이다.(원문 주)

숙한 나이에 이르러서야, 세계의 많은 사람들이 제 작품에 관심을 가졌다는 걸 알게 되었습니다. 아주 이상한 느낌입니다. 제 작품 중 상당수가 영어, 스웨덴어, 프랑스어, 이탈리아어, 독일어, 폴란드어, 그리고 몇몇 슬라브어와 덴마크어로 번역되었지요. 이런 사실은 저를 매우 놀라게 했답니다. 왜냐하면 이전에 출판한 책은…… 오래전이니 1932년이었을 겁니다.(실제로는 1936년이었다.) 그해 연말에 찾아보니 무려 37부나 팔렸더군요!*

그 책은 『불한당들의 세계사』였나요?

보르헤스 아니, 아닙니다. 『영원의 역사』였습니다. 구매자들을 전부 찾아가서 책에 관해 사과하고, 구매해준 데 대해서 감사를 표하고 싶었지요. 그런 감정이 생긴 이유는 서른일곱 명이라는 사람들이 실제 살아 있는 인물로 느껴졌기 때문입니다. 그 사람들 모두가 자신만의 얼굴이 있고 가족이 있고 특정한 거리에 살고 있다는 게 실감났습니다. 그런데 2000부가 팔린 경우라면 하나도 팔지 않은 거나 마찬가지입니다. 2000명은 너무 많은 숫자거든요. 상상력으로 파악하기엔 너무 많습니다. 반면에 서른일곱 명은…… 어쩌면 서른일곱 명도 너무 많겠네요. 열일곱 명이나 일곱 명이면 훨씬 낫겠어요. 그래도 서른일곱 명은 여전히 상상력의 범위 안에 있지요.

숫자 이야기가 나와서 말인데, 당신 작품에 특정 숫자가 반복적으로 등장하는 걸 발견했습니다.

보르헤스 아, 그렇습니다. 저는 심하게 미신적입니다. 그 점이 부끄럽군요. 결국 미신은 가벼운 형태의 광기라고 스스로에게 말하곤 하지요. 아닙니까?

종교라고도 볼 수 있을까요?

보르헤스 글쎄, 종교라고요. 하지만……사람이 백오십 살쯤 먹으면 상당히 미쳐 있을 겁니다. 안 그렇습니까? 작은 증상들이 계속해서 커질 테니까요. 그래도 어머니 같은 경우 아흔이나 되셨는데도 저보다 미신을 덜 믿으신답니다. 요즘 제임스 보즈웰이 쓴 『새뮤얼 존슨의 생애』를 열 번째로 읽고 있는데, 존슨도 미신에 휘둘리더군요. 그러면서 광기에 대한 두려움도 크고요. 신에게 보내는 직접 쓴 기도문에서 존슨은 광인이 되지 않게 해달라고 빌지요. 그러니까 그 문제를 걱정했던 게 틀림없어요.

빨강, 노랑, 초록과 같은 색을 계속해서 사용하는 원인도 마찬가지로 미신 때문이라고 할 수 있나요?

보르헤스 그런데 제가 초록색을 쓰던가요?

다른 색만큼 자주는 아니지요. 사소한 시도를 해봤습니다. 당신 작품에 나오는 색깔을 세어봤지요. 그러니까…….

보르헤스 아니요. 사소하지 않습니다. 그런 것을 스타일 연구라고 합니다. 여기서는 그런 점이 연구됩니다. 제 작품에서 노란색을 발견하셨을 거예요.

• 무려 37부나 팔렸다는 식의 보르헤스 특유의 장난기 어린 농담이다.(역자 주)

빨강도 있습니다. 흐려져서 자주 장밋빛이 되곤 하지만요.

보르헤스 정말이요? 아, 저는 몰랐네요.

"오늘의 세상은 마치 어제 피운 불의 재인 것 같다." 이것도 당신이 사용한 은유이지요. 예를 들자면 '붉은 아담'에 대해 말씀하셨지요.

보르헤스 아담이라는 단어는 히브리어로 '붉은 땅'을 의미할 겁니다. 게다가 듣기에도 좋지 않나요? '로호 아단.'Rojo Adán

네, 그렇군요. 하지만 그 점을 의도적으로 보여주려고 한 것은 아니시지요? 색깔을 은유적으로 사용해서 세상의 타락상을 드러내는 것 말입니다.

보르헤스 저는 어떤 것도 의도하지 않습니다. (웃음) 의도하지 않아요.

그냥 묘사할 뿐인가요?

보르헤스 묘사하지요. 글로 쓰고요. 노란색에 대해서는 물리적 설명이 있습니다. 시력을 잃기 시작할 때 볼 수 있던 색, 아니 눈에 확 띄던 마지막 색은 노랑이었거든요. 물론 지금도 당신 외투 색이 뒤에 있는 테이블이나 나무 조각과 같지 않다는 건 알지만요. 미국에 노란색 택시 회사가 있는 이유가 바로 그겁니다. 처음에는 주홍색 택시를 만들려고 했답니다. 그러다가 밤이나 안개가 자욱할 때 노란색이 주홍색보다 훨씬 선명하게 눈에 띈다는 걸 알아냈지요. 그래서 노란색 택시가 생긴 것이고 누구든지 쉽게 그 색을 알아볼 수가 있습니다. 시력을 잃어갈 즈음, 세상이 점점 희미해져 갈 때 지인들이……그러니까 제가 노란색 넥타이만 맨다고 해서요. 저를 놀리던 때가 있었습니다. 너무 튀긴 하지만 지인들은 제가 노란색을 좋아하는 줄 알았겠지요. "그래요, 여러분한테는 너무 강렬하겠지요. 하지만 저한테는 안 그래요. 그게 제가 볼 수 있는 유일한 색이니까요!"라고 말했습니다. 저는 흑백 화면 같은 세상에 살고 있습니다. 하지만 노란색은 두드러지지요. 아마 그 색이 많이 등장하는 이유는 그 때문일 겁니다. 오스카 와일드가 한 농담이 생각납니다. 친구가 노랑, 빨강 같은 요란한 색으로 된 넥타이를 매고 오자 그는 "이 친구야, 귀머거리만 그런 타이를 한다고!"라고 했습니다.•

제가 지금 맨 노란색 넥타이에 대한 이야기인 듯하군요.

보르헤스 어떤 부인에게 이 농담을 들려준 적이 있는데 요점을 완전히 놓치더군요. "물론 귀가 먹으면 다른 사람들이 그 넥타이에 대해서 뭐라고 하는지 들을 수가 없겠지요."라고 하더라고요. 이런 대답을 들으면 오스카 와일드가 재미있어했겠지요. 안 그래요?

와일드의 반응이 궁금하군요.

보르헤스 어떤 이야기를 그렇게 완벽하게 오해하는 경우는 들어본 적이 없어요. 진짜 멍청한 거지요. 물론 와일드가 한 말은 영어나 에스파냐어에서 '요란한 색'Loud Color이라고 하는 것에 대해서 나름대로 재치 있게 표현한 것입니다. '요란한 색'은 흔히 쓰는 표현이지요. 하지만 문학에서 말하는 것도 같습니다. 중요한 건 그것이 표현되는 방식입니다. 은유 등을 통해서 말입니다. 젊었을 때는 언제나 새로운 은유를 찾아다녔습니다. 그러고 나서 진정으로 훌륭한 것은 사실

• 색깔이 '요란하다'는 표현에 'loud'란 단어를 쓰는 것을 이용한 농담이다.(역자 주)

예전과 동일한 은유임을 알게 되었지요. 무슨 말이냐면, 시간은 언제나 길에 비유되고 죽음은 잠에, 삶은 꿈에 비유되지요. 그리고 그런 것들이 문학에서 훌륭한 은유입니다. 그런 은유는 본질적인 어떤 것에 상응되기 때문이지요. 새로운 은유를 만들어내면 아주 잠깐은 놀라움을 줄 겁니다. 하지만 어떤 깊은 감정을 불러일으키지는 못할 겁니다. 하지만 삶을 꿈이라고 생각하는 건 하나의 생각, 어떤 진정한 생각을 표현하는 것이고 모든 사람들이 그런 생각을 가질 겁니다. 안 그렇습니까? '자주 그렇게 생각하지만 그토록 잘 표현된 적이 없는 은유'이지요. 저는 그게 사람들에게 새로운 충격을 주는 일이나 전에 연결된 적이 없는 걸 새롭게 연결하는 것보다 훌륭하다고 생각합니다. 왜냐하면 그런 것은 진정한 연결이 아니니까요. 그런 식으로 연결된 은유는 전체적으로 보면 일종의 재주부리기에 불과합니다.

단지 말로 부리는 재주인가요?

보르헤스 말뿐인 거지요. 그런 걸 진짜 은유라고 부를 수도 없습니다. 진짜 은유는 양쪽의 항이 실제로 연결되어 있거든요. 그런데 한 가지 예외가 있습니다. 고대 노르드어의 시에서 나온 기이하고 새롭고 아름다운 은유입니다. 고대 영시에서 전투는 '칼들의 놀이'라든가 '창들의 만남'이라고 표현되지요. 하지만 고대 노르드 시와 켈트 시에서는 전투가 '사람들의 그물망'이라고 불립니다. 기이하지요? 그물망에는 사람을 엮는 일종의 섬유조직 같은, 어떤 패턴이 존재합니다. 아마 중세 전투에서는 칼과 창이 양쪽에 늘어서면서 일종의 그물망이 생겼겠지요. 그래서 새로운 은유가 생겨났던 거라고 생각합니다. 여기에는 일종의 악몽 같은 느낌이 있어요. 안 그렇습니까? 살아 있는 사람과 살아 있는 생물로 이루어진 그물망이지만, 어쨌든 그물망이고 패턴이지요. 뭔가 기이한 생각이지요? 아닙니까?

조지 엘리엇이 『미들마치』에서 사용한 은유와 전반적으로 연결되는 것 같네요. 사회는 그물망이고, 다른 가닥 모두를 건드리지 않고는 한 가닥의 실도 풀어낼 수 없다고 했지요.

보르헤스 [몹시 흥미를 보이며] 누가 그런 말을 했다고요?

조지 엘리엇이 『미들마치』에서 했습니다.

보르헤스 아하, 『미들마치』요! 그래요, 물론입니다! 그 말은 전 세계가 서로 연결되어 있고 모든 것이 연결되어 있다는 의미입니다. 그게 바로 스토아학파 철학자들이 전조라는 개념을 믿었던 이유지요. 현대의 미신에 대해 드퀸시•가 쓴 매우 흥미로운 글이 있습니다. 그의 글은 언제나 흥미롭지만요. 거기서 스토아학파의 이론을 다룹니다. 전 세계가 하나의 살아 있는 유기체이므로, 멀리 떨어져 있는 것처럼 보이는 사물 사이에도 연결점이 있다는 발상이지요. 열세 사람이 함께 식사를 하면 그중 한 사람은 일 년 이내에 반드시 죽게 된다는 것 등이지요. 예수와 열두 제자 때문만은 아니고 모든 것이 서로 연결되어 있기 때문입니다. 정확한 문장은 기억이 나지 않지만 드퀸시는 세계의 모든 것이 서로를 비추는 비밀 거울이라고 했습니다.

• 영국 비평가이자 소설가이다. 그의 출세작인 『어느 영국인 아편 중독자의 고백』은 아편 중독인 자신의 경험을 엮은 것이다. 아편이 주는 몽환의 쾌락과 매력, 그 남용에 따른 고통과 꿈의 공포를 이야기했다.

당신에게 영향을 미친 드퀸시 같은 작가들에 대한 이야기를 자주 하시는군요.

보르헤스 네, 드퀸시의 영향을 많이 받았습니다. 독일어권에서는 쇼펜하우어의 영향을 받았고요. 아, 사실 제1차세계대전 중에는 토머스 칼라일에게 영향을 받아서 독일어를 공부했고, 칸트의 『순수이성비판』을 읽어보려 했습니다. 물론 다른 대부분의 사람처럼 그리고 대부분의 독일인처럼 읽다가 그만두었습니다. 칼라일이라니! 그를 좋아하지는 않습니다. 나치즘을 발명했고 그런 생각을 만들어낸 사람 중의 하나라는 사실이 싫습니다. 그러고 나서 "그럼 독일시를 읽어보자. 시는 운문이라서 짧을 테니까."라고 생각했지요. 하이네의 『서정 간주곡』 한 권과 영어-독일어 사전을 구했습니다. 2~3개월쯤 후에는 사전 없이도 꽤 잘 읽게 되었습니다. 처음으로 끝까지 읽은 영어로 된 소설은 『초록색 덧문이 있는 집』이라는 스코틀랜드 소설로 기억합니다.

작가가 누구지요?

보르헤스 더글러스라는 이름의 작가입니다. 『모자 집의 성』을 쓴 크로닌A. J. Cronin이 그 책을 표절했습니다. 플롯이 거의 일치하지요. 더글러스의 책은 스코틀랜드 사투리로 쓰여 있습니다. 돈Money이라는 말을 보비Bawbee라고 하고, 아이들Children을 베언즈Bairns라고 하지요. 그건 고대영어이면서 고대 노르드어입니다. 그리고 밤Night을 니흐트Nicht라고 하는데 그것 역시 고대영어입니다.

『초록색 덧문이 있는 집』을 읽었을 때 몇 살이었나요?

보르헤스 아마도 열 살이나 열한 살이었을 겁니다. 이해가 안 가는 게 많았거든요. 그 책을 읽기 전에 당연히 『정글북』과 스티븐슨의 멋진 책 『보물섬』도 읽었지요. 하지만 처음 읽은 본격소설은 그 책이었습니다. 읽으면서 스코틀랜드 사람이 되고 싶었지요. 그래서 할머니한테 말씀드렸더니 화를 내셨지요. "네가 스코틀랜드 사람이 아니라서 얼마나 다행이냐."라고 말씀하셨어요. 어쩌면 그분이 틀렸을지도 몰라요. 할머니는 영국 북부의 노섬벌랜드 출신이거든요. 거기 사람들한테는 스코틀랜드인의 피가 어느 정도 섞여 있을 겁니다. 더 거슬러 올라가면 덴마크 혈통도 있을 테고요.

영어에 대한 오랜 흥미와 크나큰 사랑을 지니셨군요…….

보르헤스 이보세요, 지금 미국인과 이야기를 나누잖아요. 반드시 언급해야 할 책이 있지요. 예상치 못한 책은 아닐 겁니다. 『허클베리 핀의 모험』이지요. 『톰 소여의 모험』은 마음에 안 듭니다. 톰 소여라는 인물이 『허클베리 핀의 모험』의 마지막을 망쳤다고 생각합니다. 그 바보 같은 농담들하며. 전부 의미 없어요. 마크 트웨인은 그럴 분위기도 아닌데 웃기는 게 의무라고 생각하는 것 같아요. 농담이 어떻게든 들어가야 하는 거예요. 조지 무어가 말했듯이 영어에서는 언제나 '농담하지 않는 것보다는 나쁜 농담이 낫다.'고 생각한다는 겁니다.

마크 트웨인은 실로 위대한 작가 중 하나라고 생각합니다. 그러나 그 사실을 인식하고 있지는 않았던 것 같아요. 어쩌면 위대한 책을 쓰기 위해서는 그걸 인식하지 말아야 할지도 모르지요. 책을 붙잡고 모든 형용사를 다른 형용사로 바꾸느라 노예처럼 일할 수도 있겠지요. 하지만 실수를 그냥 놔두는 편이 더 나을 수도 있습니다.

버나드 쇼가 스타일에 대해서 말했던 게 떠오릅니다. 쇼는 "작가는 딱 자신의 신념이 부여하는 만큼의 스타일만 가질 수 있다."고 말했습니다. 스타일이 일종의 게임이라는 건 말도 안 되고 무의미한 생각이라고 여겼어요. 또 그는 존 버니언* 같은 작가는 자신이 하는 말에 신념이 있기 때문에 위대한 작가라고 생각했습니다. 만약 작가가 자신이 쓰는 것을 믿지 않는다면 독자들이 믿기를 기대할 수가 없다는 거지요. 하지만 이 나라에서는 어떤 종류의 글이든, 특히 시의 경우에 일종의 스타일 게임으로 간주하는 경향이 있습니다. 우아한 분위기나 뭐 그런 것들을 지닌, 아주 멋지게 쓰는 아르헨티나의 많은 시인들을 알고 있습니다. 그렇지만 그들과 대화해보면, 평소에는 그저 음란한 이야기만 하거나 다른 사람들처럼 정치 이야기를 할 뿐입니다. 그들에게 글쓰기는 부차적인 것에 불과하지요. 체스나 브리지 게임을 배우는 것처럼 글쓰기를 배운 겁니다. 진짜 시인도 아니고 작가도 아니지요. 글쓰기는 그저 재주이고, 그들은 그걸 철저하게 배운 것뿐입니다. 그들은 글쓰기를 아주 능란하게 해냅니다. 하지만 몇 명을 제외한 대부분은 삶에 시적이거나 신비로운 점이 없다고 생각합니다. 모든 걸 너무 당연하게 받아들이지요. 글을 써야 하는 순간이 왔을 때만 갑자기 슬퍼하거나 아이러니한 태도를 취하는 겁니다.

작가의 포즈를 취하는군요.

보르헤스 작가의 위치에서 분위기를 잡고 글을 쓰지요. 쓰고 나면 다시 정치 현안에 대한 관심으로 돌아옵니다.

수사나 킨테로스 [들어오면서] 죄송하지만 캠벨 씨가 만나고 싶어하십니다.

보르헤스 아, 잠깐만 기다려달라고 해주세요. 캠벨 씨가 기다리시네요. 캠벨가 사람들이 자주 옵니다.

단편소설을 쓸 때 수정을 많이 하시나요?

보르헤스 처음에는 그랬습니다. 시간이 지나고는 어떤 특정 연령에 도달하면 자신의 진짜 어조를 찾게 된다는 걸 알았지요. 요즘에는 초고를 쓰고 2주 정도가 지나면 한 번씩 검토하려고 합니다. 물론 피해야 할 실수나 반복도 많지요. 지나치게 선호하는 방식도 있고요. 하지만 요즘 쓰는 글은 일정한 수준에 올라와 있고, 수정해도 많이 좋아지거나 망가지지는 않습니다. 그래서 쓴 글을 그냥 놔두고 잊어버리고는 지금 하는 일에 집중합니다. 마지막으로 쓴 책들은 인기 있는 노래들인 '밀롱가'•• 시리즈였습니다.

그 책들 중 한 권을 봤습니다. 아름다운 책이지요.

보르헤스 그러셨군요. 『여섯 개의 현을 위하여』라는 책 말씀이지요. 당연히 기타라는 뜻이고요. 제 소년 시절 기타는 인기 있는 악기였습니다. 도시의 거의 모든 길모퉁이에서 서툴더라도 기타 치는 걸 볼 수 있었지요. 가장 훌륭한 탱고 중 몇 곡은 악보를 쓰거나 읽지

• 『천로역정』을 쓴 17세기 영국 작가.(역자 주)

•• 밀롱가는 19세기 말 아르헨티나와 우루과이에서 전성기를 누린 음악 장르이다.(역자 주)

도 못하는 사람들이 작곡했습니다. 하지만 그들은 셰익스피어식으로 말하자면 영혼에 음악을 지니고 있었습니다. 그래서 그걸 다른 사람들에게 받아 적게 했지요. 피아노로 탱고 음악을 연주해서 악보로 만든 후 식자층을 위해서 출판한 겁니다. 그런 사람 중 하나인 에르네스토 폰치오를 만난 기억이 있습니다. 폰치오는 '돈 후안'을 썼지요. 라 보카 등지에서 이탈리아 사람들에 의해 망가지기 전, 그러니까 탱고가 크리올라Criolla의 영향을 받기 전에 작곡된 가장 훌륭한 탱고 곡 중 하나입니다.* 그가 한번은 "보르헤스 선생님, 저는 감옥에 여러 번 들락거렸습니다. 하지만 언제나 과실치사 때문이었어요!"라고 했습니다. 자신이 도둑이나 포주는 아니었다는 걸 말하고 싶었을 겁니다.

당신의 『개인적 선집』에 관해서…….

보르헤스 이보세요, 그 책은 오타투성이라는 걸 말씀드리고 싶군요. 제 시력이 너무 약해서 다른 사람이 교정을 봐야 했어요.

알겠습니다. 하지만 그런 건 작은 문제일 뿐이지요. 안 그런가요?

보르헤스 네, 저도 압니다. 하지만 그런 게 계속 마음에 남지요. 작가에게는 걱정되는 문제입니다. 독자들에게는 아니겠지만요. 독자들은 뭐든지 받아들입니다. 아닌가요? 말도 안 되는 난센스까지 다 받아들이지요.

작품을 선정한 원칙은 어떤 건가요?

보르헤스 기본 원칙은 단순했습니다. 실린 작품이 빠진 작품보다 더 낫다고 느꼈던 것뿐입니다. 제가 더 영리했다면 당연히 더 좋은 작품들을 빼자고 했을 거예요. 그러면 누군가 제 사후에 선집에서 빠져 있는 작품이 정말 훌륭하다는 걸 발견하겠지요. 그렇게 하는 게 훨씬 영리한 일일 겁니다. 안 그런가요? 제 말은 좀 약한 작품들을 출판하고, 다른 누군가로 하여금 제가 진짜는 다 빼놓았다는 사실을 발견하게 하는 거지요.

농담하는 걸 정말 좋아하시지요? 안 그런가요?

보르헤스 네, 그렇고 말고요. 그렇답니다.

하지만 당신 책에 대해서 비평하는 사람들, 특히 단편소설에 대해서 비평하는 사람들은…….

보르헤스 아, 그렇게 쓰지 않지요. 그 사람들은 지나치게 진지합니다.

그들은 몇몇 작품이 아주 익살스럽다는 걸 거의 인식하지 못하는 듯합니다.

보르헤스 그 작품들은 웃기려고 쓴 겁니다. 아돌포 비오이 카사레스와 『부스토스 도메크의 연대기』** 라는 책을 같이 썼습니다. 곧 출간될 예정이고요. 건축가들, 시인들, 소설가들, 조각가들 등에 대한 책입니다. 모든 등장인물은 가상의 인물이지요. 그리고 최첨단의 인물이고 아주 현대적인 인물일 겁니다. 그들은 스스로를 아주 진지하게 받아들이고, 작가도 그들을 진지하게 다루지요. 하지만 그 인물들

• 라 보카는 이탈리아인들이 많이 거주하던 아르헨티나의 도시이고, 크리올라는 19세기 쿠바에서 유행하던 음악이다.(역자 주)

•• 부스토스 도메크는 보르헤스가 카사레스와 공저한 책에 사용하는 필명이다.(역자 주)

이 누군가의 패러디는 아닙니다. 우리는 그냥 어떤 특정 방식의 글을 써볼 뿐입니다. 예를 들어 많은 작가들이 저에게 "메시지를 던져주면 좋겠습니다."라고 합니다. 하지만 아시다시피 작가에게는 어떤 메시지도 없지요. 글을 쓸 때는 단지 써야 하기 때문에 씁니다. 작가가 자기 작품에 너무 깊숙이 관여하면 안 될 거라 생각합니다. 작품이 스스로 써나가게 내버려둬야 합니다. 안 그런가요?

어떤 관점을 지녔는가로 작가를 판단해서는 안 된다고 말씀하셨지요?

보르헤스 그렇지요. 관점은 중요하지 않습니다.

그럼 무엇으로 판단해야 하나요?

보르헤스 작가가 제공하는 즐거움과 독자가 얻는 감동으로 판단해야 합니다. 관점에 대해서 말해보자면, 결국 작가가 이런저런 정치적 견해를 가지고 있다는 점은 중요치 않습니다. 왜냐하면 작품이란 키플링•의 『킴』Kim처럼 작가의 정치적 견해와는 상관없이 만들어지기 때문입니다. 당신이 영국 제국주의에 대해 어떤 생각을 가지고 있든…… 글쎄요, 『킴』에서 사람들이 정말 좋아하는 인물은 영국인이 아니라 다른 많은 인도인이나 무슬림이지요. 저는 그 인도인이나 무슬림들이 더 좋은 사람이라고 생각합니다. 왜냐하면 키플링이 그들을 더 좋은 사람으로 생각…… 아니요! 아니겠네요. '생각했기' 때문이 아니라 그렇게 '느꼈기' 때문입니다.

그렇다면 형이상학적인 관점은 어떻습니까?

보르헤스 아하, 그래요! 형이상학적인 관점 말씀이지요. 그럼요. 그런 생각들은 우화나 그런 이야기들에서 쓸 수 있습니다.

독자들은 당신 소설들을 자꾸 우화라고 부르더군요. 그런 표현이 마음에 드십니까?

보르헤스 아니요, 아닙니다. 그 이야기들은 우화를 쓰려던 게 아닙니다. 그것들이 우화라면……[긴 침묵]……그 소설들이 우화라면, 그건 우연히 그렇게 된 것입니다. 제 의도는 전혀 아니었어요.

그렇다면 카프카의 우화 같은 것이 아니라는 말씀이시지요?

보르헤스 카프카의 경우에는 우리가 아는 점이 거의 없습니다. 아는 것이라고는 그가 자신의 작품을 아주 불만스러워했다는 것뿐이지요. 물론 카프카가 친구인 막스 브로트에게 자신의 원고를 불태워달라고 했을 때, 베르길리우스**가 그랬듯이 친구가 그러지 않을 거라는 걸 알았을 겁니다. 자신의 작품을 없애고 싶다면 직접 불에 넣어버리면 될 테고 그렇게 사라지겠지요. 친한 친구에게 "내 원고를 없애주길 바라네."라고 말했다면, 그가 절대 그러지 못할 걸 아는 겁니다. 그리고 친구도 그가 안다는 걸 알고, 그도 친구가 안다는 걸 알고 있고 등등이지요.

헨리 제임스적인 분위기네요.

보르헤스 네, 물론이지요. 저는 카프카의 전체 세계가 헨리 제임스

* 키플링은 서구의 제국주의 이데올로기를 강력하게 지지하였다.

** 로마의 건국에 대한 서사시인 『아이네이스』의 저자이다. 열병으로 죽기 직전 『아이네이스』를 불태워달라고 부탁했으나, 이 부탁은 지켜지지 않았다.(역자 주)

단편소설에서 훨씬 복잡한 형태로 드러난다고 생각합니다. 두 작가는 세계가 복잡하면서도 무의미하다고 생각한 것 같습니다.

무의미하다고요?

보르헤스 그렇게 생각하지 않으시나요?

아니요, 꼭 그렇게 생각하지는 않습니다. 제임스는…….

보르헤스 제임스의 경우에는 그렇습니다. 제임스는 그래요. 그는 세상이 어떤 도덕적인 목적도 갖고 있지 않다고 생각했을 겁니다. 신도 믿지 않았을 거예요. 실은 그가 친형인 심리학자 윌리엄 제임스에게 보낸 편지가 있는데, 거기서 세상을 다이아몬드 박물관, 즉 기이한 것들의 집합소라고 했습니다. 그렇지 않나요? 진심으로 그렇게 생각했을 겁니다. 카프카의 경우로 돌아가보자면, 카프카는 뭔가를 찾고 있었을 거라고 생각합니다.

찾던 것이 어떤 종류의 의미 같은 것이었을까요?

보르헤스 의미라…… 맞습니다. 그런데 아마도 찾지 못했을 겁니다. 하지만 저는 둘 다 일종의 미로에서 살았다고 생각합니다. 안 그렇습니까?

동의할 수 있을 것 같습니다. 예를 들면 『신성한 샘』The Sacred Fount 같은 책이 그렇지요.

보르헤스 네, 『신성한 샘』과 많은 단편소설들이 그렇지요. 예를 들어 「노스모어가의 굴욕」• 이라는 단편은 이야기 전체에 걸쳐서 아름다운 복수에 대해 다루는데, 독자는 그 복수가 실제로 일어날지 안 일어날지 절대로 모릅니다. 여자 주인공은 아무도 읽지 않고 관심도 없는 것 같은 남편의 작품이, 남편의 유명한 친구 작품보다 월등하다고 확신합니다. 하지만 그 모든 건 진실이 아닐 수도 있어요. 어쩌면 남편에 대한 사랑 때문에 그녀가 그렇게 생각하는 건지도 모릅니다. 그 편지들이 출판된다고 그 책이 진짜 유명해질지는 아무도 모릅니다. 당연히 제임스는 두세 가지의 이야기를 동시에 쓰고 있었을 겁니다. 아무런 설명도 없는 것은 바로 그 이유 때문입니다. 사실 설명이 있다면 이야기는 더 안 좋아졌을 겁니다. 제임스는 『나사의 회전』이 엉터리 작품이라서 별로 신경 쓸 필요 없다고 했지만, 그건 진실이 아니라고 생각합니다. 일례로 그는 "하나의 설명을 제공하면 다른 대안적인 설명의 가능성이 사라져서 이야기는 더 형편없어질 것이다."라고 했습니다. 저는 그가 일부러 설명을 생략했다고 생각합니다.

저도 동의합니다. 사람들은 그 설명을 몰라야 하지요.

보르헤스 사람들은 몰라야만 합니다. 그러나 어쩌면 작가 자신도 몰랐을지도요!

당신도 독자들에게 같은 효과를 주고 싶으신가요?

보르헤스 아, 물론입니다. 하지만 헨리 제임스의 장편소설보다 단편소설들이 훨씬 뛰어나다고 생각합니다. 제임스의 단편소설에서 중

• 『친구 중의 친구』, 바다출판사, 2011

요한 것은 등장인물이 아니라 창조된 상황입니다. 『신성한 샘』에서는 독자들이 등장인물을 구분할 수 있다면 훨씬 좋았을 겁니다. 어떤 숙녀분의 연인이 누군지 알아내기 위해서 300쪽을 읽어야 하지요. 마지막에 가서야 바로 이 사람이고, 다른 사람이 아니라는 걸 추측할 수 있으니 문제입니다. 등장인물을 구분할 수가 없습니다. 다 똑같은 방식으로 말하거든요. 진짜 살아 있는 인물들이 아닙니다. 단지 『미국인』만 이 점에서 두드러지지요. 디킨스의 경우에는 등장인물이 두드러져 보이지는 않더라도 플롯보다는 인물이 훨씬 중요합니다.

당신 작품은 인물이 아니라 상황에 기반을 두고 있나요?

보르헤스 상황에 두고 있지요. 맞습니다. 제가 아주 애정을 가진 용기라는 가치만 제외하고는요. 아마도 제가 그다지 용감하지 않기 때문일 겁니다.

그래서 당신 이야기에 단검이나 칼, 권총이 그렇게도 많이 등장하나요?

보르헤스 그럴지도 모르지요. 아, 하지만 거기에는 두 가지 이유가 있습니다. 첫 번째는 할아버지와 증조할아버지와 다른 분들 때문에 집에서 언제나 칼을 봤다는 겁니다. 그리고 저는 팔레르모에서 자랐습니다. 그곳은 당시 완전히 슬럼이었지요. 거기 사람들은 도시의 다른 지역에 사는 이들보다 훨씬 우월하다고 생각했습니다. 그 양반들이 실제로 우월하다는 게 아니라 그렇게 생각했다는 거지요. 자신들이 훌륭한 싸움꾼이나 뭐 그런 거라고 생각했습니다. 물론 그건 말도 안 되는 생각입니다. 그들이 더 용감하다고 생각하진 않아요. 그곳에서는 어떤 사람을 겁쟁이라고 부르거나 겁쟁이라고 생각하는 건 아주 큰일 날 일입니다. 그 사람들이 견디지 못하는 일이지요. 그 도시 남쪽에 사는 사람이 북쪽에 사는 유명한 칼잡이를 찾아가서 싸움을 건 적이 있습니다. 그 대가로 목숨을 잃었지요. 싸워야 할 진짜 이유가 없었습니다. 서로 본 적도 없고 여자 문제도 돈 문제도 없었거든요. 미국 서부에서 일어났던 일이나 마찬가지라고 생각합니다. 다만 여기서는 총 대신 칼로 싸우지요.

칼을 사용하는 것은 예전의 싸움 방식으로 되돌아가는 건가요?

보르헤스 예전 방식이지요. 그렇습니다. 또한 그건 훨씬 사적인 방식의 용기입니다. 총을 잘 쏜다고 용감한 건 아니지요. 하지만 상대방과 가까이 맞붙어서 칼로 싸워야 한다면……. 한번은 어떤 사람이 다른 사람에게 싸움 거는 걸 본 적이 있습니다. 상대방은 굴복했어요. 하지만 일종의 술수에 말려들어서 포기한 거지요. 싸움을 건 사람은 일흔 노인이었어요. 상대는 젊고 힘이 넘치는 사람이었고요. 아마 스물다섯에서 서른 사이였을 겁니다. 노인은 실례하겠다고 말한 후 두 개의 단검을 가지고 돌아왔어요. 하나가 다른 것보다 한 뼘쯤 길었지요. 노인은 "자, 둘 중 하나를 고르시오."라고 말했습니다. 상대방에게 긴 단검을 골라서 자신보다 우위에 설 기회를 준 거지요. 하지만 그건 노인이 짧은 단검으로도 이길 수 있다는 자신감이기도 했습니다. 상대는 사과하고 굴복했습니다. 젊어서 슬럼에 살 때 어떤 용감한 사람을 본 적이 있습니다. 그는 언제나 아주 짧은 단검을 갖고 다니는 걸로 유명했어요. 그걸 [겨드랑이를 가리키며] 여기다 차고 다녔지요. 필요하면 언제나 꺼낼 수 있게요. 슬럼에서는 단검을 '엘 피에로'El Fierro * 라고 부릅니다. 이 말은 단검을 가리키는 여러 단어 중 하나지요. 특별한 뜻은 없습니다. 하지만 유감스럽게도 지금은 더 이상 사용되지 않습니다. 단도를 가리키는 말에 '엘 바이벤'El Vaivén이라는 단어가 있습니다. '나타났다가 사라진다.'라는 뜻이지요. 나타났다 사라진다는 단어에서는 [몸짓을 하면서] 갑자기 칼이 번득이는 걸 느낄 수 있습니다. 갑자기요.

갱들의 권총집 같은 건가요?

보르헤스 맞아요. 그거지요. 권총집처럼요. 그걸 왼쪽에 차고 다닙니다. 그러고 나서 한순간 꺼내드는 거지요. 그러면 '엘 바이벤'한 것입니다. 엘과 바이벤이라는 두 단어를 붙여서 한 단어처럼 씁니다. 모두들 그게 단검을 의미한다는 걸 알지요. '엘 피에로'는 이름으로는 별로입니다. 단검을 쇠나 강철이라고 부르는 건 아무 의미가 없지요. 반면에 '엘 바이벤'은 의미가 있습니다.

수사나 킨테로스 [다시 들어오며] 캠벨 씨가 아직도 기다리고 계세요.

보르헤스 알았소, 알았어. 캠벨이라는 사람들이 계속 온단 말이지요.

두 분의 작가에 대해서 질문하고 싶습니다. 조이스와 엘리엇이요. 조이스의 작품을 처음으로 읽은 독자 중 한 분이시고, 게다가 『율리시스』의 일부를 에스파냐어로 번역하셨지요.

보르헤스 그렇습니다. 『율리시스』의 마지막 부분을 아주 형편없이 번역한 것 같아 걱정입니다. 엘리엇에 관해서 이야기하자면, 처음에는 그를 시인으로서보다는 비평가로서 더 훌륭하다고 생각했습니다. 지금은 그가 가끔 훌륭한 시인이지만, 비평가로서는 지나치게 세밀하게 구분 짓는 경향이 있다고 생각하게 되었습니다. 위대한 비평가, 예를 들어 에머슨이나 콜리지의 비평을 보면 그가 작가를 어떻게 읽었는지 알 수 있습니다. 그들의 비평은 그 작가에 대한 개인적인 경험에서 온다고 느껴집니다. 그러나 엘리엇의 비평을 읽으면 그가 어떤 교수에게 동의하거나 아니면 다른 교수에게 동의하지 않는다고 생각하게 되지요. 적어도 저는 언제나 그렇게 느꼈습니다. 결과적으로 창의적이지 않다는 거지요. 그는 세밀하게 구분 짓는 지적인 사람이고, 저는 그의 의견이 맞다고 생각합니다. 하지만 진부한 표현을 빌려보자면 콜리지가 셰익스피어에 대해서, 특히 햄릿에 대해서 쓰면 당신을 위해 새로운 햄릿이 창조됩니다. 아니면 에머슨이 몽테뉴나 다른 누군가에 대해서 쓸 때도 그렇습니다. 엘리엇에게는 그런 창조 행위가 없습니다. 엘리엇의 글에서는 그가 어떤 주제에 대해서 누군가에게 동의하거나 동의하지 않으면서, 많은 책을 읽었다는 걸 알게 되지요. 때로 가볍게 고약한 발언을 하고요. 안 그렇습니까?

네, 그리고 엘리엇은 나중에 그런 말들을 철회하지요.

보르헤스 그래요. 나중에는 철회하지요. 그는 처음에는 소위 '성난 청년'이었다가 나중에는 입장을 바꿉니다. 종국에는 자신이 영국 고전에 속한다고 생각했겠지요. 때문에 동료 고전에 대해서 예의를 지

• 쇠라는 뜻의 에스파냐어.(역자 주)

키려고 밀튼이나 셰익스피어에 대해 안 좋게 언급했던 대부분을 번복한 게 아닌가 싶습니다. 결국 엘리엇은 어떤 이상적인 방식으로 그들이 모두 같은 학파에 속한다고 느낀 겁니다.

엘리엇의 시가 당신 글에 영향을 미쳤나요?

보르헤스 아니요, 그렇지 않을 겁니다.

엘리엇의 『황무지』와 당신의 단편소설 「죽지 않는 사람」 사이에 어떤 유사성이 있다는 인상을 받았는데요.

보르헤스 유사성이 있을 수도 있겠지요. 하지만 그런 점은 제가 의식하지 못합니다. 그는 제가 좋아하는 시인이 아니니까요. 예이츠가 엘리엇보다 훨씬 낫다고 생각합니다. 이렇게 말해도 괜찮다면 프로스트가 엘리엇보다 좋은 시인입니다. 네, 더 훌륭한 시인이지요. 엘리엇이 훨씬 더 지적인 시인일 겁니다. 하지만 지적인 건 시와는 아무런 관계가 없습니다. 시는 어떤 깊은 곳에서 솟아나옵니다. 지성을 넘어서요. 지혜에까지 연결되어 있을 수도 있습니다. 시는 그 자체로 존재하고 그 자체의 본성이 있습니다. 규정지을 수 없는 것이지요. 엘리엇이 칼 샌드버그에 대해서 살짝 무시하듯 말했을 때 화가 치민 기억이 있습니다. 제가 아직 젊은 시절이었는데, 그가 칼 샌드버그 씨 같은 분을 우리가 다룰 수 있도록 해주기 때문에 고전주의가 훌륭하다고 했습니다. 한 말 그대로는 아니고 그런 내용의 말이었습니다. 어떤 시인을 '씨'Mr.라고 부르는 건 [웃음] 오만한 느낌을 주지요. 아무개 씨가 어찌어찌 시의 세계로 흘러들어 왔는데, 사실은 외부인이라서 그곳에 있을 자격이 없다는 걸로 들려요. 에스파냐어는 더 심합니다. 때때로 시인을 '아무개 박사님'이라고 부르는데 그건 시인을 죽이는 일입니다. 지워버리는 일이에요.

샌드버그를 좋아하시는군요.

보르헤스 네, 물론입니다. 사실 월트 휘트먼이 샌드버그보다 훨씬 중요한 시인이라고 생각합니다. 하지만 휘트먼의 시를 읽으면 그가 지식인이긴 하지만 그렇게까지 학식이 있는 건 아니고, 보통 사람들이 쓰는 말을 하려고 애쓰면서 가급적 많은 속어를 사용한다고 생각하게 됩니다. 그런데 샌드버그한테서는 속어가 아주 자연스럽게 흘러나옵니다. 물론 두 명의 샌드버그가 있습니다. 거친 그와, 아주 섬세한 그이지요. 특히 풍경을 다룰 때 섬세하지요. 안개를 다룰 때면 동양화를 방불케 합니다. 반면 다른 시에서의 샌드버그는 갱이나 깡패를 연상하게 합니다. 제 생각에 그는 양쪽 모두일 수 있는 것 같습니다. 그리고 양면에서 똑같이 진지하지요. 그가 시카고 시인으로서 최선을 다할 때나 완전히 다른 분위기로 글을 쓸 때나 마찬가지로 성실합니다. 그에게서 이상하다고 생각하는 점은 휘트먼의 경우에는 희망에 가득 차서 글을 쓰는데—물론 휘트먼은 샌드버그의 아버지뻘이지요.—샌드버그는 마치 2세기나 3세기 뒤 미래 시점에서 쓰는 것 같아요. 그가 미국의 엄청난 힘이나 제국, 세계대전 등에 대해서 쓸 때는 마치 모든 것들이 죽고 다 지나가 버린 것 같습니다.

그의 작품에 환상성이 있군요. 환상적이라는 부분에 대해 질문드리겠습니다. 작품에서 그 단어를 많이 쓰시더군요. 예를 들어 『그린 맨션』을 환상적인 소설이라고 하셨지요.

보르헤스 네, 그렇습니다.

그렇다면 환상적이라는 말을 어떻게 정의하십니까?

보르헤스 그 말을 정의할 수 있을지 모르겠군요. 작가의 의도와 관계있다고 생각됩니다. 조셉 콘래드가 한 심오한 말이 생각나는군요. 콘래드는 제가 좋아하는 작가 중 하나인데 '어두운 전선'Dark Line인가 하는 작품 서문에서…….

『그림자 전선』The Shadow Line 말씀이신가요?

보르헤스 맞습니다, 『그림자 전선』이요. 그 서문에서 콘래드가 말하길, 선장의 유령이 배를 세우기 때문에 어떤 사람들은 이 소설을 환상적이라고 생각한답니다. 콘래드는 어떤 작가가 의도적으로 환상적인 이야기를 쓴다고 해서 세계 전체를 환상적이고 신비하게 느끼지는 않는다고 썼지요. 딱히 감수성이 결여되었다는 의미는 아니지만 말입니다. 제가 환상소설을 쓰기 때문에 그의 말이 인상적이었습니다. 왜냐하면 콘래드에게는 세상 그 자체가 환상적이고 헤아릴 수 없이 깊고 신비로워서 사실적으로 글을 쓸 때조차도 환상적인 이야기가 된다고 생각했거든요.

콘래드의 믿음에 공감하시나요?

보르헤스 네, 그렇습니다. 그가 옳다고 생각합니다. 역시 아주 훌륭한 환상소설을 쓰는 비오이 카사레스와 이야기를 나눴는데 그가 다음과 같이 말했습니다. "콘래드가 옳다고 생각하네. 사실 누구도 세상이 사실인지 환상인지 모르지. 다시 말해서, 세상이 자연적인 과정인지 아니면 일종의 꿈인지 아무도 몰라. 우리가 다른 사람과 공유할 수도 아닐 수도 있는 꿈 말일세."

비오이 카사레스와 자주 만나 함께 작업하시지요?

보르헤스 네, 언제나 협력해서 글을 써왔습니다. 매일 저녁 그의 집에서 식사하고 나서 글을 씁니다.

협력하는 방식에 대해서 알려주시겠어요?

보르헤스 그게 좀 특이합니다. 같이 쓸 때, 그러니까 협동 작업 중에는 우리 자신을 'H. 부스토스 도메크'라고 부릅니다. 부스토스는 제 증조할아버지시고, 도메크는 그의 증조할아버지십니다. 우리는 주로 유머가 넘치는 소설을 쓰는데요. 이야기가 비극일 때라도 유머러스한 방식으로 쓰고, 화자가 자신이 무슨 말을 하는지도 거의 이해하지 못하는 듯이 씁니다. 함께 글을 쓸 때 결과가 만약 성공적이라면……가끔은 성공적이지요. 안 그럴 이유가 있나요? 개인이 아닌 복수 주어로 이야기하고 있으니까 좀 자랑해도 되겠지요. 어쨌든 쓴 글이 성공적이라면, 이상하게도 그 글은 비오이 카사레스의 글이나 제 글과도 매우 다릅니다. 농담도 아주 달라요. 그렇게 둘이서 제3의 인물을 창조해냈지요. 우리 자신과 아주 다른 세 번째 인물을 어떤 식으로든 탄생시켰습니다.

일종의 환상 작가인가요?

보르헤스 네. 환상 작가로서 자신이 좋아하는 것과 싫어하는 것이 있고 우스꽝스러운 고유 스타일도 있습니다. 하지만 그건 분명 그 자신의 스타일입니다. 제가 우스꽝스러운 인물을 창조할 때 쓰는 방법과는 많이 다르지요. 그런 것이 유일한 협동 작업 방식이라고 생각합니다. 대개 우리는 종이에 펜을 대기 전에 우선 플롯을 검토합니다. 아니 펜이 아니라 타자기라고 해야겠군요. 타자기로 글을 쓰니까요. 쓰기 전에 전체 줄거리를 논의합니다. 그다음에 세부 사항을 검토하고 변경하지요. 시작 부분을 만들고서 그 부분이 끝이 될 수도 있겠다고 생각하기도 하고, 누군가가 어떤 장면에서 침묵을 지키거나 말도 안 되는 이야기를 하면 아주 인상적이겠다는 식의 생각을 합니다. 일단 소설을 쓴 후에는 누군가가 어떤 형용사나 특정 문장이 비오이의 것인지 제 것인지 묻는다 해도 대답할 수 없을 겁니다.

그건 세 번째 인물에게서 온 것이로군요.

보르헤스 네, 그런 것만이 협동 작업의 유일한 방식이지요. 다른 사람들하고도 협업을 해봤습니다. 때로는 잘되지만 때로는 상대방을 경쟁자로 느끼기도 합니다. 아니면 마누엘 페이루 같은 경우, 소심하고 너무 예의발랐어요. 아주 예의바른 사람이지요. 그 결과 의견을 말했을 때 제가 반대하면 그는 상처를 입고 그걸 철회했습니다. "아, 물론입니다. 물론이지요. 제가 틀렸네요. 그건 실수였어요."라고 말해요. 이쪽에서 뭔가를 제안하면 "아, 너무 멋지네요!"라고 하고요. 그런 식으로는 일이 되질 않아요. 저하고 카사레스의 경우에는 서로 경쟁자로도, 같이 체스를 두는 것처럼도 느끼지 않습니다. 이기는 것도 지는 것도 없지요. 우리의 관심은 이야기 그 자체, 작품 그 자체입니다.

죄송하지만 두 번째 말씀하신 분은 잘 모르겠네요.

보르헤스 페이루입니다. 그는 체스터턴을 모방해서 글을 쓰기 시작했고 단편소설과 단편 추리물로 시작했어요. 나쁘지 않았지요. 심지어 체스터턴 작품만큼이나 훌륭했습니다. 하지만 페이루는 새로운 종류의 글을 쓰기 시작했는데, 페론 시절과 페론이 망명한 후의 아르헨티나 상황에 대한 내용이었습니다. 저는 그런 종류의 소설은 별로 좋아하지 않습니다. 작품은 꽤 훌륭하다고 알고 있습니다. 하지만 역사나 저널리즘의 관점에서 뛰어나다는 의미입니다. 그가 체스터턴 풍의 단편소설을 시작해서 꽤 훌륭한 작품을 썼을 때, 그중 하나를 읽고 울었습니다. 하지만 그 소설이 제가 자란 팔레르모 지역과 당시의 깡패에 대한 이야기를 다루었기 때문에 눈물이 났을지도 모르겠네요. 「되풀이되는 밤」La Noche Repetida이라는 소설인데 갱, 깡패, 강도 등을 다룬 아주 뛰어난 작품입니다. 아주 옛날, 그러니까 20세기 초엽을 그렸지요. 그런데 페이루는 이제 새로운 소설을 쓰기 시작했고, 거기서 나라의 상황을 보여주고 싶어하지요.

대체로 지역색에 바탕을 둔 작품이라는 건가요?

보르헤스 지역색과 지역 정치를 다룹니다. 그의 인물은 부당 이익금, 약탈, 돈 버는 것 등에 아주 관심이 많습니다. 저는 그런 주제에 관심이 별로 없기 때문에 초기 작품 쪽을 선호하는 건 그의 탓이 아니라 제 탓일 겁니다. 하지만 항상 페이루를 훌륭하고 중요한 작가이자 오랜 친구로 생각해왔습니다.

당신 작품이 초기에는 직접적인 표현 기법을 주로 사용했지만 나중에는 '인유'引喩

의 방식으로 바뀌었다고 말씀하셨지요.

보르헤스 그렇습니다.

인유란 어떤 의미인가요?

보르헤스 하고 싶은 말은 이겁니다. 글을 쓰기 시작했을 때는 작가가 모든 것을 구체적으로 묘사해야 한다고 생각했지요. 예를 들어 그냥 '달'이라고 쓰는 일은 엄격하게 금지되었습니다. 달을 묘사하기 위한 어떤 형용사나 형용사구를 찾아야만 했습니다. (물론 이건 심하게 단순화해서 과장한 겁니다. 사실 그냥 '달'이라고 수없이 썼거든요. 그저 제가 하고자 하는 말에 대한 하나의 상징으로 예를 든 겁니다.) 어쨌든 저는 모든 것을 분명히 나타내야 한다고 생각했고, 흔한 표현도 쓰면 안 된다고 생각했어요. 가령 '아무개 씨가 방에 들어와서 앉았다.'라는 표현은 절대로 안 쓰려고 했지요. 그건 지나치게 단순하고 쉬운 표현이니까요. 뭔가 훨씬 세련되게 그 문구를 표현할 방법을 찾아야 한다고 생각했습니다. 이제는 그런 노력이 오히려 독자를 짜증나게 한다는 걸 압니다. 하지만 이런 문제가 생기는 까닭은 젊을 때 작가는 자기가 말하는 것이 왠지 어리석고 뻔하고 흔해빠진 것처럼 느끼기 때문이지요. 그것을 화려한 바로크적 장식이나 17세기 작가들에게서 차용한 용어로 가리려 듭니다. 아니면 정반대로 현대성을 표방하는 방향으로 나갑니다. 언제나 새로운 단어를 만들어내고 현대적으로 보이려고 최선을 다하기 때문에 비행기니 철도니 전신이니 전화니 하는 것들을 넌지시 언급하곤 하지요. 그러다가 시간이 흐르면 좋든 나쁘든 자신의 생각을 평이하게 표현해야 한다고 느끼게 됩니다. 어떤 생각이 있다면 그 생각이나 느낌이나 분위기를 독자들의 마음에 직접적으로 전달하려고 애써야 하기 때문이지요. 그런데 생각을 명확하게 전달하려는 동시에 토마스 브라운이나 에즈라 파운드처럼 되려고 하면 그 목표를 달성할 수 없거든요.

제 생각에 작가들은 초기에 언제나 지나치게 복잡하게 시작합니다. 몇 가지 게임을 동시에 진행하지요. 특정한 분위기를 전달하려 하면서 동시에 현대적이려고 합니다. 현대적이 아니라면 반동적이고 고전적이 되어버리고요. 젊은 작가들, 적어도 아르헨티나의 젊은 작가들은 초기 어휘 사용 때 자신이 사전을 가졌고 모든 동의어를 안다는 점을 독자들에게 보여주려나 봅니다. 그래서 첫째 줄에서 빨간색이란 단어를 썼다면 다음에는 심홍색을 쓰고 그 다음에는 같은 색을 가리키는 또 다른 비슷한 단어를 보여주지요. 일례로 자주색 같은 걸요.

당신은 작업에서 일종의 고전적인 산문체를 지향하시나요?

보르헤스 네, 지금은 그쪽으로 최선을 다하고 있습니다. 특이한 단어를 발견하면 지워버리고 평범한 단어를 사용합니다. 에스파냐 고전이나 부에노스아이레스 빈민가에서 사용했을 법한 평범하지 않은 단어도 그렇고요. 잘 쓴 글에서는 모든 단어가 똑같은 식으로 보여야 한다고 스티븐슨이 말했습니다. 어색하거나 특이한 고어풍의 단어를 쓰면 그 규칙이 깨집니다. 훨씬 중요한 건 독자들의 주의력이 그 단어 때문에 흐트러진다는 점입니다. 독자는 당신이 형이상학이든 철학이든 무엇에 관해서 쓰던 간에 평이하게 읽어나갈 수 있어야 합니다.

사무엘 존슨 박사가 비슷한 말을 한 적이 있지요.

보르헤스 네, 존슨이 그런 말을 했을 겁니다. 어쨌든 그는 그 말에 틀림없이 동의할 겁니다. 존슨의 영어는 부담스러울 정도로 복잡합니다. 그가 쓴 글의 첫인상은 복잡한 영어예요. 그리고 라틴어가 지나치게 많다는 겁니다. 그러나 다시 읽으면 복잡한 구절 뒤에 언제나 명징한 의미가 있다는 것을, 대개는 흥미롭고 새로운 의미가 있다는 것을 알게 되지요.

그 의미는 사적인 건가요?

보르헤스 네, 사적인 의미입니다. 그래서 비록 그가 라틴어식으로 글을 썼지만 가장 영국적인 작가라고 생각합니다. 존슨이 셰익스피어보다 훨씬 더 영국적인 작가로 여겨집니다. 이건 신성모독이 될 수도 있지만 그래서 안 될 이유가 없지요. 왜냐하면 전형적으로 영국적인 특성이 있다면 그건 절제된 언어 표현 습관이니까요. 셰익스피어의 경우에는 절제된 표현이 없습니다. 미국식으로 표현하자면 셰익스피어는 오히려 공감을 얻기 위해서 과장하는 경향이 있어요. 라틴어 방식으로 쓴 존슨, 색슨어 단어를 더 많이 쓴 워즈워스, 그리고 이름이 기억 안 나는 세 번째 작가가 있는데, 흠……그 세 작가를 존슨, 워즈워스, 키플링이라고 해두지요. 이 사람들이 셰익스피어보다 훨씬 전형적으로 영국적인 작가라고 생각합니다.

어째서인지 모르겠지만 셰익스피어한테서는 어딘가 이탈리아적인, 유대인적인 느낌이 납니다. 어쩌면 영국인들은 그것 때문에 셰익스피어에게 찬탄을 보내는지도 모르지요. 자신들과 너무나 다르기 때문에 말입니다.

바로 그래서 프랑스인들이 셰익스피어를 그렇게도 싫어하는지도 모르겠습니다. 허세와 과장이 심해서요.

보르헤스 과장이 매우 심하지요. 며칠 전에 영화를 봤습니다. 〈사랑하는 사람〉이었는데 아주 좋은 영화는 아니었어요. 여기서 셰익스피어의 시가 인용됩니다. 그의 시는 언제나 부분적으로 인용될 때 훨씬 훌륭합니다. 이 시에서는 영국을 정의하면서 이렇게 부릅니다. 예를 들어 '또 하나의 에덴, 작은 낙원, ……은빛 바다에 박힌 보석' 등으로 부르다가 맨 끝에서 '이 영토, 영국' 같은 말을 합니다. 인용을 접하는 독자는 여기서 멈춥니다. 그러나 원작에서는 계속해서 내용이 이어지고 결국 모든 의미가 사라지고 맙니다. 요점은 한 사람이 영국을 정의하려고 애쓸 때, 몹시 사랑하기 때문에 마지막에 할 수 있는 건 '영국'이라고 소리 내서 말하는 것뿐이라는 겁니다. 당신들이 '미국'이라고 하는 것처럼요. 하지만 '이 영토, 이 나라, 영국'이라고 말한 뒤에 계속해서 '이 작은 낙원' 등으로 나열하면 전체 의미가 사라져버립니다. 왜냐하면 영국이 가장 마지막 말이 되어야 하기 때문입니다. 셰익스피어 자신은 벤 존슨에게 말했듯이 항상 서둘러서 글을 썼을 겁니다. 그랬겠지요. 그렇게 서두르다 보면 "나는 불가능한 뭔가에 도전하는 중이야."라면서, '영국'이 모든 다른 말들을 축약하고 가려버릴 마지막 단어임을 느낄 만한 시간적 여유가 없었겠지요.

셰익스피어는 은유와 허장성세를 계속합니다. 햄릿의 마지막 말 같은 유명한 구절에서조차도 그렇습니다. 그 말은 "나머지는 침묵이네."였을 겁니다. 이 말에서도 어딘가 가식이 느껴집니다. 강한 인상을 주려고 들어간 거지요. 어떤 사람도 그런 식으로는 말하지 않을 겁니다.

『햄릿』에서 제가 좋아하는 구절은 클로디우스의 기도 장면 직후 햄릿이 어머니의 방에 들어가서 "자, 어머니. 무슨 일이신지요?"라고 말하는 장면입니다.

보르헤스 "무슨 일이신지요?"는 "나머지는 침묵이네."와는 완전히 다릅니다. 적어도 제게는 그렇게 느껴집니다. "나머지는 침묵이네."에는 공허한 울림이 있습니다. 셰익스피어가 '자, 덴마크 왕자 햄릿이 죽어가고 있으니 뭔가 멋진 말을 해야지.'라고 생각하고 "나머지는 침묵이네."라는 대사를 억지로 짜낸 것 같습니다. 그는 시인으로서의 작업만 생각했을 뿐 덴마크인 햄릿이라는 실제 인물을 생각하고 있지 않습니다.

작업할 때 혹시 독자를 상정하신다면, 어떤 사람들일 거라고 상상하시나요? 이상적인 독자란 어떤 사람들일까요?

보르헤스 친구 몇몇을 생각하며 쓸 겁니다. 저로 상정하지는 않습니다. 쓴 걸 절대로 다시 읽어보지 않거든요. 써놓은 것이 부끄러울까봐 너무나 걱정이 돼서요.

당신 작품을 읽는 많은 독자들이 인유와 인용들을 잡아내리라고 보시나요?

보르헤스 아니요. 대부분의 인유와 인용들은 일종의 개인적인 농담으로 집어넣은 것입니다.

개인적 농담이라고요?

보르헤스 다른 사람들과 나누고자 하는 농담이 아니거든요. 사람들이 이해한다면 훨씬 좋지요. 하지만 이해 못 한다고 해도 전혀 상관 없습니다.

그렇다면 엘리엇이 『황무지』에서 쓴 인유에 대한 접근과는 정반대의 태도를 취하시는군요.

보르헤스 엘리엇과 조이스는 독자들이 혼란스러워하면서, 그들의 작품이 갖는 의미를 신경 써서 알아내기를 원했던 것 같습니다.

논픽션이나 사실적인 자료들도 시나 소설만큼 많이 읽으신 것 같습니다. 더 많이는 아닐지라도 말입니다. 그러신가요? 백과사전 읽는 걸 즐기는 것처럼 보이시는데요.

보르헤스 아, 그래요. 아주 좋아합니다. 이 도서관에 백과사전을 읽으러 오던 때가 있었지요. 아주 젊었고 책을 빌려달라고 말하기엔 너무 소심했어요. 그때는 가난하다고 할 정도는 아니었지만 그다지 부유하진 않았습니다. 그래서 매일 밤 여기 와서는 구판 브리태니커 백과사전을 뽑아들곤 했지요.

열한 번째 판본 말씀인가요?

보르헤스 열한 번째나 열두 번째일 겁니다. 그것들이 새 판본들보다 훨씬 뛰어나거든요. 그것들은 읽을 수 있게 만들어져 있습니다. 지금 판본들은 그냥 참고용 도서일 뿐이고요. 반면에 11판이나 12판의 경우에는 매콜리나 콜리지가 쓴 긴 글들이 들어 있답니다. 아니 콜리지는 아니고…….

드퀸시 말씀이신가요?

보르헤스　네, 맞아요. 드퀸시 등이 썼지요. 그래서 책장에서 아무거나 한 권을 꺼내 읽었습니다. 그 책을 빌려달라고 부탁할 필요가 없었습니다. 참고 도서였으니까요. 책을 꺼내서 펼치고는 관심이 가는 항목을 찾았지요. 모르몬교도에 대한 것이라든가 아니면 어떤 특정 작가에 대해서요. 앉아서 찾은 항목을 읽기 시작했습니다. 이 항목들은 실제로 논문이나 진짜 책만큼 길었습니다. 독일 백과사전인 브록하우스나 마이어도 마찬가지였습니다. 새로운 판본이 나왔을 때 사람들은 그걸 아기 브록하우스라고 불렀지요. 하지만 그건 더 이상 브록하우스가 아니었습니다. 사람들이 좁은 아파트에서 살기 시작했기 때문에 더 이상 서른 권이나 되는 책을 꽂을 공간이 없다고들 하더군요. 백과사전은 심하게 타격을 입었습니다. 사람들은 그걸 포장해서 상자 속에 집어넣어 버렸지요.

수사나 킨테로스　[끼어들며] 죄송합니다. 캠벨 씨가 기다리고 계십니다.

보르헤스　아, 조금만 더 기다리시라고 말씀드려줘요. 캠벨이라는 사람들이 자주 찾아온다니까요.

몇 가지만 더 질문해도 괜찮을까요?

보르헤스　아, 물론이지요. 그렇게 하세요.

어떤 독자들은 당신 소설이 냉정하고 인간미 없으며 최근 프랑스 작가들의 작품 같다고 생각합니다. 의도하신 건가요?

보르헤스 아닙니다. [슬픈 표정을 지으며] 만일 그렇다면 그건 그저 제가 서투르기 때문이겠지요. 왜냐하면 저는 그 소설들을 쓸 때 깊은 감정을 느꼈거든요. 아주 깊게 느꼈기 때문에 그 이야기들을 했습니다. 물론 어느 정도는 자전적이라는 걸 알아차리지 못하게 하려고 이상한 상징들을 사용했지요. 그 소설들은 모두 저 자신에 대한 겁니다. 개인적 경험에 대한 것이고요. 어쩌면 영어 번역 때문에 그런 차이가 생겼겠지요? 안 그런가요?

그렇다면 『영원』Everness이라 불리는 작은 책 같은 것이 당신 작품을 읽는 데 도움이 될 수도 있겠군요.

보르헤스 그럴 수 있다고 생각합니다. 그리고 그 책을 쓴 부인은 아주 친한 친구입니다. 저는 '에버니스'Everness라는 말을 『로제의 동의어사전』Roget's Thesaurus에서 발견했습니다. 그 단어는 인공 언어를 발명한 윌킨스 주교*가 만들었을 겁니다.

거기에 대해서 쓰신 적이 있지요.

보르헤스 네, 윌킨스에 대해서 쓴 적이 있습니다. 그가 그 멋진 단어를 만들었는데 이상하게도 영국 시인들은 한 번도 사용하지 않았습니다. 무시무시하고 진짜 강렬한 단어지요.

에버니스는 영원이라는 뜻의 다른 단어인 '이터너티'Eternity보다는 낫습니다. 이터너티는 이제 다소 진부해졌거든요. 에버니스는 같

* 보르헤스가 쓴 에세이 「존 윌킨스의 분석적 언어」The Analytical Language of John Wilkins에 나오는 인물.

은 의미인 독일어의 '에비히카이트'Ewigkeit 보다도 훨씬 낫습니다. 그는 또 다른 아름다운 단어도 창조했어요. 그 자체로 한 편의 시이고 희망, 슬픔, 절망으로 가득하지요. 그 단어는 '네버니스'Neverness 입니다. 아름답지 않나요? 윌킨스가 발명했지요. 시인들이 어째서 그 단어를 그냥 내버려두고 사용하지 않는지 모르겠습니다.

그 단어를 사용하셨나요?

보르헤스 아니요. 한 번도 사용하지 않았습니다. 에버니스는 사용했지만요. 네버니스는 참 아름답습니다. 뭔가 희망 없는 느낌이잖습니까? 안 그래요? 다른 어떤 언어에도 같은 의미를 가진 단어가 없어요. 영어에도 없고요. '불가능'Impossibility 이라는 단어가 있다고 하겠지만 그건 네버니스에 비하면 아주 약하지요. 'ness'는 색슨어의 접미사입니다. 네버니스. 키츠는 무無라는 의미의 '너싱니스'Nothingness 라는 단어를 사용했지요. "사랑과 명성이 무Nothingness 로 가라앉을 때까지."라는 표현을 썼습니다. 하지만 너싱니스 역시 네버니스보다 한참 약합니다. 에스파냐어에서는 '나데리아'Nadería, 하찮은 일 라는 단어가 있습니다. 아주 유사한 단어들이지요. 하지만 네버니스와는 비교도 안 됩니다. 그래서 시인이라면 그 단어를 사용해야 합니다. 그냥 사전 속에 묻혀 있는 건 안타까운 일입니다. 한 번도 사용된 적이 없는 것 같습니다. 어쩌면 어떤 신학자가 사용했을 수도 있지요. 그럴 수도 있어요. 조너선 에드워즈라면 그런 단어를 좋아했을 겁니다. 토머스 브라운이라든가 셰익스피어도요. 그는 단어들을 아주 좋아했거든요.

아주 적절하게 반응하시고 그다지도 사랑하시는데 어째서 영어로 된 작품은 얼마 안 되는지요?

보르헤스 어째서냐고요? 무서웠거든요. 두려움이지요. 하지만 내년에는 영어로 강의할 겁니다. 그렇게 강의하겠다고 하버드에 편지를 썼지요.

내년에 하버드에 오시나요?

보르헤스 네, 시 수업을 할 겁니다. 시는 이해할 만하다고 생각합니다. 저는 영문학이 미국 문학을 포함해서 전 세계에서 가장 풍부한 문학이라고 생각합니다. 그래서 전부는 아닐지라도 강의를 위한 대부분의 예를 영국의 시에서 가져올 겁니다. 물론 제 취미가 있으니 고대영어 시가도 포함시키려고 합니다. 하지만 그것도 결국 영시네요! 사실 제 학생 중 몇몇은 고대 영시가 초서의 영어보다도 훨씬 영어답다고들 하지요!

잠깐 당신 작품으로 되돌아가 보지요. 단편소설 선집들에서 작품 배열의 원리가 궁금했거든요. 분명히 연대순은 아니지요. 주제의 유사성인가요?

보르헤스 그래요, 연대순은 아닙니다. 때로 동일한 우화나 이야기를 두 번 쓰거나, 두 개의 다른 소설이 같은 주제를 다루었다는 걸 발견합니다. 그러면 두 작품을 나란히 배열하지요. 그게 유일한 원칙입니다. 언젠가 시를 썼습니다. 그다지 훌륭한 시는 아니었지요. 그러고 나서 여러 해가 지난 후 그걸 고쳐 썼습니다. 그런데 친구들이 그러더군요. "5년 전에 출판한 시하고 같은 시로군." 저는 "아, 정말 그렇군." 하고 말했습니다. 하지만 같은 시인 줄은 꿈에도 몰랐습니다.

결국 시인은 대여섯 편 정도의 시밖에 쓸 수 없을 겁니다. 다른 각도로, 다른 플롯과 시대 배경과 등장인물로 다시 쓸지도 모르지요. 하지만 그들은 본질적으로나 내적으로 같습니다.

서평과 잡지 기사도 많이 쓰셨지요.

보르헤스 네, 그래야만 했습니다.

서평 쓸 책은 직접 고르시나요?

보르헤스 네, 대개는 그랬습니다.

그럼 고른 책들에는 당신의 취향이 반영되어 있는 거군요?

보르헤스 아, 그렇죠. 그렇습니다. 누군가 어떤 문학사 책에 대한 서평을 쓰라고 권할 경우 거기에 바보 같은 실수나 잘못된 내용이 있더라도 작가를 시인으로서는 매우 존경할 수 있습니다. 그럴 때는 "아니요. 서평을 쓰고 싶지 않습니다. 부정적으로 평가해야 할 테니까요."라고 말합니다. 사람들에 대해서 공격하고 싶지 않습니다. 특히 요즘은 그렇게 느낍니다. 젊을 때는 달랐습니다. 공격하는 걸 좋아했어요. 하지만 시간이 흐르면서 그게 별로 좋지 않다는 걸 깨닫게 되지요. 누군가에 대해 긍정적으로 쓰든 부정적으로 쓰든 그들을 도와주거나 상처 입히는 경우는 거의 없어요. 사람은 다른 이들이 그에 대해 떠드는 것에 의해서가 아니라, 자신이 쓴 것에 의해서 도움을 받거나 성공하거나 파멸합니다. 그래서 그가 자기 자랑을 엄청나게 하거나 다른 이들이 그를 천재라고 부르더라도—흠, 결국에는 진실이 밝혀지지요.

등장인물에 이름 붙이는 특별한 방법이 있으신가요?

보르헤스 두 가지 방법이 있습니다. 한 가지는 할아버지나 증조할아버지 같은 분들의 이름을 붙이는 겁니다. 딱히 그분들에게 불멸을 선사하기 위해서는 아니지만 어쨌든 그게 한 방법입니다. 다른 하나는 어떤 이유로든 인상적이었던 이름을 사용하는 겁니다. 제 소설에 가끔 등장하는 한 인물의 이름인 야몰린스키는 인상적이기 때문에 사용했지요. 이상한 이름 아닌가요? 다른 인물은 레드 샤를라흐인데 샤를라흐Scharlach는 독일어로 심홍색을 뜻하지요. 그는 살인자였는데, 그의 이름은 이중으로 붉은 거지요. 안 그렇습니까? 레드 샤를라흐, 즉 붉은 심홍색입니다.•

당신의 단편소설 두 편에 등장하는 아름다운 이름의 공주는 어떤 경우인가요?

보르헤스 포시니 뤼생즈Faucigny Lucinge 말입니까? 그녀는 아르헨티나 여성으로 제 좋은 친구입니다. 프랑스 대공과 결혼했지요. 그리고 대부분의 프랑스 귀족 호칭이 그렇듯이 그 발음이 몹시 아름다웠기 때문에 스스로를 뤼생즈 공주라고 불렀어요. 아름다운 이름이지요.•• 특히 그녀처럼 포시니를 떼어버리면 더 아름답지요.

틀뢴Tlön과 우크바르Uqbar•••의 경우는 어떤가요?

• 야몰린스키와 레드 샤를라흐는 보르헤스의 단편 「죽음과 나침반」의 등장인물이다.

•• 보르헤스 소설집 『알레프』의 첫 번째 소설 「죽지 않는 사람」에서는 뤼생즈 공주가 『일리아드』를 사면서 이야기가 시작된다.

••• 보르헤스 소설집 『픽션들』의 첫 번째 소설 「틀뢴, 우크바르, 오르비스 테르티우스」의 등장인물이다.

보르헤스 아, 글쎄요. 그 이름들에서는 그냥 좀 어색하고 서투른 인상을 주려고 했습니다. 수크바Sou-q-b-a-r같은 식으로요.

어떻게 보면 발음이 불가능하군요.

보르헤스 네, 거의 불가능하지요. 그리고 틀뢴Tlön에서 t와 l은 좀처럼 흔하지 않은 결합이지요. 아닙니까? 그리고 ö가 나옵니다. 라틴어인 '오르비스 테르티우스'의 경우 사람들은 이 구절을 마치 헤엄치듯이 부드럽게 말할 수 있습니다. 아닙니까? 틀뢴이라는 이름을 만들 때는 아마도 독일어의 트라움Traum을 떠올렸을 겁니다. 영어의 꿈Dream이라는 단어와 같은 뜻이지요. 그렇다면 트룀Tröme이라는 단어가 만들어졌겠네요. 하지만 트룀이라고 하면 독자들은 전차Tram를 연상하겠지요. t와 l이 훨씬 더 특이한 조합입니다. 저는 어떤 가상의 물체를 가리키려고 흐뢴Hrön이라는 단어를 발명했다고 여긴 적이 있습니다. 그런데 고대영어를 배우기 시작했을 때 흐란Hran이 고래를 뜻하는 단어라는 걸 알게 되었지요. 고래를 가리키는 단어에는 웨일Wael과 흐란Hran 두 개가 있습니다. 그래서 흐란라드Hranrād는 고래의 길이라는 뜻이고, 고대 영시에서는 바다를 의미합니다.

어떤 물체를 묘사하려고 상상력을 동원해서 현실에서 쓰일 만한 단어를 만드셨는데, 사실 그건 고대영어에서 사용되던 고래Hran라는 단어였다는 말씀인가요?

보르헤스 네, 그렇습니다. 그 단어가 저절로 떠올랐지요. 천년 전 조상에게서 저에게 바로 전달되었다고 생각하고 싶습니다. 그럴 듯한 설명이지요. 아닙니까?

당신이 쓴 이야기들은 단편소설과 에세이의 혼성물이라고 말할 수 있을까요?

보르헤스 네, 그렇습니다. 일부러 그렇게 했지요. 그 점을 처음 지적해준 건 카사레스였습니다. 그는 제게 에세이와 단편소설의 중간인 이야기를 썼다고 말했지요.

완전한 서사물Narrative을 쓰기에는 자신이 없어서 그렇게 하셨나요?

보르헤스 아마 그랬을 겁니다. 그렇지요. 요즘에는 부에노스아이레스의 깡패에 대한 단편소설 시리즈를 쓰기 시작했습니다. 진짜 단편소설이지요. 에세이 같은 면도, 심지어 시적인 면도 없습니다. 직설적으로 기술되고 어떤 점에서는 슬프고 끔찍하기까지 한 이야기들이고요. 항상 절제된 언어로 표현되지요. 깡패들 자신이 이야기를 들려주는데 독자는 그들을 이해하기 어렵습니다. 분명 비극적 소설인데 화자들은 정작 그 비극을 느끼지 못합니다. 그저 이야기할 뿐이고, 독자는 표면에 나타난 것보다 훨씬 더 깊은 내용이 있다고 느끼게 됩니다. 등장인물의 감정에 대해서는 아무것도 언급되지 않습니다. 그런 방식을 고대 북유럽 영웅담에서 배웠지요. 등장인물의 생각을 그의 말이나 행동을 통해 알려야지 그의 머릿속으로 들어가서 말해주면 안 된다는 걸요.

개인을 드러내지 않는다기보다는 심리적이지 않다는 말씀이시지요?

보르헤스 그렇습니다. 하지만 이야기 뒤에 숨겨진 심리가 있습니다. 그렇지 않으면 등장인물들은 그저 꼭두각시에 지나지 않을 겁니다.

카발라Cabala • 는 어떻습니까? 언제 처음으로 관심을 가지셨는지요?

보르헤스 아마 드퀸시 때문일 겁니다. 온 세상이 일련의 상징이고, 모든 것은 뭔가 다른 것을 의미한다는 생각을 가졌지요. 제네바에 살 때 저에게는 사적인 관계의 두 명의 멋진 친구들이 있었습니다. 모리스 아브라모비츠와 사이먼 지흐린스키였지요. 이름을 보면 그들이 어디 출신인지 아시겠지요. 그들은 폴란드계 유대인들이었습니다. 저는 스위스를 좋아하고 경치와 도시들만이 아니라 그 나라 자체를 좋아합니다. 스위스 사람들은 외국인들과 굉장히 거리를 두는 편이라서 친구가 되는 건 어렵습니다. 외국인 때문에 먹고살아서 그들을 좋아하지 않는다고 추측되는군요. 멕시코 사람들도 마찬가지고요. 그 사람들도 미국 관광객들 덕분에 먹고삽니다. 숙박업이 절대 불명예스러운 일은 아니지만 사람들이 호텔 관리인이 되고 싶어한다고 생각하지는 않습니다. 숙박업을 하면서 다른 나라에서 온 많은 사람들을 접대해야 한다면, 외국인들이 자신들과는 다르다고 생각하게 되고 결국에는 싫어하게 되겠지요.

당신 자신의 이야기를 카발라적으로 만들려고 애쓰시나요?

보르헤스 네, 가끔 그렇습니다.

전통을 따르는 카발라적 해석을 하시나요?

보르헤스 아니요. 『유대교 신비주의의 주요 흐름』Major Trends in Jewish Mysticism이라는 책을 읽었습니다.

게르숌 숄렘이 쓴 것인가요?

보르헤스 네, 숄렘의 책이지요. 유대교 미신에 대한 트라첸버그의 책도 있습니다. 다음으로 카발라에 대한 모든 책과 백과사전의 모든 관련 항목을 읽었지요. 하지만 저 자신에게 히브리적인 건 아무것도 없습니다. 어쩌면 유대인 조상이 있을지도 모르지요. 실제로 그런지는 모릅니다. 어머니의 이름은 아세베두인데 아세베두는 포르투갈계 유대인 이름이었을지도요. 아닐 수도 있지요. 만일 당신 이름이 아브라함이라면 확실히 뭔가 유대적인 점이 있을지도 모르지요. 하지만 유대인들이 이탈리아, 에스파냐, 포르투갈식 이름을 취했기 때문에 당신이 그런 식의 이름이라고 해서 반드시 유대인 혈통이라고 볼 수는 없지요. 많은 유대인들이 아세베두라는 이름을 썼지만, 아세베두라는 단어는 나무의 종류입니다. 그러니 알 수가 없어요. 유대인 조상이 있다면 좋겠습니다.

언젠가 모든 사람은 플라톤주의자이거나 아리스토텔레스주의자라고 말씀하신 적이 있지요.

보르헤스 제가 말한 게 아닙니다. 콜리지가 말했지요.

하지만 그 말을 인용하셨지요.

보르헤스 네, 인용했지요.

그러면 둘 중 어느 쪽이십니까?

보르헤스 저는 아리스토텔레스주의자라고 생각합니다. 하지만 플라톤주의자였으면 합니다. 제가 일반적인 관념보다 특정한 사물과 사

• 유대교 신비주의.(역자 주)

람을 실재라고 생각하는 것은 영국적인 기질 때문인 것 같습니다. 이젠 진짜 캠벨 씨를 만나야겠군요.

가시기 전에 제가 가진 당신 책 『미로』에 사인해주실 수 있나요?

보르헤스 기꺼이 해드리지요. 아, 그래요. 이 책을 알지요. 제 사진이 있군요. 진짜 제가 이렇게 생겼나요? 사진이 마음에 안 드는군요. 제가 이렇게 우울해 보이나요? 이렇게 지쳐 보여요?

생각에 잠긴 것처럼 보이시는데요?

보르헤스 어쩌면 그럴지도 모르지요. 하지만 이렇게 어둡게 보입니까? 이마는…… 도대체 뭐라고 해야 할지.

당신 작품의 이 판본이 마음에 드시나요?

보르헤스 번역이 훌륭하지요, 아닙니까? 너무 많은 라틴어가 있는 것만 빼고요. 가령 제가 하비타치온 오스큐라Habitación Oscura •라고 썼다고 칩시다. (물론 그렇게 쓰지는 않고 큐라토 오스큐로Cuarto Oscuro ••라고 썼지만, 일단 그렇게 썼다고 가정해보지요.) 그러면 하비타치온Habitación을 원어와 가장 가깝게 발음되는 해비테이션Habitation •••으로 바꾸고 싶은 유혹이 있겠지요. 하지만 제가 쓰고 싶었던 단어는 사실 방Room입니다. 방이라는 단어가 훨씬 분명하고 단순하고 더 좋습니다. 아시다시피 영어는 아름다운 언어입니다. 하지만 오래된 쪽이 훨씬 아름답지요. 거기에는 모음이 있으니까요. 현대 영어의 모음은 그 가치와 색깔을 잃었습니다. 영어에 대한, 영어라는 언어에 대한 희망은 미국에 있습니다. 미국 사람들은 아주 명확하게 말합니다. 요즘엔 영화를 보러 가도 잘 보이지가 않아요. 하지만 미국 영화에서는 모든 말을 알아들을 수가 있지요. 영국 영어는 그렇게까지는 이해할 수가 없어요. 그런 현상을 발견하신 적이 있나요?

때때로 그렇습니다. 특히 코미디에서요. 영국 배우들은 너무 빨리 말하는 것 같습니다.

보르헤스 맞아요! 바로 그겁니다. 억양 없이 너무 빨리 말하지요. 단어와 발음이 뭉개집니다. 너무 빨라서 뭉개져요. 미국인들이 영어를 구해야 합니다. 제가 에스파냐어에 대해서도 같은 생각을 하고 있다는 걸 아십니까? 저는 남미의 에스파냐어를 더 좋아합니다. 언제나 그랬지요. 미국 사람들은 더 이상 링 라드너나 브렛 하트의 작품을 읽지 않겠지요?

읽긴 하는데 주로 중고등학교에서 읽습니다.

보르헤스 오 헨리는 어떻습니까?

마찬가지로 학교에서 읽지요.

보르헤스 중고등학교에서는 주로 기법 때문에 읽겠지요. 놀라운 반전이 기다리는 결말 때문에요. 저는 그런 수법이 마음에 안 듭니다. 당신은 어떠십니까? 이론적으로는 문제가 없지만 실제로는 다른 문제지요. 그저 놀라운 반전뿐이라면 그냥 한 번만 읽고 말겠지요. 알

• 어두운 방이라는 뜻의 에스파냐어.(역자 주)

•• 역시 어두운 방이라는 뜻의 에스파냐어.(역자 주)

••• 서식지라는 뜻의 영어 단어.(역자 주)

렉산더 포프가 말한 '하강하는 기술'The Art of Sinking • 을 기억하시나요? 추리소설의 경우에는 좀 다릅니다. 놀라움이 존재하지만 인물도 있고 장면이나 풍경도 있어서 즐거움을 주지요. 이제 캠벨 씨가 와 있다는 걸 기억해야 합니다. 캠벨가 사람들이 늘 오지요. 그들은 아주 지독한 족속이랍니다.

자, 캠벨 씨가 어디 있지요?

• 알렉산더 포프는 『비의도적 점강법-시의 하강 기술에 대하여』에서 비의도적 점강법, 즉 하강 기술을 설명하였다. 대상의 의미가 고양된 상태에서 갑자기 문장의 흐름을 끊어서 추락시키는 방법(반전)으로 강한 효과를 거두는 것이다.

로널드 크라이스트 Ronald Christ 럿거스 대학교의 영문학과 명예 교수이며 『보르헤스, 인유의 기술』의 저자이다. 펜클럽의 뉴멕시코 주 회장이자 루멘 출판사의 대표를 지냈다. 디아멜라 엘티트의 『엘 루미나타』를 번역했고 케이든 내셔널 번역상을 수상했다.

주요 작품 연보

『부에노스아이레스의 열기』Fervor of Buenos Aires, 1923

『불한당들의 세계사』A Universal History of Infamy, 1935

『영원의 역사』History of Eternity, 1936

『이시드로 파로디의 여섯 가지 사건』Six Problems for Don Isidro Parodi, 1942

『픽션들』Fictions, 1944

『알레프』The Aleph, 1949

『개인적 선집』Personal Anthology, 1961

『미로』Labyrinths, 1962

『여섯 개의 현을 위하여』For the Six Strings, 1965

『부스토스 도메크의 연대기』Chronicles of Bustos Domecq, 1967

『칼잡이들의 이야기』Dr. Brodie's Report, 1970

『칠 일 밤』Seven Night, 1980

『셰익스피어의 기억』Shakespeare's Memory, 1983

:: 03

망명하는 영혼의 새로운 실험

블라디미르 나보코프

VLADIMIR NABOKOV

블라디미르 나보코프

러시아, 1899. 4. 22.~1977. 7. 2.

러시아 문학의 거장이면서 동시에 미국 문학의 대표적인 작가이다. 십 대 초반 소녀에 대한 중년 남자의 성적 집착을 묘사한 『롤리타』로 큰 반향을 일으켰다. 곤충학자이자 나비 수집가로도 유명하다.

1899년 러시아 상트페테르부르크의 귀족 명문가에서 태어났다. 유복한 가정에서 다방면에 걸쳐 최상의 교육을 받으며 자랐으나, 1917년 러시아혁명으로 망명한 후 영국, 독일, 프랑스, 미국, 스위스를 전전하며 평생을 집 없는 떠돌이로 살았다.

첫 망명지인 영국에서 케임브리지 대학을 다니며 러시아 문학과 프랑스 문학을 공부했다. 1922년 베를린으로 이주한 후 '블라디미르 시린'이란 필명으로 러시아어 작품들을 발표하기 시작했다. 『마셴카』, 『킹, 퀸, 잭』, 『루진의 방어』 등으로 가장 뛰어난 젊은 망명 작가의 반열에 오른 그는 1936년 『절망』을 출간하며 확고한 작가적 명성을 얻는다. 나보코프의 러시아어 소설 중 가장 뛰어난 작품의 하나로 손꼽히는 『절망』은 그의 서사와 유희의 마법이 충만하게 펼쳐진 초기 대표작이다. 1937년 나치의 박해를 피해 프랑스로 이주했다가 1940년 첫 영어 소설 『세바스찬 나이트의 참 인생』을 들고 미국으로 재차 망명길에 오른다. 코넬 대학과 하버드 대학 등에서 문학을 강의하는 한편 '시린'이 아닌 '나보코프'라는 이름으로 미국 작가로서의 삶을 개척한다. 1955년 '롤리타 신드롬'을 일으킨 소설 『롤리타』로 일약 세계적인 작가가 되어 강의를 접고 문학에 전념한다. 부와 명성을 거머쥐었지만 여전히 집 없는 떠돌이였던 그는 1977년 스위스의 작은 휴양도시 몽트뢰에서 생을 마감했다.

나보코프와의 인터뷰

허버트 골드

유창하게 영어로 말하면서도 못하는 척하는 것은 나보코프가 늘 보여주는 진지하면서도 희극적인 장난기의 한 예이다. 그는 러시아식 발음이 미묘하게 섞여 있지만, 인상적인 케임브리지식 영어를 구사했다.

블라디미르 나보코프는 아내인 베라와 스위스 몽트뢰의 몽트뢰 팰리스 호텔에서 살고 있다. 제네바 호수 연안의 휴양도시인 몽트뢰는 지난 19세기에 러시아 귀족들이 즐겨 찾던 곳이었다. 나보코프 부부는 호텔의 방을 여러 개 연결하여 살고 있는데, 마치 미국에 있는 그의 집과 아파트처럼 망명하는 동안만 일시적으로 머무르려는 것처럼 보였다. 그곳에는 아들 드미트리가 방문할 때 사용하는 방과 『롤리타』의 터키어판과 일본어판, 다른 책들, 운동용품, 미국 국기 등을 넣어두는 방도 있었다.

나보코프는 아침 일찍 일어나서 일한다. 색인 카드에 글을 쓴 뒤 이를 차근차근 베껴 쓰고, 늘리고, 순서를 재배치하여 소설로 만든다. 날씨가 따뜻할 때는 일광욕을 하거나 호텔 근처의 공원 풀장에서 수영을 즐겼다. 나보코프는 예순여덟 살이었는데, 육중하고 느리지만 강해 보였다. 쉽게 즐거워하기도 하고 짜증을 내기도 했지만 즐거워하는 편이었다. 아내 베라는 매우 헌신적인 조력자였다. 그를 주의 깊게 지켜보며 돌봐주고 편지를 써주며, 잡무를 대신 처리해주었다. 무엇인가 잘못 말했다고 생각할 때에는 가끔 그의 말을 중단시키기도 했다. 그녀의 미모는 매우 뛰어났으며 단정하고 분별력 있는 여성이었다. 비행기 타는 것을 좋아하지 않는 나보코프 부부는 멀리 여행할 수 없지만 자주 나비를 잡으러 다녔다.

인터뷰 진행 전에, 미리 나보코프에게 몇 가지 질문을 보내주었다. 그리고 몽트뢰 팰리스 호텔에 도착했을 때 질문에 대한 답변이 든 편지 한 통이 기다리고 있었다. 편지로 주고받은 질문과 답변을 다시 정리해서 이 인터뷰가 되었다. 인터뷰가 『파리 리뷰』의 1967년 여름/가을 호에 실리기 전에, 몇 가지 질문과 대답이 덧붙여졌다. 나보코프의 바람대로, 모든 답변은 그가 적어준 대로 잡지에 실렸다. 영어를 못해서 글로 답변을 써주어야 한다는 것이 그의 주장이었다. 유창하게 영어로 말하면서도 못하는 척하는 것은 나보코프가 늘 보여주는 진지하면서도 희극적인 장난기의 한 예이다. 그는 러시아식 발음이 미묘하게 섞여 있긴 하지만, 인상적인 케임브리지식 영어를 구사했다. 사실 그가 영어로 말하는 데는 문제될 일이 아무것도 없었다. 그렇지만 그의 말을 잘못 인용한다면, 그것은 골칫거리일 것이다. 나보코프는 그에게서 고향 러시아를 빼앗아가고, 인생 중반 처음 꿈꾸던 언어와 다른 언어로 필생의 작업을 하도록 만든 역사의 음모를 비극적인 상실로 여기고 있음에 틀림없다. 그러나 서툰 영어에 대해 가끔씩 사과한 것은 그저 한탄하는 투의 농담에 불과하다. 그의 말은 진심이기도 하고 농담이기도 하다. 자신의 상실을 슬퍼하면서도, 누군가 자신의 스타일을 비판하면 화를 낸다. 그리고 불쌍하고 외로운 외국인인 척하면서도 명백한 미국인이라고 주장한다.

나보코프는 이 무렵 시간의 신비함과 애매함을 탐구하는 긴 소설을 쓰고 있었다. 이 책에 대하여 이야기하는 그의 목소리와 시선은 책상으로 달려가고픈 열정으로 들뜨고, 기쁨에 가득해 어찌할 바를 모르는 젊은 시인의 것이었다.

peace, and of nights with her, the red blaze of her hair spreading all over the pillow, and, in the morning, again her quiet laughter, the green dress, the coolness of her bare arms.

In the middle of a square stood a black wigwam: ~~they were working on~~ the tram tracks were being repaired. He remembered how he had got today under her short sleeve, and kissed the touching scar from her small-pox vaccination. And now he was walking home, unsteady on his feet from too much happiness and too much drink, swinging his slender cane, and among the dark houees on the opposite side of the empty street a night echo clop-clopped in time with his footfalls; but grew silent when he turned at the corner where the same man as always, in apron and peaked cap, stood by his grill, selling frankfurters, crying out in a tender and sad bird-like whistle: "Würstchen, würstchen..."

Mark felt a sort of delicious pity for the frankfurters, the moon, the blue spark that had receded along the wire and, as he tensed his body against a friendly fence, he was overcome with laughter, and, bending, exhaled into a little round hole in the boards the words "Klara, Klara, oh my darling!"

On the other side of the fence, in a gap between the buildings, was a rectangular vacant lot. Several moving vans stood there like enormous coffins. They were bloated from tneir loads. Heaven knows what was piled inside them. Oakwood trunks, probably, and chandeliers like iron spiders, and the heavy skeleton of a double bed. The moon

블라디미르 나보코프는 색인 카드에 단편소설과 장편소설을 작업한다. 작품을 시간 순서대로 쓰지 않기 때문에 이런 방식을 선택하였다. 모든 카드는 여러 번 다시 작성되고, 작업이 완료되면 마지막으로 그의 아내가 세 벌을 타이핑한다.

블라디미르 나보코프
×
허버트 골드

좋은 아침입니다. 사십여 가지 질문을 드리겠습니다.

블라디미르 나보코프　안녕하십니까? 준비되었습니다.

험버트 험버트와 롤리타의 관계가 부도덕하다는 생각이 무척 강하시더군요. 그렇지만 할리우드와 뉴욕에서 사십 대 남성과 롤리타보다 약간 나이가 많은 여자아이 사이의 관계는 흔한 편입니다. 그들은 결혼하기도 합니다만, 이에 대해 사람들은 특별히 비난하기보다는 공공연하게 수군거릴 뿐이지요.

나보코프　아닙니다. 험버트와 롤리타의 관계가 부도덕하다는 생각을 강하게 드러내는 것은 저보다는 험버트일 겁니다. 그는 이를 염려하지만, 저는 신경 쓰지 않습니다. 저는 미국이든 아니면 어디에서든 사람들의 도덕성에 대해서는 관심 없습니다. 게다가 사십 대의 남성이 십 대 또는 이십 대 초반의 여성과 결혼한 것과 『롤리타』는 아무런 연관도 없습니다. 험버트는 '어린 여자아이'를 좋아하긴 하지만, 단지 '나이 어린 여성' 정도는 아닙니다. '님펫'Nymphet•은 어린 여자아이이지, 각광받기 시작한 신인 여배우도 아니고 '성적 매력이 넘치는 젊은 여자'도 아닙니다. 험버트가 롤리타를 만났을 때 그녀는 열두 살이지, 열여덟 살이 아니었습니다. 롤리타가 열네 살이 되었을 때, 험버트가 그녀를 '나이 들어가는 정부'라고 부른다는 점을 기억하시리라 생각하는데요.

어떤 비평가프라이스-존스**가 당신에 대해 "그의 느낌은 어떤 누구와도 다르다."고 한 적이 있습니다. 이 말이 무슨 뜻인지 이해하시는지요? 다른 사람들이 자신의 감정을 아는 것보다 당신이 자신의 감정을 더 잘 알고 있다는 뜻인가요? 아니면 당신이 다른 차원에서 스스로를 발견했다는 뜻인가요? 단순히 당신의 개인사가 독특하다는 뜻인가요?**

나보코프 그 글이 기억나지 않습니다. 만일 어떤 비평가가 그런 진술을 했다면, 그런 결론에 이르기 전에 최소한 세 나라에서 문자 그대로 수백만 명의 감정을 틀림없이 탐구했다는 의미겠지요. 만일 그렇다면, 저는 아주 희귀한 새 같은 존재일 겁니다. 다른 한편으로 만일 그의 탐구가 자신의 가족과 지인 중 특이한 사람들에게만 제한된 것이라면, 그 진술은 그다지 심각하게 논의할 필요가 없겠지요.

다른 비평가는 당신에 대해 "(그의) 세상은 정적 Static**이다. 그 세상은 집착으로 인해서 팽팽하게 긴장될 수는 있지만, 일상적인 현실 세계처럼 부서지지는 않는다."라고 썼습니다. 이런 의견에 동의하십니까? 사물이나 사건을 보는 관점에 정적인 면이 있다고 생각하시는지요?**

나보코프 누구의 '현실'을 말씀하시는 건가요? '일상적인'이라고 하셨습니다만, 어느 곳의 일상인가요? '일상적인 현실'이라는 말이야말로 전적으로 정적인 말로 여겨집니다. 그 말은 영원히 관찰 가능하고, 근본적으로 객관적이며, 보편적으로 알려진 어떤 상황을 가정하기 때문입니다. 당신이 그 '일상적인 현실'이라는 말을 한 비평가를 만들어낸 것이 아닌가 의심해봅니다. 사실은 일상도 현실도 존재하지 않지요.

[비평가의 이름을 대며] 그가 그렇게 말했지요. 또 다른 세 번째 비평가는 당신이 '우주적인 익살극에서 실재하지 않는 것이 될 때까지' 등장인물을 '축소'시킨다고 말했습니다. 그렇지만 저는 이 의견에는 동의하지 않습니다. 험버트는 희극적이긴 하지만 감동을 주며, 주의를 끌 만큼 강렬한 특질을 갖고 있습니다. 이는 제멋대로인 예술가의 것이라고 할 수 있지요.

<u>**나보코프**</u> 저는 다르게 표현하고 싶네요. 험버트는 '감동적'으로 구는 허영심 많고 잔인한 놈입니다. '감동적'이란 형용사는 진실하면서도 눈물 어리다는 의미에서, 저의 불쌍한 어린 여자아이에게만 적용할 수 있을 뿐입니다. 게다가 제가 만들어낸 등장인물을 어떻게 실재하지 않는 것이나 다른 차원으로 '축소'할 수 있겠습니까? 전기의 주인공을 '축소'할 수는 있지만, 만들어낸 인물을 그렇게 할 수는 없습니다.

E. M. 포스터는 자신이 창조한 주요 인물들이 종종 소설의 흐름을 점령하고, 그

• 나보코프가 『롤리타』에서 '어린 여자아이'를 가리키기 위해 만든 말이다. 지금은 '성적으로 조숙한 소녀'를 지칭하는 말로 사용되고 있다.(역자 주)

방향을 결정한다고 말한 적이 있습니다. 이런 것이 당신에게 문제가 된 적이 있나요, 아니면 등장인물을 완전히 통제하고 계신가요?

나보코프 포스터의 작품에 대해 제가 알고 있는 것은 그다지 좋아하지 않는 한 편의 소설뿐입니다. 어쨌든 손아귀를 벗어난 등장인물의 진부하고 하찮은 변덕을 처음 만든 사람은 포스터가 아닙니다. 그것은 깃펜처럼 오래된 일입니다. 비록 사람들이 포스터가 만들어낸 등장인물이 인도나 또 다른 곳으로의 여행에서 벗어나려고 애쓰는 데 동정하게 되긴 하지만요. 그렇지만 제가 만들어낸 인물들은 노예선의 노예라고 할 수 있습니다.

프린스턴의 클래런스 브라운이 당신의 작품들 사이에는 놀랄 만한 유사성이 있다고 지적했습니다. 그는 당신을 가리켜 "반복이 매우 심하다."고 했으며, 매우 다른 방식으로 근본적으로 똑같은 것을 말한다고 했습니다. 그는 운명이 '나보코프의 뮤즈'라고 했지요. '반복한다'를 다른 방식으로 말하자면, 당신의 작품 세계에 통일성을 주려고 애쓰시나요?

나보코프 클래런스 브라운의 글을 읽어본 것 같지는 않습니다만, 그의 진술에는 무엇인가 중요한 점이 있을 수도 있겠네요. 독창적이지 않은 작가들은 과거나 현재의 다른 많은 이들을 모방하기 때문에 다재다능한 것처럼 보입니다. 예술적으로 독창적이려면, 자기 자신을 베끼는 것 말고는 다른 게 없지요.

문학비평에는 어떤 목적이 있다고 생각하시나요? 일반적인 의미에서건 당신 책에 국한해서건 말입니다. 비평이 도움이 된 적이 있으신가요?

나보코프 비평의 목적은 비평가가 읽었거나 읽지 않은 어떤 책에 대하여 무엇인가를 말하는 겁니다. 비평은 비평가의 지성이나 진실성 또는 이 둘 모두에 대한 정보를, 책의 저자를 포함한 독자들에게 준다는 의미에서 도움이 될 수도 있습니다.

그러면 편집자의 역할은 어떤가요? 편집자에게 문학적인 조언을 받은 적이 있으신가요?

나보코프 '편집자'란 교정 보는 사람을 뜻하는 거겠지요. 그런 이들 중에 민감하면서도 무한한 솜씨를 지닌 명석한 피조물들을 알고 있습니다. 그들과 세미콜론에 대해 논의하였는데, 마치 그것이 명예에 영향을 미칠 만한 일인 것처럼 대했지요. 물론 세미콜론처럼 사소한 것도 종종 예술적인 의미를 갖습니다. 한편 저는 건방지고 권위적인 짐승 같은 작자도 만났습니다. 그들이 어떤 것을 '제안하고자' 할 때, 저는 "그대로 두시오!"라고 우레와 같이 외치면서 맞섰습니다.

나비류 연구가이십니까? 나비를 쫓아다니시나요? 만일 그렇다면, 당신의 웃음소리가 나비를 놀라게 하지 않던가요?

나보코프 그와 반대입니다. 웃음소리는 나비를 일종의 편안한 마비 상태에 빠지게 합니다. 벌레가 죽은 나뭇잎을 흉내 낼 때 경험하는 것처럼 말이죠. 제 작품에 대한 서평을 열렬하게 찾아 읽지는 않습니다만, 제 소설에서 곤충학적인 상징을 찾으려고 애쓰는 젊은 아가씨가 쓴 글을 우연히 본 적이 있습니다. 그녀가 나비류에 대해 무엇인가 알고 있었더라면 그 글은 흥미로울 수도 있었을 겁니다. 슬프게도 그녀는 완벽한 무지를 드러내고 말았지요. 여러 가지 용어를 너무 혼란스럽게 사용하는 바람에, 그 글은 심미적으로 조화를 이루지 못할 뿐만 아니라 터무니없어지고 말았습니다.

백계러시아 망명자라 불리는 사람들과 어울리지 않는 이유를 설명해주실 수 있으신지요?

<u>나보코프</u> 역사적으로 보자면 저도 '백계러시아인'•입니다. 볼셰비키••가 폭정을 일삼던 초기 제 가족들이 이에 대항하다가 러시아를 떠나야 했던 것처럼, 러시아를 떠난 모든 러시아인들은 넓은 의미에서 백계러시아인이었고, 지금까지 그렇게 남아 있기 때문입니다. 그러나 러시아혁명이 있기 전 러시아 전체가 그랬던 것처럼, 이 망명자들은 다양한 사회적인 분파와 정치적인 파벌로 나뉩니다. 저는 '검은 백인단'••• 백계러시아인들과 어울리지 않을 뿐만 아니라, '볼셰비잔' 즉 '좌파 성향의 사람들'Pinks*과도 어울리지 않습니다. 그 반대로 입헌군주제를 옹호하는 지식인뿐만 아니라 사회혁명을 옹호하는 지식인들과도 친구가 되었습니다. 제 아버지는 구식 자유주의자였기에, 저 또한 그런 딱지가 붙어도 상관하지 않습니다.

현재 러시아와 당신의 소원함에 대해 어떻게 생각하십니까?

<u>나보코프</u> 러시아가 요즘 부쩍 떠벌리는 거짓 긴장 완화에 깊은 불신을 갖고 있다고 할까요. 아니면 회복할 수 없는 사악함에 대해 부단히 의식하고 있다고 할까요. 요즘 애국적인 소비에트주의자를 감동시키는 모든 것에 대해 완전히 무관심합니다. 레닌주의의 소시민성Meshchantsvo(프티부르주아의 젠체함이나 속물적인 특징)을 1918년 일찌감치 알아차린 것에 대해 강렬한 만족감을 느끼고 있다고나 할까요.

당신이 러시아를 떠나기 전부터 글을 썼던 알렉산드르 블로크나 오시프 만델시탐과 같은 시인과 다른 작가에 대해서는 요즘 어떻게 생각하시나요?

나보코프 이들의 작품을 어린 시절에 읽었습니다. 50년도 더 되었지요. 그때 이후로 줄곧 블로크의 서정시를 열정적으로 좋아하고 있습니다. 하지만 그의 긴 작품들은 좀 약한 편입니다. 특히 끝부분에 분홍색 마분지로 만든 예수 그리스도가 풀로 붙여진 그 유명한 『열둘』은 자의식 과잉인 가짜 '원시주의' 어조로 써서 끔찍합니다. 만델시탐의 작품은 아직도 암송하고 있지요. 그렇지만 그의 시가 주는 즐거움은 블로크보다는 조금 덜 강렬합니다. 비극적인 운명의 프리즘을 통해서 보기 때문에, 오늘날 그의 시는 실제보다 더 위대하게 보입니다. 문학 교수들이 여전히 이 두 작가를 서로 다른 유파에 배치한다는 것을 우연히 알게 되었습니다. 하지만 제가 볼 때 이 둘은 오직 재능이라는 한 가지 유파에 속한다고 할 수 있습니다.

당신의 책이 소련에서 읽히긴 했지만 공격받았다고 알고 있습니다. 당신의 책이 소련판으로 나온 것에 대해 어떻게 생각하시나요?

• 1917년 러시아혁명 때 국외로 망명한 러시아인을 가리킨다. 정치적으로는 보수적인 귀족 대지주를 비롯한 부르주아 및 그 추종자들이다. 혁명 당시 좌익 혁명파의 상징이 붉은색이었고, 보수적 반혁명파는 흰색인 데서 연유했다.

•• 러시아 사회 민주노동당에서 분리돼 나온 레닌 중심의 급진파. 1918년에 당명을 '러시아 공산당'으로 바꾸었고, 1952년에 다시 '소비에트 연방 공산당'으로 바꾸었다가, 1990년에 소련의 해체와 함께 해산되었다.

••• '검은 백인단'은 20세기 초 러시아에서 일어난 극우파 운동이다. 로마노프 왕조를 적극 지지하였다.(역자 주)

* 볼셰비잔은 나보코프가 친소련주의자들을 일컫는 말이며, 'pinks'는 1925년 무렵 미국에서 정치적으로 좌파에 기운 사람들을 부르던 말이다.(역자 주)

나보코프 뭐, 제 작품으로서는 잘된 일이지요. 파리의 빅토르 출판사가 1938년에 러시아어로 출판했던 『사형장으로의 초대』 재판을 찍었고, 뉴욕의 페드라 출판사는 『롤리타』의 러시아어 번역판을 찍어냈습니다. 소련 정부는 기꺼이 이 소설을 공식적으로 인정할 거라고 확신합니다. 히틀러 정권에 대한 예언을 담은 것처럼 보이며, 미국의 모텔 시스템을 심하게 비난한다는 이유로 말입니다.

소련 시민들과 접촉한 적이 있으신가요? 있다면 어떤 종류였나요?

나보코프 그들과 접촉하지 않았습니다. 딱 한 번 이십 대 후반인지 삼십 대 초반쯤인지 순전히 호기심에서 볼셰비키 러시아에서 온 요원을 만나기로 약속한 적이 있긴 하지만요. 망명 중인 작가와 예술가들이 다시 고국으로 돌아오도록 열심히 노력하던 사람이었지요. 두 가지 이름을 가졌는데, 레베데프라던가 그랬지요. '초콜릿'이라는 제목의 짧은 소설을 썼다고 하더라고요. 저는 그를 좀 놀려볼 수 있을 거라고 생각했지요. 소련에서 자유롭게 글을 쓰는 일이 허용되는지, 그곳을 좋아하지 않는다면 떠날 수 있는지 그에게 물었습니다. 제가 소련을 좋아하게 되면 다시는 국외로 나갈 꿈을 꿀 겨를도 없을 거라고 하더군요. 소련이 관대하게 작가들에게 이용하도록 허락하는 다양한 주제인 농장, 공장, 파키스탄Fakistan의 숲 같은 수많은 멋진 것 중에서 아무거나 고를 완벽한 자유가 있다고 하더군요. 농장이나 기타 주제는 저를 지루하게 한다고 했더니, 저를 유혹하던 가여운 자는 곧 포기하더군요. 그렇지만 그는 작곡가인 세르게이 프로코피예프를 설득하는 데 성공했지요.

당신은 미국인이라고 생각하시나요?

나보코프 그럼요. 그렇게 생각합니다. 저는 미국인이 확실합니다. 서방 세계의 식물과 동물군, 공기는 저를 아시아 쪽이나 북극 쪽 러시아와 연결해주는 고리입니다. 물론 저는 러시아 언어와 풍경에 너무도 많은 빚을 져서, 영적인 차원에서는 미국의 지방 문학이나 인디언의 춤이나 호박 파이에 감정적으로 연결될 수 없습니다. 그러나 유럽 국경에서 녹색의 미국 여권을 내보일 때마다 따뜻하고 속 편한 자존심의 충만감을 느꼈습니다. 미국에서 일어나는 일에 대한 노골적인 비판은 제 기분을 상하게 하고 저를 괴롭힙니다. 저는 국내정치에 있어서는 강하게 인종 분리주의를 반대하며, 외교정책에 있어서는 절대적으로 미국 정부의 편입니다. 의구심이 들 때에는 단순하게 빨갱이들과 러셀가를 가장 기분 나쁘게 할 행동 지침을 선택합니다.

당신이 속해 있다고 생각하는 공동체가 있으신지요?

나보코프 공동체라고 할 만한 것은 없습니다. 제가 좋아하는 상당히 많은 개인들을 정신적으로 모을 수는 있겠지요. 하지만 만일 현실 세계의 어떤 섬에 그들을 모은다면 매우 이질적이며 사이가 좋지 않은 그룹을 형성할 것입니다. 다른 공동체에 대해 말씀드리자면, 저는 제 책을 읽는 미국 지식인들 사이에서 상당히 편안하다고 할 수 있지요.

작가에게 학문적인 세계라는 환경은 어떤 의미인가요? 코넬 대학에서 학생들을 가르치는 일이 주는 가치나 단점에 대해서 구체적으로 말씀해주시겠습니까?

나보코프 안락한 캠퍼스에 있는 대학 도서관은 작가에게 훌륭한 환경입니다. 물론 젊은 학생들을 가르치면서 겪는 문제도 있습니다. 코넬 대학에서 일어난 일은 아니지만, 방학 중에 어떤 학생이 열람실에 트랜지스터라디오를 가지고 들어왔습니다. 우선, 그는 '클래식' 음악을 듣고 있었습니다. 다음으로는, '조용히' 듣고 있었지요. 마지막으로, "여름방학이어서 열람실에 사람이 많지 않군."이라고 말하더군요. 거기엔 한 사람이지만 군중인 제가 있었지요.

동시대 문학 공동체와 어떤 관계를 맺고 계신가요? 에드먼드 윌슨, 메리 매카시, 또는 잡지 편집자와 출판사들과의 관계 말입니다.

나보코프 지금부터 25년 전, 『뉴 리퍼블릭』지에 푸시킨의 희곡 『모차르트와 살리에리』를 실으려고 에드먼드 윌슨과 공동 번역했습니다. 이것이 다른 작가와 공동으로 작업한 유일한 경우입니다. 작년에 윌슨은 대담하게도 제게 푸시킨의 『예브게니 오네긴』에 대해 제대로 알고 있는지 물었습니다. 그는 스스로를 바보로 만든 겁니다. 과거 번역을 함께했는데 이런 질문을 한 것은 참으로 어이없는 일이었지요. 한편 메리 매카시 같은 경우는 최근 『뉴 리퍼블릭』지에 매우 호의적인 서평을 써주었습니다. 비록 그녀가 킨보트*의 과일 푸딩을 만드는 '창백한 불꽃'에 자신의 백포도주인 안젤리카를 상당히 많이 추가해주었다고 생각하지만요. 이 자리에서 모리스 지로디아스**와의 관계를 언급하고 싶지는 않군요. 저는 올랭피아 선집에 실린 추잡한 그의 글에 대해 『에버그린』에서 답변하였습니다. 그 밖에는 출판 관계자 모두와 훌륭한 관계를 유지하고 있습니다. 『뉴요커』의 캐서린 화이트, 빌 맥스웰과의 우정은 가장 거만한 작가라도 감사하는 마음과 기쁨 없이는 떠올릴 수 없는 것입니다.

작품 쓰시는 습관에 대해 듣고 싶습니다. 미리 계획한 일정표대로 쓰십니까? 한 부분을 쓰다가 다른 부분으로 건너뛰기도 하시나요? 아니면 처음부터 끝까지 순서대로 쓰시나요?

나보코프 패턴은 일보다 앞서기 마련입니다. 저는 그 패턴에서 어느 순간 우연히 선택한 빈 부분을 채워나가는 식으로 작업합니다. 이 부분이 바로 소설이 완성될 때까지 색인 카드에 적어놓는 것들입니다. 제 일정은 유동적입니다만 필기도구에 대해서는 상당히 까다롭습니다. 줄 그어진 두꺼운 종이 카드와 지우개가 달린 완전히 날카롭지만 너무 딱딱하지 않은 연필을 씁니다.

쓰고 싶은 세계에 대한 특별한 이미지가 있으십니까? 『사생아』Bend Sinister ••• 와 같은 '미래'에 대한 소설에서조차 과거는 매우 현재적이던데요. '과거지향주의자'라고 생각하십니까? 어떤 시대에 살고 싶으신지요?

나보코프 제가 살고 싶은 시대는 조용한 비행기와 우아한 비행 자전거Aircycles, 구름 없는 은빛 하늘, 트럭들이 몰록*처럼 내쫓긴 지하의

• 킨보트는 나보코프의 소설 『창백한 불꽃』에 등장하는 시인이자 편집자이다. 메리 매카시는 1962년 『뉴 리퍼블릭』의 「마른하늘의 날벼락」A Bolt from the Blue이라는 서평에서 이 소설에 대해 극찬하였다.(역자 주)

•• 『롤리타』는 도발적 줄거리 때문에 출판사들로부터 거절당하였다. 모리스 지로디아스가 운영하는 올랭피아 출판사에서 1955년 출간되었고 이어 미국에서 크게 성공하였다.

••• 『사생아』는 1947년 출판된 나보코프의 디스토피아 소설이다.(역자 주)

* 몰록Morlock은 1895년에 출판된 허버트 조지 웰스의 『타임머신』에 등장하는 허구적인 종족이다. 이들은 새로운 기계를 만드는 방법을 알지는 못하지만, 고대에 만들어진 기계를 고쳐가며 지하에서 산다.(역자 주)

폭신한 길들로 이루어진 광범위한 체계를 갖춘 곳이라고나 할까요. 과거에 대해 말씀드리자면, 공간과 시간의 다양한 구석에서 지금은 사용하지 않는 편리한 물건을 다시 가져오는 일은 마다하지 않겠습니다. 통이 넓은 바지와 길고 깊은 욕조 같은 물건 말이에요.

제가 여쭤보는 킨보트 같은 질문에 모두 답변할 필요는 없으십니다.

나보코프 대답하기 어려운 질문을 건너뛰기 시작해선 안 되지요. 계속하실까요.

소설을 쓰는 것 외에 가장 하고 싶은 일이 있다면 어떤 것일까요?

나보코프 그거야 물론 나비를 채집하고 공부하는 일이지요. 문학적인 영감이 주는 기쁨과 보상은 현미경으로 나비의 새로운 기관을 발견하거나, 이란이나 페루의 산자락에서 미기록종을 발견하는 환희에 비하면 아무것도 아니지요. 만일 러시아에서 혁명이 일어나지 않았더라면, 소설을 한 편도 쓰지 않고 나비류 연구에 저 자신을 바치는 것도 전혀 일어나지 않았을 만한 일은 아니라고 생각합니다.

동시대 작품에서 포시러스트Poshlust*의 가장 두드러진 특징이 뭐라고 생각하시나요? 그런 죄에 빠지고 싶은 유혹을 느껴보셨나요? 아니면 빠져보셨나요?

나보코프 '포시러스트', 정확한 발음으로는 '포시로스트'Poshlost는 다양한 뉘앙스를 갖고 있습니다. 만일 당신이 다른 사람에게 포시로스트의 유혹을 받은 적이 있느냐고 묻는다면, 제가 고골에 대해 쓴 작은 책에서** 포시로스트에 대해 분명하게 묘사하지 못했음에 틀림없습니다. 감상적인 쓰레기, 속된 상투어구, 모든 측면에서의 속물

주의, 모방의 모방, 가짜 심원함, 거칠고, 바보 같고, 정직하지 않은 거짓 문학 이런 것들이 포시로스트의 분명한 예입니다. 이제 동시대 작품에서 포시로스트를 분명하게 규정하길 바란다면, 우리 모두가 알고 있는 프로이트의 상징주의, 좀먹은 낡은 신화, 사회적인 논평, 인도주의적인 메시지, 정치적인 알레고리, 계급과 인종에 대한 과도한 관심, 우리 모두가 알고 있는 저널리즘 전반에서 찾아야 할 것입니다. 포시로스트는 "미국이 러시아보다 나을 것도 없다."거나 "우리 모두 독일인의 죄를 공유한다."는 식의 개념에서도 나타납니다. 포시로스트는 '진리의 순간', '카리스마', (진지하게 사용되는) '실존적'이란 말, (국가 간의 정치 회담에 적용되는 것과 같은) '대화', (서투른 예술가들이 사용하는 것과 같은) '어휘'라는 구절과 용어에서 꽃을 피웁니다. 단숨에 아우슈비츠, 히로시마와 베트남을 나열하는 것은 선동적인 포시로스트입니다. 매우 가입하기 어려운 클럽(재무장관의 이름처럼, 유대인의 이름을 가진 클럽)에 들락날락하는 것은 고상한 체하는 포시로스트입니다. 삼류 글쟁이의 서평은 자주 일어나는 포시로스트이지만, 이는 상당히 지식인인 체하는 글에도 숨어 있습니다. 포시로스트는 어떤 멍청이를 위대한 시인이라고 부르기도 하고, 허풍쟁이를 위대한 소설가라고 부르기도 하지요. 포시로스트가 가장 좋아하는 번식 장소 중의 하나는 예술 전시회입니다. 예술 전시회에서 포시로스트는 소위 조각가들에 의해 양산됩니다. 조각가들은 빌

• 간단하게 설명하면 '속물 근성'으로 표현될 수 있다. 인간성 또는 인간이 만든 사물이나 사상의 특별히 부정적인 면을 지칭하는 러시아어이다. 푸시킨은 니콜라이 고골이 『죽은 혼』에서 포시러스트한 사람의 그런 점을 가장 잘 표현했다고 평가했다.(역자 주)

•• 나보코프는 『니콜라이 고골』에서 상류 계급의 포시로스트에 대해 논하였다.(역자 주)

딩을 부수는 연장으로 작업하면서 크랭크축처럼 생긴 멍청한 스테인리스 조각품을 만들어내기도 하고 젠 스테레오라든가 폴리스티렌 재질의 열대 새, 화장실에서 버려진 물품으로 만든 예술품Objects Trouvés •, 대포알, 통조림으로 만든 공들을 만들어냅니다. 예술 전시회에서 우리는 소위 추상미술 화가들이 만든 화장실벽 패턴이나 프로이트적인 초현실주의, 이슬방울이 얼룩진 흔적, 로르샤흐 반점에 감탄을 보내지요. 이 모든 것은 멋진 척하지만 사실 50년 전 아카데미 미술학파가 그린 〈구월의 아침〉••이나 〈플로렌스의 꽃 파는 소녀〉••• 만큼이나 민망스러운 작품들입니다. 이 포시로스트 목록은 깁니다. 그리고 모든 사람이 특히나 저주하고 싶은 혐오스러운 대상도 이 목록에 들어 있지요. 제가 끔찍이 싫어하는 것은 항공사 광고입니다. 승무원 아가씨가 아부하듯이 젊은 부부에게 먹을 것을 제공할 때 아내는 오이 카나페를 황홀하게 바라보고, 남편은 승무원 아가씨를 아쉬운 듯이 바라보지요. 당연히 『베니스에서의 죽음』*도 포시로스트 목록에 들어갑니다. 이제 그 범위를 아시겠지요.

동시대 작가들 중에서 기쁘게 찾아 읽는 작가가 있으신가요?

나보코프 그런 작가들이 몇 분 있지만, 누구인지 밝히지는 않겠습니다. 이를 밝히지 않고 익명으로 두는 즐거움은 어느 누구도 상처 입히지 않으니까요.

공들여서 읽는 작가들의 작품이 있으신지요?

나보코프 아니요. 일반적으로 인정받는 많은 작가들은 제게 존재하지 않는 것이나 마찬가지입니다. 그들의 이름은 텅 빈 무덤에 새겨져 있을 뿐입니다. 그들의 책은 모조품에 불과하고, 제 독서 취미와 관련되는 한, 완전히 보잘것없는 비실재라고나 할까요. 브레히트, 포크너, 카뮈, 그 밖의 많은 작가들은 제게 완전히 무의미합니다. 그리고 레이디 채털리의 성교**나 완전히 가짜라고 볼 수 있는 파운드 씨***의 오만한 난센스가 비평가들과 동료 작가들에 의해서 아무렇지도 않게 '위대한 문학'으로 받아들여지는 것이 제 머리로는 도저히 이해할 수 없는 음모라는 생각을 떨칠 수가 없습니다. 어떤 집에서는 파운드가 슈바이처 박사를 대체한 것을 본 적도 있지요.

저는 보르헤스와 조이스를 숭배하는 사람으로서 당신이 그들과 마찬가지로 독자들을 교묘한 책략과 말장난Pun+, 수수께끼로 놀리는 데서 즐거움을 찾으시는 것처럼 보이는데요. 독자와 저자의 관계는 어때야 한다고 생각하시나요?

나보코프 보르헤스 작품에서 사용된 말장난은 전혀 기억이 없습니다. 그의 작품을 번역으로만 읽었기 때문이겠지요. 어쨌든 보르헤스의 섬세하고 작은 이야기들과 미니어처 괴물인 미노타우로스는 조이스의 거대한 기계와는 전혀 공통점이 없습니다. 소설 중 가장 명료한 작품인 『율리시스』에서도 많은 수수께끼를 발견할 수는 없었

• 원서에서는 'objects trouvés'으로 표기되었으나 'objets trouvés'를 말한다. 자연 그대로의 물건이나 버려진 물건이 우연히 예술품으로 취급되는 것을 뜻한다.(역자 주)

• • 폴 차바스가 1910~1912년에 그린 그림.(역자 주)

• • • 프랭크 더브넥이 1886년경에 그린 그림.(역자 주)

* 토마스 만이 1912년에 출판한 소설.(역자 주)

** 로렌스의 『채털리 부인의 연인』을 비꼬는 말이다.

*** 에즈라 파운드를 가리킨다.

+ 'Pun'은 유머나 수사학적인 효과를 내기 위해 동음이의어나 비슷한 소리의 단어를 이용하는 일종의 말장난을 가리킨다.(역자 주)

습니다. 한편 저는 말장난이 많은 '피니간의 경야'*도 싫어합니다. 이 작품에서 암처럼 끝없이 성장하는 멋들어진 단어의 조직들도, 민담의 끔찍한 명랑함과 터무니없이 쉬운 알레고리로부터 이 책을 구해내지는 못합니다.

조이스가 가르쳐준 것은 무엇인가요?

나보코프 아무것도 없습니다.

오, 정말로요?

나보코프 제임스 조이스는 어떤 방식으로든 제게 전혀 영향을 미치지 못했습니다. 『율리시스』를 처음 잠시나마 접한 것은 1920년 무렵 케임브리지 대학에서였습니다. 그때 친구였던 피터 므로조프스키가 파리에서 이 책을 한 권 사왔습니다. 그는 제 하숙방을 쿵쾅쿵쾅 걸으면서 몰리의 성적인 독백 한두 구절—우리끼리 하는 이야기인데, 그 책의 가장 형편없는 장—을 읽어주었습니다. 15년이 지난 뒤, 이미 작가가 되어서 무엇인가를 새로 배우는 것도 배운 것을 잊어버리는 것도 싫어졌을 때 『율리시스』를 읽었습니다. 그리고 그 책을 엄청나게 좋아했습니다. 그렇지만 사투리로 쓴 지방색이 강한 문학작품에는 전혀 관심을 두지 않기에, 『피네간의 경야』가 아무리 천재의 언어로 쓰였다 하더라도 전혀 관심이 없습니다.

제임스 조이스에 대한 책을 쓸 계획은 없으신지요?

나보코프 그에 대한 것뿐만이 아닙니다. 정말로 하고 싶은 일은 코넬 대학교와 하버드 대학교에서 제가 강의했던 내용에 기초하여

『율리시스』, 『보바리 부인』, 『변신』, 『돈키호테』와 기타 작품에 대하여 각기 20여 쪽의 여러 에세이를 모아서 출판하는 겁니다. 보수적인 동료 교수들을 경악하게 만든 일이 기억나네요. 기념관에 모인 600여 명의 학생들 앞에서 잔인하고 조잡한 옛날 책 『돈키호테』를 즐겁게 찢어버렸지요.

다른 작가의 영향은 어떤가요? 푸시킨은요?

나보코프 어느 정도는 있었습니다. 톨스토이나 투르게네프가 푸시킨의 예술적 자존심과 순수성의 영향을 받았던 정도라고나 할까요.

고골은 어떻습니까?

나보코프 그에게서 아무것도 배우지 않으려고 조심했습니다. 스승으로서는 의심스럽고 위험하거든요. 최악의 경우, 그가 사용한 우크라이나를 소재로 한 이야기들처럼 쓸데없는 작가라고도 할 수 있지요. 하지만 최선의 경우, 그는 비교할 수 없으며 흉내 낼 수도 없는 작가이지요.

그밖에 어떤 작가들이 있나요?

나보코프 허버트 조지 웰스는 위대한 예술가로서, 어릴 때 좋아하던 작가입니다. 『열정적인 친구들』, 『앤 베로니카』, 『타임머신』, 『눈먼 자들의 나라』 이 모든 이야기들은 베넷이나 콘래드보다 훨씬 낫고, 사실 웰스의 동시대 작가들이 쓴 다른 어떤 작품보다 훨씬 좋습

• 제임스 조이스의 『피네간의 경야』를 소리를 바꾸어 조롱하고 있다.(역자 주)

니다. 그의 작품 중 사회학적인 착상에 기반한 이야기들은 무시해도 상관없습니다만, 로맨스나 판타지는 너무도 훌륭합니다. 어느 날 상트페테르부르크에서 저녁을 먹을 때, 웰스의 번역가였던 지나이다 벤게로프Zinaida Vengerov가 머리를 흔들면서 "아시지요, 제가 제일 좋아하는 작품은 『잃어버린 세계』* 예요."라고 한 당혹스러운 순간이 있었습니다. 그 말을 듣자마자 저희 아버지께서 재빨리 "(벤게로프가) 말하려던 작품은 화성인이 진 전쟁이야기일 겁니다."라고 하셨지요.

코넬 대학교의 학생들에게 배운 것이 있으신가요? 그 경험은 순전히 재정적인 이유였나요? 학생들을 가르침으로써 무언가 귀중한 것을 깨닫게 된 적이 있으신가요?

나보코프 저의 강의는 학생들과의 직접 접촉을 미연에 막는 방식이었습니다. 기껏해야 그들은 시험 기간 동안, 제 두뇌에서 나온 것 중에서 얼마 되지 않는 것을 되풀이할 뿐이지요. 저는 수업 시간에 여유 있게 강의안을 읽어내려 갑니다. 강의안은 조심스럽고도 성실하게 손으로 쓰거나 타자한 것입니다. 강의안을 읽으면서는 종종 한 문장을 고쳐 쓰려고 멈추기도 하고, 종종 한 문단을 다시 반복하기도 합니다. 기억을 도우려는 자극이었지만 받아 적는 학생들의 손목 리듬에 좀체 어떤 변화도 가져오지 못하더군요. 저는 수강생 중에 속기술을 하는 학생을 환영하였습니다. 이 수강생이 받아 적은 수업 내용을 자신보다 덜 운이 좋은 동료 학생과 공유하길 바랐지요. 한번은 강의실에 나타나는 대신에 대학 라디오에서 녹음한 테이프를 틀어주었지만 그 시도는 헛되었습니다. 한편으로는 열기 넘치는 강의실 이곳저곳에서 제 강의를 음미하며 아무 때나 낄낄대는 소리를 매우 즐겼지요. 예전에 가르친 학생들이 10년인지 15년 후에 보내온 편지에서 최고의 보상을 받곤 합니다. 잘못 번역된 엠마 보바리의 머리 모양이나 그레고르 잠자의 방 구조를 시각화하거나 『안나 카레니나』에 나오는 두 명의 동성애자를 시각화하도록 했을 때, 제가 그들에게 무엇을 원한 건지 이제는 이해할 수 있다고 하더군요. 제가 강의를 통해 무엇을 배웠는지는 잘 모르겠지만 학생들에게 12편의 소설을 분석해주면서 흥미로운 정보를 상당히 많이 쌓게 되었다는 사실은 잘 알고 있습니다. 제 봉급은 당신도 아시겠지만 엄청나게 많은 것은 아닙니다.

부인과의 공동 작업에 대해 말씀하고 싶은 부분이 있으신지요?

나보코프 1920년대 초 처음 소설을 쓸 때, 그녀는 제게 충고와 비평을 해주었습니다. 제가 쓴 단편과 장편을 최소한 그녀에게 두 번 이상 읽어주었습니다. 글을 타자하고, 원고를 수정하고, 다른 언어로 번역된 것들을 검토하면서 그녀는 제 글을 모두 다시 읽었지요. 1950년의 어느 날인가 뉴욕 주 이타카에서, 기술적인 어려움과 의구심에 휩싸여서 『롤리타』의 처음 몇 장章을 정원에 있는 소각로로 가져갔습니다. 아내는 저를 멈추게 하고 태워버리는 것을 미루거나 다시 한 번 생각해보라고 했습니다.

당신이 쓴 작품이 외국어로 번역될 때 어떻게 하시나요?

• 『잃어버린 세계』는 아서 코난 도일의 작품이다. 여기서 언급된 웰스의 소설은 『우주 전쟁』이다.(역자 주)

나보코프 아내와 제가 알거나 읽을 줄 아는 언어—영어, 러시아어, 프랑스어, 약간의 독일어와 이탈리아어—의 경우에 모든 문장을 엄격하게 검토합니다. 일본어나 터키어 판본의 경우에는 모든 쪽마다 비난받을 만한 재앙이 없기를 기대할 뿐입니다.

어떤 작품을 계획하고 계신가요?

나보코프 새 소설을 쓰고 있습니다만 이것에 대해 지금 말씀드릴 수는 없습니다. 한동안 공들인 다른 프로젝트는 스탠리 큐브릭을 위해 썼던 대본 「롤리타」의 완성본을 출판하는 것입니다. 그가 제 대본을 많은 부분 베꼈기 때문에 원저자라는 제 법적인 지위를 정당화할 수는 있습니다. 다만 제가 로스앤젤레스의 빌라에서 6개월 동안 대본을 쓰면서, 한 장면 한 장면 상상하여 제시한 놀라운 영상을, 그 영화는 흐릿하고 불충분하게 보여주고 있을 뿐입니다. 그렇지만 큐브릭의 영화가 그저 그렇다고 평하려는 것은 아닙니다. 영화는 그 자체로 일류입니다만 제가 쓴 것은 아닙니다. 영화는 종종 소설에 포시로스트적인 분위기를 더하면서, 그 굽은 렌즈로 소설을 왜곡시키고 조잡하게 만듭니다. 큐브릭이 그의 영화에서 이런 실수를 피했다고 생각하지만 어째서 제가 제시한 지시와 꿈을 따르지 않았을까요. 정말로 안타까운 일이었지요. 그래서 최소한 사람들이 『롤리타』의 원래 대본을 읽을 수 있도록 하려고 합니다.

당신을 작가로 기억하게 할 단 한 권의 책을 고른다면 무얼 고르시겠습니까?

나보코프 지금 쓰고 있거나 아니면 쓰기를 꿈꾸는 책으로 하겠습니다. 그렇지만 실제로 저는 『롤리타』나 『예브게니 오네긴』에 대한 번역과 주석으로 기억되겠지요.

작가로서 두드러지거나 눈에 띄지 않는 비밀스러운 결점이 있다고 생각하시나요?

나보코프 자연스러운 어휘의 부재라고 말씀드리고 싶군요. 고백하기엔 좀 이상하지만 사실입니다. 제가 가진 두 가지 언어 중 하나인 모국어는 더 이상 사용할 수 없지요. 그 이유는 제게 러시아어를 쓰는 독자가 없기 때문이기도 하지만, 1940년 영어를 쓰기 시작한 이후 러시아어라는 언어가 주는 모험의 흥분이 점차 사라졌기 때문입니다. 두 번째 수단인 영어는 항상 사용하고 있지만, 뻣뻣하고 인위적입니다. 일몰이나 곤충을 묘사하는 데에는 아무런 지장이 없겠지만, 창고와 가게 사이의 가장 빠른 길을 필요로 할 때*, 통사적인 빈곤과 자국 언어 감각의 결핍을 감출 수는 없습니다. 그렇지만 오래된 롤스로이스를 평범한 지프보다 항상 선호하지는 않지요.

동시대 경쟁력 있는 작가의 순위를 매기는 일에 대해 어떻게 생각하십니까?

나보코프 예, 이런 점에서 서평 전문가들이 믿을 만한 출판 경마꾼이라는 점을 알게 되었습니다. 누가 순위에 들고 누가 빠지고, '지난해에 내린 눈은 어디에 있단 말인가.'** 등. 이 모든 것이 무척 흥미롭습니다. 제가 빠진 것이 약간 섭섭하긴 하더군요. 어떤 누구도 제

* '저자와 독자 사이에서 가장 빠른 이해를 필요로 할 때'를 뜻함.(역자 주)

** 프랑수와 비용의 시, 「과거의 여인들의 발라드」의 한 구절로 여기서는 '과거 어떤 작가가 영광을 누렸는지' 또는 '어떤 작가가 독자의 기억에서 완전히 사라져버렸는지'라는 뜻으로 읽을 수 있다.(역자 주)

가 중년의 미국 작가인지 늙은 러시아 작가인지 몇 살인지 또는 국제적으로 알려진 괴짜인지 알 수 없지요.

가장 후회되는 일이 있다면 어떤 것일까요?

나보코프 좀 더 일찍 미국에 오지 못한 일입니다. 제게는 1930년대에 뉴욕에서 살았더라면 하는 바람이 있습니다. 그때 제 러시아어 소설들이 번역되었더라면 소련이라면 열광하는 사람들에게 충격과 교훈을 주었을 겁니다.

당신이 지금 누리는 유명세에 큰 타격을 입으셨나요?

나보코프 『롤리타』가 유명한 것이지 제가 유명한 게 아니지요. 저는 발음하기 어려운 이름을 가진 무명의, 그것도 전혀 알려지지 않은 소설가에 불과하지요.

허버트 골드 Herbert Gold 미국의 소설가이다. 풍자와 향수어린 작품이 특색이다. 작품으로 『그러니까 대담하여라』, 『우리의 앞날』, 『조상들』 등이 있다. 블라디미르 나보코프의 후임으로 잠시 코넬 대학에서 영문학을 가르치기도 했다.

주요 작품 연보

『마셴카』Mary, 1926
『킹, 퀸, 잭』King, Queen, Knave, 1928
『루진의 방어』The Defense, 1930
『사형장으로의 초대』Invitation to a Beheading, 1935~1936
『절망』Despair, 1936
『선물』The Gift, 1938
『세바스찬 나이트의 참 인생』The Real Life of Sebastian Knight, 1941
『니콜라이 고골』Nikolai Gogol, 1944
『사생아』Bend Sinister, 1947
『롤리타』Lolita, 1955
『프닌』Pnin, 1957
『창백한 불꽃』Pale Fire, 1962
『아다』Ada : A Family Chronicle, 1969
『오리지널 오브 로라』The Original of Laura, 2009

:: 04

무의식적인 몰입의 창조력

조이스 캐럴 오츠
JOYCE CAROL OATES

조이스 캐럴 오츠 미국, 1938. 6. 16.~

현재 미국의 가장 강력한 노벨 문학상 수상 후보이다. 1964년 첫 소설 『아찔한 추락과 함께』를 발표한 후 지금까지 100여 권이 넘는 책을 펴냈다. 소설, 시, 산문, 비평, 희곡 등 분야를 넘나들어 활동하며 작품성과 대중성을 고루 갖춰 평단과 일반 독자들의 사랑을 동시에 받고 있다.

1938년 미국 뉴욕 주 록포트에서 태어났다. 시러큐스 대학교에 재학 중이던 열아홉 살 때 대학 단편소설 공모에 「구세계에서」로 입상했고, 위스콘신 대학교에서 문학 석사 학위를 받았다. 1962년부터 디트로이트 대학교에 재직했고, 1968년부터는 캐나다의 윈저 대학교에서, 1978년에는 프린스턴 대학교로 옮겨 문예창작을 가르쳤다. 1964년 『아찔한 추락과 함께』로 데뷔한 후 50편이 넘는 장편소설과 1000편이 넘는 단편소설을 비롯해 시, 산문, 비평, 희곡 등 거의 모든 문학 분야에 걸쳐 왕성하게 활동했다. 부조리와 폭력으로 가득 찬 20세기 후반 인간의 삶을 예리하게 포착해왔다.
1970년 『그들』로 전미도서상, 1996년 『좀비』로 브램스토커 상, 2003년에 문학 부문의 업적으로 커먼웰스 상과 케니언리뷰 상을, 2005년 『폭포』로 페미나 외국문학상을 받았다. 『블랙워터』, 『나는 무엇을 위해 살았는가』, 『블론드』로 세 차례 퓰리처상 후보에 올랐다. 2006년에 시카고 트리뷴 평생공로상을 받았으며, 2011년에는 단편 「화석 형상」으로 세계환상문학상 대상을 받았다. 현재 영미권의 가장 유력한 노벨 문학상 후보로 거론되고 있다.
그 밖의 작품으로 『멀베이니 가족』, 『여자라는 종족』, 『사토장이의 딸』 등이 있다.

오츠와의 인터뷰

로버트 필립스

사람들은 오츠가 대화에서 언제나 완벽한 문장만 사용한다는 인상을 받는다.
오츠는 소파 위에 그녀의 페르시아 고양이와 함께 웅크리고 앉아
모든 질문에 솔직하게 대답했다.

조이스 캐럴 오츠는 보기 드물 정도로 자신의 작품에 대해서 겸손한 태도를 보인다. 세 개의 각기 다른 출판사에서 책을 펴내는 엄청나게 많은 작품을 써내는 작가인데도 그렇다. 한 곳은 소설을 내고, 다른 곳은 시를 내며, 마지막으로 또 다른 '작은 출판사'에서는 두 곳에서 바빠서 제때 출판하지 못한 책들을 낸다. 게다가 윈저 대학교에서 교편을 잡고 있으며, 남편이 편집하고 그녀도 참여하는 문학 계간지 『온타리오 리뷰』에도 많은 에너지를 쏟아붓는다.

짙은 색의 머리카락과 탐구하는 듯한 눈을 가진 오츠는 매우 인상적인 생김새였으며 호리호리했다. 너무나 매력적이지만 사진이 잘 받지 않는 외모였다. 지금까지 찍힌 어떤 사진에도 우아하고 몹시 지적인 그녀의 외모가 제대로 담긴 적이 없다. 그녀의 태도가 초연한 것으로 받아들여진다면—그런 일은 자주 있었다.—그건 수줍음 때

문이다. 서른세 권의 책과 세 편의 희곡을 출간하고 전미도서상을 받은 후에도 수줍음은 사라지지 않았다.

이 인터뷰는 오츠와 그녀의 남편이 프린스턴으로 이사하기 전인 1976년 여름 윈저의 자택에서 시작되었다. 인터뷰할 때, 그녀의 목소리는 언제나 그렇듯이 부드러웠고 생각에 잠긴 듯했다. 사람들은 오츠가 대화에서 언제나 완벽한 문장만 사용한다는 인상을 받는다. 오츠는 소파 위에 그녀의 페르시아 고양이와 함께 웅크리고 앉아 모든 질문에 솔직하게 대답했다. 그녀는 고양이 애호가로 잘 알려져 있고 최근 프린스턴에 있는 집으로 새끼 고양이 두 마리를 더 데려왔다.

디트로이트 강을 따라 걸으면서 계속 대화를 나누던 그녀는 자신이 강변에 몇 시간씩 앉아서 수평선과 보트를 바라보거나 등장인물에 대한 몽상을 한다고 고백했다. 그리고 강이 바라다보이는 자신의 서재 책상에 앉아 등장인물에 대한 몽상을 종이에 옮겨 적어서 그들에게 실체를 부여한다.

1976년 크리스마스 기간 동안 오츠를 뉴욕에서 만나 부가적인 질문을 더했다. 당시 오츠는 남편과 함께 현대언어학회MLA의 본인 작품에 대한 세미나에 참석 중이었다. 그녀는 인터뷰의 많은 질문에 편지로 답했는데, 대답을 글로 작성해야만 오해나 잘못 인용되는 일 없이 말하려는 바가 정확히 전달될 걸로 느껴진다고 했다.

xx other customers in Rinaldi's to overhear. Voice shrill, laughter shrill. Must guard against excitement. ...A true gift, such women possess; "artistic arrangement of life" a phrase I think I read somewhere. Can't remember. She wants to understand me but will not inwade me like the others. Sunshine: her hair. (Though it is brown, not very unusual. But always clean.) Sunshine: dispelling of demons. Intimacy always a danger. Intimacy/hell/intimacy/hell. Could possibly make love to her thinking of XXXXXXXXXXX or (say) the boy with the kinky reddish hair on the bicycle...but sickening to think of. What if. What if an attack of laughter. Hysterical giggling. And. Afterward. Such shame, disgust. She would not laugh of course but might be wounded for life: cannot exaggerate the dangers of intimacy, on my side or hers. The Secret between us. My secret, not hers. Our friendship--nearly a year now--on my footing, never hers. Can't deny what others have known before me, the pleasure of secrecy, taking of risks.

--With XXXXXXXXXXX etc. last night, unable to wake this morning till after ten; already at work; sick headache, dryness of mouth, throat. But no fever. Temperature normal. XXXXXXXXXXXXX so bitter, speaks of having been blackmailed by some idiot, but (in my opinion) it all happened years ago, not connected with his position here in town. Teaches juniors, seniors. Advises Drama Club. Tenure. I'm envious of him & impatient with his continual bitterness. Rehashing of past. What's the point of it? Of course, he is over forty (how much over forty is his secret) and I am a decade younger, x maybe fifteen years younger. Will never turn into that. Hag's face, lines around mouth, eyes. Grotesque moustache: trying to be 25 years old & misses by a x mile.... Yet my pen-and-ink portrait of him is endearing. Delighted, that it should please even him. & did not mind the CA$H. Of course I am talented & of course misused at the agency but refuse to be bitter like the others. XXXXXXXXXXXX lavish, flattery and money. I deserve both but don't expect everyone to recognize me...in no hurry...can't demand fame overnight. Would I want fame anyway???? Maybe not. With XXXXXXXXXXXXX's hundred dollars bought her that $35 book of Toulouse-Lautrec's work, dear Henri, perhaps should not have risked x it with her but genuinely thought she would like it. Did not think, as usual. She seemed grateful enough, thanking me, surprised, said she'd received only a few cards from home & a predictable present from her mother, certainly did not expect anything ffom me--"But aren't you saving for a trip to Europe"--remembers so much about me, amazing--so sweet--unlike XXXXXXXXXXXX who calls me by the names of strangers and is vile. His image with me till early afternoon, tried to vomit in the first-floor lavatory where no one from the office might drop in, dry heaving gasps, not so easy to do on an empty stomach Mind over matter?????? Not with "Farrell van Buren"!

--A complete day xxxx wasted. Idiotic trendy "collage" for MacKenzie's Diary, if you please. Cherubs, grinning teenagers, trophies. An "avant-garde" look to it. Haha. Looking forward to lay-out for the Hilton & Trader Vic's, at least some precedent to work from and resist. ...Could send out my Invisible Soldiers to hack up a few of these bastards, smart-assed paunchy hags bossing me around. Someday things will be different. (Of course

조이스 캐럴 오츠의 단편소설 원고의 한 페이지.

조이스 캐럴 오츠
×
로버트 필립스

작품을 지나치게 많이 낸다는 비판을 흔히 받으시더군요. 이 문제부터 짚고 넘어갈까요.

조이스 캐럴 오츠　생산성은 상대적인 문제입니다. 그리고 정말 사소한 문제이지요. 궁극적으로 중요한 것은 한 사람의 작가가 쓴 가장 훌륭한 작품입니다. 어쩌면 오래도록 읽힐 책 몇 권을 위해서 많은 책을 쓰는 거지요. 젊은 작가나 시인들이 의미 있는 첫 작품을 내기 전 수백 편의 시를 써야 하는 것과 마찬가지입니다. 하지만 각각의 책을 쓰는 동안에는 완전히 거기 몰두합니다. 그리고 그 책을 쓰기 위해서 태어난 것처럼 느끼지요. 물론 여러 해가 지나면 좀 더 거리를 두고, 객관적으로 볼 수 있겠지만요.

작품 수에 관한 비판에는 무슨 말씀을 드려야 할지 모르겠군요. 그 점에 대해 몇몇 비평가의 질책하는 듯한 어조를 느낄 수 있고 어느 정도는 공감도 합니다. 그들은 최근에 출간된 제 책을 비평하려면 이전에 쓴 대부분을 읽어야 한다고 생각합니다. 그래서 너무 많이 쓴다고 비난하지요. (저는 바로 이 점 때문에 그들이 민감하게 반응한다고 생각합니다.) 그건 잘못된 생각입니다. 각각의 책은 그 자체로 하나의 세계이고, 독립적인 것입니다. 어떤 책이 그 작가의 첫 번째든, 열 번째든, 오십 번째든 문제가 되지 않아야 합니다.

비평가에 대해서 말씀하셨는데요. 평소 비평을 읽으십니까? 당신의 작품에 대한 서평이나 논문을 읽고 뭔가 깨달은 적이 있으신가요?

오츠 때로는 서평도 읽고, 제 작품에 대해 쓴 비평문을 받으면 예외 없이 검토합니다. 비평은 그 자체로 흥미롭습니다. 누군가가 작품을 읽고 반응을 보이고 이해하고 칭찬한다는 걸 아는 것만으로도 기쁩니다. 그리고 대부분의 비평은 제가 기대하는 이상입니다만…… 서평은 거의 급하게 쓰였기 때문에 확고한 해석을 내놓지는 못합니다. 그래서 작가가 그런 서평들을 주의 깊게 읽으면 잘못된 결론을 내리게 될 수도 있습니다. 모든 작가들은 예외 없이 때때로 엄청난 혹평을 받게 됩니다. 이런 경험은 경이로울 정도로 해방적입니다. (물론 그 경험에서 살아남는 경우이지요.) 처음 죽음을 맞이한 뒤에는…… 또다시 겪을 필요가 없겠지요. 저처럼 많은 책을 펴낸 작가들은 필연적으로 코뿔소처럼 두꺼운 가죽이 생깁니다. 두꺼운 가죽 안쪽에는 연약하고 희망에 찬 나비 같은 영혼이 깃들지만요.

'생산성'이라는 문제로 돌아가보지요. 녹음기에 구술하신 적이 있으신가요?

오츠 없습니다. 이상하게도 최근 작품 몇 편은 손으로 썼습니다. 『암살자들』의 경우 엄청난 양의 원고와 메모가 쌓여 있었습니다. 아마도 800쪽이나 1000쪽 정도일 겁니다. 생각만 해도 놀랍습니다. 『차일드올드』는 물론 손으로 써야 할 필요가 있었습니다. 그리고 이제는 모든 것을 우선 손으로 씁니다. 타자기와는 좀 소원해졌습니다. 어딘가 형식적이고 인간미가 없어요. 초기 소설은 모두 타자기로 썼습니다. 초고 전체와 수정본이나 최종본도 타자기로 쳤습니다. 하지만 이제는 더 이상 그러지 못합니다.

녹음기에 구술하는 일은 전혀 끌리지 않네요. 헨리 제임스의 후기작의 경우, 그가 이상한 자기 탐닉에 빠져서 비서에게 받아 쓰게 하지 않았더라면 훨씬 나았을 겁니다. 구어의 오락가락하는 수다스러움은 대개 글로 옮겨질 때면 많은 수정이 필요하지요.

그렇게도 많은 책을 쓰셨는데 이미 쓴 장면을 다시 쓴다든가 등장인물이 같은 대사를 할까 봐 걱정되지는 않으시나요?

오츠 자신이 쓴 작품을 절대로 다시 읽지 않는 작가와 (존 치버와 메이비스 갤런트의 이름이 바로 떠오르는군요.) 끝임없이 다시 읽는 작가가 있다고 들었어요. 저는 아마 두 부류의 중간쯤 될 겁니다. 어떤 장면을 전에 쓴 적이 있다거나 같은 대사를 했다고 생각되면 그냥 다시 찾아봅니다.

작업 스케줄은 어떻게 잡으시나요?

오츠 어떤 정해진 스케줄도 따르지 않습니다. 하지만 아침 식사 전에 쓰는 걸 좋아합니다. 때로 글이 술술 써지면 몇 시간이고 쉬지 않고 작업합니다. 그래서 이런 좋은 날에는 아침 식사를 오후 두 시나 세 시에 하게 됩니다. 수업이 있는 날에는 대개 첫 수업 시작 전 아침 한 시간이나 사십오 분 동안 씁니다. 하지만 공식적으로 정해놓은 스케줄은 없습니다. 그리고 현재는 몇 주 전에 소설을 하나 완성했고…… 가끔 이런저런 메모를 하는 외에는 다른 소설을 시작하지 않은 상태라서 어딘가 우울하고, 탈선한 느낌, 그저 길을 벗어난 느낌이 듭니다.

글 쓰는 데 감정적인 안정감이 필요하다고 생각하십니까? 아니면 어떤 감정 상태에서도 작업할 수 있으신가요? 작품에 기분이 반영됩니까? 이른 아침부터 오후까지 글을 쓸 수 있게 만드는 그 완벽한 상태에 대해서는 어떤 식으로 묘사하시겠습니까?

오츠 작가는 자신의 '기분'에 끌려다니면 안 됩니다. 어떤 면에서는 글쓰기가 기분을 창조하기도 하지요. 만약 제가 믿는 바대로 진정 예술이 제한되고 편협한 마음의 상태에서 벗어날 수 있게 해주는 초월적인 기능을 갖고 있다면, 우리가 어떤 마음이나 감정 상태에 놓여 있는가는 전혀 중요하지 않을 것입니다. 완전히 지쳐 있거나 영혼이 트럼프 카드처럼 얇은 상태라고 느껴질 때 혹은 어떤 것도 오 분 이상 견딜 가치가 없다고 생각될 때, 억지로 글을 쓰면…… 어째서인지 그 행위가 모든 것을 변화시킵니다. 아니면 적어도 변화시키는 것처럼 보인다는 사실을 발견했습니다. 제임스 조이스는 『율리시스』의 구조—오디세이적인 병치와 패러디—에 대해서, '병사들'이 다리를 건널 수 있게만 만들어준다면 그 구조가 그럴듯하든 말든 신경 쓰지 않는다고 말했습니다.

일단 병사들이 다리를 건너고 나면, 그것이 무너진다 해도 무슨 상관 있겠습니까? 자아를 글을 쓰기 위한 도구로 사용하는 것에 대해서도 같은 이야기를 할 수 있을 겁니다. 일단 병사들이 강을 건너기만 한다면…….

소설을 끝내고 나면 그다음에는 어떻게 하시나요? 대기하던 다른 소설이 새로운 일감이 되나요? 아니면 보다 충동적으로 선택하시나요?

오츠 완성하고 나면 그 작품을 일단 치워두고 다른 단편소설을 쓰기 시작합니다. 그리고 결국 또 다른 장편소설을 시작하지요. 장편을 완성하고 나면 먼저 써둔 작품으로 돌아가서 많은 부분을 다시 씁니다. 그러는 동안 두 번째 소설은 책상 서랍 속에서 잠자고 있지요. 때로는 두 편을 동시에 작업하기도 합니다. 대개 한 편의 소설을 작업하는 중에는 다른 한 편이 배경으로 밀려나지만요. 이런 식의 글쓰기 리듬, 즉 쓰고 수정하고 쓰고 수정하는 방식이 저에게 아주 잘 맞습니다. 나이가 들어가면서 수정이라는 예술에 푹 빠질 것 같습니다. 어쩌면 수정 작업과 사랑에 빠져서 소설 쓰기 자체를 포기할까 봐 두려워하는 때가 올지도 모르지요. 예를 들어 다음 소설인 『지독한 사랑』을 『차일드올드』와 비슷한 시기에 썼는데 『차일드올드』를 완성한 뒤에 수정했지요. 그리고 지난봄과 여름에 다시 수정했습니다. 제가 글을 빨리 또 아무런 노력을 들이지 않고 쓴다고 알려져 있지만, 사실관계부터 매우 까다로운 수정까지 굉장히 좋아하는 편입니다. 그런 수정은 확실히 예술 그 자체이거나, 그렇게 되어야만 해요.

일기를 쓰시나요?

오츠 몇 년 전부터 격식을 갖춘 일기를 쓰기 시작했습니다. 주로 문학적인 문제들에 대해서 스스로에게 편지를 쓰는 방식으로요. 제 경험에서 관심이 생기는 부분은 감정의 다양한 변화입니다. 예를 들어 소설 하나를 끝내면 대개 그 경험이 유쾌하고 도전적인 것이었다고 생각합니다. 하지만 실상 그 경험은 훨씬 다양한 감정 반응입니다. (감정의 변화를 주의 깊게 기록하기 때문에 그렇다는 것을 알지요.) 일시적으로 심한 좌절이나 무기력감, 우울증에 빠지기도 합니다. 그래서 최근 소설에는 열일곱 번이나 고쳐 쓴 부분이 있고, 단편 「과부들」The Widows은 『허드슨 리뷰』에 실리기 전과 후에 수정했고 나중에 단편 선집에 넣을 때도 다시 약간 수정했습니다. 이런 결벽에 가까운 수정은 영원히 계속될 것입니다.

하지만 나중에 복합적인 감정들은 그냥 잊어버립니다. 제가 겪은 감정들은 차츰 신화화되어 훨씬 덜 복잡한 것으로 굳어져버립니다. 일기를 쓰는 사람들은 모두 서로 다른 이유를 갖고 있겠지요. 하지만 여러 해에 걸쳐서 놀라운 패턴이 나타난다는 점에 공통적으로 매혹될 겁니다. 그 패턴은 잘 쓰인 소설의 디자인처럼 어떤 특정 요소가 반복 등장하는 아라베스크 문양의 일종 같습니다. 제 일기의 어조는 지금 인터뷰에서 사용하는 것과 흡사합니다. 소설을 쓰지 않으면서, 생각하거나 사색할 때 사용하는 어조지요.

글 쓰는 일과 학생을 가르치는 일 이외에 특별히 중요하다고 여기는 일과가 있으신가요? 여행이라든가 조깅이라든가 음악 같은 것 말입니다. 뛰어난 피아니스트라고 들었습니다.

오츠 우리는 여행을 자주 합니다. 대개 차로 하는데, 천천히 운전해서 서너 번 정도 대륙 횡단을 했습니다. 그리고 남부와 뉴잉글랜드

지방에 가봤고 뉴욕 주도 즐기면서 빈틈없이 돌아봤지요. 피아니스트로서의 저에 대해서는 '열성적인 아마추어'라고 부를 수 있을 텐데, 그 말이 그나마 가장 나은 표현일 겁니다. 그림을 그리고 음악을 듣는 것도 좋아합니다. 그리고 어마어마한 시간을 아무것도 하지 않으면서 보냅니다. 심지어는 몽상이라고 부를 만한 것도 안 하는 거지요.

아주 무시당하는 직업인 가정주부 일도 즐깁니다. 하지만 요즘 가정주부의 평판을 보면 제가 그 일을 즐긴다는 말도 감히 하기 어렵네요. 요리하거나 식물을 돌보는 것, (최소한도로) 정원 가꾸기, 간단한 집안일, 쇼핑센터 걸어 다니면서 사람들 특징 관찰하기, 대화를 살짝 엿듣거나 사람들의 생김새와 옷을 살피는 것도 좋아합니다. 걸어 다니고 운전하는 것은 실제로 작가로서 제 삶의 일부입니다. 이런 행위와 분리된 저 자신을 상상할 수가 없네요.

문학적으로나 경제적으로 성공하셨는데도 계속해서 학생들을 가르치는 이유는 어디 있나요?

오츠 저는 윈저 대학교에서 전임으로 있습니다. 세 과목을 가르치지요. 한 과목은 문예창작이고, 다른 과목은 (현대문학에 대한) 대학원 세미나이고, 세 번째는 학부생을 위한 대형 강의(115명)입니다. 대형 강의는 아주 활기차고 자극을 주지만 학생 수가 너무 많아서 만족감은 없습니다. 하지만 윈저 대학교에서는 대개 학생과 교수 사이가 아주 가까워서 보람이 큽니다. 가르치는 일을 해본 사람이라면 누구나 알 겁니다. 지적이고 반응이 좋은 학생들에게, 상세한 부분에 관심을 기울이면서 하나의 텍스트를 가르쳐보기 전까지는 실제로 그

텍스트를 경험한 게 아니라는 사실을 말입니다. 지금은 아홉 명의 대학원생들과 조이스의 작품을 살펴보고 있는데, 매 수업 시간이 흥미진진합니다. (그리고 지치기도 하고요.) 그래서 솔직히 이 일 말고 달리 하고 싶은 일은 전혀 생각나지 않습니다.

교수인 남편이 당신 작품의 대부분을 읽지 않았다는 사실이 공공연히 알려져 있습니다. 어떤 현실적인 이유가 있나요?

오츠 레이는 수업을 준비하고 『온타리오 리뷰』를 편집하는 일 등으로 아주 바쁩니다. 그래서 정말 제 작품을 읽을 시간이 없지요. 가끔 서평을 보여주기도 하는데, 그러면 그는 짤막하게 견해를 이야기해줍니다. 때로 다른 작가들과 편하고 친밀한 관계를 만들고 싶다는 생각도 했지만 그런 일은 생기지 않는군요. 지금 윈저에 사는 두세 명의 작가들과 서로의 시를 읽는 모임이 있습니다. 하지만 시에 대한 비평은 최소한으로만 하지요. 솔직히 말씀드리면 저에 대한 비평에 온전히 반응을 보일 수가 없었는데, 대개 그것이 나올 즈음에는 이미 다른 작품에 몰두해 있기 때문입니다. 또 비평가들은 제가 오래전에 써서 창작 과정을 잊어버린 작품에만 관심을 두는 것처럼 보일 때가 있습니다.

캐나다에서 살면서 추방자나 망명자처럼 느껴지진 않으십니까?

오츠 사실 일종의 망명객이 맞습니다. 우리가 디트로이트에 산다고 해도 마찬가지일 겁니다. 다행스럽게도 윈저는 국제적이고 세계적인 지역입니다. 캐나다 사람들은 아주 격렬하거나 편협한 민족주의자들이 아닙니다.

하지만 모든 사람이 어느 정도 스스로를 망명객으로 느끼지 않나요? 고향인 뉴욕 주의 밀러포트로 돌아가서 근처 록포트를 방문할 때면, 너무나 많이 변해서 제가 이방인처럼 여겨집니다. 시간의 흐름 자체가 우리를 망명객으로 만든 거지요. 그 상황은 사실 희극적입니다. 변화하는 지역사회가 개인에게 행사하는 힘을 확인해주니까요. 하지만 우리는 그걸 비극적으로 느끼는 경향이 있는 것 같습니다. 윈저는 상대적으로 변화가 적고 안정된 곳입니다. 그리고 남편과 저는 이상하게도 이곳이 어떤 곳보다 고향처럼 느껴집니다.

작가로서의 작업에 도움이 되도록 의식적으로 삶의 방식을 바꾼 적이 있습니까?

오츠 별로 그런 적은 없습니다. 제 성격은 질서 있고 주의 깊고 꼼꼼한 편이고 심하게 내성적입니다. 그래서 어디에서든 은둔적인 삶을 살게 됩니다. 부르주아처럼 살라고 플로베르가 말했는데*, 그의 말을 알기 훨씬 전부터 저는 그런 식으로 살았지요.

『나와 더불어 그대 뜻대로』를 쓰는 동안 런던에 머무셨지요. 그곳에서 도리스 레싱, 마거릿 드래블, 콜린 윌슨, 아이리스 머독 등 많은 분들을 만나셨습니다. 당신의 비평에 잘 표현되어 있듯이 존경하는 작가들이시지요. 이곳과 영국 사회에서 작가 역할의 차이에 대해서 관찰한 부분이 있으신지요?**

오츠 영국 작가들은 거의 예외 없이 사회 관찰자입니다. (제가 사용하는 '사회'라는 말은 가장 직접적이고 제한된 의미입니다.) 로렌스 같은 작가를 (그는 사실 완벽하게 영국 사람인 것 같지는 않습니다.) 제외한 영국 작가들은 주체성이나 살아 숨 쉬는 인간의 심리에 대해 강렬한 관심을 보이지 않습니다. 물론 뛰어난 소설도 있습니다. 예를 들어 도리스 레싱의 경우에는 더 이상 범주화가 가능하지 않은 책을 씁니다. 소설적 우화인지 자서전인지 알레고리인지 특정 범주 속에 집어넣을 수 없는 소설 말입니다. 그리고 존 파울즈나 아이리스 머독도 있고요.

하지만 미국 소설에서는 근본적으로 다른 부분이 느껴집니다. 형식이란 말을 조금의 융통성도 없이 사용하는 사람들에게 미국 작가들이란 '무형식'이라고 불릴 위험을 무릅쓸 각오가 되어 있는 사람들일 겁니다. 영국 작가보다 거칠고 탐구적이고 야심이 있으며, 덜 부끄러워하고, 덜 낙담하는 편이겠지요. 우리 미국인은 헉슬리의 작품에서 나타나는 아주 잘 읽히지만 궁극적으로는 실망스러운 지적인 특질을 좋아하지 않기 때문에, 지적인 삶 자체는 소설의 주제로 쓰지 않는 경향이 있습니다. 아니면…… 헉슬리보다 좀 더 낮은 수준에서 C. P. 스노의 경우도 그렇고요.

『원더랜드』의 영국판 결말은 미국판과는 다르더군요. 어째서인가요? 이미 출간된 작품을 고쳐 쓰는 일이 자주 있으신가요?

오츠 특정 작품의 결말을 다시 써야 했던 것은 첫 번째 판본의 결말이 옳지 않다는 생각이 강하게 들었기 때문입니다. 이 작품 이외에 출판된 작품을 고쳐 쓴 적은 없습니다. (물론, 단편소설의 경우에는 책

• 귀스타브 플로베르가 한 잘 알려진 말이다. "부르주아처럼 규칙적이고 정돈된 삶을 살아라. 그래야 격정적이고 독창적인 글을 쓸 수 있다."

•• 이 소설의 원제 'Do with Me What You Will'은 '나를 당신 뜻대로 하세요.'란 의미이다. 여기서는 번역 출판된 책 제목의 표기를 따랐다.(역자 주)

으로 묶이기 전에 고쳐 쓰는 경우가 있기는 합니다.) 피할 수만 있다면 그런 일은 하고 싶지 않습니다.

뇌 수술처럼 고도로 전문화된 분야에 대한 소설을 쓰시더군요. 그런 분야의 배경지식은 어떻게 조사하십니까?

오츠 엄청나게 많은 글을 읽습니다. 몇 년 전 약간 이상 증상이 생겨서 의사를 만나러 가야 했습니다. 그리고 얼마 동안 신경외과의에게 진단받아 봐야 할 것 같다는 이야기가 오고갔어요. 저는 아주 불안해지고 미신에 사로잡혀서 거기서 벗어나려고 관련된 학회지들을 읽기 시작했지요. 알게 된 사실이 너무나 무서웠기 때문에 몸이 낫지 않았나 싶습니다.

의학 외에도 법, 정치, 종교, 스포츠 관람 등에 대해서도 책을 쓰셨지요. 미국인의 삶을 모두 담아내려는 미리 짠 '계획'에 따라 의식적으로 쓰시는 건가요?

오츠 의식적이라고 할 수는 없겠지요. 의학에 깊이 관심을 가지게 된 이유는 상당 기간 동안 죽음에 대해 생각한 경험 때문이었습니다. 병원, 병, 의사, 죽음과 죽어가는 사람 그리고 그런 현상에 대한 사람들의 방어기제 등을요. (제 아주 가까운 가족이 암에 걸려 서서히 죽어갔습니다.) '죽음'에 대한 요즘 시대의 반응을 극화해서, 이 문제에 대한 제 원초적인 감정을 다루려고 했습니다. 허구적인 인물을 저와 결합시키려고 했고, 한편으로는 그 결합을 더 거대한 알레고리적인 조건과 융합하려고 노력했지요. 이 노력의 결과로 쓰기는 물론이고, 읽기에도 어려울 것 같은 소설이 탄생했습니다.

법에 대한 관심은 우리 중 많은 이들이 1960년대에 활동하며 했던 생각에서 자연스럽게 시작되었습니다. '법'과 사회의 관계는 무엇인가? '법'이 없는 사회에는 어떤 희망이 있을까? 한편으로 우리 전통에서 발달해온 방식처럼 법이 있는 사회에는 어떤 희망이 있을까? 좀 더 개인적인 제 문제들이 더 커다란 '죄'와 '죄책감'이라는 주제와 맞물려 들어갔습니다. 그래서 제 감정적인 의미 이상은 없는, 순전히 개인적이고 지역적인 드라마를 넘어선 어떤 것을 쓸 수 있을 것이라고 느꼈습니다. 아주 우연하게 굉장히 남성적인 치열한 승부의 세계에서 부자연스럽도록 '수동적'일 수밖에 없는 여성에 관한 글을 쓰게 되었습니다. 이 주제는 『나와 더불어 그대 뜻대로』가 출간되었을 당시에도 화제가 되었지만, 지금도 어느 정도는 그렇지요.

'정치' 소설에 대해서 이야기해보지요. 『암살자들』은 몇 년 전에 겪은 두 가지 일을 기반으로 썼습니다. 둘 모두 정치가와 학계 전문가들, 법률가들 그리고 사실 정말 소수인 문학계 인사들을 포함하는 매우 수준 높은 학회에서 경험했던 일입니다. (지금으로서는 좀 더 구체적으로 말씀드리지 않는 게 좋겠네요.) 제 성격에는 현기증이 날 정도로 일에 빠져 있는 요소가 있습니다. 그런데 그 자리에서 다양한 인물들이 자기 자신의 '일'에 관하여 갖는 광신적인 태도를 보니 제 이런 상태를 객관화할 수 있었습니다. (과장도 했다고 생각합니다.) 이 점은 특히 『암살자들』의 주인공인 피트리가 '미국의 의식을 변화시키려는 데' 대해서 보여주는 강박적인 집착에서 분명하게 드러나지요. 『암살자들』은 과대망상증과 그것의 불가피한 결과에 대한 소설입니다. 그리고 우리 시대 특유의 조건에서 암살자들이 정치와 연관되는 일은 필수적으로 보였습니다.

그리고 새로 쓴 '종교' 소설인 『아침의 아들』은 부분적으로는 고통스러울 정도로 자전적인 소설입니다. 단지 부분적으로 그렇지만요. 여기서 탐색하는 종교는 제도적인 것이 아니라 주관적이고 아주 개인적인 것입니다. 그래서 소설로 보면 앞에 언급한 세 작품이나 자동차 경주 내용인 『아찔한 추락과 함께』와는 다릅니다. 『아침의 아들』은 아주 야심차게 시작해서 매우 초라하게 끝난 소설입니다.

어떤 글에서인가 『암살자들』이 당신 소설 중 좋아하는 작품이라고 하셨지요. 그 작품은 매우 상반된 평가를 받았습니다. 저는 종종 그 책이 제대로 이해받지 못했다고 생각했습니다. 그 소설에서 '순교자'의 경우 자신의 암살을 계획했다고 생각합니다. 어떤가요? 그리고 그의 아내는 결코 시골 장원 밖에서 공격당한 것이 아니에요. 그녀는 시골집을 떠난 적이 없었지요. 그녀가 불구가 된 것은 다 그녀의 머릿속에서만 일어난 일이고요.

오츠 그렇게 생각하시다니 정말 놀라우면서도 기분이 좋습니다! 정확히 제가 그 소설에서 의도한 대로 그 장면을 읽어내셨어요. 선의를 가진 서평자들마저도 그 점을 놓쳤는데 말입니다. '절단' 장면의 환각적인 성격이 분명히 드러나는데도, 제가 아는 사람 중 단지 두세 명만이 이본느와 관련된 장면을 제 의도대로 해석하더군요. 그리고 피트리가 스스로를 암살하려는 계획도 분명히 드러납니다. 소설의 결론에서 그 사실이 확실히 밝혀지지요.

정말이지 그 소설은 제대로 이해되지 못했습니다. 일면으로는 그 책이 긴 편이기 때문입니다. 늘 시간에 쫓기는 서평자들은 그저 기계적인 방식으로 그 소설을 다루었겠지요. 그 작품을 제가 좋아하는 소설로 볼 수 있을지는 모르겠네요. 하지만 과거에도 그랬고, 현재에도 저의 가장 야심찬 소설이라고 생각합니다. 여기에서 서로 다르거나 모순되는 장면들을 (그리고 기억들을) 조합하는 데 엄청난 노력을 들였습니다. 그렇게 까다롭고 힘들게 했던 미운 오리 새끼에게는 더욱 애정이 생기는 법이지요. 하지만 서평자들이 그 소설을 참을 수 없어 했던 것을 비난할 수는 없군요. 저는 소설이 복잡해질수록 더 마음에 들지만 '문학계'는 심하게 복잡한 소설은 별로 좋아하지 않더군요. 이는 슬픈 상황이지만 절망적인 것까지는 아닙니다.

단지 복잡하다는 것만의 문제는 아닙니다. 사람들은 당신의 소설이 보다 긴박해지고 주관적이 되면서 외부 세계의 세부 사항에 관심이 적어진다고 느낍니다. 특히 『차일드올드』에서 그런 현상이 두드러집니다. 그 소설은 '시적인 소설'을 쓰려는 의도를 갖고 시도하신 건가요? 아니면 장편시인가요?

오츠 저는 『차일드올드』에서 외부 세계의 세부 사항들에 관심이 없어졌다고는 보지 않습니다. 사실 그 책은 세부 사항들이 매우 시각적으로 제시되어 있습니다. 자연 세계와 바틀릿 가족 소유인 농장, 그들이 매력을 느끼고 모여드는 소도시의 세부적인 사항들로요. 하지만 그 소설이 '시적인 소설'이라고 말씀하신 점은 맞습니다. 저는 소설 형식을 가진 산문시를 쓰고 싶었습니다. 아니면 산문시 형식의 소설을요. 흥미진진했던 점은 이미지 중심의 시적 구조와, 등장인물들 간의 상호작용이라는 서사 중심의 소설적 직선 구조 사이의 긴장을 다루는 것이었습니다. 다시 말씀드리자면 시는 이미지, 특정한 사물, 감정, 느낌에 초점을 둡니다. 산문소설은 시간과 공간을 가로지르는 움직임에 초점을 두지요. 시는 정지를 향하는 충동이 있고, 소설은 움직임을 향하는 충동이 있습니다. 그 두 가지 충동 사이에 소설 쓰는 과정을 아주 도전적으로 만드는 일종의 긴장이 생겨났습니다. 이 소설은 실험소설이라고 생각합니다. 하지만 늘 제 소설을 실험소설로 보는 일을 주저하게 됩니다. 자신을 '실험'적인 작가라고 하는 사람들은 어딘가 자의식 과잉인 듯해서요. 모든 글쓰기는 사실 실험적이거든요.

하지만 실험 그 자체는 별로 제 흥미를 끌지 못합니다. 실험은 다다이즘이 재발견되었던 1960년대 초반에 속한 것 같네요. 어떤 의미에서 우리는 모두 『피네간의 경야』 이후 세대입니다. 길고 무시무시한 그림자를 던지는 것은 조이스, 그저 조이스뿐이지요. 문제는 뛰어난 장인 수준의 글쓰기는 지성에 호소하고 감정은 건드리지 않는 경향이 있다는 것입니다. 『피네간의 경야』의 마지막 부분을 학생들에게 낭송해줄 때 영광스럽고 가슴 찢어지는 마지막 장면("하지만 당신은 변하고 있네요. 아쿨샤, 저로부터 변해가고 있어요. 느낄 수가 있어요.")에 도달하면 그 장면 뒤에 숨어 있는 거의 숨 막힐 정도의 아름다움을 전달할 수 있으리라 생각합니다. 그리고 그 경험은 확실히 감격적입니다. 하지만 평균적인 독자들이, 심지어는 평균적으로 지적인 독자들이라 해도 『피네간의 경야』의 너무나도 빽빽하고 어려운 페이지들을 읽어내는 노력을 기꺼이 할 거라고 생각하는 건 어리석은 일이겠지요. 그 작품의 천재성과 그 전체성이 갖는 감정적이고 영적인 느낌에도 불구하고 말입니다. 조이스의 『율리시스』가 저에게는 좀 더 매력적입니다. '자연적'이고 '상징적'인 것의 우아한 결합이 제 기질에 더 맞아요……. 저는 직설적으로 책을 읽는 독자와 상징적인 생략과 패러디적 요소에 민감하게 반응하며 읽는 독자 양쪽 모두를 위한 책을 쓰려고 애씁니다. 그러면서도 그건 한 권의 책, 혹은 거의 한 권이라고 볼 수 있는 책인 것이죠. 트롱프뢰유*나, '마치~처럼'As If 형태의 책인 겁니다.

당신 작품의 유머나 패러디에 대해서는 비평에서 거의 다루어진 적이 없지요. 『비싼 사람들』이나 『배고픈 유령들』이나 『원더랜드』의 일부에서 볼 수 있듯이 당신 작품은 부조리한 유머의 면에서 마치 해럴드 핀터 같은 느낌이 듭니다. 핀터에게서 영향을 받았나요? 스스로를 희극 작가라고 생각하시나요?

오츠 제 작품에는 처음부터 일종의 유머가 들어 있었습니다. 하지만 그것들은 억제되고 담담하게 그려졌죠. 핀터가 희극적이라고는 생각해본 적이 없습니다. 그는 사실 비극을 쓰지 않았나요?

이오네스코를 좋아한 적이 있습니다. 카프카도요. 디킨스도요. (카프카는 디킨스에게서 어떤 인상을 주는 법을 배웠습니다. 물론 그는 다른 목적을 위해서 그것을 사용했지만요.) 저는 영국의 풍자가 마음에 듭니다. 전에 언급했듯이 부조리 작품이나 '우울한' 유머나 '냉소적인' 유머 같은 것들이죠. 비극적이지 않은 것은 희극적인 정신에 속합니다. 소설은 비극과 희극 양자에 의해서 자양분을 얻고 양쪽을 다 탐욕스럽게 받아들이죠.

카프카에게서는 무엇을 배우셨습니까?

오츠 공포스러운 것을 농담으로 만드는 것을 배웠습니다. 그리고 자신을 덜 진지하게 받아들이는 것도요.

존 업다이크는 작품에서 폭력을 다루지 않는다고 비난받았습니다. 당신은 폭력

• 실물로 착각할 정도로 정밀하고 생생하게 묘사한 그림.

을 너무 많이 그린다고 비난받지요. 당신 작품에서 폭력의 기능은 무엇인가요?

오츠 제가 쓴 글의 양을 생각하면, 글 속에서 때때로 발견되는 소위 '폭력적'인 사건 때문에 저를 진정한 의미의 폭력물 작가로 볼 수 있는지 의구심이 드는군요. 1960년대 디트로이트 배경의 자연주의 소설이 목표인 『그들』 같은 경우에도 확실히 폭력은 최소한으로만 들어갔습니다. 그에 비해 현실의 삶은 훨씬 더 혼란스러웠지요.

어떤 책을 쓰기 가장 어려우셨습니까? 그리고 어떤 책이 가장 많은 즐거움 또는 자부심을 주었는지요?

오츠 『원더랜드』와 『암살자들』을 쓰는 과정이 어려웠습니다. 『비싼 사람들』이 어려움이 가장 덜했고요. 『차일드올드』를 개인적으로 제일 좋아하는데 기억과 상상력으로 만들어진 완벽한 세계, 다른 시대들을 서로 엮어 주는 세계를 일종의 굴절된 방식으로 보여주기 때문입니다. 다른 사람들이 그 소설을 멋지다고 생각하는 걸 보면 항상 놀라게 됩니다. 왜냐하면 저에게 그 소설은 아주 개인적인 것이고…… 작가가 평생 딱 한 번 쓸 수 있는 그런 것이기 때문입니다.

이 점을 차치한다면 『나와 더불어 그대 뜻대로』 역시 저에게 상당한 기쁨을 주었습니다. 물론 가장 최근에 완성한 소설인 『아침의 아들』에 가장 친밀감을 느끼지만요. (일반적으로 가장 최근에 완성한 작품에 가장 애정이 가는 법이라고 생각합니다. 그렇지 않은가요? 그 이유는 분명하지요). 하지만 한편으로 『그들』의 주인공인 줄스와 모린과 로레타를 생각해보면 그 책이야말로 결국 제가 가장 좋아하는 책이 아닌가 싶습니다.

누구를 위해 글을 쓰시나요? 당신 자신, 친구들, 당신의 '대중'인가요? 작품을 위한 이상적인 독자를 상정하시나요?

오츠 학계를 위해서 쓴 글들, 그리고 『배고픈 유령들』에 실린 몇몇 단편들처럼 특정한 사람들을 위해서 썼을 때는 분명히 이상적인 독자를 상정했습니다. 하지만 일반적으로 글 자체가 스스로 써나갑니다. 그러니까 등장인물이 그의 '목소리' 또는 그녀의 '목소리'를 결정하고 저는 그저 따라가는 거지요. 제가 제 마음대로 할 수 있었다면 『암살자들』의 앞부분은 아주 짧아졌을 겁니다. 하지만 피트리가 끝없이 떠드는 걸 막는 일이 불가능했고, 그가 나오는 부분은 길고 고통스럽고 까다롭지만 그나마 그게 줄인 겁니다. 그렇게 고도로 의식적이고 직관적인 인물을 창조하는 데 수반되는 문제점이 있다면, 그들은—『차일드올드』의 카슈처럼—자신들이 존재하는 문학적 풍경의 윤곽을 지각하고 서사의 방향을 인도하거나 완전히 지배하려고 드는 경향이 있다는 겁니다. 피트리는 죽고 싶어하지 않았습니다. 그래서 등장하는 부분이 끝없이 계속되었지요. 그를 어떻게 다룰지에 대해 절망감을 느꼈다고 표현해도 과장은 아닙니다.

『아침의 아들』은 신을 통해서 자신에 대해 말하는 사람의 일인칭 화법으로 이루어져 있습니다. 그러니까 소설 전체가 한 편의 기도입니다. 그래서 이 소설의 이상적인 독자는 신이랍니다. 저를 포함한 다른 모든 사람은 부차적이지요.

스스로를 종교적이라고 여기십니까? 작품에 확고한 종교적 기반이 있다고 느끼시나요?

오츠 어떻게 대답을 드려야 할지요. 융이라면 신성 체험이라고 할 내용으로 가득한 소설을 완성했는데도, 저 자신과 저의 신앙에 대해서 어느 때보다도 더 모르겠습니다. 저도 다른 모든 사람과 마찬가지로 신앙이 있습니다. 하지만 언제나 그것을 유지하는 것은 아닙니다. 믿음은 생겼다가 사라지곤 합니다. 신의 존재는 당황스러울 정도로 다양한 요소와 연결되어 나타납니다. 환경, 사랑, 친구와 가족, 경력, 직업, 운명, 생화학적인 조화나 부조화, 하늘이 어두운 청회색인지 아니면 최면에 걸릴 정도로 밝은 푸른색인지 같은 것들로요. 이러한 요소들은 겉으로는 단일한 어떤 것으로 다시 융합되지요. 하지만 이런 것이 인간적인 속성이겠지요. 안 그런가요? 우리 영혼으로부터 우주에 투사한 것들을 보려는 경향 그리고 그것을 보고 싶어하는 소망 말입니다. 저는 종교적 경험에 대해서 계속 쓰고 싶다고 생각합니다. 하지만 현재로서는 완전히 고갈되고 소진된 느낌입니다. 뭘 해야 할지 모르겠고요.

융에 대해서 언급하셨는데, 프로이트한테서도 영향을 받으셨나요? R. D. 랭에게서는요?

오츠 프로이트는 좀 편벽되고 편견에 사로잡힌 것 같습니다. 그리고 최근에 들어서야 융과 랭을 읽었어요. 시러큐스 대학교 재학 중에 니체를 발견했습니다. 아마 제 작품에 영향을 미친 건 니체일 것입니다. (확실히 니체는 프로이트보다는 훨씬 더 도발적이지요.) 하지만 그 영향을 의식적으로 인지하지는 못합니다. 대개 저에게 있어서 시간순서로 진행되는 단편들은 등장인물과 배경 사이의 어떤 마술적인 연관에서 비롯됩니다. 비롯되었다고 과거형으로 표현해야겠군요. 요즘에는 그런 이야기를 거의 쓰지 않으니까요. 거의 완벽하게 배경에서부터 출발한 이야기들이 (어떤 이야기라고 말씀드리지는 않겠습니다.) 있습니다. 주로 시골이 배경이지요.

초기 단편과 장편에서는 포크너와 플래너리 오코너의 영향이 보입니다. 이런 영향을 인정하십니까? 다른 작가들은요?

오츠 오랫동안 책을 읽었으니까 널리 영향을 받았을 테지만……. 대답을 드리기가 아주 어려운데요. 어쩌다 제가 언급하는 작가에 헨리 데이비드 소로가 있습니다. 아주 감수성이 예민하던 시기인 십대 초반에 읽었거든요. 그리고 헨리 제임스, 오코너, 확실히 포크너도 있지요. 캐서린 앤 포터와 도스토옙스키 등도 있습니다. 아주 이질적인 조합이지요.

『원더랜드』라는 제목에서나 당신 작품에서 자주 암시되는 점들을 보면, 루이스 캐럴에 대해 잘 알고 계신 것 같습니다. 유사하다고까지 할 수는 없지만요. 캐럴과의 연관성은 어떻게 생각하시나요? 그런 점이 중요하다고 볼 수 있나요?

오츠 루이스 캐럴의 『이상한 나라의 앨리스』나 『거울 나라의 앨리스』는 제가 처음으로 읽은 책이었습니다. 비논리, 유머와 공포와 정의감을 훌륭하게 엮어낸 캐럴의 이야기는 언제나 매력적이었습니다. 그리고 작년에 학부생들에게 이 책들을 가르치면서 아주 멋진 시간을 보냈습니다.

어릴 때 특히 무서워한 것이 있으셨나요?

오츠 대부분의 아이들처럼 저도 여러 가지 것들을 무서워했지요. 미지의 것? 루이스 캐럴의 등장인물이 겪는 것처럼 이상하고 무의미한 변신의 가능성? 신체적 고통? 길을 잃는 것? 제게서 보이는 불경스럽고 부조리한 경향은 캐럴에게서 영감을 받았거나 그 덕분에 굳어졌을 겁니다. 저는 지금도 그렇고 앞으로도 그렇겠지만 언제나 본질적으로 장난꾸러기 아이였습니다. 이건 제가 꼭꼭 숨겨놓은 비밀 중 하나지요.

아주 어린 나이에 글을 쓰기 시작하셨는데요. 가족들이 격려해주셨나요? 예술적인 야심이 있는 분들이었나요?

오츠 부모님은 나이가 들고 '예술적'이 되셨습니다. 하지만 젊고 아이들이 어렸을 때는 일하는 것 말고는 다른 데 시간을 쓰실 수가 없었지요. 부모님과 할머니, 선생님들은 언제나 창의적이 되라고 격려해주셨습니다. 언제 이야기를 쓰기 시작했는지 기억하지 못하지만 아마 아주 어렸을 때였을 겁니다. 그때는 그림을 그려서 이야기했지요. 이건 제가 자연스럽게 따랐던 본능이었고요.

작품 중 많은 부분이 1930년대를 배경으로 합니다. 당신이 아직 아기일 때지요. 어째서 그 시대가 당신의 작품이나 비전에서 그다지도 중요한가요?

오츠 1938년에 태어났기 때문에 그 시기가 제게는 큰 의미로 다가옵니다. 당시는 아직 젊으신 부모님의 세상이었고, 제가 태어난 세상이지요. 1930년대는 저에게 아직도 '살아 있는' 시기입니다. 부분적으로는 부모님과 조부모님의 기억을 통해서이고, 책과 영화를 통해서지요. 하지만 1920년대는 너무 멀게 느껴집니다. 저와는 완전히 관련이 없는 시기입니다. 저에게 그때까지 거슬러 올라갈 상상력은 없습니다.

이유를 제대로 설명할 수는 없지만 저는 부모님과 아주 친밀하게 동일시하는 게 가능합니다. 어째서인지 그분들이 저를 낳기 전에 살았던 삶에 다가갈 수 있습니다. 물론 직접적으로는 아니지만 상상력을 통해서요. 어머니와 아버지의 기억은 거의 저에게 '속한' 것처럼 느껴집니다. 옛 사진을 보면 제가 부모님과 동시대를 사는 것 같은 느낌이 강하게 듭니다. 그러니까 겨우 십 대 정도의 젊은 부모님을 알고 지낸 것 같은 느낌이지요. 이상한가요? 저는 다른 사람들 역시 어떻게인지는 모르지만 가족들의 경험과 기억을 공유한다고 생각합니다.

우리가 시러큐스 대학교의 학부생이었던 시절에 당신은 전설과 같은 인물이었습니다. 소설을 한 편 끝낸 뒤, 막 끝낸 소설의 뒷면에 새 소설을 시작한다는 소문이 돌았지요. 양쪽 면이 다 차면 그걸 던져버리고 깨끗한 새 종이를 꺼낸다고 하더군요. 작가가 될 거라는 사실을 알게 된 건 시러큐스 대학교 시절이었나요?

오츠 고등학교 때 글을 쓰기 시작했습니다. 의식적으로 소설을 계속 쓰는 훈련을 하려고 한 편이 완성되면 치워버렸지요. 헤밍웨이의 『우리 시대에』In Our Time •를 모델로 했음이 분명한—그때는 조이스의 『더블린 사람들』을 아직 읽지 않았습니다.—서로 연관된 단편들을 엮어서 300쪽짜리 책을 쓴 기억이 납니다. 그 책의 주제는 헤밍웨이보다는 훨씬 로맨틱했지만요. 포크너의 『소리와 분노』와 모호하게 연결된 아주 길면서 세 부분으로 나누어진 소설도 있었고요. 다행히도 이런 실험들은 버려졌고 지금에서야 그 소설들이 기억이

• 1924년에 출판된 헤밍웨이의 첫 단편 모음집이다.

나는군요.

시러큐스는 학문적으로나 지적으로나 아주 흥미진진한 곳이었습니다. 재학 중이던 4년 동안 수업에 빠진 건 손꼽을 정도였습니다. 영문학 수업은 한 번도 빠진 적이 없습니다.

여학생 사교 모임의 회원이셨지요. 당신이 '여학생 사교회'였다는 것을 좀처럼 상상하기가 어려운데요.

오츠 그 모임에서의 경험은 재앙이라고 할 것까진 없지만 절망적이었습니다. (그만두려고 했는데 알고 보니 가입할 때 일종의 법적 계약을 맺었더군요.) 그래도 거기서 가까운 친구 몇 명과 사귀었으니 완전히 잃어버린 시간이라고만 할 수는 없겠네요. 다시는 그런 곳에 가입하지 않으리라는 것만은 확실합니다. 그 일은 제 생애에서 다시는 경험하고 싶지 않은 몇 가지 중 하나입니다.

시러큐스 대학교의 여학생 사교회가 왜 그다지도 절망적이었는지요? 그 경험에 대해서 글로 쓰셨나요?

오츠 인종적이고 종교적인 편견에다가 어리석은 비밀 의식, 지적인 탐구와는 전혀 관련이 없는—사실 완전히 정반대인—소위 활동들에 대한 바보 같은 강조, 강하다고 여겨지는 애들이 약하다고 여겨지는 애들을 괴롭히는 것, 집단의 매력적인 이미지를 의도적으로 추구하기 같은 것이지요. 그 점에 대해서 개인적으로 아무리 냉소적이라도 말입니다. 그리고 가장 나쁜 미국의 특성들을 따라 하지요. 맹목적인 애국심이나 애향심 고취, 신에 대한 두려움 심기, 독선적인 무지, 순응주의에 대한 비굴한 숭배, 한 겹만 벗겨내면 만날 수 있는 끔찍한 혼란 등. ……3학년 때 모임에서 탈퇴하려고 했지만 회원들과 여학생 담당 학장님, 대학 기숙사 관리실의 연관 관계 때문에 거의 불가능했습니다. 게다가 순진한 1학년 때 '법적인' 지위를 갖는 계약서에 사인했던 모양입니다. 이 모든 것 때문에 탈퇴하지 못하고 움츠러들었지요. 분을 바르고 향수를 뿌린 선배 한 사람이 이 모임은 유대인과 흑인은 받지 않는다고 설명해주던 기억이 나는군요. "얘, 우리는 레이크플래시드 클럽에서 모임을 갖는데 회원들이 전부 다 참석할 수 없다면 유감스러운 일이겠지? 게다가 그런 일이 생기면 그 사람들도 당혹스러울 거 아냐?"

저는 1960년에 졸업생 대표로 졸업식 답사를 낭독했습니다. "사교회의 온갖 방해에도 불구하고 시러큐스에서 우수한 학업 성취를 이룰 수 있었습니다."라고 답사를 시작하는 공상을 했지요. 그 경험에 대해서는 지금까지 쓴 적이 없고 앞으로도 쓰지 않을 겁니다. 그냥 너무나 어리석고 사소한 주제이기 때문입니다. 그런 사춘기적 난센스에 관심이라도 가지려면 작가 존 오하라 정도의 감수성은 있어야 할 것 같군요. 그는 그런 일들을 아주 진지하게 받아들인 것 같더라고요.

시러큐스 대학교 4학년 때 백일장에서 시 부문을 수상하신 기억이 납니다. 하지만 시집은 소설보다 상대적으로 늦게 출판되었지요. 늘 시를 쓰셨나요?

오츠 아닙니다. 사실 시는 늦게 쓰기 시작했어요. 시를 쓰는 건 아직도 어렵다는 걸 인정합니다. 섬세하고 서정적인 부분은 차치하고라도 익살스럽고 뒤틀린 수수께끼 같은 문장들, 그것들은 쉽지 않아요. 안 그런가요? 현재 마지막 시집이라고 생각되는 책을 편집하는 중입니다. 아무도 소설가가 쓰는 시를 읽고 싶어하지 않지요. 소설만 읽어도 충분합니다. 사실 그것만 해도 충분하고도 남지요. 이상하게도 동료 시인들은 아주 친절하게 저를 시인으로 받아들여주었습니다. 저를 무시해도 놀라지 않았을 텐데요. 아주 많은 지지와 격려를 보내주었어요. 이는 시인들이 굉장히 경쟁적이고 서로의 업적을 시기한다는 통념과는 배치되는 일이지요.

아무도 소설가가 쓴 시를 읽고 싶어하지 않는다고 말씀하시는군요. 로버트 펜 워런의 경우는 어떻습니까? 존 업다이크나 에리카 종은요? 앨런 테이트나 제임스 디키는 시인이지만 소설을 쓰지요.

오츠 저는 제 시의 반응에 대한 가정만을 염두에 두고 말씀드린 것입니다. 로버트 펜 워런의 경우는 차치하고, 비평가들은 작가들을 범주화하고 싶어하는 경향이 있습니다. 그래서 어떤 사람은 산문 작가이거나 시인이거나 둘 중의 하나가 됩니다. 만일 로렌스가 소설을 쓰지 않았다면 영어로 시를 쓴 가장 위대한 시인 중의 하나로 훨씬 더 갈채를 받았을 것입니다. 하지만 로렌스가 소설가였기 때문에 그의 시는 무시당했지요. (적어도 최근까지는 그랬습니다.)

첫 번째 책인 『북쪽 문 곁에서』는 단편소설 모음집이지요. 그리고 지금도 계속해서 단편을 내놓고 계십니다. 이런 짧은 이야기를 지극히 사랑하시나요? 장편보다 좋은 단편을 쓰는 것이 더 어렵다는 옛 금언이 맞다고 생각하시는지요?

오츠 짧은 주제는 짧게 다룰 필요가 있습니다. 시도해본 사람은 누구나 알겠지만 장편소설만큼 어려운 것도 없습니다. 보통 길이의 소설과 비교해봐도 단편소설을 쓰는 것은 축복입니다.

하지만 최근에는 단편을 많이 쓰지 않았습니다. 이유는 잘 모르겠네요. 모든 에너지를 좀 더 긴 작품에 쏟아붓고 있습니다. 어쩌면 제가 가장 왕성하게 창작하던 시기는 지났는지도 모릅니다. 그리고 요즘에는 한 편의 작품—대개는 한 권의 소설—에 집중하면서 그 작품을 한 부분씩, 한 쪽씩 '완성'해 가는 데 관심을 둡니다.

그럼에도 오늘날 미국의 어떤 전문 작가보다도 많은 단편소설을 출간하셨지요. 『사랑의 수레바퀴』에 들어갈 스물한 편의 이야기를 선택하셨던 때가 기억납니다. 2년 전 단편 선집 이후 잡지에 실린 구십여 편의 단편 중에서 이십여 편을 추리셨지요. 그 선집에 들어가지 못한 칠십여 편은 어떻게 되었나요? 몇 편은 그 이후 다른 선집에 실렸습니까? 선택되지 않은 작품을 출판을 위해 다시 고르기도 하시나요?

오츠 어떤 단편을 진지하게 받아들이게 되면 책에 싣습니다. 그렇지 않다면 그냥 잊히게 내버려두지요. 물론 시나 서평이나 에세이에 대해서도 마찬가지입니다. 주제상의 이유로 『사랑의 수레바퀴』에 실리지 않은 많은 단편을 다시 골라서 『유혹과 다른 이야기들』이라는 선집에 실었습니다. 각각의 선집은 핵심 주제를 중심으로 조직되고 전체를 한 권으로 읽도록 되어 있습니다. 단편을 배열하는 것은 우연이 아니라 아주 엄밀한 방식으로 이루어집니다.

술은 안 드시지요. 의식을 확장하는 약을 시도해본 적이 있으신가요?

오츠 아니요. 심지어는 차도 카페인 때문에 저에게는 너무 강합니다. 다소 예민한 체질을 타고난 것 같습니다.

인터뷰 앞부분에서 『암살자들』의 피트리에 관해서 언급하셨지요. 피트리는 당신 책에 등장하는 수많은 정신병자들 중 하나에 불과한데, 진짜 미친 사람을 아시나요?

오츠 불행히도 정신적으로 문제가 있는 걸로 간주되는 사람들을 약간 압니다. 그리고 다른 사람들, 낯선 사람들도 우연히 접하게 되곤 합니다. 어째서인지는 모르겠어요.

지난주 학교에 갔을 때, 대형 강의를 할 수가 없었습니다. 그 전날 밤 한 학생이 전화를 받았어요. 정신 나간 사람이 몹시 화를 내며 저를 죽이겠다고 하더랍니다. 그래서 학과장과 대학의 경비실장, 윈저시 경찰서에서 나온 두 명의 특별 조사관과 함께 격리된 채 몇 시간을 보내야 했습니다. 그 상황은 불안했다기보다는 당황스러웠습니다. 누군가가 그렇게 드러내놓고 공공연히 제 목숨을 위협한 것은 처음 있는 일이었습니다. 과거에 교묘하고 간접적인 방식으로 위협당한 적이 있지만 심각한 정도는 아니었지요.

(학생에게 전화를 건 사람은 완전히 낯선 이였습니다. 심지어는 윈저에 사는 사람도 아니었어요. 어째서 그가 그다지도 저한테 분노하는지 이해할 수 없었습니다. 하지만 정신이상자에게 진짜 이유가 필요할까요?)

친구나 친척들의 경우 덜 위협적이지만 그래도 상처 입은 반응을 보이지 않나요? 작품 속에서 의식적으로나 무의식적으로 그려낸 등장인물들이 자신을 닮았기 때문에 말입니다.

오츠 부모님이 (그리고 어린아이인 저) 『원더랜드』에서 아주 짧게 등장합니다. 불안에 시달리는 한 젊은이가 버팔로에 갔다가 돌아오는 중에 저의 부모님과 잠깐 마주치지요. 그 외에는 제 글에서 가족이나 친척을 그린 경우는 없습니다. 아버지와 어머니가 알아볼 수 있는 장소를 제 단편과 장편의 배경으로 쓴 경우에는 두 분이 일종의 반응을 (당시에는 다소 감동적으로) 보이셨습니다. 하지만 어떤 글에도 개인적인 성격의 소재는 전혀 들어가지 않습니다. 그런 쪽으로 어려움을 겪은 적도 없습니다.

지난주 대학에서 겪은 특이한 경험 외에 유명해진다는 것이 갖는 단점은 뭘까요?

오츠 저는 유명하다는 걸 전혀 인식하지 못합니다. 특히 여기 윈저에서는요. 이 도시에 있는 두 개의 큰 서점인 콜스에는 제 책이 한 권도 없습니다. 제 책을 읽기는커녕 저를 알아보는 사람들도 별로 안 되지요. 그래서 이 대학에서 어느 정도의 불가시성과 익명성을 누릴 수 있습니다. 미국 대학에서라면 그런 건 가능하지 않았겠지요. 그런 이유 때문에 이곳에서의 생활이 아주 편안합니다.

개인적인 한계에 대해서 인식하고 계시나요?

오츠 수줍어하는 성격 때문에 하지 못한 일이 너무나 많습니다. 그리고 여기 윈저에서 해야 하는 많은 일과 책임 때문에 바쁘다는 점도 한몫을 했고요.

작가로서 눈에 띄거나 비밀스러운 결점이 있다고 느끼시나요?

오츠 가장 눈에 띄는 결점은…… 너무 눈에 띄어서 누구라도 알 수 있을 겁니다. 그리고 비밀스러운 결점은 다행스럽게도 비밀입니다.

여성 작가로서의 이점은 무엇일까요?

오츠 이점이라고요! 일일이 열거할 수 없을 정도로 많겠지요. 여성이기 때문에 남성 비평가들이 언론에서 작가들을 일류, 이류, 삼류로 나누는 목록에 진지하게 포함된 적이 없습니다. 그래서 하고 싶은 걸 마음대로 할 자유가 있는 것 같습니다. 경쟁에 대한 의식도 별로 없고 관심도 없거든요. 헤밍웨이나 그의 아류인 노먼 메일러가 링 위에서 다른 재능 있는 사람과 전투를 벌인다고 말할 때 그것이 무슨 의미인지 짐작조차 할 수 없습니다. 제가 알고 있기로는 예술 작품은 결코 다른 작품으로 대체되지 않습니다. 살아 있는 사람이 죽은 사람과 경쟁하지 않는 것처럼 다른 살아 있는 사람과도 경쟁하지 않습니다. 여성이라는 사실은 저에게 일종의 불가시성을 허용합니다. 랠프 엘리슨의 『보이지 않는 인간』Invisible Man처럼요. (지금 몇 백 쪽에 달하는 제 긴 일기의 제목은 '보이지 않는 여자'입니다. 여성은 너무나 기계적으로 외모에 의해서 판단되기 때문에 그 안에 숨을 수 있는 이점이 있습니다. 다른 사람들이 그녀가 그럴 거라고 상상하는 것과 달리, 절대적으로 자기가 생각하는 자기 자신일 수 있는 것이지요. 저는 제 외모와 아무런 연관성을 느끼지 못합니다. 그리고 과연 어떤 남자—작가든 아니든—가 이런 자유를 누릴 수 있을지 궁금해하곤 했지요.)

남성의 시점으로 글을 쓰는 것이 어렵다고 생각하시나요?

오츠 절대 그렇지 않습니다. 여성 인물만큼 남성 인물에게도 공감을 느낍니다. 저는 여러 측면에서 몇몇 남성 등장인물과 기질적으로 매우 유사합니다. 예를 들면 『아침의 아들』에서 네이선 비커리가 그렇습니다. 그들과 절대적인 유대감을 느낍니다. 내면이 중요한 법이지요.

글을 읽으면 작가의 성별을 알 수 있으신가요?

오츠 아니요. 전혀요.

여성을 그려내는 데 있어서 어떤 남성 작가들이 특히 뛰어나다고 생각하십니까?

오츠 톨스토이와 로렌스, 셰익스피어와 플로베르 등입니다……. 사실 몇 명 안 됩니다. 하지만 마찬가지로 남자를 잘 그려내는 여성 작가도 별로 없지요.

글쓰기를 즐기시나요?

오츠 정말로 글쓰기를 좋아합니다. 아주 좋아하지요. 한 작품을 끝내고 다른 작품에 몰두하기 전에는 어쩐지 불안하고 목적을 잃은 듯하고, 바보같이 감상적이 되면서 세상과 연결이 끊어진 것처럼 느껴집니다. 글 쓰는 사람들 전부는 일종의 공동체적인 활동에 참여하는 거라는 확신으로 작업합니다. 제 역할이 글을 쓰는 것이든 읽는 것이든, 글에 반응을 보이는 것이든 그 차이는 중요하지 않습니다. 플로베르는 신비주의자들이 신 안에서 서로 사랑하듯 우리는 예술 안에서 서로 사랑해야 한다고 말했습니다. 저는 그 말을 아주 진지하게 받아들이고 있습니다. 우리는 서로의 창작을 존중함으로써, 서로를 깊이 연결하면서도 넘어서는 어떤 것을 존중하는 것입니다.

물론 글쓰기는 우리 삶을 구성하는 수없이 많은 활동 중 하나에 불과합니다. 그리고 우리 중 몇몇이 마치 운명인 듯 그것에 몰두하게 되는 그런 일처럼 보입니다. 저는 무의식의 과정과 지혜에 많은 믿음을 가지고 있고, 자아Ego의 판단과 불가피한 의심을 가볍게 여기기 때문에 결코 그런 의심에 대답하려고 얽매이지 않습니다. 삶은 에너지입니다. 그리고 에너지는 창조력이지요. 개인으로서의 작가는 사라져도 에너지는 예술작품에 담기고, 그 안에 갇혀서 누군가 시간을 내서 다시 해방시켜 주기를 기다릴 겁니다.

로버트 필립스 Robert Phillips 미국의 시인이자 휴스턴 대학 교수이다. 그는 작가이자 다수의 시, 소설, 시 비평 도서의 편집자이기도 하다.

주요 작품 연보

『북쪽 문 곁에서』By the North Gate, 1963
『아찔한 추락과 함께』With Shuddering Fall, 1964
『비싼 사람들』Expensive People, 1968
『그들』them, 1969
『사랑의 수레바퀴』The Wheel of Love and Other Stories, 1970
『원더랜드』Wonderland, 1971
『나와 더불어 그대 뜻대로』Do with Me What You Will, 1973
『배고픈 유령들』The Hungry Ghosts: Seven Allusive Comedies, 1974
『암살자들』The Assassins, 1975
『유혹과 다른 이야기들』The Seduction and Other Stories, 1975
『차일드올드』Childwold, 1976
『아침의 아들』Son of Morning, 1978
『지독한 사랑』Unholy Loves, 1979
『블랙워터』Black Water, 1992
『폭스파이어』Foxfire: Confessions of a Girl Gang, 1993
『좀비』Zombie, 1995
『나는 무엇을 위해 살았는가』What I Lived For, 1995
『멀베이니 가족』We were the Mulvaneys, 1996
『블론드』Blonde, 2000
『폭포』The Falls, 2004
『여자라는 종족』The Female of the Species: Tales of Mystery and Suspense, 2006
『사토장이의 딸』The Gravedigger's Daughter, 2007
『소녀 수집하는 노인』Wild Nights, 2008
『천국의 작은 새』Little Bird of Heaven, 2009
『악몽』The Corn Maiden and Other Nightmares, 2011
『대디 러브』Daddy Love, 2013

:: 05

주제가 결정하는 형식

도리스 레싱

DORIS LESSING

도리스 레싱

페르시아(현재 이란), 1919. 10. 22.~2013. 11. 17.

전후의 가장 중요한 영국 작가 중 한 명으로 꼽힌다. 그녀의 소설과 에세이는 인종차별부터, 페미니스트 활동으로 이어진 여성 권리의 문제, 사회에 있어 가족과 개인의 역할까지 20세기의 다양한 문제들에 집중되어 있다. 페미니즘 소설의 고전 『황금 노트북』으로 2007년 노벨 문학상을 받았다.

1919년 이란의 커만샤에서 태어났다. 부모와 함께 남아프리카로 이주하여 이후 런던에 자리 잡기까지 25년 정도를 로디지아(현재 짐바브웨)에서 지냈다. 영국인으로서 영국의 식민지인 로디지아의 대농장에서 보낸 어린 시절은 그녀에게 인종차별과 여성의 권리 문제, 이념 간의 갈등 등에 깊이 천착하게 했다. 1942년 공산당에 참여했고, 1950년에 첫 소설 『풀잎은 노래한다』를 발표했다. 이후 시, 희곡, 소설을 포함한 왕성한 창작 활동을 펼치며 페미니즘 문학의 거장으로 손꼽혀왔다. 『생존자의 회고록』, 『마사 퀘스트』, 『황금 노트북』을 비롯해 후기작인 『선한 테러리스트』, 『다섯째 아이』까지 많은 작품을 발표했다. 서머싯 몸 상, 메디치 상, 유럽 문학상, W. H 스미스 상, 데이비드 코언 영국문학상 등 20세기 후반 각종 문학상을 휩쓸었다. 2007년에는 오랫동안 후보로 이름이 거론돼오던 노벨 문학상 수상자가 되었다.

레싱과의 인터뷰

토머스 프리크

레싱의 목소리는 강하면서도 음악적으로 들렸다.
어조는 흥겨우면서도 신랄했고,
열정이 담겨 있으면서도 빈정대는 듯했다.

도리스 레싱의 인터뷰는 맨해튼 동쪽 40번가에 있는 로버트 고틀리브의 집에서 이뤄졌다. 크노프 출판사에서 오랫동안 그녀의 담당 편집자였던 고틀리브는 인터뷰 당시에는 『뉴요커』에서 일했다. 레싱은 오페라의 배역 선정에 참여하려고 잠시 뉴욕에 와 있는 참이었다. 오페라는 그녀의 소설 『행성 8호의 대표 만들기』를 바탕으로 만들어진 것으로 레싱이 대본을 썼다. 오페라 작업 때문에 계속 바쁜 와중에 엽서가 몇 장 오고 간 후에야 (레싱은 대부분의 소식을 엽서로 교환하는데, 대개 대영박물관 엽서다.) 마침내 약속이 정해졌다.

녹음기가 준비되는 동안 레싱은 "집들이 늘어선 뒤편의 정원치고는 참 시끄럽군요."라고 말하고는, 길 건너편 캐서린 헵번이 사는 연립주택을 가리켰다. 잠시 도시에 대한 대화가 이어졌다. 그녀는 거의 40년간 런던에 살았는데도 여전히 "도시의 모든 것이 언제나 놀랍다!"고 느낀다고 했다. 그녀는 다른 데서도 같은 느낌을 보다 사색적으로 표현한 바 있다. "건물이 가진 차원Dimension이 짐작할 수 없는 방식으로 우리에게 주는 영향을 알게 되더라도 전혀 놀랍지 않을 거예요." 그녀는 또 다섯 살이 되기 전에 영국에서 보낸 6개월의 경험에 대해 언급하면서 "아이들은 여행해야 한다고 생각해요. 아이들을 데리고 다니는 건 아주 좋은 일이라고 생각합니다. 그들에게 좋은 경험이지요. 물론 부모들한테는 힘든 일이지만요."라고 했다.

이 인터뷰는 정원의 에스파냐식 테라스에서 진행되었다. 레싱은 백발이 드문드문 섞인 짙은 색 머리 가운데로 가르마를 타서 뒤로 둥글게 틀어 올리고 있었다. 스타킹을 신고 짧은 치마를 입고 블라우스와 재킷을 걸치고 있었는데, 책 표지에 실린 사진과 거의 똑같아 보였다. 최근 여행한 거리를 생각하면 그녀가 피곤해 보이는 건 전혀 놀랄 일이 아니었다. 레싱의 목소리는 강하면서도 음악적으로 들렸다. 어조는 흥겨우면서도 신랄했고, 열정이 담겨 있으면서도 빈정대는 듯했다.

122.

everything they said. Words in their mouths—now in June's—had a labouring effortful quality—dreadful, because of the fluencies so easily available, but to others.

They went off at last, June lingering behind. From her look around the room, I could see she did not want to go. She was regretting, not the act, but the consequences of it, which might sever her from her beloved Emily.

"What was that about?" I asked.

Emily's bossiness dropped from her, and she slumped, a worried and tired child, near Hugo. He licked her cheek.

"Well, they fancied some of your things, that's all."

"Yes, but ..." My feeling was, But I'm a friend and they shouldn't have picked on me! Emily caught this, and with her dry little smile she said, "June had been here, she knew the lay-out, so when the kids were wondering what place to do next, she suggested yours."

"Makes sense, I suppose."

"Yes," she insisted, raising serious eyes to me, so that I shouldn't make light of her emphasis. "Yes, it does make sense."

"You mean, I shouldn't think there was anything personal in it?"

Again the smile, pathetic because of its knowingness, its precocity—but what an old-fashioned word that was, depending for its force on certain standards.

"Oh, no, it was personal ... a compliment, if you like!"

She put down her face into Hugo's yellow fur and ~~shook with laughter~~ laughed. I knew

도리스 레싱의 소설 『생존자의 회고록』 원고 중 한 페이지.

도리스 레싱
×
토머스 프리크

지금은 이란이 된 페르시아에서 태어나셨지요. 부모님께서 어떻게 그곳에 가게 되셨나요?

도리스 레싱 아버지는 제1차세계대전에 참가하셨습니다. 그 뒤로 영국에 가만히 머물러 계실 수가 없었습니다. 영국을 극도로 갑갑하게 여기셨지요. 군인들은 참호에서 엄청난 경험을 하기 때문에 집에서는 견딜 수가 없게 되지요. 그래서 다니던 은행에 어딘가 다른 곳으로 보내달라고 요청했습니다. 그래서 페르시아로 가게 되셨지요. 페르시아에서는 큰 집과 커다란 방과 널찍한 공간이 있었고 타고 다닐 말도 있었습니다.

야외 활동을 많이 했는데 무척 아름다운 곳이었어요. 그 도시가 지금은 완전히 파괴되어 돌무더기가 되었다고 들었습니다. 그곳은 이 시대를 보여주는 징표라고 할 수 있겠네요. 예전에는 아름다운 건물이 많은 고대 시장 도시였던 곳이 이제는 파괴되었어도 아무도 주목하지 않습니다. 너무나 많은 것들이 파괴되어도 아무도 신경 쓰지 않지요. 어쨌든 아버지는 테헤란으로 전근을 가셨습니다. 아주 꼴사나운 곳이었는데 어머니는 소위 말하는 '공사관 사람들'과 어울리면서 아주 행복해했습니다. 그분은 매순간을 즐기셨어요. 매일 밤 파티가 있었지요. 아버지는 파티를 아주 싫어하셨습니다. 관습이 지배하는 사회로 다시 오게 되신 거니까요. 그러다가 1924년 영국으로 돌아왔는데 만국박람회라는 것이 열리고 있었습니다. (문학작품에 가끔 등장하더군요.) 그것이 그분에게 어마어마한 영향력을 끼쳤음에 틀림없습니다. 박람회의 남아프리카 로디지아 전시대에는 엄청나게 큰 옥수수대와 '5년 내에 부자가 됩니다.' 등 말도 안 되는 구호가 붙어 있었지요. 낭만적 기질에 걸맞게 아버지는 바로 짐을 꾸리셨습니다. 그분은 전쟁 때 다리에 입은 부상 때문에 약간의 연금을 받고 계셨습니다. 8000달러 정도의 적은 돈이었지요. 어쨌든 농부가 되려고 미지의 나라로 떠나신 거죠. 아버지는 어렸을 때 예전에는 작은 읍내였던 콜체스터 근처에서 살았는데, 실제로 농부의 아들로 태어나 시골에서 자라셨지요. 아버지는 그렇게 로디지아의 초원으로 가게 되셨습니다. 그분 이야기는 당시로서는 별로 특별할 게 없습니다. 그걸 깨닫게 되는 데는 시간이 좀 걸렸지만요. 『시카스타』•를 쓸 때 얼마나 많은 부상을 입은 참전 군인들이 영국과 독일에 살고 있을까 하는 생각이, 아주 강하게 머릿속을 스치더군요. 부상을 당하고도 극도로 운이 좋아서 다른 전우들처럼 죽지 않은 군인들이지요.

• 193쪽 각주 참조.

그보다 수는 더 적겠지만 미국의 베트남 참전 군인들이 돌아와서 사회에 완전히 적응하지 못하고 떠돌던 것과 같은 경우겠군요.

레싱 사람들이 그런 경험을 하고 돌아와서 바로 적응할 수 있을 것 같지 않습니다. 그런 걸 바라는 건 무리지요.

문학 잡지 『그랜타』에 발표한 회상록에 어머니에 대한 제목을 붙이셨지요. 하지만 실은 아버지에 대한 내용에 가깝던데요.

레싱 글쎄요. 두 분의 삶을 어떻게 분리해서 쓸 수 있겠어요? 사람들이 흔히들 말하듯이, 어머니는 자신의 삶을 아버지에게 완전히 헌신했습니다.

부친께서 시도하신 지팡이로 금 찾기라든가, 다른 거대한 계획과 모험들이 참 놀랍더군요.

레싱 아버지는 놀라운 사람이었지요. 완전히 비실용적인 사람이었답니다. 부분적으로는 전쟁이랑 뭐 그런 것 때문이었습니다. 아버지는 그저 표류할 뿐이었어요. 상황에 대처할 수가 없었지요. 어머니가 모든 것을 조직하고 질서를 만들었습니다.

금 찾는 지팡이를 아주 진보적이고 과학적인 방식으로 생각하신 것 같더군요.

레싱 아버지 생각으로는—어쩌면 어느 정도는 사실일 수 있는데—방법만 제대로 안다면 금이나 다른 금속이 어디 묻혀 있는지 알 수 있다는 겁니다. 그래서 언제나 실험을 하셨습니다. 사실은 「엘도라도」라는 단편에서 아버지에 대해서 썼습니다. 우리는 금이 나오는 지역에서 살았어요. 작은 금광이 도처에 있었지요.

금에 대한 아버지의 생각이 완전히 터무니없는 건 아니로군요.

레싱 그렇지요. 농부들은 혹시라도 금을 발견할 상황을 대비해서 언제나 차에 망치와 작은 냄비를 들고 다녔습니다. 그들은 금이 섞인 돌조각을 갖고 돌아오곤 했지요.

어릴 때 주변의 많은 이야기들을 들으셨나요?

레싱 아닙니다. ……아프리카 사람들은 많은 이야기를 했지만 우리에게는 그들과 어울리는 게 허락되지 않았습니다. 아프리카의 삶에서 제일 마음에 안 드는 부분이었지요. 어릴 때 경이로울 정도로 풍요로운 경험을 할 수 있었는데요. 그렇게 사는 것은 백인 아이에게는 결코 생각할 수도 없는 일이었습니다.

현재 저는 영국에 있는 '스토리텔러 대학'이라는 곳에 소속되어 있습니다. 3년 전쯤에 한 무리의 사람들이 '스토리텔링'을 예술로 부활시키려고 했지요. 그 계획은 잘 진행되었습니다. 저는 그냥 후원자일 뿐이고, 몇몇 모임에 나갔습니다. 처음에는 사람들이 이야기하는 걸 농담하는 것으로 생각하고 그곳에 왔다는 게 문제였습니다. 그렇지 않다는 걸 알려줘야 했지요. 어떤 사람들은 이야기를 마치 집단적 대화 치료처럼 생각했습니다. 언제나 자신의 개인적 경험을 이야기하려는 사람들이 있었습니다. 하지만 수많은 진짜 이야기꾼도 몰려왔습니다. 어떤 이들은 아프리카에서 왔지요. 전 세계에서 사람들이 왔습니다. 전통을 물려받은 이야기꾼들이거나 그 전통을 다시 살리려고 애쓰는 사람들이었습니다. 그 프로그램은 그렇게 계속되었습니다. 활기 넘쳤어요. 런던이나 다른 곳에서 스토리텔링 수업이 진행되면 훌륭한 청중들이 참여합니다. 인기 드라마를 보거나 다른 일을 할 수도 있는데 굳이 그 수업에 온다는 걸 생각하면 놀라운 일이지요.

영국에 돌아왔을 때 어떠셨습니까? J. G. 밸러드는 상하이에서 처음 돌아왔을 때 아주 답답했고 모든 게 너무나 작고 뒤처진 것 같았다고 하더군요.

레싱 아. 맞아요! 끔찍하게 답답했습니다. 모든 게 아주 뿌옇고 축축하며 갇혀 있는 느낌이고 지나치게 길들여져 있는 것 같았지요. 지금도 여전히 그렇습니다. 런던이 아주 예쁘다고도 생각하지만 지나치게 조직화되어 있지요. 영국에는 이러저러한 방식으로 손대지 않은 풍경은 전혀 없을 거라 생각합니다. 어느 곳에도 야생 그대로의 풀밭은 없을 겁니다.

신화적인 요소가 있는 아프리카의 풍경으로 되돌아가고 싶은 충동이나 소망이 있으신가요?

레싱 그러고 싶어도 그 풍경 속으로 돌아갈 수는 없을 겁니다. 안 그렇겠어요? 과거 같지 않을 테니까요. 짐바브웨 독립 2주년에 그곳을 방문했을 때 저는 과거에서 온 사람이라는 것이 아주 분명했습니다. 현재 제 역할은 일종의 상징에 불과합니다. 그럴 수밖에 없지요. 저는 '성공한 동네 소녀'였거든요. 백인 정권하에서 저는 아주 나쁜 아이였습니다. 아무도 저에 대해서 좋게 말하지 않았어요. 제가 얼마나 나쁜 애로 여겨졌는지 상상도 못 하실 겁니다. 하지만 지금은 '괜찮은' 사람이겠지요.

흑인들에 대한 태도 때문에 나쁜 사람으로 여겨졌나요?

레싱 저는 백인 통치에 반대하는 사람이었습니다. 당시에는 인종 장벽이 심했거든요. 하지만 지금은 '인종 장벽'이라는 단어가 완전히 사라져버렸지요. 당시 흑인들과 접촉할 수 있는 기회는 하인들과의 관계뿐이었습니다. 정치적으로 의식 있는 아프리카인들과 만나기는 아주 어려웠습니다. 흑인들은 통행금지 때문에 아홉 시면 집에 들어가야 했지요. 특히 흑인들은 가난하고 우리는 그렇지 않았기 때문이지요.

『그랜타』의 회상록에는 총을 메고 사냥하는 어릴 때 모습이 그려져 있더군요.
레싱 네, 당시에는 주위에 사냥감이 참 많았습니다. 그런데 지금은 아주 적습니다. 백인들이 너무 많이 사냥했던 것도 그 이유 중 하나이지요.

그때도 작가가 되고 싶은 열망이 있으셨나요? 지나치게 호들갑을 떠는 어머니에게 당신이 쓴 것을 숨기는 이야기를 하셨던데요.
레싱 어머니는 아주 심한 좌절을 겪은 여성입니다. 능력 있는 분이었는데 모든 에너지를 저와 남동생한테 쏟아부으셨지요. 언제나 우리가 뭔가 되기를 바라셨어요. 어머니 자신이 꽤 훌륭한 음악가셨기 때문에 오랫동안 제가 음악가가 되길 바라셨지요. 저는 별로 재능이 없었어요. 하지만 당시에는 모두가 음악 강습을 받아야 했어요. 어머니는 언제나 우리를 밀어붙이셨어요. 물론 어떤 점에서는 그렇게 하는 것이 옳아요. 아이들은 밀어붙일 필요가 있지요. 하지만 어머니는 무엇이든 소유하려고 하셨어요. 그래서 어머니로부터 저 자신을 보호해야만 했습니다. 모든 아이들은 자신이 만들어낸 것을 소유할 방법을 찾아야 한다고 생각합니다.

어릴 때부터 작가가 되려고 하셨는지 궁금합니다.

레싱 여러 직업 중에서 분명 의사가 될 수도 있었을 겁니다. 괜찮은 농부가 되거나 다른 직업을 가질 수도 있었겠지요. 좌절감 때문에 작가가 되었습니다. 많은 작가들이 그럴 거라 생각합니다.

여러 장르의 소설을 쓰셨지요. 한 진영이나 다른 어떤 진영을 고수하지 않는다고 독자들이 배신감을 느끼지는 않습니까? 예를 들어 '공상과학소설'을 쓰긴 하지만 자신들의 작은 집단에만 속하지는 않는 작가를 싫어하는, 속 좁은 공상과학소설 팬들을 염두에 두고 말씀드리는 겁니다.

레싱 그래요, 그건 물론 속이 좁은 거지요. 사실 이 집단의 대표인 사람들은 요즘 경계를 나누려는 생각을 좀 버렸습니다. 브라이턴에서 열리는 세계 공상과학소설 대회에 명예 회원으로 초대받은 적도 있지요. 두 명의 소련 공상과학소설가들도 초대받았습니다. 과거에는 소련 작가들을 초대하는 데 언제나 문제가 있었지요. 이제 글라스노스트* 덕분에 그 작가들이 오는 것을 실제로 허락받을 수 있기를 바랍니다. 실은 최근작을 쓰면서 공상과학소설이나 그런 종류의 책을 쓰고 있다고 생각해본 적이 없습니다. 공상과학소설을 쓰고 있다는 비판을 받고 나서야 '성스러운' 구역을 침범했다는 걸 깨달았지요.

물론 저는 공상과학소설을 쓰려고 한 것은 아닙니다. 그저 스타니슬라프 렘이 쓴 『솔라리스』를 막 읽었을 뿐입니다. 그 책은 진정한 과학소설의 고전이지요. 과학적인 개념들로 꽉 차 있어요. 사실 저는 그 책을 절반 정도도 이해하지 못합니다. 하지만 이해할 수 있는 부분은 아주 흥미로웠습니다. 꽤 많은 젊은이들을 만났는데—생각해보니 몇몇은 그다지 젊지 않군요.—그들은 "죄송하지만 저희는 리얼리즘 소설을 전혀 좋아하지 않아요."라고 말했어요. 그러면 저는 "그럴 수가! 그렇다면 얼마나 많은 걸 놓치게 되는지 아세요? 그건 편견에 불과해요."라고 말하지요. 하지만 그들은 리얼리즘에 대해서 알고 싶어하지 않습니다. 그리고 "안타깝지만 당신 책 중에 리얼리즘 소설이 아닌 건 읽을 수가 없네요."라고 말하는 사람들도 자주 만나는데 그들은 대개 중년층입니다. 그 점은 아주 유감스럽습니다. 그래서 과학소설 대회에 초대된 것이 기뻤습니다. 경계가 사라지고 있다는 징후를 보여주거든요.

『시카스타』에서 가장 마음에 드는 점은 공상과학소설에서는 드러나지 않거나 억압되어 있거나 암호화되어 있는 영적인 주제를 표면으로 가져온 것입니다.**

레싱 쓰고 있을 때는 그게 공상과학소설이라는 생각을 전혀 하지 않았습니다. 그러지 않았어요. 예를 들어 책의 시작은 '1883년 어느 날, 오후 세 시 톰스크에서' 같은 식은 아니었습니다. 이런 건 우주적인 관점과 대조되는 시작으로, 글의 서두로는 제가 두 번째로 선호하는 형태지요!

• 소련 공산당 서기장인 미하일 고르바초프가 실시한 개방 정책이다.

•• 제3차세계대전 이후 시카스타라는 행성에서 온 고도로 진화한 존재인 캐노푸스인이 보고하는 시카스타 행성의 삶이다. 소설의 고정된 틀에서 벗어나 일기, 편지, 기사 등 여러 형태의 모자이크 방식으로 서술된다.

수피[•]에 관한 이야기와 글을 모은 여러 책의 서문을 쓰셨지요. 어째서 수피즘에 흥미를 갖고 관여하게 되신 건가요?

레싱 글쎄요. 그 주제에 대해서는 말하고 싶지 않네요. 이야기하면 너무 상투적이고 관심을 끌려는 말이 되어버리거든요. 정말 말하고 싶은 건 그쪽 계통에서 어떤 식의 훈련 과정을 찾고 있었다는 거예요. 모든 사람이 동의하듯이 우리에게는 스승이 필요합니다. 저도 스승을 찾고 있었는데 아무도 마음에 들지 않았어요. 그들이 모두 이런저런 식의 '구루'[••]들이었거든요. 그때 '샤'라는 수피에 대해서 들었는데 아주 인상적이었지요. 그렇게 해서 1960년대 이후 수피와 관련이 생겼습니다. 요약해서 이야기하기가 어렵네요. 개인적 체험과 관계가 있어서요.

많은 사람들이 그냥 책 한 권 읽고는 매력적이라고 생각해 "나는 수피입니다."라고 해버립니다. 이 점을 강조하고 싶군요. 그렇게 하는 건 진짜 수피의 말이나 행동과는 완전히 배치됩니다. 위대한 수피 중 몇몇은 실제로 이렇게 말합니다. "저 스스로를 절대로 수피라고 부르지 않습니다. 그건 지나치게 거대한 명칭이거든요." 하지만 사람들한테서 '안녕하세요, 도리스. 당신도 수피라고 들었습니다!'라는 식의 편지를 받곤 하지요. 흠, 진짜 뭐라고 해야 할지 모르겠어요. 대개는 무시하려고 하지요.

사람들은 당신을 정치든 형이상학이든 어떤 종류의 스승으로 여기고 싶어하는군요.

레싱 사람들은 언제나 구루를 찾아다닌다고 생각합니다. 구루가 되는 건 세상에서 가장 쉬운 일입니다. 무서울 정도지요. 한번은 여기 뉴욕에서 아주 흥미로운 일을 봤습니다. 아마 1970년대 초반 구루들이 넘쳐나던 시기였을 겁니다. 한 남자가 아름다운 긴 황금빛 겉옷을 걸치고 센트럴파크에 앉아 있곤 했지요. 점심시간에 그곳에 오곤 했습니다. 분명히 성스러운 인물로 보였기 때문에 사람들이 사방에서 몰려들었지요. 몇 달 동안 그랬습니다. 경건한 침묵을 지키면서 그냥 그 사람 주위에 앉아 있었습니다. 결국 그는 싫증이 나서 떠나버렸고요. 그래요, 구루가 되는 건 이렇게 쉬운 일이지요.

그 문제에 대해서 하나만 더 질문하겠습니다. 환생이 가능하다고 생각하십니까?

레싱 글쎄요. 매력적인 생각이긴 합니다. 믿지는 않지만요. 긴 여행 중에 잠시 이 세계에 '몸을 담갔다.'고 여기는 쪽일 거예요.

지구는 단지 거쳐 가는 하나의 정거장에 불과하다는 건가요?

레싱 저를 비롯해 샤와 함께 공부하는 사람들은 그 문제로 많은 시간을 보내는 걸 장려하지는 않습니다. 그보다 긴급한 일이 많기 때문이지요. 물론 그런 문제를 곰곰이 생각하고, 그것에 대해서 책까지 쓰는 일은 아주 매력적일 겁니다! 사실 제게는 『시카스타』에 나오는 환생 문제가 매력적인 은유나 문학적인 개념으로 여겨집니다. 『시카스타』를 일종의 교과서처럼 여기는 사람들이 있다는 건 알지만 말입니다.

• 수피즘을 믿는 사람들을 수피라고 부른다. 수피즘은 이슬람교의 신비주의 분파이다. 금욕, 청빈, 명상을 실천하며 일체의 형식을 배격한다.(역자 주)

•• 산스크리트어로 스승을 의미하는 말.(역자 주)

예언서로 보는 거겠지요?

레싱 위대한 종교 속에 있는 관념을 포함시키는 것은 소설을 쓰는 방식의 하나였습니다. 『시카스타』의 서문에 구약과 신약, 묵시록과 코란에서 연속되는 이야기를 찾을 수 있을 거라고 썼지요. 이런 종교에는 공통된 어떤 생각이 있고 그중 하나는 물론 마지막 전쟁, 세상의 종말에 관한 것입니다. 그래서 이런 생각들을 전개하려고 했습니다. 저는 이 이야기를 다르게 부를 말이 없어서 '우주 소설'이라고 불렀습니다.

당신은 극도로 직관적인 부류의 작가입니다. 그래서 주제를 계획하거나 미리 많은 부분을 짜놓기보다는 발견하는 쪽일 거라는 느낌이 듭니다. 사실은 어떤가요?

레싱 글쎄요. 일반적인 계획은 세웁니다. 물론이지요. 하지만 그렇다고 소설을 써가는 동안 예상치 못한 한두 명의 캐릭터가 새로 나타날 여지가 없는 건 아닙니다. 『선한 테러리스트』를 어떻게 써야 할지는 알고 있었지요. 해로드 백화점 폭탄 테러 사건이 발단이 되었습니다. 어쩌다가 폭탄 테러에 가담한 무능한 아마추어 집단에 대한 이야기를 쓰면 흥미로울 거라는 생각을 했지요. 중심이 될 인물은 이미 존재했습니다. 주인공인 앨리스 같은 사람을 몇 명 알거든요. 어머니 같은 배려심을 지니고 고래와 물개와 환경에 대해 염려하지만, 동시에 "달걀을 깨뜨리지 않고는 오믈렛을 만들 수 없지."라면서 한 치의 망설임도 없이 대량 살상을 계획할 수 있는 사람 말입니다. 이 주제에 대해서 생각할수록 더욱 흥미가 느껴졌습니다. 저는 앨리스나 그녀의 남자친구에 대해서 이미 알고 있었고, 쓰고 싶은 사람들에 대한 대략의 윤곽을 잡고 있었습니다. 그리고 조금 다른 유형의 사람들에 대해서 쓰고 싶었기 때문에 레즈비언 커플을 만들어냈습니다. 하지만 관심이 간 캐릭터는 페이처럼 미리 계획하지 않았던 인물입니다. 페이는 결국 망가진 사람이 되었는데, 미리 계획되지 않은 일이라서 놀라웠지요. 몸집이 작은 필립은 이렇게 생겨나게 되었습니다. 그 당시 아주 몸이 허약한 스물한 살인가 스물두 살 먹은 실업자 청년에 대해서 듣게 되었습니다. 관계 당국이 그에게 계속해서 일자리를 제공한다는 겁니다. 그런데 실상 그건 아주 무거운 종이 두루마리를 트럭에 싣는 일 따위였어요! 관계자들이 정신 나간 사람들이지요! 그래서 그 청년은 3일 정도 일한 후에는 늘 해고당했습니다. 사실 저는 『선한 테러리스트』가 꽤 코믹한 책이라고 생각합니다.

정말인가요?

레싱 어떤 점에서는 그렇다는 거지요. 우리는 언제나 모든 일이 예정된 방식으로 일어나거나 아주 효율적인 것처럼 말합니다. 우리의 실제 경험을 보면 모든 것이 엉망진창이지요. 모든 것이요. 이 일이라고 다를 게 있겠어요? 극도로 효율적으로 행동하는 테러리스트나 뭐 그런 사람들이 존재한다고는 믿을 수 없군요.

음모론을 말씀하시는 건가요?

레싱 엉망진창이고 혼란스러운 일들은 일어나게 마련입니다.

한 번에 한 개 이상의 작품을 쓰시나요?

레싱 아니요. 한 작품에만 몰두합니다. 가끔 어떤 작품을 쓰면서 그 전 작품을 손보는 경우는 있습니다. 하지만 대체로 하나씩 순서대로 하는 걸 좋아합니다.

작업할 때 순서를 뒤섞지 않고 처음부터 끝까지 써내려가시는 거군요.

레싱 네, 그렇습니다. 순서를 뒤섞어서 쓴 적은 없습니다. 각기 다른 부분을 조금씩 쓰면 아주 중요한 형식의 연속성을 잃게 됩니다. 보이지 않는 내적 연속성 말이에요. 때때로 형식을 수정하려고 할 때에서야 비로소 연속성이 존재한다는 걸 깨닫게 됩니다.

활동하는 각 장르 내에서 진화하고 있다는 느낌을 받지는 않으시나요? 예를 들면 『선한 테러리스트』나 당신이 제인 소머스라는 필명으로 출간한 책들에 등장하는 리얼리즘적인 관점이 초기 당신 작품에 사용되던 리얼리즘보다 훨씬 초탈해 있다는 느낌이 들거든요.

레싱 아마 나이 때문일 겁니다. 나이가 들면 초탈하게 되지요. 저는 모든 책을 풀어야 할 문제로 봅니다. 문제가 사용할 형식을 결정하게 됩니다. "과학소설을 쓰겠어."라고 말하면서 시작하는 게 아닙니다. 오히려 그 반대쪽에서 시작합니다. 말하려는 주제가 형식을 결정하는 거지요.

쉬는 기간 없이 연속해서 쓰시나요? 아니면 책을 한 권 쓰고 나면 휴식을 취하시나요?

레싱 휴식이지요! 오랫동안 글을 안 쓰기도 합니다. 때로는 긴 간격을 둡니다. 언제나 좋든 싫든 뭔가 해야 할 일, 써야 할 기고문 등이 있습니다. 지금은 단편소설을 쓰고 있어요. 아주 짧기 때문에 상당히 흥미롭습니다. 제 편집자인 고틀리브에게 우연히 들은 바로는 아무도 그에게 단편을 보내오지 않는대요. 매우 흥미로운 현상이라고 하더군요. 그 말을 듣고 "세상에, 몇 년이나 단편을 안 썼네."라는 생각을 했습니다. 그래서 1500단어 정도의 단편소설을 쓰기 시작했는데 좋은 훈련입니다. 아주 재미있어요. 몇 편을 썼는데 전부 런던에 대한 이야기라서 '런던 스케치'라고 부를 생각입니다.

그렇다면 그 단편들은 우화나 이국적인 이야기들이 아니겠군요.

레싱 전혀 아닙니다. 그 이야기들은 완전히 리얼리즘적인 단편입니다. 저는 런던을 아주 많이 돌아다닙니다. 어떤 도시든지 일종의 극장이라고 볼 수 있지요. 그렇지 않나요?

규칙적으로 작업하는 습관이 있으신가요?

레싱 그건 그저 습관에 불과하므로 별로 중요하지 않습니다. 아이를 키울 때 아주 짧은 시간 집중적으로 맹렬하게 쓰는 법을 훈련했습니다. 주말이 비어 있거나 한 주 정도 시간이 나면, 믿을 수 없을 만큼 많은 분량을 작업했죠. 지금은 그 습관이 몸에 배었습니다. 사실 더 천천히 작업할 수 있으면 훨씬 잘할 겁니다. 하지만 그렇게 습관이 들었어요. 대부분의 여성은 그런 식으로 쓰더군요. 반면 그레이엄 그린*의 경우에는 매일 200자의 완벽한 단어를 써낸다고 하더

---

* 영국의 소설가로 독특한 상상력을 지닌 스릴러의 대가이다. 작품으로 『권력과 영광』, 『제3의 사나이』 등이 있다.

군요! 사실 저는 몰입했을 때 훨씬 잘 쓴다고 생각합니다. 뭔가를 쓰기 시작하면 처음에는 아귀가 잘 맞지 않고 어색하지요. 그러다 느낌이 오면서 갑자기 아주 술술 써지는 지점이 있습니다. 그때는 제가 글을 잘 쓴다는 생각이 듭니다. 단어 하나하나를 붙잡고 끙끙대면서 앉아 있을 때는 그렇지 못해요.

요즘에 어떤 책을 읽으시나요? 동시대 소설을 읽으시나요?

레싱 엄청 많이 읽습니다. 고맙게도 독서 속도가 매우 빠른 편인데, 그렇지 않으면 힘들었을 겁니다. 출판사에서 엄청난 양의 책을 보내주거든요. 일주일에 여덟, 아홉에서 열 권 정도의 책을 받는데 아주 꼼꼼하게 읽는 편이기에 크게 부담이 됩니다. 첫 번째나 두 번째 장만 읽고 나면 그 책이 어떤 책인지 판단할 수 있습니다. 그때 마음에 들면 계속 읽어나갑니다. 불공평하긴 하지요. 독자로서의 제가 기분이 나쁜 상태일 수도 있고, 자신의 일에 완전히 빠져 있어서 몰입하지 못하는 걸 수도 있는데 말입니다. 존경하는 작가들의 최근 책은 항상 읽습니다. 물론 사람들이 읽어야 한다고 말해주는 책들도 많습니다. 그러니까 언제나 책을 읽고 있는 셈이지요.

비평의 권위를 골탕 먹인 제인 소머스라는 필명을 어떻게 사용하게 되었는지 좀 더 말씀해주시지요. 젊은 예술가들이 어떤 식으로 취급당하는지 보여주기 위해서 두 권의 장편소설을 필명으로 내셨지요. 저로서는 믿을 수 없을 만큼 너그러운 일이어서 충격에 가까운 인상을 받았습니다.

레싱 글쎄요. 처음에는 두 권이나 쓸 생각은 아니었어요. 한 권만 낼 계획이었지요. 무슨 일이 있었는지 말씀드릴게요. 원고를 한 편

쓰고 나서 제 출판 대리인에게 그걸 출판하고 싶다고 말했지요. 런던에 있는 어떤 여성 저널리스트의 처녀작이라고 하면서요. 저 자신과 유사하고 정체성이 많이 다르지 않은 인물로 책을 내길 원했습니다. 대리인은 사실을 알고 있었고, 그 원고를 출판사에 보냈습니다. 제 책을 출판했던 두 개의 영국 출판사에서 그 원고를 거절했지요. 출판사에서 원고를 검토한 사람들의 보고서를 봤는데 매우 생색을 내면서 무시하는 투였습니다. 정말로 놀라울 정도로 깔보는 투였어요. 세 번째로 투고한 마이클 조셉 출판사는 (제 첫 번째 책을 낸 출판사입니다.) 당시 필리파 해리슨이라는 아주 영민한 분이 운영하고 있었습니다. 그분은 제 출판 대리인에게 "이 원고는 도리스 레싱의 초기작을 연상하게 하는군요."라고 말했습니다. 우리는 그녀가 돌아다니면서 그 말을 할까 봐 아주 불안했지요! 그래서 그분을 점심에 초대해서 "그 원고의 작가는 바로 접니다. 이 사실을 묵인해줄 수 있나요?"라고 물었습니다. 그녀는 처음에는 당황했지만 곧 그 상황을 즐기게 됐어요. 당시 미국 크노프 출판사의 제 담당 편집자인 고틀리브도 그런 사실을 짐작했고, 그래서 세 명이 알게 되었습니다. 그런 다음 프랑스의 한 출판사에서 전화를 걸어와서 "방금 한 영국 작가가 쓴 원고를 계약했는데, 당신이 그 작가를 약간 도와준 게 아닌가 궁금하군요."라고 하더군요. 그래서 그에게도 말했습니다. 결국 네 명이나 다섯 명 정도가 알게 되었지요. 우리가 기대했던 것은 책으로 출판되면 모든 사람들이 알게 되리라는 거였지요. 출판되기 전 그 소설을 제 작품에 관한 전문가 모두에게 보냈습니다. 그런데 아무도 추측을 못 하더군요. 모든 작가들은 이 전문가들에 의해서 갇혀 있는 것 같은 느낌을 받습니다. 작가가 그들의 소유물이 되는 거지요. 그래서 그 실험은 엄청나게 멋졌습니다! 여태까지 일어난 일 중에 최고였어요! 유럽의 출판사 네 곳에서 그 작가가 저라는 사실을 알지 못한 채 판권을 샀는데, 멋진 일이었어요. 책으로 나왔을 때는 처녀작이 받게 되는 서평을 받았습니다. 대부분 여성 저널리스트들이 그 책의 작가가 자신들과 같은 직업이라고 생각하고 쓴 대수롭지 않은 서평들이었지요. 그러고 나서 '제인 소머스'는 대부분 문학 이외의 분야에서 온 많은 팬레터를 받습니다. 노인들을 돌보면서 미치기 직전인 사람들로부터 온 편지였지요. 그리고 많은 사회복지사들로부터 동의한다거나 혹은 동의하지 않는다는 편지들을 받게 되는데, 어쨌든 모두 제가 그 문제를 다룬 것이 기쁘다고 말했습니다. 그래서 "좋아, 한 권을 더 써야겠어."라고 생각했지요. 그때쯤에는 제인 소머스라는 인물에게 아주 매혹되었습니다. 일인칭으로 글을 쓰면 그 인물에게 어울리는 것에서 크게 벗어나지 않게 됩니다. 제인 소머스는 아주 제한된 배경을 가진 영국 중산층입니다. 아마 영국 중산층만큼 시야가 좁아터진 사람들은 거의 없을 겁니다. 제인은 대학에 가지 않았어요. 아주 어릴 때부터 일을 시작해서 곧장 사무실로 향합니다. 그녀의 삶은 사무실에 존재했어요. 그녀의 결혼은 결혼이라고 볼 수 없는 것이었지요. 아이들은 없습니다. 외국에 가는 것도 별로 좋아하지 않고요. 남편과 외국에 가거나 회사 일로 출장을 가더라도 언제나 집에 돌아오는 것을 기쁘게 생각합니다. 그녀는 자신의 경험이 좁은 만큼이나 제한된 사람입니다. 그래서 그 소설을 쓸 때 펜에서 흘러나오는 온갖 글들을 잘라내야 했지요. 저리 가! 저리 가! 그녀는 아주 평범한 여자라니까. 다만 옳고 그른 것에 대한 관점은 아주 분명했습니다.

무엇을 입을까라든가요…….

레싱 모든 것에서요. 옷차림에 끔찍하게 관심이 많은 친구가 한 명 있습니다. 그녀가 옷차림을 완벽하게 갖추는 문제로 겪어야 했던 고뇌는 누구에게도 겪게 하고 싶지 않을 정도입니다! 제인 소머스는 여러 사람을 합쳐서 나온 인물입니다. 그 친구 말고 또 다른 원천은 제 어머니입니다. 어머니가 런던에서 다시 젊어진다면 어떤 인물이 될지 궁금했어요. 세 번째 인물은 "나는 완벽하게 행복한 어린 시절을 보냈어요. 부모님을 정말 존경했지요. 동생도 좋아했어요. 돈도 많았고요. 학교 가는 것도 너무나 좋아했답니다. 젊어서 결혼했고 남편을 정말 사랑했지요."라는 식으로 끝없이 말하는 여성이었어요. 그런데 남편이 갑자기 죽게 됩니다. 그러고 나니까 매력적인 아이 같던 여자가 진짜 한 사람의 어른으로 성장하더군요. 이 모든 요소를 합쳐서 한 명의 인물을 창조했습니다. 자신과 아주 다른 어떤 사람에 대해서 일인칭으로 글을 쓰면 당신 자신에 대해서 얼마나 많은 것을 알게 되는지 놀라울 정도입니다.

제인 소머스로 소설을 쓴 근본적인 이유는 문학계의 기득권층을 탐구해보기 위해서였지요?

레싱 네, 그렇습니다. 오랫동안 문학적인 기제와 매우 가깝게 지내 왔습니다. 그래서 그 분야의 장점과 단점을 잘 압니다. 염두에 두던 대상은 출판사가 아니라 서평과 비평을 쓰는 사람들이었습니다. 그들은 놀라울 정도로 예측 가능하게 움직입니다. 그 책이 출판되면 어떤 반응이 나올지 전부 알고 있었어요. 제가 사실을 털어놓기 직전에 캐나다 텔레비전 방송과 인터뷰했습니다. 그들은 "앞으로 어떻게 될 거라고 생각하십니까?"라고 질문했지요. "영국 비평가들은 그 책이 별로라고 말할 겁니다."라고 답했습니다. 정확히 예측한 대로였습니다. 불쾌하고 험악한 서평들을 받았지요. 그 와중에 다른 나라에서는 아주 잘 팔려나갔고요.

『시카스타』의 서문에서 모든 종류의 책을 구할 수 있다는 측면에서 이 시대가 얼마나 경이로운지 사람들이 깨닫지 못하고 있다고 쓰셨지요. 우리가 책의 문화와 이별을 고할 것이라고 생각하십니까? 상황이 얼마나 불안하다고 보십니까?

레싱 글쎄요. 제가 책도 거의 없고 종이도 흔치 않았던 제2차세계대전 때를 기억하고 있다는 사실을 잊지 마세요. 저로서는 서점에 들어가거나 목록을 살펴볼 때 원하는 모든 책이 거의 다 있다는 것은 기적 같은 일입니다. 어려운 시절이 다시 오면 우리가 그런 사치를 누릴 수 있을지 누가 알겠어요?

훌륭한 이야기를 들려주는 것뿐 아니라 이런 예언에 대해서도 책임감을 느끼시나요?

레싱 "당신을 예언자라고 생각합니다."라고 말하는 사람들이 있습니다. 하지만 제가 말한 것 중에서 지난 20년간 과학 잡지 『뉴 사이언티스트』에 등장하지 않은 이야기는 하나도 없습니다. 하나도 없다니까요! 그런데 왜 그 잡지는 예언자라고 불리지 않는데, 저는 예언자라고 불리는 걸까요?

글을 더 잘 쓰니까요.

레싱 글쎄요. 좀 더 흥미롭게 그런 문제들을 제시하기 때문이라고 말하려고 했습니다. 때때로 어떤 사건들을 예기하는 일종의 파장을 만난다는 생각이 듭니다. 많은 작가들이 그렇겠지만요. 하지만 그건 별로 대단한 일이 아니라고 생각합니다. 작가의 일은 질문을 이끌어내는 겁니다. 어떤 사람이 제 책을 읽으면, 그들이—꼭 집어 뭐라고 불러야 할지 모르겠지만—문학적인 샤워를 경험했으면 좋겠다는 생각을 해요. 그들이 약간은 다르게 생각하게 될 계기인 무엇을 경험했으면 합니다. 아마 그것이야말로 작가가 존재하는 이유일 것이고, 우리의 기능이지요. 작가들은 항상 모든 것이 어떻게 작동하는지, 어떤 일이 왜 발생하는지에 대해 생각하면서 시간을 보냅니다. 이는 작가들이 세상에서 벌어지는 일에 더욱 민감하다는 걸 의미하지요.

1960년대식의 환각제 실험* 같은 걸 해본 적이 있으신지요?

레싱 메스칼린**을 한 번 해봤습니다. 그 경험은 재미있었지만 다시는 할 생각이 없습니다. 아주 안 좋은 상황에서 하게 되었지요. 메스칼린을 하게 만든 두 명이 아주 책임이 많아요! 그 둘이 내내 옆에 앉아 있었기 때문에 제 성격 중 '대접하는 안주인'의 측면만 발견했을 뿐입니다. 제가 한 것이라고는 그 경험에 대해서 그들에게 내내 묘사해준 것밖에 없거든요! 부분적으로는 제가 진짜로 느꼈던

---

* 1960년대에는 히피 문화와 예술, 반전 운동 등의 영향으로 로큰롤, 환각제 등이 널리 유행하기도 했다. 앞선 인터뷰들에서 환각제와 관련된 질문이 계속 등장하는 것도 이 때문이다.

** 환각 작용이 있는 약제로, 선인장인 로포포라에 함유된 유독성 알칼로이드이다. 진통 작용이 있으나 망상이나 구토를 일으키기도 하고, 중독되면 정신이상을 불러일으킨다.

것을 드러내지 않기 위해서였지요. 저를 혼자 놔뒀어야 합니다. 그런데 그들은 제가 창문으로 뛰어내릴까 봐 걱정됐던 것 같습니다. 저는 그런 짓을 할 사람이 아닌데 말입니다! 그러고 나서 거의 내내 울었지요. 울었다는 건 별로 중요한 일은 아닌데, 그들은 제가 울어서 당황했고, 저는 그 상황이 아주 짜증이 났습니다. 그 실험은 훨씬 잘될 수도 있었을 텐데 말입니다. 다시는 하지 않을 겁니다. 그런 나쁜 여정을 떠났던 사람들을 알거든요. 메스칼린을 딱 한 번 했던 친구가 있습니다. 그 경험은 악몽이었고 몇 달간 악몽을 꾸는 걸로 이어졌답니다. 사람들의 머리가 어깨 위에서 떨어져 나와서 구르는 식이었죠. 끔찍해요! 그런 경험은 원치 않습니다.

여행을 많이 하시나요?

레싱 지나치게 많이 하지요. 그만두고 싶을 정도로요.

대개 일 때문이시지요?

레싱 일이고, 홍보를 위해서 하지요. 아실 거예요. 작가들이 자신들의 책을 직접 홍보하도록 되어버렸어요! 놀라운 변화지요! 올해 출판사를 위해서 어디를 갔었는지 말씀드리지요. 에스파냐의……바르셀로나와 마드리드에 갔는데 물론 즐거웠습니다. 그리고 브라질에 가서 책이 잘 팔린다는 걸 발견했어요. 그 사실은 모르고 있었거든요. 특별히 우주 소설들이 잘 팔립니다. 브라질 사람들은 그 분야에 열광적이랍니다. 그러고 나서 샌프란시스코에 갔습니다. 그 사람들은 "여기 계시는 동안 포틀랜드 해안에 가보시는 게 나을 텐데……." 라고 말하더군요. 실제로 "나을 텐데."라는 말을 사용했습니다. 포틀랜드에 가보셨나요?

아니요, 가본 적 없습니다.

레싱 상당히 인상적인 경험이었어요! 샌프란시스코 사람들은 쾌락주의적이고 냉소적이고 마음씨 좋고 상냥하고 느긋하고 옷을 잘 입습니다. 격식 없이 입지만요. 비행기로 30분만 가면 그렇게 입는 것을 전혀 좋아하지 않는, 아주 격식을 차린 도시로 가게 됩니다. 바로 그 연안 위쪽일 뿐인데 놀라운 일이지요. 미국은 그런 식인 것 같습니다. 그러고 나서 핀란드로 갔습니다. 세계에서 가장 훌륭한 서점 몇 개가 핀란드에 있습니다. 경이롭고 놀라워요! 길고 어두운 밤 때문이라니요! 지금은 여기 뉴욕에 체류 중이고요. 다음에는 과학소설가 대회 때문에 브라이턴에 갑니다. 이탈리아에서 주는 몬델로 상을 받을 예정인데 그 시상식을 시칠리아에서 합니다. "어째서 시칠리아에서 하지요?"라고 물었더니 아주 진지하게 "아시다시피, 시칠리아가 마피아 때문에 나쁜 이미지가 있어서요."라고 답하더군요. 그래서 시칠리아에 갈 겁니다. 그러고 나서는 겨울 내내 작업할 거고요.

필립 글래스•와 '우주 오페라' 작업을 함께하고 계시다고 들었습니다.

레싱 책에 어떤 일이 일어날 수 있는지 생각하면 정말 놀라워요! 『행성 8호의 대표 만들기』가 오페라가 될 거라고 누가 상상이나 했겠어요? 너무나 놀랍습니다!

• 미국의 작곡가이다. 첼리스트 요요마, 도리스 레싱, 폴 사이먼 등과 클래식과 영상 등 여러 분야의 접목을 선보여왔다.

어떻게 오페라를 작업하게 되셨지요?

레싱 필립 글래스가 편지를 보내서 그 책으로 오페라를 만들고 싶다고 했고, 그래서 만나게 되었지요.

전에 그의 음악에 대해서 익히 알고 계셨습니까?

레싱 아니요. 몰랐습니다! 몇 편의 음악을 보냈더군요. 그 음악에 귀가 익숙해지기까지 꽤 시간이 걸렸습니다. 제 귀가 계속 뭔가 다른 곡조가 나오길 기대했거든요. 무슨 말인지 아시겠지요? 그러고 나서 서로 만나서 이야기를 나누었고, 이야기는 아주 잘 진행되었습니다. 둘이 이렇게 다른데도 말이 잘 통하는 건 놀라운 일이었지요. 아주 잘 맞았습니다. 어려운 일은 전혀 없었습니다. 단 한 번도요. 글래스는 책이 아주 매력적이라고 말했습니다. 책이 그의 음악에 잘 어우러지기 때문에 그 말이 맞을 거라고 생각했지요. 만나서 오랫동안 시간을 보내지는 못했고, 하루는 여기서 하루는 저기서 이런 식으로 만나다가 무엇을 하고 무엇을 하지 않을지를 결정했습니다. 대본은 제가 썼습니다.

대본을 써본 적이 전에도 있으십니까?

레싱 아니요. 오페라 대본은 써본 적이 없습니다.

음악에 맞춰서 대본을 쓰셨나요?

레싱 아니요. 대본에서 출발했습니다. 그 책은 지금까지 그가 해본 작업과는 다른 성격의 이야기였습니다. 그래서 지금까지 여섯 가지 다른 판본을 만들어봤습니다. 대본이 정해지면, 그는 작곡을 하면서 여기서는 여섯 줄이 더 필요하고 저기서는 세 줄을 지워달라는 식으로 요청합니다. 아주 훌륭한 도전이었지요.

다음 프로젝트에 대해서 이야기해주실 수 있습니까?

레싱 네, 그러지요. 다음 책은 비교적 짧은 장편소설이 될 겁니다. 단편소설이 늘어나서 장편소설이 되었거든요. 재미있는 점은 영국에서는 짧은 소설을 굉장히 선호하는 반면 미국에서는 별로 인기가 없다는 것입니다. 미국에서는 장편을 좋아합니다. 제값을 하는 긴 책을 좋아하는 거지요. 이 소설은 아주 평범한 가족이 고블린을 낳게 되는 이야기• 입니다. 그렇지만 리얼리즘 소설입니다. 두 가지 원천에서 그 아이디어를 얻었습니다. 하나는 로런 아이슬리라고 하는 훌륭한 작가로부터입니다. 그의 작품 중 하나인데 제목은 기억이 안 나네요. 그 작품에서는 한 사람이 어둑어둑해질 무렵에 해안가 시골길을 걷다가 소녀를 한 명 만나는데, 그는 그녀가 네안데르탈인이라고 말합니다. 그냥 시골에 사는 소녀인데 크게 이상한 점은 없고, 꼴사나운 머리통에 땅딸막하다는 것 말고는 거의 눈에 띄지 않습니다. 그 이야기는 아주 감동적이고 슬픕니다. 그 작품은 제 마음 깊이 남았고 "네안데르탈인이 가능하다면 크로마뇽인이 안 될게 뭐람? 모든 문화가 이런 존재에 대해 이야기하는데, 난쟁이나 고블린도 안 될 이유가 없지 않을까?"라고 생각했습니다. 또 다른 재료는 잡지에서 읽은 아주 슬픈 이야기였습니다. 어떤 여성이 잡지에 글을 보냈습니다. '이 일에 대해서 쓰고 싶었어요. 안 그러면 미쳐버렸을 거예

• 도리스 레싱이 1988년 발표한 『다섯째 아이』에 대한 언급이다.

요.'라고요. 그녀에게는 세 아이가 있습니다. 막내딸이 그때 일곱 살인가 여덟 살이었는데 악마로 태어난 겁니다. 그녀 스스로 악마라는 말을 사용했어요. 이 아이는 아무것도 안 하면서 언제나 주변의 모든 사람을 미워하기만 한다는 겁니다. 웃거나 행복해하는 등의 정상적인 행동은 전혀 하질 않는다는 거예요. 그 아이가 가족을 완전히 망쳐놓았습니다. 가족들은 그 아이를 견딜 수 없어 했고요. 그 엄마는 '밤에 들어가서 아이가 자는 걸 봅니다. 아이가 자고 있는 동안 뽀뽀해주지요. 깨어 있는 동안에는 감히 할 수 없거든요.'라고 했습니다. 그래서 어쨌든 이 모든 요소가 제가 쓴 이야기에 들어가 있습니다. 이 고블린에게서 중요한 점은, 그는 자신으로서 완벽하게 살아갈 수 있다는 겁니다. 그는 고블린으로서는 정상이라는 거지요. 그저 우리가 그를 어찌해야 할지 모르는 것뿐입니다.

우주 시리즈도 계속 쓰실 건가요?

레싱 네, 그 시리즈도 잊어버리진 않았습니다. 마지막 권인 『볼린 제국의 감상적인 스파이에 관한 문서』를 읽으셨다면—사실 그 책은 과학소설이 아니라 풍자지만—다음 권을 기대하면서 그 책을 끝냈다는 사실을 알 수 있으실 겁니다. (그 책의 마지막 문장은 완성되지 않은 채 중간에 끊어졌다.) 다음 책에서는 이 극도로 순진한 스파이를 나쁜 행성으로 보내버릴 겁니다. 그런데 그 나쁜 행성 이름이 뭐였지요?

샤맷 말씀인가요?

레싱 네, 샤맷으로 보낼 겁니다. 모든 것을 개혁하기 위해서요. 샤맷을 지구랑 비슷하게 만들고 싶지 않기 때문에 거기에 관해 쓰는 건 어려울 겁니다. 지구처럼 그려낸다면 너무 쉬울 텐데! 플롯을 만들었지만 적절한 어조를 만들어내야 합니다. 무슨 말인지 아시겠지요?

대중 앞에서 자주 본인의 작품을 낭송하시나요?

레싱 그렇게 많이 하지는 않습니다. 부탁을 받으면 하지요. 핀란드에서는 부탁하지 않더군요. 언제 마지막으로 했는지 기억이 안 납니다. 아, 작년에 독일에서 했군요. 세상에, 그 여행은 가장 끔찍한 여행이었습니다. 독일의 한 대학이었지요. 그 사람들한테 "제가 늘 하던 것을 하려고 합니다. 낭송하고 나서 질문을 받을게요."라고 했습니다. 그 사람들은 전형적인 교수들이 하듯이 "학생들의 질문을 기대할 수는 없습니다."라고 대답하더군요. 저는 "이봐요. 일단 알아서 하게 해주세요. 방법을 아니까요"라고 했지요. 어쨌든 그다음에 일어난 일은 전형적인 독일식이었습니다. 여덟 시에 있을 예정인 모임에 대해 논의하려고 네 시에 만났습니다. 독일 사람들은 애매하거나 무질서한 것을 견디질 못하지요. 정말 절대로 못 견딥니다. "이봐요. 그냥 맡기세요."라고 했습니다. 강당은 아주 넓었고, 영어로 낭송했는데 아주 잘 진행되었습니다. 완벽했어요. 그러고 나서 "질문을 받겠습니다."라고 했어요. 그런데 네 명의 끔찍한 교수들이 청중들의 질문에 대답하면서 자기들끼리 논쟁하지 뭡니까? 너무나 지루하고 엄청나게 긴 학문적 질문들이 계속되자 결국 청중들이 일어서서 자리를 뜨기 시작하더군요. 어떤 학생은 한 교수가 끝없이 긴 이야기를 끝내고 나자 강당 입구에 큰대자로 누워서 "어쩌고저쩌고, 어쩌고저쩌고……시시한 소리들!"이라고 소리를 지르더군요. 저는 교수들의 감정은 전혀 아랑곳하지 않고 "자, 질문을 영어로 받겠습니다."라고 말했지요. 그러자 청중들이 돌아와서 앉았고, 모든 것이 잘 돌아갔습니다. 활발하게 질문이 오갔지요! 교수들은 심하게 화를 냈습니다. 그게 독일입니다. 독일이 가장 끔찍했어요. 진짜 그랬습니다.

최근에 논픽션을 쓰기 시작하셨지요.

레싱 네, 아프가니스탄 상황에 대한 짧은 책을 썼습니다. 그곳에 가서 난민 캠프를 둘러보았어요. 대개 남자들이 신문기사를 쓰러 그곳에 갑니다. 그런데 이슬람 사회에서 남자는 여자에게 말을 걸 수가 없어요. 그래서 여성의 이야기에 집중했지요. 책 제목은 『바람이 날려보낸 우리의 말』입니다. 이 말은 그들의 전사 중 한 명이 한 말을 인용했습니다. "당신들에게 도움을 달라고 외치지만 바람이 우리의 말을 날려보냅니다."라고요.

잠시 동안 방문했을 뿐인 국외자로서 그렇게 거대한 이야기를 할 수 있는 권한이 있을지 염려해보신 적이 있나요?

레싱 신문기자들이 그렇게 짧은 시간 동안 여러 나라를 방문하면서 자신의 글에 어떤 권위가 있을지 걱정하나요? 저는 대부분의 언론인보다 이 여행에 대해서 더 많은 정보를 갖고 있었습니다. 아프가니스탄과 파키스탄 사람들을 알기 때문에 이 문제에 대해서 여러 해 동안 연구했고 (책에서 이 점에 대해서 분명히 밝혔지요.) 페르시아어를 아는 사람들과 살았지요. 이 점은 다른 언론인들이 갖지 못한 유리한 점입니다.

이 르포에서 사용한 방법 때문에 미국 저널리스트들에게 비판받으셨지요. 그들은 당신이 친아프가니스탄 조직에서 후원받아서 그 여행을 했다고 비난하더군요. 여기에 대해서는 뭐라고 말씀하시겠습니까?

레싱 좌파 쪽에서 전형적으로 나오는 신경을 거슬리는 비판입니다. 진지하게 받아들여지길 기대하지 않는 사람들한테서 나오는 비판이지요. 책에서 그 여행이 정치 조직에 의해서 만들어지지 않았다는 걸 분명히 밝혔거든요. 그 여행은 저와 친구들이 만든 아프가니스탄 구호 단체를 위해서 간 겁니다. 그 단체는 파키스탄을 방문하는 몇 사람을 도왔지만 돈을 대준 것은 아닙니다. 전 제 여행 경비를 댔고, 함께 간 사람들도 자신의 경비를 지불했지요. 아프가니스탄 구호 단체는 망명 중이거나 아프가니스탄 내에서 투쟁 중인 그곳 사람들과 밀접한 관계를 맺고 있고, 런던에 살고 있는 아프가니스탄인들을 고문으로 두고 있습니다. 그 사람들은 제 개인적인 친구들입니다. '정치적' 친구들이 아니라요. 아프가니스탄 구호 단체는 운영을 위해서는 한 푼도 쓰지 않습니다. 이곳과 파키스탄에서 있는 기금 모금은 전부 자발적으로 이루어지거든요. 분명히 말씀드리지만 아무도 아프가니스탄 구호 단체를 이용해서 이득을 취하지 않습니다. 아프가니스탄인들을 제외하고는요.

제인 소머스라는 필명으로 쓰신 책의 맺음말에는 "젊은이들이 알고 있다면, 늙은이들이 할 수 있다면……."이라고 적혀 있습니다. 예전에 뭔가 다르게 했더라면 좋았겠다고 생각하는 게 있다면, 혹은 어떤 충고라도 있다면 덧붙여주십시오.

레싱 충고는 별로 좋아하지 않습니다. 사실 늙어가는 문제에 있어서는 모든 것이 상투적이고, 이미 언급되었습니다. 그 사실을 제가 알고 있다는 걸 믿지 않으시겠지요. 사람들은 자신이 늙어갈 거라는 걸 믿지 않습니다. 얼마나 빨리 늙어갈 것인가도 깨닫지 못합니다. 시간은 정말 빨리 지나갑니다.

토머스 프리크 Thomas Frick 작가, 편집자, 출판 컨설턴트이다. 로스앤젤레스에서 살고 있으며 단편소설과 에세이로 여러 상을 받았다. 쓴 책으로 『아이언 보이』가 있다.

주요 작품 연보

『풀잎은 노래한다』The Grass is Singing, 1950
『다섯』Five, 1953
『황금 노트북』The Golden Notebook, 1962
『어둠이 오기 전의 여름』The Summer Before the Dark, 1973
『생존자의 회고록』Memoirs of a Survivor, 1974/1975
『제인 소머스의 일기』If the Old Could......(as Jane Somers), 1984
『선한 테러리스트』The Good Terrorist, 1985
『바람이 날려 보낸 우리의 말』The Wind Blows Away Our Words, 1987
『다섯째 아이』The Fifth Child, 1988
『런던 스케치』London Observed: Stories and Sketches, 1992
『가장 달콤한 꿈』The Sweetest Dream, 2001
『틈』The Cleft, 2007
『알프레드와 에밀리』Alfred and Emily, 2008

폭력의 아이들 시리즈

『마사 퀘스트』Martha Quest, 1952
『어울리는 결혼』A Proper Marriage, 1954
『폭풍의 여파』A Ripple from the Storm, 1958
『육지에 갇혀서』Landlocked, 1965
『네 개의 문이 있는 도시』The Four-Gated City, 1969

아르고스의 캐노푸스, 고문서 시리즈

『시카스타』Shikasta, 1979
『제3 · 4 · 5구역 간의 결혼』The Marriages Between Zones Three, Four and Five, 1980
『시리우스인들의 실험』The Sirian Experiments, 1980
『행성 8호의 대표 만들기』The Making of the Representative for Planet 8, 1982
『볼린 제국의 감상적인 스파이에 관한 문서』The Sentimental Agents in the Volyen Empire, 1983

:: 06

현실이라는 도약대 위의 거짓말

마리오 바르가스 요사

MARIO VARGAS LLOSA

마리오 바르가스 요사 페루, 1936. 3. 28.~

마르케스, 푸엔테스 등과 함께 1960년대와 1970년대 라틴아메리카를 대표하는 작가이다. 편집자와 저널리스트 등으로 일했고 대통령 선거에 출마하기도 했다. 2010년 노벨 문학상을 수상했다.

1936년 페루 아레키파에서 태어났다. 1952년 열여섯 살에 문단에 데뷔한 뒤, 리마의 산마르코스 대학교에서 문학과 법학을 공부했고, 에스파냐 마드리드 대학교에서 박사 학위를 받았다. 1963년 레온시오 프라도 군사학교 시절의 경험을 바탕으로 한 소설 『도시와 개들』을 출간하며 주목받는 작가로 떠올랐다. 1966년 발표한 『녹색의 집』으로 페루 국가소설상, 에스파냐 비평상, 로물로 가예고스 문학상을 수상했다.

1985년에는 프랑스 정부가 수여하는 레지옹도뇌르 훈장을, 1994년 에스파냐어권에서 가장 권위 있는 문학상인 세르반테스 상을 수상했다. 2005년 미국과 영국의 유명 시사 잡지에서 선정한 '가장 영향력 있는 지식인 100명'에 뽑혔고 2010년 노벨 문학상을 수상했다.'

라틴아메리카 문학을 대표하는 작가이자 지식인으로 정치적으로도 왕성한 활동을 펼치며 대통령 선거에도 출마했다. 요사는 남미의 저항 작가로 불릴 만큼 초기에는 군사 독재를 비판했고, 1960년대 사회주의와 피델 카스트로의 쿠바혁명을 옹호했지만, 1980년대 이후에는 우파로 정치적 입장을 바꾸어 신자유주의를 지지하고 있다.

주요 작품으로 『판탈레온과 특별봉사대』, 『나는 훌리아 아주머니와 결혼했다』, 『세상 종말 전쟁』, 『리고베르토 씨의 비밀노트』, 『염소의 축제』, 『나쁜 소녀의 짓궂음』 등의 소설과 자서전 『물속의 물고기』 등이 있다.

요사와의 인터뷰

수재너 휴뉴웰, 리카르도 아우구스토 세티

요사는 선거운동을 하면서 사용하는 언어가 텅 빈 감정에만 호소하고 수사에 불과했기에 많은 어려움을 겪었다고 말했다.

마리오 바르가스 요사는 인터뷰에서 글을 쓸 때 어기지 않는 철칙에 대해서 언급했다. 그는 일주일 내내 아침마다 사무실에 나가 글을 쓴다. 그러나 1988년 가을, 페루 자유당의 대통령 후보로 나서기 위해, 그동안 엄격하게 지켜온 스케줄을 깨뜨렸다고 한다. 요사는 오랫동안 페루의 정치 문제에 대한 입장을 솔직하게 표명해왔고, 그것을 여러 소설의 주제로 삼았다. 그렇지만 1990년에 치른 선거 전까지는 계속 정치가가 되어달라는 제안을 거부했다. 그는 1990년 6월 10일에 치러진 페루 대선에서 알베르토 후지모리에게 밀려 낙선했다. 요사는 선거운동을 하면서 사용하는 언어가 텅 빈 감정에만 호소하고 수사에 불과했기에 많은 어려움을 겪었다고 말했다.

요사는 1936년 페루 남부의 작은 마을인 아레키파에서 태어났다. 어린 시절 부모님은 이혼하였고, 그는 외조부모와 함께 볼리비아의 코차밤바로 이주하였다. 1945년에 페루로 돌아와서는 레온시오 프라도 군사학교를 다녔으며, 리마의 대학교에서 법학을 공부했다. 열아홉 살이 되었을 때, 요사는 자신보다 열네 살 많은 사돈 아주머니뻘인 훌리아 우르키디와 결혼하였다. 그의 첫 결혼은 훗날 『나는 훌리아 아주머니와 결혼했다』라는 소설의 주제가 되었다. 리마에서 학업을 마친 뒤에는 페루를 떠나서, 17년 동안 스스로 선택한 망명 생활을 했다. 이 기간 동안 그는 저널리스트와 강사로 일하였고 소설도 쓰기 시작했다. 요사의 첫 번째 소설인 『도시와 개들』은 1963년 에스파냐에서 출판되었는데, 군사학교에서 경험한 것을 기초로 쓰였다. 그의 다른 소설로는 『녹색의 집』과 『성당에서의 대화』, 『세상 종말 전쟁』 등이 있다.

요사는 또한 극작가이자 수필가이며 페루 텔레비전에서 매주 방송되는 인터뷰 프로그램을 제작하기도 했다. 수많은 국제 문학상을 수상하였으며 1976년부터 1979년까지 펜클럽PEN Club의 회장을 지냈다. 그에게는 세 명의 자녀가 있고, 태평양이 내려다보이는 리마의 아파트에서 두 번째 부인인 퍼트리샤와 같이 살고 있다.

122

Pero, aunque nunca admitiría en voz alta semejante cosa, cuando se hallaba a solas, como ahora, Doña Lucrecia se preguntaba si el niño no estaba efectivamente [illegible] el despuntar del deseo, la poesía del cuerpo, valiéndose de ella como maestra. La actitud de Alfonsito la intrigaba. ?Era con= ciente de que, al echarle los brazos [illegible] como lo hacía, al besarla en el cuello de esa manera remolona y [illegible] buscarle los labios, infringía los límites de lo tolerado? Imposible saberlo. Tenía una mirada tan franca, tan directa, que a Do= ña Lucrecia le parecía imposible que aquella cabecita rubicun= da pudiera albergar pensamientos sucios, escabrosos.

"Pensamientos sucios, susurró, la boca contra la almohada, escabrosos ¡Jajajá!" Se sentía de buen humor y un calorcito delicioso corría por sus venas, como si la sangre se hubiera transubstanciado en vino tibio. No, seguramente el niño no sospechaba que aquello era jugar con fuego, seguramente que esas efusiones las dictaba un oscuro instinto, un tropismo inconsciente. Pero, aun así, no dejaban de ser juegos peli= grosos ¿verdad, Lucrecia? Porque cuando lo veía, pequeñín, arrodillado en el suelo, contemplándola arrobado como si fue= ra una aparición, o cuando sus bracitos y su cuerpo frágil se soldaban a ella y sus labios delgados, casi invisibles, se

마리오 바르가스 요사의 『새엄마 찬양』 원고 중 한 페이지.

마리오 바르가스 요사
×
수재너 휴뉴웰, 리카르도 아우구스토 세티

유명한 작가이셔서 독자들은 당신이 어떤 작품을 쓰셨는지 잘 알고 있습니다. 그러니 어떤 책을 읽는지 말씀해주시겠습니까?

마리오 바르가스 요사 지난 몇 년간 기이한 일이 있었습니다. 동시대 작가들이 쓴 책은 점점 덜 읽고, 옛 작가들이 쓴 책을 점점 더 읽게 되었거든요. 20세기 작품보다는 19세기의 작품을 훨씬 많이 읽었습니다. 요즘에는 문학작품을 에세이와 역사책보다 덜 접하고 있습니다. 제가 읽는 것들을 왜 읽는지 크게 고민해보지 않았습니다만, 굳이 이유를 대자면 일 때문이겠지요. 지금 관심을 둔 문학 프로젝트는 19세기와 관련되어 있습니다. 빅토르 위고의 『레미제라블』에 대한 에세이를 쓴다거나, 사회 개혁가이자 페미니스트란 말이 생기기 이전의 페미니스트였던 프랑스계 페루인 플로라 트리스탕의 전기를 읽고 영감을 받아 소설을 쓴다거나 하는 일을 말하는 겁니다. 또 다른 이유를 대자면, 열다섯 살이나 열여덟 살일 때는 앞으로도 살날이 많다고 느끼지만, 쉰 살이 되면 앞으로 살날이 제한되어서 선택할 수밖에 없다는 것을 깨닫기 때문입니다. 이것이 제가 동시대인의 작품을 많이 읽지 않게 된 이유일 겁니다.

당신이 읽은 동시대 작품 중에서, 특별히 좋아하는 작가를 꼽으신다면요?

요사 어린 시절 사르트르의 열렬한 독자였습니다. 미국 소설가의 작품도 상당히 읽었는데 특히 잃어버린 세대라 불리는 작가인 포크너, 헤밍웨이, 피츠제럴드, 도스 파소스를 읽었지요. 특히 포크너를 많이 읽었습니다. 어린 시절 읽은 작가들 중에서, 포크너는 지금까지도 제게 중요한 의미를 지닌 몇 명 되지 않는 작가들 중의 하나입니다. 헤밍웨이를 다시 읽을 때는 가끔씩 실망했지만 포크너를 다시 읽을 때는 한 번도 실망해본 적이 없습니다. 요즘 사르트르를 다시 읽고 싶은 생각은 전혀 안 듭니다. 이후 제가 읽은 작품들과 비교해볼 때, 그의 소설은 구식이며 상당히 가치를 잃은 것처럼 보입니다. 에세이는 여전히 좋아하는 「성 주네, 희극 배우 혹은 순교자」Saint Genet, Comedian or Martyr라는 한 편을 제외하고, 대부분은 의미가 퇴색했다고 생각합니다. 이 에세이에는 모순과 애매함과 부정확함과 산만함이 가득한데 반하여, 포크너의 글은 전혀 그렇지 않습니다. 포크너는 제가 손에 펜과 종이를 준비해서 읽게 만든 첫 작가입니다. 그의 기법이 저를 깜짝 놀라게 만들었거든요. 또한 제가 의식적으로 재구성하려고 노력하게 만든 첫 작가이기도 합니다. 저는 포크너가 시간을 구성하는 법, 시간과 장소를 교차시키는 법, 서사를 단절시키는 법, 어떤 애매함을 만들어내면서 거기에 깊이를 더하려고 서로 다른 관점에서 하나의 이야기를 하는 능력을 흉내 냈지요. 라틴아메리카 사람으로서 포크너의 책을 읽은 것이 매우 유용했습니다. 포크너의 작품에 나타난 묘사 기법이 제 글의 중요한 방법이 되었거든요. 그가 묘사한 세계와 어떤 의미에서 크게 다르지 않은 그런 세계에 적용할 수 있었지요. 나중에 저는 19세기 소설가들인 플로베르, 발자크, 도스토옙스키, 톨스토이, 스탕달, 호손, 디킨스, 멜빌의 작품을 타오르는 열정으로 읽었습니다. 저는 지금도 19세기 작가의 작품들을 열정적으로 읽고 있습니다.

라틴아메리카 문학에 대해 말씀드리자면, 제가 유럽서 살게 된 이후에야 그것을 발견했고 열정적으로 읽기 시작하였다는 게 참으로 기이한 일입니다. 런던에 있는 대학에서 라틴아메리카 문학을 가르쳐야만 했는데 매우 귀중한 경험이었습니다. 이 경험이 라틴아메리카의 문학을 한 덩어리로 생각할 수 있도록 해주었습니다. 그때 이후 다소 친숙했던 보르헤스를 읽기 시작했으며 알레호 카르펜티에르, 훌리오 코르타사르, 기마랑스 로사, 레사마 리마로 이루어진 한 세대의 작품을 읽기 시작했습니다. 가르시아 마르케스를 제외한 세대 전체를 읽었습니다. 마르케스는 나중에 알게 되었고 그에 대해서는 책도 한 권 썼습니다. 그 책은 『가르시아 마르케스-그리스도 살인자의 역사』입니다. 저는 19세기의 라틴아메리카 문학도 읽기 시작했습니다. 그 역시 가르쳐야만 했거든요. 그때 라틴아메리카에 몹시 흥미로운 작가들이 많다는 것을 깨달았습니다. 아마도 에세이 작가나 시인들이 소설가보다는 더 많이 흥미로울 겁니다. 예를 들자면 도밍고 사르미엔토는 소설을 한 권도 쓰지 않았지만, 라틴아메리카가 배출한 가장 훌륭한 이야기꾼입니다. 그의 『파쿤도』는 걸작입니다.* 그러나 만일 한 명만 골라야 한다면 보르헤스를 고르겠습니다. 그가 만들어낸 세상이 가장 독창적으로 보이기 때문입니다. 엄청난 독창성을 제쳐놓더라도 그는 명백히 자신의 것이 틀림없는 거대한 상상력과 문화적인 배경을 갖고 있습니다. 당연히 보르헤스만의 언어도 있습니다. 어떤 의미에서 그의 언어는 라틴아메리카의 전통을 단절하고 새로운 전통을 열었습니다. 에스파냐어는 원기 왕성하고, 무성하게 퍼져나가고, 그 의미가 매우 풍부한 언어입니다. 그래서 세르반테스로부터 오르테가 이 가세트, 바예잉클란이나 알폰소 레예스에 이르기까지 에스파냐어를 사용한 위대한 작가들은 모두 장황합니다. 그렇지만 보르헤스는 그 반대입니다. 그의 언어는 매우 명료하고 경제적이고 정확하지요. 에스파냐어를 사용하는 작가 중에서 자신이 사용하는 단어의 수만큼 많은 사상을 갖고 있는 작가는 보르헤스뿐입니다. 그는 우리 시대의 위대한 작가 중 한 사람입니다.

보르헤스와 어떤 관계이신가요?

요사 1960년대 초 파리에서 살 때, 보르헤스를 처음 만났습니다. 그는 파리에서 환상 문학과 가우초 문학••에 대한 세미나를 주재했습니다. 나중에 저와 인터뷰하기도 했지요. 그건 당시 제가 근무하던 프랑스 방송 프로그램용이었습니다. 그 인터뷰를 아직도 감동적으

• 『파쿤도-아르헨티나 팜파스의 문명과 야만』은 사르미엔토가 1845년에 쓴 논픽션으로 라틴아메리카 문학의 초석이 되었다. 이 작품은 '라틴아메리카 사람이 쓴 가장 중요한 책'이라고 평가받기도 했다.(역자 주)

•• 가우초는 아르헨티나의 목장에서 일하는 목동을 말한다. 가우초 문학은 이들의 생활과 감정을 묘사한 문학이다.

로 기억합니다. 이후에도, 우리는 세계 이곳저곳에서 여러 번 만났습니다. 리마에서 함께 식사도 했습니다. 식사가 끝날 무렵 화장실에 데려가 달라고 부탁하더군요. 소변을 보면서 갑자기 그는 "가톨릭 교도들이 진지하다고 생각하시나요? 그렇지 않을 겁니다."라고 말했어요.

마지막으로 본 건 부에노스아이레스에 있는 보르헤스의 집에서였습니다. 페루에서 맡고 있던 텔레비전 프로그램을 위해서 그를 인터뷰했지요. 그에게 한 몇 가지 질문에 화가 난 인상을 받았습니다. 인터뷰하는 동안은 말할 것도 없고 그 후에도 매우 예의 바르게 행동했는데, 화를 내는 것이 정말로 이상했습니다. 저는 보르헤스를 존경했고, 매력적이고 몸이 약한 그에게 몹시 다정하게 대했거든요. 저는 인터뷰 때 그의 집이 수수한 것에 놀랐다고 말했습니다. 집의 벽은 벗겨지고 지붕에서는 물이 샜거든요. 그 말이 그에게 매우 심한 상처를 입혔음에 틀림없습니다. 그 뒤에도 한 번인가 더 만났습니다만, 매우 냉담하게 굴더군요. 옥타비오 파스*가 말해주기로 제가 그의 집에 대해서 언급한 것에 화가 단단히 났다고 했습니다. 그에게 상처를 주었을 유일한 일은 제가 그에게 했던 말이었지요. 다른 쪽으로는 그를 칭찬하기만 했거든요. 보르헤스가 제 책을 읽었을 거라고 생각하지는 않습니다. 왜냐하면 마흔이 넘은 뒤에는 생존 작가의 책은 전혀 읽지 않고, 읽었던 책을 읽고 또 읽는다고 들었기 때문입니다. 보르헤스는 제가 매우 존경하는 작가이지만, 당연히 그분만 존경하는 것은 아닙니다. 파블로 네루다는 놀라운 시인입니다. 옥타비오 파스는 훌륭한 시인일 뿐만 아니라 훌륭한 에세이 작가인데 정치, 예술, 문학에도 조예가 깊습니다. 모든 분야에 관심을 가졌지요. 저는 파스의 책을 여전히 매우 즐겁게 읽습니다. 그리고 그의 정치관은 저와 매우 유사하더군요.

존경하는 작가에 대한 말씀 중에 네루다를 언급하셨습니다. 네루다는 당신의 친구였지요. 그는 어떤 사람이었나요?

요사　네루다는 인생을 찬미했습니다. 회화, 예술, 책, 희귀본, 음식과 음료 등 모든 것에 열광적이었습니다. 먹고 마시는 것이 그에게는 거의 신비 체험이었습니다. 놀라울 정도로 매력과 활력이 넘치는 사람이었지요. 물론 스탈린을 찬양했던 그의 시를 잊을 수만 있다면요. 그는 봉건제도와 흡사한 세계에 살았는데, 여기서는 모든 것이 인생의 즐거움과 넘칠 만큼 많은 달콤함을 지향한다고 할 수 있지요. 제게 이슬라 네그라Isla Negra••에서 주말을 보낼 수 있는 멋진 행운이 있었습니다. 아주 놀라웠어요! 그의 주변에는 사교적인 기계 장치가 작동하는 듯합니다. 항상 요리하고 일하는 사람들과 많은 손님들이 득실거렸습니다. 매우 재미있고 대단히 생기 넘치지만, 지적인 면이라고는 조금도 찾아볼 수 없는 그런 모임이었지요. 네루다는 보르헤스와는 정반대였습니다. 보르헤스는 결코 술을 마시거나 담배를 피우거나 무엇인가를 먹는 것처럼 보이지 않고, 성 경험이 없다고 말할 것 같은 사람입니다. 그에게는 먹고 마시거나 성적인 일들은 전부 부차적일 것 같아요. 만일 그가 이런 일들을 했다면, 그저 예의상 어쩔 수 없이 했다고 말할 것 같은 사람이지요. 생각하고 책

• 멕시코의 시인이자 비평가이다. 외교관으로 세계 각지를 다니며 시를 썼다. 1990년 노벨 문학상을 수상했다.

•• 파블로 네루다가 1939년부터 1973년까지 살았던 칠레의 섬이다.

을 읽고 무엇인가에 골몰하고 글을 쓰는 것만이 보르헤스의 삶이었기 때문입니다. 순전히 지적인 삶 말입니다. 그렇지만 네루다는 조르지 아마두*와 라파엘 알베르티**의 전통에서 나왔습니다. 그들은 문학이란 인생의 감각적인 경험을 통해 만들어진다고 말하지요.

런던에서 네루다의 생일을 축하하던 일이 기억나네요. 그는 템스 강 위에 떠 있는 배 위에서 파티하길 원했습니다. 운 좋게도 네루다를 좋아하던 영국 시인 앨러스테어 리드가 템스 강에 띄워놓은 배에서 살고 있어서, 우리는 파티를 선상에서 열 수 있었습니다. 드디어 네루다의 생일날이 왔고, 그는 칵테일을 만들고 싶다고 말했습니다. 칵테일은 여러 병의 동 페리뇽 샴페인과 과일 주스와 뭔지 모를 것들을 뒤섞어서 만든 세상에서 가장 비싼 술이었습니다. 물론 그 결과는 놀라웠지요. 한 잔만 마시면 취할 정도여서, 그곳에 있던 모두가 단 한 명의 예외도 없이 취했습니다. 그 당시에 저는 글 한 편 때문에 몹시 화가 나고 짜증이 나 있었습니다. 무엇이었는지 지금은 기억할 수 없지만, 저에 대한 모욕적인 거짓말을 늘어놓은 글이었기 때문입니다. 그 글을 네루다에게 보여주었습니다. 저는 술에 취해 있었지만 그때 그가 했던 말은 여전히 기억합니다. 그의 말은 세월이 흐르면서 진실로 밝혀졌지요. 파티가 무르익어가는 도중에 그는 이렇게 예언했습니다.

"당신은 유명해지고 있습니다. 그러면 앞으로 겪게 될 일을 알려드리지요. 유명해지면 질수록 당신은 이런 공격을 점점 더 많이 받을 겁니다. 한 번의 칭찬을 받을 때마다 두세 가지의 욕을 먹게 될 겁니다. 저도 사람이 견딜 수 있을 만큼의 욕설과 악행과 불명예가 가득한 상자 하나를 갖고 있습니다. 도둑놈, 변태, 반역자, 흉악범,

부정한 아내의 남편 등 하나도 빠짐없이 모두요! 만일 당신이 유명해지려면 이런 일을 견뎌내야만 할 겁니다."

네루다는 진실을 말해주었습니다. 그의 예측은 절대적으로 옳았습니다. 제게는 인간에게 알려진 모든 욕설이 가득 담긴 상자뿐만 아니라 여행 가방도 몇 개 더 있습니다.

가르시아 마르케스는 어떻습니까?

요사 우리는 친구였습니다. 2년 동안 바르셀로나에서 이웃으로 지냈습니다. 같은 지역에 살았어요. 나중에는 개인적인 그리고 정치적인 이유로 멀어졌지요. 그러나 근본적인 원인은 사상적 신념과는 아무런 상관없는 개인적인 문제였습니다. 물론 저는 그의 사상도 인정할 수 없습니다. 제 생각에 그의 정치관은 글처럼 양질의 것이 아닙니다. 작가로서 그의 작품을 매우 숭배한다는 말씀만 드리지요. 이미 언급한 것처럼, 그의 작품에 대해 600쪽에 이르는 책을 썼습니다. 그러나 그의 작품만큼 그를 개인적으로 존경할 수는 없습니다. 또한 그의 정치관도요. 그건 그리 진지해 보이지 않습니다. 그의 정치적 신념은 기회주의적이며 여론 지향적이라고 생각합니다.

언급하신 개인적인 문제는, 당신과 그가 싸웠다는 소문이 있는 멕시코 영화관 사건•••과 관련이 있나요?

• 브라질의 대표적 작가로 젊은 시절 리얼리즘 소설을 발표, 이후에는 원숙한 시선과 해학이 돋보이는 작품 세계를 구축하였다.

•• 에스파냐의 시인이자 극작가로 일상적인 세계를 전위적으로 표현하는 데 뛰어났으며 초현실주의의 영향을 받았다.

요사 멕시코에서 사건이 있었습니다. 그렇지만 지금은 논의하고 싶지 않습니다. 그 일은 많은 생각을 하게 만들었습니다만, 흥미를 가진 사람들에게 더 많은 자료를 제공하고 싶지 않습니다. 자서전을 쓴다면 아마도 있는 그대로 전부 말할 겁니다.

책의 주제를 고르시나요? 아니면 주제가 당신을 선택하나요?

요사 저의 경우 주제가 작가를 선택한다고 믿습니다. 쓰기를 강요한다는 느낌을 주는 이야기들이 있습니다. 이들을 무시할 수 없었어요. 어떤 이해할 수 없는 방식으로 제 근본적인 경험에 관련되어 있기 때문입니다. 그렇지만 그 일이 어떻게 일어나는지는 설명하기 힘듭니다. 아직 어린 소년이었을 때 리마에 있는 레온시오 프라도 군사학교에서 보낸 시간은 제게 글을 쓰고 싶은 진정한 욕구 또는 강렬한 욕망을 주었습니다. 커다란 트라우마가 될 만한 경험이었지요. 또 여러 가지 방식으로 어린 시절이 끝났음을 알려주었습니다. 제 조국이 매우 폭력적인 사회이며 쓰디쓴 괴로움으로 차 있고 사회적, 문화적, 인종적인 파벌로 가득하고 극단적으로 대립하여 종종 잔인한 싸움에 휘말린다는 걸 재발견했지요. 이 일이 제게 영향을 미쳤을 겁니다. 그리고 이 경험이 제게 창작하고 이야기를 만들어야겠다는 커다란 욕구를 주었다는 건 확실합니다.

지금까지 제 책들이 생겨난 방식은 거의 똑같습니다. 이성적으로 냉철하게 어떤 이야기를 쓰기로 결정했다는 느낌이 든 적이 없습니다. 그와는 반대로 어떤 사건이나 사람들, 가끔씩은 꿈이나 독서가 갑작스럽게 자신을 내세우고 주의를 기울여달라고 요구합니다. 문학 글쓰기가 가진 비이성적인 요소가 중요하다는 말씀을 자주 드리는 이유가 바로 이 점 때문입니다. 이 비이성적인 면이 독자에게로 전달되어야 한다고 생각합니다. 제가 좋아하는 소설을 읽는 방식대로, 독자들도 제 소설을 읽어주기를 바랍니다. 저를 가장 매혹시킨 소설은 지성이나 이성을 매개로 한 것이라기보다는 넋을 빼놓는 이야기들입니다. 이들은 저의 비판 능력을 완벽하게 없애버릴 수 있는 것들로서 박진감 있게 읽을 수 있습니다. 제가 읽고 싶은 소설과 쓰고 싶은 소설은 바로 이런 것입니다. 지적인 요소는 소설에 꼭 있어야 합니다. 그러나 그 요소가 행동과 이야기 속으로 녹아들어 가는 것이 매우 중요합니다. 그리고 사상에 의해서가 아니라 색조, 환기되는 감정, 놀라움이란 요소로, 이야기들이 만들어낼 수 있는 긴장감과 신비로 소설의 독자들을 유혹해야 합니다. 소설의 기교가 존재하는 근본적인 이유는 이야기와 독자 사이의 거리를 줄이거나 가능하면 그 거리를 없애는 효과를 만들어내기 위해서입니다. 그런 점에서 저는 19세기의 작가입니다. 제게 소설은 여전히 모험소설입니다. 제가 설명한 특별한 방식으로 읽히는 그런 모험소설 말입니다.

당신 소설에서 유머는 어디로 갔나요? 최근 출판된 소설들은 『나는 훌리아 아주머니와 결혼했다』에서 보이는 유머와는 상당히 거리가 있어 보입니다. 요즘은 유머를 쓰기 어려우신가요?

요사 요즘에는 재미있는 책을 쓸지 아니면 심각한 책을 쓸지 자문

••• 1976년 멕시코시티의 어느 영화 시사회에서, 요사는 마르케스에게 주먹을 날렸다. 둘 모두 이 사건에 대해서는 함구하였다.

해볼 생각을 통 하지 못했습니다. 지난 몇 년 동안 썼던 책의 주제들이 유머에 적합하지 않았습니다. 『세상 종말 전쟁』이나 『알레한드로 마이타의 진짜 인생』(이하 마이타), 제가 쓴 희곡들은 유머스럽게 다루어질 수 있는 주제가 아니었습니다. 『새엄마 찬양』은 어떻습니까? 거기엔 유머가 많지 않습니까?

저는 유머에 알레르기가 있었습니다. 매우 순진하게도 진지한 문학이라면 결코 웃지 말아야 한다고 생각했거든요. 만일 사회적, 정치적, 문화적으로 심각한 문제를 다루려면 유머는 매우 위험할 수도 있다고요. 그것이 제 이야기를 피상적으로 만들고 독자에게 가벼운 오락거리에 불과하다는 인상을 심어줄 것이라고 생각했습니다. 그것이 유머를 버린 이유입니다. 최소한 자신의 글에서는 언제나 유머에 매우 적대적이었던 사르트르의 영향 때문이었나봅니다. 그러던 어느 날 문학에서 어떤 인생의 경험을 표현하기 위해서 유머가 매우 귀중한 도구일 수 있다는 것을 깨달았습니다. 『판탈레온과 특별봉사대』를 쓸 때였지요. 그때 이후로 유머가 훌륭한 보물이며, 인생의 기본 요소이고 따라서 문학의 기본 요소라고 인식하게 되었습니다. 그래서 다시 제 소설에서 유머가 주요한 기능을 하게 될 가능성을 배제하지 않고 있습니다. 사실상 유머는 주요한 기능을 하지요. 특히 저의 희곡 『카티에와 하마』에서도 그랬고요.

글을 쓰는 습관에 대해 말씀해주시겠습니까? 어떻게 쓰시나요? 어떻게 소설을 시작하시나요?

요사 무엇보다도 백일몽이나 어떤 사람이나 상황에 대한 일종의 상념 같은 것이 떠오릅니다. 그러면 메모하거나 이야기의 전반적인 흐름을 적어 내려가기 시작하지요. 누군가는 이 장면에서 들어와서 다른 장면에서 떠나가고, 누군가는 이 일이나 저 일을 합니다. 소설을 본격적으로 쓰기 시작할 때 플롯의 전반적인 윤곽은 이미 잡혀 있습니다. 그렇다고 해도 플롯을 끝까지 고수해본 적은 없습니다. 플롯은 글을 써나가는 동안 완벽해지거든요. 그렇지만 이런 과정이 저로 하여금 글을 시작하게 만듭니다. 소설을 시작할 때는 문체에 대해서는 조금도 신경 쓰지 않고, 같은 장면을 쓰고 또 쓰면서, 완벽하게 반대되는 상황을 만들어보기도 합니다.

원재료가 저를 돕기도 하고 확신을 주기도 합니다. 그러나 이때가 글을 쓰는 과정 중에서 가장 힘겨운 시간입니다. 그 단계에 있을 때 저는 매우 신중하게, 어떤 결과가 나올지 확신하지 못한 채로 나아갑니다. 초고는 진짜로 걱정을 많이 하면서 써요. 초고를 마치는 데 가끔 상당히 오랜 시간이 걸리기도 합니다. 『세상 종말 전쟁』의 초고를 마치는 데 거의 2년이나 걸렸습니다. 이런 식으로 일단 초고를 끝내면 모든 것이 바뀝니다. 그때 저는 제가 마그마라고 부르는 것에 이야기가 묻혀 있음을 알게 됩니다. 모든 것이 혼돈 상태이지만 소설은 거기 죽은 요소들의 덩어리 속에, 즉 나중에 사라질 쓸모없는 장면과 다른 관점과 다른 등장인물들에 의해 여러 번 반복되는 장면 속에 묻혀 있지요. 그때 소설은 매우 혼돈스럽고, 저에게만 의미가 통하지요. 그렇지만 이야기는 바로 그곳에서 태어납니다. 제가 해야 할 일은 이야기를 나머지로부터 떼어내고, 정돈하는 것입니다. 그것이 작품을 쓰면서 가장 즐거운 일입니다. 그때 이후로는 초고를 쓸 때 느꼈던 불안감이나 긴장감을 갖지 않고 훨씬 오랫동안 일할 수 있게 됩니다. 제가 좋아하는 것은 글쓰기 자체라기보다는 쓴 글을 고쳐 쓰고, 편집하고, 수정하는 일 등이라고 생각합니다. 이것이 글쓰기의 가장 창조적인 부분입니다. 소설을 쓰기 시작할 때에는 언제 끝낼 수 있을지 결코 알지 못합니다. 몇 개월 안에 끝낼 수 있다고 생각했던 글이 수년이 걸리기도 했습니다. 이제 끝내지 못하면 그것이 저를 압도할지도 모른다고 느끼기 시작할 때 소설 쓰기가 끝나는 것 같습니다. 포화 상태에 이르렀을 때, 신물이 날 지경이 되었을 때, 더 이상 받아들일 수 없을 때, 이야기 쓰기가 끝나지요.

손으로 쓰시나요, 아니면 타자기로 쓰시나요? 둘을 번갈아 사용하시나요?

요사 우선 손으로 씁니다. 저는 항상 아침에 일합니다. 그리고 하루 중 이른 시간에 일할 때는 언제나 손으로 글을 씁니다. 이때가 가장 창조적인 시간입니다. 저는 손으로는 두 시간 이상 글을 쓰지 않습니다. 그러면 쥐가 날 지경이 되거든요. 그리고 써놓은 것을 타자하기 시작합니다. 그렇게 하면서 약간씩 글을 바꿉니다. 이것도 고쳐 쓰기의 첫 단계라고 할 수 있겠지요. 그러나 항상 마지막 몇 줄을 타자하지 않고 남겨둡니다. 그래야 다음 날 전날 썼던 마지막 부분을 타자하면서 일을 시작할 수 있거든요. 타자하면서 일종의 동력이 생깁니다. 타자기를 쓰는 것은 마치 준비운동과 같습니다.

헤밍웨이도 똑같은 방법을 썼다고 하더군요. 문장을 반만 쓰고 남겨놓아서, 다음 날 연결해서 쓸 수 있도록 했습니다.

요사 맞습니다. 그는 마음속에 떠오른 것을 모두 쓰지 말아야 다음 날 더 쉽게 시작할 수 있다고 생각했습니다. 제가 언제나 가장 힘든 부분도 시작하는 일입니다. 아침에 어제 쓰던 글을 다시 쓰기 시작하면 불안감이…… 그러나 만일 기계적으로 해야만 하는 일이 있다면, 이미 그 일은 시작된 것이지요. 기계적으로 일을 시작하게 되는 거예요. 어쨌든 저는 매우 엄격하게 지키는 일정이 있습니다. 매일 아침마다 오후 2시까지 서재에서 일합니다. 이 시간은 제게 신성합니다. 그렇지만 제가 항상 글을 쓴다는 것은 아닙니다. 종종 고쳐 쓰거나 메모하기도 합니다. 그러나 체계적으로 하지요. 물론 글쓰기 좋은 날도 있고 그렇지 않은 날도 있습니다. 그러나 저는 매일 일합니다. 설사 새로운 생각이 떠오르지 않더라도 수정하거나 고쳐 쓰거나 메모하거나 하면서 시간을 보낼 수 있기 때문입니다. 때로는 완성된 작품을 다시 수정하기로 마음먹기도 합니다. 단지 구두점을 바꿔보는 것뿐일지라도 말입니다.

월요일부터 토요일까지는 현재 쓰는 소설을 작업하고, 일요일 아침에는 신문 기사와 에세이 같은 저널리즘 쪽 일을 합니다. 이 일들이 주중에 작품 쓰는 것을 방해하지 않도록 일요일의 할당된 시간 안에 끝내려고 애씁니다. 메모할 때에는 클래식 음악을 듣기도 합니다. 단 거기 성악곡만 없으면 됩니다. 음악 듣는 버릇은 제가 아주 시끄러운 집에서 살 때 시작되었습니다. 아침에 혼자 일할 때는 누구도 서재에 오지 않습니다. 심지어 전화도 받지 않습니다. 만일 받는다면 제 삶은 지옥 같을 겁니다. 얼마나 많은 전화가 걸려오는지 그리고 얼마나 많은 방문객이 찾아오는지 모르실 겁니다. 모든 사람들이 이 집을 알고 있어요. 불운하게도 제 주소를 모르는 사람이 없을 지경이지요.

이러한 스파르타적인 과정을 절대로 버릴 수 없으신가요?

요사 아마도 그럴 수 없을 겁니다. 그런 식으로 하는 것 말고는 다른 방식을 알지 못하거든요. 만일 영감이 찾아오길 기다리기 시작한다면, 절대로 책을 끝내지 못할 겁니다. 그건 제가 규칙적으로 노력할 때에만 얻을 수 있습니다. 이렇게 틀에 박힌 일정이 제가 일하도록 도와줍니다. 어떤 날에는 큰 환희를 주기도 하고 어떤 날에는 그러지 않기도 하면서 말입니다.

작가들 중 빅토르 위고는 영감이 주는 마술 같은 힘을 믿었습니다. 그리고 가브리엘 가르시아 마르케스는 『백년 동안의 고독』을 쓰느라 수년을 고생한 뒤에, 아카풀코로 여행 가는 차 안에서 저절로 그의 머릿속에서 소설이 써졌다고 말한 적이 있습니다. 방금 영감이 훈련의 산물이라고 말씀하셨습니다만, 그것이 주는 '계시'를 받은 적이 한 번도 없으신가요?

요사 그런 일은 한 번도 일어난 적이 없습니다. 글쓰기는 훨씬 더 느린 과정입니다. 처음 시작할 때에는 매우 흐리고 불투명한, 긴장한, 주의 깊은, 호기심의 상태라고 할 수 있습니다. 안개와 흐릿함 속에서 무엇인가를 인식하게 되는데 그것이 제 관심과 호기심, 흥분을 불러일으키고 다시 작품의 색인 카드, 요약된 플롯으로 바뀌게 됩니다. 이야기의 윤곽을 파악하고 순서대로 배열하기 시작할 때에도 여전히 산만하고 매우 불분명한 상태가 지속됩니다. 영감이 주는 '계시'는 오로지 일할 때에만 일어납니다. 어떤 순간에서건……그 고양된 지각, 계시, 열정을 해방시켜 해결책과 빛을 불러일으키는 것은 열심히 일하는 것뿐입니다. 얼마 동안 작업해오던 이야기의 핵심에 도달한 바로 그때, 무엇인가 일어납니다. 그때부터 이야기는 냉정하거나 저와 관련 없는 어떤 것이 아닙니다. 반대로 살아 있고 중요해져서, 경험한 모든 것이 제가 쓰고 있는 것과 관련해서만 존재하는 것처럼 보이지요. 듣고 보고 읽는 모든 것들이 이런저런 방식으로 제 일을 돕는 것처럼 느껴집니다. 저는 현실을 먹고사는 식인종이 되지요. 그러나 이런 상태에 도달하려면 일이 주는 카타르시스를 겪어야만 합니다. 저는 영원한 이중생활을 하고 있다고나 할까요. 수천 가지 다른 일을 합니다만 마음은 항상 작품을 향하고 있습니다. 분명히 종종 강박적이거나 신경과민이 되기도 합니다. 이런 때는 영화를 보면서 쉽니다. 긴장감 넘치는 작업 후에는 큰 내적 혼란 상태를 겪는데, 그럴 때 한 편의 영화가 아주 많은 도움이 됩니다.

회고록 작가인 페드루 나바는 등장인물의 얼굴, 머리카락, 옷 등을 그려놓기도 한다는데요. 당신도 이런 일을 한 적이 있으십니까?

요사 아니요. 그렇지만 어떤 경우에는 전기적인 기록을 만들기도 합니다. 제가 등장인물을 어떻게 인식하는지에 달려 있습니다. 시각적으로 떠올리기도 하지만, 자신의 의중을 털어놓는 방식이나 둘러싼 사실과 관련지어서 어떤 인물인지 확인합니다. 그러나 종이에 적어놓는 신체적 특징으로 정의 내릴 수도 있습니다. 아무리 많은 메모를 적어둔다고 해도, 궁극적으로는 기억에 남아서 소설로 바뀌어야 합니다. 기억에 남는 것이 가장 중요합니다. 이런 이유 때문에 자료 조사에 나설 때에도 카메라를 가져가지 않습니다.

그래서 얼마 동안은 등장인물들이 서로 관련이 없군요? 각각의 인물은 자신만의 개인사가 있나요?

요사 처음에는 모두가 너무도 냉정하고 인위적이고 흐리멍덩합니다! 차츰차츰 살아나기 시작해서는 각각의 등장인물이 서로 관계를 맺기 시작하지요. 정말로 놀랍고 매혹적인 일이지요. 그때 이야기 속에 이미 자연스럽게 존재하던 힘의 흐름을 발견합니다. 그러나 그런 지점에 이르려면 일하고 또 일하는 것 말고 다른 방법은 없습니다. 일상생활에서 소설의 빈구석이나 필요한 부분을 채워주는 것처럼 보이는 사람이나 사건들과 만날 때가 있습니다. 그 순간 제가 쓰고 있는 소설에 대해 알아야 할 것이 무엇인지 정확히 깨닫게 되지요. 묘사는 실재하는 사람을 그대로 옮겨놓는 일이 아닙니다. 변형되고 왜곡되지요. 이야기가 진전되었을 때에만, 모든 것이 이야기에 자양분이 될 때에만, 실제의 인물에서 소설에 필요한 부분을 만날 수 있습니다. 그럴 때 중요한 무엇인가를 깨닫게 되지요. "아, 저건 내가 찾던 얼굴이구나. 억양이며, 말하는 방식이구나……." 다른 한편으로는 제 등장인물들은 순수하게 이성적인 방법으로 태어나지 않았기 때문에, 조절할 수 없을 때도 생깁니다. 등장인물들의 더 본능적인 힘이 발현되어 나오는 겁니다. 그런 이유로 그들 중 몇몇은 즉시 더 중요한 인물이 되거나 스스로 발전하는 것처럼 보입니다. 처음에는 그런 의도가 전혀 없었더라도 어떤 인물들은 사라져버립니다. 글을 쓰면서 경험할 수 있는 가장 흥미로운 부분은 다른 인물보다 두드러지게 해달라는 어떤 등장인물들의 요청을 깨달았을 때, 이야기가 자신만의 법칙—도저히 범할 수 없는—에 의해 지배당하고 있다는 것을 알아차렸을 때입니다. 작가가 원하는 대로 등장인물을 빚을 수 없다는 것과 그들이 어떤 자율성을 갖고 있다는 점이 명백해집니다. 그리고 이야기 속에서 존중해주어야만 하는 창조된 인물의 삶을 발견할 때가 가장 흥분되는 순간입니다.

많은 작품을 페루가 아닌 다른 곳에서, 자발적인 망명이라고 부를 만한 상황에서 쓰셨는데요. 언젠가 빅토르 위고가 자신의 조국을 떠나서 『레미제라블』을 썼다는 사실이 그 소설이 위대해지는 데 기여했다고 말씀하셨습니다. '현기증 나는 현실'로부터 벗어나면 그런 현실을 재구성하는 데 아무래도 도움이 되겠지요. 현실이 현기증을 일으키는 원인이라고 생각하시나요?

요사 그렇습니다. 제게서 가까운 것에 대해서는 결코 글을 쓸 수 없다는 의미에서요. 너무 가깝다는 것이 자유롭게 작업할 수 없게 하기 때문에 근접성은 방해가 됩니다. 현실을 변모시키고 사람들을 변화시키고 사람들로 하여금 다르게 행동하게 만들 만큼, 또는 개인적인 요소나 어떤 완벽하게 자의적인 것을 이야기에 도입할 수 있을 만큼 충분히 자유롭게 쓸 수 있다는 점이 매우 중요합니다. 그것이 전적으로 필수적입니다. 그것이 바로 창작이니까요. 만일 당신 앞에 현실이 있다면, 제약이 생길 겁니다. 제가 글을 쓰기 위해서는 항상 시간적인, 더 바람직하게는 시간과 공간적인 어떤 거리를 필요로 합니다. 그런 의미에서 망명은 매우 유익하였습니다. 망명했기 때문에 글을 쓰는 훈련을 할 수 있었습니다. 글쓰기가 일이었고 대부분의 경우 의무였다는 것을 깨달았지요. 작가로서 향수가 매우 중요하다고 믿기 때문에 거리는 다른 면에서 유용하였습니다. 일반적으로 대상의 부재는 기억을 풍부하게 만듭니다. 예를 들면 『녹색의 집』에서 페루는 단지 현실에 대한 묘사가 아니라, 고국을 빼앗겨서 고통스럽게 갈망하는 사람의 향수의 대상입니다. 그리고 거리가 있으면 유용하고 균형 잡힌 시각이 생기지요. 거리는 우리를 어지럽게 만드는 복잡한 현실을 순화시킵니다. 무엇이 중요하고 또 무엇이 부차적인지 선택하거나 구별하는 일은 매우 어렵습니다. 이것을 구별할 수 있게 해주는 것이 바로 거리입니다. 거리는 본질적인 것과 일시적인 것 사이에 필요한 위계질서를 만들어줍니다.

몇 년 전 발표한 에세이에서 '문학은 열정이고, 그 열정은 배타적이며 모든 희생을 요구하면서도 스스로는 아무런 희생도 하지 않는다.'라고 쓰셨지요. '첫 번째 의무는 살아 있는 것이 아니라 글을 쓰는 것이다.'라고도 하셨고요. 이 말은 포르투갈 시인인 페르난도 페소아의 "항행하는 것은 필요하다. 살아 있는 것은 불필요하다."라는 말을 떠올리게 합니다.

요사 '글을 쓰는 것은 필요하지만 살아 있는 것은 불필요하다.'고 바꾸어 표현할 수도 있겠지요……. 사람들이 저를 좀 더 이해할 수 있도록, 저에 대해 말씀드려야 할 겁니다. 문학은 어릴 때부터 저에게 매우 중요했습니다. 학창 시절 많이 읽고 많이 썼지만, 언젠가 오로지 문학에만 헌신하리라는 꿈은 꾸지 못했습니다. 그 당시 그렇게 하는 것은 라틴아메리카, 특히 페루 사람에게는 엄청난 사치처럼 여겨졌기 때문입니다. 대신 저는 다른 것을 추구하였지요. 법을 공부해서 교수나 저널리스트가 되려고 했습니다. 근본적인 요소가 뒷전으로 밀려날 수 있다는 것을 그냥 받아들였지요. 그렇지만 대학을 마치고 장학금을 받아 유럽에 가게 되었을 때, 만일 제가 그런 식으로 살면 작가가 될 수 없다는 것을 깨달았습니다. 그리고 문학이야말로 제 급선무이자 직업이라는 공식적인 결정만이 작가가 될 수 있는 유일한 방법이었습니다. 그때 저 자신을 온전히 문학에 바치기로 결정하였습니다. 그러나 글을 써서는 먹고살 수 없었기 때문에 글을 쓸 시간을 빼앗지 않는 직업, 글을 쓰는 것보다 더 중요한 일이 될 수 없는 직업을 찾아보기로 결심했습니다. 다른 말로 바꾸면,

글 쓰는 일을 본업으로 삼을 수 있을 만한 다른 직업을 고르려 했지요. 그 결정이 제 인생에서 전환점이 되었다고 생각합니다. 왜냐하면 그때 이후로 저는 글을 쓸 힘을 갖게 되었기 때문입니다. 그리고 심리적인 변화도 있었습니다. 그 변화 덕분에 문학이 단순한 직업이라기보다 크나큰 열정으로 여겨졌습니다. 밥벌이를 할 수 있다는 점에서 문학이 제 직업이라는 것은 분명합니다. 그러나 그럴 수 없었더라도, 저는 여전히 계속해서 글을 썼을 겁니다. 문학은 삶의 방편[A]
Modus Vivendi 그 이상입니다. 작품에 헌신하려는 결정, 여러 고려 대상 중 하나로 보는 대신에 문학에 모든 것을 바치려는 결정은 작가에게 절대적으로 중요하다고 믿습니다. 어떤 사람들은 문학을 다른 것에 헌신한 인생을 보완해주거나 장식적인 활동으로, 혹은 명성과 권력을 얻는 방편으로 생각합니다. 그런 경우에는 장애물이 있기 마련입니다. 문학은 복수합니다. 자유롭거나 대담하거나 독창적으로 글을 쓸 수 없게 만듭니다. 그것이 바로 문학에 절대적으로 온전히 헌신하는 것이 중요하다고 생각하는 이유입니다. 정말로 이상한 일은 말이지요. 그런 결심을 했을 때, 저는 힘든 삶을 선택했다고 생각했습니다. 글을 쓰는 것으로는 잘사는 것은 말할 것도 없고, 입에 풀칠하기도 어려울 것이라고 생각했기 때문입니다. 잘사는 건 기적과 같은 일로 보였습니다. 사실 지금도 그렇게 생각하고 있습니다. 글을 쓰기 위해 제 삶에서 근본적인 어느 하나 희생한 건 없습니다. 매우 좌절하고 불행했을 때는 글을 쓸 수 없을 때였습니다. 유럽에 가기 전 페루에서 살고 있을 때였습니다. 저는 어린 나이에 결혼했기 때문에 어떤 직업이든 얻어야 했습니다. 한때는 일곱 가지 일을 한꺼번에 하기도 했습니다. 실제로 글 쓰는 건 불가능하더군요. 일요일,

공휴일에 글을 썼지만 대부분은 문학과는 아무 관계도 없는 따분한 일을 해야만 했고 끔찍할 만큼 낙담하였습니다. 요즘에도 아침에 일어나면 때로, 지금은 제게 가장 큰 즐거움을 주는 일을 하면서 살며, 더군다나 그것으로 밥벌이를 하면서 잘살고 있다는 생각에 경탄을 금치 못합니다.

글을 써서 부자가 되셨나요?

요사 아니요, 저는 부자가 아닙니다. 작가와 사장의 수입을 비교해 보거나, 한 전문 분야에서 유명해진 사람, 페루 투우사나 최고 운동선수의 수입과 비교해보면 작가는 여전히 수입이 많은 직업이 아닙니다.

한번은 헤밍웨이 이야기를 하시면서 그가 책을 한 권 마쳤을 때 텅 비고, 슬픈 느낌이면서도, 행복함을 느꼈다고 하셨지요. 그런 상황에서는 어떤 느낌이신가요?

요사 정확하게 똑같은 것을 느낍니다. 한 권의 책 쓰기를 마쳤을 때 저는 텅 빈 기분, 불안함을 느낍니다. 소설이 저의 일부가 되었기 때문이지요. 하루하루 지나면서 저는 소설을 빼앗겼다고 느낍니다. 마치 술을 끊은 알코올의존자처럼요. 소설은 단순히 장식물이 아닌 어떤 것입니다. 인생이 갑작스럽게 제게서 단절된 느낌이 들지요. 이 느낌을 치유할 수 있는 유일한 방법은 즉시 저 자신을 또 다른 작품으로 던져넣는 겁니다. 관심 있는 프로젝트가 천 가지쯤 되기 때문에, 이렇게 하는 것은 어렵지 않습니다. 먼저 작품과 그 뒤에 나오는 작품 사이에 공허감이 더 깊이 파고드는 것을 허락하지 않기 위해서는 조금도 머뭇거리지 말고 즉시 일로 되돌아가야만 합니다.

지금까지 당신이 감탄하는 작품을 쓴 작가들에 대해서 말씀해주셨습니다. 이제 당신이 쓴 작품에 대해서 이야기해보지요. 『세상 종말 전쟁』이 최고의 작품이라고 여러 번 말씀하셨습니다. 여전히 그렇게 생각하시나요?

요사 『세상 종말 전쟁』은 가장 많은 노력을 기울인 작품이며 혼신을 다한 작품입니다. 이 작품을 쓰는 데 4년이 걸렸습니다. 쓰기 위해서 막대한 양의 조사를 했고, 엄청나게 많이 읽었고, 큰 어려움들을 극복해야만 했습니다. 조국이 아닌 다른 나라에 대해서, 살고 있는 시대가 아닌 다른 시대에 대해서 써야 했지요. 그리고 책을 쓰는데 사용한 언어(에스파냐어)가 아닌 언어(포르투갈어)로 말하는 사람들이 등장하는 소설을 쓰는 건 처음 있는 일이었습니다. 그렇지만 어떤 이야기도 이 작품만큼 저를 흥분시킨 적은 없었습니다. 제가 읽은 자료들로부터 브라질 북동부 지역을 가로지르는 여행에 이르기까지, 이에 대한 모든 것이 저를 매료시켰습니다. 이것이 바로 제가 이 작품에 독특한 애정을 느끼는 이유입니다. 이 작품의 주제 또한 항상 쓰고 싶었던 종류의 소설을 쓸 수 있게 해주었습니다. 모험이 필수적인 요소인 모험소설 말입니다. 순전히 가상적인 모험이 아니라, 역사적이며 사회적인 문제와 심오하게 연계된 모험이지요. 아마도 이 점이 『세상 종말 전쟁』을 가장 중요한 작품으로 생각하는 이유일 겁니다. 물론 이런 판단은 항상 매우 주관적이긴 합니다. 작가는 이런 종류의 위계질서를 세울 수 있을 만큼 자신의 작품을 객관적으로 볼 수 없습니다. 이 소설은 제가 극복하길 원하는 끔찍한 도전이 되었습니다. 처음에는 무척 두려웠습니다. 엄청나게 많은 양을 조사해야 한다는 사실에 어지럼증을 느꼈지요. 초고는 일반 소설의 두 배에 이를 만큼 엄청나게 길었습니다. 어떻게 이 많은 장면들과 수천 가지 작은 이야기들을 조정할 것인지 저 자신에게 물었습니다. 2년 동안 노심초사했습니다. 그때 브라질 북동부 지역을 가로지는 여행, 즉 세르타오*를 가로지르는 여행을 떠났고 그것이 전환점이 되었습니다. 이미 이야기의 윤곽은 만들어진 상태였습니다. 먼저 조사한 자료에 근거하여 이야기를 잡아놓은 뒤 여행 가길 원했습니다. 그 여행은 많은 것들을 확정 지어주었고, 다른 것들을 볼 수 있는 새로운 통찰력을 주었습니다. 또 많은 사람들이 저를 도와주었습니다. 원래 이것은 소설 글감이 아니라 루이 게라 감독이 찍으려던 영화 주제였습니다. 당시 파리의 파라마운트사는 제가 아는 분이 경영하고 있었습니다. 어느 날인가 그분이 제게 전화를 걸어 게라 감독이 찍을 영화 대본을 써줄 수 있는지 물었습니다. 그의 영화인 〈친절한 전사들〉Tender Warriors을 본 적이 있었습니다. 그 영화가 무척 마음에 들었습니다. 그래서 파리로 가서 게라 감독을 만났습니다. 그가 하고 싶은 일을 설명해주더군요. 염두에 둔 것은 이런저런 방식으로 카누두스에서 벌어진 전쟁**과 관련이 되는 이야기라고 제게 말해주었습니다. 그 주제는 너무도 방대해서 그것 자체에 관한 영화를 만들 수는 없었지만, 어떤 식으로든 그것에 관련된 영화는 만들 수 있을 거라고 생각한다면서요. 그렇지만 저는 거기서 일어난 전쟁에 대해 아무것도 알지 못했습니다.*** 카누두스에 대해 들어본 적도 없었습니다. 그곳에 대한 자료 조사를 시작하였고, 관련 자료들을 읽었습니다. 제가 포르투갈어로 읽은 첫 자료 중의 하나는 에우클리데스 다쿠냐Euclides da Cunha가 쓴 『오지에서 일어난 반란』Os Sertões이었습니다. 그 책은 저와 같은 독자에게는 인생에서 맛볼 수 있는 큰 계시 중의 하나였습니다. 어린 시절에 『삼총사』를 읽는 것이나 어른이 되어서 『전쟁과 평화』, 『보바리 부인』, 『모비 딕』을 읽는 것과 비슷한 계시였습니다. 진정으로 위대한 작품이며 근원적인 경험을 주었지요. 이 책을 읽으면서 너무도 많이 놀랐습니다. 라틴아메리카가 만들어낸 가장 위대한 작품의 하나였습니다. 여러 가지 이유로 위대합니다만, 무엇보다도 '라틴아메리카주의'를 위한 안내서이기에 그렇습니다. 이 책을 읽고 라틴아메리카가 무엇인지 처음으로 깨달았습니다. 라틴아메리카의 중요성을 요약해서가 아닙니다. 라틴아메리카는 유럽, 아프리카, 에스파냐가 침략하기 전 히스패닉 아메리카*나 토착 사회가 아닙니다. 이 모든 요소들이 무자비하고 종종 폭력적인 방식으로 공존하는 혼합된 상태입니다. 이 모든 것이 한 세계를 만들어냈는데 『오지에서 일어난 반란』이 그랬던 것처럼, 이 세계를 지적이며 문학적인 경이로 그려낸 책은 거의 없습니다. 다른 말로 하자면, 『세상 종말 전쟁』이란 책이 존재하게 만든 사람은 바로 에우클리데스 다쿠냐입니다.

• 브라질의 북동부 지역은 해안선을 따라 전개되는 토양지대와 세르탕 또는 세르타오라고 불리는 반사막 평원으로 구성된다.

•• 브라질 북동부 지역에서 일어난 게라 도스 카누두스라는 폭동을 말한다. 시민 봉기의 탄압으로 야기되었다.(아래 이어서)

••• 1897년 정부에 불만을 품은 많은 마을 주민들이 브라질의 바히아 주의 세로토아 지역에 있는 카누두스라는 마을을 점령했다. 안토니우 마시엘이라는 메시아적인 사명을 띤 목사에 의한 것으로, '섭정자'라고도 알려진 마시엘의 지도 아래 마을 사람들은 마을의 독립을 선언하였다. 여러 차례에 걸친 경찰과 군대의 진압이 실패한 뒤에, 브라질 국방 장관이 직접 지휘한 작전으로 봉기는 마침내 진압되었다.(원문 주)

* 에스파냐어를 사용하는 사람들이 사는 아메리카의 국가를 나타내는 지역 구분이다.

카누두스에서 일어난 전쟁에 대해 그때까지 출판된 모든 것을 다 읽어보았다고 생각합니다. 처음에는 대본을 썼습니다만, 영화로 만들어지지는 않았습니다. 영화 산업에 내재된 여러 가지 문제에 부딪혔기 때문입니다. 제작 프로젝트가 상당히 진전되어서 이미 영화를 촬영하고 있었지요. 그러던 어느 날 파라마운트사가 제작을 포기했고, 그래서 영화로는 만들어지지 않았습니다. 루이 게라는 이 결정에 무척 실망했지만 저는 상당히 오랫동안 열에 들뜬 것처럼 열광하던 이 주제에 대해서 계속 작업할 수 있었습니다. 제가 쓴 영화 대본은 사실 대단한 게 아니어서 다시 읽고 조사하기 시작했습니다. 그리고 거의 어떤 책에서도 가능하지 않던 열정의 최고점에 도달했습니다. 이 주제에 대해 하루 열 시간에서 열두 시간씩 일했습니다. 그렇지만 여전히 저는 이 작품에 대한 브라질의 반응이 두렵습니다. 다른 나라의 문제에 간섭했다고 여겨질까 봐 걱정됩니다. 대표적인 브라질 작가들이 이미 이 문제를 다루었기 때문에 특히 더 그렇습니다. 이 책에 대한 호의적이지 않은 서평이 약간 있었습니다만, 대중으로부터는 다수의 관용적이고 열광적인 평가를 얻었습니다. 이 점이 저를 감동시켰습니다. 제 노력에 보답 받았다고 느꼈습니다.

카누두스를 특징짓는 연속된 오해에 대해 어떻게 생각하십니까? 반란군은 자신들이 악마에 대항하여 싸우고 있다고 믿었는데, 열성적인 공화당 지지자들은 반란군이 군주제와 영국 제국주의를 타도하려고 한다고 보았지요. 이 사건을 이데올로기를 나타내는 은유로 볼 수 있을까요?

요사 바로 그곳에 라틴아메리카 사람이 깨달아야 할 카누두스의 가치가 놓여 있을 겁니다. 현실에 대한 열광적인 비전이 만들어내는 쌍방의 맹목성이, 현실과 이론적인 비전 사이의 모순을 알아보지 못하도록 막습니다. 라틴아메리카의 비극은, 많은 역사적인 시점에서 쌍방의 맹목성 때문에 라틴아메리카의 여러 나라가 분열되었다는 데 있습니다. 예를 들면 내란과 대규모의 진압과 카누두스와 같은 대학살의 한가운데에서 말입니다. 제가 카누두스에 푹 빠지게 된 이유의 하나는 그런 현상이 미니어처 또는 실험실 연구처럼 관찰될 수 있기 때문이었습니다. 그러나 분명히 이런 현상은 일반적입니다. 광신과 불관용이 라틴아메리카의 역사를 심하게 압박하고 있습니다. 메시아적인 반란이든 사회주의적이거나 유토피아적인 반란이든 보수주의자와 진보주의자 사이의 투쟁이든 간에 말입니다. 만일 이런 일이 일어나게 만드는 것이 영국 제국주의가 아니라면, 양키 제국주의나 프리메이슨이나 악마가 그런 것으로 여겨집니다. 라틴아메리카의 역사는 의견 차이의 수용 능력이 없다는 사실로 점철되어 있습니다.

쓰신 책 중에서 그 어떤 것도 이 책만큼 소설이 추구하는 상상력의 극단까지 갈 수 있도록 해준 것은 없다고 하셨지요. 이 말이 뜻하는 바는 무엇인가요?

요사 소설은 과도해지기 쉬운 장르라고 생각합니다. 소설은 늘어나는 경향이 있어서 그 플롯이 마치 암처럼 퍼집니다. 만일 소설가가 소설이 발전하는 대로 그냥 쫓아가기만 한다면, 소설은 정글이 될 것입니다. 소설이란 장르에 이야기를 전부 하겠다는 야심이 내재합니다. 소설이 무제한으로 뻗어나가지 않게 하려면 항상 이야기를 죽여야만 하는 순간이 온다고 느낍니다. 하지만 스토리텔링이란 '총체적'인 소설에 도달하려는 시도라고 믿습니다. 그런 점에서 가장 멀리 갔던 소설은 의심할 여지없이 『세상 종말 전쟁』입니다.

『마이타』와 『세상 종말 전쟁』에서 사실에 대한 충만한 지식 위에서 거짓말하길 원한다고 말씀하셨지요. 뜻을 설명해주실 수 있나요?

요사 이야기를 만들어내려면 항상 구체적인 현실에서 시작해야만 합니다. 모든 소설가에게 해당되는지는 잘 모르겠습니다만, 저는 항상 현실이라는 도약대를 필요로 합니다. 그런 이유로 사건을 조사하거나 발생한 곳을 찾아가 보거나 합니다. 그렇다고 단순히 현실 재생산을 목표로 삼고 있지는 않습니다. 그런 건 불가능하다는 걸 알고 있습니다. 현실을 있는 그대로 재생산하길 원한다 할지라도 그 결과가 썩 좋지는 않을 것이며, 완전히 다른 무엇인가가 될 수도 있습니다.

『마이타』의 끝 부분에 지금은 술집 주인이 된 주인공이 화자가 보기엔 정말로 중요한 사건을 기억하지 못하는 내용이 나옵니다. 이런 일이 정말로 일어났나요? 그런 사람이 정말로 존재하나요?

요사 그럼요, 존재합니다. 비록 책에 나온 대로는 아니지만 말입니다. 많이 바꾸었고 덧붙인 것입니다. 등장인물은 여러 면에서, 한때 투쟁적인 트로츠키주의*자여서 여러 번 감옥에 갇힌 어떤 실존 인물을 닮았습니다. 그와 이야기를 나누면서 제가 그의 인생에서 중요한 사건으로 여긴 어떤 일이 그에게는 부차적이었다는 사실에 놀랐습니다. 그에게는 그 일이 기구한 인생에서 겪은 수많은 사건 중 하나에 불과했습니다. 그리고 저는 마지막 장을 어떻게 마무리해야 할지 알게 되었지요. 대화하면서 제가 그보다 사건에 대해 더 많이 알고 있다는 것에 정말로 충격을 받았습니다. 그는 이미 어떤 사실을 잊어버렸고, 아예 알지 못한 부분도 있었습니다. 어쨌든 마지막 장은 이 책의 의미 전체를 바꾸기 때문에 중요하다고 생각합니다.

『나는 훌리아 아주머니와 결혼했다』에 나오는 페드로 카마초에 대해 말씀해주시겠습니까? 그는 라디오 연속극을 쓰다가 자신의 플롯들을 뒤섞는 인물이지요.

요사 페드로 카마초는 실존 인물이 아닙니다. 1950년대 초 라디오 방송국에서 일하기 시작했을 때 리마에 있는 중앙 라디오 방송국에서 연속극을 쓰는 사람을 알게 되었습니다. 그는 방송 각본 기계처럼 일하던 실존 인물이었습니다. 믿을 수 없을 만큼 손쉽게 수많은 에피소드를 썼으며, 쓴 것을 다시 읽어볼 시간조차 갖기 어려울 만큼 많이 썼습니다. 그에게 완전히 매료되었습니다. 아마도 제가 알게 된 첫 전문 작가였기 때문이었나 봅니다. 그렇지만 저를 정말로 놀라게 한 것은 마치 숨 쉬는 것처럼 그에게서 쏟아져 나오는 방대한 세계였습니다. 페드로 카마초가 책에서 하는 일을 그가 실제로 하기 시작했을 때, 완전히 그에게 사로잡혔지요. 어느 날 그가 쓴 이야기들이 중첩되거나 섞이기 시작했고, 방송국에서는 등장인물이 한 이야기에서 다른 이야기로 여행하는 것 같다는, 이상한 일을 경고하는 애청자의 편지를 받았습니다. 이 일이 『나는 훌리아 아주머니와 결혼했다』를 쓸 실마리를 주었습니다. 그러나 분명 소설 속 등장인물은 많이 바뀌었기 때문에 모델이었던 실존 인물과는 아무런

• 레닌과 스탈린의 한 국가에 국한된 사회주의 노선을 비판하면서 전 세계적인 차원으로 사회주의의 확대를 주장한 급진적인 분파를 가리킨다.

상관도 없습니다. 그 사람은 미치지 않았거든요. 방송국을 떠나서 긴 휴가를 갔을 겁니다……. 그의 마지막은 소설보다 훨씬 덜 극적이었습니다.

당신을 모델로 한 인물인 바르기타스가 카마초의 연속극에 나오는 등장인물처럼 희극적으로 산다는 의미에서, 이 소설에는 메타언어*적인 차원이 들어 있지 않나요?

요사 맞습니다. 저는 『나는 훌리아 아주머니와 결혼했다』를 쓸 때 페드로 카마초의 이야기만 할 생각이었습니다. 이것이 일종의 심리게임이 되어가고 있으며, 매우 믿기 어려운 이야기가 되었다는 것을 깨달았을 때에는 이미 소설 깊숙이 들어가 있었지요. 전에 말씀드렸던 것처럼 저는 사실주의 마니아입니다. 그래서 부조리한 페드로 카마초 이야기에 균형을 맞추려고 했습니다. 현실에 닻을 내릴 수 있는 또 다른 훨씬 사실주의적인 플롯을 만들기로 작정했지요. 그 당시 저는 일종의 텔레비전 멜로드라마처럼 살고 있었습니다. 제 첫 결혼을 말하는 겁니다. 때문에 훨씬 개인적인 이야기를 포함시켰고, 이것을 다른 것과 결합시키면서 판타지와 거의 다큐멘터리라고 할 수 있는 세계 사이의 대립을 만들려고 했습니다. 이를 실현하려고 애쓰던 중, 허구를 쓸 때는 그렇게 하는 것이 불가능하단 걸 깨달았습니다. 작가의 의지와 상관없이 비현실적인 요소가 허구에 스며들어 가더군요. 개인적인 이야기도 다른 것처럼 헛소리가 되어갔습니다. 언어 자체가 현실을 변모시킬 수 있더라고요. 그 소설에서 바르기타스의 이야기는 자전적인 요소를 갖습니다만 감염에 의해 심하게 변질되었습니다.

몇 편의 글에서 매우 염세적으로 보이는 말씀을 하셨더군요. 1982년에는 "문학은 정치보다 더 중요하다. 작가는 정치의 위험한 계획에 맞서서 이를 제대로 만든다는 의미에서 정치에 연계되어야만 한다."고 쓰셨습니다. 정치는 발전을 위해 할 수 있는 게 없다는 염세적인 비전이 아닌가요?

요사 아닙니다. 문학은 정치보다 훨씬 지속적으로 작동한다는 것과 작가는 작가로서 실패하지 않고 정치가로서도 실패하지 않은 채 문학과 정치를 동등한 지위에 둘 수는 없다는 걸 의미합니다. 문학이 지속적인 면이 있다면, 정치적 행동은 일시적이라는 것을 기억해야 합니다. 작가는 현재를 위한 책을 쓰지 않습니다. 어떤 작품이 미래에 영향력을 행사할 수 있으려면 시간이 그 역할을 해주어야만 합니다. 그렇지만 정치적인 행동은 미루어서는 안 됩니다. 그러나 이렇게 말하면서도 저는 언제나 정치적 풍토에 대한 판단을 내리지요. 그리고 쓴 글이나 한 일에 의해 정치에 연루되는 것도 피하지 않습니다. 특히 페루와 같이 문제를 해결하기가 어렵고, 경제적이나 사회적 상황이 가끔 극적인 면을 갖는 나라에서는 작가가 정치에 관련되는 것을 피할 수 없다고 믿습니다. 작가가 이런저런 방식으로 문제 해결에 공헌하기 위해 비판하거나 아이디어를 제공하거나 상상력을 활용하는 식으로 행동하는 것은 매우 중요합니다. 모든 예술가들처럼 작가들 역시 다른 누구보다 자유를 강하게 감지합니다. 때문에, 개인뿐만 아니라 사회를 위해서는 작가들이 자유의 중요성을 보여주는 것이 중요할 겁니다. 우리 모두는 정의가 지배하길 바라

• 다른 언어를 기술하거나 분석하는 데 쓰이는 언어로, 대상을 직접 서술하는 언어 그 자체를 다시 언급하는 한 차원 높은 언어를 가리킨다.

는데, 정의는 결코 자유로부터 분리되어서는 안 됩니다. 극좌로부터 나온 전체주의자나 극우로부터 나온 반동주의자들이 어떤 경우엔 자유가 사회정의나 국가 안전이라는 명분을 위해 희생될 수 있다는 생각을 합니다. 이런 생각을 인정해서는 안 됩니다. 작가들은 이 점을 알고 있습니다. 왜냐하면 자유롭게 글을 쓰면서 살아가기 위해서, 자신들이 얼마나 자유로운지를 매일매일 감지하기 때문입니다. 작가들은 공정한 임금이나 일할 권리처럼 그들의 자유를 필수불가결한 것으로 지켜야만 합니다.

그렇지만 저는 정치가 무엇을 할 수 있겠는가 하는 염세적 관점을 표현하기 위해 당신의 말씀을 인용합니다. 작가들은 반대 입장을 표명하는 것으로만 자신의 정치적 역할을 제한해야 하나요? 아니면 그렇게 제한할 수 있나요?

요사 저는 작가가 참여하고 판단하고 중재하는 것이 중요하다고 생각합니다. 하지만 정치가 문학의 영역, 작가의 창조 영역을 침범하고 파괴하지 않도록 해야 한다고도 생각합니다. 이런 일은 작가를 죽이며 선동가로만 취급하는 일입니다. 따라서 작가가 자신의 의견을 표현할 의무를 포기하거나 박탈당하지 않은 채, 자신의 정치 활동에 제한을 두는 것이 중요하다고 생각합니다.

정치에 대해 항상 많은 불신을 표현한 작가로서 1990년 페루 대통령 선거에서 후보가 된 일에 대해 어떻게 생각하십니까?

요사 어떤 국가는 종종 위기 상황, 예를 들자면 전쟁 상황에 처하기도 하지요. 그런 경우에는 선택의 여지가 없습니다. 오늘날 페루의 상황은 대재앙의 상황입니다. 경제는 점점 침체되고 있습니다. 인플

레이션은 최고치를 경신하고 있습니다. 1989년의 첫 열 달 동안 인구의 절반이 구매력을 잃었습니다. 정치적인 폭력이 극에 달했습니다. 역설적으로 이러한 엄청난 위기의 한가운데에서, 민주주의와 경제적인 자유를 향한 커다란 변화의 가능성이 나타날 수도 있습니다. 1968년 이래로 페루에서 써온 국가 공영화 모델이나 사회주의 모델을 다시 생각할 수도 있습니다. 지난 세월 동안 싸워온 것—민주주의로의 변혁과 실재적인 시장경제의 창조—을 복구할 기회를 잃어서는 안 됩니다. 페루를 휩쓸고 있는 위기에 책임이 있는 정치 문화적 혁신은 말할 것도 없고요. 이러한 모든 이유들이 저로 하여금 망설이지 않고 정치 투쟁에 참여하게 만들었습니다. 결국은 매우 순진한 환상이었지만요.

작가로서 자신이 가진 최고의 장점과 가장 큰 문제점이 무엇이라고 생각하시나요?

요사 제일 큰 장점은 인내심이라고 생각합니다. 매우 열심히 일할 수 있고 가능하다고 생각한 것보다 더 많은 것들을 만들어낼 수 있습니다. 가장 큰 결점은 자신감 부족입니다. 이것이 저를 엄청나게 괴롭힙니다. 소설 한 권을 마치는 데 3년 내지 4년이 걸립니다. 그동안 저 스스로를 의심하면서 많은 시간을 보냅니다. 세월이 흐른다고 전혀 나아지지 않던데요. 오히려 점점 더 자기 비판적이 되고 자신감은 줄어든다고 생각합니다. 그런 걸 보면 허영심은 없는 듯합니다. 글을 쓰려는 의지는 매우 확고합니다. 죽는 날까지 글을 쓸 것이라는 걸 알고 있습니다. 글쓰기는 제 본성입니다. 일에 따라서 인생을 살고 있지요. 글을 쓰지 못한다면, 한 점의 의구심도 없이 제 머리를 날려버릴 것입니다. 저는 더 많은 책을 쓰고 싶고 더 좋은 책을 쓰고 싶습니다. 지금까지 했던 것보다 더 흥미롭고 놀라운 모험을 하고 싶습니다. 제 전성기가 끝났을지도 모른다는 가능성을 허락할 수 없습니다. 그리고 증거를 들이밀더라도 인정하고 싶지 않습니다.

글을 쓰는 이유는 무엇인가요?

요사 행복하지 않기 때문입니다. 불행과 싸우는 한 방법이지요.

수재너 휴뉴웰 Susannah Hunnewell 하버드 대학교를 졸업한 뒤 『뉴욕 타임스』에서 일했고, 『파리 리뷰』에서 오랫동안 편집자로 일했다.

리카르도 아우구스토 세티 Ricardo Augusto Setti 『에스타도 데 상파울루』, 『호르날 두 브라질』의 기자로 활동했고, 브라질 4대 신문에 수백 개의 기사를 실었다. 1984년 『월드 프레스 리뷰』의 올해의 기자상을 수상했다.

주요 작품 연보

『도시와 개들』The Time of the Hero, 1963
『녹색의 집』The Green House, 1963
『성당에서의 대화』Conversation in the Cathedral, 1969
『가르시아 마르케스-그리스 살인자의 역사』Garcia Márquez: Story of a Deicide, 1971
『판탈레온과 특별봉사대』Captain Pantoja and the Special Service, 1973
『나는 훌리아 아주머니와 결혼했다』Aunt Julia and the Scriptwriter, 1977
『사르트르와 카뮈』Between sartre and Camus, 1981
『세상 종말 전쟁』The War of the End of the World, 1981
『카티에와 하마』Kathie and the Hippopotamus, 1983
『알레한드로 마이타의 진짜 인생』The Real Life of Alejandro Mayta, 1984
『누가 빨로미노를 죽였나』Who Killed Palomino, 1986
『새엄마 찬양』In Praise of the Stepmother, 1988
『물속의 물고기』A Fish in the Water, 1993
『리고베르토 씨의 비밀노트』Notebooks of Don Rigoberto, 1997
『염소의 축제』The Feast of the Goat, 2000
『천국은 다른 곳에』The Way to Paradise, 2003
『나쁜 소녀의 짓궂음』The Bad Girl, 2006
『켈트족의 꿈』The Dream of the Celt, 2010
『자체 제작 영웅』The Self-Made Hero, 2013

:: 07

예술로 포착하는 시대상

권터 그라스
GÜNTER GRASS

귄터 그라스 폴란드, 1927. 10. 16.~

소설, 시, 희곡 등 다방면의 작품을 썼다. 직설적인 시대 비평이 특징이다. 대표적 장편소설 『양철북』으로 1999년 노벨 문학상을 수상하였다.

폴란드의 랑푸우르에서 상인의 아들로 태어났다. 아버지는 독일인, 어머니는 슬라브계 소수민족인 카슈바이인이었다. 제2차세계대전 기간 중 청소년기를 보낸 그라스는, 후일 십 대 시절 나치 친위대에서 복무했던 사실이 알려지며 논란이 되기도 했다.
1954년 서정시 대회에서 입상하면서 문단에 발을 들여놓았다. 같은 해 새로운 문학적 방향을 모색하는 전후 청년 문학의 대표적 집단인 '47그룹'에 가입했고, 1959년 『양철북』을 출간했다. 이후 『양철북』으로 게오르크 뷔히너 상, 폰타네 상, 테오도르 호이스 상 등 수많은 문학상을 수상했다.
1963년 『개들의 시절』을 출간해 『양철북』, 『고양이와 쥐』까지 '단치히 3부작'을 완성했다. 1960년대 후반과 1970년대를 거치는 동안 미국, 이스라엘을 여행하며 자신의 작품들을 강독했으며 『국부마취』, 『넙치』, 『텔크테에서의 만남』 같은 대작들을 출간했다. 1995년엔 독일 통일을 비판적으로 바라보는 작품인 『아득한 평원』을 출간했으며, 1999년 그의 전 생애를 갈무리하는 『나의 세기』를 발표했고 노벨 문학상을 수상하였다. 그 외에도 『무당개구리 울음』, 『게걸음으로 가다』 등을 발표하며 최근까지 활발한 작품 활동을 펼치고 있다.

그라스와의 인터뷰

엘리자베스 개프니

그가 영어로 인터뷰하는 데 동의하였으므로, 번역이라는 복잡한 문제를 겪지 않아도 되었다. 그러나 그라스는 이 사실을 떠올리곤 눈을 가늘게 뜨고 웃으며 선언했다. "너무 지쳤습니다! 독일어로 하지요."

권터 그라스는 자신이 관심을 둔 모든 장르와 예술 분야에서 비평가들의 존경을 받았을 뿐만 아니라 상업적으로도 성공했다는 점에서 현대예술과 문학에서 매우 드문 업적을 남겼다. 소설가, 시인, 에세이 작가, 극작가, 조각가이자 그래픽 아티스트인 그라스는 자신의 첫 번째 소설이며 1959년 출간된 베스트셀러 『양철북』으로 문학계에서 국제적으로 유명해졌다. 『양철북』과 그 후속 작품인 중편소설 『고양이와 쥐』, 장편소설 『개들의 시절』은 단치히 3부작으로 널리 알려져 있다. 그 밖에 그가 쓴 다른 책들로는 『달팽이의 일기 중에서』와 『넙치』, 『텔크테에서의 만남』, 『머리에서 출생하기, 또는 죽어가는 독일인들』, 『쥐』, 『네 혀를 보여줘』 등 다수가 있다. 그라스는 항상 자신의 책 표지를 스스로 디자인할 뿐만 아니라, 종종 직접 그린 삽화를 실었다. 그는 1965년 게오르크 뷔히너 상과 1977년 칼 폰 오시에츠키

메달을 받았을 뿐만 아니라, 다른 많은 문학상과 메달을 수상하였다. 또한 그는 미국 예술 과학 학회의 외국인 명예 회원이기도 하다.

그라스는 1927년 발트 해 연안의 자유도시인 단치히*, 지금은 폴란드의 그단스크로 불리는 도시의 교외 지역에서 태어났다. 그의 부모는 식료품상이었다. 그라스는 제2차세계대전 중 독일군 탱크 부대의 포수였으며, 1945년 미군에게 부상을 당하고 포로가 되었다. 풀려난 뒤에는 석회 광산에서 일하기도 했고 뒤셀도르프와 베를린에서 미술 공부를 하였다. 1954년에는 안나 슈바르츠와 결혼했다. 슈바르츠는 그의 첫 부인이었으며 스위스 출신의 발레 무용수였다. 그라스는 1955년부터 1967년까지 독일 작가와 비평가들의 비공식 모임 '47그룹'에 참여했다. 비공식이지만 영향력이 큰 모임으로, 그렇게 불리게 된 이유는 1947년 9월에 첫 만남이 있었기 때문이다. 그 구성원으로는 하인리히 뵐, 우베 욘존, 일제 아이힝거 등이 있었다. 이 조직은 나치 치하의 선전 문구에 쓰는 복잡하고 장식적인 산문 스타일에 철저하게 맞서는 문학 언어를 발전시키고 사용하려는 공통의 목적으로 만들어졌다. 그들의 마지막 모임은 1967년이었다.

그라스와 그의 가족은 루흐터한트 출판사가 주는 적은 급여로 1956년부터 1959년까지 파리에서 살았다. 그곳에서 『양철북』을 썼는데 1958년 완성 전이던 소설의 일부를 낭독해서, 47그룹이 수여하는 그해의 작품상을 받았다. 이 소설은 처음으로 제2차세계대전 중의 독일 자본가 계급에 대한 불쾌한 묘사에 직면하게 함으로써 독일 비평가들과 독자들을 충격에 빠뜨렸다. 그라스의 1979년 작품인 『텔크테에서의 만남』은 30년전쟁**이 끝나갈 무렵인 1647년에 존재한 독일 시인의 모임을 허구로 그렸다. 이 책의 등장인물들뿐만 아니라 허구의 모임이 가진 목적 역시 제2차세계대전 후의 47그룹과 평행을 이룬다.

독일에서 그라스는 소설의 유명세와 논쟁적인 정치관으로 오랫동안 명성을 날렸다. 그는 10여 년 동안 빌리 브란트의 주요 연설문 작가였으며, 오랫동안 독일 사회민주당을 지지하였다. 최근에는 독일이 너무나도 졸속으로 통일되는 과정을 공식적으로 반대했던 소수 지식인의 하나였다. 그라스는 1990년 한 해 이 문제에 대한 강연과 연설문과 토론을 모아 두 권이나 책으로 출판했다.

여행하지 않을 때 그는 두 곳 중의 한 곳에 머문다. 한 곳은 그의 현재 부인인 우테 그루네르트와 살고 있는 슐레스비히홀슈타인에 있는 대저택이고, 다른 한 곳은 그가 네 명의 자녀를 키웠고 그의 비서인 에바 회니슈가 사무를 보고 있는 베를린의 쇠네베르크 구역에 있는 집이다. 인터뷰는 두 번에 걸쳐서 진행되었다. 한 번의 인터뷰는 맨해튼 92번가 YMWHA•••의 청중들 앞에서 진행되었고, 다른 한 번은 지난 가을 그라스가 짧은 체류 기간 중 몇 시간의 짬을 냈을 때 니드 가의 노란 집에서 진행되었다. 하얀 벽과 나무로 마루를 깐 작은 박공창이 있는 서재에서 그와 이야기를 나누었다. 구석 한편에는 책과 원고가 든 박스가 높이 쌓여 있었다. 그라스는 모직 자켓과 버튼다운 셔츠를 입은 편안한 복장이었다. 그가 영어로 인터뷰하는 데

• 1919년 연합국이 제1차세계대전에서 패한 독일 제국과 체결한 베르사유 조약에 의해서 중립도시인 단치히 자유시가 되었다. 1920년부터 1939년까지 반(半) 독립적인 도시국가였다. 제2차세계대전의 도화선이 되기도 했다.(역자 주)

•• 1618~1648년 독일에서 벌어진 신교(프로테스탄트)와 구교(가톨릭) 간의 종교전쟁.

••• Young Men's and Young Women's Hebrew Association의 약자.

동의하였으므로, 번역이라는 복잡한 문제를 겪지 않아도 되었다. 그러나 그라스는 이 사실을 떠올리곤 눈을 가늘게 뜨고 웃으며 선언했다. "너무 지쳤습니다다! 독일어로 하지요." 그가 공공연하게 여행으로 지쳤다고 말하였지만, 에너지와 열정이 넘치는 말투로 작품에 대해 이야기했고, 종종 조용히 웃었다. 쌍둥이 아들인 라울과 프란츠가 생일을 축하하는 저녁 식사에 그라스를 데려가기 위해 왔을 때, 인터뷰는 끝났다.

Günter Grass: DIE WOLKE ALS FAUST ÜBERM WALD

- Ein Nachruf -

Vom Sommer achtundachtzig bis in den Winter neunundachtzig hinein zeichnete ich, unterbrochen nur von Tatsachenbehauptungen des Zeitgeschehens, totes Holz. Ein Jahrzehnt ging zu Ende, an dessen Anfang ich mit "Kopfgeburten - oder die Deutschen sterben aus" mein Menetekel gesetzt hatte; doch was nun, Bilanz ziehend, unterm Strich stand, war keine Kopfgeburt mehr: anschaulich lagen Buchen, Kiefern, denen das Strammstehen vergangen war, Birken, um ihr Ansehen gebracht, vordatiert die Hinfälligkeit der Eichen. Und bemüht, diesen Ausdruck von Forstarbeit zu steigern, traten zu Beginn des neuen Jahrzehnts namentlich kurz nacheinander Orkane auf, fünf an der Zahl,

Es war wie Leichenfleddern. Hinsehen und festhalten. Oft fotografiert und farbig oder schwarzweiß zur Ansicht gebracht, blieb dennoch unglaubhaft, was Statistiken und amtliche Waldzustandsberichte bebildern sollte. Fotos kann jeder machen. Wer traut schon Fotos!

Also zeichnete ich vor Ort: in einem dänischen Mischwald, im Oberharz, im Erzgebirge, gleich hinterm Haus, wo Wald dicht ansteht und das Nadelholz aufgegeben hat. Anfangs wollte ich mich mit Skizzen begnügen und den feingesiebten Rest, was man nicht sieht, was in Ausschüssen vertagt, in Gutachten und Gegengutachten zerredet oder im allgemeinen Gequassel beschwiegen wird, aufschreiben, wie ich anderes, zuletzt den Alltag in Calcutta aufgeschrieben hatte. Aber über den Wald, wie er stirbt, steht alles geschrieben. Über Ursachen und Verursacher. Woran und wie schnell oder langsam er auf Kammlagen oder

귄터 그라스의 『숲의 죽음』의 원고 중 한 페이지.

귄터 그라스
×
엘리자베스 개프니

어떻게 작가가 되신 건가요?

귄터 그라스　제가 자란 사회 상황과 밀접한 관련이 있을 겁니다. 저희 가족은 중하층 계급이었어요. 방이 두 개 있는 작은 아파트에서 살았지요. 누이와 저는 방을 따로 갖지 못했습니다. 자신만을 위한 공간이라곤 하나도 없었습니다. 거실의 창문 두 개 너머에 좁다란 구석이 있었습니다. 그곳에 제 책이 쌓여 있었고 수채화물감 같은 다른 물건들이 보관되었지요. 종종 필요한 것들을 상상하는 것으로만 만족해야 했습니다. 시끄러운 소음 속에서 책 읽는 법을 매우 일찌감치 배웠습니다. 그렇게 글쓰기와 그림 그리는 일을 어린 나이에 시작하였습니다. 그것이 낳은 다른 결과로 이제 저는 방을 모읍니다. 서로 다른 네 장소에 서재가 있습니다. 작은 공간에 딸린 한쪽 구석에서 보낸 어린 시절의 상황으로 되돌아가는 것이 두렵거든요.

그런 상황에서 운동이나 놀이를 하지 않고 책을 읽거나 글을 쓰게 된 이유가 있으신가요?

그라스 어릴 때 저는 대단한 거짓말쟁이였지요. 다행히도 어머니는 제 거짓말을 좋아하셨어요. 저는 그분께 아주 멋진 것들을 약속했습니다. 열 살이 되었을 때 어머니는 저를 페르 귄트•라고 부르셨습니다. "페르 귄트야, 우리들이 나폴리나 다른 어딘가로 여행을 떠나는 멋진 이야기를 만들어주지 않으련?" 하고 말씀하셨지요. 저는 매우 일찍부터 제 거짓말을 글로 쓰기 시작하였습니다. 그리고 계속 그런 일을 하고 있어요! 열두 살이 되었을 때 소설을 쓰기 시작했습니다. 카슈바이 사람들••에 대한 것이었는데 그들은 여러 해 뒤 『양철북』에 다시 등장합니다. 이 이야기에서 오스카의 할머니인 안나는 (저의 할머니처럼) 카슈바이 출신입니다. 그러나 첫 번째 소설에서는 실수를 했습니다. 등장인물들이 첫 번째 장의 끝 부분에서 모두 죽었거든요. 더 이상 쓸 수가 없었어요. 글을 쓰면서 배운 첫 번째 교훈은 '등장인물을 주의 깊게 다루어라!'였습니다.

어떤 거짓말이 가장 큰 즐거움을 주었나요?

그라스 다른 사람을 해치지 않는 거짓말이지요. 자신을 변명하거나 다른 사람을 해치는 거짓말이 아니라요. 그런 건 제가 하려던 것과는 달라요. 그렇지만 진실은 대체로 매우 지루합니다. 거짓말이 그걸 덜 지루하게 해주지요. 그런 데는 해가 없습니다. 제가 한 모든

• 입센의 극시 「페르 귄트」를 응용한 애칭. 주인공 페어는 돈과 권력을 찾아 세계 여행을 떠난다. 그리그가 이 극을 바탕으로 '페르 귄트 모음곡'을 작곡하기도 했다.

•• 독일, 폴란드 북쪽의 포메라니아에 살고 있는 서슬라브족.

끔찍한 거짓말이 현실 세계에 아무런 영향을 미치지 못한다는 것을 알았습니다. 수년 전 최근 독일 정치 상황을 예언한 글을 썼다면, 사람들은 "엄청난 거짓말쟁이로군!"이라고 했을 겁니다.

어린 시절 첫 소설 쓰기에 실패한 다음에는 무엇을 하셨습니까?

그라스 첫 책에는 시와 그림이 들어 있었습니다. 제가 쓴 시의 초고는 언제나 그림과 시가 결합된 방식입니다. 때로는 이미지에서 때로는 단어에서부터 시작되지요. 그리고 스물다섯 살이 되어서 타자기를 살 만한 여력이 생겼을 때는 두 손가락으로만 타자하는 것을 좋아했습니다. 『양철북』의 초고는 타자기로 썼습니다. 나이가 들어가면서 많은 동료들이 컴퓨터로 글을 쓴다는 이야기를 듣지만, 요즘은 다시 손으로 초고를 씁니다. 『쥐』의 첫 판본은 인쇄소에서 받은 줄이 없는 종이로 만든 커다란 책이었습니다. 책이 출판될 무렵, 항상 다음 작품을 쓸 수 있는 빈 공책 한 권을 청합니다. 요즘에도 첫 원고는 그림을 곁들여 손으로 씁니다. 두 번째와 세 번째는 타자기로 고쳐 쓰지요. 책을 마무리하려면 고쳐 쓰는 과정을 세 번 거쳐야 합니다. 대개는 수정을 많이 한 네 번째 원고도 있기 마련입니다.

모든 판본은 알파에서 시작해서 오메가로 나아가나요?

그라스 아니요. 초고는 빠르게 씁니다. 거기 구멍이 있다면, 구멍이 있는 것이지요. 두 번째 원고는 일반적으로 매우 길고 상세하고 완전하지요. 더 이상 구멍은 없지만 약간 무미건조합니다. 세 번째에서는 초고의 자연스러움을 다시 입히고 두 번째 원고의 핵심 사항을 유지하려고 애씁니다. 이건 참 어려운 일입니다.

글을 쓰는 매일의 일정은 어떻습니까?

그라스 초고는 매일 다섯 쪽에서 일곱 쪽 정도를 씁니다. 세 번째 원고는 하루에 세 쪽 정도를 씁니다. 글쓰기는 시간이 많이 걸리는 매우 느린 작업입니다.

아침에 쓰시나요, 아니면 오후나 밤에 쓰시나요?

그라스 밤에는 절대로 안 씁니다. 밤에 쓴 글을 믿지 않아요. 너무도 쉽게 써지기 때문이지요. 간밤에 쓴 글을 아침에 읽어보면 결코 좋지 않더라고요. 글을 시작하는 데는 햇빛이 필요합니다. 저는 오전 아홉 시에서 열 시 사이에 무엇인가 읽거나 음악을 들으면서 아침 식사를 오래 합니다. 그 후에 일을 하고 오후에는 커피를 마시면서 쉽니다. 그리고 다시 글을 써서 저녁 일곱 시면 마무리합니다.

책이 완성되었다는 것을 어떻게 아시지요?

그라스 서사시만큼 긴 책을 쓰는 과정은 상당히 오래 걸립니다. 초고에서 마지막 원고까지 마치는 데 4년에서 5년 정도 필요합니다. 제가 지쳐서 기진맥진한 상태에 이르면 책이 완성된 거라고 할 수 있지요.

브레히트는 항상 작품을 고쳐 썼습니다. 심지어 출판이 된 작품도 끝났다고 생각지 않았지요.

그라스 브레히트처럼 할 수 있을 거라고는 생각하지 않습니다. 『양철북』이나 『달팽이의 일기 중에서』와 같은 책은 생애의 어떤 특별한 기간 동안에만 쓸 수 있을 겁니다. 당시에 제가 느끼고 생각했던 방식 때문에 그런 책이 나오는 것이지요. 『양철북』이나 『개들의 시절』이나 『달팽이의 일기 중에서』를 다시 써야 한다면 분명 망쳐버릴 겁니다.

소설과 비소설을 어떻게 구분하시나요?

그라스 '소설과 비소설'이라는 구분은 당치 않습니다. 장르로 책을 분류하는 서적상들에게는 유용하겠지만, 제 책이 그런 식으로 범주화되는 것을 원치 않습니다. 서적상들이 모임을 갖고 어떤 책은 소설로 어떤 책은 비소설로 구분하는 것을 언제나 상상하곤 했습니다. 그렇지만 그 구분 자체가 허구라고 말씀드리고 싶네요.

에세이나 연설문을 쓸 때 사용하는 방법이나 기법은 소설을 쓸 때와는 서로 다른가요?

그라스 물론 다르지요. 에세이나 연설문을 쓸 때는 바꿀 수 없는 사실에 직면해 있기 때문입니다. 일기를 좀체 쓰지 않는 편입니다만 『달팽이의 일기 중에서』를 준비할 때만은 썼습니다. 1969년은 중요한 해이며 새로운 정부를 만드는 것 이상의 진정한 정치적인 변화가 올 수도 있다는 느낌이 들었습니다. 그래서 1969년 3월부터 9월까지 긴 길거리 홍보 기간 동안 일기를 썼습니다. 캘커타현재의 콜카타에서도 똑같은 일이 일어났습니다. 그때 제가 썼던 일기가 『네 혀를 보여줘』로 발전했습니다.

실천적인 정치관을 시각예술이나 글과 어떻게 조화시키시나요?

그라스 작가들은 그들의 내적이며 지적인 삶뿐만 아니라 일상적인 삶의 과정과도 연관되어 있습니다. 글과 그림과 정치적인 활동, 이 세 가지는 제가 별개로 추구하는 일입니다. 각각은 나름대로 강렬함을 지니고 있습니다. 저는 생활하는 사회에 특히 잘 적응하였고 깊이 관여하게 되었습니다. 글과 그림 모두 언제나 정치와 섞여 있습니다. 제가 원하거나 원하지 않거나 상관없이요. 쓰고 있는 글에 정치를 도입하려고 계획하고 일을 시작하지는 않습니다. 서너 번 이상 정치 현실을 직접 다루기를 주저하다가 역사에 의해서 망각된 사실을 알게 된 적이 있습니다. 단순히 특정한 정치 현실만 다루는 이야기를 쓰고 싶지는 않지만, 우리 삶에 거대하고 결정적인 힘을 행사하는 정치에 대해 쓰지 말아야 할 이유도 없지요. 정치는 이런저런 방식으로 삶의 모든 측면에 배어듭니다.

당신의 작품에는 매우 다양한 장르가 섞여 있지요. 예를 들면 역사, 조리법, 서정시…….

그라스 ……그림, 시, 대화, 인용, 연설, 편지들까지요! 아시다시피 서사시의 (웅대한) 개념을 다룰 때에는 이용 가능한 언어의 모든 측면과 의사소통의 가장 다양한 형식을 사용할 필요가 있다는 것을 깨달았습니다. 그렇지만 제 책 중에 중편소설인 『고양이와 쥐』나 『텔크테에서의 만남』은 형식상 매우 순수하다는 것을 기억해주시길 바랍니다.

단어와 그림을 서로 맞물리게 만드는 당신의 방식이 상당히 독특하지요.

그라스 그림과 글이 제가 하는 일의 대부분을 차지하지만 그게 전부는 아닙니다. 시간이 있을 때는 조각도 합니다. 제 경우에는 미술과 글쓰기 사이에 주고받는 관계는 매우 분명합니다. 어떤 때는 더 강하게 나타나기도 하지만, 어떤 경우에는 약합니다. 지난 몇 년 동안에는 매우 강하게 나타났습니다. 캘커타를 배경으로 한 『네 혀를 보여줘』가 그런 예입니다. 한 편의 그림도 없이는 책을 낼 수가 없었습니다. 캘커타에서 본 도저히 믿을 수 없는 가난함이 저를 끊임없이 언어가 질식된 상황으로 끌어들였습니다. 말문이 막히게 만들었지요. 말문이 막힐 때마다 그림이 적합한 단어를 찾을 수 있도록 도와주었습니다.

그 책에는 여러 편의 시가 인쇄되어 있을 뿐만 아니라, 그림 위에 손으로 쓴 글씨가 겹쳐져 있습니다. 그 단어들을 시각적인 요소이자 그림의 일부라고 생각하시나요?

그라스 그림은 시의 여러 요소들을 명료하게 해주거나 넌지시 암시해줍니다. 마침내 적합한 단어들을 찾으면, 그림 위에 글을 쓰기 시작하였습니다. 시와 그림이 서로 포개지도록 말입니다. 그림 위에 쓰인 단어를 읽을 수 있다면 멋진 일이지요. 단어들은 읽히기 위해 거기에 있으니까요. 그러나 그 그림들은 일반적으로 제가 썼던 초고를 담고 있습니다. 타자기 앞에 앉기 전에 손으로 썼던 것 말입니다. 이 책을 쓰는 것이 매우 어려웠는데 이유를 잘 모르겠습니다. 아마도 캘커타라는 주제 때문이었을 겁니다. 그곳에 두 번 가보았는데, 처음은 『네 혀를 보여줘』를 쓰기 11년 전이었습니다. 그때가 첫 인도 방문이었지요. 며칠밖에 머무르지 않았지만 심하게 충격을 받았습니다. 처음부터 캘커타에 다시 와서 오랫동안 머무르면서 더 많은 것을 보고 기록하고 싶은 마음이 들었습니다. 저는 아시아와 아프리카로 여러 번 여행을 다녔습니다. 홍콩이나 마닐라나 자카르타의 슬럼가를 볼 때마다, 캘커타의 상황이 떠올랐습니다. 그곳만큼 제1세계와 제3세계의 문제들이 공공연하게 섞여 있는 곳을 보지 못했습니다.

그래서 다시 캘커타에 갔습니다만, 언어를 사용하는 능력을 잃었습니다. 한마디도 쓸 수가 없었어요. 이런 순간에 그림이 중요해졌습니다. 캘커타의 현실을 있는 그대로 표현하려고 애쓰는 또 다른 방법이었지요. 그림의 도움으로 마침내 다시 글을 쓸 수 있게 되었습니다. 그것이 책의 첫 부분이 되었는데, 일종의 에세이라고 할 수 있을 겁니다. 그 후에 저는 세 번째 부분을 쓰기 시작했는데, 이 부분은 열두 개의 절로 이루어진 한 편의 긴 시입니다. 이는 캘커타에 대한 도시의 시City Poem입니다. 산문과 그림과 시를 함께 본다면, 이들이 연관되어 있으면서도 서로 다른 방식으로 캘커타라는 도시를 다룬다는 것을 아실 수 있을 겁니다. 이 셋은 아주 다르지만 서로 대화가 이루어지지요.

세 가지 중에서 가장 중요한 것은 무엇인가요?

그라스 저에게만 한정해서 말씀드리자면, 시가 제일 중요하다고 답할 수 있겠습니다. 한 편의 시를 쓰는 것으로 한 편의 소설을 탄생시킬 수 있기 때문입니다. 시가 궁극적으로 더 중요하다고 말할 수는 없지만, 시 없이는 아무것도 할 수 없습니다. 제게는 출발점으로서 시가 필요합니다.

시는 어쩌면 다른 것보다 더 장엄한 예술 형식일까요?

그라스 아니요, 아니요, 꼭 그렇지는 않습니다. 제 작품에서 산문, 시, 그림은 매우 민주적인 방식으로 나란히 존재합니다.

글을 쓰는 동안 할 수 없는, 그리는 행위가 육체적이며 감각적인 면을 갖고 있나요?

그라스 그렇습니다. 글쓰기는 정말로 힘들고 추상적인 과정입니다. 글쓰기가 즐거울 때의 기쁨은 그림을 그릴 때의 그것과는 사뭇 다릅니다. 그릴 때는 종이 위에 무엇인가를 창조한다는 점을 통렬하게 인지하고 있습니다. 그리는 건 감각적인 행위지만, 글을 쓰는 건 감각적인 행위라고 할 수 없습니다. 사실 저는 글쓰는 행위에서 회복하기 위해서 그림을 그리곤 합니다.

글쓰기가 그렇게 불쾌하고 고통스러운가요?

그라스 글쓰기는 조각과 약간 닮았습니다. 조각할 때는 모든 면에서 작업해야만 합니다. 만일 어느 한 곳에서 무엇인가를 바꾼다면 다른 곳에서도 바꿔야만 합니다. 그러다가 갑자기 한쪽 면을 바꾸면…… 훌륭한 조각품이 만들어지기도 하지요! 이런 과정은 마치 음악과 같습니다. 똑같은 일이 글쓰기에서도 일어날 수 있습니다. 초고나 두 번째, 세 번째 원고를 쓰면서 아니면 긴 문장 하나를 쓰면서 아니면 단 한 개의 마침표를 찍으면서 여러 날 작업할 수도 있습니다. 아시다시피 저는 마침표를 좋아합니다. 작업을 끝없이 계속하면 그럴듯한 작품이 나옵니다. 그 작품에는 모든 요소가 다 들어가 있지요. 하지만 무엇인가 어울리지 않는 부분이 있습니다. 별로 중요하지 않다고 생각되는 부분을 약간 바꿔봅니다. 그러고 나면 갑자기 모든 일이 잘 풀리는 거지요. 이것이 제가 이해한 행복입니다. 아니면 행복과 같은 무엇이지요. 이것은 2~3초 정도 지속될 뿐입니다. 그러고 난 뒤 다음 마침표를 향하게 되면 그 행복감은 사라지지요.

잠시 시에 대해 다시 이야기해볼까요. 소설의 일부로서 쓴 시와 소설과 상관없이 쓴 시는 어떤 점에서 다른가요?

그라스 한때 저는 시를 쓰는 것에 대해 매우 낡은 사고방식을 갖고 있었습니다. 상당히 좋은 시를 여러 편 쓴 뒤에 출판사를 섭외하고 그림을 몇 편 그려넣고 책을 찍어내는 것이라고 말입니다. 그러고 나면 놀라운 시집을 갖게 됩니다. 이 시집은 상당히 고립된 채로 시를 사랑하는 사람들에게만 읽히는 그런 시집이지요. 『달팽이의 일기 중에서』를 쓸 때부터 책에 시와 산문을 함께 넣기 시작했습니다. 그러자 거기 실린 시들은 어딘가 다른 어조를 띠었습니다. 저는 시와 산문을 분리시킬 어떤 이유도 알지 못합니다. 두 장르가 놀랍도록 섞여 있는 독일 문학의 전통 안에서는 특히나 더 그렇지요. 저는 점차로 각 장 사이에 시를 집어넣는 데 흥미를 갖게 되었고, 산문의 성격을 규정하려고 시를 사용하였습니다. 게다가 "시는 내게 너무도 어려워."라고 느끼는 산문을 좋아하는 독자들에게, 산문보다 시가 훨씬 단순하고 쉬울 수 있다는 것을 깨닫게 해줄 기회이기도 합니다.

영미권 독자들이 당신 책을 번역본으로 읽을 때 얼마나 많은 부분을 놓치게 된다고 생각하시나요?

그라스 대답하기 매우 어려운 질문입니다. 게다가 저는 영어 번역을 읽는 독자도 아니지 않습니까. 그렇지만 번역본을 읽는 독자를 도와주려고 애씁니다. 『넙치』의 원고를 독일 출판사와 세밀히 검토할 때 새로운 계약 조건을 요구하였습니다. 일단 제가 원고를 마치고 번역가가 작품을 연구하고 나면, 출판사에서 우리 모두를 위해 모임을 주선하고 비용을 지불하는 것이었습니다. 가장 먼저 그렇게 했던 작품은 『넙치』였고, 그다음엔 『텔크테에서의 만남』, 그리고 『쥐』였습니다. 이렇게 하는 것이 상당히 도움이 되었을 겁니다. 번역가들은 제 작품에 대해 모든 것을 알게 되었고 놀라운 질문들을 했습니다. 그들은 저보다 훨씬 잘 알고 있더라고요. 이런 일은 때로 불쾌할 수도 있지요. 그들이 책의 결점도 찾아내고 그것에 대해 이야기했거든요. 프랑스어, 이탈리아어, 에스파냐어의 번역가들은 이 모임에서 자신이 만든 노트를 비교했습니다. 이들은 제 책을 자신의 언어로 번역할 때 공동 작업이 도움이 된다는 점을 알게 되었습니다. 저는 번역되었다는 것을 의식하지 못한 채 읽을 수 있는 작품을 확실히 더 선호합니다. 독일어로 번역된 놀라운 러시아 문학작품이 있다는 것은 행운입니다. 톨스토이와 도스토옙스키의 독일어 번역본은 완벽하지요. 이 작품들은 정말로 독일 문학의 일부라고 생각합니다. 셰익스피어와 낭만주의 작가의 번역은 오류투성이입니다만, 이것들도 역시 놀랍습니다. 새로운 번역은 오류가 줄었거나 아마도 없겠지만, 프리드리히 폰 슐레겔-루드비히 티크Friedrich von Schlegel-Ludwig Tieck • 번역과 비교할 수는 없습니다. 문학은 그것이 시든 소설이든 자신의 언어로 재창조할 수 있는 번역가를 필요로 합니다. 저는 제 번역가들이 이런 일을 하도록 격려합니다.

당신의 소설 『쥐』Die Rättin[••]의 영어 제목은 'Rat'이지요. 쥐의 암컷이라는 뜻을 전할 수 없어서, 무엇인가를 놓쳤다고 보시나요? '암쥐'The She-Rat라는 제목은 미국인의 귀에 어색하게 들릴 것이고, '라테사'Rattessa[•••] 역시 이상하지요. 그냥 쥐라고 하지 않고, 특별히 암쥐라는 제목을 사용하신 것이 매우 흥미롭습니다만 암수 구분이 없는 영어 단어인 'Rat'은 매일 지하철에 출몰하는 추한 짐승의 이미지를 떠올리게 합니다.

그라스 독일어에도 그런 단어는 없습니다. 제가 만든 말입니다. 저는 항상 제 번역가들이 상상력을 써서 생각해내길 격려합니다. "이런 말이 당신이 사용하는 언어에 없다면, 만드세요."라고 그들에게 말하곤 하지요. 사실 '암쥐'The She-Rat란 말은 멋지게 들리는데요.

책에 나오는 쥐가 암컷이어야 하는 이유가 있나요? 성적이거나 여권신장론적이거나 정치적인 이유에서인가요?

그라스 『넙치』에서는 수컷이었지요. 그러나 나이가 들어감에 따라 제가 여성에게 몰두했다는 것을 알게 되었습니다. 저는 이런 점을 바꿀 생각이 없습니다. 그것이 여성이거나 암컷인 쥐거나 간에 아무런 상관없습니다. 제 생각을 아시겠어요? 여성들은 저를 뛰어오르게 하고 춤을 추게 만듭니다. 그러면 저는 단어와 이야기를 찾아 거짓말을 시작하지요. 거짓말은 매우 중요합니다. 남자에게, 남자와

• 셰익스피어 전집을 독일어로 옮긴 번역가이다. 1833년 완성된 티크-슐레겔 번역의 셰익스피어는 독일 문학의 전형이 되었다.(역자 주)

•• 독일어 제목인 Die Rättin은 암쥐라는 뜻이다. 영어 제목으로는 암수가 구분되지 않는 Rat이 쓰였다.

••• 암쥐를 의미하기 위해 인터뷰어가 만든 말.

앉아서 거짓말하는 것은 아무런 의미가 없지만, 여자와 함께라면!

여러 책의 제목 중심에 동물이 있습니다. 『쥐』, 『넙치』, 『달팽이의 일기 중에서』 또는 『개들의 시절』이라든가요. 특별한 이유라도 있으신가요?

그라스 아마도요. 우리가 항상 인간에 대해서만 너무도 많이 이야기한다고 느꼈습니다. 이 세상은 인간으로 만원을 이루고 있지만, 동물과 새와 물고기와 곤충으로도 가득 차 있습니다. 그들은 인간이 나타나기 이전에 세상에 있었으며, 인간이 더 이상 존재하지 않는 날이 올 때까지도 여전히 존재할 것입니다. 그들과 우리 사이엔 차이가 하나 있습니다. 우리는 박물관에 수백만 년 동안 존재했던 공룡과 거대한 동물의 뼈를 보관하고 있습니다. 그들은 매우 깨끗한 방식으로 죽었습니다. 어떤 독도 내뿜지 않았지요. 그들의 뼈는 매우 깨끗합니다. 우리는 그것을 볼 수 있습니다. 그렇지만 이런 일이 인류에게는 일어나지 않을 것입니다. 우리가 죽으면 끔찍한 독가스가 남을 테니까요. 우리는 세상의 유일한 존재가 아니라는 것을 배워야 합니다. 성경은 인간이 물고기와 새와 가축과 모든 기어 다니는 것들을 지배한다고 말함으로써 나쁜 교훈을 가르칩니다. 우리는 세계를 정복하려고 했고, 나쁜 결과를 낳았습니다.

비평에서 배운 게 있으신지요?

그라스 제가 좋은 학생이라고 생각하고 싶지만, 비평가들은 대개 좋은 선생이 아니던데요. 하지만 비평가들로부터 무엇인가 배운 적도 있습니다. 종종 그때가 그립습니다. 47그룹에서 활동하던 시기였지요. 우리는 원고를 소리 내어 읽고는 토론하였습니다. 그곳에서 저는 텍스트에 대해 토론하는 법을 배웠고, 단순히 "그 작품이 마음에 듭니다."라고 말하는 대신에 이유를 대는 법을 배웠습니다. 비평은 이런 식으로 자연스럽게 되던데요. 작가들은 기법이나 책을 어떻게 쓰는지 그런 종류의 일에 대해 토론하고 싶어했습니다. 비평가들로 말할 것 같으면, 그들은 작가가 어떻게 글을 써야 하는지에 대하여 그들만의 기대를 갖고 있습니다. 비평가와 작가가 혼합된 모임에서 활동한 것이 제게는 좋은 경험이었습니다. 훌륭한 훈련이었지요. 사실 그 시기는 일반적으로 전후 독일 문학에서 중요하게 여깁니다. 원래 전쟁 후에는 많은 혼돈이 있습니다. 특히 문학계에요. 전쟁 중에 어린 시절을 보낸 제 세대는 교육을 받지 못하거나 잘못된 교육을 받았습니다. 언어는 오염되었고, 주목할 만한 작가는 다른 나라로 이주하였지요. 어느 누구도 독일 문학에 아무것도 기대하지 않았습니다. 47그룹의 연간 모임은 우리에게 독일 문학이 다시 등장할 수 있는 배경을 제공하였습니다. 제 세대의 많은 독일 작가들에게 47그룹이라는 딱지가 붙었지요. 물론 일부 작가는 그걸 받아들이고 싶어하지 않았지만요.

잡지나 신문이나 책으로 출판된 비평들은 어떨습니까? 그런 비평이 당신에게 영향을 미쳤나요?

그라스 아니요. 그렇지만 저는 다른 작가로부터 배웠습니다. 알프레트 되블린은 제게 너무도 많은 영향을 미쳐서, 저는 '나의 스승, 되블린에 대하여'라는 제목으로 에세이를 쓰기도 했습니다. 되블린을 단순히 모방할 위험 없이 무엇인가를 배울 수 있었습니다. 제게 그는 토마스 만보다 훨씬 더 중요한 작가였습니다. 되블린의 소설은 만의 소설만큼 균형이 잘 잡혀 있지도 않으며 고전적인 형식을 갖추지도 않았습니다. 그렇지만 그의 소설은 더 큰 실험을 시도하였습니다. 그의 책들은 풍부하고 열려 있으며 아이디어로 가득합니다. 미국과 독일에서 그가 『베를린 알렉산더 광장』이란 책으로만 알려져 있다는 것은 유감입니다. 그러나 저는 여전히 배우고 있으며 그 외에도 제게 많은 가르침을 준 다른 작가들이 있습니다.

미국 작가들은 어떻습니까?

그라스 멜빌은 항상 좋아하는 작가였습니다. 윌리엄 포크너, 토머스 울프, 존 도스 파소스의 작품도 즐겨 읽었습니다. 지금 미국에서 글을 쓰는 작가 중에는 도스 파소스처럼 대중을 놀랍게 묘사하는 이는 없습니다. 한때 미국 문학에 존재했던 서사시의 차원이 없어진 것이 아쉽네요. 이제 미국 문학은 과도하게 이지적이 되었지요.

『양철북』을 원작으로 만들어진 영화에 대해 어떻게 생각하시나요?

그라스 슐뢴도르프는 책이 지닌 문학 형식을 따르지 않았지만, 좋은 영화를 만들었습니다. 아마도 그렇게 해야만 했을 겁니다. 한 시기에서 다른 시기로 계속 뛰어넘으며 이야기하는 오스카의 관점이 영화를 매우 복잡하게 만들어버릴 수도 있으니까요. 슐뢴도르프는 이야기를 매우 단순화했습니다. 한 방향으로만 진행시켰지요. 물론 그도 영화에서 잘라내야만 했던 부분이 있겠지요. 이것들 중의 일부가 없어진 것이 안타깝습니다. 영화 중에는 전혀 좋아하지 않는 부분도 있습니다. 성당에서 일어난 짤막한 장면은 완전히 별로였습니다. 슐뢴도르프는 가톨릭에 대해 아무것도 알지 못했거든요. 그는 독일 프로테스탄트였으며, 영화 속의 성당은 어쩌다 고해실이 있는 프로테스탄트 교회처럼 보였습니다. 그러나 이것은 사소한 세부 사항에 불과하지요. 전반적으로, 그리고 오스카 역할을 맡았던 꼬마의 멋진 연기 덕분에 이 영화는 훌륭하다고 생각합니다.

그로테스크한 것에 특별히 관심이 있으시지요. 『양철북』의 말 대가리에서 뱀장어들이 꿈틀거리며 나오는 그 유명한 장면이 떠오르네요. 어디에서 그런 장면을 가져오셨습니까?

그라스　제가 생각해낸 것입니다. 여섯 쪽에 해당하는 긴 분량의 단락이 왜 그렇게 사람들을 당황하게 만드는지 알 수가 없습니다. 이 부분에서는 제가 다른 세부 사항을 쓰는 것과 똑같은 방식으로 기상천외한 현실을 그렸지요. 그렇지만 그 이미지가 환기시킨 죽음과 성은 사람들에게 커다란 반감을 불러일으켰습니다.

통일이 독일의 문화에 어떤 영향을 미쳤나요?

그라스　어떤 누구도 독일 통일에 반대하는 목소리를 낸 독일의 예술가와 작가들의 이야기를 귀담아 듣지 않았습니다. 운 나쁘게도 대다수의 지식인들은, 게을러서 그랬는지 아니면 관심이 없어서인지는 잘 알 수 없습니다만, 그 토론에 끼지도 못했습니다. 전 수상인 빌리 브란트는 처음부터 독일 통일을 향한 열차는 정거장을 떠났으며 어느 누구도 그 열차를 막을 수 없다고 선언하였지요. 무반성적인 대중의 열기가 그 선언을 이어받았지요. 그러한 멍청한 은유가 진실로 받아들여졌습니다. 이런 상황은 어떤 누구도 통일이 동독의 경제는 말할 것도 없고 문화도 심하게 망칠 것이라는 점을 생각하지 않았다는 것을 확증합니다. 이래서는 안 되지요. 저는 조정할 수도 없고 위험 신호에 반응하지도 않는 열차에 타고 싶지 않습니다. 그래서 플랫폼에서 서서 기다렸습니다.

독일의 통일에 대한 당신의 견해에 대하여 독일 언론사들로부터 뼈아픈 비평을 받으셨지요. 어떻게 견디고 반응하셨습니까?

그라스 그런 일에 익숙한 편입니다! 제 입장에는 아무런 변화가 없습니다. 통일은 독일의 기본법을 위반하는 방식으로 진행되었습니다. 양분된 독일이 다시 하나가 되기 위해서는 우선 새 헌법이 만들어져야 했습니다. 통일된 독일의 문제에 적합한 헌법 말입니다. 우리는 새 헌법을 만들지 못했지요. 대신 일어난 일은 서독에 동독 전체가 합병되는 것이었습니다. 독일 통일은 헌법 조항의 허점을 이용하여 이루어졌습니다. 이 조항은 개별적인 독일의 주가 서독의 일부가 될 수 있도록 하는 것으로 독일 민족 간의, 예를 들면 동독을 탈출한 사람이 서독 시민이 될 권리를 허락했습니다. 이것은 진짜로 큰 문제입니다. 동독에서 부패한 것은 그와 관련된 모두가 아니라, 오로지 정부뿐이었기 때문입니다. 지금 학교, 예술, 문화를 포함한 동독의 모든 것이 내팽개쳐지거나 억압당하고 있습니다. 동독의 문화에 낙인이 찍혀서 독일 문화 중에서 그 부분 모두가 사라질 판입니다.

·

독일의 통일은 당신 작품에 자주 등장하는 역사적인 사건입니다. 그런 상황에 대하여 쓸 때, '사실 그대로'의 역사를 서술하려고 하시나요? 당신 소설 속 허구적인 역사가 교과서와 신문에서 읽을 수 있는 역사를 어떤 식으로 보완한다고

생각하시나요?

그라스 역사는 뉴스보다 훨씬 더 많은 것을 의미합니다. 저는 『텔크테에서의 만남』과 『넙치』라는 책에서 역사적인 사건들의 전개를 다루는 데 관심을 기울였습니다. 『넙치』는 인간이 어떻게 영양 공급 방법을 발전시켰는지 다루는 역사 이야기입니다. 그런 문제를 다룬 자료는 많지 않습니다. 우리들은 대개 전쟁, 평화, 정치적인 억압이나 정당 정치와 관련 있는 것들을 역사라고 부르곤 하지요. 그렇지만 인간에게 영양 공급과 영양 섭취 과정은 핵심적인 문제입니다. 제3세계에서 기아와 인구 폭발이 나란히 일어나고 있는 지금은 이 문제가 특히 중요합니다. 어쨌든 저는 이 역사를 쓰기 위한 자료를 만들어내야만 했고, 소설을 이끌어나갈 은유로 옛날이야기를 사용하기로 결정하였습니다. 옛날이야기는 일반적으로 경험, 꿈, 소망, 세계 속에서 길을 잃었다는 느낌을 핵심적으로 요약한 진실을 말하지요. 이런 점에서 옛날이야기는 많은 사실보다 더 진실합니다.

등장인물에 대해 말씀해 주시겠습니까?

그라스 많은 다른 사람, 아이디어, 경험, 이 모두를 합하여 인물을 만들어냅니다. 문학작품에 나오는 인물들 특히 책을 이끌고 나가야만 하는 주인공은 그렇게 작업됩니다. 산문 작가들은 등장인물들을 창조하거나 창작해야만 하지요. 어떤 이들은 마음에 들고, 어떤 이들은 마음에 들지 않기도 합니다. 인물 안으로 들어갈 수 있을 때에만 그들을 성공적으로 만들어낼 수 있습니다. 내면을 전혀 이해할 수 없다면 그들은 허수아비에 불과하고, 그 이상도 그 이하도 아닐 것입니다.

등장인물이 종종 다른 책에 다시 나오던데요. 예를 들면 툴라, 일제빌, 오스카와 그의 할머니 안나와 같은 인물이지요. 이 등장인물들은 당신이 소설에서 막 기록하기 시작한 거대한 허구 세계의 구성원이라는 느낌을 줍니다. 그들이 작가와는 상관없는 독립적인 존재라고 생각하시나요?

그라스 책을 쓰기 시작할 때 몇 명의 인물들에 대한 스케치를 합니다. 책을 쓰고 있자면 이 허구의 인물들이 종종 자신만의 삶을 살기 시작합니다. 예를 들면 『쥐』에서 마체라트 씨를 예순 살 먹은 노인으로 다시 등장시킬 계획은 없었습니다. 그렇지만 그는 자꾸 제게 나타나서는 "난 아직 여기 있어. 그리고 이건 내 이야기이기도 하잖아."라고 하면서 계속 자신을 등장시킬 것을 요구하였습니다. 종종 만들어진 인물들이 수년에 걸쳐서 제게 무언가를 요청하거나, 항변하기도 하고, 이용되는 것을 거부할 때도 있다는 걸 깨닫습니다. 작가가 이 인물들에게 이따금씩 주의를 기울이도록 권합니다. 물론 자기 자신에게도 귀를 기울여야 하고요. 이것은 작가와 등장인물 사이에 벌어지는 일종의 대화입니다. 가끔 매우 열띤 대화가 되기도 합니다. 일종의 협력 과정이라고나 할까요.

툴라 포크리프케라는 등장인물이 여러 책의 핵심에 놓인 이유는 무엇입니까?

그라스 툴라라는 인물은 매우 설명하기 어렵고 모순으로 가득 차 있습니다. 이 책들을 쓸 때 매우 감정적이 되더군요. 그녀를 설명할 수 없습니다. 할 수만 있었다면 했을 겁니다. 설명을 싫어해요! 스스로 그녀를 그려보셨으면 합니다. 독일 고등학생들이 학교에서 읽고 싶어하는 책은 멋진 이야기 또는 섹시한 여자가 나오는 이야기입니다. 그러나 그건 허락되지 않습니다. 대신 그들은 시와 교과서의 모든 쪽을 해석하고 시인이 말하는 바를 알아내는 교육을 받습니다. 이건 예술과는 아무런 상관없는 일입니다. 기술적인 것이나 그 기능을 설명할 수는 있겠지요. 하지만 그림 한 장, 시 한 수, 이야기 하나, 소설 한 편은 너무도 많은 가능성을 갖고 있습니다. 모든 독자는 시를 읽으면서 계속 새롭게 창조해야 합니다. 제가 해석이나 설명을 싫어하는 이유가 바로 이 때문입니다. 당신이 툴라 포크리프케를 여전히 잊지 않고 계시니 무척 기쁩니다.

당신의 작품은 종종 여러 시점에서 전개되지요. 『양철북』에서 오스카는 자신을 일인칭과 삼인칭으로 이야기합니다. 『개들의 시절』의 서사는 이인칭에서 삼인칭으로 바뀌고요. 이렇게 계속되지요. 이런 기법이 당신의 세계관을 제시하는 데 어떻게 도움을 주나요?

그라스 신선한 관점을 찾으려고 항상 애써야 합니다. 예를 들면, 오스카 마체라트가 그렇지요. 난쟁이—어른이지만 아이—로서 그의 키와 수동성은 그로 하여금 다른 많은 관점을 전할 수 있는 완벽한 수단이 되게 합니다. 오스카는 위대함에 대한 망상을 갖고 있는데 이것이 자신을 삼인칭으로 부르는 이유입니다. 마치 어린아이들이 종종 그렇게 하는 것처럼 말이지요. 이렇게 하는 것은 자신을 드높이는 방법이지요. 왕족이 자신을 높여 부른다거나, 드골이 자신을 "나, 드골은……"이라고 부르는 것과 같은 맥락입니다. 거리를 확보하여 이야기를 풀어가기 위한 방법이지요. 『개들의 시절』에는 세 가지 관점이 있는데 각 관점마다 개의 역할이 다릅니다. 개는 일종의 굴절된 시각에 해당합니다.

작가가 된 이후 관심 분야를 어떻게 바꿔오셨으며, 스타일을 발전시켜나가셨습니까?

그라스 저의 주요 저작인 첫 세 편의 소설 『양철북』, 『개들의 시절』과 중편 『고양이와 쥐』는 1960년대라는 한 시기를 대표합니다. 단치히 3부작을 이루는 이 세 책의 핵심은 독일인이 제2차세계대전을 어떻게 경험했는가입니다. 그 당시 저는 나치 치하의 상황과 그 원인, 파생된 문제들을 다루어야만 한다고 느꼈습니다. 몇 년 뒤에 저는 『달팽이의 일기 중에서』를 썼습니다. 이 책에서도 전쟁을 다루었지만, 제 산문 스타일과 형식적인 면에서는 진정 새로운 출발이라고 할 수 있습니다. 다른 세 시기인 과거(제2차세계대전), 현재(제가 그 책을 쓰기 시작했던 1969년 독일), 미래(제 아이들로 대표되는)에 사건이 일어납니다. 제 머릿속과 책 속에서는 이 모든 시기가 한꺼번에 뒤섞입니다. 과거, 현재, 미래라는 동사 시제는 실제 삶에서는 학교에서 배운 것처럼 그리 단순하지 않다는 것을 알게 되었습니다. 미래에 대하여 생각할 때마다 과거와 현재에 대한 지식이 나타나서 제가 미래라고 부르는 것에 영향을 미쳤습니다. 어제 말한 문장이 실제로는 과거가 아닐 수 있으며, 끝나지 않은 것일 수도 있습니다. 아마도 그 문장에는 미래가 담겨 있을 겁니다. 정신적으로 우리는 연대기적인 제한을 받지 않습니다. 동시에 다른 많은 시간을 인지합니다. 마치 그들이 하나인 것처럼 말이지요. 작가로서 저는 이 중첩되는 시간과 시제를 인식하고 재현할 수 있어야 했습니다. 제 작품에서 시간이란 주제는 점점 더 중요해졌습니다. 실제로 『머리에서 출생하기, 또는 죽어가는 독일인들』은 새롭게 발명된 시간으로부터 서술됩니다. 저는 이것을 페어게겐쿤프트Vergegenkunft라고 부릅니다. 과거와 현재와 미래라는 단어를 합쳐서 만든 말이지요. 독일어는 여러 단어를 합쳐서 복합어를 만들 수 있습니다. 페어는 과거를 뜻하는 페르강언하이트Vergangenheit에서 따왔으며, 게겐은 현재를 뜻하는 게겐바르트Gegenwart에서 따왔으며, 쿤푸트는 미래를 뜻하는 추쿤프트Zukunft에서 따왔습니다. 새롭고 중첩된 시간은 『넙치』에서도 중요합니다. 이 책에서 화자는 여러 번 환생합니다. 그의 다른 여러 일대기는 새로운 시점을 제공하고 그 각각은 현재 시제로 재현됩니다. 매우 상이한 시기의 관점에서 책을 쓰기 위해, 현재에서 회상하고 미래에 올 것들과 접촉하면서, 새로운 형식이 필요할지도 모른다고 생각했습니다. 그러나 소설은 열린 형식이기에 저는 그 안에서 시에서 산문으로 형식을 전환할 수 있다는 것을 깨닫게 되었습니다.

『달팽이의 일기 중에서』에서는 동시대의 정치적인 문제들과 제2차세계대전 중 단치히의 유대인 공동체에서 일어난 일에 대한 소설화된 설명을 결합하셨지요. 1969년 빌리 브란트를 위해 쓴 연설문과 선거운동이 이 책의 소재가 될 것임을 알고 계셨습니까?

그라스 제게는 그 선거운동에 참여하는 것 외에는 다른 선택의 여지가 없었습니다. 그것이 책이 되든 그렇지 않든 간에 말입니다. 1927년 독일 지배 아래서 태어난 저는 전쟁이 시작되었을 때 열두 살이었고, 전쟁이 끝났을 때는 열여덟 살이었습니다. 저는 독일의 과거라는 과중한 짐을 진 상태였습니다. 저 혼자만은 아니었습니다. 이렇게 느낀 다른 작가들이 있었습니다. 제가 만일 스웨덴이나 스위스 작가였다면, 훨씬 더 유희를 즐기거나 농담을 지껄였을 겁니다. 그렇지만 그렇게 할 수 없었습니다. 제게 주어진 배경에서 보자면,

그 시기에는 다른 선택이 없었지요. 아데나워*가 총리였던 1950년대와 1960년대에 정치인들은 과거에 대하여 말하는 것을 좋아하지 않았습니다. 만일 과거에 대하여 말하면, 악마가 우리 역사에서 불쌍하고 가여운 독일 국민들을 배반했던 끔찍한 때라고 했지요. 그들은 피비린내 나는 거짓말을 했습니다. 젊은 세대에게는 실제로 어떻게 이 일이 한낮에 버젓이, 매우 천천히 그리고 조직적으로 일어났는지 말하는 것이 매우 중요했습니다. 그 당시 누구나 어떤 일이 일어나는지 보고 듣고 있었습니다. 40여 년간 독일연방공화국에서 살면서 가장 좋은 것 중의 하나는 나치 치하에 대하여 이야기할 수 있다는 겁니다. 그리고 전후 문학은 그런 일을 가능하게 하는 데 중요한 역할을 했습니다.

『달팽이의 일기 중에서』는 '사랑하는 아이들아'로 시작합니다. 이는 전후 세대 전체에 대한 호소이기도 하지만, 동시에 당신의 아이들에게 하는 이야기이기도 하지요.

그라스 특정 인종의 집단살해라는 범죄가 어떻게 일어났는지 설명하고 싶었습니다. 전쟁이 끝난 후 태어난 제 아이들에게 아버지란 존재는 선거운동에 나가서 월요일 아침에 연설을 하고, 다음 토요일이 될 때까지 집에 돌아오지 못하는 사람이었습니다. 아이들은 "왜 이렇게 하셔야 해요? 왜 항상 우리에게서 멀리 떨어져 계세요?"라고 물었습니다. 저는 아이들에게 그 이유를 분명하게, 말로만이 아니라 글로도 설명하려고 했습니다. 당시 총리였던 쿠르트 게오르크 키징거는 전쟁 동안 나치였습니다. 그래서 새로운 독일 총리 당선을 위해서 뿐만 아니라, 나치라는 과거와 싸우기 위해 선거운동에 참여했습니다. 제 책에서 추상적인 숫자 "정말로 정말로 많은 유대인들이 살해당했습니다."에 집착하고 싶지 않았습니다. 600만 명은 이해할 수 없는 숫자입니다. 이 숫자가 더 실질적인 영향을 미치길 원했습니다. 그래서 단치히 유대인 교회의 역사를 제 이야기의 실마리로 선택했습니다. 이 교회는 수세기 동안 단치히에 있었으나 전쟁 기간 중 나치들, 즉 독일인에 의해 파괴되었습니다. 그곳에서 일어난 일을 있는 그대로 문서화하고 싶었습니다. 그 책의 마지막 장면에서는 이 일을 현재와 연결시켰습니다. 저는 알브레히트 뒤러 탄생 300주년 기념 강연을 준비하는 것에 대해 썼습니다. 이 장은 뒤러의 동판화인 〈멜랑콜리아 I〉에 반영된 우울과 그것이 인간의 역사에 미친 영향에 대한 것입니다. 독일인이 홀로코스트에 대해서 갖추어야 할 올바른 태도는 바로 문화 전반의 우울이라고 생각하였습니다. 후회와 애도는 홀로코스트의 원인에 대한 통찰력을 갖출 수 있도록 우리 시대에 가르침을 줄 수 있을 겁니다.

이런 점이 여러 당신 작품의 주요 특징이지요. 세계의 현 상황에서 불행의 어떤 면과 앞으로 다가올 것처럼 보이는 공포에 초점을 맞춥니다. 독자에게 가르치거나 경고하거나 어떤 행동으로 옮기길 촉구하는 건가요?

그라스 단지 독자들을 기만하고 싶지 않았을 뿐입니다. 그들이 현재 놓였거나 기대할 수도 있는 상황을 제시하고 싶었습니다. 사람들은 절망적입니다. 모든 것이 끔찍하기 때문이 아니라, 인간인 우리

• 콘라트 아데나워는 제2차세계대전 후인 1949년부터 1963년까지 독일(당시 서독)의 첫 번째 총리였다.

가 자기 손으로 모든 것을 변화시킬 수 있지만 그렇게 하지 않기 때문입니다. 우리의 문제는 우리에 의해 야기되고 우리가 결정하기 때문에 당연히 스스로가 해결해야 합니다.

당신의 활동 반경은 정치뿐만 아니라 환경까지 포함하며 이를 작품에서도 다루시지요.

그라스 지난 몇 년간 독일과 다른 많은 곳을 여행했습니다. 죽어가는 오염된 세계를 그림으로 그렸지요. 당시 아직 동독이었던 지역과 서독 국경의 죽어가고 오염된 곳을 목격하고 그린 그림책 『숲의 죽음』을 출판하였습니다. 정치적인 통일 이전에 독일 통일은 그곳에서 죽어가는 숲의 형식으로 먼저 발생했습니다. 이는 서독과 체코슬로바키아 국경의 산악 지역에서도 똑같이 일어났습니다. 마치 대학살처럼 보였습니다. 저는 그곳에서 본 대로 그렸습니다. 그림은 설명이라기보다는 주석이라는 느낌을 주도록 의도한 간단하지만 의미심장한 제목을 달고 있습니다. 그리고 후기가 실려 있지요. 이런 종류의 주제를 다룰 때 그림은 글과 동등하거나 아니면 더 큰 무게감을 줍니다.

문학이 한 시대의 정치 현실을 조망할 만큼 충분한 힘을 갖고 있다고 생각하십니까? 정치에 참여하신 이유는 한 명의 작가로서 할 수 있는 일보다 시민으로서 더 많은 일을 할 수 있다고 생각하셨기 때문인가요?

그라스 정치를 정당에 맡겨두어서는 안 된다고 생각합니다. 그렇게 하는 것은 위험할 수 있습니다. "문학이 세상을 바꿀 수 있다!"라는 주제로 많은 세미나와 학술발표회가 열립니다. 문학은 변화를 가져올 힘이 있다고 생각합니다. 예술도 마찬가지고요. 현대예술의 영향으로 우리들은 세상을 보는 습관을 바꾸었습니다. 우리가 거의 알지 못했던 방식으로 말입니다. 입체파의 독창성은 새로운 관점을 도입한 데 있습니다. 제임스 조이스가 『율리시스』에 내적 독백을 도입함으로써 인간이란 존재의 복잡함을 이해하는 데 도움을 주었습니다. 문학이 일으킨 변화는 셀 수 없을 만큼 많습니다. 책과 독자 사이의 교류는 평화적이고 익명성을 띠지요.

책이 어느 정도까지 사람들을 바꿀까요? 우리는 이 문제에 대해 많이 알지 못합니다. 책이 저에게는 결정적이었다고 대답할 수 있을 뿐입니다. 어린 시절, 전쟁이 끝나고 제게 중요했던 많은 책 중의 하나는 카뮈가 쓴 작은 책인 『시시포스 신화』였습니다. 산의 바위—반드시 바닥으로 다시 굴러떨어지는—를 굴려 올리는 벌을 받은 유명한 신화적 영웅인 시시포스는 전통적으로 진정한 비극적인 인물로 여겨졌습니다. 그러나 카뮈는 그의 운명을 행복한 것으로 새롭게 해석하였습니다. 그는 떨어지는 돌을 산꼭대기로 굴려 올리는 일을 계속하지만 이 쓸모없는 듯이 보이는 행위는 실제로는 그의 실존을 만족시킵니다. 만일 누군가가 그에게서 돌을 빼앗아간다면 그는 불행해질 수도 있습니다. 이 이야기는 제게 큰 영향을 미쳤습니다. 저는 최종적인 목표를 믿지 않습니다. 돌이 산꼭대기에 가만히 있을 거라고 생각지 않습니다. 이 신화는 비록 독일 관념론을 포함하여, 모든 형태의 이상주의와 이데올로기에게 적대적인 입장이지만, 우리는 이것을 인간의 조건에 대한 긍정적인 묘사라고 볼 수 있습니다. 모든 서양의 이데올로기는 어떤 궁극적인 목표, 즉 행복하고 공정하고 평화로운 사회를 약속합니다. 저는 그런 것을 믿지 않습니다. 우리는 끊임없이 변화하는 존재입니다. 그 돌은 항상 우리로부터 미끄러져 내려가서 다시 굴려 올려야 합니다. 하지만 이는 우리가 해야만 하는 일입니다. 그 돌은 우리로부터 떼어내려고 해보아야 떼어낼 수 없는 그런 것입니다.

인간의 미래에 대해 어떤 생각을 갖고 계신가요?

그라스 우리가 필요로 하는 한 어떤 종류의 미래든 미래는 있을 것입니다. 한마디 말로 미래에 대해 많은 것을 말씀드리기는 어렵겠네요. 게다가 이 질문에 대한 답을 한마디로 드리기를 원치 않습니다. 그래서 『쥐』—'암쥐,' '라테사'란 책을 썼지요. 그 밖의 대답을 원하십니까? 이 책이 그 질문에 대한 저의 긴 대답입니다.

엘리자베스 개프니Elizabeth Gaffney 소설가이자 편집자이다. 바사 대학교를 졸업했고, 브루클린 대학교에서 소설로 석사 학위를 받았다. 『퍼블릭 스페이스』와 『파리 리뷰』의 편집자로 일했다. 작품으로 『메트로폴리스』, 『세계가 어렸을 때』가 있다.

주요 작품 연보

『국부마취』Local Anaesthetic, 1969
『달팽이의 일기 중에서』From the Diary of a Snail, 1972
『넙치』The Flounder, 1977
『텔크테에서의 만남』The Meeting at Telgte, 1979
『머리에서 출생하기, 또는 죽어가는 독일인들』Headbirths, or The Germans are Dying out, 1980
『쥐』The Rat, 1986
『네 혀를 보여줘』Show Your Tongue, 1989
『숲의 죽음』Death of Wood, 1990
『무당개구리 울음』The Call of the Toad, 1992
『아득한 평원』Too Far Afield, 1995
『나의 세기』My Century, 1999
『게걸음으로 가다』Crabwalk, 2002
『라스트 댄스』Last Dance, 2003

단치히 3부작Danziger Trilogy
『양철북』The Tin Drum, 1959
『고양이와 쥐』Cat and Mouse, 1961
『개들의 시절』Dog Years, 1963

:: 08

뿌리로부터 창조된 것

토니 모리슨
TONI MORRISON

토니 모리슨 미국, 1931. 2. 18.~

아프리카계 미국인으로 흑인의 정체성 문제를 주로 다루었다. 1993년 노벨 문학상을 수상했다.

1931년 미국 오하이오 주 로레인에서 태어났다. 하워드 대학교에서 영문학을 전공한 후 코넬 대학교에서 윌리엄 포크너와 버지니아 울프에 대한 연구로 석사 학위를 받았다. 졸업 후 대학에서 문학을 가르쳤고 편집자로 일하며 본격적으로 글을 쓰기 시작했다.
1970년 첫 작품인 『가장 푸른 눈』을 발표했으며, 1973년에 출간한 두 번째 소설 『술라』가 전미도서상 후보에 오르며 평단의 주목을 받았다. 그 후 『솔로몬의 노래』가 전미비평가협회상을 수상하고 『뉴욕 타임스』 베스트셀러 목록에 오르며 대중적으로도 성공을 거두었다.
토니 모리슨은 1988년 『빌러비드』로 퓰리처상, 전미도서상, 로버트 케네디 상을 수상했다. 그녀의 대표작이라 할 수 있는 『빌러비드』는 2006년 『뉴욕 타임스』 북리뷰가 선정한 지난 25년간 최고의 미국 소설로, 영화로도 만들어졌다. 1993년에는 "독창적인 상상력과 시적 언어를 통해 미국 사회의 핵심적인 문제를 생생하게 담아냈다."는 평을 들으며 흑인 여성 작가 최초로 노벨 문학상을 수상했다.
2006년 프린스턴 대학교의 교수직에서 퇴임한 후 아홉 번째 소설 『자비』를 발표했고, 이후 희곡 『데스데모나』, 소설 『고향』을 잇따라 출간했다. 현재 잡지 『네이션』의 편집위원으로 활동하고 있다.

모리슨과의 인터뷰

엘리사 샤펠
클라우디아 브로드스키 라쿠르 자료 제공

모리슨은 인터뷰 중에 가끔 맑고 깊은 소리로
쩌렁쩌렁하게 울리는 웃음을 터뜨렸고, 어떤 이야기를 할 때는
손바닥으로 책상을 치는 몸짓으로 강조했다.

토니 모리슨은 '시적詩的인 작가'라고 불리는 것을 싫어한다. 작품에 나타난 예술적이고 서정적인 표현에 보이는 관심이 오히려 그녀의 재능을 주변화하고 소설이 갖는 힘과 울림을 약화시킨다고 생각하는 것 같다. 그녀는 대중적인 인기를 누리면서도 비평가들의 환호를 받는 몇 안 되는 작가이기 때문에 칭찬의 종류를 선택하는 사치를 누릴 수 있다. 그렇다고 해서 모든 범주화를 거부하는 것은 아니다. 자신에게 붙여진 '흑인 여성 작가'라는 명칭은 받아들이고 있다. 각각의 개인을 어떤 강렬한 '힘'으로, 특이한 것을 필연적인 것으로 변화시키는 재능 때문에 몇몇 비평가들은 그녀를 '검은 영혼의 D. H. 로렌스'라고 부른다. 그녀는 또한 공적인 문제를 다루는 소설의 대가이다. 인종과 성별의 관계나 문명과 자연의 투쟁을 분석하는 동시에 깊은 정치적인 예민함도 잃지 않으면서 신화와 환상을 결합한다.

여름의 어느 일요일 오후, 우리는 녹음이 우거진 프린스턴 대학 교정에서 모리슨과 이야기를 나누었다. 인터뷰는 그녀의 연구실에서 이루어졌다. 그곳은 헬렌 프랑켄탈러의 커다란 판화, 펜과 잉크로 어떤 건축가가 그린 모리슨의 작품에 등장하는 모든 집, 사진들, 액자에 넣은 책 표지, 헤밍웨이가 그녀에게 보낸 장난으로 만든 가짜 사과문 등으로 장식되어 있었다. 책상 위에는 귀여운 아이의 얼굴이 그려진 파란 유리 찻잔이 있었고, 거기에는 그녀가 초고를 쓸 때 사용하는 에이치비 연필이 가득 꽂혀 있었다. 비취나무가 창가에 놓여 있고, 몇 개의 화분이 위쪽에 걸려 있었다. 커피 기계와 컵들은 언제든 사용할 수 있게 준비되어 있었다. 높은 천장과 커다란 책상, 등받이가 높은 흔들의자들이 있는데도, 연구실은 어쩐지 부엌 같은 따뜻한 느낌이 감돌았다. 모리슨에게 글쓰기에 관한 이야기는 부엌에서 일상적으로 나누는 친밀한 느낌의 대화이거나, 에너지가 고갈되어 갈 때 모리슨이 마술처럼 건넨 한 잔의 크랜베리 주스 때문일 것이다. 우리는 성스러운 곳에 들어오도록 허락받은 것처럼 느꼈고, 그녀가 눈에 띄지 않을 정도로 미묘하긴 하지만 상황을 완전히 통제하고 있다고 느꼈다.

햇빛이 창밖 참나무의 높은 가지에 달린 무성한 잎들을 투과하면서 그녀의 흰 연구실에 얼룩덜룩한 노란색 빛 웅덩이를 만들었다. 모리슨은 커다란 책상에 앉아서, 그곳이 '무질서'해서 미안하다고 말했지만, 사실 아주 잘 정리되어 있는 듯했다. 벽에 붙은 페인트칠 된 벤치에 책과 종이 더미가 쌓여 있었다. 그녀는 사람들이 상상하는 것보다는 몸집이 작았고, 회색과 은색이 섞인 강철색의 머리칼을 가는 타래로 땋아서 어깨까지 늘어뜨리고 있었다. 모리슨은 인터뷰 중에 가끔 맑고 깊은 소리로 쩌렁쩌렁하게 울리는 웃음을 터뜨렸고, 어떤 이야기를 할 때는 손바닥으로 책상을 치는 몸짓으로 강조했다. 그녀는 미국에서 발생한 폭력 사건에 대해서 분노하다가도, 일을 끝낸 오후 채널을 돌리다 보곤 한다는 쓰레기 같은 텔레비전 토크쇼의 진행자를 흉보면서 즐거워했다.

American; it could be Catholic, it could be Midwestern. I'm those things too, and they are all important.

INTERVIEWER

Why do you think people ask, "Why don't you write something that we can understand?" Do you threaten them by not writing in the typical western, linear, chronological way?

MORRISON

I don't think that they mean that. ~~When they say~~, "Are you ever going to write a book about white people?" ~~they think that~~ that's a kind of a compliment. They're saying, "You write well enough, I would even let you write about me." couldn't say that to anybody else. I mean, could I ~~go~~ up to Andre Gide and say, "Yes, but when are you going to get serious and start writing about black people?" I don't think he would know how to answer that question. Just as I don't. He would say, "What?" "I will if I want" or "Who are you?" What is behind that question is, there's the center, which is ~~you~~, and then there are these regional blacks or Asians, sort of marginal people. That question can only be asked from the center. Bill Moyers asked me that when-are-you-going-to-write-about question on television. I just said, "Well, maybe one day ..." but I couldn't say to him, you know, you can only ask that question from the center. The center of the world! I mean he's a white male. He's asking a marginal person, "When are you going to get to the center? When are you going to write about white people?" ~~But I can't say, "Leo Tolstoy, when are you gonna write about black people?"~~ I can't say, "Bill, why are you asking me that question?" The point is that he's ~~compensating~~; he's saying, "You write

토니 모리슨이 수정한 『파리 리뷰』의 인터뷰 초안.

토니 모리슨
×
엘리사 샤펠

동트기 전 글을 쓰기 시작한다고 말씀하셨지요. 이건 필요해서 생긴 습관인가요, 아니면 이른 아침이 글 쓰기 제일 좋은 시간이라서인가요?

토니 모리슨 동트기 전에 글을 쓰기 시작한 건 필요에 의해서였습니다. 처음 글을 쓸 때는 아이들이 아주 어렸고, 걔들이 엄마를 찾기 전 시간을 이용해야만 했어요. 그 시간은 언제나 새벽 5시경이었지요. 여러 해가 지난 뒤 랜덤하우스 출판사를 그만두고 2년 정도 집에서 지냈습니다. 그때 자신에 대해서 전혀 알지 못했던 사실들을 발견했지요. 처음에는 언제 제가 밥을 먹고 싶어하는지도 몰랐어요. 그전에는 언제나 점심시간이나 저녁때 혹은 아침에 자동적으로 먹었으니까요. 일과 아이들이 제 습관을 모두 몰아내고 있었던 거지요……. 그때까지는 평일에 집에서 어떤 소리가 들리는지도 전혀 몰랐습니다. 이 새로운 경험에 들뜨게 되더군요.

『빌러비드』를 쓰던 1983년이었지요. 아침에 훨씬 더 머리가 맑고 자신감이 넘치며 지적인 능력이 발휘된다는 걸 깨달았습니다. 아침 일찍 일어나는 습관은 아이들이 어릴 때 어쩔 수 없이 생긴 것이지만 이제는 선택이 되었습니다. 해가 지고 나면 저는 별로 똑똑하지도 재치 있거나 창의적이지도 못해요.

최근에 어떤 작가분과 대화할 기회가 있었는데, 글을 쓰려고 책상에 앉자마자 하는 일이 있다고 하더군요. 컴퓨터 자판을 치기 전에 책상 위에 있는 어떤 물건을 만진다고요. 어떤 몸짓으로 만졌는지는 기억이 안 나지만요. 그 이야기를 듣고서 글을 쓰기 전에 거치는 작은 의식Ritual들에 대해서 대화를 시작했지요. 처음에는 저한테 그런 것이 없다고 생각했습니다. 그런데 제가 아직 어둑어둑할 무렵에 일어나서 커피 한 잔을 만든다는 걸 알아차렸어요. 언제나 어두워야 하고요. 커피를 마시고 나서 동이 터오는 걸 바라보지요. 그랬더니 그분이, "아, 그것이 의식이네요."라고 말하더군요. 이 의식이 제가 비세속적이라고 부르는 공간으로 들어가기 위한 준비 과정이라는 것을 깨달았어요. 작가들은 모두 그들이 접촉하려는 공간, 전달하려는 공간, 이 신비한 과정에 참여하고자 하는 공간에 접근하는 다양한 방법을 고안해냅니다. 저에게는 빛이 그 이행의 신호입니다. 환한 빛 속에서가 아니라, 동이 트기 전에 기다리는 것이지요. 그 행위는 어떤 의미에서 저에게 힘을 줍니다.

학생들에게 언제 창의력을 최대한 발휘할 수 있는지 알아내는 게 가장 중요한 것 중 하나라고 말해줍니다. 그들은 스스로에게 질문해봐야 합니다. 가장 이상적인 방은 어떻게 생겼을까? 음악이 있는 건? 그냥 조용한 게 나을까? 바깥이 시끄러운 것보다 고요한 게 좋을까? 상상력을 발휘하기 위해서 어떤 것이 필요할까 등을요.

글을 쓰는 일과는 어떻게 되시는지요?

모리슨 한 번도 해보지는 못했지만 제가 꿈꾸는 이상적인 일과가 있습니다. 아흐레 동안 한 번도 집 밖에 나가지 않고 전화도 받지 않고 아무런 방해 없이 지내는 거예요. 그리고 글쓰기 좋은 넓은 공간을 갖는 겁니다. 거대한 탁자가 있었으면 해요. 어디에 있든지 언제나 이 정도의 [책상 위에 남아 있는 작은 공간을 가리키면서] 공간밖에 남지 않거든요. 이 버릇을 고치려고 하는데 안 되는군요.

에밀리 디킨슨이 글을 쓰던 아주아주 작은 책상을 떠올리면서 '참, 귀여운 분이야!'라고 웃기도 합니다. 하지만 우리 모두가 이 정도의 작은 공간만 가졌을 뿐이지요. 어떤 파일 정리 시스템을 사용하든 얼마나 자주 정리하든 마찬가지예요. 일상, 서류, 편지, 부탁, 초대장, 청구서들이 끝없이 밀려들어 옵니다. 저는 규칙적으로 글을 쓸 수 없습니다. 그게 가능했던 적이 한 번도 없었어요. 대개는 아홉 시에 출근하고 다섯 시에 퇴근하는 일을 했기 때문이지요. 일하는 도중에 급히 글을 쓰거나 주말이나 새벽에 써야만 했어요.

근무를 마치고도 글을 쓸 수 있으셨나요?

모리슨 그건 어려웠어요. 강제적인 훈련으로 질서 잡힌 공간이 없는 문제를 극복해보려고 했지요. 급하게 표현할 것이 있다거나, 방금 보거나 이해한 것을 빨리 적어야 하거나, 굉장히 강렬한 은유가 떠오르면 모든 걸 옆으로 치워버리고 오랜 시간 글을 썼습니다. 초고의 경우를 말씀드리는 것입니다.

떠오른 생각을 끝까지 써내야 했나요?

모리슨 네 그렇습니다. 꼭 그렇게 해야 한다는 법은 없지만요.

로버트 프로스트처럼 기차에서 신발 바닥에 글을 쓸 수 있으신가요? 비행기에서는요?

모리슨 때로는 고민하던 문제가 갑자기 해결되는 경우가 있습니다. 예를 들면 단어의 순서 같은 것 말입니다. 그러면 종이 쪼가리나, 호텔에 비치된 용지, 자동차에서도 글을 씁니다. 그런 생각이 떠오를 때면 언제나 그렇습니다. 진짜 중요한 무엇인가가 떠오른다면 무조건 써야만 합니다.

글은 무엇으로 쓰시나요?

모리슨 연필로 씁니다.

워드프로세서로 작업하신 적이 있나요?

모리슨 아, 워드프로세서도 쓰지요. 하지만 모든 것이 정해진 다음에 씁니다. 컴퓨터에 입력하고서 수정을 시작하지요. 하지만 맨 처음에는 모두 연필로 써요. 연필이 없을 때는 볼펜으로도 쓰고요. 저는 까다로운 편은 아니지만 노란색 종이 묶음에 에이치비 연필로 쓰는 것을 선호합니다.

딕슨 타이콘데로가 제품의 에이치비 연성 연필이지요?

모리슨 바로 그거예요. 한번은 녹음기를 이용해봤습니다만 제대로 되질 않더군요.

실제로 기계에 소설을 녹음하셨다고요?

모리슨 전체는 아니고 일부를 녹음했습니다. 두세 문장이라도 가닥이 잡히면, 녹음기를 들고 차에 타곤 했어요. 특히 랜덤하우스 출판사에 근무하면서 매일 출근할 때 그랬지요. 그냥 녹음을 하면 될 걸로 생각했거든요. 하지만 결과는 참담했습니다. 글로 되지 않은 제 작품은 신뢰할 수가 없더군요. 수정할 때는 오히려 글로 썼다는 느낌을 지우고, 서정적이고, 표준적이고, 구어적인 언어의 결합이라는 느낌을 주려고 애를 쓰지만요. 그렇게 하는 이유는 이 모든 것을 연결해서 훨씬 생생하고 표현력이 있다고 생각되는 무엇인가를 만들어내기 위해서지요. 하지만 떠오른 생각을 녹음해서 바로 종이에 옮긴 것에 대해서는 신뢰가 안 갑니다.

작품을 쓰는 동안 소리 내서 읽기도 하시나요?

모리슨 출판되기 전까지는 소리 내어 읽지 않습니다. 낭송을 믿지 않아요. 글이 성공적이지 못한데, 잘 쓴 걸로 착각하게 될 수도 있거든요. 종이에 쓴 소리 없는 작업을, 들을 수 없는 독자에게 잘 전달할 언어를 사용하는 건, 글을 쓰면서 겪는 여러 어려움 중 하나입니다. 그러기 위해서는 단어와 단어 사이를 아주 주의 깊게 다뤄야 합니다. 말하지 않은 부분을요. 박자라든가 리듬 같은 것 말입니다. 쓰지 않은 것이 쓴 것에 힘을 실어주는 경우가 자주 있습니다.

그 기준에 도달하기 위해서 몇 번이나 문장을 다시 쓰시나요?

모리슨 다시 써야 하는 부분은 가능한 한 여러 번 수정 작업을 합니다. 여섯 번, 일곱 번, 혹은 열세 번씩 수정을 하기도 했지요. 하지만 수정하는 것과 안달하면서 죽도록 다시 작업하는 것은 엄연히 다릅니다. 초조해해야 할 때를 아는 것이 중요합니다. 안달이 날 때는 어떤 부분이 제대로 되지 않았기 때문인데, 그런 부분은 없애버릴 필요가 있습니다.

출판된 책을 검토하면서도 좀 더 조바심내며 고칠 걸 하고 후회한 부분이 있으신가요?

모리슨 많습니다. 모든 부분이 그렇지요.

청중에게 낭송하기 전에 출판된 책의 문장을 수정한 적이 있으십니까?

모리슨 청중을 위해서 수정하지는 않습니다. 그러나 제 글이 최상인 상태가 아니라면 알 수 있습니다. 20년 정도 경력이면 알 수 있지요. 예전보다 지금 훨씬 더 잘 압니다. 현재와 다를 수 있다거나 더 좋을 수 있다는 의미가 아닙니다. 쓰려고 했던 맥락에서 볼 때, 혹은 독자들에게 전달하려던 의미의 맥락에서 볼 때 최상이 아니라는 겁니다. 몇 년 지난 후에는 문제점이 좀 더 정확하게 보이지요.

20년간의 편집자 경력이 작가가 되는 데 어떤 영향을 미쳤나요?

모리슨 잘 모르겠습니다. 출판 산업에 대한 경외감은 많이 줄어들었지요. 작가와 출판사 사이에 때때로 존재하는 적대적인 관계도 잘 알게 되었고요. 그렇지만 편집자가 얼마나 중요하고 핵심적인 역할을 하는지도 알게 되었지요. 편집 일을 하지 않았다면 그런 사실을 알 수 없었을 겁니다.

비평적인 면에서 도움을 주는 편집자들이 있는지요?

모리슨 그렇고말고요. 훌륭한 편집자들은 큰 차이를 만들어냅니다. 가톨릭 신부나 정신분석의 같은 역할이지요. 별로인 편집자라면 같이 일하기보다는 혼자서 하는 편이 낫습니다. 하지만 너무나 드물고 귀중한 편집자들이 있지요. 이들은 찾아다닐 가치가 있어요. 그런 이들을 만나면, 언제나 그 사실을 알 수 있답니다.

함께 일해본 편집자 중에서 어떤 분이 가장 도움이 되었나요?

모리슨 제가 만나본 최상의 편집자는 로버트 고틀리브입니다. 그는 어떤 부분을 건드리면 안 되는지 잘 알고 있어요. 또한 시간이 충분했더라면 작가 스스로 제기했을 여러 가지 문제를 짚어주는 등 여러 면에서 좋은 편집자였습니다. 훌륭한 편집자는 진정한 의미에서 제3의 눈이라고 할 수 있습니다. 냉정하고 공평무사해야 하지요. 그들은 당신을 사랑하지도, 당신 작품을 사랑하지도 않습니다. 저에게 중요한 가치는 칭찬이 아니라 그런 점입니다. 알고는 있지만, 글을 쓸 당시에는 고칠 수 없던 부분을 정확히 집어내는 편집자를 보면 때로는 신비한 느낌도 들어요. 어쩌면 작가는 그 약점이 저절로 사라질 거라고 생각했을지도 모르지요. 훌륭한 편집자는 때로 그 부분을 알아내고 수정을 제안합니다. 편집자에게 작가의 의도를 전부 설명할 수는 없기 때문에 쓸모없는 제안이 되는 경우도 있습니다. 제 작업이 너무나 여러 관점에서 이루어지기 때문에 그 모든 것을 편집자에게 설명하는 것은 불가능하거든요. 하지만 편집자와의 관계에 신뢰가 존재하거나 작가가 편집자에게 기꺼이 귀를 기울인다면 놀라운 결과가 나올 수도 있지요. 교정해주는 편집자가 필요한 것이 아니라, 단지 그 책에 대해서 깊이 이야기를 나눌 누군가가 있었다면 도움을 받았을 책을 늘 접하게 됩니다. 특정 시기에 뛰어난 편집자를 만나는 것이 중요합니다. 초반에 그런 사람을 만나지 못하면 나중에 만나기는 거의 불가능하거든요. 어떤 작가가 편집자 없이 훌륭하게 책을 마무리하고 그 책이 5년에서 10년 정도 잘 팔렸다고 가정해보지요. 그 뒤 작가가 성공적이긴 하지만 아주 훌륭하지는 못한 다른 책을 새로 쓰게 된다면, 그때는 편집자의 말에 귀를 기울이겠어요?

학생들에게 수정 과정을 글쓰기가 주는 만족감에서 주요한 부분으로 생각해야 한다고 말씀하시지요. 초고를 쓸 때보다 작품을 수정할 때 더 많은 기쁨을 얻으시나요?

모리슨　두 가지 만족감은 성질이 다릅니다. 처음에 어떤 것을 생각해내거나 아이디어가 떠오를 때 아주 흥분되지요……. 글을 시작하기 전에요.

불현듯 떠오르나요?

모리슨　아니요. 착상 단계에서 시간을 두고 즐기면서 발전시킵니다. 언제나 아이디어 하나로 시작하는데 지루한 것일 때도 있어요. 그 착상은 제가 답할 수 없는 일종의 질문으로 발전하지요. 지금 마지막 부분을 쓰는 『빌러비드』 3부작을 시작하고 나서였습니다. 저는 저보다 서른 살은 어린 스무 살 여성들이 제 나이 또래 혹은 저보다 나이가 많은 여성들보다도 더 행복하지 못한 이유가 궁금했습니다. 그 궁금증은, 이십 대 여성들이 할 수 있는 게 훨씬 많고 선택할 수 있는 것도 많은데 어떤 이유에서 그럴까? 어쩌면 많이 가진 자의 당혹스러움일지도 모르지. 하지만 그래서 어쨌단 말인가? 어째서 모든 사람은 그다지도 비참한가? 등의 질문이 되었지요.

하나의 주제에 대해 정확히 어떻게 느끼는지 알아내려고 글을 쓰시나요?

모리슨 아니요. 어떻게 느끼는지는 알고 있습니다. 제 느낌은 다른 모든 사람의 경우처럼 편견과 신념의 결과지요. 하지만 저는 하나의 생각이 갖는 복잡함과 취약성에 관심이 있습니다. '내가 믿는 건 이것이다.'가 아닙니다. 그건 책이 아니라 논문이 될 테니까요. 책이란 '이게 내가 믿는 걸 거야. 하지만 틀렸다고 가정하면……어떻게 될까?'라든가 '무엇인지 모르지만, 그것이 다른 사람에게뿐만 아니라 나에게 어떤 의미인지 알아내는 데 관심이 있다.'라는 태도에서 나옵니다.

어린 시절에도 작가가 되길 원하셨나요?

모리슨 아닙니다. 독자가 되길 원했어요. 쓸 필요가 있는 모든 것은 다른 사람들이 이미 썼거나 혹은 쓸 거라고 생각했죠. 첫 번째 책을 쓴 이유는 단지 그런 책이 아직 존재하지 않는다고 생각했기 때문이고, 완성해서 읽어보고 싶었기 때문입니다. 저는 꽤 훌륭한 독자거든요. 책 읽는 걸 정말 좋아합니다. 읽는 것이 실제로 제 직업이죠. 그래서 어떤 책에 대해 제가 바칠 수 있는 최고의 찬사는 읽을 만하다는 생각입니다. 사람들은 제게 스스로를 위해서 글을 쓴다고 말합니다. 아주 끔찍하게 나르시시즘적으로 들리지요. 하지만 어떤 작가가 자신의 작품을 어떻게 읽어야 할지 안다면, 다시 말해서 필요한 비평적인 거리를 두고 읽을 줄 안다면, 그 점이 그를 더 훌륭한 작가나 편집자로 만들 것입니다.

창작을 가르칠 때 저는 늘 자신의 작품을 어떻게 읽을지 배워야만 한다고 말합니다. 썼으니 그걸 좋아하라는 의미가 아닙니다. 거리를 두고 마치 처음 본 것처럼 읽으라는 뜻이죠. 그런 식으로 비평하면서요. 자신이 썼다는 이유로 짜릿한 느낌을 주는 문장 따위에 깊이 빠져들지 않으면서요.

글을 쓸 때 독자들을 염두에 두시나요?

모리슨 저 자신만 염두에 두고 씁니다. 확신이 서지 않는 곳에서는 등장인물들에게 의지하지요. 그때쯤이면 그들의 삶을 그리는 일에 진정성이 있는지 없는지 저에게 이야기해줄 만큼 그들과 친해지지요. 하지만 저만이 할 수 있는 것도 많이 있습니다. 결국 이건 제 작품이니까요. 잘하든 못하든 제게 모든 책임이 있습니다. 못하는 자체는 나쁘지 않지만 못해놓고 잘했다고 생각하는 것이 문제입니다.

한여름 내내 아주 인상 깊은 작업을 해놓고 겨울까지 다시 손대지 못한 적이 있었습니다. 50쪽가량 쓴 글이 최상의 수준이라고 믿어마지 않았는데, 다시 읽어보니 매 쪽마다 형편없었습니다. 정말이지 제대로 된 작품이 아니었어요. 다시 시도해볼 수도 있었지만, 처음에 그렇게도 훌륭하다고 생각했다는 사실을 떨쳐버릴 수가 없더군요. 자신의 작품에 대해서 잘 모른다는 의미이기 때문에 두려운 일입니다.

어떤 점이 그렇게도 별로였나요?

모리슨 허세로 가득했지요. 밥맛없기까지 하더군요.

이혼한 후 외로움을 달래려고 글을 쓰기 시작하셨다고 들었습니다. 그게 사실인가요? 지금은 다른 이유로 글을 쓰시는 건가요?

모리슨 그런 이유도 있었지요. 그렇게 말하면 단순하게 들리긴 하네요. 딱히 그 이유인지 다른 것 때문인지 혹은 저도 알 수 없는 어떤 것인지 잘 모르겠습니다. 그렇지만 뭔가 쓰지 않으면 여기서 사는 일을 견디기 힘들겠다는 것만은 알고 있었습니다.

여기란 어디를 의미하나요?

모리슨 이 세상이지요. 끔찍한 폭력, 고집스러운 무지, 다른 사람에게 고통을 주려는 욕망 등을 자각하지 않을 수 없었습니다. 좋은 친구와 식사하거나 책을 읽는 경우를 제외하고는 언제나 세상의 이러한 상황을 의식하지요. 학생을 가르치는 일이 큰 변화를 가져올 수도 있지만, 그것으로는 충분치 않습니다. 가르치는 행위가 문제를 풀려고 애쓰게 하기보다는 순응하거나 방심하도록 할 수도 있거든요.

저를 바로 여기, 이 세상에 속해 있다고 느끼도록 하는 것은 교수, 어머니, 혹은 연인으로서의 역할이 아니라 글을 쓸 때 제 마음속에서 일어나는 일입니다. 그때는 제가 이 세상에 소속되어 있으며, 뿔뿔이 흩어져서 화해가 불가능한 여러 가지가 유용하게 연결될 수 있다는 느낌을 받습니다. 그럴 때면 전통적으로 작가들이 한다고 하는 일, 즉 혼돈에서 질서를 끌어내는 일을 할 수 있게 됩니다. 비록 무질서를 생산해내더라도 그 시점에서 작가는 주권자Sovereign가 됩니다. 작품을 쓰면서 분투하는 일이 가장 중요합니다. 실은 저에게는 작품을 출판하는 것보다 더 중요한 일입니다.

이 일을 하지 않으면, 그렇다면 아마도 혼돈이…….

모리슨 그렇다면 저 역시 혼돈의 일부가 되겠지요.

혼돈에 대해서 강의하거나 정치에 뛰어드는 것은 해답이 되지 못할까요?

모리슨 그쪽에 재능이 있다면야 그렇겠지요. 제가 할 수 있는 것은 책을 읽거나 쓰거나 편집하거나 비평하는 것뿐입니다. 본격적인 정치가가 될 수는 없을 것 같습니다. 곧 흥미를 잃게 될 테니까요. 정치가가 될 재주나 재능이 전혀 없습니다. 사람들을 조직해서 뭔가를 할 수 있는 사람도 있겠지만 저는 아닙니다. 아마도 곧 따분함을 느끼게 될 겁니다.

작가의 재능이 있다는 걸 언제 분명히 깨달으셨는지요?

모리슨 아주 늦었습니다. 주변 사람들이 이야기해주곤 해서 늘 제가 글 쓰는 데 능숙하다고 생각했습니다. 하지만 다른 사람들의 기준이 제 기준이 될 수는 없지요. 그래서 남들이야 뭐라고 이야기하든 관심이 없었지요. 의미가 없으니까요. 세 번째 책인 『솔로몬의 노래』를 쓸 때쯤에 글쓰기를 제 삶의 핵심으로 생각하기 시작했습니다. 다른 여성 작가들이 말하지 못한 건 아닙니다만, 사실 여성으로서 "나는 작가다."라고 말하기가 어렵습니다.

어째서 그런가요?

모리슨 글쎄요. 더 이상은 그렇게 말하는 것이 어렵지 않을 겁니다.

하지만 저에게는, 제 세대나 계급 또는 인종의 사람에게는 확실히 어려웠지요. 모든 것이 사라지지는 않았지만, 이제 많은 경우 젠더 역할에서 벗어나게 되었습니다. 더 이상 여성들은 '엄마'라든가 '아내'로 스스로를 설명하지 않습니다. 노동 시장에서는 '교사'라거나 '편집자'라고 합니다. 그러나 '작가'가 된다는 건 도대체 어떤 의미일까요? 직업인가요? 아니면 먹고사는 방편인가요? 작가가 된다는 건 익숙하지 않고 속해 있지 않은 영역으로 개입해 들어가는 일입니다. 당시에는 개인적으로 아는, 성공한 여성 작가가 전혀 없었어요. 작가가 되는 건 남성의 영역처럼 보였지요. 그래서 주변부의 별로 중요하지 않은 작가라도 되기를 바랐습니다. 허가라도 얻어야 할 것처럼 느껴졌지요.

여성 작가의 전기나 자서전, 또는 어떤 여성이 어떻게 글을 쓰기 시작했는가에 대한 이야기를 읽어보면, 거의 대부분 그들에게 누군가가 그것을 허락한 순간에 대한 일화가 등장합니다. 엄마이거나, 남편이거나, 선생님이거나, 하여간 누군가가 "좋아, 글을 써보렴. 너는 할 수 있어."라고 말해주는 거지요. 남성 작가들에게 그런 순간이 필요하지 않다는 말은 아닙니다. 특히 그들이 아주 젊을 때 어떤 멘토가 훌륭하다고 칭찬해주면 그 순간 날아오르기도 합니다. 제 말씀은 남성들은 작가로서의 자격을 당연하게 여긴다는 겁니다. 저는 그럴 수가 없었는데 말입니다. 이상한 일이지요. 글쓰기가 인생의 핵심이고 마음을 몽땅 차지하고 있고, 기쁨을 주고 자극을 주는데도 저는 제가 작가라고 말할 수가 없었습니다. 어떤 사람이 "직업이 뭔가요?"라고 물으면 "아, 저는 작가랍니다."라고 대답하지 못했어요. 대신 "편집자랍니다." 아니면 "교사예요."라고 대답하곤 했습니다.

사람들을 만나서 점심을 먹으러 갔을 때, "어떤 일을 하세요?"라고 물어서 "작가입니다."라고 대답하면 그 사람들은 잠시 생각한 후에 "어떤 책을 쓰셨나요?"라고 물어봅니다. 제가 뭘 썼는지 알려주면 그 작품에 대해 좋다거나 싫어한다는 반응을 보이지요. 좋아하거나 싫어해야 할 의무가 있는 것으로 느껴지나 봅니다. 제 작품을 싫어하는 건 괜찮습니다. 진심으로 괜찮아요. 친한 친구지만 제가 그 사람의 작품을 아주 혐오하는 경우도 있거든요.

글 쓰는 과정은 사적私的이어야 한다고 생각하시나요?

모리슨 네, 그렇습니다. 글쓰기는 사적인 것이길 바랍니다. 오롯이 혼자만의 것이길 원해요. 일단 글쓰기에 대해서 이야기하고 나면 다른 사람들이 개입하기 시작합니다. 사실 랜덤하우스 출판사에서 근무하는 동안 아무한테도 제가 작가라고 말하지 않았습니다.

어째서 숨기셨나요?

모리슨 밝혔으면 끔찍했을 겁니다. 그 회사는 작가가 되라고 저를 고용한 게 아니거든요. 작가 중 한 명이 되라고 고용한 것이 아닙니다. (그들이 알았더라면) 저를 해고했을 겁니다.

정말이요?

모리슨 물론이지요. 정규직 편집자들 중 어떤 누구도 소설을 쓰지 않았습니다. 에드 독터로우의 경우에는 사직했지요. 원고를 사들이고 흥정하는 편집자들 중 자신의 소설을 출판한 사람은 그 사람 말고는 아무도 없었습니다.

당신이 여성이라는 사실이 조금이라도 관련 있나요?

모리슨 그 점에 대해서는 별로 생각해보지 않았습니다. 그러기에는 너무 바빴습니다. 그렇지만 제 삶과 미래를 절대로 남자들의 변덕에 맡기지 않을 거라는 점만은 확실합니다. 직장 내에서든 밖에서든요. 남자들의 판단은 제가 무엇을 할 수 있을 것인지에 대한 저의 생각에 아무런 영향을 미치지 않을 겁니다. 이혼하고 아이가 있다는 사실이 엄청난 해방감을 주었지요. 실패에 대해서는 한 번도 신경 쓰지 않았지만, 어떤 남성이 저보다 현명하다고 판단하게 되는 데는 신경이 쓰입니다. 그전에는 제가 아는 모든 남자가 저보다 현명하다고 생각했습니다. 실제로도 그랬고요. 아버지와 선생님들은 모든 것을 잘 아는 똑똑한 사람들이었습니다. 그러다가 저한테 아주 중요하고 똑똑하지만 저보다 현명하지는 못한 사람을 만났습니다.

그분이 남편이셨나요?

모리슨 네, 그렇습니다. 그 사람은 자신의 삶에 대해서는 잘 알았지만 제 삶에 대해서는 잘 알지 못했습니다. 저는 멈춰 서서 '다시 출발해서 어른으로 산다는 게 어떤 것인지 알아보자.'고 생각했습니다. 그래서 아이들을 데리고 집을 떠나기로 했습니다. 출판업계로 들어가서 직업을 찾았지요. 직업을 찾지 못하는 상황에 대한 각오도 되어 있었습니다. 하지만 어쨌든 어른이 된다는 게 어떤 것인지 알아보고 싶었습니다.

랜덤하우스 출판사에서 자신들 중에 작가가 있다는 걸 깨닫자 어떤 반응을 보였나요?

모리슨 『가장 푸른 눈』을 출판했을 때였지요. 저는 그 책에 대해서 아무에게도 이야기하지 않았습니다. 그래서 『뉴욕 타임스』에서 서평이 나올 때까지 아무도 알지 못했습니다. 그 책은 홀트 출판사에서 나왔어요. 누군가가 그 출판사에서 일하는 젊은 편집자에게 제가 뭔가를 쓰고 있다는 얘길 전했어요. 그 사람은 지나가는 말로 "뭐든 완성하면 저한테 보내주세요."라고 했습니다. 저는 그렇게 했지요.

1968년, 1969년에 많은 흑인 남성들이 글을 쓰고 있었고, 흑인들이 쓰는 글에 대한 관심도 커지고 있었습니다. 편집자는 제 책도 팔릴 거라고 생각하고는 원고를 받아들였어요. 그 사람은 잘못 판단했습니다. 당시에 잘 팔린 책은 말하자면 "내가 얼마나 강력한지, 당신이 얼마나 끔찍한지 말해주겠소." 하는 식의 책들이었습니다. 이유가 무엇이든 그 사람은 약간의 모험을 하기로 했던 거지요. 저에게 많은 돈을 지불한 건 아니라서 책이 잘 팔리든 아니든 별로 큰 문제는 아니었지요. 『뉴욕 타임스』 일요일판에 정말 끔찍한 서평이 하나 실렸고, 평일판에는 아주 우호적인 서평이 실렸습니다.

글쓰기를 위한 허가에 대해 말씀하셨는데요. 누가 당신에게 그런 역할을 해줍니까?

모리슨 누구도 아닙니다. 글쓰기 자체에 대한 것이 아니라 글쓰기에 성공하려면 허락이 필요한 것처럼 느꼈지요. 원고가 완성되기 전에는 절대로 계약하지 않았는데, 숙제처럼 느껴지길 원하지 않았기 때문이지요. 계약하면 누군가가 기다리고 있기 때문에 써야 하고, 그 사람들은 저에게 원고를 완성하라고 요구할 수 있거든요. 저를 재촉할 수도 있는데, 그런 상황이 마음에 들지 않았습니다.

계약서에 서명하지 않은 채 원고를 쓰면, 누군가에게 보여주고 싶을 때 언제든 그럴 수 있습니다. 이 점은 자기 존중과 관계가 있습니다. 작가들은 오랫동안 작가적 자유라는 환상을 만들어왔습니다. 제 책은 저만의 것이고 오직 저만이 할 수 있다는 환상을 위해서 만들어내는 것이지요. 유도라 웰티에 대해서 소개하면서 오직 그녀만이 그 이야기를 쓸 수 있었을 것이라고 했던 기억이 나는군요. 대부분의 책들은 어떤 시점에서는 다른 누군가에 의해서 쓰였을 것이라고 생각하지만, 어떤 작가들의 경우에는 그 사람만이 쓸 수 있는 이야기가 있습니다. 주제나 서사가 아니라 그 작가들이 글을 쓰는 방식에서 말입니다. 관심사나 성향이 진정으로 독특하다는 것이지요.

어떤 작가들이 그런가요?

모리슨 헤밍웨이가 그런 작가입니다. 플래너리 오코너, 포크너, 피츠제럴드도 그렇고요.

그들이 흑인을 묘사한 방식에 대해서 비판한 적은 없으셨나요?

모리슨 아닙니다. 제가 비판했다고요? 저는 백인 작가들이 흑인에 대해서 상상하는 방식을 드러내왔습니다. 그 작가들 중 몇몇은 진짜 이 점에서 뛰어납니다. 포크너가 정말 성공적이지요. 헤밍웨이는 어떤 때는 형편없지만 그 밖에는 훌륭합니다.

어떤 면에서 그렇습니까?

모리슨 흑인 인물을 등장시킨다는 점에서가 아니라 그 인물들로 무정부주의, 성적인 방만, 일탈이라는 미학을 만들어내는 점에서 그렇습니다. 헤밍웨이의 마지막 책인 『에덴동산』에서는 여주인공의 피부색이 점점 검어집니다. 미쳐가던 그 여자는 남편에게 말하지요. "당신의 소중한 아프리카 여왕이 되고 싶어요."라고요. 그런 식으로 이 소설은 추진력을 얻습니다. 그녀의 희디흰 머리칼과 검디검은 피부는…… 거의 만 레이의 사진과 흡사합니다.

마크 트웨인은 제가 이제까지 읽은 것 중에서 가장 강력하고, 설득력 있고, 교훈적인 방식으로 인종차별주의에 대해서 이야기합니다. 에드거 앨런 포는 그렇지 않지요. 포는 백인 우월주의와 미국 남부 농장주 계급을 사랑했습니다. 스스로가 신사가 되고 싶어하면서 모든 것들을 받아들였지요. 인종주의에 대해서 이의를 제기하거나 비판하지 않습니다. 미국 문학에서 흥미진진한 점은 작가들이 어떤 식으로 이야기 표면 아래서, 에둘러서 여러 가지를 전하는가 하는 점입니다.

마크 트웨인이 『얼간이 윌슨』에서 인종이 무엇인지에 대해 뒤집는 것을 보세요. 이 책에서는 때로 인물이 어떤 피부색인지 누구도 알 수 없지요. 혹은 어떤 인종인지 알게 되었을 때의 전율은 또 어떤가요? 포크너의 『압살롬, 압살롬!』에서는 책 전체에 걸쳐서 인종의 흔적을 쫓지만 결코 찾아낼 수가 없습니다. 아무도 알 수 없어요. 누가 흑인 등장인물인지도 알 수 없습니다. 이 내용으로 학생들에게 강의했습니다. 인종에 관한 사실이나 실마리가 어렴풋이 나타나긴 하는데 명시적으로 보이지 않기 때문에, 숨겨지거나 부분적인 혹은 왜곡된 정보들을 추적하느라 시간이 끝없이 걸렸습니다. 그런 것들을 표로 만들어보고 싶었지요. 모든 쪽에 그것이 어떻게 나타나는지, 어떻게 위장되고 사라지는지 따라가는 목록을 만들었습니다. 모든 구절을 다 확인했어요! 모든 것을요. 그러고 나서는 이 목록으로 강의했습니다. 학생들은 잠들었지요! 하지만 진짜 매혹적이었습니다. 기술적인 면에서요. 그런 종류의 정보를 줄곧 암시하고 가리키면서도 직접 내보이지 않는 것이 얼마나 어려운지 아시나요? 어쨌든 인종은 중요한 게 아니라고 말하기 위해서 그것을 드러내는 방식은 또 어떤가요? 기술적으로 정말 놀라운 일입니다. 독자들은 등장인물에게서 흑인 피가 한 방울이라도 섞인 걸 찾아내야 되는데, 그 피 한 방울이 모든 것일 수도 있고, 아무것도 의미하지 않을 수도 있습니다. 이런 것이 인종주의의 광기를 보여줍니다. 그래서 구조 자체가 일종의 논점이 되지요. 누구는 이렇게 말하고 누구는 저렇게 말하고……같은 것이 아니라 책의 구조 자체 말입니다. 독자들은 아무 데서도 찾을 수 없으면서도 모든 차이를 빚어내는 이 흑인성을 찾으려 들게 됩니다. 이런 일은 여태까지 아무도 한 적이 없지요. 다시 말해서 제가 비평할 때 포크너가 인종주의자냐 아니냐는 문제는 아무런 상관이 없습니다. 개인적으로 그 부분에는 관심이 없고, 이런 구조로 쓴다는 것이 갖는 의미에 매혹됩니다.

흑인 작가들의 경우……백인 문화와의 관계에 의해 지배되고, 영향을 받는 세계에서 어떻게 글을 쓰나요?

모리슨 언어를 변화시키고, 자유롭게 풀어놓으면서 글을 씁니다. 언어를 억누르거나 가두지 않고 열어놓지요. 가지고 놀고요. 언어에 들어 있는 인종주의적인 억압을 폭파시키는 거지요. 제가 쓴 「레시타티프」라는 단편소설에는 고아원에 사는 두 어린 소녀가 등장합니다. 한 명은 백인이고 한 명은 흑인이지요. 하지만 독자들은 어느 쪽이 백인이고 어느 쪽이 흑인인지 알지 못합니다. 계급적인 코드는 사용하지만 인종적인 코드는 사용하지 않았거든요.

독자를 혼란에 빠뜨리기 위해서인가요?

모리슨 네, 그렇습니다. 하지만 한편으로는 독자를 자극하고 계몽하기 위해서이기도 합니다. 장난삼아서 시도해보았습니다. 이야기를 쓸 때 작가들에게 분명하게 확립되어 있는 코드를 쉽게 가져다 쓰는 게으름에 빠질 가능성이 없다는 점이 흥미로웠습니다. '흑인 여성'이라고 말을 시작하면 예측 가능한 반응이 있고, 손쉽게 그런 반응을 환기시킬 수도 있거든요. 하지만 인종적인 측면을 제거하면 그 인물에 대해서 좀 더 복잡한 방식으로, 한 명의 인간으로 기술해야 하지요.

어째서 '그 흑인 여성은 가게에서 나왔다.'라는 식으로 쓰고 싶지 않으신 겁니까?

모리슨 그렇게 할 수도 있겠지요. 그렇지만 그녀가 흑인이라는 사실이 중요할 때에만 그렇게 해야 합니다.

『냇 터너의 고백』•의 경우는 어떤가요?

모리슨 글쎄요. 이 작품에는 아주 자의식 강한 인물이 등장합니다. '내 검은 손을 들여다보았다.' 아니면 '잠에서 깨어나서 내가 검다는 사실을 느꼈다.'라는 식으로 말하는 인물이지요. 이런 일들은 상당 부분 스타이런의 의식을 반영합니다. 스타이런은 냇 터너의 피부, 그에게 이국적으로 느껴지는 그 부분에 전율을 느낍니다. 그렇기 때문에 그런 묘사가 우리에게도 이국적으로 들리는 것이지요. 그뿐입니다.

당시 스타이런이 냇 터너에 대해서 쓸 자격이 없다고 생각한 사람들이 엄청나게 분노했지요.

모리슨　스타이런은 그가 원하는 것이면 무엇이든 쓸 권리가 있습니다. 그렇지 않다는 것은 터무니없는 소리이지요. 그 사람들이 스타이런에 대해 비판했어야 하는 것은 냇 터너가 흑인들을 증오했다고 암시한 점입니다. 실제로 몇 사람은 그렇게 비판했지요. 그 책에서 터너는 흑인에게 느끼는 혐오감을 끝없이 드러냅니다. 그는 흑인들에게서 아주 멀리 떨어져 있고, 엄청나게 우월하지요. 그렇다면 어째서 사람들이 그를 추종했을까 하는 본질적인 질문이 남습니다. 어떤 흑인 독자에게도 비현실적으로 보일 정도로 근본적으로 인종주의적 경멸감을 품고 있는 그가 흑인들의 지도자가 될 수 있었을까요? 어떤 백인 지도자라도 자신이 사지로 몰아넣는 자신의 추종자들에게 관심을 가질 것이고, 동질감을 느낄 텐데 말입니다. 비평가들이 냇 터너가 백인처럼 말한다고 지적하는 부분이 바로 여깁니다. 그 책에서는 인종적인 거리가 강하고 분명하게 드러나지요.

『빌러비드』를 쓰기 위해서 노예 서사를 아주 많이 읽으셨겠군요.

모리슨　정보를 얻으려고 노예 서사를 읽은 것은 아닙니다. 그러한 작품의 저자들은 백인 후원자의 승인을 얻어야 했습니다. 독자들에

• 윌리엄 스타이런이 쓴 소설이다. 1831년 버지니아 주에서 흑인 노예 반란을 이끈 냇 터너가 백인 변호사에게 진술한 고백을 바탕으로 했다. 스타이런은 이 책으로 1967년에 퓰리처상을 수상했다.(역자 주)

게 외면당하지 않으려고 말하고 싶은 걸 다 쓰지 않았으리라는 걸 잘 알지요. 어떤 일에 대해서는 침묵을 지켜야 했습니다. 주어진 상황에서 최선을 다해 최대한 진실을 드러내려고 애썼지만, 당시 상황이 얼마나 끔찍한가에 대해서는 절대로 말하지 않았습니다. 그들은 그저 "아시다시피 상황은 정말 끔찍했습니다. 하지만 노예제를 없애고 계속 살아나갑시다."라고 말할 뿐입니다. 그들은 이야기의 표현을 지극히 절제해야만 했습니다. 저는 그들의 기록을 보면서 노예제란 것에 익숙해지고 압도되었지요. 하지만 저는 노예제가 어떤 것인지 진정으로 느낄 수 있도록 쓰고 싶었습니다. 역사적인 것을 개인적으로 다가오도록 만들고 싶었지요. 노예제의 어떤 점이 노예제를 그다지도 끔찍하고, 개인적이면서, 무관심하고, 친숙하면서도, 공공연한 영역으로 만드는지 알아내려고 오랫동안 고민했습니다.

노예제 기록을 보면서, 자주 언급되지만 한 번도 제대로 묘사되지 않은 어떤 물건에 신경이 쓰였습니다. 재갈이지요. 수다를 떠느라 일에 방해되지 않도록 노예들의 입에 재갈을 물리지요. 재갈이 어떻게 생겼는지 알아내려고 오랫동안 애썼습니다. '제니의 입에 재갈을 물렸다.'라거나 올라우다 에퀴아노*가 말했듯이 '부엌에 들어갔는데' 브레이크를 (그는 b-r-a-k-e라고 썼더군요.) '입에' 문 여인이 화덕 옆에 서 있는 것을 보았다는 이야기들을 계속 읽게 되었습니다.

나중에 아내를 고문한 어떤 남자에 대한 기록을 이 나라(미국)에서 발견했습니다. 그 안에 재갈을 스케치한 그림이 들어 있었지요. 남아메리카나 브라질 같은 곳에는 아직 실물이 남아 있어요. 자료를 찾는 동안 재갈이라는 물건, 이 개인적인 고문의 도구가 사실 가톨릭 이단 재판에서 유래한 것임이 떠올랐습니다. 또한 만들어서 판매하는 그런 물건이 아니라는 사실을 깨닫게 되었지요. 노예한테 사용하려고 재갈을 우편 주문할 수는 없으니까요. 시어즈 같은 대형 백화점에서도 구할 수 없습니다. 그러니까 직접 제작해야만 합니다. 뒷마당에 나가서 이것저것 합쳐서 직접 만들고 그걸 사람한테 물리는 겁니다. 이 모든 과정은 만드는 사람한테나 그걸 물어야 하는 사람에게나 아주 개인적인 일이지요. 그러고 나서 재갈을 묘사하는 일이 아무런 의미가 없다는 걸 깨달았습니다. 독자들은 어떻게 생겼는지 아는 대신 그걸 무는 게 어떤 느낌일지 느낄 수 있어야 합니다. 그냥 희귀한 골동품이나 역사적 사실로 고증하는 것보다 실제 사용되던 도구로 상상할 수 있게 하는 일이 더 중요하다는 걸 깨달았지요. 마찬가지로 독자들에게 노예제가 어떤 것인지 알려주기보다 실제로 느낄 수 있도록 하고 싶었습니다.

『빌러비드』에는 폴 디가 세서에게 "아무한테도 그 경험에 대해서 말하지 않았어. 때때로 그에 대해 노래는 불렀지만."이라고 말하는 대목이 있습니다. 그는 그녀에게 재갈을 물고 있다는 게 어떤 느낌인지 설명하려고 애씁니다. 하지만 결국 재갈을 물었을 때 수탉 한 마리가 자기를 비웃는 걸 분명히 봤다는 주장으로 말을 끝내지요. 아주 보잘것없는 싸구려가 된 느낌이었고, 이제부터는 통 위에서 잘난 척하는 수탉만큼도 존재 가치를 못 느낄 거라고요. 이 대목에서 침을 뱉고 싶은 욕망이라든가, 쇠로 만든 재갈 등에 대해서도 언급했습니다. 어쨌든 재갈의 생김새를 묘사하는 건 독자들에게 그

• 18세기 해방 노예로 『에퀴아노의 흥미로운 이야기』라는 자서전을 썼고, 노예제의 참혹함을 고발해서 1807년 영국이 노예제를 없애는 데 공헌했다.(역자 주)

것을 체험하게 하고 싶은 제 의도에서 벗어나는 듯하더군요. 그런 정보는 역사의 행간에서 찾을 수 있습니다. 책의 한 쪽에서 떨어져 나온, 그냥 흘끗 보이거나 잠깐 언급되면서 지나가는 내용들에서요. 제도가 개인적인 것이 되고, 역사가 이름을 가진 사람으로 바뀌는 교차 지점에 그런 내용이 있습니다.

등장인물을 창작할 때는 오로지 상상력에 의존하시나요?

모리슨 실제로 아는 사람인 경우는 없습니다. 『가장 푸른 눈』 몇몇 곳에 어머니의 몸짓과 대화를 집어넣고, 실재하는 지명을 약간 사용한 적은 있습니다. 하지만 그 이후로는 한 번도 없지요. 그 점은 아주 확실하게 지키고 있습니다. 등장인물은 실존하는 어떤 누구와도 연관이 없습니다. 저는 많은 작가들이 하는 일을 따르지 않았어요.

이유가 있습니까?

모리슨 예술가들이, 특히 사진가와 작가들이 일종의 서큐버스 Succubus * 처럼 행동한다는 생각이 듭니다. 살아 있는 존재에서 뭔가를 가져다가 자신의 목적을 위해서 이용하는 과정이요. 나무, 나비 혹은 인간에게도 그런 짓을 할 수 있지요. 다른 사람의 삶을 훔쳐다가 자신을 위한 존재를 만들어내는 것은 도덕적이고 윤리적인 면에서 아주 큰 문제입니다.

소설을 쓸 때 저는 완전히 창작된 등장인물일 때 가장 지적이고, 자유롭고, 흥미진진하게 느낍니다. 그게 창작의 가장 흥미로운 점이지요. 그들이 다른 누군가에게서 끌어온 인물이라면, 우습게도 저작권 침해같이 느껴집니다. 각 사람은 자신의 삶을 소유하고 있고, 거기에 특허권이 있습니다. 소설에 사용되어서는 안 되지요.

등장인물이 당신에게서 벗어난다거나 통제 불능이라는 느낌을 받은 적이 있으신가요?

모리슨 저는 등장인물을 모두 통제합니다. 그들을 아주 주의 깊게 만들어내지요. 등장인물에 대해서 알아야 할 건 다 안다고 느낍니다. 제가 쓰지 않은 것들도요. 예를 들자면 가르마를 타는 방식까지도요. 그들은 마치 유령 같아요. 자신들만 생각하고, 다른 어떤 것에도 관심이 없습니다. 그렇기 때문에 등장인물이 작가 대신 책을 쓰게 내버려두어서는 안 됩니다. 그런 일이 일어난 책을 읽은 적이 있습니다. 소설가가 등장인물에게 완전히 지배당한 경우 말입니다. 그런 책을 읽으면 이렇게 말해주고 싶어요. "그러면 안 돼요. 주인공들이 책을 쓸 수만 있다면 그러려고 들겠지만, 그들은 못해요. 주인공들이 아니라 당신만이 책을 쓸 수 있습니다. 그러니까 그들에게 '닥치고 날 좀 내버려둬. 책을 쓰는 건 나야.'라고 말해요."

등장인물 중 누구 한 명에게라도 입 좀 닥치라고 해야 했던 적이 있습니까?

모리슨 『솔로몬의 노래』에 나오는 파일러트에게 그렇게 한 적이 있습니다. 그래서 파일러트에게는 대사가 많지 않아요. 그녀는 가끔 두 소년과 긴 이야기를 나누었고, 가끔은 하고 싶은 얘길 했습니다. 하지만 다른 사람들이 하는 식의 대화는 아니었어요. 제가 파일러트의 이야기를 대신해야 했습니다. 안 그러면 그녀가 모든 사람을 압

• 잠자는 남성의 꿈에 나타나서 유혹한다고 알려진 몽마의 일종이다.(역자 주)

도해버릴 테니까요. 그녀는 너무나 흥미로운 인물이 되어갔습니다. 등장인물이 잠시 그렇게 되는 경우가 있지요. 하지만 다시 거두어들여야 했습니다. 그건 제 책입니다. '파일러트'라는 제목의 책이 아니라요.

파일러트는 아주 강한 인물입니다. 당신 책에서는 언제나 여성 인물의 대부분이 남성 인물보다 더 강하고 용감한 것처럼 보입니다. 어째서 그런가요?

모리슨 그건 사실이 아닙니다. 하지만 그런 이야기를 자주 듣긴 하지요. 어쩌면 우리가 여성들에게 갖는 기대가 너무 낮기 때문이 아닌가 싶습니다. 여성이 한 달만 꼿꼿이 버티면 모든 사람들이 "얼마나 용감한 여성인가!"라고 합니다. 어떤 분이 세서에 대해서 썼는데, 그녀가 강하고 위엄 있고 거의 초인적인 인물이라고 했습니다. 하지만 책 말미에서 그녀는 머리도 돌리지 못하는 지경이 됩니다. 완전히 기진맥진해진 거지요. 혼자 음식도 먹지 못하는 상태입니다. 그런 게 강한 걸까요?

아마도 세서가 빌러비드를 칼로 베어버리는 어려운 선택을 했기 때문에 그런 식으로 보는 거겠지요. 그런 선택을 강하다고 생각할 테고요. 어떤 사람들은 그런 행위가 그저 잘못된 거라고 하겠지만요.

모리슨 글쎄요. 분명 빌러비드는 그런 짓이 강인하다고 생각지 않았습니다. 그저 광기로 생각했지요. 더 중요한 문제는 빌러비드에게 (노예로 사는 것보다) 죽음이 낫다는 걸 어떻게 알 수 있냐는 것입니다. 죽어본 적이 없는 사람이 어떻게 그걸 알 수 있을까요? 저는 폴 디나 선, 스탬프 페이드, 기타라는 인물조차도 똑같이 어려운 결정을 했다고 생각합니다. 그들은 원칙이 있는 사람들입니다. 우리는 그저 묵묵히 참으면서 말대꾸하지 않는 여성이나 약자의 전형적인 무기를 쓰는 여성에게 지나치게 익숙해져 있을 뿐입니다.

약자의 무기란 어떤 걸 말씀하시는지요?

모리슨 잔소리라든가, 독약, 소문 등입니다. 정면 대결하기보다는 몰래 뒤통수를 치는 거죠.

여성들 간의 강한 우정을 다룬 소설이 매우 적습니다. 그 이유가 뭐라고 생각하십니까?

모리슨 여성들 간의 우정은 사람들이 미심쩍어하는 관계입니다. 『술라』를 쓰는 동안 받은 인상은 많은 여성들에게 동성 친구와의 관계는 부차적으로 여겨진다는 것이었습니다. 남녀 관계가 일차적이지요. 여성에게 동성 친구란 남성이 부재할 때만 필요한 부차적인 관계입니다. 이런 이유 때문에 여성보다 남성을 좋아하는 여성들이 존재하는 거죠. 우리는 서로를 좋아하는 법을 배웠어야 합니다. 잡지 『미즈』는 여성들이 서로에 대해서 불평하거나 미워하면서 싸우고, 여성을 비난하는 남성들과 연합하는 걸 그만두어야 한다는 전제하에 만들어졌습니다. 이런 행위는 피지배 집단에게서 나타나는 전형적인 행동이니까요. 그런 면에서 『미즈』는 중요한 교육을 했습니다. 많은 문학작품의 여성이 함께 있는 부분(레즈비언이거나 버지니아 울프의 작품에서처럼 은밀한 동성애적인 관계를 오래 지속해온 여성들이 아닌 여성을 말하는 겁니다.)에서 그 여성들에 관한 남성적인 시각이 분명하게 나타납니다. 그 여성들은 대개 남성에게 지배당하는 인물입니다. 헨리 제임스의 등장인물들처럼요. 아니면 제인 오스틴 작품에 나오는 여성 친구들처럼 여자들이 남자에 대해서 대화합니다. 누가 결혼했고, 누가 결혼할 것이고, 누가 남자를 잃었고, 그 여자가 그 남자를 원하는 것 같다는 식이지요. 1971년 『술라』가 출판되었을 때는 이성애적인 관계의 여성들이 친구와 서로 자신에 관한 이야기만 주고받는 것이 아주 급진적인 일인 것처럼 보였습니다. 지금은 그렇지 않지만요.

이제 충분히 받아들여지고 있지요.

모리슨 그렇습니다. 그런 주제는 지루한 것이 되어가고 있지요. 아마도 곧 지나치게 흔해지고, 엄청나게 유행할 겁니다.

작가들은 성관계에 대해서 쓰는 데 어째서 그다지도 어려움을 겪는 것일까요?

모리슨 그건 글로 쓰기 어려운 주제입니다. 충분히 섹시하지 않기 때문이지요. 쓸 수 있는 유일한 방법은 지나치게 많이 쓰지 않는 것입니다. 독자들 스스로 자신의 섹슈얼리티를 텍스트로 끌어들일 수 있게 해야 합니다. 제가 존경하는 작가가 성관계 장면을 너무 아무렇지도 않게 쓴 것을 본 적이 있습니다. 그런 경우 대개는 지나치게 많은 정보가 들어가지요. '……의 부드러운 윤곽은…….' 이런 식으로 시작하면 곧 산부인과 의사 이야기처럼 들립니다. 작가들 중 조이스만이 그런 식으로 이야기해도 성공할 수 있었습니다. 금지된 말들을 다 사용했지요. 컨트Cunt* 라는 말을 쓰는데, 이는 아주 충격적이지요. 금지된 말이 자극적일 수 있습니다. 하지만 곧 자극적이기보다는 지루해집니다. 적게 말하는 편이 언제나 더 낫지요. 어떤 작가들은 상스러운 단어를 사용하면 효과를 극대화할 수 있을 거라고 생각합니다. 하지만 효과는 잠시뿐입니다. 게다가 아주 젊은 사람들의 상상력만 자극하지요. 얼마 후에는 더 이상 아무 효과도 남지 않고요. 세서와 폴 디가 처음 만나고 책이 한두 쪽 정도 넘어가면 관계를 합니다. (사실 별로 훌륭한 것도 아니지요. 빨리 끝나버렸고 두 사람 다 좀 당황했습니다.) 그 뒤 그것에 대한 관심을 꺼버리고 두 사람은 침대에 누워, 같이 침대에 있지 않은 척하고 서로 만나지도 않은 척하면서 생각하기 시작했습니다. 두 사람의 생각은 서로 연결되어서 곧 누가 어떤 생각을 하는지 구분할 수도 없게 됩니다. 이 생각의 융합이야말로 신체의 각 부위에 대한 묘사보다 더 솜씨 있게 관능성을 드러내는 걸로 보입니다.

플롯의 경우는 어떻습니까? 언제나 자신이 어느 쪽으로 가는지 알고 계십니까? 끝에 도달하기 전에 먼저 결말을 쓰는 경우도 있으신가요?

모리슨 결말이 어떻게 될지 확실하게 알면 먼저 쓸 수도 있습니다. 『빌러비드』 때는 사분의 일쯤 쓰고 나서 결말을 썼지요. 『재즈』도 빨리 썼고, 『솔로몬의 노래』 역시 일찍 썼습니다. 어떻게 해서 그런 일이 일어났는가 하는 방식으로 플롯을 만들고 싶습니다. 어떤 의미에서는 추리소설처럼 말입니다. 누가 죽은 걸 알게 되면 사람들은 누가 죽였는지 알고 싶어합니다. 아주 두드러지는 요소들을 전면에 내세우면 독자들은 흥미를 느끼고 어떻게 그런 일이 생겼는지 알고 싶어합니다. 누가 그 일을 저질렀는지, 동기는 무엇인지도요. 독자

• 여성 성기를 가리키는 속어.(역자 주)

들이 그런 질문을 계속하도록 만드는 특정한 종류의 언어도 사용해야만 합니다.

『가장 푸른 눈』에서 그랬듯이 『재즈』에서는 전체 줄거리를 첫 쪽에 집어넣었습니다. 사실 초판본에서는 그게 표지에 들어가 있었지요. 그러면 독자가 책방에 가서 표지의 내용을 읽고 어떤 이야기인지 바로 알게 되고, 그 책을 던져버리거나 아니면 다른 책을 사거나 마음 내키는 대로 할 수 있겠지요. 이런 식은 『재즈』의 플롯에 적합한 기법처럼 보입니다. 여기서는 소설의 세 등장인물을 그 작품의 기본 멜로디라고 생각했습니다. 화자가 멜로디를 반복할 때 그것을 따라가면서 깨닫는 만족감도 괜찮다고 생각했거든요. 그 책을 기획할 때의 진짜 예술적 기법이 바로 그것이었습니다. 계속해서 같은 멜로디와 만나고, 다른 각도에서 매번 새롭게 그 멜로디를 보고, 왔다 갔다 하면서 그것을 연주하는 것이죠.

키스 자렛이 '올드 맨 리버'라는 곡을 연주할 때 우리가 맛보는 기쁨과 만족감은 멜로디 자체보다는, 멜로디가 등장하거나 숨어버릴 때 그것을 인식하는 데서, 혹은 그것이 완전히 사라졌을 때 대신 등장하는 멜로디를 인식하는 데서 옵니다. 원곡보다는 자렛이 연주하는 원곡을 둘러싼 모든 반향과 미묘한 차이, 회전과 선회 등에서 기쁨을 얻는 것이죠. 『재즈』의 플롯에서도 비슷한 일을 시도했습니다. 그 이야기가 독자들을 첫 쪽부터 끝까지 끌고 가는 수단이 되길 원했습니다. 하지만 독자들이 얻는 기쁨은 이야기에서 멀어졌다 돌아오고, 주변을 돌거나 뚫고 지나가는 데서 발견될 수 있기를 바랐지요. 마치 이야기가 끝없이 회전하는 프리즘인 것처럼요.

멜로디만을 원하고, 무슨 일이 일어났고, 누가 그 짓을 왜 했는지만을 알고 싶어하는 독자들에게는 『재즈』의 유희적인 측면이 아주 불만족스러울 수 있습니다. 하지만 이 책의 재즈 같은 구조는 부차적인 것이 아닙니다. 존재 이유 그 자체니까요. 저에게는 화자가 플롯을 드러내는 시행착오적인 과정이 이야기의 전개 자체만큼이나 중요하고 흥미진진했습니다.

『빌러비드』에서도 앞부분에서 줄거리를 공개하셨지요.

모리슨 『빌러비드』에서는 아기를 죽인다는 사실이 즉각적으로 알려지면서도, 동시에 연기되고 숨어 있어야 한다는 점이 매우 중요했습니다. 그 행동을 둘러싼 모든 정보와 결과를 주면서 독자들이나 저 자신이 그 행위의 폭력성 자체에 몰두하지 않도록 하고 싶었지요. 세서가 아이의 목을 따는 장면은 아주아주 긴 과정에 걸쳐 썼습니다. 책상에서 일어나서 밖에 나가 오래오래 걸었던 기억이 납니다. 마당을 걷다가 돌아와서 조금 수정하고 다시 나갔다가 들어와서 문장을 고치고 그런 과정을 수없이 되풀이했지요. 매번 정확히 옳다고 생각하는 대로 문장을 고쳤습니다. 하지만 앉아 있을 수가 없어서 나갔다가 돌아와야 했지요. 그 행위는 숨겨져 있을 뿐 아니라 절제해서 표현해야 한다고 생각했습니다. 만약 언어가 폭력을 경쟁하듯 표현한다면 외설적이거나 포르노적으로 되어버리기 때문이지요.

분명 스타일은 당신에게 매우 중요한 것 같습니다. 『재즈』와 연관 지어 이 점에 대해서 말씀해주실 수 있는지요?

모리슨 『재즈』를 쓰면서 음악가들이 전달하는 느낌을 주고 싶었습니다. 더 보여줄 것이 있지만 그러지 않는다는 느낌말입니다. 절제하면서 드러내지 않음을 실행하지요. 드러나지 않는 것은 존재하지 않거나 모두 소진해버렸기 때문이 아니라 너무나 풍부하고 되풀이 될 수 있기 때문입니다. 언제 멈추어야 할지 아는 감각은 배워야만 생기고 저 역시 처음부터 그 감각을 지닌 건 아니었습니다. 『솔로몬의 노래』를 쓰고 나서야 이미지와 언어를 절제해서 쓰는 것 등이 어떤 의미인지 경험할 만큼 자신감을 얻은 것 같습니다. 『재즈』를 쓸 때는 아주 의식적으로 인위적으로 고안한 것과 즉흥적인 부분을 섞으려고 노력했지요. 스스로를 재즈 음악가로 생각했습니다. 자신의 연주를 아무런 노력도 안 들어간 것처럼 자연스럽고 우아하게 보이려고 연습하고 또 연습하는 재즈 음악가 말입니다. 글쓰기 과정에서 필요한 구성력에 대해서는 언제나 의식하고 있었습니다. 글쓰기에는 끝없는 연습이 필요하고 글의 형식적인 구조를 인식하고 쓴 결과일 때만 자연스럽고 우아하게 보인다는 점도 말입니다. 낭비라는 사치스러운 특질을 얻기 위해서는 절제를 연습해야 합니다. 낭비해도 될 만큼 충분히 갖고 있지만 절제하고 있고, 실제로 낭비하지는 않는다는 그런 느낌이죠. 지나친 만족을 주면 안 됩니다. 물릴 정도로 욕망을 만족시켜주면 안 되는 겁니다. 예술작품이 끝날 무렵에는 언제나 매우 강렬하게 특유의 굶주린 느낌이 있습니다. 굶주림이라기보다는 뭔가 더 있었으면 하는 갈망 같은 것이죠. 그러면서 일종의 만족감도 있습니다. 예술가들은 언제나 끝없이 창조하기 때문에 언젠가는 더 많은 것을 얻게 되리라는 걸 아는 데서 오는 만족감입니다.

다른 구성 요소나 구조상의 재료가 있었나요?

모리슨 미국 문화사에서 도시 이주는 아주 중요한 사건일 겁니다. 최근 이 문제에 대해서 곰곰이 생각하는 중이지요. 아마 그것이 제가 소설을 쓰는 이유일 겁니다. 남북전쟁 이후에 무엇인가 현대적이고 새로운 일이 일어난 것처럼 보입니다. 물론 많은 것들이 바뀌었지요. 하지만 이 시기에 가장 특징적인 것은 노예들이 해방되면서 모든 것을 박탈당한 일입니다. 이 해방 노예들은 살던 지역의 노동 시장에 흡수되는 경우도 있었지만, 자신들의 문제에서 도망치려고 도시로 이주했습니다. 저는 그들에게, 그리고 도시에서도 자기 방식대로 사는 촌사람인 2세대 3세대 해방 노예의 후손들에게 도시라는 곳이 어떤 의미였을지 생각하면서 매혹되곤 했습니다. 그들에게 도시는 아주 흥미진진하고 경이로운 곳처럼 보였을 것입니다. 반드시 그곳에 살아야 하는 그런 곳으로요.

도시가 어떤 식으로 작동하는지에 관심이 있었습니다. 계급과 집단과 각종 국적의 사람들이 자신들의 세력권과 영역 안에서 많은 숫자에 기대어 안정감을 갖기도 하고, 다른 세력이나 영역과의 관계를 흥미진진하게 겪기도 하면서, 도시의 무리 안에 존재한다는 데 매력과 짜릿함을 느낍니다. 음악이 이 나라에서 어떻게 변해왔는지에 대해서도 관심이 있었습니다. 영가와 복음성가, 블루스는 노예 제도에 대한 반응을 보여주지요. 문자 그대로 지하철도The Underground Railroad *를 타고 도망가고 싶은 갈망을 일종의 암호로 표현해줍니다.

개인적인 삶에도 관심이 있었습니다. 어떻게 서로 사랑하는가? 무엇이 자유라고 생각했는가? 당시 해방 노예들은 자신들을 억압하

* 남북전쟁 전 노예 탈출을 도운 비밀 조직을 가리키는 중의적 의미이다.

고 죽이고 끝없이 박탈하는 무언가로부터 도망쳐서 도시로 이주해 올 때 매우 옹색한 환경에 놓여 있었습니다. 하지만 그들의 음악, 재즈의 도입부를 들어보면 그들이 뭔가 다른 것을 이야기한다는 점을 깨닫게 될 것입니다. 그들은 사랑에 대해서, 상실에 대해서 이야기합니다. 하지만 노래 가사에는……엄청난 웅대함과 만족감이 깃들어 있지요. 그들은 한 번도 행복한 적이 없습니다. 언제나 누군가가 떠나고 있지요. 그렇다고 불평하지는 않습니다. 마치 누군가를 선택해서 위험을 무릅쓰고 사랑, 희로애락, 관능에 빠져보고 나서는 그 모든 것을 다시 잃는 비극적인 과정이 아무런 문제가 안 된다는 듯이 노래합니다. 그런 과정이 자신들의 선택이기 때문에요. 누구를 사랑할 것인가를 선택하는 과정은 아주아주 중요한 일입니다. 그리고 음악은 우리가 자유와 타협할 수 있는 공간으로서의 사랑이라는 개념을 강화합니다.

분명 재즈는 악마의 음악이라고 여겨졌습니다. 모든 새로운 음악이 그렇듯이요. 너무나 관능적이고 자극적이라는 이유 등으로요. 그러나 몇몇 흑인들에게 재즈는 자신의 몸에 대한 권리를 다시 찾는 과정이었습니다. 자신의 몸이 오랫동안 소유의 대상이었고, 어린 시절에 노예였으며 부모님도 노예였음을 기억하는 사람들에게 그 사실이 어떤 의미를 지니는지 상상할 수 있을 겁니다. 블루스와 재즈는 자신의 감정에 대한 소유권을 나타냅니다. 물론 그래서 그 음악은 과도한 경향이 있지요. 마치 행복한 결말이 재즈의 영광과 맛을 앗아가기라도 하는 것처럼 사람들은 재즈에서의 비극을 즐깁니다. 요즘 광고주들은 텔레비전에서 진정성과 현대성이라는 분위기 전달을 위해서 재즈를 이용합니다. '나를 믿어요.' 혹은 '최신 유행'

이라는 거지요.

요즘에도 도시는 재즈 시대에 가졌던 흥미진진한 특징들을 간직하고 있습니다. 단지 요즘에는 흥미를 다른 종류의 위험과 연결시키지만요. 우리는 노숙자들에 대해서 경악해서 끝없이 떠들고 비명을 지르고 시끄럽게 합니다. 우리의 거리를 되찾고 싶다고 말하지요. 하지만 노숙자에 대한 인식과 그 문제를 다루는 고용 전략에서 우리는 도시의 느낌을 갖습니다. 예측할 수 없는 것, 소외된 것, 낯설고 폭력적인 것과 만났을 때 관여되면서도 살아남을 수 있는 무기와 방어막, 결단력, 힘, 강인함, 영리함을 갖춘 것처럼 느끼는 것이 도시 삶이 갖는 의미의 일부입니다. 사람들이 노숙자에 대해서 소위 '불평할 때' 실제로는 자랑하는 겁니다. 뉴욕은 샌프란시스코보다 노숙자가 더 많아요. 아니요, 아닙니다. 샌프란시스코에 더 많다니까요. 아니지요. 디트로이트가 더 많아요. 이런 식이지요. 우리는 우리의 관용에 대해서 거의 경쟁적입니다. 그 점이 우리가 노숙자를 그렇게 쉽게 받아들이는 이유랍니다.

그래서 도시는 해방 노예들을 그들의 역사에서 자유롭게 해주었나요?

모리슨　부분적으로 그랬습니다. 도시는 망각을 약속해주었기 때문에 그들에게 유혹적이었습니다. 자유의 가능성, 역사로부터의 자유의 가능성을 제공해주었거든요. 하지만 역사가 구속복이 되어서 압도하고 제한해도 안 되지만, 그렇다고 해서 잊혀서도 안 됩니다. 우리는 역사를 비판하고, 시험하고, 도전하고 또 이해해야 합니다. 방종을 넘어서는 자유를 획득하고, 진정으로 어른스러운 주체성을 획득하려면 말이지요. 도시의 유혹을 꿰뚫어보면 자신의 역사를 대면

하는 것이 가능해집니다. 그리고 망각해야 할 것을 망각하고 유용한 것을 이용하는 진정한 주체성이 가능해지지요.

시각적 이미지는 당신 작품에 어떤 영향을 미쳤나요?

모리슨 『솔로몬의 노래』에서 어떤 장면을 묘사하는 데 어려움을 겪고 있었습니다. 한 사람이 자신의 의무와 자기 자신으로부터 달아나는 장면이었지요. 이 장면에서 에드바르 뭉크의 그림을 거의 그대로 가져다 썼습니다. 그가 혼자 걷는데 걷는 쪽에는 사람이 한 명도 없었습니다. 다른 모든 이들은 반대편 인도에 있지요.

『솔로몬의 노래』는 짙은 갈색 색조인 『빌러비드』 같은 다른 작품과 비교할 때 화려하게 채색된 책이더군요.

모리슨 역사적 관점에서 여성, 대부분의 흑인 여성들이 아주 화려한 색의 옷에 끌린다는 사실을 인식하면서 시각적 이미지를 사용한 점과 관계가 있을 겁니다. 대부분의 사람들은 어쨌거나 색을 두려워하지요.

어째서 그렇습니까?

모리슨 그냥 색깔을 두려워합니다. 이 문화에서는 튀지 않는 색이 우아하게 여겨집니다. 문명화된 서양 사람들은 붉은 핏빛의 이불이나 접시는 사지 않을 겁니다. 어쩌면 제가 말씀드리는 것과는 다른 이유가 더 있을지 모르지요. 노예들은 주위에 흔히 존재하는 색깔에도 접근하기 어려웠습니다. 그들은 노예들의 옷, 즉 물려받은 작업복, 대마나 자루용 천으로 만든 옷을 입었기 때문입니다. 그들에게

색이 있는 옷은 사치품이었지요. 그저 빨강이나 노랑 옷을 입을 수 있다면 좋은 천이든 형편없는 천이든 상관없었습니다. 『빌러비드』에서는 색을 빼버려서, 세서가 리본이나 나비매듭을 사면서 난리를 치는 몇몇 순간만이 두드러지게 남아 있습니다. 그녀는 아이들이 그러듯이 색깔을 즐기지요. 색의 문제는 노예제가 어떻게 해서 그렇게도 오래 지속될 수 있었는지 하는 이유와도 관련이 있습니다. 이는 한 무리의 범죄인들이 옷을 바꿔 입고 평범한 사람으로 변신하는 것과는 차원이 다릅니다. 노예들은 다른 특징들뿐만 아니라 피부색 때문에 두드러지는 것입니다. 그러므로 색은 아주 의미심장한 표지입니다. 베이비 석스는 색깔에 대한 꿈을 꾸면서 "나한테 라벤더 색을 좀 보여줘."라고 말합니다. 그 색은 일종의 사치지요. 우리는 색과 시각적인 것에 흠뻑 젖어서 삽니다. 사람들이 색에 대한 굶주림과 기쁨을 느낄 수 있게 하려고 이 작품에서 색깔을 제거했습니다. 『빌러비드』를 『솔로몬의 노래』만큼 색이 풍부한 책으로 만들었다면 그런 효과를 낼 수 없었겠지요.

중심 이미지를 찾아야 할 필요성을 말씀하셨지요.

모리슨 때로는 그래야 합니다. 『솔로몬의 노래』에는 서너 개의 중심 이미지가 있습니다. 저는 알고 있었거든요. 그 책이 그림 같은 책이기를 원했고 그래서 도입부가 붉은색, 흰색, 파란색으로 시작되길 바랐다는 걸요. 어떤 의미에서는 주인공이 '나는 듯이 빠르게 움직여야 한다는 것'도 알고 있었습니다. 남성을 중심인물로 설정하고 이야기의 중심축으로 쓴 것은 『솔로몬의 노래』가 처음입니다. 제게 그의 내면에서 편안함을 느낄 능력이 있는지는 좀 의심쩍었습니다.

밖에서 본 그에 대해서는 언제든 쓸 수 있었지만 단지 외부적 지각에 불과했을 겁니다. 바라볼 뿐만 아니라 실제로 그가 되어 느낄 수 있어야 했습니다. 이 점에 대해 생각하면서 마음속에 떠오른 이미지는 기차였습니다. 그 이전의 제 모든 책은 여성이 중심이었지요. 그리고 그들은 대개 이웃이나, 마당에 존재했습니다. 이 소설에서는 이 제한된 구역을 떠나야 했습니다. 그래서 기차에 대한 생각을 했습니다……. 갑자기 속도를 내서 그가 그랬던 것처럼 떠나버리는 것이지요. 결국에는 전속력으로 내달리게 됩니다. 속도를 올릴 수는 있지만 브레이크는 없습니다. 그저 전속력으로 내달리면서 그냥 그 상태로 남아 있지요. 그 이미지가 책의 구조를 결정했습니다. 비록 그 이미지를 명확하게 만들거나 분명하게 언급하지는 않았지만요. 그것이 저에게 유용했다는 점만 중요하지요. 다른 책들은 나선 모양을 하고 있습니다. 『술라』처럼요.

『재즈』의 중심 이미지는 어떻게 찾으셨습니까?

모리슨 『재즈』의 경우는 매우 복잡했습니다. 계획성과 즉흥성이라는 모순된 두 가지가 표현되길 원했기 때문입니다. 예술작품은 철저하게 미리 계산되어 만들어지지만, 동시에 재즈처럼 즉석에서 탄생하기도 합니다. 이 작품의 중심 이미지는 책이라고 생각했습니다. 물질로서의 책이지요. 동시에 글쓰기, 상상하기, 말하기 그 자체이고요. 책은 자신이 뭘 하는지 의식하면서 스스로가 생각하고 상상하는 것을 지켜봅니다. 바로 그것이 계획성과 즉흥성의 결합으로 보였습니다. 창조하기 위해서 연습하고 계획하는 공간이지요. 그러는 동시에 기꺼이 실패하고, 기꺼이 실수합니다. 재즈는 공연이니까요.

공연에서는 실수가 발생합니다. 작가들이 누리는 수정할 수 있는 사치가 없지요. 실수에서 뭔가를 만들어내야 합니다. 실수하는 과정을 잘 받아들이면, 그러지 않았다면 결코 도달할 수 없을 또 다른 차원에 이르게 됩니다. 그러니까 공연에서는 실수할 위험을 감내해야 합니다. 재즈 음악가뿐 아니라 무용가들도 늘 그런 일을 겪습니다. 『재즈』는 자신의 이야기를 예언하지요. 때로는 잘못된 비전 때문에 틀리기도 하고요. 이 책에서 저는 등장인물을 제대로 상상해내질 못했습니다. 그리고 그 잘못을 인정했지요. 그러면 등장인물은 재즈 음악가들이 그렇듯이 대꾸를 했고요. 그 책에서는 자신이 만들어낸 등장인물에게 귀를 기울이고 그들로부터 배워야 했습니다. 그것은 제가 이제까지 했던 작업 중에서 가장 복잡한 일이었습니다. 비록 아주 단순한 이야기였지만 말입니다. 재즈 시대에 살고 있다는 것도 모르고 재즈라는 단어를 한 번도 사용하지 않은 사람들에 대한 이야기이지요.

이런 과정을 구성을 통해 성취하려는 방식 중 하나가 각각의 책에서 몇 가지 다른 목소리로 이야기하는 것이겠지요. 어째서 그렇게 하시는지요?

모리슨 '전체화'된 관점을 갖지 않는 것이 중요하거든요. 미국 문학은 마치 단 하나의 버전만 있는 것처럼 전체화되었습니다. 우리는 언제나 같은 식으로 행동하는 구별할 수 없는 사람의 덩어리가 아닙니다.

전체화라는 말의 의미가 그런 것인가요?

모리슨 네, 그렇습니다. 어떤 누군가에게서 혹은 우리를 대변해주는 어떤 사람에게서 비롯된 확고하고 권위주의적인 관점입니다. 개별성도 다양성도 없지요. 저는 모든 종류의 목소리에 진실성을 부여하려고 애씁니다. 그런데 그 목소리는 아주 심오한 차원에서 각기 다릅니다. 아프리카계 미국인 문화에 있어서 저에게 인상적인 점은 다양성입니다. 최근 많은 음악들은 다 똑같이 들립니다. 하지만 흑인 음악을 들으면 듀크 엘링턴, 시드니 베체트, 루이 암스트롱, 혹은 마일스 데이비스의 차이에 대해서 생각하게 되지요. 그들은 서로 전혀 비슷하지 않습니다. 하지만 사람들은 그들이 흑인 연주자라는 것을 알지요. 그 사실을 깨닫게 하는 어떤 특징이 있으니까요. 그래요, 그렇습니다. 이 점이 아프리카계 미국인의 음악 전통이라고 불리는 어떤 것의 일부이지요. 어떤 흑인 여성 가수도 팝송이나 재즈, 블루스를 서로 비슷하게 부르지 않습니다. 빌리 홀리데이는 어리사 프랭클린이나 니나 시몬 혹은 사라 본처럼 노래하지 않습니다. 어느 누구와도 다릅니다. 그들은 실로 강렬하게 다른 사람들과 다릅니다. 다른 가수들과 비슷하게 노래를 불렀다면 가수가 되는 것 자체가 가능하지 않았을 것이라고 그들은 말해줄 겁니다. 만일 누군가 엘라 피츠제럴드처럼 노래한다면 사람들은 "아! 우리는 이미 그런 가수가 있어요."라고 할 겁니다. 이 여성 가수들이 어떻게 그다지도 뚜렷하고 명확한 이미지를 가졌는지 생각해보면 흥미롭습니다. 저도 그런 식으로 글을 쓰고 싶습니다. 명확하게 나만의 것이면서도 아프리카계 미국인 전통에 부합하고, 다음으로 문학 전체에 걸맞는 그런 소설을 말입니다.

우선 아프리카계 미국인 전통에 부합해야 한다고요?

모리슨 네.

……문학 전체보다 우선해서요?

모리슨 아, 물론 그렇습니다.

어째서이지요?

모리슨 훨씬 더 풍부하거든요. 그쪽이 훨씬 복잡한 원천입니다. 주변부에 가까운 무엇인가로부터 나오는 자료들이고요. 그리고 훨씬 현대적입니다. 인간적인 미래를 간직하고 있지요.

아프리카계 미국인 작가보다는 문학의 위대한 대변인으로 알려지고 싶지는 않으신지요?

모리슨 아프리카계 미국인의 작품이라는 사실이 저에게는 매우 중요합니다. 제 작품이 다른 집단이나 더 커다란 집단으로 동화될 수 있다면 더욱 좋지요. 하지만 말씀하신 요청을 받아들일 수 없습니다. 조이스는 그런 요청을 받지 않았지요. 톨스토이도 그렇고요. 그 작가들은 러시아, 프랑스, 아일랜드, 혹은 가톨릭에 뿌리를 둔 작가들입니다. 그들은 자신의 출신에 근거를 두고 글을 썼습니다. 저도 그렇습니다. 단지 저에게는 그 공간이 아프리카계 미국인인 것뿐입니다. 가톨릭일 수도 있고, 중서부일 수도 있습니다. 저는 한편으로는 가톨릭 신앙을 가진 중서부 출신이기도 합니다. 그런 사실들이 모두 다 중요하지요.

사람들은 당신에게 이렇게 묻지요. "어째서 우리가 이해할 수 있는 것을 쓰지

않습니까? 전형적인 서양의 직선적이고 연대기적인 방식으로 쓰지 않아서 우리를 불안하게 만듭니까?" 왜 그렇게 묻는다고 생각하시나요?

모리슨 저는 그 질문의 의미가 묻는 그대로라고는 생각하지 않습니다. 그들이 묻고 싶은 것은 "백인에 대한 책은 언제 쓰실 건가요?"일 겁니다. 사실 이 질문은 그 사람들에게는 칭찬의 의미겠지요. "당신은 글을 잘 씁니다. 그러니까 나에 대해서도 쓰도록 허락하지요."라고요. 그들은 다른 작가들에게는 그런 식으로 요청하지 않을 겁니다. 제가 앙드레 지드에게 "좋아요. 하지만 언제쯤 진지해져서 흑인에 대해서 글을 쓰기 시작할 건가요?"라고 묻는 것이 가능할까요? 지드는 그 질문에 어떻게 대답해야 할지 모를 겁니다. 제가 모르는 것처럼요. 그는 아마도 "뭐라고요? 내가 혹시 원한다면 쓰겠지요."라거나 "도대체 당신이 누군데 그런 요구를 하는 거요?"라고 답하겠지요. 사람들의 질문 뒤에는 '중심이 존재하는데, 그건 백인이다. 그리고 흑인이나 아시아인 등 온갖 종류의 주변적 사람들이 있다.'는 의식이 있습니다. 그런 식의 질문은 단지 중심에서만 제기될 수 있는 것입니다. 빌 모이어스는 "텔레비전에 대해서는 언제 쓰실 겁니까?"라고 묻더군요. 저는 "글쎄요. 언젠가는 쓸지도 모르지요."라고 대답했습니다. 하지만 그에게 "당신이 중심부에서 질문하고 있다는 걸 아시나요? 세상의 중심에서요!"라고 말할 수는 없었습니다. 그는 백인 남성입니다. 그는 주변부에 있는 사람에게 언제 중심으로 올 것인지 언제 백인들에 관해서 쓸 것인지 질문했지요. "빌, 어째서 그런 질문을 하나요?" 혹은 "그 질문이 합리적으로 들리는 한 절대 그런 글을 쓰지 않을 것이고, 쓸 수도 없습니다."라고 답할 수는 없었습니다. 그가 제게 생색을 내면서 질문했다는 것이 중요합니다. 그 의미는 "당신은 글을 꽤 잘 씁니다. 원한다면 중심으로 올 수 있을 겁니다. 주변에 머물 필요가 없어요."이지요. 그러면 저는 다음과 같이 말합니다. "아, 그렇군요. 저는 여기 주변부에 머물면서 중심부가 저를 찾도록 할 겁니다."라고요.

어쩌면 이건 틀린 주장일 수도 있어요. 하지만 완전히 잘못된 건 아닐 겁니다. 우리가 지금은 거장이라고 생각하는 작가들의 경우에도 그랬을 거라고 확신해요. 조이스가 좋은 예이지요. 그는 여기저기 옮겨 다녔지만 어디에 있든 아일랜드에 대해서 글을 썼습니다. 그가 어디 있든지 상관하지 않았지요. 사람들은 분명히 그에게 어째서 그렇게 하냐고 물었을 겁니다. 어쩌면 프랑스 사람들은 "언제쯤 파리에 관해서 쓸 건가요?"라고 물었을지도 모르지요.

조이스에게 가장 뛰어나다고 생각하는 점은 어떤 것인가요?

모리슨 그가 어떤 특정 종류의 아이러니나 유머를 전달하는 방식이 놀랍습니다. 때때로 조이스는 너무나 재밌습니다. 대학원을 졸업하고 나서 『피네간의 경야』를 읽었어요. 다른 사람의 도움 없이 혼자 읽은 것이 운이 좋았다고 생각합니다. 제대로 의미를 이해했는지는 모르겠으나 아주 재미있었지요. 끝없이 웃었습니다. 전체를 모두 파악하지는 못했지만 그건 문제가 아니었어요. 그 책을 읽고 점수를 받을 일은 없었으니까요. 사람들이 셰익스피어를 읽으면서 그렇게도 재미를 느끼는 이유는 당시 그에게 문학비평가가 붙지 않았기 때문이라고 생각합니다. 그는 그저 쓰기만 했어요. 사람들이 무대 위로 물건을 던지는 것 외에는 어떤 서평도 없었습니다. 그저 쓰기만 하면 됐던 거지요.

만일 셰익스피어가 비평의 대상이었다면 글을 더 적게 썼을 거라고 생각하시나요?

모리슨 만일 그가 비평에 관심이 있었다면 그의 글쓰기에는 훨씬 자의식이 배어 있었을 겁니다. 신경 쓰지 않는다거나 읽지 않는 척하는 것은 지키기 어려운 자세거든요.

서평을 읽으시나요?

모리슨 저는 모든 것을 다 읽습니다.

정말입니까? 아주 진지하시군요.

모리슨 눈에 띄는 저에 관한 모든 것을 읽습니다.

어째서이지요?

모리슨 무슨 일이 일어나고 있는지 알아야만 하니까요!

독자들의 기대에 부응하는지 알고 싶으신가요?

모리슨 아니요. 아닙니다. 저나 제 작품에 대해서가 아니라 세상에 무슨 일이 일어나고 있는지 알고 싶습니다. 특히 여성의 작품이나 아프리카계 미국인의 작품이나 동시대 작품들에 대해서 감각을 가져야 합니다. 또한 저는 문학을 가르칩니다. 그래서 가르치는 데 도움이 될 만한 것이라면 어떤 정보든 읽고 있습니다.

사람들이 당신을 가브리엘 가르시아 마르케스 같은 마술적 리얼리즘 작가와 비교했을 때 놀라지 않으셨나요?

모리슨 아, 놀라곤 했지요. 사실 그건 제게 전혀 중요하지 않습니다. 문학을 가르칠 때만 유파나 사조가 중요합니다. 노란 종이 한 묶음을 앞에 놓고 책상에 앉아 있을 때는 그런 건 하나도 문제가 되지 않습니다. 뭐라고 말해야 할까요? 제가 마술적 리얼리즘 작가라고요? 각각의 주제는 아시다시피 고유한 형식을 요구한답니다.

학부생을 가르치는 이유는 무엇인가요?

모리슨 여기 프린스턴 대학에서는 학부생들을 소중히 여깁니다. 많은 대학에서 대학원생들이나 전문적인 연구 중심 기관에 가치를 두는 것과 비교하면 아주 좋은 일이지요. 프린스턴이 가진 생각이 마음에 듭니다. 내 아이를 위해서도 그런 편이 좋을 겁니다. 신입생이나 2학년을, 대학원생들이 가르치는 방법을 배우기 위한 도구나 놀이터 혹은 캔버스로 취급하는 건 마음에 들지 않아요. 그들은 가장 훌륭한 가르침을 필요로 합니다. 공립학교는 최상의 문학작품을 가르칠 필요가 있다고 늘 생각했습니다. 저는 소위 학력 부족 학급이나 계발 학급이라고 불리는 학급들에서 언제나 『오이디푸스 왕』을 가르쳤습니다. 그 아이들이 그런 곳에 속하게 된 이유는 지루해서 죽을 지경이었기 때문입니다. 그러니까 그들에게 지루한 자료를 제공하면 안 됩니다. 몰두할 수 있을 만한 최상의 것을 주어야 합니다.

아드님 한 분은 음악가이지요. 당신은 음악에 재능이 있으신가요? 아니면 피아노를 친 적이 있으신가요?

모리슨 아니요. 하지만 저는 고도로 재능 있는 음악가 집안 출신이랍니다. 고도로 재능 있는……이란 말은 그분들이 악보를 읽지는 못하지만 들으면 어떤 것이든 연주할 수 있었다는 뜻입니다. 즉석에서요. 가족들은 저와 동생에게 음악 레슨을 받게 해주었지요. 그분들은 자연스럽게 익힐 수 있었던 것을 배우도록 했지요. 제가 모자라고 지능이 떨어진다고 생각할 수밖에 없었습니다. 악보 읽는 법이 중요할 수 있고, 그런 배움은 나쁘지 않고 좋은 것이라는 걸 설명해주지 않았어요. 그래서 저와 동생은 마치 다른 사람들이 그저 서서 자연스럽게 걸을 때, 걷는 방법을 배워야 하는 절름발이처럼 느꼈습니다.

작가가 되기 위한 교육이 존재한다고 생각하시나요? 독서 같은 것은 어떨까요?

모리슨 독서는 제한된 가치만을 지닙니다.

세계 여행은요? 사회학이나 역사 수업을 듣는다든지 하는 것은요?

모리슨 아니면 집에만 머무는 방법도 있지요. 어디든 가야 할 필요가 있다고 생각지 않습니다.

어떤 사람들은 "아, 내 삶을 살아보기 전까지는, 경험하기 전까지는 책을 쓸 수 없어."라고 말하는데요.

모리슨 어쩌면 쓸 수 없을지도 모릅니다. 하지만 아무 곳도 여행하지 않고 그저 생각만으로 책을 쓴 사람들이 있지요. 예를 들면 토마스 만이요. 토마스 만도 여행을 약간 하긴 했겠지요. 사람들은 글을 쓸 수 있는 종류의 상상력을 가지고 태어나거나 획득하거나 둘 중의 하나입니다. 때로는 자극도 필요하지요. 저는 자극을 얻기 위해서 아무 곳에도 가지 않습니다. 아무 데도 가고 싶지 않기도 하고요. 그저 한곳에 앉아 있을 수만 있다면 행복하지요. 글을 쓰려면 어딘가로 가서 무언가 해야 한다고 말하는 사람들을 신뢰하지 않습니다. 저는 자전적인 글을 쓰지 않습니다. 우선, 자신을 포함해서 실제로 살아 있는 사람들을 주제로 글을 쓰는 일에는 흥미가 없습니다. 마거릿 가너• 같은 역사적인 인물에 대해 써야 할 때, 그녀에 대해서 아무것도 알지 못했습니다. 아는 거라고는 그녀의 인터뷰 두 편을 읽은 것뿐이었어요. 사람들은 "정말 놀라워! 노예제의 공포에서 도망쳐 신시내티로 온 여인이 미치지 않다니! 자신의 아이를 살해했는데도 입에 거품을 물지 않다니!"라고 말했습니다. 그녀는 매우 침착했습니다. "그래야 한다면 또 그렇게 할 겁니다."라고 말했지요. 그 사실은 제 상상력에 불을 붙이고도 남을 정도였습니다.

그녀는 대중적인 논란을 일으켰지요.

모리슨 네, 그랬습니다. 마거릿 가너의 실제 삶은 소설에서 그려낸 것보다 훨씬 끔찍했지요. 하지만 그녀에 관한 모든 사실을 알았더라면 결코 그 책을 쓸 수 없었을 겁니다. 이미 모든 것이 완성된 상태라서 제가 끼어들 여지가 없었을 거예요. 이미 요리된 음식의 레시피 같은 것이었겠지요. 생각해보세요. 그녀는 이미 완성된 인물입니다. 그렇다면 그녀에게서 뭔가를 훔쳐서 새로운 등장인물을 창조해야만 하잖아요? 그런 건 마음에 들지 않습니다. 제가 제일 좋아하는

• 1856년, 켄터키 주의 노예였던 마거릿 가너는 『빌러비드』의 여주인공 세서처럼 임신한 상태로 네 명의 아이를 데리고 신시내티로 도망쳤다. 하지만 추격자들에게 붙잡힐 위기에 놓이자 노예로 살게 하느니 자기 손으로 없애겠다며 두 살짜리 딸을 죽였다.

것은 창조하는 과정입니다. 인물을 태아의 상태에서 완성된 인간으로 만들어가는 과정, 그것이 흥미롭습니다.

분노라든가 다른 어떤 감정을 품고 글을 쓴 적이 있으신가요?

모리슨 아니요. 분노는 강하지만 사실 아주 작은 감정일 뿐이지요. 오래 지속되질 않습니다. 그리고 어떤 것도 만들어내지 못합니다. 창조적이지 못하다는 뜻이지요……. 적어도 제게는 그렇습니다. 제가 책을 쓰는 데는 적어도 3년은 걸리거든요.

분노를 지속하기에 3년은 긴 시간이겠군요.

모리슨 네, 어쨌든 분노를 믿지 못합니다. 그런 작고 성급한 감정들을 좋아하지 않습니다. 아, 신이여. 저는 너무 외로워요 등등. 그런 감정들은 글쓰기를 지속시키는 연료로는 마음에 들지 않아요. 물론 저도 그런 감정을 느끼기는 합니다만…….

그런 감정들은 창작에 도움을 주지 않는다고 생각하시는 거죠?

모리슨 네. 그리고 당신의 지성이 아주 냉정하게 생각하고, 그 생각에 여러 가지 감정의 색을 입히는 게 아니라면 아무것도 안 됩니다. 아주 차갑고도 차가운 생각이어야 합니다. 차갑거나 적어도 서늘한 생각이어야 합니다. 당신의 지성이 가장 중요합니다.

엘리사 샤펠 Elissa Schappell 소설가이자 편집자, 수필가이다. 2000년에 출판된 첫 번째 소설은 열 개의 단편을 모은 책으로 펜클럽 상과 헤밍웨이 상 최종 후보에 올랐다. 『파리 리뷰』의 선임 편집자였고, 문학 잡지 『틴 하우스』의 선임 편집자이자 공동 설립자이다.

주요 작품 연보

『가장 푸른 눈』The Bluest Eye, 1970

『술라』Sula, 1973

『솔로몬의 노래』Song of Solomon, 1977

『타르 인형』Tar Baby, 1981

『빌러비드』Beloved, 1987

『재즈』Jazz, 1992

『파라다이스』Paradise, 1999

『사랑』Love, 2003

『자비』A Mercy, 2008

『데스데모나』Desdemona, 2011

『고향』Home, 2012

:: 09

인과관계의 정밀한 배열

주제 사라마구

JOSÉ SARAMAGO

주제 사라마구

포르투갈, 1922. 11. 16.~2010. 6. 18.

독재 치하 공산주의 정당에서 활동하다가 추방된 후 소설가, 시인, 언론인으로 활동하였다. 인간의 운명과 약점을 깊이 있게 다룬 독창적이고 다층적인 작품들로 자신만의 독특한 문학 세계를 구축했다. 1998년 포르투갈어 작가로는 처음으로 노벨 문학상을 수상했다.

포르투갈에서 가난한 농부의 아들로 태어났다. 기계공, 번역가, 평론가, 신문기자, 잡지사와 출판사의 편집위원 등 여러 직업을 전전했다.

1947년 소설 『죄의 땅』을 발표하면서 창작 활동을 시작했다. 그러나 그 후 오랜 시간 한 편의 소설도 쓰지 않고, 우파 독재자 살라자르 시절 내내 정치 칼럼니스트 활동 등 공산당 활동에만 전념하다가, 1966년 시집 『가능한 시들』을 펴낸 후에야 문단의 주목을 받기 시작했다. 이후 시, 소설, 희곡, 콩트 등 다양한 장르를 넘나들며 작품을 발표했지만 문학적 명성을 공고히 한 작품은 1980년 출간한 『바닥에서 일어서서』였다. 전성기를 연 작품은 『수도원의 비망록』으로, 이 작품으로 사라마구는 유럽 최고의 작가로 떠올랐으며 1998년에는 노벨 문학상을 수상했다.

그 외 주요 작품으로 『예수복음』, 『눈먼 자들의 도시』, 『동굴』, 『도플갱어』, 『눈뜬 자들의 도시』 등이 있다.

사라마구와의 인터뷰

돈젤리나 바호주

종종 서재를 짓는 소리와 목줄에 묶인 개들이 필라르 주위를 이리저리 돌며 짖는 소리에 대화를 방해받았지만, 대체로 사라마구의 재치 있는 유머감각과 손님을 편하게 해주려는 인상이 뚜렷이 남았다.

주제 사라마구가 1998년 10월 8일 노벨 문학상을 수상한 것은 그가 비공식적으로 후보 명단에 오른 지 수년이 흐른 뒤였다. 그는 포르투갈 사람으로는 처음으로 노벨 문학상을 수상한 작가였다. 수상 소감을 묻자 그는 "미인 대회 우승자가 전 세계를 돌면서 전시되는 것처럼 노벨상의 의무를 질 생각은 전혀 없습니다. 그런 왕좌를 바라지도 않으며, 그렇게 할 수도 없습니다."라고 대답했다.

사라마구는 1922년 포르투갈의 중부 히바테주 지역의 가난한 시골 노동자의 집에서 태어났다. 세 살이 되었을 때 그의 가족은 리스본으로 이사했다. 리스본에서 그의 부친은 경찰관으로 일하였는데, 사라마구가 십 대가 되었을 때는 집안의 경제 사정이 상당히 어려워져서 일반 고등학교에서 직업 고등학교로 전학해야 했다. 그는 기계공을 포함하여 여러 직업을 전전한 뒤에 전문적인 작가가 되었다.

1947년 스물다섯 살이 된 사라마구는 그의 첫 번째 소설인 『죄의 땅』을 출판하였다. 원래의 제목은 '과부'The Widow였으나 출판업자가 책을 더 팔기 위해 강렬한 제목으로 바꾸었다. (사라마구가 뒷날 설명한 바에 의하면, 스물다섯이란 나이로는 과부나 죄에 대해서 아무것도 알지 못했다고 한다.) 그 뒤 그는 19년 동안 아무것도 출판하지 않다가 1966년 첫 시집인 『가능한 시들』을, 그리고 1977년에는 두 번째 소설 『회화와 서예 교범』을 냈다. 1960년대와 1970년대에는 언론계에서 활동하기도 했고 잠시 동안 포르투갈의 일간지 『디아리우 데 노티시아스』의 부주간으로 일한 적도 있다. 특히 수입이 많지 않던 시기에는 프랑스어 작품을 번역하여 먹고살았다. 1969년 포르투갈 공산당에 가입하였고, 평생 헌신적인 당원이었다. 그의 작품은 시사 평론, 정치와 복잡하게 얽혀 있다.

1974년 카네이션 혁명* 전야에 쓰고, 1980년에 출판한 『바닥에서 일어서서』라는 작품으로 사라마구는 마침내 소설가로서의 목소리를 확립하였다. 포르투갈 알렌테주 지역 출신의 3세대 농부들을 다룬 이 소설은 리스본 상을 수상하였을 뿐만 아니라 많은 관심을 받았다. 1982년에 출판한 『수도원의 비망록(발타자르와 블리문다)』을 통해 그는 전 세계적으로 소설가로서의 명성을 떨쳤으며, 이 작품은 1987년 그의 소설 중 처음으로 미국에서 출판되었다. 다음 소설인 『리카르두 레이스가 죽은 해』는 포르투갈 펜클럽 상과 영국의 유명 독립외국소설상을 수상하였다. 소설가로서의 성공은 『돌뗏목』으로 이어졌다. 이 소설에서는 유럽연합을 옹호하는 유럽 사회에 대한 비판을 상상력을 통해 펼쳐 보이는데, 이베리아 반도는 유럽에서 분리되어 라틴아메리카와 아프리카 쪽을 향해 대서양으로 나아간다. 1989년에는 『리스본 쟁탈전』을 출판하였다. 사라마구는 최근에 쓴 글에서 이 소설의 주인공에 자신을 많이 투사하였다고 말하였다. 주인공인 라이문두 실바는 중년의 고독한 교정원으로, 감정적이고 평범한 사람이던 자신을 구해준 자신보다 어리지만 직장 상사인 매력적인 편집장을 사랑한다. 그는 이 소설을 (그가 이후에 쓴 책 모두가 그랬던 것처럼) 1988년 자신의 아내가 된 에스파냐의 저널리스트 필라르 델 리오에게 헌정하였다.

1991년에 사라마구가 출판한 『예수복음』은 포르투갈 문인협회상을 받았으며, 유럽연합 문학 경쟁 부문인 아리오스토 상의 후보가 되기도 하였다. 그러나 포르투갈 정부는 보수적인 집단과 가톨릭교회의 압력에 굴복하여, 이 책을 경합 후보에서 제외시켰다. 사라마구는 "포르투갈과 같이 완전히 민주주의가 실현된 곳에서 이런 일이 일어났다는 것은 정말로 이치에 맞지 않습니다. 이런 야만적인 행위를 정당화할 수 있는 정부가 또 있겠습니까? 제게는 매우 고통스런 일입니다."라고 토로하였다.

논란 직후 사라마구와 그의 아내는 삶의 대부분을 보낸 리스본을 떠나서 에스파냐령 카나리아 제도의 란사로테 섬으로 이사했다. 그리고 처제 집 옆에 그들이 지은 집에서 세 마리의 개—테리어 한 마리와 중간 크기의 푸들 두 마리(이름은 각각 카모에스, 페페, 그레타)와 함께 살고 있다. 이주한 이후 사라마구는 두 편의 소설을 출판하였다. 그 두 편의 소설은 현대인의 어리석음과 자신의 동족에게 해를

• 1974년 4월 25일 포르투갈에서 40년 이상 계속된 살라자르의 에스타두 노부Estado Novo 정권을 평화적으로 무너뜨린 무혈 혁명을 말한다.(역자 주)

가하는 특성을 그린 냉랭한 우화 『눈먼 자들의 도시』와 『이름 없는 자들의 도시』이다. 그리고 그는 다섯 권짜리 『란사로테 일기』를 출판하였다.

인터뷰는 1997년 3월 햇살이 좋은 오후 란사로테에 있는 그의 집에서 진행되었다. (그는 그 섬의 주민이 되는 과정을 밟고 있었다.) 그의 아내 필라르가 서재를 포함하여 집을 빠르게 구경시켜 주었다. 그의 서재는 직사각형이며 잘 정돈된 방으로 책이 줄지어 서 있고, 한가운데에 자신이 '멋진 기계'라고 부르는 컴퓨터가 놓인 책상이 있었다. 푸에르토 델 카르멘, 인근의 푸에르타벤투라 섬, 란사로테의 해변과 금속성의 푸른 하늘을 내다볼 수 있는 유리창이 달린 더 커다란 서재가 2층에 지어지고 있었다. 종종 서재를 짓는 소리와 목줄에 묶인 개들이 필라르 주위를 이리저리 돌며 짖는 소리에 대화를 방해받았지만, 대체로 사라마구의 재치 있는 유머감각과 손님을 편하게 해주려는 인상이 뚜렷이 남았다. 그는 대화를 나누는 동안 종종 나를 '친애하는 분'이라고 불렀다.

delinearam manobras de protecção, mas os vagares da História e as rudimentares técnicas de comunicação no passado retardaram a alongaram os processos de envolvimento, absorção e substituição, o que nos permitia, sem maiores inquietações, considerar que tudo isto era da ordem do natural e do lógico, como se na torre de Babel tivesse ficado decidido o destino de cada língua: vida, paixão e morte, triunfo e derrota, ressurreição nunca.

«Ora, as línguas, hoje, batem-se. Não há declarações de guerra, mas a luta é sem quartel. A História, que antes não fazia mais do que andar, voa agora, e os actuais meios de comunicação de massa excedem, na sua manifestação mais simples, toda a capacidade imaginativa daqueles que, como o autor destas linhas, fazem da imaginação, precisamente, instrumento de trabalho. Claro que desta guerra de falantes e escreventes não se esperam, apesar de tudo, resultados definitivos em curto prazo. A inércia das línguas é um factor, também ele, de retardamento, mas as consequências derradeiras, verificáveis não sei quando, mas previsíveis, mostrarão, então demasiado tarde, que o emurchecimento prematuro da mais alta folha daquela árvore prenunciava já a extinção de toda a floresta.

«Línguas que hoje ainda apenas se apresentam como hegemónicas em superfície tendem a penetrar nos tecidos profundos das línguas subalternizadas, sobretudo se estas não souberam encontrar em si mesmas uma energia vital e cultural que lhes permitisse oporem-se ao desbarato a que se vêem sujeitas, agora que as comunicações no nosso planeta são o que são. Hoje, uma língua que não se defende, morre. Não de morte súbita, já o sabemos, mas irá caindo aos poucos num estado de consumpção que poderá levar séculos a consumar-se, dando em cada momento a ilusão de que continua vivaz, e por esta maneira afagando a indolência ou mas-

197

주제 사라마구의 에세이 『란사로테 일기』의 교정쇄.

주제 사라마구
×
돈젤리나 바호주

리스본이 그리우신가요?

주제 사라마구 정확히 그립다거나 그렇지 않다고 할 수가 없군요. 시인들이 말했듯이 만일 정말로 그립다면, 골수에 사무치는 그런 감상일 겁니다. 그렇다면 저는 사무칠 정도의 느낌이 든 적은 없습니다.

리스본에 친구들이 많이 살아서 가끔 갑니다만, 이제 그곳에서 더는 어디로 가야 할지 모르겠다는 느낌을 받습니다. 최근에는 리스본에서 더는 어떻게 살아야 할지 알 수 없어요. 며칠 또는 일주일이나 이 주일 정도 머물면, 당연히 익숙한 습관들을 되찾기도 합니다. 그래도 가능한 한 빨리 란사로테로 돌아오고 싶어요. 여기 사람들을 좋아합니다. 잘 살고 있고 이곳을 떠나지 않을 겁니다. 어쨌든 우리 모두가 어느 날 떠나야 한다면 그럴 수도 있겠지요. 하지만 그럴 경우에는 제 의지에 반하여 떠나는 걸 겁니다.

오랫동안 글 쓰며 살던 곳을 떠나서 란사로테로 이주하셨지요. 여기에 금방 적응하셨나요, 아니면 전에 일하던 공간을 그리워하셨나요?

사라마구 쉽게 적응했습니다. 저는 삶을 복잡하게 만드는 종류의 사람이 아닙니다. 좋은 일이 일어나든 나쁜 일이 일어나든, 일어난 일을 극적인 사건으로 만들지 않고 항상 살던 대로 제 삶을 살았습니다. 그저 매 순간을 살았을 뿐이지요. 물론 슬플 때는 그 슬픔을 느낍니다. 다만 그걸 과장하거나 극적으로 만들지 않았습니다. 다른 식으로 말씀드리자면 스스로를 흥미로운 대상으로 만들 방법을 찾지 않았다는 뜻이지요.

지금도 책을 쓰고 있습니다. 거기서 견뎌야 하는 괴로움, 등장인물의 형상화나 복잡한 이야기의 뉘앙스 차이에서 겪는 어려움에 대해 말씀드리는 편이 제 삶에 대한 이야기보다 훨씬 흥미로울 것 같군요. 저는 가능한 한 자연스럽게 일하려고 합니다. 제게 글쓰기는 직업이거든요. 일과 글쓰기가 서로 관련이 없는 별개라고 생각하지 않습니다. 중요하거나 유용하다고 생각되는 것, 적어도 제게는 그렇다고 생각되는 것을 말하기 위해 단어를 하나씩 순서대로 배열하거나 어떤 단어를 다른 단어 앞에 배열합니다. 그 이상도 그 이하도 아닙니다. 이것을 제 직업으로 여기지요.

어떻게 일을 하시나요? 매일 글을 쓰시나요?

사라마구 예를 들면 소설처럼 연속성을 요하는 일을 할 때는 매일 씁니다. 물론 집에서 일어나는 온갖 일이나 여행으로 방해받기도 합니다. 그렇지만 그런 경우를 제외하면 매우 규칙적으로 씁니다. 저는 아주 잘 훈련되어 있습니다. 매일 일정한 시간 동안 강제로 일하지는 않습니다. 대신 매일 스스로에게 요구하는 일정한 양의 글이 있습니다. 대개 두 쪽 정도의 분량이지요. 오늘 아침 새 소설을 두 쪽 썼고, 내일 또 다른 두 쪽을 쓰려 합니다. 하루에 두 쪽은 많은 양이 아니라고 생각할 수도 있겠지만, 제가 해야 하는 일은 그뿐이 아닙니다. 다른 글도 써야 하고, 편지에도 답해야 합니다. 매일 두 쪽씩 쓰면 일 년이면 약 800쪽 정도가 됩니다.

따지고 보면 저는 상당히 평범하지요. 이상한 습관도 없습니다. 극적인 사건도 만들지 않습니다. 무엇보다도 글 쓰는 행위를 낭만화하지도 않습니다. 글을 쓰면서 겪는 고뇌를 토로하지도 않지요. 우리가 작가에 대하여 들어온 것들, 아무것도 쓰지 않은 빈 공책이라거나 작가의 슬럼프와 같은 모든 걸 두려워하지 않습니다. 이런 건 하나도 겪지 않았습니다만, 다른 종류의 일을 하는 평범한 사람들에게 있는 문제를 겪었습니다. 종종 제가 원하는 결과가 아니거나, 전혀 결과가 나오지 않을 때가 있지요. 마음에 들지 않는 결과일 때라도 있는 그대로 받아들이는 편입니다.

컴퓨터에 직접 쓰시나요?

사라마구 그렇습니다. 타자기로 작업한 마지막 책은 『리스본 쟁탈전』입니다. 사실 컴퓨터 키보드 적응에는 아무런 문제도 없었습니다. 때로 컴퓨터가 작가의 문체에 해를 끼친다는 이야기를 들었지만, 제게는 아무런 영향도 없었습니다. 제가 컴퓨터를 사용하는 방식으로 한다면, 훨씬 해가 덜할 겁니다. 저는 타자기처럼 컴퓨터를 사용해요. 컴퓨터로 하는 일은 타자기가 있다면 그것으로 하는 일과 똑같습니다. 한 가지 차이는 컴퓨터가 훨씬 더 깨끗하고 편리하며 빠르다는 것이지요. 모든 면에서 월등하게 좋습니다. 제 글에 전혀 나쁜 영향을 미치지도 않았습니다. 사람들은 손으로 쓰다가 타자기로 바꾸면 문체에 변화가 생길 거라고 말합니다만, 저는 그런 일이 있을 거라고 믿지 않습니다. 만일 어떤 작가가 자신만의 스타일과 어휘를 가졌다면, 어떻게 컴퓨터로 쓴다고 바뀌겠습니까?

그렇지만 종이나 인쇄된 것에 계속 강렬하게 끌립니다. 당연하겠지요. 그래서 글쓰기를 한 쪽 마칠 때마다 프린트합니다. 종이에 인쇄하지 않으면, 기분이…….

손으로 만질 수 있는 교정쇄가 필요하시군요?

사라마구 예, 맞습니다.

매일 두 쪽씩 쓰고 나면 글을 수정하시나요?

사라마구 일단 작업을 마치면 쓴 글을 처음부터 끝까지 다시 읽습니다. 대체로 그때 약간 수정합니다. 구체적인 사항이나 문체, 또는 글을 좀 더 정확하게 만들려고요. 그렇지만 대대적인 수정은 절대로 하지 않습니다. 처음에 쓴 글이 제 작품의 90퍼센트를 이루며 이것이 대체로 그대로 유지됩니다. 저는 다른 작가들처럼 먼저 약 20쪽 분량의 요약본을 쓰고, 다음에 80쪽 분량으로, 250쪽 분량으로 늘리는 방식을 쓰지 않습니다. 그렇게 하지 않아요. 제 책은 책으로 시작되며 거기에서 점차로 자라납니다. 지금 제가 132쪽짜리 새 소설을 썼다면, 이것을 180쪽으로 바꾸려고 하지 않을 겁니다. 그것은 지금 있는 그대로 소설이기 때문입니다. 이 분량 내에서 약간 수정할 수도 있지만, 길이나 내용 면에서 초고가 다른 형태로 변하는 수정은 아닙니다. 수정해야 한다면 개선을 위한 것일 뿐입니다. 그 이상은 아닙니다.

구체적인 계획을 갖추고 글을 쓰기 시작하시나요?

사라마구 그럼요. 제가 어디로 가길 원하는지, 그런 지점에 도달하기 위해 어디로 가야 할지 분명한 생각을 가지고 시작합니다. 그렇다고 조금의 유연성도 없는 그런 계획은 아닙니다. 궁극적으로 제가 말하려는 것이 있지만, 그 목표 안에서는 어느 정도의 탄력성이 있습니다. 종종 이 의미를 설명하려고 다음과 같은 비유를 듭니다. 리스본에서 포르투까지 여행하고 싶을 때 그 경로는 일직선이 되지 않을 수도 있습니다. 카스텔루브랑쿠를 거쳐서 갈 수도 있으니까요. 카스텔루브랑쿠는 포르투갈 내륙의 에스파냐의 국경 근처에 위치해 있고, 리스본과 포르투는 둘 다 대서양 연안에 있어서 이 여행은 터무니없는 것처럼 보일 수도 있겠지요.

말씀드리려는 것은 한 장소에서 다른 장소로 여행하는 경로는 항상 꾸불꾸불하다는 이야기입니다. 그 경로는 이야기의 발전을 동반해야만 하기 때문입니다. 예전에 전혀 필요로 하지 않던 것을 여기저기에서 요구할 수도 있지요. 이야기를 쓸 때는 어떤 특정한 순간 필요한 사항에 주의를 기울여야 합니다. 어떤 것도 미리 예정된 것은 없지요. 이야기가 예정되어 있다 하더라도, 설사 글로 써야 할 세세한 면을 모두 정해놓았다고 해도, 그런 작품은 완전히 실패할 것입니다. 그런 건 책이 되기도 전에 어떤 특정한 존재가 되도록 강요받는 일이지요. 책은 생성되는 것입니다. 생겨나기도 전에 어떤 특정한 존재가 되도록 압박한다면, 말하려는 이야기의 자연스러운 발전 과정을 막는 일일 겁니다.

항상 그런 식으로 글을 쓰시나요?

사라마구 늘 그렇지요. 다른 방식으로는 써본 적이 없습니다. 다른 사람들이 뭐라고 할지 확신할 수는 없지만, 이런 글쓰기가 견고한 구조를 가진 작품을 가능하게 한다고 생각합니다. 책을 쓸 때는 매 순간 이미 발생한 일들을 고려하여 전개합니다. 건축가가 한 요소와 다른 요소의 균형을 맞춰 무너짐을 방지하는 것처럼, 책도 그렇게 전개되어야 합니다. 미리 예정된 구조가 아니라 책의 논리에 따라서 말입니다.

등장인물들은 어떤가요? 그들이 예상하지 못한 행동을 해서 놀란 적이 있으신가요?

사라마구 저는 등장인물에게 자신의 삶이 있어서, 작가는 그것을 그대로 따라가면 된다는 그런 생각을 믿지 않습니다. 작가는 등장인물에게 성격에 어울리지 않는 어떤 일을 억지로 시키지 않도록 조심해야 합니다. 등장인물은 결코 독립적이지 않습니다. 등장인물은 작가의 손아귀, 그러니까 제 손에 사로잡혀 있습니다. 자신이 사로잡혀 있는 줄도 모르게요. 그들은 작가들이 조정하는 끈에 매달려 있습니다만, 그 끈은 약간 느슨한 편입니다. 그래서 등장인물들이 자유롭다거나 독립적이라는 환상에 빠지기도 하지만, 그들은 제가 원하지 않는 곳으로는 결코 갈 수 없지요. 만일 그런 일이 일어난다면, 작가는 등장인물을 묶어놓은 끈을 잡아당기며 "내가 여기 책임자야!"라고 말해야 합니다.

이야기는 거기 나오는 등장인물에서 떼어낼 수 없습니다. 등장인물들은 작가가 만들고자 하는 이야기 구조에 도움이 되어야 합니다. 제가 새로 인물을 만들 때에는, 그가 필요하며 무엇인가를 해주길 원하지요. 그러나 등장인물은 아직 완전하게 성장했다기보다는 성장하는 중이라고 할 수 있겠지요. 그를 만들어가는 사람은 바로 저입니다. 그렇지만 어떤 의미에서 등장인물은 스스로를 만들어간다고도 할 수 있는데, 저는 그 과정에 동참하지요. 저는 등장인물을 어울리지 않는 방향으로 가도록 이끌 수는 없습니다. 등장인물을 존중해야만 합니다. 그렇지 않다면, 그들이 할 수 없는 일들을 하기 시작할 것입니다. 예를 들면, 저는 등장인물에게 성격에 어울리지 않는 어떤 범죄를 저지르도록 만들 수는 없습니다. 독자들이 등장인물의 행위를 정당한 것으로 여길 만한 동기를 전혀 찾을 수 없다면, 그런 상황은 전혀 이치에 닿지 않겠지요.

예를 들어볼까요. 『수도원의 비망록』은 사랑 이야기입니다. 괜찮다면 저는 아름다운 사랑 이야기라고 부르겠습니다. 그러나 사랑이란 단어를 말하지 않고 사랑 이야기를 썼다는 사실을 깨달은 것은 책의 마지막 부분 즈음이었습니다. 발타자르나 블리문다는 서로에게 우리가 사랑이라고 여길 만한 어떤 말도 하지 않습니다. 계획된 것이라고 생각할 독자도 있겠습니다만, 결코 그렇지 않습니다. 이런 사실에 처음 놀란 사람은 바로 저입니다. '어떻게 이럴 수가 있지? 둘이 나눈 대화에 사랑에 대한 단 한마디도 없이 사랑 이야기를 썼네?'라고요.

미래의 언젠가, 이 책의 개정판을 낼 때, 제가 두 사람의 대화를 수정한다고 상상해봅시다. 여기저기에 사랑한다는 몇 마디 말을 끼워 넣어야겠다는 생각이 문득 들 수도 있겠지요. 그렇지만 그렇게 한다면, 등장인물을 완전히 왜곡시킬 겁니다. 현재 이 책의 형식을 전혀 모르는 독자라도, 그 변화가 뭔가 어색하다는 것을 알아차릴 거라고 생각합니다. 첫 쪽부터 함께했던 등장인물들이 250쪽에서 갑작스럽게 "사랑해."라고 말할 수 있겠습니까?

등장인물의 성격을 존중해야 한다는 의미는, 그의 성격과 심리 상태—이것이 바로 그라는 사람이지요.—에서 볼 때, 결코 할 것 같지 않은 일을 하도록 만들지 말자는 것입니다. 왜냐하면 소설 속의 등장인물은 또 한 명의 실제 인물이기 때문입니다. 『전쟁과 평화』에서 나타샤는 한 사람이며, 『죄와 벌』에서 라스콜니코프는 다른 한 명이고, 『적과 흑』에서 쥘리앵 역시 그렇습니다. 문학이 세계의 인구를 늘리는 셈이지요. 우리는 이 세 인물이 실재하지 않는다거나, 책이라고 부르는 연속된 여러 장의 종이 위에 언어로 만들어진 존재라고 생각하지 않습니다. 실재하는 사람들로 생각하지요. 소설가들이 만들어낸 누군가가 '어떤 중요한 인물'이 되는 것은, 제 추측컨대 모든 소설가들의 꿈이라고 할 수 있습니다.

당신의 소설에 '어떤 중요한 인물'이라고 할 수 있는 사람이 등장하나요?

사라마구 교만이라는 죄를 짓는 기분이지만 사실대로 말씀드리지요. 『회화와 서예 교범』에 등장하는 화가 H씨로부터 『이름 없는 자들의 도시』에 등장하는 주제 씨에 이르기까지 등장인물 모두가 정말로 '어떤 중요한 인물'이라고 생각합니다. 그렇게 생각하는 이유는 제가 만든 인물들이 실재하는 사람을 그냥 베끼거나 모방하지 않았다는 사실 때문입니다. 인물들 하나하나가 '살' 수 있도록 자신을 이 세상에 추가한 셈입니다. 이 허구적인 인물들에게 결여된 것이 있다면, 물질적인 몸뿐입니다. 저는 그들을 이런 식으로 이해하고 있지만 작가들은 자신이 만든 인물에 상당히 편파적이라는 의심을 받는다는 사실을 아시겠지요…….

『눈먼 자들의 도시』에 등장하는 의사의 아내는 매우 구체적인 인물로 여겨집니다. 『눈먼 자들의 도시』에 등장하는 인물들이 모두 세세하게 묘사되어 있지는 않아도, 저는 이 인물 모두를 구체적이고 시각적인 이미지로 볼 수 있습니다. 의사의 아내 역시 마찬가지이고요.

사라마구 그녀를 매우 정밀하게 시각적인 이미지로 그려낼 수 있다니 기쁩니다. 그렇지만 이것이 그녀를 구체적으로 묘사한 결과는 절대 아닙니다. 왜냐하면 소설에는 그런 부분이 전혀 없기 때문입니다. 저는 등장인물의 코나 턱의 생김새에 설명할 만한 가치가 있다고 생각하지 않습니다. 독자들이 선호하는 것은 자신만의 등장인물을 차츰 구성해나가는 것이겠지요. 작가는 작품의 이런 면을 독자들에게 위임하는 것이 좋다고 생각합니다.

『눈먼 자들의 도시』는 어디서 착상을 얻으셨습니까?

사라마구 제 소설이 모두 그런 것처럼 『눈먼 자들의 도시』 역시 갑작스럽게 떠오른 생각으로부터 시작되었습니다. (가장 정확한 표현인지는 모르겠지만, 더 나은 표현을 찾을 수가 없네요.) 식당에서 주문한 점심을 기다리고 있었습니다. 갑작스럽게 아무런 예고도 없이 '모두가 장님이라면 어떨까?'라는 생각이 떠올랐습니다. 이 질문에 대한 답처럼 '아니야, 사실 우리는 모두 장님이야.'라는 생각이 이어졌지요.

이렇게 소설이 시작되었습니다. 나중에 제가 해야만 했던 일은 소설의 초기 상황을 상상해내고 그런 상황이 가져오는 결과를 따라가는 것뿐이었습니다. 그 결과는 소름이 끼칠 만큼 무서웠지만, 매우 강력한 논리를 갖고 있었습니다. 『눈먼 자들의 도시』에서는 상상력을 많이 사용하지 않았습니다. 단지 인과관계를 체계적으로 적용하였을 뿐입니다.

『눈먼 자들의 도시』를 무척 좋아합니다만, 읽기가 쉽지 않더라고요. 어려운 책이었습니다. 그렇지만 영문판 번역은 정말 훌륭하더군요.

사라마구 오랫동안 제 책의 영문판을 번역해주던 조반니 포르치에루가 세상을 떠났다는 사실을 알고 계신가요?

언제였나요?

사라마구 지난 1996년 2월에 에이즈로요. 포르치에루는 『눈먼 자들의 도시』를 번역하던 중이었습니다. 그 책은 마무리했어요. 번역이 끝나갈 무렵, 그는 의사가 처방한 약물의 부작용으로 시력이 떨어지기 시작했습니다. 약을 복용하고 실명하는 대신 생명을 좀 더 유지하는 것과, 약을 거부하고 실명하지 않는 대신 다른 위험을 초래할 수도 있는 상황 중에서 선택해야만 했지요. 그는 시력 유지를 선택했고, 그 와중에 눈먼 자들에 대한 책을 번역하였습니다. 끔찍한 상황이라고 할 수 있겠지요.

『리스본 쟁탈전』은 어디서 착상하셨나요?

사라마구 1972년 무렵부터 어떤 생각에 사로잡혀 있었습니다. 포위에 대한 생각이었는데, 예를 들면 포위당한 도시 같은 것이지요. 그렇지만 처음에는 누가 도시를 포위할 것인지 분명치 않았습니다. 나중에 이 생각은 실제로 일어났던 일에 대한 것으로 발전하게 되었지요. 먼저 1384년 카스티야 사람들이 리스본을 포위* 한 것이 떠올랐습니다. 여기에 12세기에 일어났던 또 다른 포위**를 결합했습니다. 최종적으로 두 가지 역사적인 사건이 결합되었지요. 제가 상상한 내용은 포위한 측에게도, 당한 측에게도 여러 세대 동안 지속되는 그런 것이었습니다. 부조리한 포위 상황이라고나 할까요. 다시 말하면, 어떤 도시가 에워싸이고 그것을 에워싼 사람들이 있지만 그 어느 쪽에게도 무의미한 겁니다.

마침내 이 모든 것이 합쳐져서 다음과 같은 형태의 책이 되었습니다. 역사의 진실이라는 관념에 대해 성찰하는 또는 그렇게 되길 바라던 책으로요. 역사는 진실인가? 우리가 역사라고 부르는 것이 이야기의 모든 부분을 말해주는가? 역사는 사실상 허구입니다. 만들어진 사실로 조합되어서가 아니라, 실제로 있었던 일이기 때문에 구성에 많은 허구가 포함되어서 입니다. 이야기에 일관성과 진행 방향을 주는 사실을 선택해 엮은 것이 역사입니다. 그런 진행 방향을 만들어내기 위해서는 많은 것들이 무시되어야만 합니다. 역사에 들어오지 못하는 사실들이 항상 있기 마련입니다. 만일 그런 사실들을 들여놓으면 다른 의미가 될 수도 있습니다. 역사는 최종적인 가르침으로 제시되어서는 안 됩니다. "이런 식으로 일어난 일이라고 내가 말하니까 그런 거야."라고 말할 수 있는 사람은 아무도 없습니다.

『리스본 쟁탈전』은 단순히 역사소설 연습이 아닙니다. 비록 역사가 종종 기만적이더라도 그것을 거짓말이 아닌 진실로, 하나의 가정으로, 그리고 여러 가능성 중의 하나로 생각하려는 것입니다. 공식적인 역사에 대해 "틀렸어."라고 맞서는 것이 필요합니다. 그렇게 할 때 또 다른 긍정적인 답변인 "맞아."를 찾을 수 있습니다. 이것이야말로 우리 자신의 삶, 허구로 이루어진 삶과 이데올로기로 이루어진 삶과 관련됩니다. 예를 들어, 혁명은 부정으로 시작됩니다. 그 부정은 재빨리 또는 오랜 시간을 걸쳐서 긍정으로 바뀝니다. 그럴 때 긍정에는 또 다른 부정이 제시되어야만 합니다. 종종 우리 시대에 가장 필요한 단어는 "아니요."라는 말이라고 생각합니다. 그 말이 실수라고 하더라도, 그로부터 유래할 수 있는 좋은 점은 부정적인 점을 능가합니다. 예를 들면, 오늘날 있는 그대로의 세상에 "아니요."라고 외칠 필요가 있습니다.

이 책의 경우에는 포부가 훨씬 작습니다. 하지만 작은 부정어 하나도 여전히 어떤 이의 삶을 변화시킬 수 있습니다. '1147년, 십자군들이 리스본을 재정복하려는 포르투갈의 왕을 도와주러 왔다.'는 공식적인 역사에 라이문두는 "않았다."는 부정어 하나를 집어넣습니다. 이로써 다른 역사를 쓰게 되었을 뿐만 아니라, 자신의 삶을 변화시킬 수 있는 문을 열었습니다. 그 문장에 대한 부정은 그가 살아온 삶을 부정하는 것이기도 했습니다. 그건 그를 다른 차원의 존재로 만들었지요. 그 일은 판에 박힌 일과였던 그의 일상적인 음울함이나

• 포르투갈 왕위계승전쟁(1383~1385)에서 카스티야의 후안 1세가 군대를 이끌고 리스본을 포위하였다. 리스본 사람들은 기아에 시달렸고 결국 카스티야 군대에 선페스트가 퍼져 포위가 해제되었다.

•• 이슬람 세력이 점령하고 있던 리스본을 십자군의 도움을 받은 포르투갈인들이 약 20주 동안 포위하여 기독교의 세력권 안에 둔 사건을 말한다.

우울에서 그를 해방시켰습니다. 그는 다른 차원으로 옮겨갔으며, 마리아 사라와 관계를 갖게 되었습니다.

『리스본 쟁탈전』의 처음부터 끝까지 라이문두와 마리아 사라는 살고 있는 도시에서 낯선 사람, 즉 이방인입니다. 그리고 심지어 서로를 무어인*이라고 부르기도 하던데요.

사라마구 맞아요. 바로 그거예요. 궁극적으로 우리 모두가 그렇게 존재해야 한다고 믿습니다.

'우리'라면 포르투갈인들을 의미하나요?

사라마구 그렇습니다. 그렇지만 포르투갈인들만은 아닙니다. 모두가 그 도시 안에서 살아갈 수 있어야만 합니다. 여기서 그 도시란 집단적으로 살아가는 방식으로 이해하시면 됩니다. 그러나 동시에 우리들은 그곳에서 이방인인 무어인이어야만 하지요. 무어인이란 말은 실제적으로 도시에 살고 있는 동시에, 그곳의 이방인이라는 의미로 사용했습니다. 그는 이방인이기 때문에 변화를 가져올 수 있습니다. 무어인, 타자, 이방인, 낯선 사람 우리가 무엇이라고 부르든지 간에 말이지요. 그는 그 도시의 성벽 안에 살고 있지만 성벽 밖에 존재하며, 도시를 변화시킬 수 있는 유일한 존재입니다. 긍정적인 의미에서요.

과거 포르투갈에 대한 걱정을 솔직하게 표현하기도 하셨습니다. 현재 포르투갈의 상황과 포르투갈이 유럽연합으로 통합하려는 계획에 대해 한 말씀해주시겠습니까?**

사라마구 예를 하나 들어보겠습니다. 유럽연합의 포르투갈 대사인 핀에이루는 신문기자로부터 "포르투갈이 주권을 잃을 위험이 크다고 생각하지 않으십니까?"라는 질문을 받았습니다. 그는 "국가의 주권이라면 어떤 의미인가요? 19세기 포르투갈 정부는 타호 강에 정박한 영국 함대의 제독 허락이 없어서 주권을 행사할 수 없었지요."라고 하고는 웃었다고 하네요. 도대체 어떤 나라가 이런 사람을 유럽연합에 대사로 보내겠습니까? 그런 역사적인 일화를 재미있다고 생각하고, 더군다나 포르투갈이 실제로 주권을 가진 적이 없다면 주권을 상실하는 것에 집착하지 말아야 한다고 믿다니요.

만일 유럽연합이 더 진전된다면 포르투갈 정치인들의 책임은 다른 나라의 정치인들만큼 줄어들 것입니다. 거기서부터 그들은 이미 근본적으로는 그러했던 단순한 대리인이 될 테고요. 우리 시대 큰 오류의 하나는 민주적인 담론입니다. 이 세상에서 민주주의는 작동하지 않습니다. 작동하는 것은 국제금융 권력입니다. 이러한 활동에 관여하는 사람들이 실질적으로 이 세상을 지배하지요. 정치가들은 대리인에 불과합니다. 소위 정치와 금융 권력 사이에는 일종의 내연관계가 있습니다. 이들이 바로 진정한 민주주의의 반대 세력입니다.

"대안이 있습니까?"라고 물을 수도 있겠지요. 그렇지만 대체할 만한 대안을 가진 건 아닙니다. 저는 단지 소설가에 불과하며 본 대로 세상을 그리고 있을 뿐입니다. 세상을 변화시키는 건 제 일이 아

• 북서 아프리카의 이슬람교도를 가리키는 영어의 호칭이다.

•• 이 시기 유럽연합은 활발하게 공동 정책을 확대하고 있었고 포르투갈도 여기 속해 있었다. 유럽연합은 1993년에는 통화 및 정치 동맹을, 1999년까지는 경제 정책 및 3단계 통화 동맹과 공동 외교 안보정책 등을 수립하였다.

닙니다. 혼자 힘으로는 할 수 없으며, 방법도 알지 못합니다. 세상이 이랬으면 하고 바라는 걸 말하는 데까지가 제 역할입니다.

만일 제가 제안해야 한다면 무엇을 해야 할까요? 저는 종종 '뒤로의 발전'이라 불렀던 것을 제안하고자 합니다. 이는 모순처럼 보이지요. 발전은 오직 앞으로만 나아갈 수 있기 때문이지요. 뒤로 발전한다는 것은 매우 간단하게 다음과 같은 것을 의미합니다. 우리가 이미 도달한 수준에서 우리는 편안하게 살 수 있습니다. 부자가 아닌 중산층이 도달하는 정도에서도요. 뒤로 발전하기는 "여기서 멈추고, 뒤에 남겨진 수십억의 사람들을 향하자!"라는 말입니다. 물론 이 모든 것은 이상일 뿐입니다. 저는 인구 5만 명의 섬인 란사로테에 삽니다. 그 세상의 나머지에서 일어나는 일은, 나머지 부분에서 일어날 뿐입니다. 저는 구세주가 되고 싶어하는 것이 아닙니다. 그러나 세상은 좀 더 나아질 수 있으며 아주 쉽게 더 나아지게 할 수 있다는, 매우 단순한 믿음을 갖고 삽니다.

이 믿음은 제게 지금 사는 세상이 마음에 들지 않는다고 말하게 합니다. 제가 상상하는 건 전 세계를 아우르는 혁명입니다. 저의 이상적인 비전을 부디 용서해주길 바랍니다. 선Goodness으로 하나가 되는 거죠. 만일 우리 중에서 두 사람이 깨어나 "오늘 누구도 해치지 않겠다."라고 말하고, 다음 날 다시 말하고, 실제로 이런 말을 지키면서 산다면 세상은 빠른 시일 안에 변화할 수도 있습니다. 물론 이것은 터무니없는 소리입니다. 이런 일은 결코 일어나지 않겠지요.

그 모든 것이 '이런 세계에서 이성을 어떻게 사용해야 할 것인가.'라는 질문으로 절 이끌었습니다. 제가 『눈먼 자들의 도시』를 쓴 이유이기도 합니다. 이런 주제들이 문학작품을 쓰는 데 영향을 미칩니다.

『눈먼 자들의 도시』가 당신 소설 중에서 가장 쓰기 어려웠다고 말씀하셨지요. 그 이유는, 백색 질병이라는 유행병이 맹위를 떨치는 상황에서 사람들이 자신의 동족에게 표출한 명백한 잔인성과 이러한 행동에 대한 글을 쓰면서 겪게 된 불안함 때문인가요? 당신은 궁극적으로는 낙관주의자이신가요?

사라마구 저는 비관주의자입니다. 그러나 제 머리에 총을 쏠 정도는 아닙니다. 언급하신 잔인함은 단지 소설에서만이라기보다는 전 세계에서 매일 벌어지는 일상적인 일입니다. 바로 이 순간 우리는 백색 질병이라는 전염병에 둘러싸여 있습니다. 실명은 인간의 이성이 맹목적임을 표현하기 위한 은유입니다. 이 행성에서 수백만 명의 사람들이 굶어 죽어가는데도, 아무런 갈등 없이 저 행성의 바위 형성 과정을 조사하려고 화성으로 우주선을 보냅니다. 우리는 눈이 멀었거나 미친 거지요.

『돌뗏목』도 정치적 쟁점을 다루지요.

사라마구 완전히 같지는 않습니다만, 사람들은 그런 방식으로 보려고 하더군요. 이베리아반도가 유럽으로부터 분리된 사건으로 말이지요. 물론 이것이 소설의 일부분입니다. 소설에서는 이 일이 실제로 일어나지요. 이베리아반도가 스스로 유럽으로부터 분리되어, 대서양으로 저 멀리 항해를 떠나갑니다. 그러나 제 목표는 유럽으로부터의 분리가 아닙니다. 그런 건 아무런 의미가 없어요. 말하고자 했던 것과 계속해서 말하려는 바는 제가 믿는 현실입니다. 포르투갈과 에스파냐는 완전히 유럽적이라고 할 수 없는 뿌리를 갖고 있습니다.

그래서 독자들에게 다음과 같이 말합니다. "들어보세요. 우리는 항상 유럽인이었으며, 지금도 유럽인이며, 앞으로도 유럽인일 것입니다. 다른 존재 방식은 없습니다. 그러나 우리에게는 다른 의무가 있습니다. 역사적, 문화적, 언어학적인 의무 말입니다. 그래서 우리를 세상의 나머지 부분으로부터 분리시키지 말아야 합니다. 남아메리카로부터도, 아프리카로부터도 말입니다."라고요. 신식민주의적인 열망을 반영하려는 것이 아닙니다. 『돌뗏목』에서 그려진 것처럼, 이베리아반도는 남아메리카와 아프리카 사이에 놓이게 되었습니다. 그럴 만한 이유가 있었던 것이지요. 우리는 남반부에 대하여 거듭 말합니다. 남반부는 항상 착취의 장소였기 때문입니다. 심지어 남반부는 북쪽에 위치할 때조차도 착취의 장소더군요.

『란사로테 일기』에서는 지난번 뉴욕 여행에 대하여 쓰셨지요. 그 도시에서 착취당하는 남반부가 맨해튼의 북쪽 지역에 있다고 말씀하셨지요.

사라마구 맞습니다. 남반부 사람들이 북쪽에 살고 있더라고요.*

『란사로테 일기』에서 첼시 호텔에 대한 묘사를 즐겁게 읽었다고 말씀드리고 싶네요.

사라마구 그런가요. 끔찍한 경험이었어요. 출판사에서 저를 그곳에 숙박시켰지만 지금도 정확히 누구의 생각이었는지는 알지 못합니다. 제가 숙박하길 원했다고 그쪽에서는 생각합니다만, 저는 그런 말을 한 적이 단 한 번도 없습니다. 호텔의 외양을 알고 있었고 매우 매력적인 곳이라고 생각했지만 "제발 첼시 호텔에서 묵게 해주세요."라고 한 적은 없습니다. 그들이 그곳에 묵게 한 이유는 유서 깊어서라고 생각했습니다. 그러나 역사가 있고 불편한 호텔과 역사 없는 편안한 호텔 중에서 선택해야만 한다면 글쎄요……. 저는 "도대체 이게 뭐람? 이런 장소는 처음이야."라고 계속 투덜거렸어요.

유럽과 라틴아메리카의 독자층이 넓은 편이신데, 미국에는 아직 독자가 많지 않습니다.

사라마구　미국 독자들에게는 너무 심각한 성격의 일들이 그다지 호소력이 없나 봅니다. 미국에서 받은 서평들이 상당히 호의적이었다는 점이 참으로 신기할 뿐입니다.

비평가들의 의견이 중요한가요?

사라마구　중요한 것은 제가 해야 할 일을 잘하는 겁니다. 잘했는지 그렇지 않은지는 순전히 저만의 기준에 따르지요. 그리고 제가 쓰고 싶은 대로 책을 쓰고 있다는 점이고요. 책이 제 손을 벗어난 뒤에는 인생에서 볼 수 있는 다른 모든 것과 똑같습니다. 어머니가 아이를 낳고 아이에게 최선이길 희망하지만, 그 인생은 어머니가 아니라 아이의 것이지요. 아이는 자신의 삶을 만들고 또 다른 사람들도 그럴 텐데, 확실한 건 그 삶이 결코 어머니가 꿈꾸는 것은 아니라는 점입니다. 수많은 독자들이 제 책을 대단히 좋아해 주리라는 꿈은 아무 소용도 없습니다. 독자들은 그들이 원하는 대로 읽을 것이기 때문입니다.

• 미국 뉴욕 시 맨해튼 동북쪽에 있는 할렘을 가리킨다. 유색인이 많고 주민 대부분이 가난하며 범죄가 잦다.

제 책이 당연히 독자들을 즐겁게 해줄 거라는 말이 아닙니다. 책의 가치가 독자의 수에 달려 있다는 의미처럼 보이니까요. 이건 사실이 아니라는 걸 잘 압니다.

미국을 여행하는 동안, 포르투갈 이민자들이 많이 사는 매사추세츠 주의 폴리버에 간 적이 있으시지요.

사라마구 물론입니다. 이민자들과 연락을 취해왔습니다. 그들은 어떤 이유에선가 제 작품에 흥미를 보였지요. 비록 요즘 문학에 대해서 말하는 일에 점점 흥미를 잃어가고 있지만, 놀랍게도 제게는 항상 좋은 독자들이 있습니다. 글을 쓰기 때문에 문학에 대해 말하는 일에 흥미를 잃은 점은 모순처럼 보이겠지요. 책을 쓰는 사람이라면 그것 말고 다른 무엇에 대해서 이야기할 수 있을까요? 저는 물론 책을 쓰지만 작가가 되기 전에도 삶이 있었고, 세상 사람들이 가진 관심을 똑같이 갖고 있었습니다.

최근에 포르투갈의 브라가에서 열린 학회에 참석했습니다. 이 학회는 제 문학작품에 대한 것이었지만 우리는 다른 많은 사안에 대해서도 토론했습니다. 포르투갈의 상황과 이를 해결할 방안 같은 것 말입니다. 저는 인류의 역사는 매우 복잡해 보여도 실제로는 대단히 단순하다고 말했습니다. 인간이 폭력으로 가득한 세상에 살고 있다는 것을 압니다. 폭력은 인간이라는 종족이 살아남기 위해서 필요하지요. 먹을 식량을 확보하려면 직접 동물을 죽여야만 하거나, 다른 사람들이 우리를 대신해 죽여야 합니다. 우리는 과일을 땁니다. 집을 장식하려고 꽃을 꺾기도 하고요. 이러한 폭력이 다른 살아있는 생명체에 가해집니다. 동물들도 같은 방식으로 살아갑니다. 거미는 파리를 잡아먹고, 파리는 또 먹이인 무엇인가를 먹습니다. 그렇지만 여기에는 엄청나게 큰 차이가 있습니다. 동물들은 잔인하지 않거든요. 거미가 거미줄로 파리를 잡는 것은 냉장고에 내일 점심을 넣어두는 것과 같습니다. 그렇지만 인간은 잔인함을 발명해냈습니다. 동물은 서로를 고문하지 않지만, 우리는 그렇게 합니다. 우리는 이 행성에 살고 있는 유일하게 잔인한 존재입니다.

이런 관찰이 저에게 다음과 같은 질문을 하게 했습니다. '내가 믿고 있는 것은 완벽하게 합리적인가? 만일 우리가 잔인한 존재라면, 어떻게 이성적이라고 계속해서 말할 수 있단 말인가? 우리가 말할 줄 알기 때문에? 생각할 줄 알기 때문에? 무엇인가 만들어낼 수 있는 능력을 가졌기 때문에?' 비록 이 모든 능력을 가졌다 하더라도, 우리가 끌리는 이 모든 부정적이며 잔인한 일을 막지는 못합니다. 이건 우리 모두가 토의해야만 할 윤리적인 문제입니다. 바로 이런 이유로 저는 문학에 대하여 토론하는 데 점점 흥미를 잃게 되었습니다.

가끔씩 이런 생각도 해봅니다. 인간이 결코 지구에서 떠날 수 없어야 한다고요. 왜냐하면 우주로 흩어진다 하더라도, 지구에서 해왔던 것과 다르게 행동할 것 같지 않기 때문입니다. 만일 인간이 정말로 우주에서 살 수 있게 된다면—사실 인간이 그럴 수 있을 것이라고 믿지 않지만—아마도 전 우주를 감염시킬 것입니다. 우리는 다행스럽게도 이 지상에서만 존재하는 바이러스의 일종이겠지요. 언젠가 초신성과 그 폭발에 대한 글을 읽고 난 뒤 인간이 우주로 흩어지면 어쩌나 하는 걱정에 대해 안심했습니다. 그 초신성 폭발로 인해 생긴 빛이 약 3~4년 전에 지구에 도달하였는데, 지구에 도달하는 데까지 16만 6000년이 걸렸다고 합니다. 그래서 생각했습니다. '그러면, 두려워할 필요 없겠군. 우리는 그렇게 멀리까지 갈 수 없을 테니.'

돈젤리나 바호주 Donzelina Barroso 로버트 F. 와그너 대학원에서 행정학, 뉴욕 대학에서 공공사업, 버나드 대학에서 중세와 르네상스 시대의 문학에 대한 석사 학위를 받았다. 교육, 건강, 빈곤층 구조에 초점을 맞춘 국제 기금을 조성했고, 현재는 포르투갈에서 사회복지 정책과 관행을 개선하기 위한 사업을 진행 중이다. 포르투갈-미국 상공 회의소의 이사회에서 활동하고 있으며 국제 자선 기금 네트워크 운영위원회의 구성원이다.

주요 작품 연보

『죄의 땅』Land of Sin, 1947
『가능한 시들』The Possible Poems, 1966
『회화와 서예 교범』Manual of Painting and Calligraphy, 1977
『바닥에서 일어서서』Raised from the Ground, 1980
『수도원의 비망록(발타자르와 블리문다)』Baltasar and Blimunda, 1982
『돌뗏목』The Stone Raft, 1986
『리카르두 레이스가 죽은 해』The Year of the Death of Ricardo Reis, 1987
『리스본 쟁탈전』The History of the Siege of Lisbon, 1989
『예수복음』The Gospel According to Jesus Christ, 1991
『란사로테 일기』(I-V) Lanzarote Diaries, 1994
『눈먼 자들의 도시』Blindness, 1995
『이름 없는 자들의 도시』All the Names, 1997
『미지의 섬』The Tale of the Unknown Island, 1997
『동굴』The Cave, 2000
『도플갱어』The Double, 2002
『눈뜬 자들의 도시』Seeing, 2004
『죽음의 중지』Death with Interruptions, 2005
『코끼리의 여행』The Elephant's Journey, 2008

:: 10

특정한 곳에서 일어나는 모든 곳의 일

살만 루슈디
SALMAN RUSHDIE

살만 루슈디 인도, 1947. 6. 17.~

신화와 현실을 넘나드는 환상적인 필치와 장중하고 지적인 문체로 관심을 받고 있는 작가이다. 부커 상과 휘트브레드 최우수 소설상 등을 수상하며 세계적으로 인정받았다.

인도 뭄바이에서 태어나 영국 케임브리지 대학에서 역사학을 공부했다. 1975년 소설 『그리머스』로 문단에 첫발을 내디뎠다. 1981년에 두 번째 작품 『한밤의 아이들』로 세계 문학계의 주목을 받았으며 그해 부커 상을 수상했다.
1988년 출간한 『악마의 시』에서 코란의 일부를 '악마의 시'로 언급해 격렬한 논란을 불러일으켰다. 이 소설로 루슈디는 세계적인 거장의 반열에 오르나, 이란의 이슬람 최고 지도자로부터 사형선고를 받고 오랜 세월 암살 위협에 시달려야 했다. 이런 위협 속에서도 그는 2004년 세계 작가 단체인 국제 펜클럽의 미국 지부 회장에 지명되었다. 미국 애틀랜타 에모리 대학교의 교수로 부임했고, 2007년에는 영국 여왕으로부터 기사 작위를 받았다. 주요 작품으로는 『하룬과 이야기 바다』, 『루카와 생명의 불』, 『한밤의 아이들』, 『광대 샬리마르』, 『피렌체의 여마법사』, 『악마의 시』, 『분노』 등이 있으며, 부커 상을 비롯하여 휘트브레드 최우수 소설상, 프랑스 최우수 외국도서상, 독일 올해의 작가상 등 세계적으로 권위 있는 문학상을 다수 수상했다.

루슈디와의 인터뷰

잭 리빙스

루슈디는 저주 인형으로 만들어져 불태워지기도 하고
표현의 자유를 상징하는 이로 추앙되기도 함으로써 엄청난 광란을 불러일으켰다.
하지만 그런 사람치고는 놀라울 정도로 천하태평이었고 솔직하였다.

살만 루슈디는 1947년 인도가 영국에서 독립하던 전야에 봄베이[현재 뭄바이]에서 태어났다. 인도와 영국에서 교육을 받았고, 작가가 된 이후 20여 년을 영국에서 살았다. 요즘 대부분은 뉴욕에서 지낸다. 2004년에 이뤄진 인터뷰는 여러 차례에 걸쳐 뉴욕에서 진행되었다. 두 번째 인터뷰는 2005년 밸런타인데이였는데, 우연히도 아야톨라 호메이니가 루슈디에게 파트와[Fatwa]를 선고한 지 16주년이 되던 날이었다. 그는 『악마의 시』를 썼다는 이유로 배교자로 선포되었고 이슬람 법에 따라 사형을 선고받았다. 이란의 모하마드 하타미 대통령은 1998년 그에게 내려진 파트와는 종결되었다고 선언했다. 그래서 루슈디는 이제 파트와로 인한 위험은 사라졌다고 말한다. 그러나 이슬람 강경파는 파트와는 번복할 수 없는 것이라고 주장하고 있으며, 지금도 루슈디가 사는 집의 주소는 전화번호부에 등록되어 있지 않다.*

루슈디는 찬사와 비난, 축하와 위협을 한몸에 받았다. 또 저주 인형으로 만들어져 불태워지기도 하고 표현의 자유를 상징하는 이로 추앙되기도 함으로써 엄청난 광란을 불러일으켰다. 하지만 그런 사람치고는 놀라울 정도로 천하태평이었고 솔직하였다. 그는 결코 추격당하여 겁에 질린 희생자나 재앙의 원인도 아니었다. 깨끗하게 면도하고 청바지와 스웨터를 입은 루슈디는 리처드 애버던이 1995년에 발표한 유명한 사진—괴롭힘을 당하면서 괴롭히는 사람들을 째려보는—보다 좀 더 젊어 보였다. 그는 "가족들은 그 사진을 못 견뎌 합니다."라고 웃으면서 말했다. 그 사진이 어디에 있는지 묻자 씩 웃으면서 "벽에 붙여놓았지요."라고 답했다.

루슈디는 작업을 할 "낮 시간에 나오는 것은 꽤 드문 일입니다."라고 말하였다. 그러나 2004년 후반 아홉 번째 소설 『광대 샬리마르』의 원고를 넘겨준 이후 아직 새 프로젝트를 시작하지 못했다. 책을 마치느라 모든 상상력을 소진했다고 주장하였지만 자신의 과거와 글, 정치관에 대한 이야기를 나누면서 에너지를 재충전한 것처럼 보였다. 루슈디와 나눈 대화는 뱀처럼 꿈틀거리며 이런저런 주제들을 넘나들었는데 마치 정신적인 곡예처럼 여겨졌다. 본론으로 돌아오기 전에 다양한 지역과 역사적인 시기를 만났다. 독자들은 그의 소설에서도 똑같은 정신적인 곡예를 찾아볼 수 있을 것이다.

파트와로 인해 살만 루슈디란 이름은 생존하는 어떤 소설가보다 전 세계적으로 널리 알려지게 되었다. 하지만 이런 정치적 공격에도 그의 작가로서의 명성에는 그늘이 드리워지지 않았다. 1993년 루슈디는 소설 『한밤의 아이들』로 부커 오브 부커스를 수상했다. 25년 전 부커 상이 제정된 이래로, 수상작 중 가장 뛰어난 작품이라는 영예를 안게 된 것이다. 그는 2005년 펜클럽 미국 지부의 회장이며, 여러 편의 소설을 썼을 뿐만 아니라 다섯 권의 논픽션과 한 권의 단편소설집을 냈다. 밸런타인데이에 인터뷰를 위해 푹신한 의자에 앉았을 때, 가볍게 눈이 내리기 시작했다. 동쪽으로 몇 블록 떨어진 건물의 난방장치가 하늘로 시꺼먼 연기 기둥을 내뿜고 있었다. 인터뷰 시작 직전 루슈디는 물을 마시면서, 아내를 위해 어떤 선물이 적당할지 고민 중이라고 말했다.

• 살만 루슈디는 1988년 출간한 환상소설 『악마의 시』에서 예언자이자 이슬람교의 창시자인 무함마드를 부정적으로 묘사하고 코란의 일부를 악마가 전하는 글인 '악마의 시'라고 하였다. 이러한 내용은 이슬람계의 격분을 일으켜 파키스탄을 선두로 한 이슬람 여러 나라들은 즉각 발간 중지를 촉구하였고, 많은 나라들도 이 소설의 판매 및 번역 금지 등을 요구하였다. 인도와 남아프리카공화국 등에서는 이 소설을 금서로 지정하였으며, 루슈디 지지 사설을 실었던 뉴욕의 한 신문사는 테러로 폭발하였다. 일본인 번역가가 살해당하고 이탈리아와 노르웨이 번역가가 부상당하는 사건이 발생하기도 하였다. 루슈디는 『악마의 시』 출판 이듬해인 1989년 이란의 이슬람 최고 지도자인 호메이니에게 파트와, 즉 사형선고를 받았다. 호메이니는 그의 암살에 100만 달러의 현상금을 걸기도 하였다. 이 사건으로 영국은 이란과 단교했고, 루슈디는 영국 정부의 보호 아래 오랜 세월 동안 피신을 다녔다. 1998년 호메이니가 사망한 후에야 루슈디는 사면을 받을 수 있었다. 그러나 그 후에도 보수파들의 계속된 암살 협박으로 영국 경찰의 보호를 받아야 했다. 이슬람 강경주의자들로부터 받는 살해 위협은 현재도 계속되고 있으며, 2012년 9월 이란의 한 종교 단체가 현상금을 50만 달러 올린다고 발표함으로써 루슈디의 암살에 걸린 현상금은 총 330만 달러가 되었다.

*Shalimar the Clown | Rushdie | page*483

each other, so that when the letter from Shalimar the clown arrived it seemed anachronistic, like a punch thrown long after the final bell.

Everything I am your mother makes me, the letter began. *Every blow I suffer your father deals.* There followed more along these lines, and then ended with the sentence that Shalimar the clown had carried within him all his life. *Your father deserves to die, and your mother is a whore.* She showed the letter to Yuvraj. 'Too bad he hasn't improved his English in San Quentin,' he said, trying to dismiss the ugly words, to rob them of their power. 'He puts the past into the present tense.'

*

Night in the A/C was a little quieter than the day. There was a certain amount of screaming but after the 1 a.m. inspection it quietened down. Three in the morning was almost peaceful. Shalimar the clown lay on his steel cot and tried to conjure up the sound of the running of the Muskadoon, tried to taste the gushtaba and roghan josh and firni of Pandit Pyarelal Kaul, tried to remember his father. *I wish I was still held in the palm of your hand.* His brothers came into the cell to say hello. They were out of focus, like amateur photographs, and they soon disappeared again. The Muskadoon died away and the taste of the dishes of the wazwaan turned back into the usual bitter blood-flecked shit taste he'd grown used to over the years. Then there was a loud hissing noise and the cell door sprang open. He moved quickly on to his feet and crouched slightly, ready for whatever was coming. Nobody entered but there was a noise of running feet. Men in prison fatigues were running in the corridors. *It's a jailbreak,* he realized. There was no gunfire yet but it would start soon. He stood staring at the open

살만 루슈디 『광대 샬리마르』 교정쇄.

살만 루슈디
×
잭 리빙스

글을 쓸 때 누가 읽을지 고려하시나요?

살만 루슈디 누가 읽을지 정말로 모릅니다. 젊을 때는 이렇게 말하곤 했지요. "전 단지 작품에 봉사하고 있을 뿐입니다."

고결한 태도군요.

루슈디 지나치게 고상하지요. 저는 쉽고 명료하게 쓰는 일에 더 관심을 둡니다. 지금까지 제가 쓴 소설들을 사람들이 어떻게 읽었는지도 알았습니다. 그렇게 파악한 내용도 이러한 문제에 대한 제 생각을 형성하는 데 기여했지요. 대중적인 인기를 노린 책을 그다지 좋아하지는 않지만 가능한 명료하고 매력적인 이야기를 만드는 일에 많은 관심을 쏟게 되었습니다. 그리고 바로 그 점이 『한밤의 아이들』을 쓰기 시작했을 때 염두에 두었던 것입니다. 이야기Storytelling와 문학이 분리된 것은 이상한 일입니다. 불필요해요. 이야기는 단순하거나 일차원적일 이유가 없습니다. 그렇지만 다차원적일 경우에는 가장 명료하고 매력적으로 전달할 방법을 찾을 필요가 있겠지요.

깊은 관심을 두고 보는 것들 중 하나는 어느 한 지역의 이야기가 동시에 다른 모든 곳의 이야기가 될 수도 있다는 점입니다. 제가 자란 봄베이는 동양과 서양이 완전히 뒤섞인 도시입니다. 그래서 저는 이미 어느 정도 다음과 같은 사실을 알고 있었습니다. 세계의 지역들이 때로는 화합하고 때로는 대립하며 또 어떤 경우에는 화합과 대립이 공존—대개는 이런 경우이지요.—한다는 것을요. 살면서 겪은 일들 덕분에 이런 이야기를 쓸 수 있는 능력을 갖게 되었습니다. 그런데 모든 지역에 적용되는 이야기를 쓰면, 어느 지역에도 적용되지 않는 이야기로 끝날 수도 있습니다. 이것은 어느 한 지역에 대해서만 글을 쓰는 작가가 결코 직면하지 않는 문제이지요. 물론 이런 작가들은 또 다른 문제를 겪겠지만요. 윌리엄 포크너나 유도라 웰티 같은 작가들은 세상의 어느 한 지역을 아주 깊게 알고 있고 거기에 전적으로 속해 있어서, 평생 탐구해도 주제가 고갈되지 않습니다. 그들은 존경하는 작가이지만 작업 면에서는 저와 완전히 다르지요.

당신이 하고 있는 작업에 대해 말씀해주시겠습니까?

루슈디 삶에서 '충돌하는 세계'라는 주제 의식을 얻었습니다. 특정한 이야기가 지금에는 다른 모든 이들의 일부가 되었다는 것을 어떻게 깨닫게 할 것인가? 그것이 말하려는 것은 한 가지이지만 또 독자들이 실제로 살아온 경험이기도 하다는 것을 어떻게 느끼게 할 것인가? 『그녀 발밑의 대지』와 『분노』, 『광대 샬리마르』(이하 샬리마르) 이렇게 지난 세 편의 소설은 이러한 질문에 답을 찾으려는 시도였습니다. 소설은 로스앤젤레스에서 시작되고 끝나지만 중간에 카슈미르나 나치가 점령한 스트라스부르, 1960년대의 영국이 나오기도 합니다. 『샬리마르』에 등장하는 막스 오퓔스라는 인물은 제2차 세계대전 동안에는 영웅적인 레지스탕스였지요. 요즘 우리가 영웅적이라고 생각하는 레지스탕스는 점령기 동안에는 반란군이라고 불렸고요. 그리고 지금은 영웅적이라 불리지 않는 또 다른 반란군들이 판치는 시대에 살고 있습니다. 우리는 그들을 테러리스트라고 부르지요. 저는 도덕적인 판단을 내리고 싶지는 않습니다. "그때에는 그런 일이 일어났고, 지금은 이런 일이 일어나고 있습니다. 이 소설은 둘 모두를 포함하니, 두 가지가 어떻게 나란히 놓여 있는지 보시기 바랍니다."라고 하고 싶을 뿐입니다. 소설가는 "그것은 이런 의미입니다."라고 말하지 않는다고 생각합니다.

"그것은 이런 의미다."라는 말을 자제해야만 하나요?

루슈디 아니요. 소설에서 그렇게 하는 것을 반대할 뿐입니다. 제 이름으로 신문에 논평을 쓴다면 다르지요. 그렇지만 독자를 가르치려 들면 소설을 망친다고 믿습니다. 예를 들어 샬리마르라는 인물은 사악한 살인자입니다. 독자들은 그자 때문에 경악하겠지만 샌퀜틴 교도소 담벼락에서 뛰어내리는 장면 같은 곳에서는 그를 응원할 겁니다. 그런 일이 일어나길 바랍니다. 독자들에게 그가 어떤 사람인지 알리기보다는, 그가 보는 대로 독자들도 보고 그가 느끼는 대로 독자들도 느끼기를요. 등장인물로 인해 내용이 완전히 바뀐 책이 『샬리마르』입니다. 처음 착상했을 때 떠오른 많은 부분을 버려야 했습니다. 등장인물이 다른 방식을 원했기 때문입니다.

무슨 뜻인가요?

루슈디 글을 쓰는 순간순간 예상하지 못했던 일들이 일어나곤 합니다. 이 책을 쓸 때도 그랬어요. 제가 만든 등장인물 때문에 울고 있는 저를 발견할 만큼 그들에게 완전히 사로잡혔다고 느꼈습니다. 부니의 아버지인 현자 피야레랄이 과수원에서 죽는 장면이 있습니다. 이 장면을 견디기 힘들어서 책상에 앉아서 울었습니다. '지금 뭐하는 거지? 이 사람은 내가 만들어낸 인물일 뿐인데.'라면서요. 카슈미르• 마을이 파괴되는 것을 쓰던 순간도 비슷했어요. 그 구상 자체를 견디기 힘들었어요. 이 문장들을 쓸 수 없다고 생각했습니다. 극악무도함이라는 주제를 다루어야 하는 작가들은 이런 대면을 피할 수 없습니다. 어떤 이야기를 써야 한다는 걸 견딜 수 없는 느낌은 처음이었습니다. '너무도 끔찍해서 쓰고 싶지 않아. 혹시 다른 일이 일어나게 할 수는 없을까?'라고 했어요. 그렇지만 다음에 바로 '다른 일이 일어날 수는 없어. 바로 이 일이 일어나야만 해.'라고 타일렀지요.

카슈미르는 당신에게 고향 같은 곳이지요.

루슈디 우리 가족은 카슈미르 출신입니다. 그렇지만 최근까지 카슈미르에 관해서 깊게 이야기한 적은 없습니다. 『한밤의 아이들』은 그곳에서 시작하고, 동화 『하룬과 이야기 바다』는 카슈미르를 배경으로 하지만, 제 소설에서 그 자체를 다룬 적은 없으니까요. 1989년엔 카슈미르에서 폭발이 있었는데, 그해는 제 인생에도 폭탄 같은 사건이 있었습니다. (루슈디는 1989년 2월 14일에 파트와를 선고받았다.) 그래서 카슈미르 사건에 신경 쓸 여유가 없었지요. 어쨌든 오늘은 파트와 기념일입니다. 밸런타인데이는 제가 좋아하는 날도 아니고, 아내는 무척 싫어하는 날입니다. 어쨌든 『샬리마르』는 카슈미르의 『실낙원』을 쓰려는 시도였습니다. 『실낙원』은 인간 타락에 대한 것일 뿐입니다. 낙원은 여전히 존재하지만 단지 우리가 그곳으로부터 쫓겨난 것이지요. 『샬리마르』는 낙원을 파괴하는 이야기입니다. 아담이 폭탄을 갖고 돌아가서 그곳을 폭파해버리는 것과 같지요.

세계 어디에서도 카슈미르처럼 아름다운 곳을 본 적이 없습니다. 그곳의 아름다움은 아주 작은 계곡과 장대한 산에서 옵니다. 카슈미르에 가면 히말라야 산맥으로 둘러싸인 작은 시골 풍경을 볼 수 있는데, 엄청난 장관이지요. 사는 사람들도 매우 멋집니다. 살기도 상당히 좋았어요. 토양이 매우 비옥해서 곡물이 풍부했습니다. 인도의 대부분 지역은 물자가 굉장히 부족하지만, 그곳은 언제나 풍족했습니다. 그렇지만 지금은 그런 면이 모두 사라지고, 남은 것이라곤 엄청난 역경뿐입니다.

카슈미르의 주요 산업은 관광입니다. 관광객 중에 외국인은 그리 많지 않지만, 외국 관광객 대부분은 인도 사람입니다. 인도 영화를 본 적이 있으신가요? 인도 영화에서는 이국적인 장면을 그리고 싶을 때마다 카슈미르에서 춤을 추는 장면을 넣지요. 카슈미르는 그들에게는 동화 속의 나라입니다. 더운 나라 사람들은 종종 추운 곳에 가고 싶어하는데, 그런 이유로 인도인들은 카슈미르에 갑니다. 그들은 눈을 보고 반하곤 하거든요. 공항 도로변에 쌓여 있는 지저분하게 녹아내리는 눈도 다이아몬드 광산을 발견한 것처럼 서

• 인도와 중국, 파키스탄의 경계에 있는 산악 지대이다. 오래도록 인도와 파키스탄의 영토 분쟁 지역이었고 현재는 인도, 중국, 파키스탄령 세 곳으로 나뉘어져 분쟁이 계속되고 있다.

서 구경합니다. 그러니 카슈미르의 눈은 마법에 걸린 세계와도 같은 느낌을 주었겠지요. 그렇지만 이제 이 모든 것이 사라졌습니다. 설사 내일 평화조약이 맺어진다 해도 다시는 그런 느낌을 찾을 수 없을 겁니다. 제가 소설로 쓰려던 것은 관대하고 이것저것이 복합적으로 섞인 문화였는데, 이제는 그것이 박살났습니다. 힌두교도들이 쫓겨나가고, 이슬람교도들이 급진적으로 바뀌고 고통당한 이후, 다시는 그런 것을 되돌릴 수 없게 되었습니다. 말하고 싶어요. 이것은 8000~9000킬로미터 떨어진 산에 사는 사람들에 대한 이야기가 아니라 바로 우리의 이야기이기도 하다고요.

우리 모두 이 일에 연루되어 있다는 말씀인가요?

루슈디 이 책의 이야기는 정치적인 것이 아니라, 개인적인 문제일 뿐이라는 겁니다. 사람들이 이걸 읽게 하고, 등장인물에게 친밀함과 애정을 느끼게 하고 싶었습니다. 그 작업이 제대로 됐다면 절대로 이 책을 교훈적으로 느끼지 않을 겁니다. 그리고 등장하는 모든 인물들에게 관심을 갖게 될 겁니다. 저는 중요하지 않은 인물이 하나도 없는 그런 책을 쓰고 싶었습니다.

자라면서 카슈미르와 관련한 정치 문제에 깊은 관심을 갖게 되셨나요?

루슈디 열두 살 즈음 되었을 때 저희 가족은 카슈미르로 여행했습니다. 조랑말을 타고 높은 산과 빙하 지대로 올라가는 멋진 여행이었습니다. 부모님과 저, 누이들 모두 함께였습니다. 정부가 지은 휴양소에서 숙박할 수 있는 마을이었습니다. 매우 소박한 장소였어요. 그곳에 도착했을 때 어머니는 조랑말에 어떤 음식도 실려 있지 않다는 것을 알게 되었습니다. 식성이 까다로운 세 아이를 키우던 어머니께서는 조랑말을 담당하는 사람을 마을로 보내서 먹을 것을 구할 수 있는지 알아보도록 했습니다. 한참 후 그가 돌아와서는 "음식이 하나도 없대요. 정말 아무것도 없다네요."라고 말하였지요. 어머니께서 말씀하셨지요. "그게 무슨 소린가요? 아무것도 없을 리가 없어요. 달걀이라도 있지 않겠어요. 아무것도 없다는 건 말이 되질 않아요." 그가 "정말, 아무것도 없답니다."라고 답했지요. 어머니는 "그래요. 그럼 우린 저녁을 굶어야겠네요. 누구도 밥을 먹을 수 없겠군요."라고 하셨지요.

한 시간쯤 지나자 마을에서부터 대여섯 명이 음식을 들고 줄을 지어 올라왔습니다. 마을 촌장이 와서 "사과드리고 싶습니다. 우리가 음식이 없다고 한 것은 당신들이 힌두교 가족이라고 생각했기 때문입니다."라고 하더군요. 그러고는 "당신들이 이슬람교 가족이란 것을 알게 되었기에 음식을 갖고 왔지요. 그 대가로 한 푼도 받지 않겠습니다. 너무 무례하게 굴어서 죄송할 따름입니다."라고 했어요.

'세상에, 관용의 전통을 가진 카슈미르에 이런 일이 벌어지다니.' 라고 생각했습니다. 저는 카슈미르에 자주 갔는데 살만이라는 이슬람식 이름을 들으면 바로 말을 걸곤 했습니다. 알다시피 제가 라구비르라는 힌두식 이름을 댔다면, 그들은 제게 말도 걸지 않았을 겁니다. 그렇게 그들의 삶과 분노에 대해 오랫동안 대화를 나누었지요. 그렇지만 델리나 봄베이로 돌아가서 이 이야기를 했을 때 인도의 지식인들조차 이 분노가 얼마나 깊은지 인정하지 않으려 들었습니다. "그런 말을 하면 분리주의자로 보이니까 그런 말 마시오."라고 하더군요. 제가 이슬람 분리주의자라니요.

정치와는 아무런 관계도 없는 책을 쓰실 수 있으신가요?

루슈디 그럼요, 그런 것에 상당한 관심을 갖고 있습니다. 그런 책을 쓰지 않은 탓에 늘 괴로워하고 있지요. 우리 시대에는 개인적인 삶과 공적인 삶 사이의 공간이 사라지고 있습니다. 나폴레옹 전쟁에 대하여 일언반구도 없던 제인 오스틴을 보세요. 오스틴의 소설에서 영국 군대의 역할은 파티에서 멋지게 보이는 것뿐입니다. 그것은 무엇인가를 피하기 때문이라기보다는, 공적인 삶에 대해 말하지 않고도 등장인물의 삶을 온전하고 심오하게 설명할 수 있었기 때문이지요. 이런 일은 더 이상 가능하지 않습니다. 모든 방의 한쪽에 텔레비전이 있기 때문만은 아닙니다. 세상에서 일어나는 온갖 사건들이 우리의 일상생활과 큰 관련이 있기 때문이지요. 직업을 갖고 있는가, 그렇지 않은가? 가진 돈의 가치는 얼마나 되는가? 이런 일들이 모두 우리가 조정할 수 없는 것에 의해 결정됩니다. 성격이 운명이라는 헤라클레이토스의 생각에 도전하는 거지요. 종종 당신의 성격은 당신의 운명이 아닙니다. 건물을 향해 날아가는 비행기가 당신의 운명이 되기도 하지요. 더 커다란 세계가 이야기에 개입하는데, 그것은 제가 정치에 대해 쓰길 원하기 때문이 아니라 사람들에 대해 쓰길 원하기 때문입니다.

그러나 미국 문학계에는 온갖 종류의 단절이 있는 것처럼 보입니다. 정치는 저쪽, 소설은 이쪽 하는 식으로 말입니다. 왜냐하면 미국 소설가가 쓰는 내용이 워싱턴의 정책에 영향을 미치지 않기 때문입니다.

루슈디 네, 누가 그런 것에 관심이나 갖겠습니까?

인도에서는 소설이 정치와 관련이 깊다고 생각하시나요?

루슈디 아니요, 그렇다면 좋으련만. 그렇지만 미국에서와 달리 잘 알려진 작가들은 여전히 일상 대화의 주제가 됩니다. 그들의 의견은 존중되지요. 영국에서도 마찬가지입니다. 유럽에서도요. 미국에서도 얼마 전까지는 그랬습니다. 노먼 메일러, 수전 손택, 아서 밀러의 세대에서는요.

무슨 일이 있었기에 미국에 그런 변화가 생긴 걸까요?

루슈디 잘 모르겠네요. 영국 제국주의가 절정에 도달했을 때, 영국이란 열강을 다룬 영국 소설은 거의 없었습니다. 영국이 세계적인 초강대국이 되었을 때 작가 대부분이 영국 제국주의란 주제에 관심을 두지 않은 일은 참으로 기이합니다. 미국이 전 세계적인 초강대국이 된 지금 이런 현상이 반복되는 것으로 보입니다. 미국이란 나라 밖에서, 미국은 엄청난 권력을 의미합니다. 그렇지만 미국 안에서는 그렇지 않습니다. 정치를 다루는 작가가 아직 있기는 합니다. 예를 들면 돈 드릴로, 로버트 스톤, 조앤 디디온 등입니다. 그렇지만 많은 미국 작가들은 미국이 외국에서 인식되는 방식에 상대적으로 무관심하다고 생각합니다. 그 결과 미국이란 열강에 대해 쓴 글은 아주 적지요.

당신의 작품에는 정치와 권력에 대한 관심 이외에도 환상적인 이야기가 많이 있습니다. 당신을 작가로 만든 것은 『오즈의 마법사』라고 말씀하셨지요.

루슈디 영화 〈오즈의 마법사〉를 보고 나서 집에 돌아가 「무지개 너머」라는 단편을 썼습니다. 아마 아홉 살이나 열 살쯤이었을 겁니다. 이 단편에서는 어떤 아이가 봄베이의 길을 따라 걷다가 무지개가 끝나는 곳이 아니라 시작되는 곳을 보게 됩니다.* 아이로부터 멀리 뻗어 아치형으로 빛나지요. 편리하게도 무지개에는 계단이 있었고, 무지갯빛 계단은 저 위로 쭉 뻗어 있었습니다. 아이는 무지개를 넘어가서 동화 같은 모험을 합니다. 어디선가 말하는 자동 피아노를 만나기도 합니다. 그렇지만 이 원고는 사라졌습니다. 그 편이 더 나을 수도 있겠지요.

아버지께서 가지고 계시지 않을까요?

루슈디 그렇게 말씀하신 적이 있어요. 그런데 돌아가신 후에 서류를 모두 뒤져보았는데 찾지 못했어요. 거짓말을 하셨거나 잃어버리셨거나 둘 중 하나겠지요. 아버지는 1987년에 돌아가셨어요. 그러니 그건 옛날 일이고, 지금 그 원고가 새로 빛을 보게 되진 않을 거라는 걸 확신해요. 다락에 트렁크는 더 이상 없으니까요.

처음으로 길게 쓴 건 훨씬 나중인데 이 원고도 함께 없어진 것 같습니다. 열여덟 살 때 영국의 럭비 학교를 졸업했지요. 케임브리지 대학교에 갈 때까지 5개월가량의 여유가 있었습니다. 그동안 저의 마지막 학기인가 바로 직전인가에 대한 '기말 보고서'라 불리는 원고를 타자기로 썼습니다. 약간 허구화된 이야기이지요. 전 케임브리지에 진학하였고 그 일을 잊고 있었습니다. 20여 년이 흐른 뒤 어머니께서 원고를 찾았다고 하셨어요. 그 원고는 제 열여덟 살의 자아로부터 온 메시지처럼 여겨졌지요. 그렇지만 정치적으로 매우 보수적인 그 자아가 별로 마음에 들지는 않았습니다. 다른 식으로 보자면 영국 기숙학교 교육의 상당히 표준적인 산물이라고 할 수 있지요. 예외가 있다면 인종차별에 대해 믿을 수 없을 만큼 세련되게 논의했다는 겁니다. 자신이 인종차별을 막 겪은 상태라서 그 문제에 훨씬 더 예리했다는 점만 빼면, 그 열여덟 살짜리 소년은 지금 제가 아는 것을 모두 알았습니다. 그 이야기를 좋아하지 않았기 때문에 어머니께서 그 원고를 원하는지 물으셨을 때 그냥 가지고 계시라고 말씀드렸지요. 그 원고도 없어졌어요. 어머니께서도 돌아가셨고, 원고도 찾을 수 없었습니다.

어머니께서 호의로 그 원고를 없애버리셨을까요?

루슈디 아마도요. 그 이야기는 정말로 끔찍했습니다. 그렇지만 일기 같은 것이기 때문에 잃어버린 것을 후회하고 있어요. 그 시기에 대하여 쓰고 싶어진다면, 그 원고는 다른 방법으로는 전혀 구할 수 없는 원재료를 줬을 겁니다. 그 원고를 집에 둔 것은 정말로 어리석었어요.

럭비 학교••에서 불행하셨나요?

루슈디 두들겨 맞지는 않았습니다만 매우 외로웠고 친구라고 생각할 만한 아이들이 거의 없었습니다. 많은 부분 편견과 관련이 있을 겁니다. 물론 선생님들은 달랐습니다. 저는 좋은 가르침을 받았습니다. 로빈 윌리엄스가 주연을 맡은 영화•••에서 본 것과 같은 영감을 주는 선생님을 두세 분 기억하고 있습니다. J. B. 호프-심슨이라고

• 서양 사람들은 무지개가 끝나는 곳에 보물이 묻혀 있다고 믿었다.(역자 주)

•• 영국 잉글랜드 중부의 럭비에 있는 사립 중등학교이다.

••• 〈죽은 시인의 사회〉.(역자 주)

불리는 다정하고 나이 지긋한 신사분이 계셨지요. 훌륭한 역사 교사셨을 뿐만 아니라 제가 열다섯 살 때, 『반지의 제왕』을 소개해주신 분이기도 합니다. 저는 그 책에 홀딱 빠졌습니다. 그래서 공부를 약간 게을리하기도 했지요. 여전히 내용을 기이할 정도로 상세하게 기억하고 있고요. 저는 여기 나오는 언어 프로젝트인 모든 가상의 언어에 빠져들었습니다. 한때 엘프의 언어도 상당히 잘했지요.

엘프의 언어로 대화하던 친구들이 있었나요?

루슈디 『반지의 제왕』 괴짜들이 한두 명 있었습니다.

그 밖에 또 무엇을 읽으셨나요?

루슈디 영국에 오기 전에 좋아하던 작가는 P. G. 우드하우스와 애거서 크리스티였습니다. 이 두 작가의 작품들을 탐독했지요. 제 조부모님께서는 뉴델리에서 멀지 않은 알리가르에 사셨습니다. 할아버지께서는 알리가르 이슬람 대학교의 티비야 대학에서 근무하셨습니다. 할아버지는 유럽에서 서양의학을 공부한 의사였지만 인도의 전통 의학에 관심을 가지고 계셨지요. 할아버지는 저를 자전거에 태워서 대학 도서관에 데려가셨습니다. 그리고 그곳에 풀어놓으셨습니다. 저는 도서관을 어둠 속으로 사라지는 거대한 책꽂이와 위로 올라갈 수 있는 바퀴 달린 사다리가 있는 곳으로 기억합니다. 할아버지께서 저를 위해 기꺼이 빌려주신 우드하우스와 애거서 크리스티의 책더미로 신나 하곤 했습니다. 이 책들을 집으로 가져가서 일주일만에 모두 읽어치웠고 다시 더 많은 책을 빌려 읽었습니다. 우드하우스는 인도에서 무척 인기가 있었지요 지금도 여전히 그럴 거라고 생각합니다.

이유가 뭘까요?

루슈디 재미있기 때문이겠지요. 우드하우스에게는 인도인들의 유머 감각과 유사한 면이 있어요. 어쩌면 바보 같은 면일 수도 있겠네요.

열 살부터 럭비 학교에 진학하던 열세 살 반까지는 어떠셨나요?

루슈디 「무지개 너머」 이외에 기억나는 것이 거의 없습니다만 영어를 곧잘 했습니다. 어느 수업 시간엔가 학생들이 리머릭•을 지어야 했습니다. 한 편을 이렇게 저렇게 짓고 나면 한 편을 더 써야만 하는 식이었지요. 수업 시간 중에 다른 애들이 운율도 제대로 맞지 않는 시를 한 편 또는 두 편 쓰느라 힘들어하고 있을 때 저는 서른일곱 편이나 썼지요. 그런데 선생님께서 베껴 썼다고 야단을 치셨어요. 부당하다고 느꼈던 게 지금도 기억납니다. 어떻게 베꼈다는 것인지 알 수가 없었지요. 그 당시에는 에드워드 리어의 책도 없었을 뿐만 아니라, 수업 시간에 이런 과제를 하게 될 거라며 5년 동안 리머릭만 암송한 적도 없으니까요. 칭찬받을 거라고 생각했는데 야단만 맞았지요.

봄베이에서는 여러 가지 언어를 사용하지요. 모국어는 무엇인가요?

루슈디 우르두어입니다. 우르두어는 문자 그대로 제 모국어입니다. 아버지의 모국어이기도 하고요. 그런데 인도 북부 지역에서는 힌디

• 다섯 줄로 이뤄진 유머러스한 시이다. 운율과 각운 등을 맞춰 쓴다.

어도 사용합니다. 실제로 우리가 쓰는 말은 둘 다 아니기도 하고, 모두이기도 합니다. 인도 북부 지역에서 실제로 사용하는 말은 이런 언어가 아니라는 뜻입니다. 힌두스타니어라고 불리는 힌디어와 우르두어가 섞인 구어입니다. 문자로는 쓰이지 않습니다. 이 언어는 발리우드 영화에서 사용됩니다. 그리고 집에서는 힌두스타니어와 영어를 섞어서 썼습니다. 영국 럭비 학교에 갔을 때 저는 열세 살 반이었습니다. 이 두 가지 언어를 비슷하게 구사할 수 있었습니다. 둘 다 꽤 잘하는 편이었지요. 힌디어와 우르두어로 말하는 것도 편하지만, 이 언어로 글을 쓰는 걸 생각해 본 적은 없습니다.

공부를 잘하셨나요?

루슈디 생각했던 것만큼 우수하지는 않았습니다. 일반적으로 보면 봄베이의 캐시드럴 학교는 좋은 곳이었습니다. 영국에 왔을 때 뒤처진다고 느끼지는 않았지요. 그렇지만 성적표를 보면 제가 그리 잘하지는 못했다는 걸 아실 겁니다. 럭비에 오기 전에 다른 인도의 아버지들처럼 아버지도 제게 숙제를 내주곤 하셨습니다. 집에서 에세이를 쓴다거나 다른 일을 해야만 했지요. 이 과제에 대해 엄청나게 화를 낸 적이 있었습니다. 셰익스피어를 요약하도록 하셨거든요. 인도에서는 장남이면서 독자인 경우 아이를 그런 식으로 몰아가는 건 특이한 일이 아니었습니다. 럭비 학교에서는 친구들과 잘 어울리지 못해서 공부에 매진했습니다. 그렇지만 그게 글쓰기는 아니었습니다. 당시에는 역사에 매료되어 있었습니다. 긴 논문과 에세이로 상을 받기도 했지요. 책 읽는 것을 좋아했지만 고등학교나 대학에 다닐 때 문학을 공부해야겠다는 생각이 전혀 들지 않았던 게 이해되지 않아요. 소설을 읽는 건 공부가 아니라고 생각했던 것 같습니다. 실제로 아버지께서는 역사조차 공부라고 생각지 않으셨지요. 케임브리지에서 뭔가 유용한 것 예를 들어 경제학 같은 걸 공부하길 원하셨지요.

아버지 뜻에 저항하셨나요?

루슈디 제 인생은 역사학과장이셨던 존 브로드벤트 교수님이 구해주셨습니다. 그를 찾아가서 이야기했습니다. "아버지께서 역사학은 유용하지 않으니 경제학과로 전과하라고 하십니다. 그러지 않으면 등록금은 없다고 하셨습니다." 브로드벤트 교수님께서 말씀하셨어요. "그래, 이 문제는 내게 맡겨두게." 교수님은 아버지께 '친애하는 루슈디 씨, 당신의 아드님과 학업에 대하여 이야기를 나누었습니다. 불행하게도 그는 케임브리지에서 경제학을 공부할 자격을 갖추지 못했습니다. 따라서 아드님의 역사 공부를 그만두게 할 요량이시라면 적절한 자격을 갖춘 다른 학생이 공부할 수 있도록 아드님을 대학에서 자퇴시켜주셔야만 합니다.'라는 엄청난 편지를 쓰셨더군요. 제가 인도를 떠나 케임브리지로 온 것은 1965년 인도와 파키스탄 사이에 전쟁이 벌어지는 와중이었습니다. 그래서 그때는 참으로 기이한 순간이었지요. 모든 전화선을 군에서 사용했기 때문에 집으로 전화할 수 없었습니다. 편지는 모두 검열받았고 도착하는 데 여러 주가 걸렸습니다. 저는 폭탄이 터졌다거나 공중 폭격 소식을 들었고요. 그러나 브로드벤트 교수님의 편지 이후로 아버지는 경제학에 대해 다시 말씀하지 않으셨습니다. 졸업하고 소설을 쓰고 싶다고 말씀드렸을 때는 충격을 받으셨지요. 아버지는 "내 친구들에게 무슨 말을 할 수가 있겠니?"라고 소리 지르셨어요. 말씀하고 싶으셨던 바는 이렇지요. '친구들의 덜 똑똑한 아들들이 근사한 직업을 갖고 돈을 긁어모은다는데, 너는 기껏 무일푼의 소설가가 되겠다는 거냐?' 이는 체면을 잃는 것을 의미합니다. 글쓰기는 기껏해야 취미라고 생각하셨지요. 운 좋게도 아버지는 오래 사셔서 제 선택이 바보 같은 것이 아님을 확인할 수 있으셨습니다.

아버지께서 그렇게 말씀하셨나요?

루슈디 어째서인지 아버지는 제 소설을 칭찬할 수 없으셨지요. 자신의 감정을 이상할 정도로 억제하셨어요. 저는 외아들인데, 그런 이유로 아버지와의 관계가 어려웠습니다. 아버지는 1987년에 돌아가셨는데 이미 『한밤의 아이들』과 『수치』가 출판된 후였지요. 그렇지만 『악마의 시』는 아직 출판되기 전이었습니다. 돌아가시기 일주일인가 이 주일 전 처음으로 제 소설이 훌륭하다고 말씀하셨지요. 사실 아버지는 그걸 백 번도 더 읽으셨습니다. 아마 그 소설에 대해 제가 아는 것보다 더 많이 알고 계셨을 겁니다. 실은 『한밤의 아이들』로 불편해하셨는데, 소설 속 아버지로 나오는 인물을 자신에 대한 풍자로 느끼셨기 때문입니다. 어리석게도 저는 짜증을 내면서 "끔찍한 점은 모두 다 빼버렸는데요."라고 대답했습니다. 아버지는 케임브리지에서 문학을 공부하셨기에 제 책에 대해 안목 높은 평을 해주시길 바랐지요. 그렇지만 그렇게 해주신 분은 아버지가 아니라 어머니셨습니다. 저는 소설 속 가족의 모습이 실제 모습을 반영한 것인지 걱정하는 사람은 바로 어머니일 거라고 생각했습니다. 그렇지만 어머니는 그것이 단순히 허구라는 걸 곧바로 이해하셨습니다. 아버지의 표현을 그대로 옮기자면 아버지께서 '저를 용서하는 데' 오랜 시간이 걸렸습니다. 저는 그분을 화나게 한 것보다 용서받은 것에 더 기분이 상했습니다.

당신의 아버지는 『악마의 시』를 읽어보지 못하고 돌아가셨다고요.

루슈디 그분은 500퍼센트 확실히 제 편을 들어주셨을 거라고 믿습니다. 아버지는 이슬람 학자였으며, 예언자의 삶과 초기 이슬람교의 기원과 코란이 계시하는 방식에 해박한 지식을 갖고 계셨지요. 그렇지만 종교적인 믿음만은 갖고 있지 않으셨습니다. 일 년에 한 번 모스크에 가셨지요. 돌아가실 때조차 한순간도 종교에서 피난처를 찾거나 신을 찾지 않으셨습니다. 죽음이란 끝 이외의 다른 어떤 것일 수 있다는 환상이 없으셨어요. 매우 인상적이었습니다. 제가 대학에서 이슬람교의 기원에 대해 공부하기로 결정한 건 우연이 아니었습니다. 부분적으로는 집에서 그런 일들을 경험한 것과 관계가 있을 겁니다. 아버지는 『악마의 시』를 비종교적인 사람이 이슬람교의 예를 이용하여 계시의 성격을 탐색하는 것으로 보셨을 겁니다. 그것이야말로 제가 가장 잘 알고 있는 것이니까요.

케임브리지를 졸업하신 이후 무슨 일을 하셨나요?

루슈디 처음에는 배우가 되려고 했습니다. 학부에서 연극을 했거든요. 꼭 작가가 되고 싶었기 때문에 연극을 계속해야 한다고 생각했습니다. 네 명의 친구들과 같이 살던 런던 집의 다락방에서 빈둥거리면서 지냈습니다. 도대체 뭘 하고 있는 건지도 알지 못했습니다. 글을 쓰는 시늉을 하고 있었지요. 내심 두려움이 있었기 때문에 그 무렵의 저는 상당히 신경질적이었습니다. 몇 명의 대학 친구들이 런던 군소 극단에서 활동하고 있었습니다. 데이비드 헤어, 하워드 브렌턴, 트레버 그리피스처럼 그곳에서 일하는 흥미로운 작가들과 상당히 훌륭한 배우들이 여러 명 있었지요. 훌륭한 배우들과 일하면서 제가 그들만큼 연기하지 못한다는 것을 알았습니다. 훌륭한 배우는 무대에서 주변 사람들을 빛나게 해주더군요. 친구들은 그렇게 하는데 저는 그렇지 못하다는 걸 깨달았어요.

그런 이유로 또 부분적으로는 돈이 없어서, 얼마 후에는 다른 일을 해야겠다고 결심했습니다. 케임브리지에서 같이 연극을 하던 친구 중에 더스티 휴즈라는 작가가 있었습니다. 그는 런던에 있는 J. 월터 톰슨 광고 대행사에 취직했지요. 그런데 어느 날 갑자기 버클리 광장이 내려다보이는 사무실에서 슈퍼모델과 샴푸 광고 사진을 찍더군요. 그렇게 돈을 벌기 시작하였고 곧 차도 사더라고요. "살만, 너도 한 번 해봐. 정말로 쉬워."라고 했어요. 그 친구가 J. 월터 톰슨 광고 대행사에서 모의 테스트를 볼 수 있게 조치해주었지만 떨어졌습니다.

이런 질문을 받았지요. 영어를 할 줄 알지만 빵이 무엇인지 모르는 화성인을 만났다고 상상해보세요. 100단어를 이용해서 화성인에게 토스트를 만드는 방법을 설명해보세요. 사티아지트라이 영화 주식회사의 백만 명이나 되는 사람들이 이 직업을 얻으려고 지원했습니다. 백만 명 중 단 한 명이 그 주인공이었지요. 백만 명 중 한 명을 어떻게 골라야 할지 몰랐던 면접관은 갈수록 터무니없는 질문을 하기 시작했습니다. 그 직업을 얻을 기회를 망친 질문은 이겁니다. 달의 질량이 얼마나 될까요? 화성인들이 질문을 한다면 아마도 그런 식이었겠지요.

마침내 앨버말 거리에 있는 샤프 맥마누스라는 훨씬 작은 광고 대행사에 취직했습니다. 첫 직업이어서 이 일에 어떻게 접근해야 할지 전혀 몰랐습니다. 플레이어스란 회사가 만드는 싸구려 담배 광고 업무를 받았습니다. 크리스마스를 겨냥한 상품이었지요. 전통적인 영국의 파티 기념품인 크리스마스 크래커•가 담긴 작은 상자를 만들 계획이었지요. 크래커 안에는 담배가 든 작은 튜브가 있고요. 저는 이 상품을 홍보할 광고 문구를 만들어야 했습니다. 아무 생각도 나지 않더라고요. 그래서 올리버 녹스라는 최고 책임자를 만나러 갔습니다. 그 사람은 나중에 서너 편의 소설도 썼지요. 그에게 "어떻게 해야 할지 모르겠습니다."라고 했지요. 그랬더니 즉시 "플레이어스사가 제공하는 여섯 개의 똑소리 나는 아이디어로 '빵' 터지는 크리스마스를 보내세요."라고 말해주더군요. 이런 식으로 광고 업무를 배우기 시작했습니다.

광고 일을 하면서 소설을 쓰셨나요?

루슈디 잘되지는 않았지만 쓰기 시작했습니다. 작가로서 나아가야 할 방향을 제대로 알지 못했지요. 쓰면서 누구에게도 보여주지 않았고요. 조금씩 쓴 글이 모여서 마침내 소설이라고 할 만한 분량이 되었을 때는 누구도 좋게 평하지 않더군요. 이건 처음 출판한 소설 『그리머스』 이전에 쓴 것이었지요. 스릴러 스타일로 솔직하게 썼어야

• 양쪽 끝을 잡아당기면 폭죽 터지는 소리가 나면서 열리는 튜브 모양의 꾸러미. 속에는 작은 선물이나 종이 모자가 들어 있다.

했는데, 조이스의 의식의 흐름 기법으로 쓰려고 했습니다. 제목은 '피어의 책'The Book of the Peer이었는데, 우르두어로 '피어'란 성인이나 현자를 뜻합니다. 동양의 어떤 이름 모를 나라에 대한 이야기이지요. 이곳에는 대중의 지지를 받는 한 현자가 부자와 장군에게 후원을 받고 있었습니다. 부자와 장군은 그를 비밀스럽게 조종할 목적으로 권력을 주기로 합니다. 그랬더니 현자가 그들보다 훨씬 더 큰 권력을 갖게 되어버립니다. 어떤 점에서 이 이야기는 나중에 호메이니에게 일어날 일을 미리 보여줍니다. 사람들이 외형상 그럴듯하게 내세울 수 있는 어떤 것이라고 생각한 결과, 이슬람 급진주의가 발생하였지요. 하지만 이 소설을 쓴 방식 때문에 읽는 것이 너무도 힘들었습니다. 정말로 저에게 호의를 가진 사람들조차도 전혀 읽고 싶어 하지 않았어요. 저는 이 작품을 옆으로 치워놓고 광고일을 계속했습니다.

모든 소설가의 서랍에는 그저 쓰레기에 불과한 이야기가 최소한 한 편은 들어 있는 것 같아요.

루슈디 제겐 그런 글이 세 편이나 있습니다. 『한밤의 아이들』을 시작하기 전인 1975년 후반부터 1976년 전반까지는 마구 펜을 휘둘러대기만 하던 시기였습니다. 기술적인 것 이상의 문제가 있었습니다. 작가는 자신이 누구인지 깨닫고 나서야 글을 쓸 수 있게 됩니다. 그때 제 삶은 인도와 영국과 파키스탄 사이에서 뒤죽박죽으로 섞여 있었습니다. 저는 정말로 스스로를 제대로 이해하지 못했지요. 그 결과 제 글은 모두 쓰레기였습니다. 가끔은 독창적인 쓰레기였을지도 모르지만 그래도 쓰레기였지요. 『그리머스』도 그렇다고 생각합니다. 그 소설은 제 글이 아닌 것 같아요. 제 글이라고 할 수 있는 건 일부분에 불과했습니다. 쥐구멍에라도 숨고 싶은 지경이었지요. 어쨌든 책은 출판되었습니다. 그렇다고 그 책을 회수하거나 하지는 않았어요. 무엇인가를 출판한 것이 실수로 여겨지더라도 그대로 두어야만 한다고 생각합니다. 이렇게 출판된 책도 독자를 꾸준히 확보하고 좋게 말해주는 사람들이 있다는 점은 무척 당혹스럽지요.

출판을 포기한 다른 소설의 제목은 '적'The Antagonist입니다. 런던을 배경으로 하며 토머스 핀천을 흉내 낸 끔찍한 글이지요. 이야기 속에는 『한밤의 아이들』이 될 요소가 포함되어 있습니다. 그 요소란 주변 인물인 살림 시나이입니다. 인도가 독립할 때 태어난 그만이 이 이야기에서 살아남았지요. 일 년 동안 쓴 글을 모두 버리고 그 인물만 남겨두었습니다.

『그리머스』에 대해 비판받은 후 모든 것을 완전히 다시 생각하게 됐습니다. '맞아, 관심을 둔 걸 글로 써야겠어.'라고 생각했어요. 내내 걱정이 많았습니다. 작가로서의 경력이 완전히 궁지에 몰렸다고 생각했어요. 한편 제가 속한 세대의 매우 재능 있는 작가들이 훨씬 어린 나이에 작가로서 자신만의 길을 발견하고 있었지요. 마치 그들이 재빨리 저를 추월해가는 것처럼 보였어요. 몇 명의 이름을 들자면 마틴 에이미스, 이언 매큐언, 줄리언 반스, 윌리엄 보이드, 가즈오 이시구로, 티모시 모, 앤절라 카터, 브루스 채트윈 등이 있지요. 영문학사에서 독특한 순간이었습니다. 어떤 방향으로 뛰어야 할지 모른 채 출발선에 남겨진 작가는 저 혼자뿐이었어요. 이런 사실을 인식하자 상황은 더 어렵게 느껴졌습니다.

당신을 해방시켜준 살림 시나이라는 등장인물에 대해 말씀해주시겠습니까?

루슈디 항상 봄베이에서 보낸 어린 시절의 경험으로 어떤 글을 쓰고 싶다고 생각했습니다. 인도를 떠난 지 이미 한참이었고 그래서 저와 인도 사이의 연관 관계가 무너지는 게 두려워지고 있었습니다. 어린 시절의 경험은 제가 글을 쓰게 하는 추진력이었지요. 무슨 이야기를 쓸지 그리고 그 이야기가 얼마나 커질지 알게 되기 오래전부터요.

한 아이가 태어나는 순간 국가도 동시에 태어났다면, 이 둘이 어떤 면에서는 쌍둥이라면, 둘 모두에 관한 이야기를 해야만 했습니다. 그래서 역사를 다루어야만 했지요. 이 이야기를 마치는 데 무려 5년이나 걸린 이유 중의 하나는 어떻게 써야 할지 몰랐기 때문입니다. 초고에서 이 글의 시작은 이랬습니다. '우리의 삶에서 중요한 일의 대부분은 우리가 부재할 때 일어난다.'였습니다. 아이들은 세상에 벌거벗은 채로 태어나지 않습니다. 가족과 세상의 축적된 역사를 짊어진 채 태어나지요. 그런 의미입니다. 그렇지만 이런 태도는 너무 톨스토이적입니다. 이 소설이 『안나 카레니나』가 되어서는 안 된다고 생각했습니다. 그 문장은 여전히 책 어딘가에 있지만 눈에 띄지는 않습니다.

삼인칭으로 썼더니 제대로 작동하지 않아서 일인칭 화법으로 바꾸었습니다. 그렇게 어느 날 쓰기 시작한 글이 『한밤의 아이들』의 첫 쪽이 되었지요. 살림의 말소리가 갑자기 떠올랐습니다. 상당히 박식하고 온갖 종류의 비밀을 가진 재미있지만 약간은 우스꽝스러운 것이었지요. 타자기를 통해 만들어지는 이야기에 짜릿함을 느꼈습니다. 글이란 작가가 쓴다기보다는 작가를 통과해 나오는 것임을 믿게 되는 그런 순간이었습니다. 인도의 옛 전통에서 모든 것을 끌어들이는 법을 알게 되었습니다. 구비문학적 이야기 방식, 무엇보다 인도 도시의 소음과 음악을요. 그 첫 문단은 책이 어떻게 전개될지 보여주었습니다. 저는 살림을 붙잡고 그가 가는 대로 따라갔습니다. 책이 전개됨에 따라 살림도 같이 자랐고, 그로 인해 좌절감을 느낀 순간도 있었습니다. 나이가 들어감에 따라 그는 점점 더 수동적이 되어갔습니다. 더 적극적으로 만들어 사건의 추이를 맡기려고 애를 썼지만 그렇게 되지 않았습니다. 나중에 이 책이 자전적이라고 생각하는 사람들도 있었지만 살림은 저와 별로 닮지 않았습니다. 저는 그와 힘겨루기를 했는데 결국 그에게 졌기 때문입니다.

그런 식으로 화자의 목소리가 저절로 떠오른 소설이 또 있나요?

루슈디 각각의 책을 어떻게 써야 할지는 매번 다르던데요. 그렇지만 종종 중요한 발견의 순간이 있긴 합니다. 비교해볼 만한 경우가 있다면 『하룬과 이야기 바다』를 쓸 때입니다. 이 이야기의 가장 큰 문제는 어조였습니다. 어린이와 어른을 모두 즐겁게 만들려면 어떻게 풀어가야 할지 고민했습니다. 몇 번인가 잘못 시작한 뒤 어느 날 지금 책의 첫 부분을 쓰게 되었어요. "아, 알았다. '옛날 알리프바이라는 나라에…….'로 시작하면 되잖아."하고요. 저는 '옛날 옛적에'라는 공식에 맞는 이야기를 찾아야 했습니다. 우화에서 사용되는 단어들은 무척 단순하지만 이야기 자체는 그렇지 않습니다. 판차탄트라 같은 인도의 우화나 이솝우화, 이탈로 칼비노의 책들처럼 현대적인 우화에서도 이런 점을 볼 수 있습니다. '옛날 옛적에 무릎까지 올라오는 장화를 신고 칼을 차고 다니는 고양이가 있었어요.'라고 해보지요. 단어는 단순하지만 그것으로 만들어진 이야기는 아주 낯설게 느껴집니다.

조지프 헬러는 "백 개도 넘는 문장을 담은 단 하나의 문장을 발견하곤 한다."고 말하였습니다. 『캐치-22』를 시작할 때, 이런 일이 일어났다고 합니다. 목사와 사랑에 빠진 요사리안에 대한 것이었지요. 그 문장은 헬러에게 소설의 나머지 부분이 어떻게 진행될지 알려주었습니다. 『한밤의 아이들』과 『하룬과 이야기 바다』를 쓰기 시작했을 때도 이런 일이 일어났습니다. 그렇지만 『악마의 시』에서는 수백 쪽이 넘어가고 나서야 소설의 첫 장면인 하늘에서 사람들이 떨어지는 장면을 썼습니다. 그 장면을 쓰면서 생각했지요. '왜 여기에 쓰고 있지? 여기가 아닌데.'

그래서 도입부가 되었군요.

루슈디 그 장면에는 어딘가 재미있는 점이 있습니다. 책이 출판되었을 때 많은 사람들이 그 장면을 정말로 싫어했습니다. '루슈디 독자 15쪽 클럽'이라는 농담이 있었는데요. 15쪽 이상을 넘어가지 못하는 사람들 말입니다. 어쨌든 저는 이것으로 시작하는 것이 좋겠다고 생각했고 지금도 그렇습니다. 지금 쓰는 책이 쓰려고 계획한 것이 아니라는 걸 알게 되는 경우가 대부분입니다. 이 사실을 깨달으면 책이 가진 질문을 알아내야겠지요. 『분노』를 쓸 때도 제목이 매일 바뀌었고, 무엇에 대해 쓰고 있는지 오랫동안 알지 못했습니다. 인형에 대한 것인지 뉴욕인지 폭력인지 아니면 이혼에 대한 것인지 말입니다. 매일 일어날 때마다 이 원고를 조금씩 다른 방식으로 보았습니다. 마침내 제목을 정하고 나서야 이 책에 숨은 핵심적인 생각을 이해하게 되었습니다. 『한밤의 아이들』 때에도 똑같은 일이 일어났습니다. 처음에는 뭐라고 불러야 할지 알지 못했습니다. 쓰기 시작할 때는 표지에 '시나이'라고 써놓았지요. 그런데 제목을 모르면 무엇에 대한 이야기인지 알 수 없겠다고 생각하는 순간이 왔습니다. 그래서 쓰는 것을 멈추고 이야기의 제목을 써보기 시작했습니다. 며칠 동안 빈둥거린 후 'Children of Midnight'와 'Midnight's Children' 두 가지로 좁혀졌습니다. 이것을 미친 듯이 번갈아가며 계속 타자했습니다. 하루 정도 이렇게 한 뒤에 'Children of Midnight'은 완전히 재미없는 제목이고, 'Midnight's Children' 이야말로 정말로 좋은 제목이라는 것을 갑작스럽게 깨달았습니다. 이것이 이 소설의 핵심이 무엇인지를 알게 해주었습니다. 아이들에 대한 내용인 거지요. 『악마의 시』에서도 이 책이 한 권이 될지 아니면 세 권이 될지 몰랐습니다. 한 권으로 결정할 용기를 내는 데 상당히 오랜 시간이 걸렸습니다. 이야기가 단절될 수 있음에도 그것이 제가 쓰고 싶어하는 책이라고 판단했습니다. 매우 확실하게 느낌이 왔지요. 이렇게 두 권의 소설을 아주 성공적으로 출판한 이후에 제 연료 탱크에 연료를 가득 채워넣었고, 전 무엇이든 할 수 있다고 생각하게 되었습니다.

명성 때문이든 파트와 때문이든 루슈디 열풍이 불어닥쳤지요. 이런 일이 책을 쓰는데 영향을 미쳤나요?

루슈디 아니요. 작가들은 조용한 공간을 만들어내는 일에 능숙합니다. 문을 꼭 닫은 방에 있을 때 자신이 고민하는 것을 제외하고는 다른 어떤 것도 의미가 없어요. 글쓰기는 너무도 힘들어서 정신을 온

통 쏟아부어야만 하고 대부분의 시간 동안 자신이 멍청하다고 느낍니다. 저는 작가들이 이야기의 마지막 부분을 형편없이 시작한다고 생각해왔습니다. 그렇지만 운이 좋다면 멋지게 끝낼 수도 있겠지요. 이야기를 시작하면서 이 과제를 수행할 능력이 없다고 느끼기도 하지요. 심지어는 전혀 이해하지 못할 수도 있어요. 글쓰기는 너무도 어려워서 명성을 얻게 될지 염려할 시간이 없습니다. 그런 일은 바깥에서 일어나는 시시한 일처럼 여겨집니다.

더 견디기 어려운 것은 신문과 잡지에 실리는 악평입니다. 영국 언론에서 일하는 누군가가 저를 호감이 가지 않는 사람이라고 평하면 참으로 이상한 느낌이 듭니다. 제가 그런 평을 받을 만한 사람인지 전혀 믿을 수가 없어요. 문학계에서는 한 번 칭찬받으면 다음번에는 비난받는 순환적인 체계가 있습니다. 『분노』가 나왔을 때는 비난받을 차례라는 것이 분명했지요. 상당히 많은 비판적인 반응이 책이 아니라 저 자신에 대한 것이라고 느꼈습니다. 『분노』에 대한 서평 대부분에 지금은 아내가 된 당시 여자친구와 찍은 사진이 함께 실렸습니다. '도대체 이 사진과 서평이 무슨 상관이 있는 거지? 이들은 존 업다이크 책 서평을 시작하면서도 그의 아내와 함께 찍은 사진을 실을까? 솔 벨로에게도 그렇게 하려나?' 하고 생각했지요.

『분노』의 주인공인 솔랑카는 봄베이에서 태어나서 케임브리지에서 교육받고 맨해튼에서 살지요. 그런 이유로 많은 비평가들은 이 책이 뉴욕의 당신 삶에 대한 것이라고 가정하지 않았을까요.

루슈디 그럴 겁니다. 이 이야기에서는 제가 지금 여기에 있다는 걸 말하려 했거든요. 시간상 현재나 제 경험에 너무 가까운 것을 쓰는 일이 두렵습니다. 그렇지만 이 둘 모두를 신중하게 선택했습니다. 그리고 저는 이곳에 새로 들어온 사람에 대해 쓰고 싶었습니다. 돈 드릴로나 필립 로스 또는 이곳에서 자라난 누군가인 척하고 싶지 않았습니다. 제가 쓰고 싶은 것은 뉴욕으로 이주해서 새로운 삶을 살게 된 사람들이었으며, 전 세계에서 온 이야기들이 아주 쉽게 뉴욕의 것이 되는 일에 대해서였습니다. 런던의 이야기는 그렇지 않거든요. 물론 런던에도 이주자의 문화가 있어서 문화를 더 풍성하게 만듭니다. 하지만 런던은 지배적인 이야기를 갖고 있어요. 뉴욕에는 그렇게 비교될 만한 지배적인 이야기가 없어요. 단지 이곳에 온 모든 사람들의 이야기 모음집이 있을 뿐입니다. 그게 제가 뉴욕에 끌리는 이유 중의 하나입니다.

솔랑카로 말할 것 같으면 정말로 성질 더러운 놈입니다. 미국에 대해 다른 세계 사람들이 불평하는 것을 솔랑카에게 집약시켰지요. 그리고 그의 주변에 일종의 카니발이 벌어지게 했습니다. 저는 뉴욕에 사는 것이 좋습니다. 그리고 불평하는 것만큼 카니발에도 많은 관심을 갖고 있습니다. 솔랑카는 미국에 대해 끊임없이 욕하는 사람일 수도 있지만, 결국 그가 자신을 구하려고 온 곳이 바로 미국이란 점이 재미있지요. 그렇기에 이 책을 저에 대한 것으로 생각한다는 점이 우스웠습니다. 이 소설은 제 일기가 아닙니다. 자신의 삶에서 가까운 이야기를 쓸 수는 있지만 그것은 단지 출발점에 불과합니다. 이때 던져야 할 질문은 '이 여정이 무엇에 대한 것인가? 이 여정은 예술작품이다. 그렇다면 이 이야기를 어디에서 끝맺을 것인가?'입니다.

세계의 이곳저곳에서 사셨더라고요. 그렇다면 어디 출신이라고 말씀하실 건가요?

루슈디 국적보다는 장소에 더 끌립니다. 가령 공식적인 질문이라면, 인도에서 태어나 영국 시민권을 가진 사람이라고 생각하고 싶네요. 그렇지만 뉴욕 사람이면서 런던 사람이라고도 생각합니다. 아마도 여권이나 출생지보다는 이렇게 말씀드리는 것이 더 정확한 표현일 겁니다.

회고록을 쓸 계획이 있으신가요?

루슈디 파트와 사건이 생기기 전까지 제 인생이 흥미롭다고 생각해 본 적이 한 번도 없었어요. 저는 단지 소설이나 쓰고 그 소설이 흥미롭기를 바랄 뿐이었습니다. 어느 누가 작가의 삶에 대해 관심을 갖겠어요? 그랬는데 매우 드문 일이 제게 일어났지요. 무슨 일이 일어났는지 기억하기 위해 이 일 저 일을 적어두곤 했습니다. 그리고 정상적인 상황으로 되돌아갔을 때 회고록은 파트와를 정리할 방법이 될 수도 있다고 생각했습니다. 그러면 어느 누구도 그 일에 대해서 다시는 묻지 않겠지요. 그렇지만 그러려면 자료를 조사하느라 일 년, 글 쓰느라 일 년, 글에 대해 이야기하느라 최소한 일 년을 들여야 한다는 것을 알게 되었지요. 제가 막 벗어난 그 사건에 서너 해 동안 묶여 있어야 합니다. 그 일을 견뎌낼 수 있을 거라 생각되지 않았습니다.

파트와가 작가로서의 신념을 뒤흔들었나요?

루슈디 그 사건은 저를 크게 동요하게 했습니다. 그런 다음 매우 깊은 숨을 들이마시게 했고, 어떻게 보면 예술에 다시 헌신하게 해주었지요. '자, 알게 뭐냐, 될 대로 되라지.'라고 생각했습니다. 하지만 처음에 느낀 건 이랬습니다. 그 책을 쓰는 데 5년 이상이 걸렸습니다. 할 수 있는 가장 좋은 이야기를 쓰기 위해 절대적으로 최선의 노력을 기울여서 5년이란 시간이 걸렸지요. 작가들이 글을 쓸 때 이타적이라고 믿습니다. 돈과 명성에 대해서 생각하지도 않고요. 그들이 생각하는 건 가능한 한 최고의 작가가 되는 것, 할 수 있는 한 가장 훌륭한 이야기를 쓰는 것, 쓸 수 있는 가장 멋진 문장을 쓰는 것, 흥미로운 사람이 되는 것, 주제를 어떻게 발전시킬 것인가 하는 것뿐입니다. 이야기를 제대로 만드는 일에만 관심이 있지요. 글쓰기는 너무도 어렵고 많은 것을 요구하기 때문에 글에 대한 반응이나 판매 등은 작가에게 아무런 의미도 없습니다. 이렇게 5년이란 시간을 보냈는데 제가 얻은 것이라곤 전 세계적인 비난과 위협을 받는 삶뿐이었습니다. 신체적인 위험보다 지적 경멸이 훨씬 더 문제가 됩니다. 이는 작품의 진지함을 훼손하는데 이런 일은 제가 값어치 없는 작품을 쓰는 가치 없는 사람이란 생각으로 이어집니다. 그리고 운이 나쁘게도 이런 생각에 동의하는 서양 사람들이 많지요. 이렇게 생각했습니다. '도대체 무엇 때문에 이 짓을 한 걸까? 그럴 만한 값어치가 없는 일이었어. 5년을 엄청나게 진지하게 소설을 쓰면서 보냈는데, 의도적으로 썼다며 경솔하고 이기적인 기회주의자라고 비난받아야 하다니.' 당연히 의도적으로 썼지요. 5년이란 세월을 소설로 보냈는데, 우연일 수가 있겠습니까?

의도적으로 소설을 썼다는 말은 당신이 이슬람을 자극하려고 했으니 자업자득

이라는 뜻이겠지요. 소설을 쓰는 동안 이슬람에 대한 비종교적인 입장이 도발적일 수 있다는 것을 의식하셨나요?

루슈디 급진적인 이슬람교 신학자 같은 부류의 사람들이 결코 좋아할 리가 없다는 것은 알았지요.

그렇지만 그것과 파트와 사이엔 큰 간극이 있다고 생각하는데요.

루슈디 물론 누구도 예측하지 못한 일이었습니다. 어느 누구도요. 예전에 일어난 적도 없었고요. 상상도 못했습니다. 전작인 『수치』를 이란인들이 페르시아어로 불법 번역했는데, 그해에 가장 잘 번역된 소설로 중요한 상을 받았다고 합니다. 그 사실을 나중에 알게 되었어요. 이는 『악마의 시』가 출판될 무렵 이란 출판계 사람들이 저를 멋진 작가로 생각했다는 것을 의미합니다. 왜냐하면 이슬람교 신학자들이 전작인 『수치』에 승인 도장을 찍었기 때문이지요. 그래서 『악마의 시』는 다른 곳에서만큼이나 이란 사람들에게도 놀라운 일이었을 겁니다.

하지만 그런 일이 일어날 가능성을 당신이 먼저 알아차려야 했다고 생각하는 사람도 많았습니다.

루슈디 책을 마무리했을 때 한두 분이 미리 검토해주셨습니다. 그 중 한 분이 에드워드 사이드*였습니다. 그는 제가 그들에 대해 다른 것을 알고, 걱정이 안 되는지 물었습니다. 매우 순진하던 그 당시에 저는 괜찮다고 대답했습니다. 그 의미는 '그들이 무엇 때문에 제 책에 신경 쓰겠습니까?'였지요. 그건 영어로 된 550쪽이나 되는 소설입니다. 이 책은 그들의 시야에 들어가지 않을 거라고 생각했습니다. 그래서 정말로 걱정하지 않았습니다.

왜 문학이 선동해서는 안 되나요? 문학은 항상 그래 왔습니다. 공격받는 사람에게 어떤 이유로든 책임을 돌리는 것은 비난의 대상을 호도하는 것입니다. 1989년 무렵에는 쉽게 그랬고요. 하지만 영국에서 알카에다의 폭탄이 터졌지요. 이후로 그 사건을 언급하는 수많은 신문 잡지들은 '『악마의 시』가 모든 일의 시작일 뿐이었다.'고 했습니다. 그리고 제게 일어난 일에 대해 전적으로 동정해주었지요. 이제 그 누구도 그것을 제 잘못이라고, 일부러 그렇게 했다고 말하지 않습니다. 사람들이 급진적인 이슬람교의 본성을 좀 더 잘 알게 되었기 때문입니다.

그럼 이제 우리 모두가 살만 루슈디가 된 셈인가요?

루슈디 그렇습니다. 그와 같은 어구는 요즘 영어권 언론에서 널리 사용되고 있습니다. 그렇지만 파트와를 선고받던 1989년에는 달랐지요. 저는 그때까지 대처의 정부와 맞서 싸워왔습니다. 그런데 사람들은 이제 저를 그 정부가 동족으로부터 구해주어야만 할 문제아가 되었다고 보았지요. 그런 선정적인 믿음이 널리 퍼져 있었습니다. 그래서 나중에 제가 뉴욕에서 살기로 결심한 것이 배은망덕한 행동으로 여겨졌습니다. 남은 일생을 런던에서 보내야만 제가 감사하는 듯이 보인단 말이겠지요.

• 팔레스타인 출신의 영문학자이자 비교문학자, 문학평론가이다. 서구인들의 동양에 대한 시각을 비판해온 대표적인 학자로, 유명한 저서 『오리엔탈리즘』 등이 있다.

1989년 파트와를 선고받고 문학이 정말로 그런 노력을 할 만한 가치가 있는지 질문하게 되었다고 하셨지요.

루슈디 이 사건으로 여러 달 동안 더는 작가 노릇을 하고 싶지 않다는 생각도 했습니다. 위험하다는 사실과는 아무 상관이 없습니다. 제게 일어난 일에 역겨움을 느꼈습니다. 만일 제가 쓴 작품들이 이런 취급을 받는다면 어떻게 계속 쓸 수 있을지 알 수 없었지요. 버스 차장이 될 수도 있다고 생각했어요. 어떤 일도 이것보다 나을 거라고요. 종종 말했듯이 작가로 남아 있게 된 이유는 아들에게 써주기로 약속한 책 한 권 때문입니다. 사실이에요. 제 아이의 삶도 상당 부분 망가졌습니다. 제 삶만 그런 것이 아니고요. 아이와 함께할 수 없게 된 일이 너무나 많았습니다. 어쩔 수 없는 일들 말입니다. 그렇지만 그 책만은 제가 꼭 지켜야 할 약속이란 걸 알고 있었습니다. 그 때문에 저는 다시 작가로 돌아왔습니다. 『하룬과 이야기 바다』의 어조를 발견했을 때 무척 기뻤습니다. 1989년 2월 이후로 처음 느낀 기쁨이었지요. 제가 왜 이 일을 하고 싶어했는지 다시 깨달았습니다. 그래서 언제까지 계속할 수는 없더라도 일단 해보자고 생각했습니다.

그때 저는 베케트의 3부작을 읽고 있었습니다. 『명명할 수 없는 것들』은 『피네간의 경야』만큼 어렵지만, 스토이시즘*을 보여주는 그 위대한 마지막 행은 제게 무척 귀중한 구절입니다. 볼테르 같은 계몽주의 작가를 읽으면서 제가 유일하게 힘든 일을 겪은 건 아니라는 걸 알게 되었습니다. 문학사 덕분에 마음을 다잡은 것은 우스울 정도로 낭만적으로 보일지도 모르지만 사실입니다. 귀양 갔던 오비디우스, 총살 직전에 놓였던 도스토옙스키, 감옥에 갔던 장 주

네가 한 일들을 보세요. 오비디우스의 『변신』과 도스토옙스키의 『죄와 벌』, 주네가 쓴 모든 작품은 감옥에서 탄생한 문학입니다. '그들이 해냈다면, 나도 한번 해보자!'라고 생각했습니다. 제가 세상 어디에 서 있는지를 쉽게 알 수 있었고, 이는 정말로 다행스러운 일이었습니다. 그렇게 혼란스러움이 제거된 셈이지요.

그렇지만 사람들이 제 책에 어떻게 반응할지 알 수 없었습니다. 전혀 모르겠더군요. 제 소설 중에서 『악마의 시』가 가장 비정치적인 소설이라고 생각했습니다. 인제 와서야 그 점이 사실로 받아들여지기 시작했습니다. 이 모든 혼란 뒤에 마침내 그 책은 문학적인 삶을 시작하였지요. 특히 학계에서요. 이제 그 책은 비교종교학이나 중동 정치학 수업에서만 읽히는 것이 아닙니다. 이슬람 문제를 전혀 언급하지 않은 편지도 받곤 합니다. 그 누구도 이야기하지 않던 것 중 하나인 소설 속의 코미디에 반응하는 사람들의 편지를 받기도 했습니다. '전혀 우스꽝스럽지 않은 일들이 일어나는데 어떻게 우스꽝스러울 수 있죠?' 드디어 말입니다! 어떤 식으로든 싸움은 가치가 있었습니다. 이 책은 어떻게든 살아남았습니다. 이제야 이 이야기가 뜨거운 감자나 영향력 있는 스캔들이 아니라 책이 되었다고 생각했습니다. 드디어 소설이 된 것입니다.

『악마의 시』와 『한밤의 아이들』과 몇 편의 에세이에는 '신의 형상을 한 구멍' ** **이라는 말이 나옵니다. 당신과 등장인물들에게 적용되던데요. 여전히 이런 생각**

• 스토아학파가 내세우는 주장, 특히 그 도덕관을 가리킨다. 감정에 사로잡히지 않고 쾌락과 고통에 동요하지 않으며 의연한 자세로 운명을 받아들이는 태도이다.

•• 한때 신앙을 가진 사람이 그것을 잃었을 때 나타나는 공백을 의미한다.

을 하시나요?

루슈디 사람들에게는 물질적이지 않은 무엇인가에 대한 욕구가 있습니다. 정신적이라고 불리는 것이지요. 우리 모두는 이 세상에 물질적인 것을 넘어서는 무엇이 존재한다고 생각할 필요가 있습니다. 정신적인 고양을 필요로 하지요. 신을 믿지 않더라도 마찬가지입니다. 여전히 종종 고양되는 느낌이나 위로나 설명을 필요로 합니다. 그리고 종교가 제공하는 다른 무엇을 필요로 합니다. 공동체, 무엇인가 공유한다는 느낌, 같은 언어를 사용한다는 것, 은유의 구조가 같다는 것, 사람들에게 우리를 설명하는 방식과 같은 것 말입니다. 간단히 말하자면 종교는 그것을 믿는 사람들에게 그 모든 것을 제공하지요. 더 이상 종교를 가질 수 없다면 다른 무엇인가를 발견해야만 채울 수 있는 커다란 공백이 생깁니다. 그것이 바로 제가 말하고자 하는 구멍입니다. 종교의 두 가지 큰 질문은 우리가 어디에서 왔으며, 어떻게 살아야 하는가입니다. 저는 소설가로서 인간이란 종족의 기원을 설명하려고 만들어낸 허구에는 관심이 있지만 그런 것이 어떤 설명이 된다고는 생각하지 않습니다. 저는 이 질문에 답을 얻으려고 성직자를 찾지는 않습니다. 우리가 그렇게 하면 무슨 일이 일어나는지 보세요. 호메이니 같은 일이 일어나지요. 탈레반이나 종교재판 같은 일이 일어나고요.

그러면 어떻게 하셨나요?

루슈디 거의 모든 것을 다 해보았습니다. 어떻게 살 것인가라는 질문에는 결코 답을 얻을 수 없습니다. 그 문제는 끊임없는 논쟁거리라고 생각합니다. 자유로운 사회에서 우리가 어떻게 살 것인지에 대해 논의한다면 바로 그것이 정답이라고 생각합니다. 그런 논의 자체가 바로 답인 셈입니다. 그래서 저는 그 논의의 과정 속으로 들어가고 싶습니다. 그것이 민주주의이며 지금 우리에게 열려 있는 가장 덜 나쁜 체제라고 생각합니다. 종교는 이런 논의 없이도 설명할 수 있다고 합니다. 그렇지만 종교의 다른 부분들인 위로, 고양, 공동체 없이 살아가기는 어렵습니다. 제 삶에서 그런 부분을 얻으려고 선택한 것이 바로 문학입니다. 그렇지만 그냥 문학이라기보다는 영화, 음악, 회화 등 예술 일반을 말하겠네요. 그리고 사랑이 있지요. 아내에 대한 사랑, 자식에 대한 사랑, 부모에 대한 사랑, 친구에 대한 사랑 말입니다. 우정을 위해서 많은 투자를 했습니다. 특히나 제 삶은 고향을 떠나서 전 세계를 떠돌아다니고 있으니까요. 가족 관계는 깨지지 않았으나 여러 면에서 부자연스럽습니다. 친구는 스스로 만드는 가족이라고 생각합니다. 저는 같이 하기로 선택한 사람들과 더불어 매우 열정적으로 살고 있습니다. 이것이 공동체의 소속감을 주며 단순한 기계보다는 좀 더 귀중한 존재라는 느낌을 줍니다.

제가 자란 나라에서는 도시의 지식인을 포함한 거의 모든 사람들이 깊은 신앙심을 갖고 있습니다. 종교를 추상적인 것으로 생각하지 않고 신께 봉헌하는 것이 자신의 행복과 세계의 발전에 직접적인 영향을 미친다고 믿지요. 이 나라에서는 신이 수억 명의 일상에 직접적으로 관여한다고 믿기 때문에 신과 사람들의 관계는 일상적이며 실제적인 문제입니다. 그것이 제가 속한 세계였지요. 저는 이것을 진지하게 받아들여야 했습니다. 또한 제가 생각하는 것과 다른 방식으로 생각하는 사람들의 머릿속으로 들어가서 그들이 생각하는 방식 자체가 그들 이야기의 결과물을 결정하도록 하는 것도 중요합니다.

책상에 앉았을 때 늘 밟는 절차가 있으십니까?

루슈디 신문을 읽어보면 제가 하는 일이라곤 파티에 가는 것밖에 없어 보입니다. 실제로 제가 매일같이 여러 시간 동안 하는 일은 방에 혼자 앉아 있는 것입니다. 하던 일이 멈춰 있을 때는 어디에서 다시 시작해야 할지 알아내려고 늘 애를 씁니다. 그렇게 하면 시작이 약간 더 쉬워집니다. 다시 시작할 첫 문장이나 구절을 알기 때문이지요. 최소한 머릿속 어디에서 그것을 찾아야 할지는요. 초기에 이것이 잘 되지 않아서 여러 번 잘못된 출발을 하곤 했습니다. 한 단락을 쓰고, 다음 날 "이게 뭐야, 전혀 마음에 들지 않는군." 하거나 "이 부분이 어디에 들어가야 할지 모르겠어. 그렇지만 여기는 아니야." 라고요. 다시 시작하는 데 이런 식으로 여러 달이 걸렸던 적이 많았습니다. 젊었을 때는 지금보다 훨씬 더 빠르게 글을 쓰곤 했지요. 그렇지만 많이 고쳐야만 했습니다. 지금은 더 천천히 쓰고 써나가면서 계속 수정합니다. 요즘에는 조금 쓰고 예전보다 덜 고쳐도 되는 것 같아요. 그렇게 변한 거지요. 얼마 전부터 약간 강렬한 감정을 줄 수 있는 무엇인가를 찾고 있습니다. 만일 그런 것을 얻어서 일단 수백 단어를 쓰고 나면 이를 기반으로 하루 내내 일할 수 있게 됩니다.

글쓰기로 하루를 시작하시나요?

루슈디 예, 물론입니다. 이상하고 오컬트적인 의식을 행하지는 않습니다. 자리에서 일어나면 곧장 아래층으로 내려가 글을 쓰기 시작합니다. 하루의 첫 에너지를 글쓰기에 쏟아부어야 한다는 것을 알게 되었지요. 그래서 신문을 읽거나 우편물을 열어보거나 누군가에게 전화를 하기 전에, 때때로 몸을 씻기도 전에 파자마 차림으로 책상 앞에 앉습니다. 제가 한 일이 제대로라고 여겨지기 전에는 자리에서 일어나지 않습니다. 친구와 저녁을 먹으러 나가더라도 집에 돌아오면 자기 전에 책상에서 하루 동안 한 일들을 살펴봅니다. 아침에 일어났을 때는 제일 먼저 어제 한 일을 훑어봅니다. 하루 동안 한 일이 아무리 잘되었더라도 상상력을 충분히 발휘하지 못한 부분이나 추가하거나 빼야 할 부분이 있기 마련이지요. 노트북에 감사합니다. 컴퓨터는 이 일을 무척 쉽게 만들어주거든요. 전날 써놓은 것을 비판적으로 읽는 과정이 책 속으로 곧바로 들어가게 해줍니다. 그러나 때때로 제가 하려는 것을 정확하게 알고 있어서 곧바로 앉아서 글을 쓰기도 합니다. 그러니까 딱히 정해놓은 규칙은 없다고 해야겠지요.

읽으면 글을 쓰는 데 특별히 도움이 되는 게 있으신지요?

루슈디 시를 읽습니다. 소설을 쓸 때는 약간 게을러지기 쉽습니다. 시를 읽는 것이 언어에 관심을 기울이도록 합니다. 최근에는 체스와프 미워시•를 많이 읽습니다. 그리고 다른 분야로 밥 딜런의 『연대기』도 읽고 있습니다. 이 책은 놀랍습니다. 너무도 잘 써졌지만 가끔 매우 조잡한 글이 뒤섞여 있기도 하고, 철자가 잘못된 부분도 있습니다. 'evidently'(분명하게)라고 써야 할 것을 'evidentially'(증거에

• 노벨 문학상을 수상한 폴란드의 시인이자 수필가. 반나치 활동을 한 저항 시인이다. 작품으로 『대낮의 등불』 등이 있다.

의거하여)라고 쓰기도 하고, 'incredibly'(믿을 수 없을 정도로)라고 써야 할 것을 'incredulously'(쉽사리 믿지 않는 듯이)라고 쓰기도 했지요. 출판사의 누군가가 이 모든 것이 밥 딜런답다고 생각했음에 틀림없어요.

'증거에 의거하여'라고요?

루슈디 '소설은 무엇인가 잘못된 점을 가진 긴 이야기다.'라는 랜달 자렐의 말을 좋아합니다. 이 말이 맞다고 생각하거든요. 10만 단어, 15만 단어, 20만 단어를 써야 한다면 완벽함이란 것은 환상이겠지요. 우리가 셰익스피어가 되어서 16줄짜리 글을 쓴다면 완벽해질 수도 있겠지요. 하지만 만일 셰익스피어가 소설을 썼다면 분명히 불완전했을 거라고 생각합니다. 그의 희곡도 불완전하지요. 이렇게 말해도 된다면 그의 극에도 지루한 부분이 있습니다. 만일 책을 읽는 것을 사랑한다면 책 읽기가 제공하지 않는 것이 아니라 제공하는 것을 찾아야 합니다. 만일 책 속에 충분히 많은 것이 들어 있다면 실수는 쉽게 용서되지요. 문학비평에서도 마찬가지입니다. 어떤 비평가들은 작품에서 얻을 수 있는 것에 근거하여 그것에 접근합니다. 그러나 또 다른 비평가들은 잘못된 것을 찾는 방식으로 접근하지요. 솔직히 말씀드려 아무리 위대한 작품이라도 잘못된 점을 찾을 수 있습니다. 줄리언 반스의 『플로베르의 앵무새』의 한 장인 「에마 보바리의 눈」에는 놀라운 진술이 있지요. 반스는 『보바리 부인』에서 에마 보바리의 눈 색깔이 네다섯 번 바뀐다고 지적하더군요.

『샬리마르』에서 주요 등장인물의 이름을 막스 오퓔스로 하신 이유가 뭔가요?

영화감독의 이름에서 따온 건가요?

루슈디 단지 그 이름이 좋았기 때문입니다. 스트라스부르 근처 프랑스와 독일 접경지대의 재미있는 점은 그곳에서 역사가 전개되어 온 방식입니다. 그 도시는 한때 독일령이었고, 다른 한때는 프랑스령이기도 하였지요. 그래서 저는 프랑스식이면서 독일식 이름이기도 한 막스가 적합하다고 생각했습니다. 스트라스부르의 역사가 그 이름에 실현되길 바랐기 때문입니다.

그렇지만 왜 새로운 이름을 짓지 않으셨나요?

루슈디 잘 모르겠네요. 그 이름이 계속 떠올랐습니다. 그런 식으로 그에 대해 계속 생각했는데도 결국 영화감독에 대해서는 완전히 잊었거든요.

소설을 쓰면서 다른 소설을 읽기도 하시나요?

루슈디 그다지 자주는 아닙니다. 적어도 동시대 소설은 많지 않습니다. 요즘에는 고전을 더 많이 읽지요. 고전 작품은 계속 읽히는 이유가 있는 것 같아요. 『분노』를 쓰고 있을 때 발자크의 『외제니 그랑데』를 읽었지요. 이 작품의 첫 부분에는 마치 영화에서처럼 천천히 피사체를 확대하는 기교가 사용됩니다. 이 소설은 매우 넓은 지역에 초점을 맞추어 시작합니다. 어떤 마을이 있는데 건물은 어떻고 경제 상황은 어떻다고 설명하지요. 그러다가 점점 초점이 어떤 특정 지역으로, 그 지역의 약간은 커다란 집으로, 그 집 안에 있는 방으로, 방 안 의자에 앉아 있는 여인으로 옮겨가지요. 그 여인의 이름을 알 무렵, 우리는 이미 그녀가 자신의 계급과 사회 상황과 공동체와 어떤 마을에 갇혀 있다는 것을 압니다. 그리고 이야기가 시작될 무렵에는 그녀가 이 모든 것들과 부딪히게 될 거라는 사실을 알게 되지요. 여인은 새장에 갇힌 새와 같은 존재입니다. 이 방법은 정말로 훌륭하다고 생각합니다. 이것이야말로 그 이야기를 표현할 수 있는 매우 분명한 방법입니다.

영화를 많이 보시나요?

루슈디 예, 무척 많이요. 글쓰기에 대한 생각의 많은 부분이 젊은 시절 형성되었습니다. 세계 영화가 놀라울 정도로 많이 쏟아져나왔던 1960년대와 1970년대였지요. 책에서 배운 만큼이나 영화감독인 루이스 부뉴엘, 잉마르 베리만, 장 뤽 고다르, 페데리코 펠리니로부터 배웠다고 생각합니다. 한 주 동안 펠리니의 새 영화인 〈8과 1/2〉이 상영되고 한 주 뒤에 고다르, 그다음 주에는 베리만 그리고 사티아지트 라이, 그다음엔 구로사와의 새 영화가 상영되면 어떤 기분일지 설명하기는 어렵습니다. 이들은 의식적으로 일관성 있는 작품을 만들었지요. 그리고 작품의 주제가 완전히 소진될 때까지 탐구하였어요. 진지한 예술적인 프로젝트가 진행되었다고나 할까요. 그렇지만 이제 영화든 책이든 우리 문화는 훨씬 태만합니다. 영화감독은 다음과 같은 방식으로 팔려나가지요. 흥미로운 영화 한 편을 만들고 돈의 세계로 가버립니다. 지적이며 예술적으로 일관된 영화 작품을 만들어야겠다는 생각은 사라진 지 오래입니다. 이제는 누구도 그런 것에 관심이 없어요.

이런 영화를 보고 무엇을 배우셨나요?

루슈디 기술적인 요소들이요. 뉴웨이브가 채택한 기법의 자유에서 언어를 자유롭게 풀어주는 것을 배웠지요. 몽타주• 영화의 고전적인 형식은 긴 장면, 중간 장면과 클로즈업, 중간 장면과 긴 장면, 중간 장면과 클로즈업, 중간 장면, 긴 장면으로 이루어져 있는데 춤을 추는 것 같지요. 두 발자국 앞으로 나가면 두 발자국 뒤로 물러나고, 다시 두 발자국 앞으로 나가면 두 발자국 뒤로 물러나는 식이지요. 물론 믿을 수 없을 만큼 지루할 수도 있습니다. 그런 식으로 편집된 50년대 영화를 본다면, 기계적인 방식으로 세밀하게 편집된 것 같을 겁니다. 장면의 일부분을 삭제하여 화면을 건너뛰는 기법을 많이 사용한 고다르의 영화는 관객을 움찔하게 만듭니다. 큰 화면에서 갑자기 벨몽도 또는 안나 카리나의 얼굴로 바뀌지요. 고다르의 영화에서 등장인물이 종종 카메라에 직접 말하는 이유의 하나는…….

……이야기를 모두 영화로 만들 충분한 돈이 없기 때문이었지요.

루슈디 맞습니다. 저도 그 생각에 동의합니다. 영화의 프레임을 깨는 것 말이에요. 이 영화들 상당수는 재미있으면서도 심각하지요. 〈알파빌〉Alphaville이란 상당히 음울한 영화에서, 너절한 탐정인 레미 코숑이 간이숙박업소에 도착해 모든 슈퍼 히어로가 죽었다는 것을 알게 되는 멋진 장면이 있습니다. "배트맨은?", "그는 죽었어요.", "슈퍼맨은?", "그도 죽었어요.", "플래시 고든은?", "그도 죽었어요." 아주 재미있는 이야기예요. 전 부뉴엘이 초현실주의를 사용하는 방법을

• 따로 촬영한 화면을 적절하게 떼어 붙여서 하나의 긴밀하고 새로운 장면이나 내용으로 만드는 기법이다.

좋아합니다. 이 기법은 오히려 초현실주의 영화가 현실적이라고 느끼게 만들지요. 〈부르주아의 은밀한 매력〉에서 등장인물들은 탁자 주위 변기에 앉아 있다가 조용히 골방으로 식사를 하러 가지요. 그리고 베리만의 양면을 모두 좋아합니다. 〈제7의 봉인〉을 만든 신비주의적인 면과 클로즈업을 사용해 심리적인 묘사를 추구하는 면을요. 그리고 구로사와는 완전히 닫힌 문화인 사무라이의 세계로 우리를 데려가지요. 저는 사무라이처럼 생각할 수는 없지만, 가려운 데를 벅벅 긁어주는 미후네 도시로를 좋아할 수밖에 없어요. 영화를 보자마자 곧바로 그의 편이 되더라고요. 바로 이것이 예술작품이 하길 바라는 일 중의 하나입니다. 한 번도 가본 적이 없는 세계로 데려가서 그것을 우리 세계의 일부로 만드는 일이지요. 위대한 영화의 시대는 소설가들에게 많은 것을 가르쳐주었습니다. 저는 항상 영화를 통해 배웠다고 생각해왔어요.

의식적으로 영화의 기법을 수용하고 이를 소설에 적용하시나요?

루슈디 아니요, 저는 영화 관람을 즐길 뿐입니다. 도서관보다는 영화관에서 보내는 시간이 더 낫더라고요. 요즈음 제 책을 좋아하는 사람들은 그것이 매우 시각적이라고 평하더군요. 그렇지만 제 책을 싫어하는 사람들도 그것이 지나치게 시각적이라고 평하지요. 작가의 경우에 어떤 사람들이 싫어하는 바로 그 점 때문에 다른 사람들은 좋아하기도 하지요. 강점이 바로 약점입니다. 종종 같은 문장이 두 경우에 모두 사용될 수 있습니다. 제가 얼마나 글을 못 쓰는지의 예가 얼마나 글을 잘 쓰는지에도요. 제 글을 좋아하는 사람들은 제게 여성 등장인물을 제대로 묘사한다고 하더군요. 그렇지만 제 책을 싫어하는 사람들은 당연하게도 그렇지 않다고 하더라고요.

당신과 같은 세대의 많은 재능 있는 영국 작가들이 있다고 말씀하셨지요. 뉴욕에 계시면서 이곳 작가들은 어떻다고 생각하시나요?

루슈디 미국에는 진정성 있는 포부를 지닌 젊은 작가들이 있습니다. 그렇지만 미국 문학이 약간 무사 평온한 면을 추구하던 순간도 있었지요. 레이먼드 카버는 정말 야심찬 작가였으며, 그의 책은 믿을 수 없을 만큼 독창적입니다. 그의 글은 사물을 묘사하거나 제시하는 온갖 방법을 시도했거든요. 그렇지만 지금은 카버를 추종했던 많은 이들이 진부한 일을 진부한 방식으로 말하는, 형편없는 작가가 되었다고 생각합니다. 마치 그것이 그들이 해야만 하는 전부인 것처럼 말이에요. 두 사람이 식탁 맞은편에 앉아 위스키를 마시면서 진부한 이야기를 나누는 거죠. 이제는 다시 새로운 일들을 시도하고 있다고 생각합니다. 일부는 성공하고 일부는 실패했지요. 그러나 저는 다시 그런 정신을 보고 싶습니다. 이상하게도, 영국에서는 1970년대와 1980년대에 우리가 한 세대로 불리길 원하지 않았습니다. 대부분은 서로를 잘 알지 못했지요. 그리고 같은 프로젝트에 참여하고 있다는 것도 알지 못했습니다. 우리들은 성명서를 갖춘 초현실주의자들과 같지 않았지요. 서로의 글에 대해 논의하지 않았습니다. 전 제 길을 찾는 것만으로도 충분히 힘들었기에, 열 가지의 다른 의견을 원하지 않았습니다. 제 길을 찾아야만 한다고 생각했지요.

편지를 쓰시나요?

루슈디 편지를 잘 쓰지 못하는 것으로 유명합니다. 아내가 가진 가장 큰 불만이 바로 편지에 대한 겁니다. '제게 편지를 보내주실 거죠? 한 통의 연애편지도 받지 못할 거라면, 왜 작가와 결혼했을까요?' 그래서 편지를 써야만 했답니다. 그러나 다른 작가들과 위대하고 문학적인 편지를 주고받지는 않았습니다. 물론 편지를 쓴 적은 있지요. 1984년 처음으로 호주에 갔을 때, 패트릭 화이트의 책을 읽었습니다. 거기서 브루스 채트윈과 잠시 여행을 함께했기 때문에 『송라인』The Songlines을 읽었고요. 호주의 사막에 놀라고 감동받기도 했습니다. 나중에 화이트의 책인 『보스』Voss를 읽었는데 정말 좋았습니다. 일생에 팬레터를 보낸 일은 손으로 꼽을 정도인데, 그때 편지를 썼습니다. 화이트가 답장을 해주었습니다. '친애하는 루슈디 씨, 이제 『보스』는 제가 싫어하는 소설이 되었습니다. 그렇지만 제가 여전히 좋아하는 책 몇 권을 보내드릴 수 있습니다. 다만 읽고 싶지 않은 책을 보내드려 부담을 드리고 싶지는 않습니다.'라고요. 그래서 전 '잘났군, 그래.'라고 생각했습니다. 정말로 애정 어린 편지를 보냈는데, 이런 심술궂은 답장을 받다니요. 나중에 호주에 다시 갔을 때 그에게 연락할 엄두도 나지 않았습니다. 화이트가 죽고 난 뒤 그의 전기 작가인 데이비드 마르가 제게 편지를 썼습니다. 화이트는 거의 모든 것을 버렸는데, 그의 책상 서랍 맨 위 칸에 매우 작은 편지 뭉치가 남아 있었다고 합니다. 대부분의 편지는 은행 지점장이 보낸 것이었지만 서너 통의 개인적인 편지 중에서 한 통의 편지는 제 것이었다고 했어요. 그제야 제가 얼마나 어리석었는지 깨달았습니다. 저는 그의 편지를 완전히 오해한 것이었어요. 겸양을 심술이라고 생각했다니 말이에요.

소설을 내보여야 할 때를 어떻게 결정하시나요?

루슈디 가장 좋은 시금석은 '당황스러운가'입니다. 사람들이 소설을 읽을 때 당신이 당황스럽지 않다면 내서도 됩니다. 그렇지만 『샬리마르』의 경우엔 전에 해본 적이 없는 일을 했습니다. 도중에 몇 사람에게 보여주었지요. 저작권 대리인, 아내, 친구, 폴린 멜빌이란 작가에게요. 또한 케이프 출판사 편집자인 댄 프랭클린과 랜덤하우스 출판사의 댄 미내커에게 보여주었지요. 첫 150쪽을 보여주었고, 이어서 350쪽, 400쪽까지도 보여주었지요. 제가 왜 그랬는지 모르겠어요. 다시는 이런 일을 하지 말자고 생각했지요. 그렇지만 '이런 짓을 한 번도 해본 적이 없어. 그래서 한 번 해보려는 거야.'라는 것이기도 했습니다. 언제나 해왔다고 해서 꼭 그렇게 해야 할 필요는 없다는 생각에 도달했던 거죠. 글을 써나가는 도중에 원고를 보여줄 수 있고, 그들이 열광하는 모습을 볼 수 있다는 점이 마음에 들었습니다. 그 일이 의미하는 바가 사람들로부터 재차 확인받기 위해서였는지, 아니면 좀 더 자신감이 생겨서인지는 잘 모르겠습니다. 어쩌면 둘 모두를 의미하겠지요.

편집자들이 작품에 어떤 도움을 주었나요?

루슈디 기억하는 것 중 최고는 리즈 콜더가 『한밤의 아이들』의 두 곳에 진짜 가치 있는 편집을 했던 일입니다. 한 곳은 2부의 끝과 3부의 시작 부분입니다. 시간상 1965년 인도와 파키스탄 간에 벌어진 전쟁이 끝날 무렵에서 1971년 발발한 방글라데시 전쟁으로 약 6년 정도를 건너뛰게 됩니다. 처음 계획은 지금보다 훨씬 더 시간적 간격이 컸습니다. 방글라데시 전쟁이 끝날 무렵으로 가려고 했지요.

그리고 전쟁이 시작될 무렵으로 되돌아갔다가, 다시 더 앞으로 가려고 했어요. 7년 앞으로 갔다가, 다시 1년 뒤로 돌아오고, 다시 앞으로 가려 했지요. 시간의 흐름이 혼돈된 바로 그 부분에서, 리즈가 "여기는 도저히 집중할 수가 없다."고 말해주었습니다. 매우 귀중한 의견이었습니다. 지금도 여전히 6년이란 시간이 한꺼번에 흘러가긴 하지만, 연대기적으로 바꾸었습니다. 그러면서 40~50쪽에 해당하는 엄청나게 많은 부분을 고쳐야 했습니다.

다른 하나는 소설 속에 화자의 이야기를 들어주는 두 번째 청중에 해당하는 인물입니다. 아시다시피 이 책에서 살림은 피클 공장에서 일하는 여성 파드마에게 자신의 이야기를 들려줍니다. 초기 원고에서는 살림이 이야기를 써서 소설 속에 등장하지 않는 여기자에게 그것을 보냈습니다. 그래서 이 소설에는 피클 공장에서 일하는 여성에게 들려주며 전개되는 부분과, 또 다른 인물에게 보내는 문서로 된 부분이 있었습니다. 리즈와 한두 명의 다른 독자들 모두 그건 완전히 불필요한 일이라고 했습니다. 살림과 한 방에 있으며 그와 분명히 깊은 관계인 훌륭한 인물을 두고, 굳이 이야기를 따로 보내는 두 번째 추상적인 인물인 기자를 상정할 필요가 없다고 했어요. 처음에는 그들이 틀렸다고 생각했습니다만 설득되어 그 인물을 없앴습니다. 그 인물은 책에서 아주 쉽게 떨어져 나갔어요. 기억하기로는 이틀 정도 걸렸습니다. 그렇게 쉽게 없앨 수 있는 인물이라면 이야기에 적절하게 통합되지 않았다는 것이 너무도 분명했지요. 그들은 치명적인 실수로부터 저를 구해주었지요. 지금 제가 없앤 부분을 다시 보면, 매우 형편없었다는 생각이 듭니다.

제가 생각하기에 정말로 건설적으로 편집한 또 다른 한 권은 니

카라과를 다룬 『재규어 미소』입니다. 이 책은 르포입니다. 1986년 니카라과에서 돌아와서 불과 몇 달 만에 썼지요. 지금도 상당히 얇은 책입니다만 원래는 더 얇았습니다. 제가 너무도 빨리 마무리했기 때문에 당시 영국 피카도르 출판사의 편집자였던 소니 메타는 이 책이 약간 걱정된다면서 이곳저곳을 편집하였습니다. 거의 모든 경우에 더 많은 정보를 요구하였지요. 무엇인가를 빼야 한다기보다는 항상 더 많은 것을 원했습니다. "당신은 너무도 많은 지식을 가정하고 있어요. 이들에 대해서, 이 순간과 배경과 그 밖의 다른 것에 대해서 알고 싶습니다."라고 했습니다. 그는 이 책을 충실하게 만드는 데 일조하였으며 이는 정말로 귀중한 편집이었습니다.

『재규어 미소』 이외에도 『상상에나 존재하는 고향』과 『이 선을 넘어서는 발걸음』과 같은 다른 논픽션도 쓰셨지요. 작품 중에서 또 다른 논픽션이 있으신지요?

루슈디 아직은 없습니다. 어떻게 설명해야 할까요? 지금 제 인생은 약간 극적인 논픽션이 되었다고 생각합니다. 너무도 많은 사실들이 저를 둘러싸고 있어서 이 사실의 파편더미 아래에서 빠져나와 다시 상상력의 글쓰기라는 일로 돌아갈 필요성을 느낍니다. 하고픈 이야기가 가득 차 있다는 느낌 말입니다. 사실이라는 먼지를 떨어버리고 정말로 쓰고 싶은 상상력으로 창조한 이야기들을 복구할 때까지 절대 사실로 돌아가길 원하지 않습니다. 참, 복구가 아니라 탐색이 맞는 말이겠네요. 사실을 점점 적게 다루고 싶습니다.

『샬리마르』를 쓰면서 알게 된 한 가지는 얼마나 많은 조사를 했느냐는 그리 중요하지 않다는 것입니다. 그 책을 쓰려고 지금까지 해왔던 것보다 훨씬 더 많은 조사를 했습니다만, 아무리 많은 연구

조사라도 그 정도까지에만 이르게 한다는 것을 알았습니다. 마침내 어떤 일이 작동하게 만들려면 심각할 만큼의 상상력 풍부한 도약이 있어야 합니다. 사람들의 내면에 들어갈 수 있어야 하며, 그들이 느끼고 생각하는 과정을 이해해야 하며, 그들이 그 이야기를 통해 진짜 하고 싶어하는 것이 무엇인지 배워야 합니다. 엄청나게 많이 조사한 책을 쓰면서, 제가 정말로 관심 있는 것은 상상력이 풍부한 도약이라는 믿음만 강화되었습니다. 저는 『뉴욕 타임스』에 한 달에 한 번씩 칼럼을 쓰고 있으며, 한 해의 계약을 갱신했지만, 잠시 동안이라도 칼럼을 쓰지 않고 싶은 강한 욕구를 느낍니다. 단편소설을 쓰고 싶거든요. 지금 당장 소설을 쓰고 싶은 매우 강렬한 충동이 있습니다.

말씀하신 게 사실인가요?

루슈디 틀림없이…… 거짓말일 수도 있지요. 어떤 작가가 미래에 어떤 작품을 쓸 것이란 이야기는 절대로 믿지 마세요.

그렇군요. 그러면 다음에 쓰실 책에 대해 말씀해주시겠습니까?

루슈디 다음으로 쓰려는 책은 르네상스 시기 이탈리아와 초기 무굴 제국 사이의 첫 대면을 상상하는 소설입니다. 제목은 '피렌체의 여마법사'로 하려 했습니다. 그러는 동안 작은아이인 둘째 아들이 동화를 써달라고 졸라댔습니다. 그 녀석은 『하룬과 이야기 바다』를 좋아했지만 그건 형을 위해 쓴 책이라는 것을 알고 있어요. 만일 이후에 정말로 오랜 시간 심각하게 연구해야만 한다면, 그동안 어린이책을 같이 쓰는 게 좋을 거란 생각이 들었습니다. 아마도 책을 약간 읽으면서, 하루에 몇 시간씩 동화를 쓸 수 있을 거예요.

그래서 지금은 '평행마을'Parallelville이란 이야기를 생각하고 있습니다. 미래 세계를 다루는 과학소설이며 누아르 영화 같은 생각을 담고 있는데 〈블레이드 러너〉와 〈악의 손길〉이 합쳐진 모양입니다. 또한 잠정적으로는 '무관심한 주인들'이라는 제목을 붙인 책도 쓸 계획입니다. 기숙학교에 관한 이야기로 시작해서 나중에 성인이 되는 인물들을 등장시켜 영국의 어떤 측면을 그리려고요. 제가 영국에 대해 쓴 책 중에서 가장 규모가 큰 것은 『악마의 시』입니다. 어떤 누구도 이 책이 영국에 대한 것이라고 생각하지 않지만, 실제로 대부분은 런던에 대한 소설입니다. 이 책은 대처주의가 만연한 런던에 이민 온 사람들의 삶에 대한 것입니다.

매일 글을 쓰지 못하면 초조해지시나요?

루슈디 어디로 가야 할지 알고 있을 때 훨씬 기분이 좋습니다. 그렇지만 한편으로 가장 창조적인 순간의 일부는 책 한 권을 마치고 다른 책을 준비하는 사이의 순간이기도 합니다. 그때 저는 어디로 가는지는 알지 못하지만 머릿속은 자유롭게 회전합니다. 어떤 생각들이 예기치 않게 나타나기도 하는데, 그 생각들은 한 명의 등장인물이나 한 단락의 이야기나 어떤 인식이 될 수도 있습니다. 이 모든 것들이 단편소설이나 장편소설로 바뀔 수 있습니다. 저는 쓰지 않을 때에도 소설을 쓸 때처럼 열심히 일합니다. 가만히 앉아서 일이 벌어지도록 내버려두지요. 전날 썼던 것들을 다음 날 버리기도 합니다. 그러나 순수한 창작력은 무엇인가 일어나는 걸 지켜보는 데 있습니다. 일단 무슨 일이 일어나면 그때는 그것에 더 집중하고 그러면 그 일이 더욱 즐길 만해집니다. 한 권의 책을 마치고 다른 책을 시작하기 전의 시간이야말로 예상하지 못했던 일들이 일어나는 때입니다. 제가 한때는 상상할 수 있는 범위 밖에 있다고 생각한 일들이 일어나는 겁니다. 지금까지 상상할 수 없다고 여겼던 것들을 상상할 수 있게 되고, 그런 것들이 내면에서 일어납니다. 제가 지금 있는 곳이 바로 그곳입니다.

잭 리빙스 Jack Livings 아이오와 작가 워크숍에서 석사 학위를 받았으며, 스탠퍼드 대학교에서 월러스 스테그너의 연구원이었다. 『파리 리뷰』, 『퍼블릭 스페이스』, 『스토리쿼터리』, 『틴 하우스』, 『뉴 델타 리뷰』에 단편을 기고했다. 미국 최고 단편상, 푸시카트 상 등을 수상했다.

주요 작품 연보

『그리머스』Grimus, 1975
『한밤의 아이들』Midnight's Children, 1981
『수치』Shame, 1983
『재규어 미소』Jaguar Smile, 1987
『악마의 시』The Satanic Verses, 1988
『하룬과 이야기 바다』Haroun and the Sea of Stories, 1990
『상상에나 존재하는 고향』Imaginary Homelands, 1992
『그녀 발밑의 대지』The Ground Beneath Her Feet, 1999
『분노』Fury, 2001
『이 선을 넘어서는 발걸음』Step Across This Line, 2002
『광대 샬리마르』Shalimar the Clown, 2005
『피렌체의 여마법사』The Enchantress of Florence, 2008
『루카와 생명의 불』Luka and the Fire of Life, 2010

:: 11

일상적 삶의 기이한 순간

스티븐 킹

STEPHEN KING

스티븐 킹 미국, 1947. 9. 21.~

현대 최고의 스릴러소설 작가이다. 흥행에도 성공한 영화 〈미저리〉, 〈쇼생크 탈출〉, 〈그린 마일〉 등이 모두 킹의 원작을 바탕으로 했다. 1996년 오 헨리 상을 수상했으며 2003년에는 미국의 가장 권위 있는 문학상인 전미도서상 공로상을 받았다.

1947년 미국 메인 주에서 태어났다. 어린 시절 아버지가 떠나버리고 어머니를 따라 이사 다니며 힘든 생활을 했다. 킹의 이름을 세상에 알린 작품은 1974년에 발표한 첫 장편소설 『캐리』였다. 원래 쓰레기통에 버린 원고를 아내인 태비사가 설득하여 고쳐 쓴 것이었다. 이 작품으로 킹은 작가로서 경력을 쌓기 시작했고, 이후 30여 년간 500여 편의 작품을 발표하여 오늘날 세계에서 가장 유명한 작가가 되었다.

킹의 작품들은 지금까지 33개 언어로 번역되어 3억 부 이상이 판매되었으며, 킹은 생존 작가 중 최고의 베스트셀러 작가라 할 수 있다. 이러한 대중적 인기와 더불어 최근에는 그의 문학성을 새롭게 평가하려는 움직임도 일고 있다. 2003년 킹은 미국의 가장 권위 있는 문학상인 전미도서상에서 미국 문단에 탁월한 공로를 세운 작가에게 수여하는 평생 공로상을 수상했다.

그의 작품들은 영화로 제작되어서도 높은 평가를 얻었다. 그중 『캐리』, 『샤이닝』, 『살렘스 롯』, 『미저리』, 『돌로레스 클레이본』, 『쇼생크 탈출』, 『그린 마일』, 『미스트』 등이 명작으로 꼽힌다.

킹과의 인터뷰

크리스토퍼 레만-하우프트, 너새니얼 리치

많은 팬들이 세계적으로 유명한 작가를 구경이라도 해보려고
차를 몰고 그의 집 앞을 지나가고 있었다.
킹은 "사람들은 제가 진짜 살아 있는 사람이란 걸 잊었나 봐요."라고 말했다.

스티븐 킹과의 인터뷰는 2001년 여름에 시작되었다. 이 인터뷰를 하기 2년 전인 1999년 6월 19일 킹은 메인 주의 센터 러벌에 있는 자신의 집 근처를 걷다가 미니밴에 치였다. 그 사고로 머리가 찢어졌고 오른쪽 폐를 다쳤으며 오른쪽 엉덩이와 다리 여러 곳이 부러졌으나, 다행히도 그는 살아남았다. 이 사고로 받은 첫 수술에서 몸에 집어넣은 약 3킬로그램의 금속덩이는 『파리 리뷰』와의 인터뷰 직전에 제거되었지만, 그는 여전히 고통을 느끼고 있었다. 킹은 "정형외과 의사가 제 살과 조직이 감염되어 시뻘겋고, 점액낭들도 작은 눈처럼 불거져 있다고 하더군요."라고 말했다. 보스턴 레드삭스의 열렬한 팬인 킹이 공식 야구 경기를 보려고 보스턴에 잠시 머무르는 동안 이 인터뷰를 진행하였다. 그는 여전히 환자였지만, 매일 낮에는 글을 쓰고 밤에는 레드삭스의 홈구장인 펜웨이 파크로 원고를 가져가서 회가

바뀌거나 투수를 교체하는 사이에 편집하곤 하였다.

두 번째 인터뷰는 2006년 초 킹이 겨울을 따뜻하게 나려고 사놓은 플로리다의 집에서 진행되었다. 우연히도 그의 집은 레드삭스의 전지훈련 캠프가 있는 포트마이어스에서 그리 멀지 않은 곳에 있었다. 모래톱 끝에 위치한 그의 집은 높고 둥근 천장 때문에 마치 뒤집힌 배처럼 보였다. 인터뷰하던 날 아침은 덥고 해가 쨍쨍 내리쬐었다. 킹은 청바지와 타바스코 핫소스처럼 빨간색 티셔츠를 입고, 하얀 운동화를 신고, 집 앞 계단에 앉아서 그 지역에서 발간되는 신문을 읽고 있었다. 바로 전날 그 신문의 경제면에 그의 집주소가 실려서, 많은 팬들이 세계적으로 유명한 작가를 구경이라도 해보려고 차를 몰고 그의 집 앞을 지나가고 있었다. 킹은 "사람들은 제가 진짜 살아 있는 사람이란 걸 잊었나 봐요."라고 말했다.

킹은 메인 주 포틀랜드에서 1947년 9월 21일에 태어났다. 아주 어릴 때 그의 아버지는 가족을 버렸다. 어머니는 전국을 떠돌아다니다가 마침내 메인 주 내륙의 소도시인 더럼에 다시 정착하였다. 1965년 『코믹스 리뷰』라고 불리는 예능 잡지에 킹의 단편 「난 십 대 도굴꾼이었다」I was a Teenage Grave Robber가 처음으로 실렸다. 그 무렵 그는 오로노에 있는 메인 주립대학에 다닐 수 있는 장학금을 받았다. 대학 재학 중, 아내인 태비사를 만났다. 소설가인 태비사는 아이를 셋 낳았으며, 여전히 그와 살고 있다. 킹은 결혼 후 첫 몇 년 동안은 가족을 부양하려고 세탁소에서 모텔 침구를 세탁하거나 고등학교에서 영어를 가르치고, 남성 잡지에 단편소설을 팔기도 했다. 1973년 출판한 소설 『캐리』가 베스트셀러가 된 이후로 킹의 책은 3억 권이 넘게 팔렸다.

그는 43권의 장편소설과 8권의 단편소설집, 11편의 영화 대본과 2권의 글쓰기 책을 썼다. 스튜어트 오난과 함께 쓴 『페이스풀』은 레드삭스가 2004년도 챔피언십 경기에 참여했던 매일의 일과를 기록한 것이다. 그의 장편과 단편들은 거의 대부분 영화나 텔레비전 프로그램으로 만들어졌다. 킹을 '꽤 마음을 끌지만 비상식적으로 인기를 끌려는 술책을 쓰는 작가'라고 평가한 『뉴욕 타임스』 서평에서 알 수 있듯이, 비평가들은 그가 글을 쓰는 내내 그를 무시했다. 하지만 최근 들어 그의 글은 더 많은 인정을 받기 시작했으며, 2003년 전미도서재단이 수여하는 '미국 문학에 기여한 공로 메달'을 받았다. 킹은 또한 다른 작가의 작품을 지원하고 장려하는 일에 기울인 노력으로도 상을 받았다. 그는 1997년 잡지 『시인과 작가』가 수여하는 '작가를 위한 작가상'도 받았고, 2007년판 『미국 최고의 단편소설』Best American Short Stories •을 편집하는 임무를 맡기도 했다.

킹은 호의적이며 농담을 잘하면서도 진지했으며, 매우 열정적이고 솔직하게 이야기했다. 또 아주 후하게 손님을 대접했다. 인터뷰하는 도중 점심으로 구운 닭 요리, 감자 샐러드, 코울슬로, 마카로니 샐러드가 나왔다. 디저트는 키 라임 파이였다. 그는 무서울 만큼 날카로운 칼로 닭을 발랐다. 지금 어떤 작품을 쓰고 있는지 물었더니, 갑자기 벌떡 일어나 집 주위에 있는 백사장으로 우리를 데려갔다. 원래 백사장 끝에는 두 채의 집이 있었다고 한다. 두 채 중 한 채는 5년 전 폭풍에 부서졌는데 파도가 높을 때는 여전히 담의 일부와 가구, 여러

• 1915년부터 출간되어 온 단편소설집 시리즈이다. 현대 미국 문학에서 가장 잘 알려진 작가들이 읽은 최고의 단편소설을 뽑아 소개한다.

가지 물건들이 쓸려 내려간다. 킹은 부서진 집이 아닌 다른 집을 다음 소설의 무대로 삼을 예정이다. 그 집은 부서지지는 않았지만 아무도 살지 않아서 마치 유령이 나올 것 같았다.

167

moment there, grappling with that screaming, sweaty kid, trying to get the muzzle of his .45 socked into the cup of the kid's ear, it had almost felt like the old days, when the thing had been more than just an empty ritual, when it had been—

"Ron?" It was Johnny Spook again. He was looking at Darling anxiously.

"What?" he asked, annoyed. It was hard enough to think about these things at all without being jerked rudely out of your own head every ten seconds.

"It's Harry," Johnny said. "Something's wrong with Harry Drake."

* * *

Marsha: (New doc. starts here)

Chapter 3

Last night I dreamt I went to Manderley again. If there is any more beautiful and haunting first line in English fiction, then I have never read it. And it was a line I had cause to think of a lot during the winter of 1997 and the spring of 1998. I didn't dream of Manderley, of course, but of Sara Laughs, a lodge so far up in the western Maine woods that it's not really even in a town at all, but in an unincorporated area designated as TR-90 on the maps.

The last of these dreams was a nightmare, but until that one, they had a kind of surreal simplicity. You know how the air feels before a thunderstorm, how everything gets still and colors seem to stand out with the brilliance of things seen during a high fever? My winter dreams of Sara Laughs were like that, and I would awake from them with a feeling that was not quite fear. I have dreamed again of Manderley, I would think sometimes, and sometimes I would awake thinking that Rebecca deWinter hadn't drowned in the ocean but in the lake — Dark Score Lake. That she had gone down while the loons cried out in the twilight. Sometimes after these dreams I would get up and drink a glass of water. Sometimes I just rolled

스티븐 킹 『자루 속의 뼈』의 자필 원고.

스티븐 킹
×
크리스토퍼 레만-하우프트, 너새니얼 리치

몇 살에 글을 쓰기 시작하셨나요?

스티븐 킹　믿거나 말거나, 여섯 살이나 일곱 살쯤이었을 거예요. 만화책에서 몇 장면을 베껴서 이야기를 만들었지요. 제 기억으로는 편도선염으로 조퇴하고 시간을 보내는 동안 침대에 드러누워서 이야기를 썼어요. 영화도 큰 영향을 미쳤지요. 처음부터 영화를 좋아했어요. 어머니께서 라디오 시티 뮤직홀로 데려가서 〈밤비〉를 보여주셨던 걸로 기억해요. 우아, 그 커다란 영화관과 영화에 나온 불이 난 숲이라니. 그런 것들이 큰 인상을 남겼습니다. 그래서 처음 이야기를 쓸 때는 이미지를 이용하는 경향이 있었어요. 그렇게 쓰는 것이 당시 제가 알고 있던 유일한 방법이었기 때문이지요.

언제부터 성인 대상 소설을 읽기 시작했나요?

킹　아마 1959년일 거예요. 그때 저희 가족은 메인 주로 다시 이사했는데, 저는 열두 살쯤 되었을 겁니다. 집에서 조금만 걸어가면 교실이 하나뿐인 작은 학교가 있었는데, 그 학교에 다녔지요. 전교생 모두 교실 하나에 모여서 수업을 했어요. 냄새가 심하게 나는 화장실이 교실 뒤편에 있었어요. 마을엔 도서관이 없었지만, 주 정부가 운영하는 이동도서관인 커다란 녹색 밴이 매주 마을에 왔습니다. 누구든 한 번에 세 권의 책을 빌릴 수 있었는데 무슨 책을 빌리든 아무도 상관하지 않았어요. 동화책만 빌려갈 필요가 없다는 뜻이지요. 그때까지 저는 낸시 드류나 프랭크 하디와 조 하디가 등장하는 아동용 미스터리 소설 같은 책을 읽었습니다. 그러다가 처음 빌린 성인 대상 소설책은 에드 맥베인의 '87분서' 시리즈였어요. 제가 읽던 첫 이야기에서는 경찰관들이 임대 아파트에 사는 여성을 탐문 수사하러 갑니다. 그 여성은 속옷만 입고 서 있었어요. 경찰관이 옷을 더 입으라고 하니까 그녀는 속옷 사이로 손을 집어넣어서 자신의 젖가슴을 움켜쥐고는 "욕망이야 보는 사람에 달린 거 아니겠어, 경찰 양반."이라고 했어요. 이런 소설을 처음 읽은 저는 '제기랄! 뭐 이런 게 다 있어.'라고 했는데, 그때 제 머릿속에서 번쩍 '바로 이게 현실이야, 이것이야말로 정말로 일어날 법한 일이야.'라는 생각이 떠올랐지요. 그 이후 '하디가의 아이들' 이야기는 더 읽지 않았습니다. 그렇게 소년소설은 끝이 났습니다. 다음에 보자고! 하는 식으로요.

대중소설만 읽은 것은 아니시지요.

킹 저는 무엇이 대중소설인지 몰랐습니다. 그 당시에 누구도 그런 것에 대해 말해준 적이 없었지요. 저는 닥치는 대로 책을 읽어댔어요. 한 주는 『야성의 부름』과 『바다 늑대』을 읽었고, 그다음 주에는

『페이튼 플레이스』를 읽었고, 또 그다음 주에는 『회색 양복을 입은 사나이』를 읽는 식이었지요. 생각이 나는 대로 손에 잡히는 대로 책을 읽어댔습니다. 『바다 늑대』를 읽으면서 잭 런던이 니체를 비판하는지 몰랐지요. 『맥티규』McTeague를 읽을 때 자연주의 소설이라는 것도 몰랐고요. 프랭크 노리스*가 말하려는 바가 "넌 결코 게임에서 이길 수 없어. 시스템이 언제나 널 뭉개버릴 거야."라는 것도 알지 못했어요. 그러나 저는 이 소설을 다른 수준에서 이해하였지요. 『테스』를 읽을 때는 두 가지 생각을 했는데요. 그중 하나는 '사내가 여자를 어찌해보려 할 때, 그녀가 잠에서 깨지 않는다면 정말로 잠든 게 틀림없다.'였고요. 다른 하나는 '당시 여자의 삶이란 참 힘들었겠구나.'라는 것이었습니다. 그런 식으로 여성 문학에 입문하게 되었지요. 그 책을 너무도 좋아해서 하디의 작품을 상당히 많이 읽었습니다. 그렇지만 『이름 없는 주드』를 읽고 하디의 책은 더 이상 읽지 않게 되었어요. 그 소설을 읽으면서 '정말로 터무니없어. 어느 누구의 삶도 이렇게 나쁘진 않겠네. 너무 심하잖아, 안 그래?'라고 생각했지요.

『유혹하는 글쓰기』에서 말씀하시길 사춘기의 폭력성과 염력이라는 서로 관련 없는 두 가지 소재를 연결했을 때, 첫 소설인 『캐리』에 쓸 아이디어가 떠올랐다고 하셨지요. 이런 식으로 예상 밖의 것들을 서로 연결시키는 일이 종종 이야기의 시작점이 되나요?

킹 맞아요. 그런 일이 자주 있었습니다. 광견병에 걸린 개에 관한 소설인 『쿠조』를 쓸 때였습니다. 오토바이가 고장났는데 고칠 곳이 있다는 이야기를 들었어요. 저는 메인 주의 서쪽 브리지턴에 살고 있었습니다. 호수를 낀 리조트 같은 마을이었지만 이곳의 북쪽 지역 너머는 거의 황야였지요. 거기엔 자기들만의 방식대로 사는 구식 농부들이 많았어요. 수리공은 농장과 그 건너편 길 쪽에 정비소를 갖고 있었습니다. 오토바이를 가져갔는데 앞마당에 들어서자마자 오토바이가 완전히 멈춰 섰어요. 그때 지금껏 살면서 본 가장 거대한 세인트 버나드가 차고에서 저를 향해 뛰어나오더군요.

그런 개들은 대체로 끔찍해 보이는데 여름에는 특히 더 그렇더라고요. 군턱이 여러 개 있고 눈물도 질질 흘리지요. 건강해 보이지도 않고요. 개가 으르렁거리기 시작했는데, 으르렁대는 소리가 목구멍 저 깊숙한 데서 울려 나왔어요. '으르르르르렁 으르르르르렁' 당시 저는 약 100킬로그램가량 나갔는데, 아마 그 개보다 5킬로그램 정도 더 나갔을 거예요. 그 녀석 이름은 바우저인지 뭐인지 그러더라고요. 쿠조라는 이름은 아니었어요. 수리공이 차고에서 나오면서 "걱정하지 마쇼. 이 녀석은 아무한테나 다 그러니까."라고 했어요. 그래서 쓰다듬어주려고 했더니, 녀석이 곧바로 제 팔을 향해 달려들었어요. 수리공은 마침 소켓 렌치를 들고 있었는데, 그것으로 개의 엉덩이를 갈겼어요. 쇠로 만든 렌치였지요. 마치 양탄자의 먼지를 털 때 나는 것 같은 소리가 나더라고요. 그 개는 즉시 깨갱 하면서 털썩 주저앉았어요. 수리공은 "바우저는 대개 이런 짓을 하지 않소. 아마도 당신 얼굴이 맘에 들지 않았나 보군." 하고 말했어요. 바로 제 잘못이 되더군요.

• 미국의 소설가. 19세기 말 미국 문학에 '개인의 운명은 자유의지가 아닌 유전과 환경에 의해서 주로 결정된다.'는 자연주의를 도입하여 미국의 사실주의 문학 발달에 공헌하였다.

숨을 곳이 없었기 때문에 얼마나 무서웠는지 똑똑히 기억합니다. 오토바이를 타고 있었지만 완전히 고장이 나서 개보다 빨리 도망칠 수 없었지요. 만일 렌치를 든 수리공이 없었고 그 개가 저를 공격하기로 작정했다면……. 그러나 이런 것으론 이야기가 될 수 없습니다. 그건 이야기의 한 조각에 불과하거든요. 몇 주 후에 저는 아내와 저희가 타고 다니던 포드의 핀토 자동차에 대해 생각해봤어요. 그 차는 저희가 처음 산 자동차였습니다. 더블데이 출판사가 『캐리』에 대한 선인세로 준 2500달러로 말예요. 그런데 사자마자 문제가 있었어요. 카뷰레터의 니들밸브가 고장난 거예요. 니들밸브가 가끔씩 들러붙어서 카뷰레터가 흘러넘치고 시동이 걸리지 않았지요. 이 핀토 자동차에 아내가 갇힐까 봐 걱정이 됐어요. 오토바이를 고치러 갔을 때처럼 아내가 자동차를 고치러 갔는데 니들밸브가 들러붙어서 시동도 걸리지 않는다면 어떻게 될까? 그런데 달려든 개가 그냥 성질 나쁜 개가 아니라 정말로 미친 개라면?

그런 다음 광견병에 걸린 개였다고 생각해보았지요. 제 마음속에 무엇인가 불을 지른 것처럼 느껴졌어요. 일단 그렇게 많은 것을 생각해내면 이야기가 여러 갈래로 가지를 치기 시작하지요. 왜 누군가 와서 그녀를 구해주지 않는 거지? 농장이 있으니까 사람들이 살 텐데. 도대체 사람들은 어디에 있지? 글쎄, 잘 모르겠는걸. 이렇게 되면 이야기가 만들어지는 거예요. 남편은 어디에 있는 걸까? 왜 구해주러 오지 않는 걸까? 잘 모르겠어. 그런 게 바로 이야기의 일부가 되지요. 그녀가 개에게 물리면 어떻게 될까? 그것도 이야기의 한 부분이 될 겁니다. 만일 그녀가 광견병에 걸리면 어떨까? 저는 70~80쪽 정도 쓰고 난 후에야 광견병의 잠복 기간이 너무 길다는 것을 알게 되었습니다. 그래서 광견병에 걸리는 것은 더 이상 고려할 필요가 없었지요. 바로 그럴 때가 진짜 현실이 이야기에 끼어드는 순간입니다. 제가 글을 쓰는 것은 항상 그런 식입니다. 무엇인가 떠오르고 나면 그것이 다른 무엇인가를 퍼뜩 떠오르게 하고, 그런 식으로 이야기가 만들어집니다. 그렇지만 언제 그런 일이 일어날지는 전혀 알 수 없지요.

소설을 쓰는 데 경험 이외에 다른 무엇을 이용하시나요?

킹 가끔은 다른 이야기가 제 소설의 원천이 됩니다. 몇 년 전 존 톨런드의 『딜린저 시절』The Dillinger Days이라는 오디오북을 들었습니다. 그 이야기 중 하나는 존 딜린저와 그의 친구 호머 밴 미터, 잭 해밀턴이 리틀 보헤미아에게서 도망치는 내용입니다. 잭 해밀턴이 미시시피 강을 건넌 후 등에 경찰이 쏜 총을 맞는 장면이었지요. 그때 톨런드가 깊이 파고들지 않은 다른 사건이 일어납니다. 저는 이렇게 생각했습니다. 무슨 일이 일어났는지 톨런드가 말해주지 않아도 상관없고, 사실만 고수할 필요도 없어. 이 사람들은 이미 미국의 신화가 되었으니 나만의 시시껄렁한 이야기라도 하나 만들어보도록 하자. 그래서 「잭 해밀턴의 죽음」• 이라는 단편을 썼지요.

가끔은 영화를 이용합니다. 총 일곱 권으로 이루어진 '다크 타워' 시리즈 중 한 권인 『칼라의 늑대들』에서도 그랬어요. 구로사와의 영화인 〈7인의 사무라이〉와 존 스터지스가 감독한 〈황야의 7인〉을 다시 풀어서 이야기할 수 있는지 알아보기로 결심했습니다. 물론 이

• 『모든 일은 결국 벌어진다』(상), 황금가지, 2009

두 편은 똑같은 내용입니다. 농작물을 훔치러 오는 도적들에게서 마을을 지키려고 총잡이를 고용하는 농부들의 이야기라는 점에서요. 그렇지만 저는 판돈을 약간 올렸지요. 제 이야기에서는 도적들이 작물 대신에 아이들을 훔치러 옵니다.

『쿠조』를 쓰는 동안 광견병이 상당히 오랫동안 잠복한다는 사실을 알게 되셨다고요. 그때처럼 현실이 이야기를 방해할 때는 어떻게 하세요? 처음으로 되돌아가서 다시 쓰시나요?

킹 소설에 맞추려고 현실을 왜곡할 수는 없지요. 이런 일이 생기면 소설을 현실에 맞게 바꿔야죠.

『쿠조』는 소설 전체가 하나의 장이라는 점이 독특합니다. 처음부터 그럴 계획이셨나요?

킹 아닙니다. 처음 쓸 때는 여러 장으로 이루어진 보통 소설이었습니다. 그런데 쓰는 동안 모름지기 책이란 유리창을 뚫고 날아오는 벽돌처럼 느껴져야 한다고 생각했던 게 기억났지요. 다시 말하자면 제가 쓰는 책이 개인적인 공격의 일종이길 바랐습니다. 그리고 모든 소설가가 이렇게 해야 한다고 할 만큼 제 자아가 강하다고도 생각했어요. 책은, 어떤 누군가가 탁자를 가로질러 돌진해서는 독자를 움켜쥐고 한 대 후려갈기는 것과 같아야 한다고요. 독자의 얼굴을 한 대 후려쳐야 하는 겁니다. 그래서 독자를 화나고 불안하게 만들어야 하지요. 그렇지만 그게 단순히 역겨움 때문만은 아니지요. 누군가로부터 "(당신 소설 때문에) 저녁을 먹을 수 없게 되었다."라는 편지를 받는다면 "잘했어!"가 제 반응이라고나 할까요.

사람들이 무엇을 두려워한다고 생각하시나요?

킹 어떤 수준에서 보자면, 제가 두려워하지 않는 건 하나도 없을 겁니다. 그렇지만 우리에게 인간으로서 두려워하는 것이 무엇인지 묻는다면 혼돈이나 이방인이겠지요. 우리는 변화와 혼란을 두려워합니다. 그렇지만 바로 그것이 제가 관심을 두는 영역입니다. 정말 좋아하는 글을 쓰는 분들이 많은데, 미국 시인인 필립 부스가 그런 작가 중의 한 분입니다. 그는 일상적인 삶을 아주 솔직하게 쓰는데 전 그렇게 할 수가 없더라고요.

「안개」•란 제목의 단편소설을 쓴 적이 있었어요. 안개가 마을을 완전히 덮어버려서 쇼핑센터에 갇힌 사람들에 대한 이야기지요. 어떤 여자가 버섯 상자를 들고 계산대에 줄을 섭니다. 밀려드는 안개를 보려고 그녀가 쇼윈도로 다가가는데 매니저가 버섯을 잡아챕니다. 그녀는 "누구야, 내 물건을 훔쳐가는 게!"라고 하지요.

사람들은 예상치 못한 혼돈으로 겁을 먹습니다. 계산대에 줄을 섰는데 누군가 자신의 버섯을 잡아채는 것을 두려워하지요.

당신 소설의 주요 주제는 이러한 두려움이라고 할 수 있을까요?

킹 제가 하는 일은 거울을 깨뜨리는 것과 같습니다. 『캐리』부터 쭉 훑어보면, 제 책은 각각 그걸 쓰던 당시 미국 중산층의 일상적인 삶에 대한 관찰입니다. 모든 삶에는 설명할 수 없는 무언가에 대처해야 하는 순간이 있지요. 예를 들어 의사가 당신에게 암 선고를 내린다거나 못된 장난 전화를 받는 순간 같은 것들이요. 유령이건 흡혈

• 『스켈레톤 크루』(상), 황금가지, 2006

귀이건 이웃에 사는 나치 전범에 대한 이야기이건 간에 우린 여전히 같은 문제에 대해 말합니다. 일상적인 삶에 기이한 것이 끼어들 때 이 일에 어떻게 대처하는가 하는 문제 말입니다. 괴물이나 흡혈귀, 귀신이나 유령보다 제가 더 많은 관심을 가진 것들이 있습니다. 우리의 성격, 다른 이들과의 상호작용, 살고 있는 사회에 대하여 어떻게 반응하는가를 보여줄 수 있는 그런 것들입니다.

『유혹하는 글쓰기』에서 대중소설을 다음과 같이 정의하셨지요. 대중소설이란 독자들에게 행동, 장소, 관계와 말이라는 경험의 온갖 측면을 인식하게 하는 것이다. 작품을 쓸 때 독자들이 어떤 특정 순간을 포착할 수 있도록 의식적으로 상황을 설정하시나요?

킹 아니요, 그렇지만 일부러 피하지도 않습니다. 『셀』을 예로 들어볼까요. 이 소설은 다음과 같은 방식으로 시작되었습니다. 뉴욕에 있는 호텔에서 걸어나오다가 어떤 여자가 휴대전화를 받는 것을 보았습니다. 그때 이런 생각이 들었지요. '저 여자가 휴대전화를 통해 거부할 수 없는 신호를 받아서, 다른 누군가에게 살해당할 때까지 사람들을 죽이게 된다면 어떨까?' 제 머릿속에서 온갖 잡다한 생각들이 핀 볼처럼 마구 날뛰기 시작했습니다. 만일 모두 똑같은 신호를 받는다면 휴대전화를 가진 사람들은 전부 미쳐갈 겁니다. 사람들이 휴대전화로 친구와 가족에게 전화를 걸면 옻이 오른 것처럼 그 전염병은 퍼져나갈 겁니다. 나중에 길을 걷다가 혼자 소리를 지르는 미친 듯한 사람을 보았습니다. 그를 피하려고 길을 건너려고 했지요. 하지만 부랑아는 아니었어요. 말끔하게 신사복을 차려입었더라고요. 그제야 저는 그가 귀에 이어폰을 꽂고 전화 통화 중이라는 것을 알았습니다. 그래서 이런 이야기를 꼭 써야겠다고 생각했지요.

순간적으로 콘셉트가 잡힌 거죠. 그래서 휴대전화 사업에 대해 많이 읽고, 휴대전화 기지국을 살펴보기 시작했어요. 그렇게 『셀』은 딱 현재 시점의 책이지만 사실 오늘날의 대화 방식을 염려한 내용이기도 합니다.

『셀』이 요즘 상황에 맞춰 출판되었기 때문에 10년 후에는 시대에 뒤떨어지는 이야기가 될 거라고 생각하시나요?

킹 그럴지도 모르지요. 예를 들면 『파이어스타터』• 같은 책들은 이제 구닥다리처럼 보이지요. 그렇지만 시대에 뒤처져도 상관없어요. 이야기와 등장인물들이 견뎌내길 바랄 뿐이지요. 그리고 심지어는 낡은 것조차 어떤 가치를 가졌다고 생각합니다.

당신의 어떤 책이 오랫동안 읽힐까요?

킹 도박 같네요. 50년 뒤에 누가 유명해질지 어떻게 알 수 있겠어요. 문학적인 의미에서, 누가 유명해지고 그렇지 않을지 알 수 있겠습니까? 하지만 지금으로부터 100년 뒤에 사람들이 제가 쓴 것 중에서 어떤 책을 고를지 추측해야 한다면, 그리고 그들이 어떤 책이든 골라야만 한다면, 저는 『스탠드』와 『샤이닝』을 고르겠어요. 『살렘스 롯』도요. 왜냐하면 사람들은 흡혈귀 이야기를 좋아하고, 이 소설들의 전제는 고전적인 흡혈귀 이야기이니까요. 특별히 매력적인 면

• 이 소설을 원작으로 한 마크 L. 레스터 감독의 영화는 한국에서 〈초능력 소녀의 분노〉라는 제목으로 소개되었다.

도 없고 멋지지도 않지만 무척 무섭지요. 그래서 사람들이 한동안은 이 책을 읽을 거라고 생각합니다.

당신이 쓴 소설을 되돌아본다면, 어떻게 분류하시겠습니까?

킹 두 가지 종류로 보는데요. 『스탠드』, 『절망』, '다크 타워' 시리즈 같은 외향적인 소설과 『애완동물 공동묘지』, 『미저리』, 『샤이닝』, 『돌로레스 클레이본』 같은 내향적인 소설이지요. 팬들은 대개 외향적인 소설이나 내향적인 소설 중 한쪽을 좋아하기 마련입니다. 그렇지만 둘 다 좋아하지는 않더라고요.

그렇지만 좀 더 초자연적인 것을 다루더라도 공포는 심리적이지 않나요? 단지 구석에서 갑작스럽게 튀어나오는 악귀가 다는 아니잖습니까? 그래서 그런 책들도 모두 내향적이라고 할 수 있지 않나요?

킹 음, 제 분류는 등장인물이나 등장인물의 수에 관한 것이기도 합니다. 내향적인 소설은 한 사람에 관한 것이어서, 그 인물 속으로 깊이 파고들지요. 예를 들면 『리시 이야기』는 내향적인 소설입니다. 이 책은 길지만 등장인물이 몇 명 되지 않으니까요. 그렇지만 『셀』과 같은 책은 외향적인 소설입니다. 왜냐하면 많은 인물이 등장하고, 그 인물의 관계에 대해 다루고, 여행을 하면서 겪는 변화 과정을 보여주는 로드 스토리이기 때문이지요. 『제럴드의 게임』은 최고로 내향적인 소설이라고 할 수 있습니다. 이 이야기는 단 한 사람, 제시에 관한 것이지요. 벌거벗겨진 그녀는 수갑이 채워진 채로 침대에 묶여 있지요. 이 이야기에서는 사소한 것 모두가 중대합니다. 물 한 잔이라든가 제시가 도망치려고 침대 위 선반을 뒤집으려고 하는 것도요. 좀 더 이야기해보면 저는 제시가 학창 시절 체조 선수였을 거라고 생각해봤습니다. 침대에 묶여 있던 그녀가 발을 머리 뒤로 넘겨 침대 프레임을 넘어가서, 한 바퀴 빙 돌아 일어선다고요. 약 40쪽 가량 쓰다가 이게 실제로 가능한지 알고 싶어졌어요. 그래서 제 아이 중 한 명을 붙들었어요. 아마 조였을 거예요. 조가 아들 둘 중에 더 유연했거든요. 그 녀석을 침실로 데려가서 침대 기둥에 스카프로 묶었습니다. 아내가 들어오더니 "당신 뭐하는 거예요?"라고 묻더군요. 그래서 "지금 실험 중이야, 신경 쓰지 마."라고 했지요.

시도는 했지만 조는 그렇게 하질 못했어요. "관절이 그렇게는 움직이지 않아요."라고 했지요. 『쿠조』의 광견병 같은 일이 다시 일어난 것이지요. "제기랄, 이런 식으로는 안 되겠는걸!"이라고 외쳤지요. 유일하게 할 수 있는 건 "그래, 그녀가 이중 관절인 걸로 해야겠군. 그럼 문제가 풀리고말고. 그래, 그렇지만 그건 말도 안 돼."라고 하는 것뿐이었습니다.

『미저리』에는 침실이라는 공간에 단 두 명의 등장인물만 나오지요. 그렇지만 역시 침실에 단 한 명의 등장인물만 나오는 『제럴드의 게임』은 그보다 훨씬 더 나아가지요. 그래서 '침실'이라는 책을 생각 중입니다. 그 이야기에는 등장인물이 전혀 나오지 않을 겁니다.

마크 싱어가 『뉴요커』에서 『쿠조』, 『애완동물 공동묘지』, 『제럴드의 게임』은 읽기가 너무도 고통스러워서 일부 독자를 잃었을 거라고 했지요. 실제로 그랬다고 생각하시나요?

킹 여러 시점에서 독자 일부를 잃었지요. 그렇지만 자연스러운 일입니다. 그뿐이고요. 사람들은 그런 식으로 새로운 것들을 발견하니까요. 저는 작가로서 어떤 변화를 겪었다고 할 수 있겠지요. 지난 수년 동안 쓴 작품들이 예전 『살렘스 롯』이나 『샤이닝』, 심지어 『스탠드』에 나오는 것과 같은 수준에서 위기 탈출이라는 주제를 다루지 못했다는 점에서 말입니다. 제가 1978년에 죽었다면 완벽하게 행복했을 독자들도 있을 겁니다. 그런 사람들은 제게 "당신은 『스탠드』처럼 훌륭한 책을 다시 쓰지 못했군요."라고 할 겁니다. 저는 때로 28년 전에 쓴 소설이 가장 좋다는 이야기를 듣는 것이 얼마나 절망적인지 말하곤 하지요. 밥 딜런은 아마도 〈블론드 온 블론드〉Blonde on Blonde •에 대해 똑같은 말을 들을 겁니다. 그러나 저는 작가로서 꾸준히 성장하려고 애썼고 똑같은 것을 반복하지 않으려고 했습니다. 왜냐하면 그런 반복에는 아무런 의미도 없을 테니까요.

저는 어느 정도의 팬을 잃어도 괜찮을 만큼 아직 많은 팬이 있습니다. 완전히 우쭐해서 하는 소리처럼 들릴지도 모르겠습니다만 "팬의 반을 잃어도 꽤 먹고살 만하다."는 뜻은 아닙니다. 전 저만의 길을 추구할 자유를 누려왔고 그것에 아주 만족합니다. 저는 팬을 약간 잃을 수도 있지만 다른 팬을 새로 얻을 수도 있지요.

아이들에 대한 이야기를 많이 쓰셨죠. 그 이유는 무엇인가요?

킹 아이들 이야기를 많이 쓴 데는 이유가 있습니다. 운 좋게도 상당히 젊을 때 작품을 출판할 수 있었고, 젊어서 결혼도 하고 아이도 낳았습니다. 나오미는 1971년에, 조는 1972년에, 오언은 1977년에 태어났습니다. 제일 큰아이와 막내는 여섯 살 터울이지요. 그래서 많은 동년배들이 '케이씨 앤드 더 선샤인 밴드'에 맞춰 춤추러 다닐 때, 제겐 아이들을 살필 기회가 있었습니다. 제 쪽이 훨씬 낫다고 생각합니다. 아이를 키우는 일이 70년대 대중문화보다 훨씬 값어치 있지요.

'케이씨 앤드 더 선샤인 밴드'는 잘 모르지만 아이들은 완벽하게 알 수 있었습니다. 저는 그때 분노와 피로감에 시달렸습니다. 아는 것이 바로 그런 것들이었기 때문에 그에 대해 책을 쓴 겁니다. 요즘 제가 쓰는 많은 책에 고통을 겪고 상처 입은 사람들이 나옵니다. 그것이 지금 제가 아는 것이기 때문입니다. 지금부터 십 년쯤 지난 다음에도 아직 살아 있다면, 아마도 다른 무엇인가에 대한 글을 쓰고 있을 겁니다.

『애완동물 공동묘지』에서는 아이들에게 끔찍한 일이 일어나지요. 어떻게 그런 생각을 하셨나요?

킹 상당히 사적인 일이었지요. 꼬마가 길에서 죽는 부분 이전까지는 모두 실제로 있었던 일입니다. 저희는 길가의 집으로 이사했습니다. 러들로가 아니고 오링턴이긴 했지만 엄청나게 큰 트럭들이 쌩쌩 달리는 것은 똑같았어요. 길 건너편에 사는 노인분이 "트럭을 조심해야 해요."라고 말씀해주시더군요. 저희는 책에서처럼 들판으로 놀러 나가서 연을 날렸어요. 언덕을 오르자 애완동물 공동묘지가 보이더라고요. 며칠 뒤 제 딸 나오미가 키우는 고양이인 스머키가 차에 치어 죽었어요. 그래서 그 녀석을 애완동물 공동묘지에 묻었지요. 고양이를 묻은 날 밤이었지요. 나오미의 목소리가 들리더라고요. 차

• 밥 딜런의 1966년 발표 앨범. 2003년 기준 미국에서 200만 장이 넘게 팔렸다. 최고의 앨범이라는 평을 듣는 것에 빗댄 이야기이다.

고 쪽에서 펑펑거리는 소리가 났는데, 나오미가 짐 싸는 데 쓰는 포장재 위에서 뛰면서 나는 소리였어요. 그 아이는 울면서 “내 고양이를 돌려줘요! 하느님께서는 하느님 고양이면 충분하잖아요!”라고 고함을 질러대더라고요. 이 이야기를 소설에 몽땅 써넣었지요. 그러고는 아들 오언이 정말 큰길로 뛰어들었어요. 그 녀석은 아주 어렸는데, 아마 두 살 때였을 겁니다. 저는 소리를 질렀지요. “얘야, 멈춰!” 그렇지만 그 녀석은 점점 더 빨리 뛰면서 웃어댔어요. 그만한 아이들은 늘 그렇잖아요. 쫓아가서 그 녀석을 낚아채 길 가장자리로 끌어냈는데, 트럭이 휙하고 지나갔어요. 그런 이야기들을 모두 책에다 쓴 거예요.

그런 다음 이야기를 좀 더 끌고 가야만 한다고 저를 타이르지요. 아이를 잃었을 때 일어나는 마음 아픈 과정을 겪는다면, 철저하게 겪어야만 합니다. 그랬지요. 그 과정을 모두 따라가 보았기 때문에 스스로를 자랑스럽게 생각합니다. 하지만 끝에 이르면 너무도 무시무시하고 끔찍합니다. 책의 마지막에 이를 즈음이면 누구에게도 희망이 없는 거지요. 대개 책을 마치면 아내 태비에게 읽게 하는데, 이 원고는 그녀에게 넘겨주지 않았어요. 그냥 책상 서랍에 넣어두었습니다. 대신 『크리스틴』을 쓰기 시작했어요. 저는 이 책을 훨씬 좋아합니다. 그래서 이 작품이 『애완동물 공동묘지』보다 먼저 출판되었습니다.

『샤이닝』도 사적인 경험에 기반을 두고 쓰셨나요? 그런 호텔•에 머문 적이 있으신가요?

킹 그럼요. 그곳은 콜로라도 에스테스 공원에 있는 스탠리 호텔입니다. 어느 해 10월 아내와 그곳에 갔지요. 그때는 호텔을 여는 마지막 주였어요. 거의 비어 있었지요. 사용하던 신용카드 기계를 덴버로 가져갔다면서 현찰로 지불할 수 있는지 물어보더라고요. '11월 1일 이후 도로가 폐쇄될 수도 있습니다.'라는 표지판을 보자마자, "이런, 여긴 뭔가 이야깃거리가 있을 것 같아."라고 중얼거렸지요.

스탠리 큐브릭이 이 책을 원작으로 만든 영화에 대해서는 어떻게 생각하시나요?

킹 너무 빗나갔어요. 가족 간의 감정적인 투사에 대한 감이 전혀 없더군요. 웬디 역을 맡은 셸리 듀발의 연기는 여성에 대한 모독으로 느껴졌어요. 단지 소리만 질러댔지요. 가족 간의 역학 관계에 웬디가 어떻게 연루되어 있는지 전혀 알지 못하더라고요. 잭 니콜슨은 이 영화에서 다른 오토바이 영화인 〈헬 에인절스 온 휠즈〉, 〈와일드 라이드〉, 〈레벨 라우저〉, 〈이지 라이더〉에서와 똑같은 폭주족을 연기했다는 것을 큐브릭은 전혀 모르는 것처럼 보였어요. 영화 이전에 니콜슨은 이미 미친 역이었던 겁니다. 그런데 직업을 찾으려고 면접을 보러 온 사람이 미쳐 있다면, 그런 엉터리 비극이 어디 있겠습니까? 별로예요. 큐브릭 감독이 그런 식으로 처리한 것이 정말로 맘에 들지 않아요.

영화를 제작할 때 그와 함께 작업하셨습니까?

킹 아닙니다. 영화로 만들려고 써놓은 『샤이닝』의 대본은 나중에

• 『샤이닝』은 한겨울 고립된 호텔을 배경으로 미쳐가는 주인공의 광기를 그렸다.

텔레비전 미니시리즈가 되었어요. 그렇지만 큐브릭이 영화 제작 전에 제 대본을 읽었는지 너무도 궁금해요. 그는 이 이야기로 뭘 하고 싶은지 이미 알고 있었기에, 소설가인 다이앤 존슨에게 원하는 걸 강조한 대본을 쓰게 했습니다. 그리고 자신도 고쳐 썼어요. 정말 실망스러웠지요.

그 영화는 훌륭한 세트와 스테디캠 촬영으로 멋들어지게 만들어졌어요. 그렇지만 저는 그런 것을 엔진이 없는 캐딜락이고 부릅니다. 마치 조각품처럼 쳐다보는 것 말고는 달리 할 수 있는 일이 없지요. 그렇게 하는 것은 이야기를 전해야 한다는 주요 목적을 앗아가는 것과 다를 바가 없어요. 제 소설과 큐브릭 영화의 끝 부분만 봐도 기본적인 차이를 알 수 있어요. 소설의 마지막 부분에 이르러 잭 토런스는 아들에게 사랑한다는 말을 남기고는 호텔을 폭파합니다. 열정이 넘치는 절정이지요. 그런데 큐브릭의 영화에서 토런스는 얼어 죽고 맙니다.

초기에 쓴 소설은 폭발로 끝을 맺는 경우가 많습니다. 이 폭발은 플롯의 다양한 요소를 서로 엮을 수 있게 해주고요. 하지만 「총알 차 타기」•와 『셀』처럼 최근에 발표한 단편이나 장편소설에서는 더 이상 사용하지 않기로 작정하신 것 같아요. 그리고 여러 가지 의문을 풀어주지도 않은 채 이야기가 끝나더라고요.

킹 『셀』의 마지막 부분에는 빅뱅이 있지요. 그렇게 끝낸 것에 대해 독자들로부터 엄청나게 많은 항의 편지를 받은 것도 사실입니다. 다음에 무슨 일이 일어나는지 궁금해하더라고요. 그러면 저는 독자들에게 "『스탠 바이 미』에서 다음 이야기를 궁금해하던 테디와 번처럼 구시는군요."라고 말해줍니다. 고디는 테디와 번에게 호건이라는 꼬마가 한 최고의 복수였던 파이 먹기 대회에 대해 이야기해주지요. "그래, 그다음엔 어떻게 됐어?"라고 테디가 묻자 고디는 "뭐라고, 무슨 일이 있었냐고? 그게 끝이야."라고 대답하지요. 그러자 테디가 "그애가 자기 아빠를 쏴죽이고 도망쳐서 텍사스 순찰대에 들어가는 걸로 할 수도 있잖아. 그건 어때?"라고 하니까 고디는 "꽤 괜찮은데." 라고 대답하지요. 『셀』도 똑같습니다. 끝은 끝이지요. 그렇지만 너무도 많은 사람들이 끝이 궁금하다고 해서, 제 홈페이지에 다시 써야만 했어요. "클레이의 아들인 조니가 괜찮다는 것은 너무도 자명합니다." 사실 조니가 무사하지 못할 거란 생각은 한 번도 떠오른 적이 없거든요.

정말입니까? 전 조니가 괜찮을 거라고 생각해본 적이 없는데요.

킹 아닙니다. 정말로 전 괜찮다고 믿어요. 저는 빌어먹을 낙관론자거든요.

공식적으로 서문이나 후기에 책 읽은 소감을 보내달라고 말씀하신 건 놀라운 일입니다. 왜 독자들에게 더 많은 편지를 받으려고 하시나요?

킹 항상 그들이 무슨 생각을 하는지 궁금합니다. 그리고 많은 사람들이 이야기에 참여하고 싶어한다는 사실을 잘 알지요. 독자들이 생각하는 것이 반드시 제 이야기를 변화시키지는 않는다는 걸 그들이 알고 있는 한, 의견은 아무 문제될 것이 없어요. "지금 쓰고 있는 이야기는 이런 것입니다. 설문 조사를 하겠습니다. 제가 이 이야기를

• 『모든 일은 결국 벌어진다』(하), 황금가지, 2009

어떻게 끝내야 한다고 생각하시나요?"라고 말하지는 않는다는 뜻이지요.

글을 쓸 때 환경이 얼마나 중요한가요?

킹 책상과 편한 의자가 있어서 자꾸 옮겨 다니지 않아도 되고 빛도 충분하면 최고겠지요. 어디에서 쓰든지 간에 약간 도피처처럼 여겨집니다. 세상사로부터 벗어나 있을 수 있는 그런 장소 말입니다. 밀폐된 공간일수록 더 상상력을 발휘하게 됩니다. 만일 창가에 있다면 다르겠지요. 잠시는 괜찮겠지만 곧 거리를 걷는 아가씨들을 쳐다볼 테고, 누가 차에서 타고 내리는지 확인하게 되겠지요. 거리에서 일어나는 소소한 일에 계속 관심이 쏠리지요. 이 친구는 뭐가 문제일까, 저 친구는 뭘 팔고 있는 거지? 하면서요.

제가 작업하는 서재는 기본적으로 방 하나입니다. 당연히 파일을 분류하는 방법이 있습니다. 매우 복잡하지만 상당히 체계적으로요. 지금 쓰는 소설은 『듀마 키』인데 서로 다른 플롯의 흐름을 정확히 기억하려고 항목별로 요약해놓았습니다. 등장인물이 어떤 시기에 몇 살인지 확인하려고 그들의 생년월일도 적습니다. 어떤 사람의 가슴에 장미 문신을 새겨넣어야 한다거나 에드거에겐 2월 말까지 커다란 작업대를 주기로 한 것도 기억해야 합니다. 지금 뭔가를 실수하면 나중에 고치는 데 상당히 힘이 많이 들어가기 때문이지요.

서재가 도피처처럼 느껴져야 한다고 말씀하셨지만, 음악을 커다랗게 틀어놓고 하는 작업을 좋아하지 않으시나요?

킹 이제 더 이상 그렇지는 않습니다. 글을 쓸 때 제가 해야 할 일은 이야기가 굴러가게 만드는 겁니다. 글쓰기에 속도 같은 것이 있고 사람들이 속도감 있는 이야기를 원해서 제 소설을 읽는다면, 제가 가려는 곳에 도달하는 감각을 그들도 느끼기 때문일 겁니다. 저는 빈둥거리면서 경치나 쳐다보고 있길 원치 않습니다. 그 속도를 얻으려고 음악을 듣기도 했지요. 그러나 그때는 더 젊었지요. 솔직히 지금보다 그때 머리가 더 잘 돌아갔고요. 지금은 하루 일을 마칠 때만 음악을 듣습니다. 그날 종일 했던 일의 맨 처음으로 되돌아가서 컴퓨터 화면으로 다시 훑어볼 때 말입니다. 음악이 아내의 화를 돋운 적이 여러 번 있었어요. 똑같은 음악을 반복해서 듣기 때문이지요. 루 베가가 부른 '제 5번 맘보'란 노래의 댄스곡 믹스를 듣곤 했지요. 그 노래에는 '내 인생에 약간의 모니카와 약간의 에리카와, 딩가 딩가 딩가' 하는 부분이 있지요. 그 노랜 흥겹고 경쾌합니다. 그런데 어느 날 아내가 서재로 올라와서는 "스티브, 그 음악 한 번만 더 들으면 죽을 줄 알아!"라고 하더군요. 저는 음악을 틀어만 놓을 뿐이지 실제로 전혀 듣지 않습니다. 그냥 배경일 뿐이에요.

그러나 장소보다 더 중요한 것이 있습니다. 할 수 있는 한 매일 일하려고 애쓰는 거죠.

오늘 아침에도 글을 쓰셨나요?

킹 그럼요. 네 쪽을 썼지요. 요즘에는 그 정도를 씁니다. 예전에는 매일 2000단어를 쓰기도 했어요. 물론 가끔은 더 쓰기도 했고요. 최근에는 하루에 겨우 1000단어 정도를 씁니다.

컴퓨터로 쓰시나요?

킹 네, 그렇지만 가끔은 손으로도 씁니다. 『드림캐처』와 『자루 속의 뼈』 같은 작품은 손으로 썼습니다. 손으로 쓰면 무슨 일이 일어날지 궁금하거든요. 그렇게 하면 무엇인가 변화가 생깁니다. 무엇보다도 쓰는 속도가 느려집니다. 손으로 쓰는 일은 시간이 많이 걸리니까요. 글을 쓸 때마다 게으름이 발동해서는 "아휴, 정말 이렇게 해야만 할까? 손으로 써서 손가락에 생긴 작은 못이 아직도 남았는데."라고 해요. 그렇지만 손으로 쓰면 나중에 퇴고가 더 잘됩니다. 손으로는 빨리 쓸 수 없기 때문에 초고가 더 깔끔하게 마무리되는 것 같아요. 손으로는 일정한 속도 이상으로 글을 쓸 수 없지요. 컴퓨터와 손으로 쓰는 차이는 모터를 단 스쿠터로 달리는 것과 시골길을 실제로 걷는 차이처럼 여겨집니다.

초고를 마치면 무엇을 하시나요?

킹 초고가 완성되면 최소한 6주 정도 그냥 뜸을 들이는 것이 좋지요. 그렇지만 늘 그런 사치를 누리지는 못합니다. 『셀』의 경우엔 전혀 없었어요. 이미 출판사와 두 편의 글을 계약해놓은 상태였지요. 그중 하나는 『리시 이야기』였는데 이것만 단독으로 오랫동안 작업했습니다. 다른 하나가 『셀』이었는데 그 책에 대해 오래 생각하고 있다가, 이제 써야 할 때라고 느꼈습니다. 그런 사건이 생길 때에는 즉시 시작하거나 아예 그만두어야 합니다. 그런 점에서 『셀』은 계획하지 않은 임신 같았지요.

『리시 이야기』를 쓰는 도중에 『셀』을 쓰셨다는 뜻인가요?

킹 한동안 두 작품을 동시에 썼지요. 『리시 이야기』의 초고를 끝내고서 밤에는 이 소설을 고쳐 쓰고, 낮에는 『셀』을 썼습니다. 술을 끊기 전에는 그런 식으로 작업했지요. 낮에는 신선하고 새로운 내용을 작업했고 상당히 일사천리로 일했지요. 자주 숙취에 시달렸지만 일사천리였어요. 밤에 피곤에 지치면 퇴고를 했고요. 이런 방식이 재밌고 좋았습니다. 그런 식으로 오랫동안 작업했던 것 같은데 이제는 더 이상 그럴 수 없네요.

저는 『리시 이야기』를 먼저 출판하고 싶었는데, 스크리브너스 출판사의 수전 몰도가 『셀』을 먼저 출판하고 싶어했습니다. 『셀』이 받을 관심이 『리시 이야기』의 판매에 도움을 줄 것이라면서요. 그래서 그들은 『셀』의 출판을 서둘렀습니다. 저는 곧바로 수정 작업을 시작해야 했지요. 이런 일은 출판사들이 지금도 하곤 하지만, 책을 만드는 데 반드시 필요하다곤 할 수 없지요.

그들에게 안 된다고 하실 수는 없었나요?

킹 할 수 있었지요. 그렇지만 실제로 그 판단이 옳았고 엄청나게 큰 성공을 거두었습니다. 『셀』은 비록 특이한 경우이긴 하지만요. 그레이엄 그린은 소설책과 오락물에 대해서 말하곤 했는데, 『셀』은 오락거리입니다. 어찌 되든 크게 상관없었다고 말하고 싶진 않네요. 신경이 쓰였거든요. 세 이름으로 출판되는 것에 무척 신경을 씁니다. 만일 어떤 일을 하려 하고 누군가 그 일에 돈을 지불한다면 할 수 있는 한 최선을 다해야 한다고 생각합니다. 하지만 『리시 이야기』의 초고를 끝냈을 때는 자신에게 6주의 말미를 주면서 생각했습니다. '6주 후에 그 소설을 다시 읽으면 마치 다른 사람이 쓴 것처럼 보일 거야. 나와 잘 어울리지 않는 것처럼 보일 테고. 온갖 종류의

끔찍한 실수를 발견하겠지만 또한 "이렇게 멋진 구절이라니!"라고 할 수 있는 문단도 찾을 거야.'

퇴고를 많이 하시나요?

킹 컴퓨터로 작업하면서 '카메라로 보는 것처럼' 편집하게 되었습니다. 컴퓨터 화면 위에서 직접 수정하는 것 말입니다. 『셀』을 그렇게 작업했습니다. 편집자가 보내준 『셀』의 교정쇄 파일을 컴퓨터 화면에 띄워놓고 다시 읽으면서 수정할 수 있었지요. 빙판에서 스케이트를 탈 때처럼 매끄럽게 수정할 수 있었습니다. 컴퓨터 수정은 괜찮은 방법이지만 최선은 아닙니다. 『리시 이야기』 때는 원고를 옆에 두고, 컴퓨터에 새 문서 창을 띄워 작품 전체를 다시 타이핑했습니다. 수영하는 기분이었고 더 나은 방법이었어요. 원고를 새로 쓰는 것 같았거든요. 문자 그대로 다시 쓰기였다니까요.

퇴고할 때마다 원고는 달라집니다. 어떤 책을 끝냈을 때 '이건 쓰려던 게 아니야.'라고 깨닫기도 하고요. 쓰고 있을 때도 그런 경우가 있지요. 그렇다고 방향을 바꾸려고 한다면, 모든 걸 망치게 될 겁니다. 강속구의 방향을 바꾸려는 투수처럼 말이에요. SF작가인 앨프리드 베스터는 이렇게 말하곤 했습니다. "책은 제멋대로 굴지요. 책이 가고 싶은 대로 가게 내버려두고, 우린 그냥 따라가기만 하면 돼요." 책이 저절로 굴러가지 않을 경우, 좋은 작품일 리가 없거든요. 물론 제게도 별 볼 일 없는 책이 있지요. 『로즈 매더』가 그런 책일 겁니다. 정말로 술술 굴러가질 않더군요. 억지로 써야만 했어요.

누가 당신의 소설을 편집하나요? 그리고 얼마나 많이 편집되나요?

킹 많은 책을 척 베릴이 했어요. 그는 정말로 믿을 만한 편집자입니다. 『리시 이야기』의 경우는 스크리브너스 출판사의 낸 그레이엄이 편집했지요. 그녀는 완전히 다른 모습이었어요. 이 책이 한 여자에 관한 이야기인데, 편집자도 여자였기 때문일 거예요. 다른 한편으로 그녀가 신입이었기 때문이고요. 낸은 정말로 많이 고쳤습니다. 책의 뒷부분에 리시가 정신병원에 갇힌 언니 아만다를 만나러 가는 장면이 있습니다. 원래는 리시가 아만다를 만나러 가는 길에 언니 집에 들르고, 다음에 그녀를 데리고 돌아오는 것으로 끝나는 긴 장면이었습니다. 낸은 이렇게 말하더군요. "이 부분은 다시 써야겠는걸요. 리시가 아만다의 집에 들른 부분을 빼는 것이 좋겠어요. 이야기의 전개를 느리게 하고 필요도 없거든요."

낸의 비평에 개인적으로나 베스트셀러 작가로서보다는, 순전히 작가로서 발끈했던 것 같습니다. '도를 넘었잖아.'라는 생각에는 변함이 없어요. 하지만 처음 든 생각은 '그녀는 이래라저래라 할 자격이 없어. 아직 아무것도 모르는군. 작가가 아니라서 나의 천재성을 이해하지 못한 거야!'였습니다. 그러곤 저는 정말 큰 소리로 말했습니다. "그래, 어디 한번 해보시지!" 저는 원한다면 어떤 방식으로든 가질 수 있는 경력의 정점에 도달해 있었습니다. 아주 유명해지면 로프도 얻을 수 있답니다. 타임스스퀘어에서 목을 매고 싶다면요. 저는 그렇게 했어요. 마약을 하거나 술을 마시거나 맘대로요. 편집자들에게 "꺼져버려!"라고 했던 말도 포함해서요.

『셀』이 '오락물'이라면 다른 범주에 들어가는 책으로는 어떤 것이 있을까요?

킹 당신도 아시다시피 제 책은 모두 오락물입니다. 어떤 점에서는 그게 바로 문제의 핵심입니다. 소설이 오락거리가 아니라면 성공적인 작품이라고 생각하기 어렵잖아요. 오락물과는 좀 다른 차원의 소설에 대해 이야기하자면 『미저리』, 『돌로레스 클레이본』, 『그것』을 들고 싶습니다. 『그것』에서는 등장인물들이 아이와 어른의 삶 사이를 왔다 갔다 합니다. 이 책을 쓰면서, 우리가 우리 삶의 또 다른 지점에서 상상력을 발휘하는 방식에 대한 글이라는 걸 깨달았지요. 저는 이 책을 좋아합니다. 꾸준히 팔리고 있는 책 중 한 권이고요. 정말 반응이 좋았어요. "이야기가 좀 더 길었으면 좋겠어요."라는 편지를 정말로 많이 받았지요. 그렇지만 저는 말했죠. "세상에, 지금도 이렇게 긴데 더 길었으면 좋겠다니요."

제 작품 중에서 『그것』이 가장 디킨스의 작품과 흡사하다고 생각합니다. 등장인물의 범위가 상당히 넓고, 이야기가 서로 교차하거든요. 굉장히 복잡한 이야기를 힘들이지 않고 풀어나갈 수 있었어요. 그런 경험을 자주 하고 싶다고 생각했습니다. 『리시 이야기』도 그런 식으로 썼습니다. 무척 긴데도 서로 얽히고설킨 이야기들이 아무런 노력 없이 잘 맞물려 들어갔습니다. 그렇지만 이렇게 말하는 것이 겁나네요. 사람들이 비웃으면서 "저 야만인이 왕실 사람인 척하네."라고 할까 봐 걱정돼요. 그래서 이런 문제가 거론될 때마다 항상 그냥 덮어버립니다.

미국 문학에 기여한 공로로 전미도서상을 받을 때 대중소설을 옹호하는 연설을 하셨지요. 기존 문학계에서 무시당하고 있다고 생각하는 작가들의 목록도 발표하셨고요. 그러나 그해 소설 부분 수상자인 셜리 해저드가 무대에 등장해서 당신의 주장을 깔아뭉갰지요.

킹 셜리 해저드는 이렇게 말했어요. "당신이 만든 도서 목록 따위는 필요 없습니다." 반박할 기회가 생긴다면 다음처럼 말하고 싶네요. "모든 면에서 우린 그런 도서 목록이 필요합니다." 어떤 면에서는 셜리가 제 주장을 뒷받침하고 있다고 생각합니다. 진지한 문학을 옹호하는 사람들은 수용할 수 있는 작가의 목록이 무척 짧습니다. 그 목록은 너무도 자주 어떤 특정한 학교 출신이나 입문 과정으로 등단하여 알고 있는 사람들끼리 만든 걸 겁니다. 정말로 좋지 않은 생각입니다. 문학의 성장을 방해하니까요. 지금은 미국 문학에서 매우 중요한 시기입니다. 너무도 다양한 매체—텔레비전, 영화, 인터넷, 인쇄물이 아닌 형태로 상상력을 자극하는 모든 방식—로부터 공격을 받고 있기 때문입니다. 이야기를 전달하는 옛날 방식인 책이 공격받고 있습니다. 셜리 해저드 같은 작가가 도서 목록이 필요 없다고 말할 때, 조지 펠레카노스나 데니스 루헤인 같은 작가에게는 문이 꽝 소리 내며 닫힙니다. 그런 작가들이 냉대받는 일이 생기면 상상력의 많은 부분을 잃게 됩니다. 꼭 제임스 패터슨*에 대한 이야기는 아닙니다만, 이 사람들이 아주 중요한 일을 한다는 건 알아야 합니다.

그래서 셜리 해저드에게도 도서 목록이 꼭 필요합니다. 그리고 셜리에게 필요한 또 다른 것은 이렇게 말해줄 사람입니다. "일이나 해. 인생은 짧아. 가만히 앉아서 우리가 하는 일에 대해 쓰레기 같은 이야길 하는 대신에, 진짜 일을 해. 신께서 재능을 주셨지만, 살날은

* 현재 미국에서 가장 많은 베스트셀러 기록을 가진 미스터리 스릴러 작가이다. 알렉스 크로스 시리즈와 우먼스 머더 클럽 시리즈가 유명하다.

많지 않으니까."

한 가지만 더요. 진지한 대중소설에 문을 걸어 잠그면 진지한 소설가들에게도 문을 닫아버리는 겁니다. 그들에게 "대중적이고 접하기 쉬운 소설을 쓰면 대가를 치를 거야."라고 말하는 거죠. 그러면 소설가 중에서 필립 로스가 『미국을 노린 음모』를 쓸 때 택했던 위험을 무릅쓸 작가는 줄어듭니다. 필립 로스가 그런 책을 쓰는 것은 위험한 일이었지요. 오락물로도 읽힐 만큼 접근하기 편한 그런 소설이기 때문입니다. 이야기 차원에서도 흥미롭고요. 그 책은 셜리 해저드의 『거대한 불』과는 다릅니다. 어쨌든 그 책도 젠장 맞게 훌륭하지요. 결코 필립 로스 정도는 안 되지만.

진지한 대중소설과 순수문학 사이엔 정말로 큰 차이가 있나요?

킹 어떤 책을 읽을 때 감정적으로 더 끌리는지 같은 문제를 따지기 시작하면, 둘 사이의 진정한 차이는 깨지고 말 겁니다. 일단 차이를 구분하는 지점이 무너지면 많은 진지한 비평가들은 머리를 흔들면서, "그러면 안 돼."라고 할 거고요. 이 모든 것은 먹고살기 위해 문학을 분석하는 많은 사람들이 갖고 있는 생각—만일 우리가 어중이떠중이를 모두 받아들인다면, 누구나 이런 일을 할 수 있다는 것을 알게 되겠지. 그러면 이 일이 누구에게나 열려 있다는 것을 알게 될 거고. 그러면 우리는 뭘 해야 하지?—으로 귀결된다고 봅니다.

당신이 소설에 상표명을 언급하는 것이 특히 어떤 비평가들을 질색하게 만드는 것 같던데요.

킹 사람들이 문제 삼으리란 건 알고 있었어요. 그렇지만 그만둘 생각은 전혀 없습니다. 어떤 누구도 그것이 잘못되었다고 저를 설득할 수 없을 겁니다. 왜냐하면 그렇게 할 때마다 내면에서 자그마한 즐거움이 느껴지거든요. 마치 과녁판을 정확히 맞힌 것처럼요. 마이클 조던이 방향을 바꾸면서 점프 슛할 때처럼 말이에요. 종종 상표는 완벽한 단어입니다. 그리고 어떤 장면을 구체화하곤 합니다. 『샤이닝』에서 잭 토런스가 두통약인 엑세드린을 씹어먹을 때, 그게 무슨 의미인지 아실 겁니다. 저는 비평가들에게 항상 묻고 싶었습니다. 비평가 중의 일부는 소설가이고, 일부는 대학에서 문학을 가르치는 교수들이지요. "제길, 뭐하자는 겁니까? 약상자를 열면 당신들한테는 상표 없는 회색 병만 보입니까? 상표 없는 샴푸와 아스피린이 보여요? 상점서 여섯 개 한 묶음짜리 그냥 맥주를 사나요? 차고문을 열면, 차고에 무엇이 주차되어 있습니까? 자동차요? 그냥 자동차라고 할 수 있나요?"

그러고 난 뒤 "그들은 틀림없이 그렇다고 할 거야." 하고 혼잣말하지요. 이 비평가 중 일부인 대학 교수들에게 문학이란 헨리 제임스에서 멈춰버려서, 포크너나 스타인벡에 대해 이야기하면 얼굴에 차가운 미소를 띨 뿐일 겁니다. 이들은 미국 소설에 무지하지만, 자신의 무지가 장점이라고 주장하지요. 그들은 콜더 윌링햄이 누군지 모르지요. 슬론 윌슨도 모르고요. 그레이스 메탈리어스도 모르지요. 그들은 이런 작가들을 아무도 알지 못하면서 괘씸하게도 그것을 자랑스러워합니다. 그리고 약상자를 열 때 상표는 보지 않고 약병만 볼 겁니다. 그렇다면 관찰력 부족이겠지요. 저는 이렇게 말했어야 해요. "이건 펩시라고요, 아시겠어요? 그냥 탄산수가 아니라 펩시요. 구체적인 물건이요. 무슨 뜻인지, 두 눈으로 직접 본 걸 말해보세요.

하실 수만 있다면요. 독자를 위해서 사진처럼 묘사해보세요.”

명성 때문에 어떤 유형에 갇혀버렸다고 생각하시나요?

킹 유명해져서 갇혀서 산다고 느끼거나 원하는 곳에 갈 수 없냐는 의미라면, 전혀 그렇지 않습니다. 그런 식으로 유형화되었다고 생각하지는 않습니다. 어떤 사람들은 제게 괴기소설, 싸구려 소설, 서스펜스물 작가, 공포물의 대가라는 딱지를 붙이고 싶어하지요. 그렇지만 제가 하는 일을 설명해본 적도 없고, 이러한 딱지에 대해 불평하는 글을 쓰지도 않았습니다. 그러면 뽐내려 하거나 제가 아닌 무엇인 체하는 것처럼 보이기 때문입니다.

더블데이 출판사의 제 첫 편집자였던 빌 톰슨과 이런 대화를 나누었습니다. 그 출판사에서, 상당한 성공을 거둔 『캐리』를 막 출판했을 때일 겁니다. 출판사에서는 후속 작품을 원했지요. 전 이미 써놓은 두 편의 작품을 그에게 건넸습니다. 하나는 『살렘스 롯』, 다른 하나는 『로드워크』였지요. 『로드워크』는 나중에 제 가명인 리처드 바크만이란 이름으로 출판되었습니다. 어떤 책을 먼저 출판하고 싶은지 그에게 묻자 이렇게 대답하더군요. “아마 제 대답이 맘에 들지 않으실 겁니다.” 그는 『로드워크』가 좀 더 진정한 소설, 즉 소설가의 소설이라고 평했죠. 무슨 뜻인지 아실 겁니다. 그러고는 『살렘스 롯』을 먼저 출판하고 싶다고 하더군요. 이 책이 상업적으로 더 크게 성공할 거라고 생각하기 때문이라면서요. 그러면서 이제 저는 유형화될 거라고 했어요. 그래서 “유형화요? 어떻게 유형화되나요?”라고 물었습니다. “공포물 작가로 말입니다.”라고 하더군요. 전 웃어넘겼습니다. ‘뭐라고? M. R. 제임스나 에드거 앨런 포나 메리 셸리처럼?’

이라고 생각했지요. "상관없어. 그런 것은 중요하지 않아."라고 중얼거렸지요.

사람들은 저에게 공포물 작가라고 했지만, 저는 그 틀 안에서 온갖 종류의 것을 다 할 수 있었습니다. 소설가가 된 이후 단 한 번 그 딱지가 엄청난 부담으로 느껴졌는데, 『욕망을 파는 집』이란 책을 쓰고 있을 때였습니다. 저는 그때 매우 예민했어요. 열여섯 살 이후로 술을 마시거나 마약을 하지 않은 상태로 글을 쓴 것은 그 책이 처음이었거든요. 담배만 빼면 저는 완전히 정신을 차린 상태였습니다. 이 책을 끝냈을 때는 이렇게 생각했어요. '이거 훌륭한데. 드디어 정말로 재미있는 작품을 썼는걸.' 1980년대 미국 레이거노믹스*에 대한 풍자를 썼다고 생각했지요. 사람들은 무엇이든 사고팔려고 했습니다. 심지어 자신의 영혼까지도요. 『욕망을 파는 집』에서 악한으로 등장하는 릴런드 건트는 영혼을 사는 상점 주인입니다. 전 그를 전형적으로 로널드 레이건과 같은 인물로 보았습니다. 카리스마가 넘치고 약간은 나이 지긋하고 번쩍이고 빛나 보이지만, 실제로는 쓰레기에 불과한 것만 팔지요.

잠시만요. 샌디 쿠팩스가 자필 서명한 야구 카드가 쓰레기라고요? 설마요.

킹 사실 아이가 가진 건 그 카드가 아니었습니다. 그렇게 보였지만 다른 누군가의 카드임이 밝혀집니다. 정말 어이없는 일은 샌디 쿠팩스가 제게 화를 냈다는 겁니다. 특히 꼬마가 마지막에 "샌디 쿠팩스는 형편없어."라고 내뱉으며 "탕!" 하고 자기 머리를 날려버렸다

* 전 미 대통령인 로널드 레이건의 경제 활성화 정책.

는 이유 때문에요. 쿠팩스는 평생 투수로서 청소년들에게 훌륭한 모델이 되려 노력했는데, 아이의 자살에 영향을 미쳤다는 사실에 화가 난다고 말했습니다.

아이가 진짜 말하려고 했던 건 '샌디 쿠팩스가 형편없다.'는 것이 아닙니다. 릴런드 건트와 그의 가게, 모든 사업이 고약하다는 것이었지요. 이걸 설명하려 했지요. 이것이야말로 등장인물이 물건을 사려고 영혼을 팔아야 하는 사업 전체가 잘못됐다고 말할 수 있는 유일한 방법임을 아셔야 한다고요. 그런데 쿠팩스는 이해를 못 하더라고요. 이 책을 영화로 만들 때 담당자들은 쿠팩스를 미키 맨틀로 바꾸었어요. 맨틀은 욕하는 대신 이 일이 재미있다고 생각하더라고요.

『로드워크』에 대한 비판에 대해 어떻게 대처하셨나요?

킹 사람들이 이 책을 풍자로 볼 것이라고 생각했습니다. 그런데 비평가들은 실패한 공포 소설이라고 부르더군요. 어쩌면 정말로 좋은 소설은 아닐지도 모르겠다고 생각하기까지 오랜 시간이 걸렸어요.

형편없다고 평가받은 소설이 영화로 만들어지면 더 심하게 비판받는다고 생각하시나요?

킹 대개 소설보다 영화에 대한 비평이 훨씬 많습니다. 솔직히 영화 비평은 좀 가혹함이 덜한 편이지요. 『미저리』와 『스탠드 바이 미』를 영화로 만들었을 때 확실히 그랬고 『돌로레스 클레이본』 때도 어느 정도는 그랬다고 생각합니다.

도서 수집광이라고 하던데요. 글렌 호로비츠라는 도서 판매상이 당신에게 실수

로 책을 보내서 사과했더니 그걸 사겠다고 하셨다던데요.

킹 그 이야기는 사실입니다. 엄청난 도서 수집광은 아니지만, 포크너가 서명한 책이 십여 권 있고, 시어도어 드라이저의 책은 아주 많습니다. 카슨 매컬러스의 『황금빛 눈에 비친 모습』도 있습니다. 그녀의 소설을 좋아합니다. 집에는 약방에서 팔던 염가보급판용 책을 꽂던 구닥다리 책꽂이도 있지요. 1950년대에 출판된 것도 여러 권 가지고 있습니다. 그 책들은 표지가 맘에 듭니다. 그리고 1960년대에 출판된 포르노그래피도 꽤 모았고요. 도널드 웨스트레이크와 로렌스 블록 같은 사람들이 쓴 염가판 포르노그래피 말이에요. 이 책들을 보면 기분이 좋아집니다. 그들의 반짝이는 스타일을 엿볼 수 있거든요.

포크너, 드라이저, 매컬러스와 같은 작가에게서 무엇을 배우셨나요?

킹 목소리입니다. 요즘 다시 『모두가 왕의 부하들』• 을 읽는 중입니다. 시디로도 듣고 있고요. 정말로 잘 읽어주더라고요. 윌리 스타크가 말하지요. "여기엔 항상 무엇인가가 있어……. 기저귀에서 나는 고약한 냄새부터 수의에서 나는 악취까지, 항상 무엇인가가." 한번 들어보세요. 그러면 "바로 저 목소리야! 귀에 쏙쏙 들어오네."라고 하실 거예요.

미국식 관용어를 정말로 자주 사용하시지요. 지금 글을 쓰는 작가 중에서 가장

• 미국의 작가이자 시인 겸 평론가인 로버트 펜 워런의 작품이다. 윌리 스타크라는 정치가의 흥망을 그렸다.

지방색이 강할 것 같은데요.

킹 평생을 메인 주에서 살았습니다. 그래서인지 거기에 대한 글을 쓸 때면 저절로 사투리가 떠오르더라고요. 이 지역에 대한 글을 쓰는 훌륭한 작가들이 많지만 작품이 널리 읽히지는 않고 있어요. 캐럴린 슈트는 『메인 주 이집트 마을의 콩들』을 썼고, 존 굴드는 『그린 리프에서 일어난 불』을 썼지요. 그렇지만 널리 읽히는 작가는 저 혼자뿐이에요. 지방색이란 점에서 존 그리샴은 상당히 훌륭하지요. 그의 책 『하얀 집』은 미국 남부의 지방색이 넘치는 아주 멋진 이야기이지요.

소설을 통해서 신진 작가에게 호의적인 견해를 내보이거나 동시대 작가들을 언급하기도 하시지요. 마치 다른 작가들을 홍보하려고 애쓰는 것처럼 보입니다. 실제로 그렇게 많은 작가들을 모두 좋아하시나요?

킹 멋진 이야기를 읽을 때마다 기쁨을 느낍니다. 출판 시장이 얼마나 좁은지도 알고 있지요. 저는 환상적일 만큼 운이 좋았습니다. 그래서 이 행운을 조금이라도 널리 퍼트리고 싶어요. 제가 처음 쓰기 시작한 건 단편소설이었습니다. 저는 단편소설 잡지 시장 출신이지요. 출판 시장은 정말로 작아졌고요. 단편소설 시장은 그것보다 더 작지요. 그래서 가능하다면 이런저런 책들이 출판되었다는 걸 사람들에게 알리고 싶습니다.

『미국 최고의 단편소설』을 편집하신다면서요? 어릴 때 읽던 여러 잡지에 실린 단편소설 중에서도 작품을 선정하실 건가요?

킹 물론이지요. 어떤 작품이 실려 있는지 확인하려고 판타지와 과학소설 잡지를 전부 읽고 있습니다. 특히 『엘러리 퀸』과 『알프레드 히치콕』 추리소설 잡지를요. 『알프레드 히치콕』은 높은 수준의 문학 잡지였는데 『엘러리 퀸』을 소유한 회사가 사들였지요. 그 뒤 단편소설의 수준이 낮아지고 있습니다. 『미국 최고의 단편소설』에 실릴 작품을 고르는 건 대단한 프로젝트입니다. 그러나 단편이 너무도 많으니 약간은 겁이 납니다. 빠트린 작품이 있을까 봐요.

언제 단편소설을 쓰시나요?

킹 한 편의 소설을 마치고 새로운 소설을 쓰기 전에 단편소설을 쓰지요. 『리시 이야기』와 『셀』을 마쳤을 때 완전히 기진맥진해 있었어요. 새 소설을 시작하려고 했는데 그럴 수 없었지요. 그래서 몇 편의 단편을 썼습니다. 『미국 최고의 단편소설』에 실릴 작품을 고르려고 단편들을 읽기 시작했고요. 열 편, 스무 편, 마흔 편, 백 편을 읽고서 마침내 다른 소설을 쓰기 시작했지요. 장편소설을 쓸 때는 언제나 미래에 쓸 단편소설을 위한 여러 가지 구상을 이미 하고 있습니다. 그렇지만 막상 장편소설을 쓰는 중에는 다음 단편소설에 한눈을 팔 수 없지요. 마치 이미 결혼해서 거리에서 마주치는 여자들을 쳐다보지 않으려고 애쓰는 사람처럼 말이에요.

『자루 속의 뼈』에 나오는 작가인 마이크 누난과 닮으셨나요? 그는 이미 너무도 많은 소설을 써놓아서 한 편을 끝내면 비밀 장소에 숨겨놓곤 했지요.

킹 두세 편 정도를 쌓아둔 적도 있을 겁니다. 『자루 속의 뼈』에 나오는 이야기는 주워들은 소문에서 영감을 받았습니다. 다니엘 스틸이 매년 세 권의 책을 쓰고 두 권만 출판한다는 소문 말입니다. 그것이 사실이라면 지난 10년 동안 그녀는 상당히 많은 원고를 쌓아두었음에 틀림없다고 생각했습니다. 대중적으로 중요한 작품을 쓴 작가 중에는 놀랍게도 150권이 넘는 책을 출판한 노라 로버츠와 같은 작가도 있지요. 그런데도 사람들은 제게 다작한다고 그러더군요.

책을 시장에 내놓기 위해 다양한 전략을 쓰시던데요. 시리즈물, 전자책, 새로 낸 책의 말미에 앞으로 출간 예정인 소설의 일부를 싣는 식으로 말입니다. 이것보다 다양한 전략을 쓰고 계신가요?

킹 아닙니다. 전 그저 무슨 일이 생길지 보고 싶을 뿐입니다. 화학 실험 세트를 가진 아이처럼요. '이 두 가지 물질을 함께 섞으면 무슨 일이 생길까?' 온라인 출판 실험은 출판사에게 이렇게 말하는 걸 겁니다. "이제 책을 내는 데 당신들이 반드시 필요한 건 아닙니다. 다른 사람을 위해 새로운 길을 내보고 싶습니다. 그리고 이런 실험은 많은 것을 새롭게 해주는 방법이지요."

스크리브너스 출판사가 온라인으로 출판할 단편소설이 있는지 물었지요. 그렇지만 그쪽에서 중점을 두는 쪽은 결코 인터넷이 아닙니다. 그들이 진지하게 여기는 건 책을 손에 들고 읽을 때 버튼을 눌러 페이지를 넘기는 식의 전자책입니다. 전 이런 생각을 결코 좋아하지 않습니다. 대부분의 사람들도 좋아하지 않을 거예요. 하지만 그들은 손으로 넘길 수 있는 그런 걸 원합니다. 우리들은 1910년대에 차를 산 사람들과 같아요. 차가 고장 나서 길가에 세우면 "말이나 타고 다닐 일이지!"라고 소리를 질러댔지요. 지금은 "책이나 살 일이지!"라고 소리를 질러대고요. 이거나 저거나 똑같은 일이에요. 그런데 제게 온라인 출판에 대한 과도한 반응은 무척 흥미롭습니다. 왜냐하면 전에 말도 걸지 않던 사업가나 기업 간부들이 갑자기 관심을 보였기 때문입니다. "요즘 무슨 일을 하고 계신가요? 혼자 이 모든 일을 다 할 수 있으세요? 출판사를 바꾸는 것은 어떠십니까?"라는 식으로요. 그렇지만 이런 관심을 몰고 다니는 것은 항상 돈이었지, 이야기 자체는 절대 아니었어요.

닷컴의 거품이 끝날 무렵에 이런 일이 있었습니다. 최후를 맞이하기 전 마지막으로 일어난 흥미진진한 일이었지요. 아서 C. 클라크는 벌써 인터넷에 한 편의 글을 팔았지요. 별에서 되돌아오는 방송을 다룬 여섯 쪽 분량의 글입니다. 그런데 제기랄, 완전히 개판이더군요. 그런 글은 작가란 놈이 낮잠 못 잔 어느 오후에 엿이나 먹으라고 쓴 글이지요.

스크리브너스가 출판한 「총알 차 타기」는 크게 성공했는데 왜 온라인 출판을 그만두셨나요? 그다음 프로젝트였던 「식물」The Plant은 여섯 번만 연재하셨지요.

킹 사람들은 「식물」을 끝내지 못한 이유가 마케팅 전략에 실패했기 때문이라고 생각하던데요. 미디어가 조용하지만 확고하게 사람들을 거짓으로 몰고 간다고 느낀 몇 번의 경우 중 하나입니다. 사실 「식물」은 매우 성공적이었어요. 이 이야기는 '사용자가 알아서 값을 지불하는 방식'Honor System으로 출판했지요. 「총알 차 타기」를 공짜로 보려고 시스템을 해킹하려는 사람들이 있다고 들었거든요. 이런 생각이 들더군요. '그래, 이것이 인터넷 사용자들이 하는 일이로구나. 사람들은 내 이야기를 훔치려고 해킹하는 게 아니야. 자신이 할 수 있는지 알아보려고 하는 거야. 마치 게임처럼 말이야.' 그래서 이렇게 해보기로 했지요. "봐, 여긴 열려 있어. 지키는 사람 없이 신문을 파는 가판대 같은 거야. 정말 바보나 얼간이가 되고 싶다면 한번 해봐, 해킹해봐! 이 바보야, 해킹한 자신에 대해 뻐길 수 있길 바라."라고요. 그렇지만 대부분의 사람은 자신이 취한 것에 대해 지불했습니다. 어떤 사람들은 단지 자신이 공짜로 볼 수 있는지 궁금해서 본 다음 지불하기도 했던 것 같아요.

간접비 지출 없이 거의 20만 달러를 벌었습니다. 생각해보면 놀라울 따름입니다. 제가 한 일이라고는 이야기를 쓴 것과 그것을 읽을 수 있는 서버를 만들어놓은 것뿐입니다. 이 일을 속되게 표현하자면 돈을 찍어낼 면허를 가진 것과 같았지요. 그 이야기는 그럭저럭 괜찮은 편이었어요. 하지만 영감이 고갈되어서 미완성인 채로 남아 있지요.

추측컨대 당신에게 글을 쓰는 것과 돈을 버는 것의 관계는 먹고살기 위해서라는 의미를 넘어섰다고 생각됩니다. 돈벌이가 아직도 중요한가요?

킹 하는 일에 대해서 대가를 받아야 한다고 생각할 뿐입니다. 매일 아침 자명종 소리에 맞춰 일어납니다. 다리 운동을 하고 곧바로 워드프로세서 앞에 앉습니다. 정오 무렵이면 등이 아파오고 지칩니다. 전에 하던 것만큼 아니 좀 더 열심히 일하지요. 그래서 대가를 받고 싶을 뿐입니다. 기본적으로 지금도 일한 만큼 대가를 받아야 한다고 생각합니다.

더는 하고 싶지 않은 일은 무시무시할 정도로 많은 선인세를 받는 겁니다. 두어 번 선인세를 받은 적이 있습니다. 확실히 톰 클랜시는 그걸로 자신의 몫을 챙겼지요. 그걸 자랑스러워했습니다. 존 그리샴도 엄청난 선인세를 받았지요. 작가에게 선인세란 이런 말이지요. "난 선인세로 받고 싶어. 나중에 책이 재고 선반에 잔뜩 쌓여 있어도 한 푼도 돌려주지 않을 거야. 그래도 출판사는 선인세를 줄 수밖에 없어. 스티븐 킹이나 톰 클랜시, 존 그리샴과 같은 작가의 작품을 출판하고 싶기 때문이지. 그러면 도서 목록에 실린 다른 작가나 작품도 관심을 끌 수 있으니까. 분명히 서점 직원들도 이런 작가들 작품을 진열하고 싶어하지. 이 작품들이 많은 사람들을 서점으로 이끄니까. 서점 직원들이 무릎을 꿇고 존 그리샴을 숭배하는 이유는 그의 책을 팔 수 있기 때문만이 아니라 그가 책을 낼 때 다른 책도 팔 수 있기 때문이지. 그래서 크리스마스 대목 뒤 서점에서 책이 거의 팔리지 않는 2월에 책을 내는 거야."

저도 엄청나게 많은 선인세를 받을 수 있습니다만 그런 것 없이도 잘살 수 있습니다. 바이킹 출판사를 떠나면서 출판사와 계약할 때 사업 파트너 조건을 넣기로 결심했지요. '나를 계약에 묶어둘 만큼의 계약금만 주면 돼. 나중에 수익이 생기면 그것을 나누고. 왜 안 되겠어? 그들에게도 좋은 계약 조건인데.' 단지 돈을 위해 글을 쓰는 것이라면 이미 충분히 벌었기 때문에 진즉에 그만두었을 겁니다.

톰 클랜시나 다니엘 스틸 같은 작가만큼 크게 성공해야 한다고 생각하신 적이 있으신가요?

킹 우린 상당히 경쟁이 심한 사회에 살고 있지요. 벌어들이는 돈에 근거해서 다른 작가들만큼 성공했는지 판단하는 경향이 있습니다. 그렇지만 핵심은 언제나 판매부수이지요. 그리고 이 작가들이 저보다 책을 더 많이 팔았지요. 그리샴은 저의 네 배쯤 팔았을 겁니다. 그렇지만 그건 더 이상 중요하지 않아요. 종종 『뉴욕 타임스』에 실린 베스트셀러 목록을 보면서 생각하죠. 다니엘 스틸과 데이비드 발다치와 재탕 또는 삼탕을 한 책들과 함께 목록에 실리기 위해 죽어라고 일해야 할까?

교통사고를 당한 지 벌써 7년이 흘렀네요. 여전히 아프신가요?

킹 그럼요. 늘 통증에 시달립니다. 그렇지만 더 이상 통증 때문에 약을 먹지는 않습니다. 몇 년 전 폐렴 때문에 병원에 입원한 적이 있어요. 한 차례 수술을 받은 후에 영원히 약을 먹으면서 살 수는 없다는 걸 깨달았지요. 약을 커다란 화물차에 실어야만 했거든요. 그 당시 이미 진통제를 5년이나 먹고 있었어요. 페르코셋, 옥시콘틴, 뭐 그런 것들이었지요. 저는 약물중독에 걸렸어요. 흥분하기 위해서가 아니라 통증을 줄이려고 먹을 때는 약을 끊는 것이 끔찍하게 어렵지는 않아요. 문제는 약 없이 사는 것에 익숙해져야만 한다는 거지요. 끊을 때의 어려움을 견뎌내야 합니다. 대체로 불면증이 나타나지요. 그렇지만 곧 몸이 말합니다. "아, 이젠 괜찮아!"

여전히 담배를 피우시나요?

킹 하루에 세 개비를 피우지만 글을 쓸 때는 전혀 피우지 않습니다. 단 세 개비를 피울 때 맛이 상당히 좋습니다. 의사는 하루에 세 개비를 피우면 서른 개비도 피우게 될 거라고 이야기하지만 그렇지 않습니다. 저는 술, 신경안정제, 코카인도 끊었는데요. 물론 모든 것에 매였던 적도 있지요. 유일하게 끊지 못하는 것은 담배뿐이에요. 대개 아침에 한 개비, 오후에 한 개비, 밤에 한 개비를 피우지요. 담배를 정말로 즐겨요. 알지요, 알지요. 그래서는 안 된다는 걸. '흡연'

은 나쁩니다! '건강'이야말로 좋은 것이고! 그렇지만 훌륭한 책과 담배 한 개비로 긴장을 푸는 것은 확실히 만족스러워요. 전날 밤이었어요. 보스턴 레드삭스가 이긴 야구 경기를 보고 돌아왔을 때였지요. 누워서 그레이엄 그린의 『조용한 미국인』을 읽고 있었어요. 멋지고 멋진 책이에요. 그리고 담배를 피우면서 생각했지요. '누가 이 책을 나보다 더 잘 이해할 수 있을까?'

담배나 다른 중독을 일으키는 것들 모두는 우리 삶에서 나쁜 면의 일부이지요. 그렇지만 강박적인 요소가 어떤 사람을 작가로 만드는 데 우선적으로 기여합니다. 그 모든 것을 글로 적게 만드니까요. 술, 담배, 마약 같은 것 말이에요.

글쓰기란 일종의 중독이라는 뜻인가요?

킹 제 생각에는 그렇습니다. 글이 잘 써지지 않을 때조차도요. 글을 쓰지 않으면 쓰지 않는다는 사실이 저를 괴롭히니까요. 글쓰기는 우리가 할 수 있는 놀라운 일입니다. 글쓰기가 잘될 때는 환상적이지요. 글쓰기가 잘되지 않을 때도 꽤 괜찮습니다. 시간을 보낼 수 있는 좋은 방법이기도 하지요. 과시할 수 있는 소설도 갖게 되고요.

알코올의존자 모임에 여전히 나가시나요?

킹 그럼요. 규칙적으로 가려고 하지요.

그 모임의 종교적인 면에 대해서는 어떻게 생각하시나요?

킹 제게는 아무런 문제가 되지 않습니다. 프로그램에는 '만일 믿을 수 없다면, 믿는 시늉을 하십시오.'라고 적혀 있더군요. '그렇게 될 때까지, 그런 척하십시오.'라고 하더라고요. 많은 사람들이 믿는 척하는 것을 어려워한다는 걸 알고 있지만 전 그 프로그램을 그대로 따랐지요. 그래서 아침에 무릎을 꿇고 빕니다. "하느님, 술과 마약을 잊을 수 있게 도와주소서."라고요. 밤에는 무릎을 꿇고, "감사합니다. 술을 마시거나 마약을 하지 않았습니다."라고 기도하지요.

이 이야기를 할 때마다 사람들에게 〈핑크 플라밍고〉Pink Flamingos •란 영화에 대해 들려줍니다. 존 워터스가 감독한 이 영화에는 뚱뚱하고 몸집이 큰 여장 남자 배우인 디바인이 등장합니다. 영화에서 디바인이 길가에 떨어진 개똥을 먹는 장면이 있습니다. 사람들은 워터스에게 이 특별한 장면에 대해 끝없이 묻습니다. 마침내 그가 폭발해서 말합니다. "들어보쇼. 그 작은 개똥이 그녀를 스타로 만들어주었다고!" 어떻습니까? 제게 신이란 영화에 나온 개똥처럼 부수적인 문제입니다. 만일 알코올의존자 프로그램의 종교 부분만 받아들일 수 있다면, 더는 술을 마시거나 마약을 할 필요가 없지요.

어떤 종류든 상담 치료를 받은 적이 있으신가요?

킹 마약과 술을 끊었을 때 그것 없이 사는 방법을 찾으려고 한동안 상담을 받았지요. 만일 진짜 심리 상담을 말씀하시는 거라면 '내 들통 밑바닥에는 구멍이 있네'라는 동요••처럼 모든 것이 잘못되지 않을까 걱정됩니다. 심리 상담이 작가로서의 저를 망칠지는 알 수 없습니다만 좋은 것들을 많이 앗아갈 수도 있다고 생각합니다.

글을 쓰는 동안 창작이 어떻게 시작되는지 생각해본 적이 있으신가요?

킹 때로 어떤 작품들은 너무 분명해서 피할 도리가 없는 경우도 있습니다. 『미저리』에서 정신병을 앓는 간호사를 예로 들어보겠습니다. 그 글을 쓸 당시 저는 마약 때문에 상당히 힘든 시기를 보내고 있었지요. 무엇에 대해 쓰고 있는지는 잘 알고 있어서 질문의 여지도 없었고요. 『미저리』의 등장인물인 애니는 제게 마약처럼 끊어버릴 수 없는 문젯거리였지요. 또한 저의 일등 팬이었고요. 제길, 그녀는 절 내버려두질 않았어요. 이런 일들에는 우스꽝스러운 면이 있어요. 여러 번 비슷한 일들이 일어났거든요. 피터 스트라우브와 『검은 집』의 마지막 부분을 쓰고 있을 때였어요. 등장인물의 하나가 이런 삶—2001년인가 2002년의 미국의 삶—으로 다시 돌아가지는 못하겠다고 말하는 장면이 있었습니다. 그런 일이 생기면, 아파서 죽을 테니까요. 그 당시에는 이런 게 제가 겪는 바를 묘사하는 고상한 방식이라고 생각했습니다. 전 그때 많은 시간을 고통 속에서 지냈지만 글을 쓰고 있었어요. 어디를 가든 글을 쓰기만 하면 몸이 괜찮아졌기 때문입니다. 창작이란 영역에 들어서면 몸을 그다지 의식하지 않게 되나 봅니다. 그래서 이런 말이 창작에 대한 꽤 훌륭한 비유라고 생각했습니다. 말하자면 창작이란 영역은 가면 기분이 좋아지는 그런 장소인 거예요.

• 〈록키 호러 픽쳐 쇼〉(1975)와 더불어 1970년대 미국 심야 영화의 전성기를 대표하는 컬트 영화. 거구의 여장 남자 '디바인'을 통해 아메리칸드림의 허상과 중산층의 이데올로기를 난도질한다.

• • 두 명의 화자가 구멍 난 들통을 어떻게 고칠 것인가 대화하는 내용의 동요이다. 한 명의 화자가 구멍을 메울 방법을 제안하면, 다른 화자는 그 제안을 실행하려면 다른 무엇이 필요하다고 답한다. 이런 대화가 쭉 이어지다가 구멍을 고칠 수 없는 처음 상태로 되돌아가게 된다.(역자 주)

이야기를 쓰는 과정 중 어느 지점에서 어떤 환상적인 요소가 작용할지 알 수 있으신가요?

킹 원한다고 그런 일이 일어나는 것은 아닙니다. 환상적인 요소를 문으로 강제로 끌어들일 수는 없지요. 그것은 그냥 옵니다. 저는 사랑할 뿐이고요. 지금 쓰는 소설인 『듀마 키』는 에드거 프리맨틀이란 사람에 관한 것입니다. 그는 사고를 당해 팔을 하나 잃었습니다. 그래서 팔다리를 잃은 사람들에게 과학적으로 설명할 수 없는 증상이 있지 않을까란 생각을 했습니다. 사고가 일어난 지 오랜 세월이 흐른 뒤에도 잃어버린 사지에서 감각을 느끼는 사람들이 있다는 것을 알고 있었거든요.

이런 감각이 얼마나 오래 지속되는지 알아보려고 구글에서 '환상지증후군'을 찾아보았습니다. 전 구글을 좋아합니다. 이런 경우에 대한 수천 가지의 기록이 있더군요. 그중에서 가장 멋진 것을 책에 써넣었지요. 어떤 사람이 포장기에 손을 잃었는데 잘라진 손을 손수건에 싸서 집으로 가져왔다고 합니다. 그리고 알코올이 가득 들어 있는 병에 넣고 지하실에 두었지요. 2년이 지나고 이 사람의 상처는 다 아물었습니다. 그런데 어느 겨울날 예전에 손이 있던 자리인 팔 끝이 무척 춥게 느껴져서 의사를 찾아갔대요. "손이 없는데도 제 팔 끝의 그 부분이 너무도 차가워요."라고 했더니, 의사가 "손을 어떻게 하셨나요?"라고 묻더래요. 그래서 "병에 넣어서 지하실에 두었습니다."라고 했더니, 의사가 "그럼 지하실에 내려가서 한 번 확인해 보세요."라고 말하더라는군요. 그래서 이 사람은 지하실로 내려갔지요. 병은 선반에 잘 얹혀 있는데, 유리창이 깨져 찬바람이 손 쪽으로 불어닥치고 있었습니다. 그래서 병을 난로 근처로 옮겼더니 그는 곧 괜찮아졌다고 하더라고요. 이 이야기는 실화라는 것 같더군요.

최근작에서 특히 『리시 이야기』에서 상황 대신 인물로 소설을 시작하는 것 같으시던데요. 예전과 다르게 글을 쓰고 있다고 생각하시나요?

킹 변화가 있을 겁니다. 『셀』은 분명히 인물로 이야기를 시작하는 작품은 아닙니다. 그런 점에서 고리타분했지요. 그렇지만 『리시 이야기』는 인물에 대한 것입니다. 제가 사고를 당한 뒤 3~4년 후에 이 책을 쓸 생각을 했어요. 교통사고로 생긴 상처가 다 나았다고 생각했는데 폐의 아랫부분이 모두 망가져 있었지요. 저는 폐렴에 걸렸고 치료하려고 가슴에서 폐를 잘라냈습니다. 거의 죽은 것과 다름없었지요. 정말로 죽음 직전까지 갔었다니까요. 이 시기 동안 아내는 제 서재를 뜯어고치기로 결정했어요. 병원에서 퇴원했을 때는, 이미 모든 것이 뜯겨나가서 저는 마치 유령처럼 느껴졌어요. '내가 죽었구나. 내가 죽으면, 서재가 이렇게 보이겠구나.'라고 생각했지요. 그래서 어느 유명 작가가 죽고 2년이 흐른 뒤 작가의 아내인 리시가 정상적인 삶을 살려고 노력하는 이야기를 쓰기 시작했습니다.

『리시 이야기』는 그렇게 날아올랐고 자기 길을 갔습니다. 어느 지점부터인지 이 소설은 리시가 남편을 애도하는 과정을 다루는 것이 아니라, 우리가 무엇인가를 숨겨두는 방식에 대한 책이 되기 시작했어요. 거기서부터, 억압은 창조라고 생각하게 되었습니다. 억압할 때 과거를 대체할 이야기를 만드니까요.

당신의 아내는 이 책에 대해 어떻게 생각하셨나요?

킹 아내는 『리시 이야기』에 대해 많은 말을 하지는 않았습니다. 그렇지만 대개가 그렇습니다. 자주 그저 "훌륭해."라고만 말하고 말지요. 누구든 자기 아내가 "어머, 여보. 이 소설은 대박이야! 난 이 부분이 좋아. 그리고 저 부분도!"라고 말해주길 원한다고 생각해요. 그렇지만 아내는 그런 종류의 사람이 아닙니다. "훌륭해!" 그거면 충분하지요.

당신에게 『리시 이야기』는 일종의 새로운 출발인가요?

킹 글쎄요. 저는 그런 질문에 답변하기엔 적합한 사람이 아닌 것 같군요. 제가 그 책의 내부에 존재하고 있어서 아주 특별하게 느껴지는 작품입니다. 세상에 내놓고 싶지 않을 만큼요. 유일하게 서평을 읽고 싶지 않은 책입니다. 심술궂게 굴려는 사람들이 있기 마련이니까요. 그것을 견딜 수 없습니다. 사랑하는 누군가에게 어떤 사람들이 심술궂게 굴면 싫은 것과 같지요. 어쨌든 저는 이 책을 사랑합니다.

왜 사람들이 특히 심술궂게 굴 거라고 생각하시나요?

킹 대중소설 이상이 되었으면 했기 때문이지요. 어떤 수준에서는 메리 히긴스 클라크의 책이나 조너선 켈러만의 책보다도 더 진지하게 받아들여지길 원했지요. 작가가 어떤 책을 쓰느라 인생의 일부를 보냈다면 "왜 이 책이 중요한가?"라고 자신에게 물어볼 의무가 있지요. 그래서 쓰기를 마쳤을 때 이 책이 어느 정도는 신화와 절망과 이야기 만들기에 대한 것이지만 결혼과 죽은 남편에 대한 아내의 신의에 대한 것이기도 하다는 결론을 내렸지요.

『뉴요커』에도 글을 실어오셨고, 전미도서상과 국제적으로 유명한 상도 여럿 받으셨지요. 처음 글을 쓸 때보다는 분명히 현재 더 진지하게 받아들여지고 있다고 생각됩니다. 그럼에도 기존의 문학계에서 여전히 배제되고 있다고 생각하시나요?

킹 많이 바뀌었지요. 무슨 일이 있었는지 아세요? 약간의 재능을 최대화하려고 애쓰고 중도에 포기하거나 정체되지 않는다면 더 진지하게 받아들여지게 됩니다. 제가 쓴 책을 읽으면서 자라온 사람들이 기존 문학계의 일부가 되어서, 그들이 경험한 문학계의 한 부분으로 저를 받아들여주었습니다. 어떤 방식으로든 저는 더 공정한 대접을 받게 되었습니다. 마틴 레빈이 『뉴욕 타임스』에서 『스탠드』에 대해 서평할 때 '악마에게 가야 할 추악한 소설'이라고 했고 '『로즈메리의 아들(악마의 씨)』의 아들'이라고 불렀지요. 저는 생각했어요. '이런 맙소사! 이 책을 쓰는 데 3년이란 세월을 보냈는데, 이 작자는 이딴 식으로 말하다니.' 작가라는 위치에 대해 매우 심각하게 의식해왔습니다. 결코 건방지게 생각해본 적도 없고 더 나은 작가들과 저를 동급에 두지도 않았습니다. 하는 일에 대해 심각하게 받아들였지만 실제보다 제가 더 낫다고 말하길 원치 않았습니다.

다른 중요한 점은 제가 나이 들어가고 있다는 겁니다. 지금 저는 예순이 다 되어갑니다. 아마 10년 아니면 15년 정도 더 창작할 수 있겠지요. 이것이 남은 시간이니 더 나은 것을 해볼 수 있을지 생각해봅니다. 또 요즘엔 이렇게 생각해요. '난 돈이 필요한 것이 아니잖아. 내 책 중 한 권을 각색한 또 다른 영화가 필요한 것도 아니잖아. 또 다른 영화 대본을 쓸 필요도 없잖아. 커다랗기만 하고 보기 흉한 새로운 집을 원하는 것도 아니잖아. 이미 집이 한 채 있어. 내가 원하는 것은 『리시 이야기』보다 더 훌륭한 책을 쓰는 거야. 그렇지만 그렇게 할 수 있을지 모르겠군. 아이고, 이미 쓴 것을 반복하고 싶지는 않은데. 조잡한 싸구려 작품을 쓰고 싶지 않아. 계속 일하고 싶을 뿐이야. 이 방에서 이미 모든 영역을 탐구해버렸다는 생각을 받아들일 수는 없어.'

크리스토퍼 레만-하우프트 Christopher Lehmann-Haupt 언론인이자 비평가, 소설가이다. 편집자로 일을 시작하였다. 이후 『뉴욕 타임스』에서 정기적으로 책을 검토하였다. 1965년부터 2000년까지 4000개 이상의 서평과 기사를 썼다. 현재 메리마운트 대학과 마운트 성 빈센트 대학 등에서 글쓰기를 가르치고 있으며, 컬럼비아 대학교에서 저널리즘 석사 강의를 맡고 있다.

너새니얼 리치 Nathaniel Rich 소설가이자 수필가이다. 『오즈 어겐스트 투모로우』, 『시장의 혀』, 『샌프란시스코 누아르』 등을 썼다. 『배너티 페어』, 『뉴욕 타임스』, 『하퍼스』, 『롤링 스톤』 등에 에세이와 비평을 기고하고 있다.

주요 작품 연보

『캐리』Carrie, 1974
『살렘스 롯』Salem's Lot, 1975
『샤이닝』The Shining, 1977
『스탠드』The Stand, 1978
『파이어스타터』Firestarter, 1980
『쿠조』Cujo, 1981
『로드워크』Roadwork, 1981
『스탠 바이 미』Different Seasons, 1982
『애완동물 공동묘지』Pet Sematary, 1983
『크리스틴』Christine, 1983
『그것』It, 1986
『미저리』Misery, 1987
『욕망을 파는 집』Needful Things, 1991
『돌로레스 클레이본』Dolores Claiborne, 1992
『제럴드의 게임』Gerald's Game, 1992
『로즈 매더』Rose Madder, 1995
『그린 마일』The Green Mile, 1996
『절망』Desperation, 1996
『자루 속의 뼈』Bag of Bones, 1998
『드림캐처』Dreamcatcher, 2001
『검은 집』Black House, 2001
『페이스풀』Faithful, 2004
『셀』Cell, 2006
『리시 이야기』Lisey's Story, 2006
『듀마 키』Duma Key, 2008

다크 타워 시리즈 The Dark Tower Series
『최후의 총잡이』The Gunslinger, 1982
『세 개의 문』The Drawing of the Three, 1987
『황무지』The Waste Lands, 1991
『마법사와 수정 구슬』Wizard and Glass, 1997
『칼라의 늑대들』Wolves of the Calla, 2003
『수재너의 노래』Song of Susannah, 2004

:: 12

개인과 사회, 문학과 비평 사이에서

오에 겐자부로
大江健三郎

오에 겐자부로 일본, 1935. 1. 31.~

전후 불안한 일본의 정치와 사회에 대한 비판적 내용을 담은 소설로 주목받았으며, 장애를 가진 큰아들과 함께 살아가는 개인적인 체험을 바탕으로 인간 구원과 공생, 인권 문제를 다루었다. 「사육」으로 아쿠타가와 상을 수상하였다. 1994년 소설 『만엔원년의 풋볼』로 노벨 문학상을 받았다.

1935년 일본 시코쿠에서 태어났다. 고등학교 시절 평생의 스승이 된 와타나베 가즈오의 책을 읽고 도쿄 대학교에 입학하여 프랑스 문학을 공부했다. 학생 시절 「기묘한 작업」이 호평을 받았으며, 1958년 첫 장편소설 『새싹 뽑기, 어린 짐승 쏘기』를 발표했다. 일본 문학 특유의 섬세한 문체와 달리 거칠고 단조로운 문체로 주목받았다. 현실과 환상을 넘나드는 그의 문체는 전통적인 리얼리즘과 구별되는 독자적인 분위기를 가졌다. 같은 해 「사육」으로 아쿠타가와 상을 수상했다.

우익의 협박과 테러 위협과 마주하면서도 천황제, 국가주의, 자위대의 이라크 파병을 비판하는 등 실천적인 지식인의 모습을 보여주었다.

소설, 에세이, 평론 등 분야를 넘나들며 왕성한 작품 활동을 한 오에는 아쿠타가와 상을 비롯해 신초샤 문학상, 다니자키 준이치로 상, 노마 문예상 등 수많은 상을 받았으며 1994년에는 노벨 문학상을 받았다. 그러나 같은 해 일본 정부가 수여하는 문화훈장과 문화공로자상은 거부했다.

여든이 가까운 지금까지도 작품을 발표하고, 탈핵 운동과 일본의 집단적 자위권 행사 반대 등을 통해 사회참여적 활동을 계속하고 있다.

오에와의 인터뷰

세라 페이

오에는 언제나 겸손하고 쾌활했으며 가만히 있지 못하고 자주 미소 지었다.
…헨리 키신저는 언젠가 그의 '악마 같은 미소'에 대해서 언급한 적이 있다.

오에 겐자부로는 어떤 특정 주제들—히로시마 원폭 희생자, 오키나와 사람들의 투쟁, 장애인이 겪는 어려움, 학자적인 삶의 단련 등—을 진지하게 다루는 데 평생을 바쳤다. 반면 자신에 대해서는 전혀 진지하게 여기는 것 같지 않았다. 오에는 일본에서 가장 유명한 작가일 뿐만 아니라 귀찮을 정도로 따지고 드는 사회운동가로 정평이 나 있지만, 개인적으로는 오히려 유쾌한 익살꾼에 가까웠다. 운동복 윗도리를 입은 그는 언제나 겸손하고 쾌활했으며 가만히 있지 못하고 자주 미소 지었다. (오에가 대항하는 세력을 상징하는 헨리 키신저는 언젠가 그의 '악마 같은 미소'에 대해서 언급한 적이 있다). 그의 집 역시 그 자신만큼이나 편안하고 꾸밈없었다. 오에는 원고와 책들, 넘쳐나는 재즈와 클래식 시디에 둘러싸인 채 거실 의자에 앉아 대부분의 시간을 보낸다. 그의 아내인 유카리가 설계한 서구풍 집은, 한때 영화감독인 구로사와 아키라와 영화배우 미후네 도시로가 살았던 도쿄 교외에 자리 잡고 있다. 그 집은 거리에서 조금 떨어져서 백합과 단풍나무, 백여 가지의 장미들로 풍성한 정원 뒤쪽에 숨어 있었다. 차남과 딸이 장성하여 따로 살기 시작한 후, 오에와 유카리는 마흔네 살의 지적 장애인인 장남 히카리와 셋이서 살고 있다.

오에는 "작가가 하는 일은 어릿광대의 일이지요. 슬픔에 대해서도 말하는 광대 말입니다."라고 했다. 그는 자신의 작품 대부분을 통해 탐구하는 주제가 소설 두 편, 즉 장애아의 탄생을 받아들이려 애쓰는 아버지를 다룬 『개인적인 체험』과 전후 일본 시골 마을의 삶과 현대문화의 충돌을 그려낸 『만엔원년의 풋볼』의 연장이라고 말했다. 첫 범주는 「허공의 괴물 아구이」Aghwee the Sky Monster(1964), 『우리들의 광기를 참고 견딜 길을 가르쳐 달라』, 『핀치러너 조서』, 『새로운 인간이여, 눈을 떠라』, 『조용한 생활』 같은 장편이나 단편소설들을 포함한다. 이 이야기들은 히카리의 출생에 대한 작가의 개인적 경험에 바탕을 두고 있다. (소설의 화자는 대개 작가이다. 그리고 아들은 모리, 이요* 혹은 히카리라는 이름으로 등장한다.) 하지만 작품 속의 화자들은 자주 오에와 그의 아내가 결정한 것과는 완전히 다른 결정을 내린다. 「사육」Prize Stock(1957), 『새싹 뽑기, 어린 짐승 쏘기』, 『공중제비 넘기』, 『만엔원년의 풋볼』 등은 두 번째 범주에 속한다. 이 작품에서는 오에가 어머니와 할머니에게 전해 들은 민담과 신화를 탐구하며, 공동체에 살기 위해서 만들어낸 자기기만을 되돌아보는 화자가 등장한다.

오에는 1935년에 시코쿠의 작은 섬마을에서 태어났고, 천황을 신이라고 믿으면서 자랐다. 천황이 하얀 새일 거라고 상상하곤 했는데, 1945년 라디오에서 천황의 항복 선언을 들었다. 그때 천황이 실제

목소리를 가진 보통 인간이라는 걸 알고는 충격받았다고 한다. 1994년 오에는 노벨 문학상 수상을 수락했으나, 일본에서 가장 영예로운 예술상으로 여겨지는 문화훈장은 천황 숭배 과거와 밀접하게 연관되어 있다는 이유로 거부했다. 그는 이 결정으로 국가적인 대규모 논쟁의 소용돌이에 휩싸였다. 그는 작가로서 살아가는 동안 자주 논쟁의 한가운데 놓이곤 했다. 「세븐틴」(1961)이라는 초기 단편은 1960년 우익 학생이 사회당의 지도자를 암살하고 나서 자살한 사건에 일부 기반을 두고 있다. 오에는 이 소설로 일본 제국 정부의 유산을 폄하했다고 본 우익 극단주의자들에게 위협당했고, 다른 한편으로는 테러리스트를 옹호했다고 본 좌익 지식인과 예술가들에 비판받았다. 그 이후 그는 정치적으로 계속 주목받았으며, 사회운동가로서의 활동을 문학만큼이나 필생의 과업으로 여기게 되었다. 지난 2007년 8월 나흘에 걸쳐서 그를 만났을 때, 오에는 사회문제를 염려하는 시민 단체의 조직원을 만나야 하므로 인터뷰를 조금 일찍 끝낼 수 있는지 사과하듯이 묻기도 했다.

결혼 3년 후인 1963년에 히카리가 태어났을 때 오에는 이미 여러 편의 소설과 「죽은 자의 사치」Lavish are the Dead(1957), 선망의 대상인 아쿠타가와 상을 수상한 「사육」을 포함한 여러 유명 단편들을 출간한 상태였다. 비평가들은 미시마 유키오•• 이후 가장 중요한 젊은 작가로 환호하며 그를 맞이했다. 그러나 다치바나 다카시라는 비평가는

• 『곰돌이 푸우는 아무도 못 말려』에 나오는 당나귀 이름.(역자 주)

•• 일본 전후 세대 대표 작가 중 한 명이다. 전후 세대의 허무주의나 이상심리를 다룬 작품을 많이 썼다. 우익 민족주의 정치가로 자신의 정치적 신념을 부르짖으며 할복자살했다.(역자 주)

"히카리가 없다면 오에의 문학도 없다."고 말했다. 히카리는 태어났을 때 뇌탈장Brain Hernia이라는 진단을 받았다. 의사들은 길고 위험한 수술을 하고 나서, 히카리가 심각한 장애를 갖게 될 것이라고 했다. 자신의 아이가 사회에서 배척받을 걸 알고 있었지만—당시에는 장애아를 데리고 나가는 일조차 부끄럽게 여겼다.—오에와 아내는 자신의 새로운 삶을 받아들였다.

히카리라는 이름은 '빛'을 의미한다. 히카리는 어릴 때 거의 말을 하지 않았고 가족이 대화하려고 애써도 이해하지 못하는 것 같았다. 오에 가족은 그를 달래거나 잠들도록 하려고 요람 옆에 새소리나 모차르트, 쇼팽의 레코드를 틀어주었다. 히카리는 여섯 살이 되어서야 처음으로 완전한 문장을 말했다. 가족 휴가 때 오에와 함께 걷던 아이는 새소리가 들리자 "저건 흰눈썹뜸부기예요."라고 했는데, 그 새는 흰눈썹뜸부기가 맞았다. 히카리는 곧 클래식 음악에도 반응을 보이기 시작했다. 오에는 히카리가 좀 더 컸을 때 피아노 강습을 받도록 해주었다. 오늘날 히카리는 일본에서 가장 유명한 서번트* 음악가이다. 그는 음악을 한 번만 들으면 기억하며 다시 써낼 수도 있다. 또 모차르트 음악의 몇 소절만 듣고도 어떤 곡인지 알고 쾨헬번호를 정확하게 맞춘다. 그의 첫 음반인 〈오에 히카리의 음악〉은 클래식 음악 분야에서 판매 신기록을 세웠다. 그는 거실에서 아버지와 많은 시간을 보낸다. 아버지는 글을 읽고 쓰며, 아들은 음악을 듣고 작곡한다.

대화 중에 오에는 일본어와 영어 때로는 프랑스어를 번갈아 사용했다. (영어를 꽤 능숙하게 한다.) 그러나 이 인터뷰를 위해서는 통역을 원했다. 탁월한 기민함으로 정확하게 통역해준 코노 시온에게 감사한다. 오에의 언어에 대한 헌신, 특히 글로 적힌 문자에 대한 헌신은 그의 삶 모든 부분에 스며들어 있다. 인터뷰 도중 그는 질문에 답하려고 자신에 대한 전기를 참고했다. 특정 순간을 기억해내기 어려워서 전기를 참고하느냐는 질문에 그는 놀라서 대답했다. "아니요, 그 책은 저 자신에 대한 연구입니다. 오에 겐자부로는 오에 겐자부로를 발견할 필요가 있지요. 저는 이 책을 통해서 저 자신을 정의합니다."

• 서번트신드롬은 자폐증이나 두뇌 손상으로 지적 장애가 있는 사람이 어떤 분야에서 특출한 재능을 보이는 경우를 가리킨다.(역자 주)

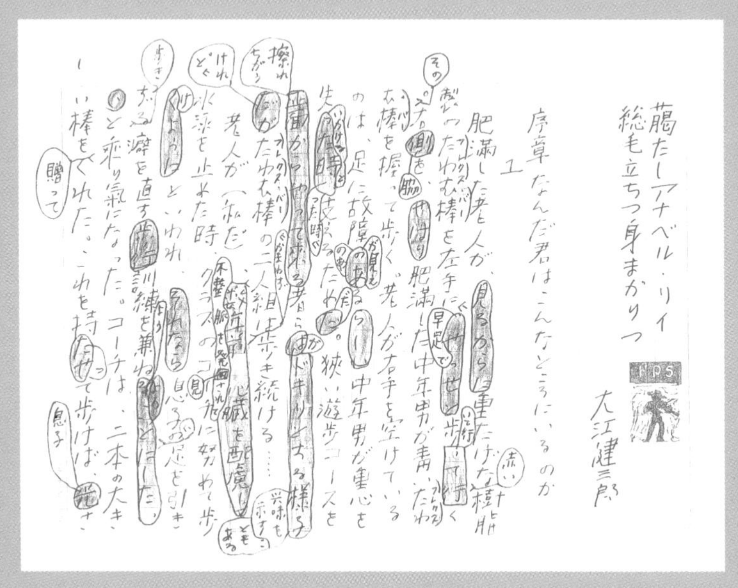
臈たしアナベル・リイ
総毛立ちつ身まかりつ

大江健三郎

序章 なんだ君はこんなところにいるのか

1

오에 겐자부로 『아름다운 애너벨 리 싸늘하게 죽다』의 자필 원고.

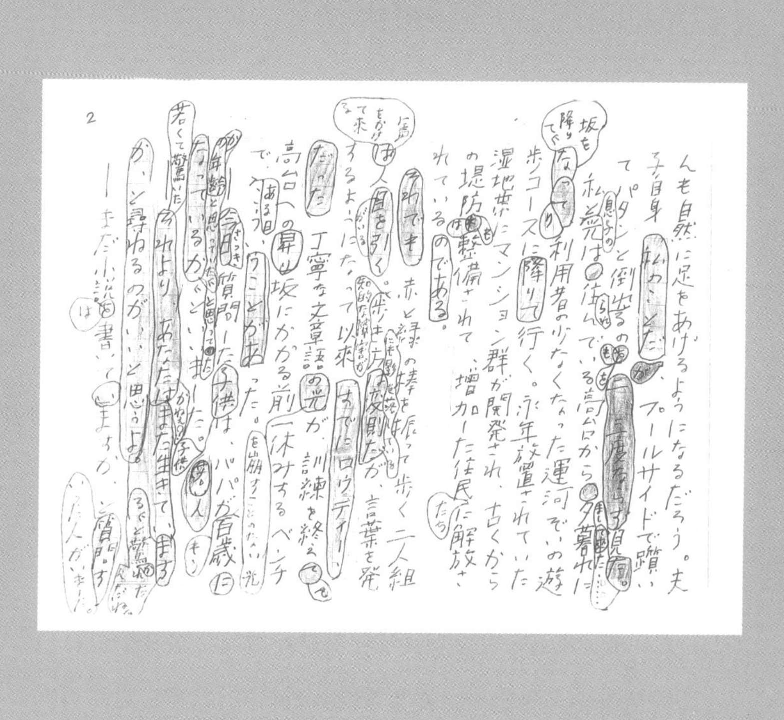

오에 겐자부로
×
세라 페이

일을 처음 시작하셨을 때 많은 사람을 인터뷰하셨지요. 스스로가 훌륭한 인터뷰어라고 생각하시나요?

오에 겐자부로 아닙니다. 훌륭한 인터뷰는 관련 주제에 대해서 한 번도 언급되지 않은 것을 밝혀내야 합니다. 저는 새로운 것을 끌어내지 못했기 때문에 훌륭한 인터뷰어의 자질이 없다고 생각합니다.

1960년에 마오쩌둥 주석을 방문하러 가는 다섯 명의 일본 작가 중 하나로 선정되었습니다. 제가 다섯 명 중 제일 어렸습니다. 우리가 중국에 간 것은 미-일 안보 협약에 대항하는 시위의 일환이었지요. 우린 아주 늦은 시간에 그를 만났어요. 새벽 한 시였습니다. 그들은 어두운 정원으로 우리를 데려갔지요. 너무나 어두워서 주위에 재스민 꽃이 핀 걸 볼 수가 없었습니다. 향기는 맡을 수 있었는데, 재스민 꽃향기를 따라 마오쩌둥에게로 갈 수 있을 거라고 농담을 했습니다. 마오쩌둥은 아주 인상적인 사람이었어요. 몸집이 굉장히 컸는데 아시아 기준으로 보면 특히 더 그랬습니다. 우리에게는 질문이 허락되지 않았고, 그는 우리에게 말하는 대신 저우언라이 총리를 통해서 간접적으로 이야기를 전달했습니다. 그는 자신이 책에서 쓴 단어 하나하나를 그대로 인용하고 있었어요. 인터뷰 시간 내내 그랬습니다. 아주 지루했지요. 그는 커다란 담배 깡통을 가져다 놓고 담배를 계속 피워댔습니다. 저우언라이는 대화 중에 장난스럽게 담배 깡통을 마오쩌둥에게서 조금씩 멀리로 떼어놓고 있었고, 마오쩌둥은 손을 뻗어서 조금씩 다시 끌어당기고 있었습니다.

그다음 해에는 사르트르를 인터뷰했습니다. 파리에 가본 건 처음이었지요. 생제르맹데프레의 작은 방에 묵었는데 처음 들은 건 거리에서 시위자들이 "알제리에 평화를!"• 이라고 외치는 소리였어요. 사르트르는 제 삶에서 중요한 인물입니다. 사르트르도 마오쩌둥처럼 인터뷰에서 이미 출판한 책의 내용, 즉 『실존주의는 휴머니즘이다』와 『상황』•• 에서 쓴 내용들을 기본적으로 반복했습니다. 그래서 저는 노트에 받아 적는 걸 그만두었습니다. 그냥 책 이름을 적었을 뿐입니다. 그는 핵전쟁에 반대해야 하지만, 중국의 핵무기 보유를 찬성한다는 말도 했습니다. 저는 누구라도 핵무기를 보유하는 것에 강력하게 반대합니다. 그러나 이 논점에 대해서 더 이야기를 나누지 못했습니다. 그는 그저 "다음 질문."이라고 했을 뿐입니다.

일본 텔레비전 방송에서 커트 보네거트를 인터뷰하지 않으셨나요?

• 이 시기 프랑스 식민 지배에서 벗어나려는 알제리의 저항 운동이 거세게 일어났다. 사르트르는 알제리의 독립을 적극적으로 지지했다.

•• 『시대의 초상』, 생각의 나무, 2009

오에 네, 1984년 그가 국제펜대회에 참석하려고 일본에 왔을 때였죠. 하지만 그건 토론에 가까웠어요. 작가 사이의 대화였지요. 그는 자신의 보네거트식 유머 정신으로 심오한 생각을 표현하는 진지한 사상가였지요. 하지만 그로부터도 역시 중요한 뭔가를 끌어내지는 못했습니다.

서신 교환을 통해 보다 성공적으로 작가들의 정직한 의견들을 얻어낼 수 있었습니다. 노엄 촘스키는 소년 시절 여름 캠프에 가서 미국이 일본에 원자폭탄을 떨어뜨렸고 연합군이 이길 거라는 발표를 들었다고 합니다. 사람들은 축하하려고 모닥불을 피웠고, 촘스키는 숲으로 도망가서 홀로 앉아 밤까지 있었다고 하더군요. 언제나 촘스키를 존경했습니다만 그 이야기를 듣고는 더욱 존경하게 되었습니다.

젊은 시절에 자신을 무정부주의자라고 하셨지요. 여전히 그렇게 생각하십니까?

오에 원칙적으로는 무정부주의자입니다. 커트 보네거트는 자신이 예수 그리스도를 존경하는 불가지론자라고 말한 적이 있어요. 저는 민주주의를 사랑하는 무정부주의자입니다.

정치 활동 때문에 곤경에 처한 적이 있으신가요?

오에 『오키나와 노트』로 명예훼손 혐의로 고소당한 상태입니다. 제2차세계대전에서 제가 가장 중요하다고 생각하는 점은 원자폭탄의 사용과 1945년 오키나와에서의 집단 자결 사건입니다. 『히로시마 노트』에서 원자폭탄 문제를 다루었고, 『오키나와 노트』에서 집단 자결 문제를 다루었지요. 일본 군대는 오키나와 전투 중에 오키나와 해안 두 개의 작은 섬 주민들에게 자살하라고 명령합니다. 그들은 미국인이 너무나 잔인해서 여자를 강간하고 남자들을 죽일 거라고 했지요. 미국인이 상륙하기 전에 자살하는 편이 낫다고 했습니다. 한 가족당 두 개의 수류탄이 지급되었습니다. 미국인이 상륙하던 날 500명 이상의 사람들이 자살했습니다. 할아버지가 아들을 죽이고 남편이 아내를 죽였지요.

저는 섬에 주둔하던 방어 부대 지휘관에게 이 죽음에 대한 책임이 있다고 주장했습니다. 『오키나와 노트』는 거의 40년 전에 출판되었고, 교과서를 수정하려고 애쓰는 민족주의 운동은 10년 전쯤 시작되었습니다. 난징 대학살이나 오키나와 집단 자결처럼 20세기 초반 일본이 저지른 만행을 지워 없애려는 것이지요. 오키나와에서 일본이 저지른 범죄에 대해서 많은 책이 출판되었지만 그 책은 지금까지 간행된 몇 안 되는 책 중 하나입니다. 보수파들은 표적이 필요했고, 제가 그 표적이 되었지요. 그 책이 70년대에 출판되었을 때와 비교하면 현재 우익이 저를 공격하는 양상은 훨씬 민족주의적으로 보입니다. 천황 숭배 부활의 일환이지요. 그들은 섬사람들이 천황에 대한 아름답고 순수한 애국심 때문에 죽었다고 주장합니다.*

1994년의 문화훈장 거부가 천황 숭배에 대한 효과적인 저항이었다고 생각하십니까?

오에 근원적인 의미에서의 적들이 어디에 있는지, 일본 사회와 문

* 2011년 오사카 지법은 이 소송에 대해 오에 겐자부로의 무죄를 판결하였다. 그러나 이 소송 자체로 일본의 역사 교과서들이 『오키나와 노트』의 내용을 삭제하거나 수정하는 계기가 되었다.

화 내에서 그들이 어떤 형태를 취하는지 인식할 수 있도록 했다는 점에서는 효과적이었습니다. 그러나 다른 수상자들이 앞으로도 이 상을 거부하도록 길을 놓아주지는 못했습니다.

르포인 『히로시마 노트』와 소설 『개인적인 체험』을 비슷한 시기에 출판하셨습니다. 어느 쪽이 당신에게 더 중요한가요?

오에 『히로시마 노트』가 『개인적인 체험』보다 중요한 의제를 다루고 있다고 생각합니다. 하지만 제목이 시사하듯 『개인적인 체험』은 비록 허구라도 저 개인에게는 더 중요한 문제를 다룹니다. 『히로시마 노트』와 『개인적인 체험』을 썼을 때가 제 이력의 시작점이었지요. 사람들은 그 이후 제가 아들 히카리와 히로시마라는 같은 주제를 반복해서 쓴다고 말합니다. 저는 따분한 사람이지요. 문학작품을 많이 읽고 여러 가지에 대해 생각하지만 그래도 여전히 바탕에는 히카리와 히로시마가 있습니다.

히로시마에 대해서 말하자면, 1945년 시코쿠에서 어린아이일 때 그 사건에 대해 들었습니다. 그리고 원폭 생존자들과의 인터뷰를 통해서 다시 그 사건을 몸소 체험하게 되었지요.

소설에서 당신의 정치적인 신념을 전달하려고 노력하시나요?

오에 강의하거나 교훈을 주려고 하지는 않습니다. 하지만 민주주의에 대한 에세이에서는 가르침을 주려고 합니다. 저는 소박한 민주주의자로서 글을 씁니다. 작품에서는 과거—전쟁, 민주주의—를 이해하려고 애쓰지요. 핵무기라는 문제는 과거에 그랬듯이 현재까지도 저한테는 근본적인 문제입니다. 간단히 말해서 반핵 행동주의는 모든 현존하는 핵무기에 대해 반대합니다. 그 점에 있어서 세상은 전혀 변하지 않았지요. 그리고 그 운동의 참가자로서의 저도 전혀 변하지 않았습니다. 다시 말해서 그것은 희망이 없는 운동입니다.

제 신념은 1960년대 이후 무엇 하나 변하지 않았습니다. 아버지 세대는 저에게 민주주의를 좋아하는 바보라는 딱지를 붙였지요. 동시대인들은 저에게 행동하지 않고 민주주의에 너무 안주하고 있다고 비판했습니다. 오늘날 젊은 세대는 민주주의에 대해서 혹은 전후의 민주주의—전쟁 후 25년간—에 대해서 사실 모릅니다. 그들은 T. S. 엘리엇이 "노인들의 지혜에 귀 기울이지 않도록 해주소서."라고 쓴 것에 동의할 겁니다. 엘리엇은 조용한 사람이었지요. 하지만 저는 아닙니다. 적어도 아니기를 희망합니다.

전수해줄 만한 글쓰기 기법에 관한 지식이 있다면요?

오에 저는 쓰고 또 고쳐 쓰는 종류의 작가입니다. 모든 것을 열심히 수정합니다. 제 원고를 보면 수정이 많다는 사실을 아실 겁니다. 제 주요한 문학적 방법 중 하나는 '차이를 가진 반복'입니다. 새 작품을 시작하면 이미 쓴 작품에 대한 새로운 접근법으로 다가갑니다. 같은 적과 다시 한 번 싸우려고 애쓰는 거지요. 그 결과로 나온 초고를 계속 손질하고 퇴고합니다. 그러는 중에 옛날 작품의 흔적이 사라집니다. 제 작품은 반복 안에서 차이들이 통합되는 과정입니다. 저는 정교하게 수정하고 손질하는 과정인 퇴고가 소설가가 배워야 할 가장 중요한 덕목이라고 말하곤 했습니다. 에드워드 사이드는 『음악은 사회적이다』라는 아주 훌륭한 책을 썼습니다. 사이드는 그 책에서 바흐, 베토벤, 브람스 같은 작곡가의 음악에서 퇴고가 가진 의미를 다루었습니다. 그 작곡가들은 퇴고를 통해서 새로운 관점을 창조했습니다.

혹시 지나치게 손질을 많이 한 경우에는요?

오에 그게 문제지요. 저는 손질하고 또 하는데 매년 독자들은 줄어듭니다. 제 스타일은 아주 어려워지고 뒤틀리고 복잡해집니다. 그 과정은 작품을 향상시키고 새로운 관점을 창조하기 위해서 필요하지요. 하지만 15년 전쯤에 퇴고가 소설가에게 옳은 방법인지에 대해서 심각하게 의심하게 되었습니다.

좋은 작가에게는 근본적으로 자신만의 스타일 감각이 있습니다. 자연스럽고 깊은 목소리가 있는데, 그 목소리는 초고부터 존재합니다. 작가는 최초의 원고를 손질하면서 그 자연스럽고 깊은 목소리를 계속해서 강화하고 단순화합니다. 1996년과 1997년 미국에 체류하면서 프린스턴에서 교편을 잡았을 때 마크 트웨인의 『허클베리 핀의 모험』 첫 원고를 봤습니다. 백여 쪽 정도 읽으면서 점차 트웨인은 처음부터 명확한 스타일을 가지고 있었다는 점을 깨달았습니다. 문법이 틀린 영어나 사투리를 쓸 때조차 거기 일종의 음악이 있었어요. 틀린 영어가 음악을 더 분명하게 만들었습니다. 좋은 작가에게는 퇴고의 방법이 아주 자연스럽게 생겨납니다. 그리고 대개 좋은 작가는 자신의 목소리를 없애려고 들지 않지요. 그러나 저는 언제나 자신의 목소리를 없애려고 했습니다.

어째서 당신의 목소리를 없애려고 하셨나요?

오에 일본어로 새로운 문학 형식을 만들기를 원했습니다. 120년 전 시작된 근대 일본 문학사 형식에서는 퇴고를 지향하지 않았습니다. 다니자키 준이치로나 가와바타 야스나리 같은 작가들은 고전 일본 문학의 예를 따랐습니다. 그들의 형식은 일본 문학의 황금기—단시의 전통인 단가와 하이쿠—와 궤를 같이하는 일본 산문의 아름다운 예이지요. 이런 전통을 존중하지만 뭔가 다른 걸 쓰고 싶었습니다.

처음 소설을 쓰기 시작했을 때 스물두 살이었고, 프랑스 문학 전공 학생이었습니다. 일본어로 글을 썼지만 프랑스와 영국의 소설과 시—가스카르와 사르트르, 오든과 엘리엇—에 대해서 깊은 열정이 있었지요. 일본, 프랑스, 영국의 문학을 끝없이 비교했습니다. 프랑스어와 영어를 여덟 시간 읽고 두 시간 동안 일본어로 글을 쓰곤 했습니다. '프랑스 작가라면 이걸 어떻게 표현했을까?', '영국 작가라면 어떻게 표현했을까?' 스스로에게 질문하곤 했습니다. 외국어로 글을 읽고 일본어로 쓰면서 다리를 놓고 싶었지요. 하지만 제 글은 그저 점점 어려워질 뿐이었습니다.

예순 살이 되자 제 방식이나 제가 창작에 대해 생각해온 상像이 틀렸을 수도 있다는 생각이 들었습니다. 여전히 여백이 남지 않을 때까지 퇴고하지만 지금은 쓴 것을 매우 단순하고 분명하게 다시 쓰는 두 번째 단계에 이르렀습니다. 두 가지 스타일로 글을 쓸 수 있는 작가들을 존경합니다. 복잡한 스타일과 명쾌한 스타일을 둘 다 가진 셀린Céline처럼요.

이 새로운 스타일을 '수상한 2인조' 3부작인 『체인지링』과 『우울한 얼굴의 아이』, 『책이여, 안녕!』에서 탐구했습니다. 지금 저는 훨씬 예전에 쓴 단편소설 모음집인 『새로운 인간이여, 눈을 떠라』(이하 『눈을 떠라』)에서 사용했던 분명한 스타일로 글을 씁니다. 그 책에서는 제 진짜 자아의 목소리에 귀를 기울이고 싶었습니다. 하지만 비평가들은 여전히 제 어려운 문장과 복잡한 구조를 공격하지요.

어째서 수상한 2인조 3부작이라고 불리는지 궁금합니다.

오에 진짜 2인조는 남편과 아내지만, 저는 수상한 2인조를 그리거든요. 초기에 쓴 작품들, 첫 번째 장편소설인 『새싹 뽑기, 어린 짐승 쏘기』에서도 화자와 어린 동생이 수상한 2인조입니다. 거의 모든 작품에서 이런 비관습적인 한 쌍이 보여주는 유대와 혐오의 면에서 등장인물들을 포착했다고 느낍니다.

몇몇 소설에서는 지적인 프로젝트 방식을 채택하셨지요. 당신이 집요하게 읽고 작품 속에 포함시키는 시인의 시들 말씀입니다. 『눈을 떠라』에서는 블레이크였고, 『공중제비 넘기』에서는 R. S. 토머스, 『인생의 친척』에서는 김지하였습니다. 이런 방식은 어떤 목적을 위한 것인가요?

오에 소설 속 관점이 당시 읽는 시인, 철학자들의 관점과 융합됩니다. 이 방식은 제가 중요하다고 생각하는 작가들에 대해서 말할 수 있게 해줍니다.

이십 대 때 스승인 와타나베 가즈오는 제가 문학 교사나 교수가 되지 않을 것이기 때문에 혼자서 공부할 필요가 있다고 말씀하셨습니다. 저에게는 두 개의 연구 주기가 있습니다. 구체적인 작가나 사상가를 중심으로 하는 5년 주기 연구와, 특정 주제에 초점을 맞추는 3년 주기 연구입니다. 스물다섯 살 때부터 그렇게 해왔고, 3년 주기 연구를 열두 가지 이상 했습니다. 한 가지 특정 주제를 작업할 때는 종종 아침부터 저녁까지 종일 읽기만 합니다. 그 작가가 쓴 모든 것을 읽고 작가의 작품에 대한 연구서를 다 읽습니다.

외국어로 된 것—예를 들어 엘리엇의 『네 개의 사중주』Four Quartets 같은 것을 읽는 첫 3개월은 「이스트 코커」East Coker 같은 부분을 외울 때까지 영어로 반복해서 읽습니다. 그러고 나서는 좋은 일본어 번역판을 찾아서 그걸 외우지요. 그다음에는 영어 텍스트와 일본어 텍스트, 저 자신으로 구성된 나선형 속에 제가 존재한다는 걸 느낄 때까지 두 언어—영어 원문과 일본어 번역판—사이를 왔다 갔다 합니다. 거기서 엘리엇이 분명하게 드러납니다.

학문적 연구와 문학이론을 읽기 사이클에 포함시키는 점이 흥미롭습니다. 미국에서는 문학비평과 창작은 대개 서로 배타적이지요.

오에 무엇보다도 학자들을 존경합니다. 비록 그들은 좁은 범위 내에서 작업하지만 일정 작가를 읽어내는 진정 창조적인 방식을 발견합니다. 넓게 생각하는 소설가들에게는 그런 통찰력이 특정 작가의 작품을 이해할 수 있는 더욱 예리한 방법을 제공해줍니다.

블레이크나 예이츠, 단테에 대한 학문적 연구서를 읽을 때면 모두 검토한 후에 학자들의 서로 다른 연구법이 축적된 데 주목합니다. 그 지점에서 가장 많이 배웁니다. 몇 년마다 새로운 학자가 단테에 대한 책을 펴냅니다. 그리고 각각의 학자는 그 혹은 그녀 자신의 접근 방식이나 방법을 갖고 있습니다. 한 학자를 따라가면서 그의 방식을 일 년간 연구합니다. 그다음에는 다른 학자를 일 년간 따라가지요. 그렇게 계속 연구합니다.

누구를 연구할지는 어떻게 선택하십니까?

오에 때로는 읽고 있는 것들에서 자연스럽게 결정됩니다. 예를 들어 블레이크를 읽다보면 예이츠에 이르고, 예이츠에서 단테로 넘어가게 됩니다. 어떤 때는 순전히 우연하게 선택합니다. 영국 웨일스에 책을 홍보하러 간 적이 있습니다. 3일간 그곳에 머물렀는데 읽을 책이 떨어졌습니다. 그래서 동네 책방에 가서 직원에게 영어로 된 책을 추천해달라고 부탁했죠. 그러자 그 지역 출신인 시인의 선집을 추천하면서 별로 잘 팔리는 책은 아니라고 알려주었습니다. 그 시인이 R. S. 토머스였지요. 그 책방에 있는 토머스 책을 전부 샀습니다. 그것들을 읽으면서 제 인생에서 그 시점에 읽을 수 있는 가장 중요한 시인이라는 걸 깨달았지요. 토머스가 발터 벤야민과 공통점이 굉장히 많다고 느꼈습니다. 비록 그 둘은 아주 다르게 보이지만, 둘 다 세속적인 것과 신비한 것 사이의 경계에 관심이 많더군요. 저는 토머스와 벤야민 그리고 제가 삼각 구도를 이룬다고 생각하기 시작했습니다.

여행하는 대부분의 시간을 호텔 방에서 책을 읽으시는 것 같군요.

오에 네, 그렇습니다. 관광도 좀 하지만, 맛있는 음식에는 흥미가 없습니다. 술 마시는 것은 즐기지만 싸우게 되기 때문에 술집에 가는 건 좋아하지 않아요.

어떤 것에 대해서 싸우시나요?

오에 적어도 일본에서는 천황 숭배 경향을 보이는 지식인을 만날 때마다 화가 납니다. 그 사람에 대한 제 반응 때문에 그가 화를 내고 그러면 싸움이 시작되죠. 물론 술을 지나치게 많이 마셨을 때만 싸움이 일어나지요.

일본 국외 여행을 즐기시나요?

오에 작품에 나오는 장소에 가는 것보다 더 훌륭한 독서 체험은 없습니다. 상트페테르부르크에서 도스토옙스키를 읽는 거죠. 더블린에서 베케트와 조이스를 읽고요. 특히 『이름 붙일 수 없는 것』The Unnameable은 더블린에서 읽을 필요가 있습니다. 물론 베케트는 아일랜드 바깥인 외국에서 글을 썼지요. 요즘 여행할 때는 언제나 『이름 붙일 수 없는 것』으로 끝나는 베케트 3부작을 가지고 다닙니다. 한 번도 그 책에 싫증을 느낀 적이 없습니다.

지금은 뭘 공부하고 계시나요?

오에 지금은 1929년에서 1939년 사이에 쓰인 예이츠의 후기 시를 읽고 있습니다. 예이츠는 일흔세 살에 죽었지요. 그가 제 나이인 일흔두 살 때는 어땠는지 알아내려고 애씁니다. 그가 일흔한 살 때 쓴 「일 에이커의 풀밭」을 좋아합니다. 그 시로부터 의미를 확장시키려고 애쓰면서 읽고 또 읽지요. 제 다음 소설은 소설가와 정치가가 속해 있는, 정신 나간 생각을 하는 한 무리의 노인에 대한 겁니다.

예이츠의 시에 특히 인상적인 구절이 있습니다. '내 유혹은 고요하다.'입니다. 삶에서 격렬한 유혹을 많이 겪지는 않았지만, 예이츠가 말하는 '늙은이의 열광'이라는 것은 있습니다. 예이츠는 색다른 일을 하는 사람이 아니었는데 말년에 니체를 다시 읽기 시작했지요. 니체는 고대 그리스에서 일어난 흥미로운 일은 모두 광기나 열광에서 나왔다는 플라톤의 말을 인용합니다.

늙은이의 열광이라는 개념에 대해 또 다른 관점을 얻기 위해서 내일은 니체를 두 시간가량 읽을 생각입니다. 하지만 읽으면서 예이츠를 생각할 겁니다. 그러면 니체를 다르게 읽을 수 있습니다.

말씀하시는 걸 들으면 마치 작가의 프리즘을 통해서 세상을 보시는 것 같습니다. 독자들도 당신의 프리즘을 통해서 세상을 보게 되나요?

오에 예이츠나 오든 혹은 R. S. 토머스에 대해서 흥미를 느낄 때는 그들을 통해서 세상을 봅니다. 하지만 소설가의 프리즘을 통해서 세상을 볼 수 있으리라고는 생각하지 않습니다. 소설가들은 일상적입니다. 좀 더 세속적인 실존 방식을 지니지요. 세속성은 중요해요. 그렇지만 윌리엄 블레이크와 예이츠, 이들은 특별합니다.

무라카미 하루키나 요시모토 바나나 같은 작가들과 경쟁한다고 느끼시나요?

오에 무라카미는 분명하고 단순한 일본어 스타일로 글을 씁니다. 그리고 그의 작품은 외국어로 번역되어 널리 읽히고 있지요. 특히 미국이나 영국, 중국에서요. 그는 미시마 유키오나 제가 할 수 없던 방식으로 국제적인 무대에서 자신의 위치를 확립했습니다. 일본 문학에서는 처음 있는 일입니다. 제 작품도 외국에서 읽히지만 돌아보면 일본 내에서조차 확고한 독자층을 확보했는지 확신이 안 서는군요. 그들과 경쟁관계는 아닙니다만 제 작품이 좀 더 영어, 프랑스어, 독일어로 번역되어 각 나라에서도 독자를 확보했으면 좋겠습니다. 대중을 향해 글을 쓰는 것은 아니지만 사람들과 소통하고 싶습니다. 저에게 깊은 영향을 준 문학작품과 사상에 대해서 사람들에게 말하고 싶습니다. 평생 문학작품을 읽었으니 중요하다고 생각하는 작가들에 대해서 전달하고 싶습니다. 첫 선택은 에드워드 사이드가 될 것입니다. 특히 사이드의 후기 작품들 말입니다. 제가 혹시 멍하게 생각에 잠겨 이야기를 듣지 않는 것 같다면 사이드에 대해서 생각하고 있는 겁니다. 그의 생각은 제 작품의 중요한 일부가 되었습니다. 일본어로 새로운 표현을 창조하고 새로운 사상을 만들어낼 수 있도록 도움을 주었지요. 개인적으로도 그를 좋아합니다.

미시마와의 관계는 아주 복잡하고 힘들었지요?

오에 미시마는 저를 미워했습니다. 『세븐틴』을 출판했을 때 미시마에게 그 책이 아주 마음에 든다는 편지를 받았습니다. 그 이야기가 젊은 우익 학생의 삶을 그린 것이기 때문에 미시마는 제가 신도 사상, 민족주의, 천황 숭배 쪽에 가깝다고 생각했나 봅니다. 저는 테러리즘을 찬양할 의도는 전혀 없었습니다. 그저 테러리스트 집단에 들어가려고 집과 사회를 떠난 젊은이의 행동을 이해하고자 했을 뿐입니다. 지금도 그 점에 대해 생각하고 있습니다.

하지만 미시마 편지 선집의 어떤 내용에는 제가 너무나 추해서 놀랐다는 이야기가 들어 있습니다. 대개 그런 모욕적인 내용은 출판하지 않습니다. 예를 들어 나보코프의 편지 중에서 직접적으로 상대를 모욕하는 내용은 당사자 양쪽이 다 죽기 전까지는 출판되지 않았지요. 하지만 미시마는 출판업자들에게 신적인 존재라서 그가 원하는 건 무엇이든 출판할 수 있었습니다.

당신이 파티에서 미시마의 부인에게 컨트라고 부른 게 사실인가요?

오에 그건 지어낸 이야기입니다. 존 네이선이 『우리들의 광기를 참고 견딜 길을 가르쳐 달라』의 서문에서 그 일화를 썼습니다. 그는 나를 젊고 도덕심 없는 작가라는 이미지로 그리고 싶어했어요. 미시마와 저는 출판 기념 파티에서 두 번 만났습니다. 술을 접대하는 여성들이 있는 곳이었고, 작가들은 그런 파티에 절대로 부인을 데려오지 않습니다. 미시마는 당시 가장 잘나가는 작가였습니다. 그런 일은 불가능해요. 네이선은 제가 그 말을 노먼 메일러한테 배웠다고 했습니다. 하지만 그 단어는 이미 알고 있었어요. 주위에 미군들이 흔한 환경에서 자랐고, 그들이 일본 소녀들한테 그 말을 던지곤 했거든요. 자존심이 강했기 때문에 그런 말은 절대로 사용하지 않았습니다. 게다가 누군가를 미워한다 해도 절대로 그의 부인을 모욕하지는 않습니다. 당사자를 직접 공격하겠지요. 그 일 때문에 네이선을 용서할 수가 없습니다. 그의 번역은 마음에 듭니다만.

네이선은 당신 책을 여러 권 번역했지요. 작가의 스타일이 번역 가능할까요?

오에 지금까지는 모든 번역이 마음에 들었습니다. 각각의 번역가가 다른 목소리를 지니고 있지만, 저는 그들이 작품을 아주 잘 읽어냈다고 생각합니다. 네이선의 번역도 마음에 들지만 제 소설의 프랑스어 번역본을 가장 좋아합니다.

독자로서 이러한 언어들을 얼마나 잘 이해하십니까?

오에 프랑스어와 영어를 외국인으로서 읽지요. 이탈리아어는 읽는 데는 오래 걸리지만 텍스트의 목소리를 잡아내는 것 같은 느낌이 듭니다. 이탈리아를 방문했을 때 라디오 인터뷰를 했는데, 인터뷰어가 단테에 대해서 묻더군요. 저는 단테의 『신곡』이 여전히 세상을 구원할 수 있다고 믿습니다. 그 인터뷰어는 일본인은 절대로 단테의 언어가 갖는 음악성을 잡아낼 수 없을 거라고 단언하더군요. "그렇습니다. 완벽하게는 잡아낼 수 없지요. 하지만 단테의 목소리가 갖는 어떤 측면을 이해할 수 있습니다."라고 대답했습니다. 인터뷰어는 화가 나서 그건 가능하지 않다고 말했습니다. 단테를 암송해보라고 요구하더군요. 저는 아마 「연옥」 편의 첫 부분 열다섯 줄 정도를 암송했을 겁니다. 그는 녹음을 멈추더니 "그건 이탈리아어가 아니에요. 그렇지만 당신은 그렇게 믿는 것 같군요."라고 하더군요.

많은 작가들이 고독 속에서 작업하는 것에 집착합니다. 하지만 당신 책의 화자들은 작가인데 거실의 소파에 누워서 글을 쓰거나 읽습니다. 당신도 가족들과 함께 있는 곳에서 작업하시나요?

오에 작업을 위해서 고독한 환경이 필요하지는 않습니다. 소설을 쓰거나 읽을 때는 혼자 있거나 가족에게서 떨어져 있을 필요를 느끼지 않아요. 대개 거실에서 작업하고 그동안 히카리는 음악을 듣지요. 수정을 여러 번 하기 때문에 히카리나 아내가 옆에 있어도 일할 수 있습니다. 소설은 언제나 불완전하고, 제가 그것을 완전히 수정하리라는 걸 알고 있습니다. 그래서 초고를 쓸 때 혼자 있을 필요가 없어요. 그리고 수정할 때는 이미 텍스트와 관계가 생겼기 때문에 혼자 있을 필요가 없고요.

위층에 서재가 있지만 그곳에서 작업하는 일은 드뭅니다. 서재에서 일할 때는 소설을 끝내려고 집중할 때뿐입니다. 그럴 때는 다른 사람에게 방해가 되거든요.

에세이에서 "대화를 나누기에 재미있는 사람은 딱 세 종류뿐이다. 많은 것에 대해서 다방면으로 아는 사람, 새로운 세상에 다녀온 사람, 혹은 뭔가 기이하거나 무서운 일을 겪어본 사람이다."라고 쓰셨습니다. 당신은 어떤 쪽에 속하시나요?

오에 친한 친구가 뛰어난 비평가입니다. 그는 저와 대화하는 게 불가능하다고 주장합니다. "오에는 다른 사람이 말하는 건 전혀 듣지 않아. 자신의 머릿속에 들어 있는 생각만을 말할 뿐이야."라고요. 그렇게 생각하지는 않지만, 제가 그다지 흥미롭게 이야기하는 사람이라고도 생각하지 않습니다. 놀라운 일을 많이 본 적이 없고, 새로운 세상에 가본 적도 없습니다. 이상한 경험을 많이 하지도 않았고요. 그저 소소한 일들을 다양하게 경험했을 뿐입니다. 그런 소소한 경험에 대해서 글을 쓰고 그 글을 수정하고 수정을 통해서 그 일들을 다시 한 번 겪습니다.

당신이 쓴 대부분의 소설은 사적인 삶에 뿌리를 두고 있지요. 당신 소설이 일본의 '사소설'I-novel 전통의 일부라고 생각하십니까?

오에 사소설 전통에는 아주 훌륭한 작품들이 있습니다. 19세기 말과 20세기 초에 글을 썼던 이와노 호메이도 좋아하는 작가 중 하나지요. 그가 사용한 구절 중에 '희망을 잃은 짐승 같은 용기'라는 말이 있습니다. 하지만 사소설은 작가의 일상생활이 색다르거나 특별한 사건—쓰나미나 지진, 어머니의 죽음, 남편의 죽음—에 의해서 방해받을 때 어떤 일이 일어나는지에 관한 소설입니다. 그것은 사회 안에서 개인의 역할에 관한 질문에는 열려 있지 않습니다. 제 작품에서는 개인적인 삶에서 시작하더라도 사회적인 문제를 향해 열려 있으려고 노력합니다.

디킨스와 발자크는 세상에 대해서 객관적으로 글을 썼습니다. 넓은 세상을 염두에 두었지요. 그러나 저는 자신을 통해서 세상에 관한 글을 쓰기 때문에 가장 중요한 문제는 어떻게 이야기를 서술할 것인가, 어떻게 목소리를 발견할 것인가 하는 질문입니다. 그다음에 인물 문제가 등장하지요.

모든 소설이 당신의 개인적 경험을 통해서 굴절되나요?

오에 어떤 방향으로 등장인물을 이끌지 아니면 어떤 인물을 창조할지 미리 생각하고 소설을 시작하지는 않습니다. 이런 과정은 퇴고할 때 정해집니다. 수정과 퇴고의 과정을 통해서 새로운 인물과 상황이 생겨납니다. 실제 삶과는 아주 다른 영역이지요. 이 영역에서 저절로 등장인물들이 성장하고 이야기가 자라납니다.

하지만 모든 소설은 어딘가 저 자신에 관한 이야기입니다. 젊은이로서, 장애아를 가진 중년으로서, 노인으로서 생각한 것에 대해서이지요. 저는 삼인칭 소설과 대조되는 일인칭 소설을 개발했습니다. 그것이 문제입니다. 진짜 훌륭한 소설가는 삼인칭으로 쓰는 것이 가능한 반면 저는 삼인칭으로는 한 번도 잘 써진 적이 없습니다. 그런 점에서 보자면 저는 아마추어 소설가겠죠. 과거 삼인칭으로 쓴 적이 있지만 등장인물은 언제나 저를 닮아 있었습니다. 저는 일인칭을 통해서만 제 내면의 진실을 잡아낼 수 있기 때문입니다.

예를 들어 「허공의 괴물 아구이」에서는 히카리가 태어났을 때의 제 상황과 비슷한 처지에 놓인 사람의 이야기를 썼지요. 하지만 그는 저와는 다른 결정을 내립니다. 아구이의 아버지는 기형인 아이의 삶을 돕지 않는 쪽으로 결정합니다. 『개인적인 체험』에서는 또 다른 주인공인 버드에 대해서 썼습니다. 버드는 아이와 함께 살기로 결정하지요. 두 작품은 거의 동시에 작업했습니다. 그러나 제 선택 순서는 거꾸로입니다. 아구이의 아버지와 버드의 결정에 대해서 쓴 뒤에 저는 버드 쪽으로 삶의 방향을 돌렸지요. 작정한 것은 아니었지만 나중에 제가 그렇게 했다는 것을 알 수 있었습니다.

히카리는 당신 소설에 자주 등장하는군요.

오에 히카리와 40년 동안 살았고, 그 아이에 관해 쓰는 것은 제 문학 표현Expression의 커다란 기둥 중 하나입니다. 장애가 있는 사람이 어떻게 자신을 실현할 수 있는지 그리고 그 일이 얼마나 어려운지 보여주려고 그에 관해 썼어요. 히카리는 아주 어렸을 때부터 자신의 인간성을 음악을 통해 표현했습니다. 어떤 시점이 되자 슬픔 같은 개념을 음악을 통해 표현할 수 있게 되더군요. 그는 자기실현의 길로 들어섰습니다. 그리고 계속 그 길을 걸어가고 있습니다.

히카리가 말한 것을 글자 그대로 옮기면서 순서만 바꾼다고 이야기하신 적이 있지요.

오에 히카리가 말한 것을 그대로 똑같은 순서로 옮깁니다. 덧붙이는 것은 맥락과 상황, 다른 사람들이 그 아이에게 어떻게 반응하는가 하는 점입니다. 이 과정을 통해서 히카리의 말이 좀 더 이해될 수 있습니다. 그렇지만 그의 말을 이해시키기 위해서 순서를 바꾼 적은 없습니다.

소설 속 히카리의 잦은 등장에 대해서 다른 자녀들은 어떻게 생각하나요?

오에 아들인 오짱과 딸 나츠미코에 대해서도 썼습니다. 그런데 나츠미코만 히카리에 대해서 쓴 것을 읽습니다. 아주 조심해서 써야 됩니다. 안 그러면 딸아이가 "히카리는 그렇게 말하지 않을 거예요." 라고 할 테니까요.

어째서 그들의 실명을 사용하기로 결정하셨나요? 특히 히카리의 실명을요.

오에 처음에는 그 아이의 이름을 사용하지 않았어요. 소설에서는 '이요'라고 했지요. 하지만 현실에서는 그를 '푸우'라고 부릅니다.

'푸우'라고요?

오에 '곰돌이 푸우' 덕분에 아내랑 결혼하게 되었습니다. 전쟁이 끝나기 직전에 교양 있는 출판업자인 쇼텐 이와나미가 『곰돌이 푸우는 아무도 못 말려』의 번역본을 출판했습니다. 몇 천 부밖에 인쇄하지 않았지요. 고등학교 때 아내의 오빠인 이타미 주조•를 알고 지냈는데, 그의 어머니가 『푸우야, 그래도 나는 네가 좋아』 한 권을 구해달라고 저에게 부탁하셨습니다. 그분은 전쟁 중에 그 책을 읽었는데 잃어버렸다고 하셨습니다. 도쿄에 있는 헌책방을 잘 알기 때문에 『곰돌이 푸우는 아무도 못 말려』와 『푸우야, 그래도 나는 네가 좋아』를 찾을 수 있었습니다. 책을 그분의 집에 보냈고, 그녀의 딸과 서신 교환을 시작했지요. 그렇게 시작된 것이랍니다.

하지만 저는 푸우와는 동일시하지 않아요. 오히려 이요 타입입니다.

• 일본을 대표하는 사회파 영화감독이다.(역자 주)

가족들이 노벨상 수상에 대해서 어떤 반응을 보였는지요?

오에 가족들의 시선에는 변화가 없었습니다. 저는 여기 앉아서 책을 읽고 있었지요. 히카리는 저쪽에서 음악을 듣고 있었고요. 도쿄 대학교 생화학과에 다니는 아들과 소피아 대학교 학생인 딸은 식당 쪽에 있었습니다. 그 애들은 제가 노벨상을 받으리라는 기대는 하지 않았어요. 저녁 아홉 시쯤 전화가 울렸습니다. 히카리가 전화를 받았습니다. 전화 받는 건 그 애 취미 중 하나입니다. 히카리는 '여보세요.'와 '안녕하세요.'를 프랑스어, 독일어, 러시아어, 중국어, 한국어로 완벽하게 할 수 있지요. 그 애가 전화기를 들고는, "No."라고 하더니 다시 한 번 "아니요."라고 답하더군요. 그러고 나서 저에게 전화기를 주었습니다. 스웨덴 아카데미 노벨 문학상 선정 위원회의 위원이었어요. 그는 "당신이 겐자부로 씨입니까?" 하고 묻더군요. 그에게 혹시 히카리가 저 대신 노벨상 수상을 거부했는지 묻고 나서 죄송하지만 수상을 받아들인다고 말했습니다. 전화를 끊고 자리로 돌아가서 앉은 뒤에 가족들에게 노벨상을 받았다고 이야기해주었지요. 아내가 그러더군요. "아, 그래요?"

그 말만 하시던가요?

오에 네, 그랬습니다. 그리고 다른 두 아이들은 아무 말도 하지 않더군요. 걔들은 그냥 조용히 자기 방으로 돌아갔습니다. 히카리는 계속 음악을 들었고요. 히카리한테는 노벨상에 대해서 말하지 않았습니다.

가족들의 반응에 실망하셨나요?

오에 다시 책을 읽기 시작했습니다. 하지만 대개의 가족들이 이런 식으로 반응할까 의아해하지 않을 수 없더군요. 그런 다음 전화벨이 울려대기 시작했습니다. 다섯 시간 동안 계속 전화가 왔습니다. 아는 사람과 모르는 사람들로부터요. 아이들은 그저 기자들이 돌아가기만을 바랐습니다. 사생활 보호를 위해서 커튼을 쳤습니다.

노벨상 수상 때문에 안 좋은 점이 있습니까?

오에 특별히 부정적인 면은 없습니다. 그렇다고 긍정적인 점도 없고요. 노벨상을 받을 무렵에는 기자들이 이미 집 밖에서 3년째 진을 치고 있었어요. 일본 언론은 노벨상 후보의 가치를 과대평가하는 경향이 있습니다. 제 문학작품을 좋아하지 않거나 정치적 견해에 반대하는 사람들도 제가 노벨상 후보로 거론되고 있다는 말이 나오자 관심을 갖더군요.

노벨상은 문학 작업에는 거의 의미가 없습니다. 하지만 약력이나 공식적인 위상에는 도움이 되지요. 훨씬 더 넓은 영역에서 사용할 수 있는 자원을 얻는 것이나 마찬가지입니다. 하지만 작가로서는 변하는 게 없습니다. 저 자신에 대한 견해는 변하지 않았습니다. 노벨상 수상 후에 계속해서 좋은 작품을 써낸 작가는 몇 명밖에 없습니다. 토마스 만이나 포크너 같은 사람들이지요.

히카리가 태어났을 때는 이미 유명한 소설가셨지요. 당신과 부인은 이미 유명인이었습니다. 히카리와의 삶이 경력에 해가 될까 봐 걱정한 적은 없으신가요?

오에 히카리가 태어났을 때 전 스물여덟 살이었고, 명망 있는 아쿠타가와 상을 받은 지 5년 뒤였습니다. 하지만 장애가 있는 아이와 사는 것이 두렵거나 부끄럽지는 않았습니다. 『개인적인 체험』에서 버드라는 인물은 장애아와 사는 것을 불편해합니다. 하지만 그건 플롯을 위해 필요한 일이었고, 저의 경우에는 불안함을 느낀 적이 전혀 없습니다. 저는 허클베리 핀처럼 제 운명을 선택했지요.

히카리가 태어난 직후에는 그가 살아남을지 확신할 수 없으셨지요.

오에 의사는 그 아이가 살 확률이 희박하다고 말했어요. 그 애가 곧 죽을 거라고 생각했습니다. 히카리가 태어나고 몇 주 뒤 히로시마로 여행을 갔습니다. 저는 많은 원자폭탄 생존자들이 등불에 희생자들의 이름을 써서 강에 띄워 보내는 광경을 보았습니다. 그들은 등불이 강 아래로 흘러가는 것을 지켜보았지요. 죽은 자의 영혼이 어둠 속으로 들어가는 겁니다. 저도 참여하고 싶어졌습니다. 등불에 히카리의 이름을 썼습니다. 그 애는 곧 죽을 사람이라고 생각했으니까요. 그 당시 저는 살아갈 의지가 없었습니다. 나중에 기자인 친구에게 이 일을 털어놓았지요. 친구의 딸은 히로시마 폭격 때 죽었습니다. 그는 저에게 그렇게 감상에 젖은 짓을 해서는 안 되는 거라고 말했습니다. 그저 계속해서 일을 해나가라고 하더군요. 나중에 끔찍하게 감상적인 짓이었다는 데 동의할 수 있었습니다. 그 이후 제 태도를 바꿨지요.

감상적이라는 건 어떤 의미로 사용하신 겁니까?

오에 감상에 대한 가장 훌륭한 정의는 플래너리 오코너가 제공해줍니다. 그녀는 감상적이란 현실에 당당하게 맞서지 않는 태도라고 말했습니다. 예를 들어 장애인을 불쌍히 여기는 것은 그들을 숨기는 행위나 마찬가지라고 했지요. 그녀는 이런 종류의 해로운 감상성을 제2차세계대전 중에 나치가 장애인을 절멸시킨 행위와 연결 짓고 있습니다.

『눈을 떠라』에 실린 단편 중에 우익 학생이 화자의 장애가 있는 아이를 납치해서 기차역에 버리는 일화가 나오지요. 이런 일이 실제로 일어났나요?

오에 당시의 젊은 학생들은 제가 고통받는 일본의 젊은이들에 관해서는 쓰지 않고 장애인 아들에 대해서만 생각한다고 비판했습니다. 그들은 제게 아들에게만 지나친 열정을 갖고, 사회에 대해서는 충분한 열정을 보이지 않는다고 말했습니다. 그 애를 납치하겠다고 협박했지만 실제로 그러지는 않았습니다. 소설에 나온 일화는 어떤 의미에서는 실화입니다. 한 번은 히카리가 도쿄 역에서 길을 잃어서 다섯 시간 동안 찾아다닌 적이 있습니다.

히카리를 성적性的 존재로 쓰는 것은 어려운 일인가요? 『눈을 떠라』와 『새로운 시대』 그리고 『조용한 생활』에서 화자는 자신이나 아들의 성적인 집착에 대한 생각과 화해하는 것을 어려워하더군요.

오에 히카리에게는 성적인 관심이 전혀 없습니다. 텔레비전에서 반쯤 벌거벗은 여인이 나오면 눈을 감아버리지요. 얼마 전에는 텔레비전에 대머리 피아니스트가 나온 적이 있는데, 히카리한테는 대머리와 벌거벗은 상태 사이에 어떤 연관 관계가 있는 듯합니다. 텔레비전을 보려고 들지 않더군요. 이게 성에 대해 그가 보이는 유일한 반응입니다. 어쩌면 그 아이가 이런 문제에 민감하다고 말씀하시겠지만 모든 사람들이 생각하는 것과는 다른 방식이지요. [히카리를 보면서] 푸우야, 그 대머리 피아니스트 기억하니?

오에 히카리 크리스토프 에센바흐였어요.

오에 유명한 피아니스트이자 지휘자이지요. 앨범 표지에는 숱 많은 검은 머리를 하고 있습니다. 하지만 최근 일본을 방문했을 때는 완전히 대머리가 되었더군요. 우리는 텔레비전으로 그를 보고 있었는데, 히카리가 그의 벗겨진 머리를 보지 않으려고 했습니다. 그래서 히카리가 볼 수 있도록 에센바흐의 머리를 가렸지요. 텔레비전 화면에 테이프로 시디 껍데기를 붙여놓았습니다.

히카리를 주인공으로 등장시키는 걸 그만두신 이유는 무엇입니까?

오에 약 10년 전에 히카리에 대해서 직접 쓰는 것을 그만두었습니다. 하지만 그 아이는 언제나 등장합니다. 가장 중요한 조연이 되었지요. 히카리가 언제나 제 삶의 일부였듯이 장애인이 언제나 제 소설에 존재하기를 원합니다. 하지만 소설은 실험이 일어나는 장소입니다. 도스토옙스키가 라스콜니코프라는 인물로 실험했듯이 말입니다. 소설가들은 서로 다른 시나리오들을 시험해봅니다. 이 인물은 이런 상황에서 어떻게 반응할까? 하면서요. 히카리를 통해서 하는 실험은 그만두었습니다. 계속 함께 살아가면서 그 아이가 제 삶의 중요한 기둥 중 하나로 작용하는 것이 중요합니다. 실험이 아니라 제 현실의 일부입니다. 제가 늙어간다는 사실을 그가 어떻게 받아들이고 포용할 수 있을지에 대해서 항상 생각하게 됩니다.

5년인가 6년 전에 심한 우울증에 빠진 적이 있습니다. 2~3년마다 한 번씩 우울증에 걸립니다. 대개 핵무기나 오키나와에 대해 걱정하거나, 제 세대 사람이 죽거나, 제 소설이 더 이상 필요하지 않은 것처럼 보일 때 그렇습니다. 그럴 때는 매일 같은 시디를 들으면서 극복했습니다. 작년에는 그 경험을 소설에 담아보고 싶었습니다. 그 음악이 베토벤의 피아노 소나타 32번이라는 건 기억할 수 있었지만, 연주자가 누군지는 기억할 수 없었습니다. 시디가 정말 많거든요. 히카리에게 제가 들었던 연주자가 누군지 물어보자 프리드리히 굴다라고 기억하더군요. 1967년 앨범인지 묻자 1958년 앨범이라고 대답했어요.

대충 제 인생의 삼분의 일은 책을 읽는 데, 삼분의 일은 소설을 쓰는 데, 나머지 삼분의 일은 히카리와 사는 데 바쳐집니다.

어떤 식의 글쓰기 계획을 유지하시나요?

오에 일단 쓰기 시작하면 끝날 때까지 매일 씁니다. 대개 아침 일곱 시에 일어나서 열한 시까지 일하지요. 아침은 먹지 않습니다. 물 한 잔만 마실 뿐이지요. 그게 글 쓰는 데는 완벽한 조건입니다.

글쓰기가 힘든 작업이라고 생각하시나요?

오에 프랑스에서 일에 해당하는 단어는 트라바이유Travail입니다. 이 단어에는 많은 노력과 고통을 통한 투쟁과 그 노력의 결과라는 의미가 포함되지요. 프루스트에게는 『잃어버린 시간을 찾아서』를 쓰는 투쟁과 그 노력의 결과는 같은 것입니다. 저는 글쓰기가 투쟁이라고는 생각지 않아요. 초고를 쓰는 것은 아주 즐거운 과정입니다. 하지만 철저하게 수정하지요. 그 부분에는 노동이 필요합니다. 하지만 작품을 완성하는 것 역시 즐겁습니다.

소설이 당신이 자란 숲 속 마을로 돌아가는 방법이라고 말씀하셨지요.

오에 그 두 가지, 그러니까 제 소설의 숲과 소년 시절의 집은 서로 겹쳐집니다. 제 어린 시절에 대해서 여러 번 썼지요. 거기엔 실제와 상상이 서로 섞여 있습니다.

한번은 숲 속에서 나무를 그리면서 이름을 외우려고 애쓴 적이 있습니다. 그러다가 감기에 걸렸지요. 몸져누웠고 오래 살 수 있을 것 같지가 않았습니다. "저는 죽나요?"라고 했더니 어머니께서 "네가 죽더라도 다시 너를 낳을 거야."라고 대답하시더군요. 저는 "그 애는 다른 애가 아닐까요?"라고 다시 물었지요. 어머니는 "나는 그 애에게 네가 아는 모든 것과 네가 읽은 모든 책을 가르칠 거란다."라고 하셨습니다.

아버지는 어떠셨나요?

오에 아버지에 대해서는 별로 기억이 없습니다. 그분은 고립된 채 혼자 생각에 잠기곤 하셨지요. 비밀스러운 사람이었어요. 아이들에게는 전혀 말을 걸지 않으셨습니다. 그는 직물 일을 하고 책을 읽으셨어요. 마을 사람들과 어울리지도 않으셨지요.

우리는 시코쿠의 산악 지대에서 살았습니다. 이웃의 현까지 가려면 하루를 꼬박 걸어야 했어요. 아버지가 산 반대편에 사는 중국 문학 전문가인 어떤 선생님을 방문하던 걸 기억합니다. 어머니는 아버지가 그분을 일 년에 두 번 방문한다고 말씀하시더군요.

어머니와 할머니께서 마을 신도 사원을 관리하지 않으셨나요?

오에 그건 도교 사원이었습니다. 신도보다는 훨씬 민속에 가깝고 현실적인 것이지요. 반대로 아버지는 신도에 대한 깊이 있는 사상가였습니다. 일본은 신도 국가로 여겨집니다. 그것은 여전히 천황과 연결되어 있지요. 저는 여섯 살에 초등학교에 들어갔고, 제2차세계대전이 끝났을 때는 열 살이었습니다. 그 시기 이뤄진 민족주의 교육을 받았습니다. 신도 사상, 천황 숭배, 군국주의와 관계된 민족주의였습니다. 천황이 신이고, 천황을 위해 죽어야 한다고 배웠습니다. 우리는 전쟁이 끝날 때까지 그걸 믿었습니다.

지금도 여전히 일본 문화의 바탕에는 신도가 있습니다. 신도는 일상과 연결된 소박한 믿음입니다. 교리도 신학도 없습니다. 신도를 벗어나고자 하는 사람은 불교나 기독교를 추구하지요. 아니면 독립적인 사유를 쫓아갑니다. 지식인들이 그렇지요. 저는 독립적인 사유를 추구하는 사람입니다. 종교를 넘어선 어떤 것을요.

불면증이 있으시다는 게 사실인가요?

오에 언제나 자는 데 어려움을 겪습니다. 이 문제로 학생 때 소설을 쓰기 시작했어요. 2년 동안 수면제에 의존하다가 밤마다 자기 직전 술을 마셔서 불면증을 극복했습니다. 부엌으로 가서 네 잔의 위스키를—때로는 더블로—마시고 맥주를 두 캔에서 네 캔 정도 마십니다. 위스키와 맥주를 마시고 나면 아주 쉽게 잠들 수 있어요. 문제는 독서량이 현저하게 줄어들었다는 겁니다.

『눈을 떠라』에서 화자는 우리 삶이 실제로는 죽음 직전의 기쁨에 찬 반나절을

위한 준비에 지나지 않는다고 말하죠. 당신 삶에서 이 완벽한 마지막 반나절은 어떤 모습일까요?

오에 저에게 완벽한 마지막 반나절이 어떤 모습일지는 모르겠습니다. 하지만 그동안 의식이 완전했으면 좋겠습니다. 지난 칠십여 년 동안 많은 일을 겪었습니다. 그 시간에 몇 편의 시를 기억하고 싶습니다. 지금 생각나는 후보는 「이스트 코커」입니다.

후보가 하나뿐인가요?

오에 지금으로서는요.

인생을 되돌아보았을 때 올바른 길을 선택했다고 느끼십니까?

오에 집에서 아내가 해주는 음식을 먹고, 음악을 듣고, 히카리와 같이 머무르면서 평생을 보냈습니다. 좋은 직업을 선택했다고 생각합니다. 흥미로운 경력이지요. 매일 아침 읽을 책이 절대로 떨어지지 않을 거라는 걸 깨달으면서 일어납니다. 그게 제 삶이었지요.

한 편의 작품을 끝낸 후에 죽고 싶습니다. 쓰기를 끝내고 막 읽고 난 뒤에 말입니다. 소설가인 나쓰메 소세키는 1905년부터 1916년까지 짧은 기간 동안 글을 썼지요. 그가 죽기 전에 "지금 죽으면 곤란한데."라고 했다는 유명한 일화가 있습니다. 그는 죽을 뜻이 없었던 거지요. 일본에서는 작가가 죽어서 미완성 원고가 남으면 누군가 그것을 출판합니다. 저는 죽기 전에 모든 미완성 원고와 공책을 태워버릴 겁니다. 다시 찍고 싶은 책과 찍지 않기를 바라는 나머지를 골라놓고 싶습니다.

대부분의 작가가 그런 말을 하지만 진심은 아니지 않습니까?

오에 진정으로 위대한 작가라면 미완성 원고에서 중요한 발견을 할 수가 있겠지요. 하지만 제 경우에는 출판된 것들조차 완성되지 못했습니다. 제 글쓰기는 몇 번의 수정을 거친 다음에도 끝나지 않습니다. 아주 오랜 수정 과정을 거쳐야 해요. 수정이 없다면 제 작품일 수가 없지요.

어떤 작품이 가장 성공적이라고 생각하십니까?

오에 『만엔원년의 풋볼』입니다. 그건 젊을 때 쓴 작품이고 결점이 분명히 드러납니다. 하지만 결점까지 포함해서 그 작품이 가장 성공적이라고 생각합니다.

소설 속 화자들은 초월적인 존재를 붙들지만, 그들은 곧 다시 사라지더군요.

오에 초월적인 존재에 대한 제 경험은 언제나 이차적인 것이었습니다. 저는 우리가 아는 차원을 넘어가 버린 이들인 예이츠나 블레이크 같은 시인들을 통해서 초월성을 느끼고 이해할 수 있습니다. 결국 저는 우리가 사는 이 세상을 넘어선 다른 차원에 도달하지는 못했습니다. 하지만 문학을 통해서 초월적인 것을 느낄 수 있었고, 저에게는 그것이 바로 존재의 이유입니다.

신앙을 가진다는 것이 작가에게는 짐이 된다고 생각하십니까?

오에 일본어에서 짐이라는 단어에는 무겁다는 말이 들어가 있습니다. 저는 종교나 신앙이 '무거운' 짐이라고 생각하지는 않아요. 하지만 제가 가깝게 느끼는 작가와 사상가들과 믿음에 대한 생각과 느낌을 공유합니다. 그들에게 배우는 것이 습관이 되었죠. 믿음에 대한 느낌이나 생각을 공유하지 않기 때문에 가깝게 느껴지지 않는 작가들도 있습니다. 예를 들어 톨스토이는 가깝게 느껴지지 않는 작가입니다.

저는 신앙이 없고 미래에도 신앙을 갖지 않을 거라 생각합니다. 그렇다고 무신론자는 아닙니다. 제 신앙은 세속적인 사람의 것입니다. 아마도 '도덕'이라고 부르는 것이겠지요. 평생 약간의 지혜를 얻었습니다만 언제나 합리성, 사유, 경험을 통해서였습니다. 저는 합리적인 사람이고, 제 경험을 통해서만 일합니다. 제 삶의 양식은 세속적인 사람의 것이고, 인간에 대해서도 세속적인 방식으로 배웠습니다. 제가 초월적인 존재와 만나는 부분이 있다면 그건 지난 44년간 히카리와 함께한 삶입니다. 히카리와의 관계를 통해서, 그의 음악에 대한 이해를 통해서 초월성을 살짝 엿볼 수 있었습니다.

기도하지는 않지만 매일 하는 두 가지 일이 있습니다. 첫 번째는 신뢰하는 사상가와 작가의 작품을 읽는 것입니다. 매일 아침 적어도 두 시간 동안은 책을 읽는 데 할애합니다. 두 번째는 히카리입니다. 매일 밤 히카리를 깨워서 화장실에 가게 합니다. 그 애는 침대로 돌아와서는 무슨 이유 때문인지 이불을 덮지 못합니다. 그래서 제가 이불을 덮어주지요. 히카리를 화장실에 데리고 가는 것이 저에게는 하나의 의식이고 일종의 종교적인 느낌을 줍니다. 그러고 나서 술을 한잔하고 자러 갑니다.

세라 페이 Sarah Fay 『파리 리뷰』의 편집 위원이다. 『뉴욕 타임스』의 'The Book'이라는 코너에서 책 리뷰를 진행하고 있다.

주요 작품 연보

『새싹 뽑기, 어린 짐승 쏘기』Nip the Buds, Shoot the Kids, 1958
『개인적인 체험』A Personal Matter, 1964
『히로시마 노트』Hiroshima Notes, 1965
『만엔원년의 풋볼』The Silent Cry, 1967
『우리들의 광기를 참고 견딜 길을 가르쳐달라』Teach Us to Outgrow Our Madness, 1969
『오키나와 노트』Okinawa Notes, 1970
『홍수는 나의 영혼에 넘쳐흘러』The Flood Invades My Spirit, 1973
『핀치러너 조서』The Pinch Runner Memorandum, 1976
『레인트리를 듣는 여인들』Women Listening to the 'Rain Tree', 1982
『새로운 인간이여, 눈을 떠라』Rouse Up O Young Men of the New Age!, 1983
『하마에게 물리다』Bitten by the Hippopotamus, 1985
『M/T와 숲의 이상한 이야기』M/T and the Narrative about the Marvels of the Forest, 1986
『인생의 친척』An Echo of Heaven, 1989
『조용한 생활』A Quiet Life, 1990
『공중제비 넘기』Somersault, 1999
『2백 년의 아이들』The Children of 200 Years, 2003
『아름다운 애너벨 리 싸늘하게 죽다』The Beautiful Annabel Lee was Chilled and killed, 2007

수상한 2인조 3부작 Pseudo-couple Trilogy
『체인지링』The Changeling, 2000
『우울한 얼굴의 아이』The Child of the Sorrowful Countenance, 2002
『책이여, 안녕!』Farewell, My Books!, 2005

역자 후기

문학, 공감과 연민의 특권

"내 모든 곳에서 쉴 곳을 찾았으나, 책이 있는 골방보다 나은 곳은 없더라."

움베르트 에코가 『장미의 이름』 서문에서 인용한 15세기 독일의 성직자 토마스 아 켐피스의 말입니다. 『작가란 무엇인가』를 읽는 독자 여러분 중에는 이 말에 공감하실 분이 많을 거라 생각합니다.

책이 가득 들어찬 골방에 대한 이야기 중, 제 어린 시절에 찬연히 빛나던 이야기에 영국 동화 작가 엘리너 파전의 『작은 책방』이 있습니다. 엘리너 파전은 온 집안에서 쫓겨난 책들이 잡초처럼 모여 있는 '작은 책방' 안 춤추는 금빛 먼지 속에서 책이라는 마법의 세계로 보물찾기를 하러 떠납니다. 작은 책방에서 파전의 기억에 쌓인 작은 먼지 조각들은 환상과 현실이 어우러진 그녀의 동화 속에서 다시 꽃으로 피어납니다. "별의 먼지, 금가루, 풀의 가루 등등은 땅속으로 돌아가 또다시 히아신스의 형태로 넓은 대지에 피어날 티끌들입니다."라고 파전은 말하지요.

책을 읽는 공간은 책이 태어나는 곳이기도 합니다. 작은 책방이 없다면 그곳에서 먼지와 함께 떠난 생각의 모험이 없다면 그 모험에서 가져온 이야기의 편린이 없다면, 작가들은 아름답고 슬프고 흥미진진하고 통렬하고 비극적인 이야기를 쓸 수 없겠지요. 『작가란 무엇인가』는 작가의 공간에 대한 이야기를 들려줍니다. 황량한 들판에 피어 있는 꽃들을 꺾어오거나 돌 조각을 주워와 마법의 약을 빚어내는 주술사나 연금술사들처럼, 자신들이 읽은 책들에서 다시 자신만의 책을 빚어내는 작가들의 이야기를 들려줍니다. 그 작가들의 책을 오랜 시간 읽고 그들과 친구가 된 독자들에게, 책이 탄생하는 공간에 대한 이야기는 매혹적일 수밖에 없습니다.

제가 어린 시절 매혹을 느낀 작가의 공간은 루이자 메이 올컷의 『작은 아씨들』에 나오는 조의 다락방이었습니다. 조는 그 다락방에서 사과를 먹으면서 당시 유행하던 유령 이야기나 로맨스를 만들어내다가, 마침내 자신만의 목소리를 찾아냅니다. 그리고 가족들에 대한 이야기로 사람들의 마음을 울릴 수 있는 작가가 되지요. 이런 이야기들을 읽으면서 또다시 독자의 마음속에는 생각의 먼지 조각들이 차곡차곡 쌓입니다. 조가 먹는 건 에덴동산의 그 사과일까? 하느님의 착한 아이들이 아니라 고뇌하고 생각하는 인간이 되기 위해 이브가 따서 먹고 아담에게 건네준 그 과일일까? 조의 사과는 카프카의 『변신』에 나오는 사과와 연결되기도 합니다. 그레고르 잠자의 아버지는 어째서 그에게 하필 사과를 던졌을까? 그레고르의 등껍질에 깊이 박혀 썩어 들어가 결국 그를 죽음에 이르게 한 사과의 의미는 무엇일까? 책을 읽는 것은 끝없는 의문부호들의 연속인 것 같습니다. 『파리 리뷰』의 질문과 대답들은 우리가 궁금해하는 질문들에 약간의 해답을 주기도 합니다. 올콧이나 카프카가 인터뷰를 했다면 우리는 그들에 관해 궁금한 것들을 아주 조금은 알게 되었을지도 모르지요.

『작가란 무엇인가』에서 우리는 작가들이 책을 쉽게 쓰지 않는다는 사실을 알게 됩니다. 매일 규칙적으로 일하고 끝없이 수정하며, 조각가처럼 생각의 돌덩어리들을 수없이 깎고 또 깎고 다듬습니다. 작가들이 수정하는 과정을 보면서, 우리가 간직하던 '천재' 작가의 이미지가 수고하는 장인의 이미지로 바뀝니다.

창작에 관해서 제 마음속에 가장 깊이 박힌 건 칠레의 작가 이사벨 아옌데가 『파울라』에 쓴 이야기입니다. 이 시대 최고의 이야기꾼인 아옌데는 고등학교만 졸업하고 바로 기자가 되어 글을 쓰기 시작했습니다. 대학 교육을 받지 못한 그녀는 스탠퍼드 대학의 학생들에게 어떻게 소설 창작을 가르쳐야 할지 고민한 적이 있습니다. 걱정하는 그녀에게 딸 파울라가 작은 충고를 줍니다. "학생들에게 '나쁜 소설'을 써오라고 하세요. 좋은 소설을 쓰기는 어렵지만 나쁜 소설은 누구나 쓸 수 있잖아요. '나쁜 소설'을 쓴 다음에 수정하면 되는 거니까요." 이 이야기는 책을 좋아하는 많은 사람들 속에 어쩌면 한 명씩은 숨어 있을 법한 잠재적 소설가에게 위안, 혹은 용기를 줄 수 있다는 생각이 듭니다.

열아홉 살의 어린 나이에 이미 파란만장한 자신의 삶과 당대의 중요한 철학적 담론들을 엮어 『프랑켄슈타인』이라는 흥미로운 책을 쓴 메리 셸리는, 자신이 써낸 소설을 향해 "흉칙한 내 자식아, 세상에 나가서 잘 살아라."라고 말합니다. 우리 속에도 프랑켄슈타인의 괴물처럼 못생긴 작은 소설들이 하나씩 들어 있을지도 모릅니다. 일단 못생긴 아이를 꺼내어 정성을 다해 빚어내면 이 책에 나오는 작가들처럼 훌륭한 책을 만들어낼 수 있으리라 생각됩니다. 그렇게 하기 위해서는 이 작가들처럼 엄청나게 많은 책을 읽는 것이 중요하겠지요.

소설을 쓰는 작가들의 이야기를 읽으면서 '먹고사는 데 문학이 무슨 도움이 되지?'라는 우리 시대의 흔한 비난, 혹은 자조의 목소리에 대해 생각하게 됩니다. 영문학을 가르치다 보면, 경영학이나 공학을 전공하는 친구들이 '취업에 도움이 되지 않는 문학을 왜 공부하는지' 묻는데 어떻게 대답할지 모르겠다는 학생들의 하소연을 자주 듣게 됩니다. 이런 이야기를 들으면서 문학의 '용도' 혹은 '가치'에 대한 생각을 합니다.

아마도 '문학을 왜 하는가?'라는 질문에 대한 대답은 여러 작가나 시인들이 이미 제공했을 것입니다. 19세기 영국의 소설가인 조지 엘리엇은 문학을 비롯한 예술작품에서 우리가 얻는 "가장 큰 이득은 공감 능력의 확장이다."라고 했습니다. 19세기 영국 시인 P. B. 셸리 또한 문학은 우리가 다른 사람을 이해할 수 있게 해주고 공감할 수 있게 해준다고 주장했습니다. 이런 생각은 여러 작가들에게 공통된 생각인 듯합니다. 최근 피천득의 수필에서도 비슷한 이야기를 만났습니다. '문학의 본질은 언제나 '정'이다. 그 속에는 예전에도 있었고 앞으로도 있을 자연적인 슬픔, 상실, 고통을 달래주는 연민의 정이 흐르고 있다.' 문학은 다른 사람들의 경험과 가치들을 공감하고 이해함으로써 자아를 확장하고 풍요롭게 만드는 한편, 다른 사람들의 아픔과 상처를 보듬을 수 있는 연민의 정을 가진 인간으로 성장하는 데 커다란 도움을 줍니다. 지금 우리 사회에서는 상대방에 대한 몰이해에서 비롯되는 감정적인 폭력, 갈등과 대립을 흔히 볼 수 있습니다. 이런 식의 폭력적인 사회는 모든 사람들의 삶을 힘들게 하고 평화와 화해를 불가능하게 만듭니다. 문학이 타인에 대한 이해와 공감을 가능하게 해주는 자양분이라면, 문학 교육만 제대로 이루어져도 우리 사회의 문제점들이 어느 정도는 치유될 수 있지 않을까 생각해봅니다.

문학, 더 나아가 진정한 예술작품은 언제나 삶과 인간에 대한 우리의 이해를 깊게 해줍니다. 모든 인간은 자신만의 고유한 경험, 욕망, 상처를 지니고 있습니다. 사실 모든 인간은 수없이 많은 상처를 안고 살아가지요. 프랑스 시인인 아르투르 랭보가 한 줄로 간결하게 잘 표현해주었습니다. "상처 없는 영혼이 어디 있으랴!" 그러나 대부분의 사람들은 자신의 상처만 느낄 뿐 다른 사람들의 상처와 아픔에는 공감하기가 어렵습니다. 문학을 통한 간접경험과 상상력의 확장을 통해서, 즉 자신을 타인의 입장에 놓아보는 경험을 통해서 공감과 연민의 정이 가능해질 것입니다.

인문학은 전반적으로 인간에 대한 이해를 추구하는 학문이지만, 문학은 그중에서도 독보적인 위치를 차지합니다. 일례로 우리는 역사책이나 미국의 저항적 지식인 노엄 촘스키의 책을 통해서 칠레 군부독재에 대해서 알 수 있습니다. 그러나 군부독재 하에서 살아가는 개인의 삶이 어떠한가를 생생하게 경험할 수 있으려면 이사벨 아옌데의 『영혼의 집』을 읽는 것만큼 좋은 방법이 없을 것입니다. 이 책을 읽으면 군부독재가 어떻게 개인의 삶과 육체, 영혼을 처절하게 짓밟는가를 그저 '아는 것'이 아니라 '느낄 수' 있게 되기 때문입니다.

『작가란 무엇인가 2』에서 토니 모리슨이 말했듯이, 문학작품은 역사적 사건을 개인의 경험으로 바꿔서 느낄 수 있게 해줍니다. 이 생생한 느낌과 경험이야말로 내가 겪어보지 않은 타인의 상처와 아픔에 대한 공감의 가능성을 열어주는 것입니다.

『작가란 무엇인가 1』의 인터뷰에서 움베르토 에코는 문학의 가치에 대해 다음과 같은 생각을 덧붙입니다. "가령 어떤 문맹인 사람이 현재의 제 나이에 죽는다면 단지 한 개의 삶만을 사는 것이 됩니다. 그러나 저는 나폴레옹, 카이사르, 달타냥의 삶을 살았지요. 언제나 젊은이들에게 책을 읽으라고 권하는데, 책을 읽으면 기억력이 좋아지고 엄청나게 다양한 개성을 계발할 수 있답니다. 삶의 마지막에 가서는 수없이 많은 삶을 살게 되는 거예요. 그건 굉장한 특권이지요." 에코의 말대로 문학은 우리 삶을 풍요롭게 해주는 '굉장한 특권'이라고 생각됩니다.

저에게 번역은 바느질과 같은 경험이었습니다. 번역을 하다 보면 한 땀 한 땀 바느질할 때처럼 모든 걸 잊고 완전한 몰입을 하게 됩니다. 번역을 하는 일은 책을 읽는 일만큼 즐거운 일입니다. 이 번역이 다른 분들의 글 읽기에 도움이 된다는 생각도 또 하나의 기쁨입니다. 좋은 기획으로 번역의 기회를 주신 다른 출판사에 감사드립니다. 긴긴 시간 동안 함께 번역하면서, 머리를 맞대고 의논하고 수정하는 과정을 공유한 남편 권승혁, 그리고 번역에 몰입하는 시간을 견뎌주고, 이제 문학의 세계로 새로운 모험을 떠나는 아들 권순하에게 사랑과 감사를 전합니다.

책과 먼지가 가득 쌓인 방에서

김진아

파리 리뷰_인터뷰
작가란 무엇인가 2
소설가들의 소설가를 인터뷰하다

초판 1쇄 발행 2015년 1월 14일
초판 2쇄 발행 2022년 6월 15일

지은이 파리 리뷰
옮긴이 권승혁·김진아
일러스트 김동연

펴낸이 김한청
기획편집 원경은 김지연 차언조 양희우 유자영 김병수
마케팅 최지애 현승원
디자인 이성아 박다애
운영 최원준 설채린

펴낸곳 도서출판 다른
출판등록 2004년 9월 2일 제2013-000194호
주소 서울시 마포구 양화로 64 서교제일빌딩 902호
전화 02-3143-6478 팩스 02-3143-6479 이메일 khc15968@hanmail.net
블로그 blog.naver.com/darun_pub 인스타그램 @darunpublishers

ISBN 979-11-5633-007-3 (94800)
979-11-5633-005-9 (set)